《石头记》指归

徐绪乐 高铁玲 ◎ 著

知识产权出版社
全国百佳图书出版单位

内容提要

《石头记》指归，乃索隐、注释《石头记》的文化源头之意。本书内容分为两大部分，主要部分是有关《石头记》原著的议题，有四十题，绝大部分是求索《石头记》的文化源头，可谓是寻源，首先是读懂之传承；其中四题是逐流，侧重探讨《石头记》的现实意义。对"红学"研究者及热心于探索中国传统文化的读者而言，是一本不可或缺的案头读物。

责任编辑：国晓健

图书在版编目（CIP）数据

《石头记》指归/徐绪乐，高铁玲著. —北京：知识产权出版社，2013.1
 ISBN 978-7-5130-1464-9

Ⅰ.①石… Ⅱ.①徐…②高… Ⅲ.①《红楼梦》研究 Ⅳ.①I207.411

中国版本图书馆 CIP 数据核字（2012）第 195483 号

《石头记》指归
SHITOUJI ZHIGUI

徐绪乐
高铁玲 著

出版发行：知识产权出版社

社　　址：	北京海淀区马甸南村1号	邮　　编：	100088
网　　址：	http://www.ipph.cn	邮　　箱：	bjb@cnipr.com
发行电话：	010-82000860 转 8101/8102	传　　真：	010-82005070/82000893
责编电话：	010-82000860 转 8385	责编邮箱：	guoxiaojian@cnipr.com
印　　刷：	知识产权出版社电子制印中心	经　　销：	新华书店及相关销售网点
开　　本：	787mm×1092mm 1/16	印　　张：	25
版　　次：	2013 年 1 月第 1 版	印　　次：	2013 年 1 月第 1 次印刷
字　　数：	371 千字	定　　价：	58.00 元

ISBN 978-7-5130-1464-9/I·235（4335）

版权专有　侵权必究
如有印装质量问题，本社负责调换。

解题与说明

本书名为《〈石头记〉指归》，《石头记》即《红楼梦》，书名。指者，示也；归者，终也。全名乃索隐、注释《石头记》的文化源头之意。

清代红学评批家太平闲人张新之首创以《易》评批《石头记》之先河。为百二十回本《妙复轩评石头记》作序之清代紫琅山人称赞太平闲人的评批"能得其（《石头记》）指归之所在"。另一作序的鸳湖月痴子亦云："似作者（曹雪芹）无心于《大学》，而（太平闲人）毅然以一部《大学》为作者之指归；作者（曹雪芹）无心于《周易》，而（太平闲人）隐然以一部《周易》为作者之印证。使天下后世直视《红楼梦》为有功名教之书，有裨学问之书，有关世道人心之书，而不敢以无稽小说薄之。即起作者（曹雪芹）于九京而问之，不引（太平闲人）为千古第一知己，吾不信也。"这种指归的效果，把《石头记》的价值推崇到传统文化最高品位的境界，这正是弘扬传统文化。

另两位清代红学评批家护花主人王希廉、大梅山民姚燮突出以儒理评批《石头记》，加之太平闲人张新之，成为红学影响最大的三位评批家。如果说三位评批家是以评点的形式进行评批的话，那么，本书则是把评点深化成面的评批。相对于评点派，凡是进行专题讨论的，是否可以概括为议题派？这类评批者本身是对《红楼梦》文化源头的求索，对读者而言则是对《石头记》最好的注释，是对《石头记》文化源头的终极指归。重要的是，这种指归显示了一种求索的方向。

《石头记》问世，高鹗、程伟元是续书之功臣；三家评批是注释之功臣。即使是后出的汇集三家评批的《增评补像全图金玉缘》，至今也百二十年有余，清《红》评批家在天有灵，当知有步其后尘、传承衣钵之人，不必为那些批判传统文化之小人有何想法，他们是中华民族的罪人，虽然他们生活得很好。中国有句俗话："瓜子里磕出臭虫，什么仁（人）都有。"唐代大诗人孟浩然《与诸子登岘山》有诗句："人事有代谢，往来成古今。"余后何人哉？余不信以《易》评批如此人之少、时之久也。

本书内容分为两大部分，主要部分是有关《石头记》原著的议题，有四十题，绝大部分是求索《石头记》的文化源头，可谓是寻源，首先是读懂之传承；其中四题是逐流，侧重探讨《石头记》的现实意义。如果不注重《石头记》原著的阅读、研讨，既不寻源以求传统文化的传承，又不逐流以求现实生活的借鉴，等于把《风月宝鉴》束之高阁，这样的红学还有什么意义？另有九个题目，涉及红学研究，它关系着红学的发展。

《护花主人总评》云："（《红楼梦》）可谓包罗万象，囊括无遗。"其议题又何止百千？评点可以点广而评不深；议题可以议深而题不广。本书只是有选择地写了四十九题，不过是《石头记》一部分议题而已，且是一家之见。大衍之数五十，其用四十九，本书取数突出读原著之用。四十九题中，三十五篇配格律诗（其中一篇为赋）五十首，发感想以活跃文风。

本书说明如下：

☆ 本书是以清代太平闲人张新之、护花主人王希廉、大梅山民姚燮的《三家评批本》为主要依据兼以其他版本为参考；遇有不同处的原文，则以最能达意的版本为据。我的感觉是《脂评本》原文胜于《三家评批本》原文，而《三家评批本》的评批胜于《脂评本》的评批，但《脂评本》的评批提供了《石头记》作者的信息。

☆ 凡有引号的，多为《红楼梦》原著或引用其他著述原文。

☆ 凡有括号的，多为补充引用原著内容不全所加，以方便读者的理解。

☆ 凡是词句下加点、横线的，当是重要的词句和内容。诗句下加点，则是表明上面文字为入声的仄声字。

☆ 引用《石头记》或其他著述大段的文字，多采用另起行之变体字，以示区别和醒目。

☆ 本书的议题仅涉及《石头记》前八十回的内容，《勘疑与随想》一题亦如此。

☆ 引文只署作者人名，无职衔，非不敬也。

前　言

一

人们讲弘扬传统文化，什么是传统？《辞源》解："世代相继为传；统者，本始也。"《新华词典》解："世代相传具有特点的社会因素，如风俗、道德、思想、作风、艺术、制度等。"没有传统，一切都是支离破碎的。

讲传统就是讲传承根本。这个根本是民族之本，是传统文化之本。儒学特别重视本。这个本不是《红楼梦》第二十回中，李嬷嬷大骂袭人"忘了本的小娼妇！"的那个本，那个小本实质是利益的回报。我们讲的这个本，是民族文化的根本。《四书五经》、《道德经》、《南华经》、《心经》、《金刚经》等经典是中国文化的源头，是文化的根本。《红楼梦》第二十三回，宝玉明言"不过是《中庸》、《大学》"。第三十六回，宝玉"除《四书》外，竟将别的书焚了"。（脂评庚辰本）第二十一回、二十二回，宝玉阅读《南华经》（《庄子》），并写续文、作偈、填词，这是《红楼梦》重视传统文化的体现，也是决定《红楼梦》高层次价值的所在。《红楼梦》是建立在传统文化之上的演绎小说，相对于传统文化的经典，《红楼梦》是末、是流，事情的本与末、源与流是不能混淆的。《大学》讲："物有本末，事有终始，知所先后，则近道矣。"但两者又是一脉相承的，古与今是不能割裂的。我们求索《红楼梦》的文化源头，正是为了加深理解《红楼梦》，虽不可能至善，但它的方向是终极指归。只有如此，才会有真正大家的红学，学习传统文化的红学，又是有深度的红学。

清代学者章学诚《文史通义》讲："《易》、《书》、《诗》、《礼》、《乐》、《春秋》六经，皆史也。"《红楼梦》主演贾家为首的四大家族，而贾家最高权威却是史家的史太君，正是史！是书重大人事无不涉及史：元春娘娘便自"宫中女史"起端；贾政须更衣穿官服接待忠顺府的长史官；诗社要请司库的凤姐做"监社御史"；南安老太妃独识十二钗中出类拔萃的史湘云；林黛玉的父亲林如海重任"巡盐御史"。贾府祭宗祠，薛小妹、黛玉作怀古诗，宝玉说典故，鼓书演唱的残唐故事等无一不是演史。重史还可见称名：贾母之侄、湘云之伯忠靖侯叫史鼎。鼎，国家社稷之重器，鼎存则国存，夺权称问鼎。《鼎》又为六十四卦之一，尤见史之重要。太平闲人夹批："史字姓得最妙。又作者以太史自负。"（第二回）重视历史才能慎重现实。《红楼梦》传承重史之风。历史不能忘记、往事不如烟，不能戏说，更不能编造篡改。历史是最重要的社会科学，教育首先要开设历史课。

　　章学诚概括汉代班固的话又讲："六经皆史而《易》为之源。"（《文史通义》）《易·系辞上传》讲："一阴一阳之谓道。"《红楼梦》第三十一回，用半回的篇幅描写史湘云、翠缕主仆论阴阳。第五十二回，宝钗、宝琴姐妹议论八个诗词题目，宝钗提议的第一个诗题就是《咏太极图》，直言《易》哲。《红楼梦》中的贾府，先代宁国公叫贾演，荣国公叫贾源，两名合之为演源。五行以水为源，故宝玉以水为女儿设象，演绎女儿；贾府以史为源，故演绎以史派生出的四大家族。演史就要演《易》！《红楼梦》一书处处显见《易》道之精髓。太平闲人夹批："作者胸中先有《易》，而后有是书。"（第三十七回）《红楼梦》贯穿着天人合一、阴阳五行等哲观，从而使它具有永恒的生命力。《红楼梦》演绎的《易》道，恰恰是王国维《红楼梦评论》所言"《红楼梦》，哲学的也"的具体化。

　　王国维继言"《红楼梦》，宇宙的也"，这是对《红楼梦》价值的评论！佛学具有探索宇宙的恢弘。《红楼梦》开篇，传叙《石头记》的空空道人，便"自色悟空"；"好了歌"更是演绎《心经》"色即是空，空即是色"的醒世机言！《红楼梦》从甄士隐、宝玉、乌进孝等的称名，直到重《礼》、重《诗》、重《大学》的情节，无不散发着儒理的光辉！社会生活需要秩序、教化、人伦的儒理，同时也需要自然、自由、个性的道理。儒家强调的是灵活性中的原则性，道家强调的是原则性中的灵活性。我们在宝钗的性灵中看到的多是前者；在黛玉的性灵中看到的多是后者。宝玉的性灵当然是和黛玉一致的，正因此，他才和林妹妹更合得来。《红楼梦》的伟大在于将两个范畴的学说完善融合，这是中国社会思想同一性的大问题。说钗黛分殊不错，说钗黛合一也对。宝钗之名引宝玉名中之"宝"，黛玉之名引宝玉名中之"玉"；钗为金锁，为"黄金灿烂的璎珞"，实际是玉，黛玉实际是石，"有玉名黛"，玉、石实际为相辅相成两种品性的一物。《红楼梦》第五回，太虚幻境薄命司所贮的判词，黛钗两人恰恰为"玉带林中挂，金簪雪里埋"的合二为一的一首，金陵十二钗只有十一首判词。五行缺一不可，木、金、土都需要，因此贬钗褒黛或贬黛褒钗都不妥。《红楼梦》的思想性是超越时空的，始终与现实同步，这是《红楼梦》思想性的大境界。

王国维《红楼梦评论》讲："《红楼梦》，哲学的也，宇宙的也，文学的也。"何为文学的也？其突出诗词歌赋的也！《红楼梦》的文化源头之一是《诗经》，《诗经》是五经之一，它的记史作用和诗歌在文学中的重要地位自古可见。诗词格律是中国文学艺术的最高模式，是文学中的精华。《红楼梦》第三十七回"秋爽斋偶结海棠社"，开创红楼儿女作格律诗的新篇。太平闲人回批："此回开作诗之首，乃书中一大生发。"《红楼梦》中的诗词歌赋服务于小说，刻画人物，内容丰富，体格多变，蕴涵深刻，生动有趣，数量众多，是任何其他小说根本无法比拟的，它使红楼儿女具有诗意典雅的生命。《红楼梦》是艺术性的小说，是美学的小说，是诗篇的小说。太平闲人夹批："《红楼梦》乃通部《诗》、《易》合传。"（第二回）《诗》是文学艺术，《易》是大道哲理。《红楼梦》兼而有之的融合，正是充实之"兼美"（可卿乳名）。《红楼梦》本身已成为一部文学的经典。

鲁迅《中国小说的历史的变迁》讲："和从前的小说叙好人完全是好，坏人完全是坏的，大不相同，所以其中所叙的人物，都是真的人物。"这里所讲人之真，并非小说人物存在历史人类社会之真，而是哲学之真，人性之真。全好全坏之人是假，有好有坏之人才是真。极左思潮把人脸谱化，造神造鬼，一方面狂妄地否定一切，另一方面又矛盾地脱离原著实际拔高焦大、晴雯、宝玉。宝玉并非什么叛逆，更不是什么造反派或什么革命者，当然也不是什么神，而是一个活生生诗意的小说人，《红楼梦》不给任何歪理邪说提供素材。

二

《石头记》第一回明告："又何妨用假语村言，敷衍出来，……故曰'贾雨村'云云。"《红楼梦》真假相参。人们喜欢真，《易·系辞上传》就有"探赜索隐，钩深致远"之言。

《石头记》问世就和评批密切相连。评批既是对《红楼梦》原著的注释，也是评批者对《红楼梦》的求索。这种求索体现在版本上为两大类的评批：一类是手抄本上的脂砚斋的评批，脂评最大的价值是提供了曹雪芹的信息，当然脂砚究竟是何人而不能确知，有人对脂砚的真伪提出质疑。脂评也不乏对原著精彩的评述，但较少，且错别字甚多。程本系列的评批主要有三家：一家为《妙复轩评石头记》，即清代红评家张新之据《易》理的评批；另两家在《增评补图石头记》中，即清代红评家护花主人王希廉和大梅山民姚燮据儒理的评批。汇集这三家评批的《增评补像绘图金玉缘》问世于1884年。这三家采用总评、回评、眉批，特别是夹批，故被后人称为评点派。三家评批注重原著，针对性强，简练有深度，颇受广大读者欢迎，影响很大。由于评批者有深厚的国学根底，远胜脂评。注重原著，就要注重三家评批。

两个系列带评批版本《红楼梦》的问世，原著本身的艺术魅力，索隐派的红学应运而生。乾隆"纳兰性德家事说"、王梦阮《〈红楼梦〉索隐》"顺治与董小宛说"、蔡子民《〈石头记〉索隐》"反清复明说"等等是索隐派的代表作。索隐派从历史中，为《红楼梦》小说中人物找影身、原型。如为宝玉、黛玉、宝钗、探春、熙凤、湘云等索隐对应出的顺治、胤礽、纳兰性德、董鄂妃、董小宛、朱竹垞、高江村、徐健庵等一批历史的确有过、已被今人生疏的名人，又云金陵的隋园即大观园。因索隐者不同，索隐出的对象也不尽相同，如宝玉就有好几个影身、原型。昔日就有人驳斥隋园为大观园之说，今人又有北京的什刹海、圆明园即大观园诸谈，但是没有贾府又何有大观园？

评点派似乎有先知，太平闲人夹批："是书原有许多事迹在引而不发之间，然究是空中楼阁，作者以之故意炫惑人耳。乃欲刻舟求剑，定指某家，定指某处者，何其愚！"（第十六回）又夹批："书是《石头记》，话是假雨村言，凡信真者，当爽然自失。"（第三十九回）《三家评本〈红楼梦〉》华阳仙裔之序讲："尽许情根蟠结，原为乌有之谈。"胡适《〈红楼梦〉考证（改定稿）》评论索隐派"牵强附会"、"为大笨伯"、"心力都是白白的浪费了"、"完全是主观的、任意的、最靠不住的、最无益的"、"走错了道路"。但是这类索隐至今不绝，甚至火躁一时。与其为出身"养生堂"的秦可卿、抑或胡适称为虚构的元春找真身，何不探寻一下史太君的夫君代善，清室努尔哈赤的次子即叫代善，两者同名；或者何不索隐书中女强人王熙凤和残唐的公子王熙凤的关系，两者不但同名且同姓！一笑。《明斋主人总评》计《红楼梦》书中共421人，谁有能耐把《红楼梦》中的四百多人物一一对号入座，归纳于历史一瞬且有联系的四大家族？二百多年前此项"工程"就难以进行，今人自不必说。牵强附会的"解秘"是不妥的，必然引起质疑。诸如"过于徵实"、"文学人物形象是考证不出来的"。这类索隐派的出发点是求真，但它恰恰背离了真实的初衷，难怪胡适取笑索隐派："古往今来无数万有名的人，那一个不可以化男成女搬进大观园里去？"（《跋〈红楼梦〉考证》）索隐派把文学和历史硬性牵合，真假不辨，这类索隐的客观效果是降低《红楼梦》巨著的价值。

针对索隐派红学的不足，以胡适为代表的考证派红学应运而生。考证派红学议题很明确。胡适《介绍我自己的思想》讲："我觉得我们做《红楼梦》的考证，只能在'著者'和'本子'两个问题上着手。"一部伟大的文学作品不能确知作者，无疑是可笑的，也是可悲的。至于"本子"的考证，他将使读者知道版本间的差异、先后、优劣。考证红学的路子虽对，但路面较窄，并非广大读者都能走。胡适考证红学的精神、方法虽好，但由于材料的局限，考证的结论值得商榷。比如已经证实脂砚并非曹雪芹；《红楼梦》并非"曹雪芹的自叙传"；并非"脂本胜于各本"，而是诸版本各有千秋。

考证派红学还"证明后四十回与前八十回绝不是一个人作的"，"后四十回是高鹗补的"。清史档案明载高鹗为乾隆时的进士，对续部，俞平伯认为"有遗漏的"、"有求之过深而反惑的"、"所续有些是错了的"；胡适认为"（小红）没有下场"、"香菱的结果决不是曹雪芹的本意"、"写和尚送玉一段，文字笨拙，令人读了作呕"、"写宝玉忽然肯做八股文，忽然肯去考举人，也没有道理"。这些都是学术的认识，但开始贬高先声。俞平伯、胡适对续部有另一面评论之语，今之取巧者视而不见、充耳不闻。俞平伯致顾颉刚的信（1921.5.21）讲："我们尽可以推许高鹗'红学'甚深。他补书底毛病，不在不顾作者的原意，是太拘泥了原意。但拘泥总比卤莽灭裂好一点，高鹗虽不是雪芹底功臣，也还不至于是罪人。"胡适《〈红楼梦〉考证（改定稿）》讲："我们平心而论，高鹗补的四十回，虽然比不上前八十回，也确然有不可埋没的好处。……我们不但佩服，还应该感谢他，因为他这部悲剧的补本，靠着那个'鼓担'的神话，居然打倒了后来无数的团圆《红楼梦》，居然替中国文学保了一部有悲剧下场的小说！"俞平伯《论续书底不可能》讲："我以为凡书都不能续，不但《红楼梦》不能续。"唯程、高续书竟流传至今，这一例外便凸显程、高之功。他们虽不是雪芹的功臣，但是读者之功臣。不然为什么脂评本后面都要附程、高续部？俞平伯曾说："《红楼梦》现在是完整的，如果只有八十回，《红楼梦》是否能有现在的影响都很难说。"（韦奈《我的外祖父俞平伯》）晚年的俞平伯以其深厚的素养、纯净的心态、自我学术回顾讲："胡适、俞平伯是腰斩红楼梦的，有罪。程伟元、高鹗是保全红楼梦的，有功。大是大非。"又讲："现在的评论，把曹雪芹和《红楼梦》捧得太高，好像没有任何缺点，其实不然，你细读前八十回，就会发现有许多问题。"这是真正红学大家之谈，释放着哲息。

考证红学还开辟了曹学，探索曹雪芹是必要的，但发现有价值的材料并不多，同时还造成长期关注曹学超过对《红楼梦》原著关注的倾向。至于把曹学和《红楼梦》相对应的研究恐怕又是一种牵强附会，俞平伯《红楼梦研究》讲："我现在这样想，把曹雪芹的事实和书中人贾宝玉相对照，恐怕没有什么意思。"无论是评点红学、索隐红学、考证红学，乃至曹学，都是学术范畴的正常红学，也是有趣的红学，有益的红学。实质上，评点、考证红学，乃至曹学，也是索隐红学，只不过索隐的方向和内容不同罢了。仁者见仁，智者见智。鲁迅《集外集拾遗·〈绛洞花主〉小引》讲："《红楼梦》是中国许多人所知道，至少，是知道这名目的书。谁是作

前　言

者和续者姑且不论,单是命意,就因读者的眼光而有种种:经学家看见《易》,道学家看见淫,才子看见缠绵,革命家看见排满,流言家看见宫闱秘事……"因此读"红"各抒己见不但是允许的,而且是可贵的。不应该设立什么"槛",也不必迷信什么"槛"。

近半个世纪,又生出一门阶级斗争的红学。由两个小人物发难的这门红学,得到了真正大人物的支持。这门红学,是政治取代学术典型的斗争。由于为政治服务,这门红学不顾原著之主观臆测,无限上纲之霸道,联系之牵强,其研究之模式化、僵化、简单化,语言之套话、空话、废话、假话,打棍子、扣帽子的恶劣态度和方法等,都达到史无前例的水平,其结果,极左思潮之"花"开而百花杀。极左思潮流毒甚深,享有长期话语权的这门红学,巨大的破坏作用显而易见。随着形势的变化,这门红学改头换面有所收敛,但用《红楼梦》的语言"百足之虫,死而不僵"(第二回)。小人物对造成的恶果毫无歉意。小人物之所以小,还不在于所犯之过失,更在于毫无坦诚忏悔之心。俞平伯在文革中被组织到南郊农场参观,见到乾隆的《罪己诏》,竟然振聋发聩地讲:"连封建皇帝还知道做个自我批评呢!"红学发展需要思想的自由环境,只有此才能造就百家争鸣的局面。

极左思潮否定一切,如他们批判索隐派为"荒唐无稽的谬论";批判评点派"故弄玄虚"、"陈词滥调"、"文艺观是有问题的",批判王国维"《红楼梦》悲剧的解释也是很反动的"、"为封建贵族的骄奢淫逸洗刷了罪责";批判汪精卫"研究《红楼梦》是假,反对革命是真";批判俞平伯"毒害青年"、"'钗黛合一'论的反动性在于混淆了正面形象与反派角色的差别,抹杀阶级斗争,宣扬阶级调和"。李希凡甚至讲:"何其芳'共名'说,是受了苏联修正主义思潮而产生的'老调新声'!"在这些彻头彻尾的"阶级斗争红派"的眼里,洪洞县里简直没有好人、没有好见解,殊不知,哪一派都比他们有价值,恰恰是他们对红学的破坏最大,这已是不争的事实。

随着极左思潮歪理邪说的破产,取而代之的有几类红风:一是继续批高、毫无新意的专家老生常谈,不过市场不大;一是掀起红学的群众运

7

动，诸如影视选秀、讲坛揭秘等；一是零敲碎打的歪批，东拉西扯，以颠覆常识、哗众取宠营利为目的的瞎侃。浮躁的社会风气尽现。但是《红楼梦》是高雅文化，它与低俗格格不入。还有的红学热心者，在曹学上极尽努力，无论考证真伪，这和浮躁的红风不同。

一部红学史是中国现代史的缩影，它的经验教训是值得总结的。

三

当今社会竞争激烈、人心浮动，踏踏实实地读书很不易。《红楼梦》第五回，警幻仙姑就告诫宝玉"先阅其稿，后听其曲"，对于《红楼梦》则要"先阅原著，后看其评"。余在拙作《诗评易注红楼梦》中，开卷第一言就是"您首先要读过《红楼梦》原著"。强调读原著，这是步入红学的第一步，是最现实、最基本、最方便的传统文化的传承。注重对《红楼梦》原著的研究，探求原著的思想性，应是红学的方向和主要内容。攀登要借助梯子，三家评批恰恰是红学攀高的阶梯。太平闲人张新之被誉为曹公的"千古第一知己"，他从《易》理的评批，对读者是很好的借鉴。

《红楼梦》是一部不宜演戏或说书的小说，原因在于真假混淆而隐含的博大精深的学识需要思索。如果影视非要演《红楼梦》，就要尊重原著，按照曹雪芹著的前八十回，程、高著的续部排演，不然演出的就不知是谁的梦！清代红评家诸联《明斋主人总评》讲："窃谓当煮苦茗读之，爇名香读之，于好花前读之，空山中读之，清风明月下读之，继《南华》、《离骚》读之，伴《涅槃》、《维摩》读之。"阅读《红楼梦》之恭谨、庄重、研究、品评、欣赏的态度显而易见。

要想加深对《红楼梦》的理解，提高红学修养，仅仅依靠阅读的遍数是不够的。看过与未看是截然不同"质"的两个层次，而看四遍或五遍仅仅是熟悉程度"量"的区别而已，这种量变根本不可能引起质变。看的遍数多，固然能增加对《红楼梦》的熟悉程度，但不一定能增加对他的理解深度。《红楼梦》是中国传统文化的结晶，它是以中国传统文化为基础创作的小说，可以这样讲：对中国传统文化博知的程度，决定了对《红楼梦》的理解深度。边阅读《红楼梦》，边学习传统经典，是很好的学习方法。毋庸置疑，只能以传统文化的经典解析、评批《红楼梦》。

《红楼梦》提出真假问题，若把本源生活的浓缩当成真，便是迷；若把浓缩的本源生活当成假，便是妄。妄又何尝不是迷，迷又何尝不是妄？现代人易把假当真，把真当假，重有轻无，迷而不觉，皆忘"好了歌"矣。

《红楼梦》不是历史，也不是什么历史小说，如果是历史，在哪个阶段的历史看到过宝玉、黛玉、宝钗？但是它有历史的经验教训；它不是政治，也不是什么政治小说，如果是政治，在何时何处的政治范畴，看到过"风月宝鉴"、"护官符"、"好了歌"？但是它有政治需要的借鉴；它不是教材，但它有教育的意义；它不是哲学，但它有哲学的逻辑和因果！它更不是什么阶级斗争的书，因为它有矛盾斗争，但不好划分阶级斗争。《红楼梦》是地地道道的小说，是文学的经典，是传统文化的结晶。

从上述《红楼梦》传承传统文化的思想、红学简史的评说，以及读《红楼梦》的认识，就表明了本书的宗旨：注重《红楼梦》原著，求索《红楼梦》的文化源头，用传统文化的经典解析《红楼梦》，达到弘扬传统文化的根本目的。

凡 例

☆《三家评批本〈红楼梦〉》第一回，先云书名有四，《石头记》、《情僧录》、《风月宝鉴》、《金陵十二钗》；第五回，方点明一名《红楼梦》。《脂评庚辰本》第一回，有"至吴玉峰题曰《红楼梦》"一句，五名一齐表明。是书既为石头所记，书名当为五。"五"为五行之总括，又为中、土运化之数。第十七回，云大观园"门面五间"，正门是大观园之门面，书名是书之门面，太平闲人张新之夹批："书名有五，故门面五间。"清《红》评家姚燮夹批："此书亦可名《还泪记》。"（第一回）不可！书名只可五、不可六，此五为《易》土之数理。

☆《艮》为山，为小石。宝玉乃补天之顽石，能大能小，小能"缩成扇坠一般"、"衔在嘴里"，皆为小石之象。石为头，头为首，红楼一梦，石头自言"石头所记"，是书有五名，第一正名首当为《石头记》。

☆《红楼梦》十四曲，中间十二曲各"咏叹一人"，金陵十二钗，每人配一曲，故得《红楼梦》一书名。《红楼梦·引子》当为序曲，圣人论性，序曲以"开辟鸿蒙，谁为情种？"而言情。理为性本，欲为情根。儒家讲"率性正命"，道家讲"尽性极命"，释家讲"见性达命"，皆同义也。《易·说卦》云"穷理尽性以至于命"一言而涵盖。情可生欲，但情不等于欲，正情即正欲也。《红楼梦·飞鸟各投林》当为尾声，正是《好了歌》之"了"的注释，读《红楼梦》当以情悟性也。

☆《金陵十二钗》为此书五名之一，数取十二，地支之数，周也，辟卦之数也。女娲补天之顽石，长、宽、高皆十二丈，已明示十二之用。十二乃六合、六冲、六刑组合之基数，是书屡现十二。《石头记》一书不乱用一数。金陵者，太平闲人夹批："金位西，主杀；陵，邱陇坟墓也。善于用古，恰为十二钗一哭。"（第二回）金钗者，谐音为"今拆"；拆而陵，陵，零散，灵寝也。

☆《风月宝鉴》者，是书五名之一。宝鉴在于风月。风在卦为《巽》，月在卦为《坎》，《坎》下《巽》上为风水《涣》。《序卦》、《杂卦》云："《涣》，离也。"离即散，一部《红楼梦》演贾府由兴而衰，无非一离散之象。

☆《风月宝鉴》者，警示之镜。此镜"专治邪思妄动之症，有济世保生之功。"道士嘱咐："千万不可照正面，只照它的反面，要紧，要紧！"反者道之动，反面为鬼，故可止邪，有救命之功；正面为美人，美人为欲念，美人为鬼，有促死之效。保生是保生态平衡之生，天之道损有余而补不足，对于那些"死了也情愿"、"自投罗网"之王孙弟子，促其早死，正是"风月宝鉴"正面之大作用。

☆太虚幻境。太，大、极也；虚，空、无、道也。《庄子·人间世》："虚者，心斋也。"幻，梦、影、镜也；境，际、域、界也。太虚幻境者，太极也。是书中云"葫芦"、"一点"、"痣"、"糊涂东西"、"膏药"等皆此意。第五十二回，宝钗提议诗社以四题作诗、四题作词，第一个题便是咏《太极图》，四象、八卦总括即太极。

☆三生石者。三，三才，八卦第三爻。老子《道德经》云"三生万物"，生发之象。石，谐音实，诚、土也。太平闲人夹批："性本。"（第一回）由本性而生发一部《石头记》。"三生石"又据典，此石在浙江天竺寺后山，涉唐代李源与园泽事。

☆夏易曰《连山》，首卦是《艮》，《艮》为山，上卦下卦皆为山，重卦故曰连山。《石头记》开篇女娲补天首提"大荒山"；元春省亲作绝句，第一词便是"衔山"。山性止，《四书》首篇《大学》便先讲"知止"；大观园开门见山一"翠嶂"，"好山"阻路，提醒读者"知止"。

☆第十七回，明说妙玉师傅"精演先天神数"，清红评家太平闲人夹批："是书有先天神数。"什么是此书之先天神数？余答曰：《河图》、《洛书》是也。

☆宝玉为土、黛玉为木、宝钗为金，是书明告三人五行之定性。书中屡演木石前盟、金玉姻缘，是以阴阳五行理论为根基的。

☆大观园，为元春省亲之别院。元春作绝句"芳园应锡大观名"，由元春定名"大观园"。大观园包罗万象。《观》为六十四卦之一,《观·象》云:"大观在上,顺而巽,中正以观天下,《观》。"中正而观为大观,以中正之心阅读《红楼梦》,才是大观《红楼梦》!

☆ 第二回,追溯贾族先人,雨村讲"自东汉贾复以来",《复》,六十四卦之一。《易·泰》云:"无平不陂,无往不复。"《泰》受之以《否》,《损》而不已必《益》,《升》而不已必《困》,如此类推,原始要终,无不根于《复》,此《易》循环之象。太平闲人夹批:"盖无《姤》不《复》,无《复》不《姤》,定理也。而谨小慎微在人,则必不可委心任运。"(第一百零六回)四大家族兴衰,演《易》变也。读者关心贾家后事如何?第一百二十回,贾雨村亦有此一问,余可告之,大可放心,必然复兴。何以知之?《易》理明告也!何时复、何人复、如何复?唯曹公知之!

☆ "六经皆史",故贾家最高权威贾母必姓史,必先有史家;史有假真,故有贾家、甄家;史为王道,故有王家;王有亲,必有薛家,此为"护身符"所言"四大家族"。家族取"四",顺逆之阴数,必以"四"演"一损俱损,一荣俱荣"顺逆之象。凤姐道:"俗语说'朝廷还有三门子穷亲'。"(第六回)这"三门子穷亲",乃刘姥姥家、邢岫烟家、李婶娘家。刘姥姥家贫穷自不必说;邢岫烟,由租房居住、寒天典当绵衣,侧身金貂锦舄而着布衣可见其家之穷;李婶娘来时雇车,贾府皆笑,可见其家不富裕。(第一百十四回)四富、三穷,第四十回,"(凤姐)把菊花横三竖四的插了(刘姥姥)一头",正是一经一纬,故太平闲人夹批:"横三竖四,阴阳纵横。"一富一穷,一阴一阳之谓道。

☆ 贾演,即衍;贾源,有源则流,流传也。繁衍流传则有代,贾家第二代必取"代"为名。史太君嫁于代善,史以文传,第三代必取"文"为名之偏旁;文字辈贾政和王家结亲,生金枝玉叶之宝玉,第四代必取"玉"为名之偏旁;王即玉;贾府中道复衰,寄子孙如草木以复兴机,第五代必取"艹"为名之部首,实此代落草,成草民也。贾府戏班优伶名字除文官、龄官外皆从"艹",即此代兆象也。从"代"字辈之史太君到"艹"字辈贾兰,四代同堂也。

☆ 贾府宁国公为贾演，荣国公为贾源，两名之合为"演源"。"六经皆史《易》为之源。"（清代学者章学诚语）"演源"就要演《易》。五行以水为源，故宁、荣二公取"水"为名之偏旁。"水"字辈为宝玉之曾祖，宝玉以"水"喻女儿，视女儿为曾祖，可谓崇敬之极。

☆ 宝玉者，古人重玉。石、玉本性皆为土。石为土之核，玉为石之精。土在数为五，故书中十数言"一五一十"，玉有五德。孔子有"贵玉"之谈。《礼记·玉藻》云："古之君子必佩玉。"《礼记·玉藻》、《礼记·曲礼下》皆云："君子无故玉不去身。"故宝玉必佩玉，宝玉丢玉便疯、便痴、便病。玉为贵、为宝，故北静王曰："果然如宝似玉。"（第十五回）

☆ 宝玉说："除《四书》，杜撰的太多。"（第三回）"只除'明明德'外无书。"（第十九回）"不过是《中庸》、《大学》。"（第二十三回）"除《四书》外，竟将别的书焚了。"（第三十六回）《石头记》明示宝玉尊重传统文化源头，这是《石头记》最醒目读者之指归，说宝玉反对孔孟之道是不顾原著之随意杜撰，故宝玉讲："偏是我杜撰不成？"（第三回）

☆ 宝玉说："女儿是水做的骨肉，男人是泥做的骨肉，我见了女儿便清爽。"（第二回）以水为女儿设象，是崇敬女儿。老子《道德经》云："上善若水。"孔子《孔子家语·三恕》云："水似乎德。"释家称水为法水，《礼记·曲礼上》云："水为清涤。"以水做祭物，言水之清洁也。宝玉以水赞女儿，给女儿以最高德行也。

☆ 绛珠草者，乙木也。乙，阴也；木，仁也，故修换成女体仁心。黛玉乃仙草下凡，故黛玉喜兰，取兰为象。孔子云："兰当为王者香草"，故黛玉身上散香，为"香玉"。此草虽高贵，但在天"畔"三生石而生，依靠神瑛侍者"甘露灌溉，始得久延岁月"；在地去贾府"依傍贾母"而活。第二十三回，宝钗赞戏词《寄生草》，宝玉填词《寄生草》，实巧借词牌而象黛玉"寄生"之象，寄人篱下，岂不悲乎！

☆ 黛玉之母名贾敏，名取孔子"敏于事"之语，即姓贾，则假，则"敏于言"也，敏言乃黛玉致祸之根源。黛玉为避家讳，念"敏"为"密"，"密"亦兆象为多言，仍难逃"敏言"之祸，言多语失。周代庙堂金人其背铭文云："古之慎言人也，戒之哉，无多言，多言多败。"（《孔子家语·观周》)诗社咏《菊》,黛玉作三诗,除湘云外,比别人数多;其中二诗《问菊》之"问"、《访菊》之"访",皆多言之象也。

☆ 第八回,黛玉见宝玉在宝钗处,黛玉笑道:"我来的不巧了。"这里的"来的不巧"不仅指一时一事,此言照应第三回癞头和尚"不见外亲"之谶言,黛玉实在不该来贾府。黛玉从不说"仕途经济"的混账话,皆呈生不逢时之象,故此自言"来的不巧"!

☆ 贾雨村为黛玉的老师,第一回,雨村中秋抒怀,有句"时逢三五便团圆";第七十六回,中秋联诗,黛玉起句"三五中秋夕",同样取"三五"一词,此乃文学谓之呼应,社会学谓之传承。"三五"者,《河图》、《洛书》是也。

☆ 宝钗,才女也。宝玉说她"无书不知"(第二十二回),黛玉说她"通今博古"(第三十回),探春说她"通人"(第五十六回),可见宝钗之才学。宝钗告诫:"学问中便是正事,若不拿学问提着,便都流入市俗去了。"(第五十六回)孔子《中庸》云:"君子尊德行而道问学。"贾政云:"终是不读书之过。"(第十六回)贾雨村云:"若非多读书识字,加以知格物之功,悟道参玄之力者,不能知也。"(第二回)"读书无用"而成"论",而成一时之时尚,岂不悲哉、怪哉!

☆ 元春取名"正月初一所生",此表象也。元为始、为大。《乾》卦"元"统四德"元、亨、利、贞"。元为首,元为善之长。元以体仁,仁为木本。木为春,春为时之始,故曰一元,此即"元"之深意。诗社初立,诗社第一次活动必以"元"为第一韵,韵者,和、雅也,和雅之象。

☆ 探春,女中之能人。第五十六回"敏探春兴利除宿弊",开创"责任承包、包产到人"管理大观园的维新之制,探春明言:"如今(管理)这园子是我的新创。"探春似乎看到后人有抄袭贪功之侵权,故告诫"我的新创"。孔子云:"吾道一以贯之。""一贯"即一理传承之通也。"别开天地,另创一家"不曾见。

☆ 史湘云和翠缕议论阴阳,经过湘云解释,翠缕笑道:"是了,是了!我今日可明白了。"太平闲人夹批:"羲、文、周、孔而外,能有几人明白?所谓百姓日用而不知。"(第三十一回)"百姓"句出自《易·系辞上传》，故世人不必盲目崇拜迷信。《红楼梦》一书，阴阳概念最为丰满，如木与石、金与玉等数之不尽。

☆第五十二回，宝琴笑道："这分明是难人。若论起来，也强扭的出来，不过颠来倒去，弄些《易经》上的话生填。"太平闲人夹批："宝琴一段话，是反抉此书括一部《易》理，与钗语（咏《太极图》）互相发明，非驳语也。"《易》之六十四卦，有八个卦颠来倒去仍是原卦，这八个卦是《乾》、《坤》、《坎》、《离》、《大过》、《小过》、《颐》、《中孚》，这八个卦叫对卦。其他二十八对、五十六卦一颠倒则是另一卦，这些卦叫反卦。大成卦六十四卦最能体现阴阳之理，故《石头记》颠来倒去演《易》变。《太平闲人〈石头记〉读法》云："全书（《石头记》）无非《易》道也。"

☆妙玉者，玉之妙。理微谓之妙。玉理至微，《说文》云："理，治玉也。"物质最坚刚而又条理难分者，莫过于玉，故"理"取玉为偏旁，以妙冠玉，喻玉有至微之理。易"玉"为"王"做偏旁，"王"理则不纯。续部按前部《红楼梦·世难容》安排妙玉遭劫受辱之结局，有悖玉之理。第十七回，明言妙玉师傅"精演先天神数"，遗言说妙玉"不宜回乡，在此静候，自有结果。"两者前后矛盾，岂有师傅让徒弟坐以待毙哉？

☆迎春者，取意迎春花早开早谢之象。迎春一生，与世无争，宽厚能忍，委心任运，虽少才能，也不至于其终甚惨。究其原因，贾赦嫁祸婚姻之误。婚姻乃人生大事，特别于女子，尤其关键，一步错，满盘输，故迎春侍女名司棋。《礼记·婚义》云："婚礼者，将合二姓之好，上以事宗庙，而下以继后世也，故君子重之。"明告诫："敬慎重正婚礼也。"孔圣人提示："大婚为大。"（《孔子家语·大婚解》）

☆惜春者，在时为春之终，实为夏之始。在卦为《乾》，对应之女体为《坤》。贾惜春云"剃了头做姑子去"，愿与妙玉、智能相交，乃至出家而终，皆为纯体之象。春逝可惜也。

☆凤姐，女中之强人，故书中云"竟是一个男人万不及一的"、"少说些有一万个心眼子"、"连那些束带顶冠的男子也不能过你"，然正用其才便是福；邪用其才便是祸。《易·家人》彖辞云："女正位乎内，男正位乎外。男女正，天地之大义也。"凤姐不但越位，关键是不正，致祸难免。

女强男弱而异位，失正而邪，正家之象不见，十个女强人便有九个不幸。

☆ 巧姐，巧为七，七为少阳。老阴生少阳，故凤姐对巧姐当面讲刘姥姥"就和乾娘一样"。乾娘者，老阴厚德载物之象，乾者，《乾》也，刘姥姥之老阴，兼有老阳行健之象。

☆ 李纨，字宫裁。李，礼、理也。理必中庸，故父名守中。宫裁者，谐音公裁，故宝玉讲李纨"又最公道"，公道方可做诗社主评。正则戒淫，故"贤惠守节"，令人敬服。理正则可教，教之阑，其子"草"辈，取名必为"蘭"。有理则大，不愧为"大嫂"。《易·艮》象辞云："君子以思不出其位。"《论语·宪问》、《论语·泰伯》云："不在其位，不谋其政。"李氏思不出其位，故无功亦无祸，因子蘭估计当有中兴之态。

☆ 秦可卿，字兼美，"红楼"中之美人也。美为天造之才，然《风月宝鉴》告之，美人即鬼，故早逝入梦。黛玉《五美吟》中的五美人，皆史之美人，皆因美而名，因美而易祸，故世俗所云"红颜薄命"。宝玉说"古来的美人安静的多呢"，美人能安静则福，可卿早逝乃"不安静"所至。然不安静在于宁府大环境所至，故第五回可卿判词云"造衅开端实在宁"；《红楼梦·好事终》曲云"家事消亡首罪宁"；即柳湘莲所云："你们东府里，除了那两个石头狮子干净罢了。"孔子云："居处不淫。"（《礼记·儒行》）"幽居而不淫。"（《孔子家语·儒行》）"色而不淫"对可卿而言当难。雪芹尚接受脂砚"教之"改写其病死，读者何必正经苛求？

☆ 第二十一回有宝玉读《庄子·胠箧》、第七十三回有迎春读《太上感应篇》的描写。和宝钗性灵中更多的儒家思想相辅相成的是黛玉、宝玉性灵中更多的是道家思想（加之中国化的佛家思想），这一儒一道即思想领域的一阴一阳之道。

☆ 第六回，贾府高门忽然来了一位农村刘姥姥，重笔叙述其来历。贾府先祖追溯到"东汉贾复"，汉姓刘，刘姥姥先祖则为西汉刘邦。刘为君，贾为臣，显见姥姥根基之厚重。贾家济物姥姥谓之济困扶贫，姥姥援手巧姐谓之报恩救命，刘姥姥之"穷心"可谓大矣。这里的"穷"是《易》理穷极之"穷"，非贫富之穷。小来而大往，时势使然。小来亦合大气，幸亏凤姐厚待刘姥姥知刘（留）。紫鹃云："岂不闻俗语说的'万两黄金容易得，知心一个也难求'。"凤姐有一个仗义的刘姥姥做友，当庆幸之。

☆ 贾琏、凤姐之女大姐儿，七月初七所生，兆象婚姻如牛郎、织女天河相隔、不得天伦团聚，故凤姐云："正是生的日子不好呢！"应凤姐要求，借刘姥姥之穷健，刘姥姥为大姐儿取名巧姐。据《河图》地二生火，天七成之，"七"兆象为火，故刘姥姥大谈"以火攻火"方可"遇难呈祥，逢凶化吉，都从这巧字上来。"巧姐儿之判词云"势败休云贵，家亡莫论亲"，是言世态炎凉；"偶因济刘氏，巧得遇恩人"，是明演"巧"之作用，巧遇刘，刘即留。"巧"并非偶然，巧姐儿转危为安，其实还在于凤姐"留余庆"之"留"。

☆ 甄士隐者，姓甄，名费，字士隐。名取《中庸》"君子之道，费而隐"，此人君子也。激流勇退，故而《遁》。《说卦》云："《遁》者，退也。"甄士隐演一隐《遁》，从第一回至第一百零三回复现，一《遁》达百回之多。野鸟尽，良弓藏；狡兔死，走狗烹。《遁》之时义大矣哉。《易·乾·文言》、《易·大过》皆云："遁世无闷。"子曰："贤者辟世。"（《论语·宪问》）但世人不悟。在知机县、急流津、觉迷渡点化贾雨村者，正是隐真人。"知机"、"觉迷"者，今古寥寥！

☆ 贾雨村者，雨村为别号；姓贾名化，表字时飞。贾化者，假话也；时飞者，逢时而腾飞，因假话而时飞，即不说假话办不成真事。此人三上三下，平儿骂他"没天理的"、"饿不死的野杂种！"（第四十八回）包勇骂他"没良心的男女！"（第一百零七回）太平闲人评他："明写一恶人。"贾雨村虽姓贾，"别号"暗示为别种另类。其结局云"因大赦而赦"，实不赦。第一回明告"又何妨用假语村言"、"故曰'贾雨村'云云"，此恶人虽虚拟，现实中此类实多矣。人之将死，其言也善。临终有言"下愚不移，致有今日"，三上三下，难为得此一言也。

☆ 贾政之"政"，孔子云："政者，正也。"（《论语·颜渊》）老子《道德经》云："以正治国"、"爱民治国"；孔子《孔子家语·致思》云："正其国以正天下，伐无道，刑有罪，一动而天下正，其事成矣。"《孔子家语·大婚解》云："古之为政，爱人为大。""正"是治国大纲，爱民是"正"的体现，是"正"的出发点和归宿。《易·大壮》彖辞云："正大，而天地之情可见矣。"只有大而失正，失去大的意义，越大越害！故北京故宫乾清宫匾额大书"正大光明"先言正。

☆《红楼梦》屡演吃饭，吃饭，实脾；实脾，诚意也。孔子云："夫礼之初，始诸饮食。"《礼记·礼运》演吃饭，实演礼！故刘姥姥二进贾府，在饭桌，见为侍饭者重新布饭，感叹说："礼出大家！"

☆孔圣人曰："不学诗，无以言。"《论语·季氏》这里的"诗"指《诗经》，《诗经》为"五经"之一，它的记史作用和诗歌在文学模式中的重要地位显而易见。《红楼梦》最重诗，尤其是格律诗，它以诗言小说，它以诗冠文学，它以诗设象，它以诗示传承，它以诗演《易》变，《红楼梦》是诗境的小说。故香菱讲作诗是"造化"。凤姐作一句诗开头，薛蟠也有一雅句入韵，刘姥姥会行令说本色，故皆可言，今不学诗能言者多矣，怪哉！

☆《好了歌》乃天下第一醒世之好歌。道人云："好便是了，了便是好；若不了，便不好；若要好，须是了。"显见世俗重好不重了，不知何为真好；玄悟者，不重好重了，便知何为真好。恒河沙人，能听见《好了歌》者寥寥，故跛道人道："你（甄士隐）果听见'好了'二字，还算你明白呢！"《好了歌》有词无谱，跛道人悲天悯人，故念《好了歌》以方便世人听，无奈"念"虽好，可叹今人不会唱。

☆作《史记》的司马迁有言"死或重于泰山，或轻于鸿毛。"《红楼梦》一书，屡见其死，可谓演"了"。死者皆平常人，然正因为平常，故贴近生活、贴近情感，诸死皆归于平常之所。真正称得上死重于泰山、死轻于鸿毛者皆鲜矣。死既归于平常，《红楼梦》似告之：生亦当平常也。

☆《石头记》一书之关键在于"真假"二字，作为人，便有贾家、甄家，假假真真；作为物，第七十七回，宝钗专讲"人参"作伪，乃真真假假；作为史，"石头"开篇就讲"无非假借汉唐"，历史亦真真假假。《石头记》中有真假宝玉，《西游记》中有真假悟空，《水浒传》中有真假宋江。《聊斋志异》人鬼仙狐混淆，辨别真假实难矣，假冒伪劣根深蒂固。打假之难难于打假本身亦有真假。《红楼梦》四大家族，太平闲人云："史字姓得最妙。"（第一回夹批）余以为贾字姓得更妙，一假，便使小说无限升华。

☆ 要重视阅读《石头记》原著。第五回，警幻仙姑特别告之宝玉："先阅原稿，后听其曲。"不读原著，以讲座代替读原著，或以《红楼梦》影视品代替读原著，都是一种偏向。《石头记》是一部不宜演戏或说书的文学巨作，看一遍是远远不够的，原因在于以真假相参而隐含的博大精深的学识需要的是思索。读《红楼梦》能有点滴自己之见识，这便是红学思想性的收获。第六十四回，宝钗特别赞扬作诗要"各出己见"、"别开生面"。庄子《逍遥游》云："举世而誉之而不加劝，举世而非之而不加沮。"这种独立之境界，正是人格品位之象征。

☆ 是书云："后因曹雪芹于悼红轩中，披阅十载，增删五次，纂成目录，分出章回，又题曰《金陵十二钗》。"（第一回）显而易见，只有作者才能于"悼红轩"中挥笔动情，才能不畏寒暑著述不惜十年之功，才有削删之权，才有增加之能，此皆非编辑加工之所为。原稿经"空空道人"传递与曹雪芹，并无经它手。道人者空空也，故《石头记》前八十回，曰曹雪芹著不为过。《石头记》问世五十年，已有百二十回的续部，续部作者对前八十回作者为曹雪芹并无疑义。时间越是以降，疑古之风越盛，兴趣之所在，几乎忘读原著矣。

☆ 第一回，绛珠草下凡，顽石还未下界，故茫茫大士要携带石头下世以了清孽案。那僧道："如今有一半落尘，犹未全集。"这里的"集"，既有动词明演聚合之意，又有名词暗示成书之征。"未全集"即半集，后部据程伟元序，当有三十余卷原稿，经高、程整理补作，续部亦有功。

《石头记》最好之篇章是第一回，可谓大道浑雄：

| 笔气磅礴 | 天人纵横 | 真假相参 | 木石化精 |
| 僧道往来 | 因缘幽明 | 从无生有 | 渐闻歌声 |

次之，第五回也，可谓自然玄妙：

| 梦债神缘 | 大象幻境 | 疏漏玄机 | 同归薄命 |
| 协和曲稿 | 悟知名姓 | 声泪筝板 | 谁判情性 |

再次之，第三十八回，可谓诗风典雅：

| 菊蟹为题 | 高吟抒情 | 自律选韵 | 别境点睛 |
| 曲呼诗应 | 妙至趣生 | 重阳积健 | 留史雅盟 |

上述三章，皆为全书总括之篇章，除此而外，第二回、第十四回、第十七回、第十八回、第四十回，皆大场面、大手笔，均为全书精彩之处，故极需细读之。

写续部是很不易的，不然为何所有版本都附有续部？后四十回中，第一百二十回写得最好：

指归玉石　　明言一梦　　淡漠作者　　不知名姓
大道终始　　留味情性　　总结收笔　　往来无穷

目　　录

1. 反者道之动，漫谈风月宝鉴 ································· 1
2. 甄士隐演一《遁》 ··· 7
3. 贾府在哪儿？在都中！天圆地方，道在中央 ··············· 12
4. 名者，自命也 ·· 17
　　一　为什么叫贾宝玉？ ······································ 17
　　二　简谈张如圭的"圭" ···································· 21
　　三　夏金桂的名实 ··· 22
5. 彰往而察来，变易、交易！ ································· 27
　　一　严老爷来干什么？ ······································ 27
　　二　王老爷何许人也？ ······································ 30
6. 宝玉以水设象赞女儿有道理 ································· 34
7. 阴阳五行中的宝玉、黛玉、宝钗 ··························· 38
8. 《曲径通幽》联想曲 ··· 48
9. "泻玉"和"沁芳" ··· 52
10. 绿珠·石崇·《金谷诗序》 ································ 55
11. 《红楼梦》中的清客 ·· 60
12. 贾瑞病理探源 ··· 67
13. 由"卜世仁"谈"人"字结构 ······························ 71
14. 漫谈麒麟 ··· 75
15. 黛玉评李商隐的诗，兼论"残"与"枯" ················ 79
16. 评妙玉论诗 ·· 83
17. 读黛玉论陆游诗句有感 ····································· 87

1

18. 香菱三引王维诗句"落日"之隐义 … 91
19. 失教的贾政 … 95
20. 也谈赵姨娘——何有曹公"败笔之说" … 101
21. 贾元春为虚构人物 … 106
　　一　命理八字与现实不符 … 106
　　二　生卒年设计有误 … 117
22. 迎春谜诗错韵,"错"合其人 … 122
23. 《红楼梦》中的同性恋 … 125
24. 晴雯和袭人 … 131
25. 秋桐属相之误 … 137
26. 评宝玉论"忠臣良将" … 141
27. 湘云、翠缕主仆妙论阴阳 … 145
28. "恒舒"兆象薛蝌、岫烟姻缘完满 … 150
29. "两难"体现在教学成才之不易 … 154
30. 《红楼梦》中的拐卖人口 … 157
31. 由鲁迅《言论自由的界限》一文也谈焦大 … 162
32. 《易》涉史,《红楼梦》重史 … 167
33. 《红楼梦》与易哲 … 175
34. 《红楼梦》与《易》象 … 188
35. 《红楼梦》与《易》数 … 198
36. 《红楼梦》与《易》卦 … 215
　　一　贾府"四春"演天人合一之《易》变 … 217
　　二　贾琏与鲍二妇演由兴而衰必经途之《姤》 … 223
　　三　刘姥姥演一《坤》 … 227
　　四　宝玉之《艮》 … 231
　　五　黛玉之《巽》 … 234
　　六　宝钗之《兑》 … 236
　　七　王家演一《丰》 … 238
　　八　大观园演一《观》 … 240

九　黑山村、血山崩演一《寒》 240

　　十　《鼎》之重　《渐》之变 242

　　十一　射覆　神以知来 243

　　十二　《红楼梦》涉卦杂论 247

37.《红楼梦》与道家 249

　　一　宝玉与老庄 249

　　二　由迎春看《太上感应篇》漫谈感应 254

38.《红楼梦》与儒学 257

39.《红楼梦》与《礼记》 273

40.《红楼梦》与《诗经》 294

41.《红楼梦》中的近体格律诗与《易》理 300

42. 谜诗和版本 314

43. "比较"可知版本各有千秋 319

　　一　几首诗作的比较 320

　　二　十二处内文的比较 324

44. 脂砚斋和刘铨福 328

45. 评胡适考证红学的儒风 334

46. 曹雪芹"白傅"诗句和敦诚"李贺"、"刘伶"诗句 342

47. 涉及红学的"批评"与"评批" 346

48. 诗评是红学带有文学艺术性的评批流派 348

49. 首开《易》理评批先河的太平闲人张新之 356

附　录 361

后　记 367

1. 反者道之动，漫谈风月宝鉴

《石头记》、《红楼梦》是最有影响的书名，其实书名有五个，其中还有一名为《风月宝鉴》。《红楼梦》首回中，正文就有："东鲁孔梅溪题曰《风月宝鉴》"。甲戌残本、《石头记》首回眉批云："雪芹旧有《风月宝鉴》之书，乃其弟棠村序也。今棠村已逝，余睹新怀旧，故仍因之。"胡适云："此处不说曹棠村而用'东鲁孔梅溪'之名，不过是故意作狡狯。梅溪似是棠村的别号……吴玉峰与孔梅溪同是故设疑阵的假名。"（胡适《考证〈红楼梦〉的新材料》）东鲁，山东即鲁；孔，孔子之姓也；"溪"谐音为"袭"，承袭孔子之后也。评家重儒可见。清代周春评："（孔梅溪）乃乌有先生也。"

《甲戌本》开卷脂评《凡例》云："《风月宝鉴》是戒妄动风月之情。"又云："贾瑞病，跛道人持一镜来，上面即錾'风月宝鉴'四字，此则《风月宝鉴》之点睛。"第一回太平闲人张新之夹批，"此镜实照全部人物"。第十二回又夹批，"《风月宝鉴》可以保命，是认源头处"。

"风月宝鉴"这个镜很有趣，它是个两面镜，各有作用，两面皆可成象，所成之象并非所照之自象，而是观镜人的欲象或是止欲象，由于通灵，故称宝鉴，这是它的玄妙之处。

《红楼梦》第十二回，渺渺真人垂象的跛足道人，为了挽救病入膏肓的贾瑞，原文讲："从褡裢中取出正反面皆可照人的镜，背上面錾着'风月宝鉴'四字。"道士讲："这物出自太虚玄境，空灵殿上，警幻仙子所制，专治邪思妄动之症，有济世保生之功。"清代红评家太平闲人夹批："不曰'幻境'而曰'玄境'，见有实义有真功。"《道德经》第一章解"道"："玄之又玄，众妙之门。"可见"风月宝鉴"宗大道之玄妙，神奇无比。贾瑞是心病，患的是"邪思妄动"之症，道士让他"千万不可照正面，只照他的背面，要紧，要紧！"但背面为一骷髅，贾瑞一照便吓了一跳，他背后骂道士："混账，如何吓我？"他不听道士忠告，偏偏要照正面，这正面恰是他患病之因——朝思暮想的凤姐，贾瑞因色入空，于是便入幻境与凤姐交媾，再由空入色，如此三四次终因竭精而亡，应了他为了凤姐"死了也情愿"的谶语。

两面皆可照的"风月宝鉴"可谓阴阳镜，一阴一阳之谓道，所以"风月宝鉴"是大道之镜，正因此，才有"济世保生"之功效。正面为阳，故映象为美人；反面为阴，故映象为骷髅。第十九回，宁府演戏《黄伯央大摆阴魂阵》，闲人夹批："《阴魂阵》即风月鉴（反面）中之骷髅。"这骷髅是预示，是警戒，是要（药）紧！是对症的辨证施治，故反面可以治病，因此骷髅可以变成美人。而正面美人是欲念，是邪思妄动，美人实为骷髅。第三十九回，二进荣国府的刘姥姥信口开河，编出若玉小姐事，宝玉信以为真，特意派培茗去寻找，培茗未找到祠堂供女，却找到破庙瘟神，正是美人变瘟神之喻。《道德经》云"反者道之动"，道家讲"顺为人，逆为仙，神仙颠倒颠"。老子云的"反"是有真实作用的大道理。南海大士庙对联云："问大士缘何倒座？恨凡夫不肯回头。"《红楼梦》第五回，警幻仙子即警示宝玉："快休前进，作速回头要紧！"此即常言之"苦海无边，回头是岸"。这释家之"倒"，即道家之"反"！儒理《中庸》"知止而后定"，《论语·先进》："非礼勿视，非礼勿听，非礼勿言，非礼勿动。"《礼记·仲尼燕居》"无理不动"，这"止"、"定"、"勿"、"不动"即为道家讲的"反"。孔子名言："君子反古复始。"（《礼记·祭义》）"知不足，然后能自反"。（《礼记·学记》）即"知反己之谓也。"（《礼记·学记》）气功学的意念要求"内守"，亦讲"收视反听"、"回光返照"，亦重视"反"，所有"反"的作用，在于身体能量之"蓄"，而非耗。故《吕氏春秋·季春·先己》讲："反其道而身善矣。"《易·乾》云："反复道也。"《易·蹇·象》云："君子反身修德。"从《易》理而大观：阴中有阳，阳中有阴，这是互易、变易，且是不易之真理。贾瑞的爷爷、奶奶对贾瑞之死不明其因，把"风月宝鉴"当成"妖镜"，口口声声以免"遗世害人"，要把宝镜放在火上烧，这是一场是非颠倒的闹剧！

贾瑞夭亡，道士也难脱干系。如果他负责任，把正面用纸糊住，使贾

1. 反者道之动，漫谈风月宝鉴

瑞不能看正面，他也不会丧命。特别是道士先讲"千万不可照正面"，后讲"只照他的背面，要紧，要紧！"对于猎奇的贾瑞，无疑是催死的提醒。第十二回，张新之夹批云："跛足道人何能辞咎？"风月宝鉴可无正面矣。跛足道人对此不服，书中云他道："谁叫你们瞧正面了的？"闲人夹批驳斥曰："谁教你有正面？"其实，宝鉴两面设象，有深层的含义。

镜子很重要，故《红楼梦》屡演镜子！

第二十回，"宝玉在麝月身后，麝月对镜，二人在镜内相视"，这一照镜，是显露隐晦之情照，故晴雯讲："你们那瞒神弄鬼的，我都知道！"情只可轻而不可倾，太平闲人张新之回批："设麝月一镜，又告听谈情者，莫忘了风月宝鉴。"

第二十二回，宝玉巧妙用典《孟子·万章句上》"南面而立（诗中改'立'为'坐'），北面而朝"，"象忧亦忧，象喜亦喜"，四句而制谜，谜底是"镜子"。此镜亦不是普通的镜子，这"象"也不是普通的映象。"象"兼人名，为舜同父异母弟，象对舜不满，有杀机，但舜对象很宽宏、友爱，故自己的情思很受象的影响，舜有君主之德。太平闲人张新之夹批，"人以为《风月宝鉴》一语便了，殊不知'南面而坐'为舜，'北面而朝'有瞽瞍，亦忧亦喜有兄弟，是乃君臣父子兄弟之伦。一镜中有如许大道理，问诸人识得否？"此处之镜是正演《风月宝鉴》之镜，是演儒理之镜，太平闲人张新之夹批云："（风月宝鉴）背面原亦不容泛泛一照，乃阐《大学》三'在'字。"（第十二回）即《大学》："大学之道，在明明德，在亲民，在止于至善。"

第四十一回，刘姥姥二进荣国府，酒醉误进怡红院，她不识穿衣镜，还要"伸手一摸，再细细一看"，才能确认面前确是一块镜，这"一摸一看"是演"镜"由虚而实，由空而色，此镜（宝鉴），不演虚空！而这"镜""原是西洋机括，可以开合。不意刘姥姥乱摸之间，其力巧合，便撞开了消息，掩过镜子，露出门来。"这些皆是《易》道。《乾》、《坤》为《易》之门；可开合，即一阖一闭，为门之作用。因此这镜是《易》理之镜。太平闲人张新之夹批："非刘姥姥不能撞出此镜，而其消息又在有意无意之间。"刘姥姥是通晓《风月宝鉴》之人，很不简单。

那么,《风月宝鉴》正面又是给谁看的?《红楼梦》第十二回,明言是给那些"聪明杰俊、风流王孙等看照",一般人似乎还不够看照的条件。老子云:"天之道损有余而补不足。"因此,这镜的正面作用就是损,损其有余以实施老子云的"人之道损不足以奉有余"的制裁,怎么制裁?以亡命促死制裁!促进由美人变骷髅的转化。从这层理念讲,风月宝鉴的正面起催命促死的作用,正面设象为美人也是有意设立的。风月宝鉴"专治邪思妄动之症"是对"邪思妄动"之人的制裁,不是治好,而是往死里治,故第八十回,太平闲人张新之夹批:"其人该死,正照风月宝鉴者。"保生是假,促死是真!既使你明知美人的危害,让你也难逃美人计!这正面映象不仅是美人,也是色欲的种种方面,除女色外,还有财色、名色、物色、官色,等等。你有什么欲望它就满足你什么欲望,并超欲望的满足,让你为此付出超常的代价。因此这风月宝鉴的正面,对有所警悟之人,当是敬畏的。清代红学评论家、护花主人王希廉第一回回评:"《风月宝鉴》者,即因色悟空也。"太平闲人张新之第一回夹批:"《风月宝鉴》序势力财色而归重孝字。"

风月宝鉴两面的大作用是保证天理公平!使社会生态平衡!风月宝鉴反面的作用当为保生而济世;正面的作用当是促死而济世,前者当为假,后者则为真。"济世"才是根本目的,反面有保生之功,正面有损生之用,保生未必济世,损生也未必不济世。一阴一阳之谓道,这就是风月宝鉴的真实作用。《石头记》第一回云:"亦非伤时骂世之旨","因毫不干涉时世",脂评亦帮忙说"此书不敢干涉朝廷",恐怕皆非真,因为书中明明有"指奸责佞贬恶诛邪之语",促使权势妄为者早死便是大德,风月宝鉴在促进生态平衡方面的作用实是太需要了。

"风月宝鉴"四字的名字錾在哪?宗高鹗百二十回本的《三家评本〈红楼梦〉》云"背上面錾着《风月宝鉴》四字"。这"背上面"三字概念不太明确,一是可以理解为"背面",按此理解,太平闲人张新之评"风月宝鉴錾在背面,则所以为宝为鉴者全在背面,故闲人痛发他背面。"(第十二回)此论重视背面"反者道之动"的作用。但是难道正面不是也起着与济世相辅相成的作用?所以第二种解释"背上面"似乎可以理解为"脊背",这"脊背"就有了"把柄"的含义。由于发现最早的甲戌残本缺此回,故不知此处如何写的,而《庚辰本〈石头记〉》恰恰就是"镜把上面鏨着《风月宝鉴》四字"。(第十二回)有带把的镜子吗?当然有!第五十二回就有"晴雯自拿着一面靶儿镜子"之语。第五十五回,亦有"便有三四个小丫鬟捧了脸盆、巾帕、靶镜等物来"之语。余以为这"镜把上"三字更符合曹公原意,也是更明确、更合理的为"风月宝鉴"四字定位。风月宝鉴之名应统辖两面,"保生"是保持生态平衡之"生",不是保恶人之生,这才是真正的"济世"。

镜把,把柄也,把握也。明代《易》学大师来之德讲:"反者道之柄。"道家云"我命在我不在天",尽管风月宝鉴有天大的功效,但终归要靠持镜人的选择才能发挥作用,关键在于持镜人对生命的态度,与其说是"宝鉴"的作用不如说是持镜人的自我作用。第十二回,凤姐说贾瑞"因他自投罗网"。太平闲人亦夹批:"实贾瑞果于自杀。即此已是'正照风月鉴'处。""非凤姐杀之,贾瑞自杀之耳。"所以风月宝鉴充分体现了道家对待性命主动权的认识。从这个层次讲,风月宝鉴的持有者跛足道人并非租赁牟利,对夭亡的贾瑞不负任何责任。

"妄动"的原因是"邪思","邪"则不正,"专治"邪思妄动之"专治",就是戒,就是风月宝鉴的反面,而反面恰恰就是返朴归真之正。正因为"正",才有大,才有大观。所以《风月宝鉴》是世界观和方法论的统一大观之镜。

《风月宝鉴》是镜,这镜是需要经常看照的。第二十四回,秋纹兜脸啐了一口说小红:"你也拿那镜子照照,配递茶递水不配!"第五十八回,几个婆子见何妈笑到:"嫂子也没有用镜子照一照,就进去了。"就是提醒世人要知道照镜!儒家经典《礼记·学记》云:"知不足,然后能自反也。"知道不足,然后能反省自己,镜就是起这样的作用。

《风月宝鉴》哲理根据正是一以贯之的《易》道。第一百零二回,太平闲人明告:"一部《风月宝鉴》是药,亦是卦也。"这是张新之对《红楼梦》重要的指归。《风月宝鉴》涉及《易》的两卦。

首先,风月者,坤下巽上,《观》也。《观·象》云:"大观在上,顺而巽,中正以观天下,《观》。"其义是要以中正之心观察天下。"中正"是《易》理的大字眼,"中"又是儒家的核心理念,如孔子之"中庸";"正"是道家的核心概念,如老子之"以正治国"。任何认识离开了"中正",轻则害命,重则亡国。"镜"是对认识的一种检验,中正之观才是大观。《风月宝鉴》的作用恰恰就是中正的大观。元春题诗句"芳园应锡大观名",可谓一语中的。镜,《观》也。

其次,风月者,风为巽,月为坎,坎下巽上,《涣》也。《涣》即是散,既有散布教化之义,又有改变涣散之法。《红楼梦》演贾府由兴而衰,由聚而散,这正是演《涣》卦之"散",贾府的变化状态是符合《涣》象的。至于散布教化,重振家业,这是贾府先人在天亡灵的厚望,故第五回,有荣宁二公之灵嘱托警幻仙子之笔;这也是作者善良的心态,故有百二十回,甄士隐"兰桂齐芳"天道循环之高谈。有正常心态之读者对"字字是血"的曹雪芹必然是同情的。这正是:

七　律

通灵宝鉴有玄功　济世保生象不同
反照回头赏新月　正观过客逐西风
镜中景幻叠花障　园外人非覆草丛
跛道何时重下界　开坛点指色和空

2. 甄士隐演一《遁》

人事有真假，"真"至关重要，离开真，社会就不复存在。常云"真、善、美"，首先是言"真"。道家讲"反朴归真"，儒家则讲"至诚之道"。《红楼梦》第一回，首先设一甄家，然后才有贾雨村、四大家族的贾家。由贾家又回到"老亲"、"世交"的甄家。甄，姓也，谐音通"真"。《红楼梦》涉及"甄"姓有两家，一家为姑苏的甄士隐家，另一家为金陵的甄宝玉家。这两家亦有关，由于贾家这条裙带，甄士隐的女儿英莲为薛蟠的妾，而薛蟠之母薛姨妈又是贾府王夫人的胞妹，所以甄士隐和贾府是亲戚；由于在京的贾府和金陵的甄家是"老亲"（第二回）、"世交"（第五十六回），所以两个甄家也成为远亲，显示"真"的作用当无处不达。相对于荣国府、宁国府之贾（假），第五十二回就有宝琴提到的真真国之真。

甄士隐之"士"，乃人。士隐，隐士也。甄士隐是《红楼梦》中起始作结之人。《红楼梦》首回云，姑苏城阊门内十里街仁清巷葫芦庙旁，"住着一家乡宦，姓甄，名费，字士隐"。这"姑苏"，吴地也。吴即无，无有之地。"阊门"，天门。天门本虚，空门也。"仁清巷"，仁即人，人清之巷，其巷无人也。所以甄士隐此人无所出，乃借用典籍之假设。清代王希廉《护花主人总评》中明告，"甄士隐……平空撰出，并非实有其人，不过借以叙述盛衰，警醒痴迷。"另一贾府"老亲"的甄家，在"金陵"。金，五行方位西，在性秋杀；陵，坟墓邱陇也，虽巧用古址名，但非活人所居，所以甄非真，虚设家族。

甄士隐人物虽虚构，取名却颇有深义。甄为姓，取谐音之"真"。名字取义《中庸》，"君子之道，费而隐。"宋代大儒解释："费，用之广也；隐，体之微也。"那么，何为广？大也。《易·系辞上传》云："夫坤，是以广生焉。……易简之善配至德。"故"广"为大德。何为微？老子云："抟之不得，名曰微。"尧授舜、舜授禹之座右铭是"道心惟微"，可见

"微"为道德之幽深、精妙。"费"、"隐"都是君子道德之象征。甄士隐，君子也，是体察道德之人。他在红尘则行儒理。《说文》解"费"："散财也"。所以《红楼梦》第一回中，描写他知"义利"二字，行善好施，助困扶贫，从经济上资助贾雨村赴京赶考、求取功名。这便是朱熹解释"费"的"用之广"。他出家，修真得道，施恩不图报，对忘恩负义的贾雨村并不苛责，只是说："老先生初任之时，曾经判断"点到为止，真正做到了老子言的"善者善之，不善者吾亦善之"的教诲，这便是朱熹解释"隐"的"体之微"。所以甄士隐出家学道十九载，由君子而成真人。何为真人？《庄子·大宗师》有评解。

甄士隐之"士"，谐音"事"。老子云"事无事"，遁而无事也。这甄士隐在《红楼梦》中又指事情的隐迹。《红楼梦》第一回明言："作者自云，曾历过一番梦幻之后，故将真事隐去，而借通灵说此《石头记》一书也。故曰'甄士隐'云云。""甄士隐"是"真事隐"的谐音，所以《红楼梦》将真事隐去。曹雪芹的好友敦敏《感成长句》诗有句"秦淮旧梦人犹在"，脂批有句"事是实事"，可知《红楼梦》之"梦"隐迹经历过的事情，并非完全虚构。尽管隐去，因为有真，所以才在读者中引发索隐的极大兴趣。

无论人或事，《红楼梦》明告是"隐"。《说文》解"隐"，蔽也。余在《诗评易注红楼梦》一书中曾云："甄士隐，演一《遁》卦。"故"隐"在卦为《遁》。《遁》卦象词云："君子好《遁》。"《乾》卦"文言"云："遁世无闷。"闷，懑也，烦闷。无闷即无烦闷。就是俗说的眼不见心不烦。所以甄士隐选择《遁》世之路，和贾雨村求取功名的仕途之路形成强烈的反差、鲜明的对照。当然，甄士隐也不是无缘无故而《遁》，因为他经历了家庭巨大变故，经受了精神沉重的打击，丢失女儿和失火，可谓《遁》卦的二阴而进，这两个致命的打击使他由"凤慧"到"彻悟"。另外寄人篱下，受岳丈封肃的挤兑，难有容身之地。在他切解了疯跛道人的《好了歌》之后而出家。这一《遁》，便从《红楼梦》第一回直至第一百三回复现。全书一百二十回，一《遁》就是一百多回。他《遁》的效果是不错的。第一回讲他经历两次劫难，"露出那下

2. 甄士隐演一《遁》

世的光景"；他出家十九载，第一百三回，贾雨村复见他"容貌依然"、"面色如故"，可见甄士隐不仅一扫十九年前"下世的光景"，反而更健康了，似得"长生久视之道"。更为重要的，甄士隐已有特异功能的道法，用贾雨村的话讲他"道德高深。"《遁》的良好效果，用《遁》卦卦辞讲："亨，小利贞"。

《遁》（☰☶）"在十二消息卦"中，是第六卦，为时代表六月。此卦是《姤》（☰☴）和《否》（☰☷）之间的一卦，是借贾府四春之名的排列顺序演贾府由《泰》（☷☰）而《否》（☰☷）的过渡卦，从而显示贾府由兴而衰的《易》变趋势。《遁》卦下卦为《艮》，《艮》性止，所以《遁》恰恰是为了止。《红楼梦》第五回，《红楼梦·恨无常》有句"天伦啊，须要退步抽身早！"第一百二十回，甄士隐在知机县、急流津、觉迷渡为贾雨村指点迷津，就是让其从"名利"中觉悟而知"止"，儒理《大学》强调"知止而后有定"，故知止而后能得。《遁》不是消极的逃避现实，《序卦》云："《遁》者，退也。"《杂卦》云："《遁》则退也。"《论语·泰伯》讲："天下有道则见，无道则隐。"如果说儒家倡导的"隐"是基于天下无道而采取的措施，那么道家无所谓天下有道或无道的问题，认为"合则离，成则毁"、"功成者堕，名成者亏"，主张从开始就"去国捐俗"、"削迹捐势"（《庄子·山木》）的无为。尽管圣人有教，但难敌权钱观念日盛的社会现实。《红楼梦》一百三回，护花主人王希廉回批"'见机而作，急流勇退'八字，人人皆晓，而能行其事者，今古寥寥，故作者设此一地名（知机县、急流津、觉迷渡），为恋禄者下一针砭。"为白居易、刘禹锡推崇的唐代诗僧灵澈《东林酬韦丹刺史有诗句》"相逢尽道休官好，林下何曾见一人"就是对现实的讥讽和感叹！平日恋禄，不知退步抽身；一旦陷于权势斗争的逆境，方觉悟欲退，为时已晚。十二钗中有妙玉、惜春两人遁入空门，遁之时义大矣。当然，隐退为对待天下无道的一种态度。

《红楼梦》第一百二十回，用贾雨村的话"（宝玉）也遁入空门"，可见甄士隐是贾宝玉隐遁入空门的先导，均是演一《遁》，显见高鹗续部并未违背曹雪芹安排宝玉结局的原意。

顾颉刚先生认为："我想，曹雪芹想像中宝玉的结果，自然是贫穷，但贫穷之后也许真是出家。因为甄士隐似即是贾宝玉的影子……贾宝玉未必不随一僧一道而去……高鹗说宝玉出家，未必不得曹雪芹古意。"(《俞平伯全集·五卷13页1921年5月17信件》）

俞平伯先生认为："论宝玉出家一节见地甚高。弟只见其一未见其二也。贫穷与出家原非相反，实是相因；出家固不必因贫穷，但贫穷更可引起出家之念。甄士隐为宝玉结局一影，撰之文情，自相吻合。雪芹自己虽未必是做和尚，但他许有出家念头；我们不能因雪芹没有出家便武断宝玉也如此，况且雪芹事实我们几无所知，所以《石头记》做了半部，作者是出家是病死无从悬揣了！我们不必否定宝玉出家，我们应该假定宝玉由贫穷而后出家，这个假设，似乎对于各方面解释都圆满一点。"(《俞平伯全集·五卷13页1921年5月21信件》）俞平伯《红楼梦研究》写道："我现在这样想，把曹雪芹的事实和书中人贾宝玉相对照，恐怕没有什么意思。"

至于曹雪芹本人，好友敦敏《赠芹圃》有诗句"寻诗人去留僧壁，卖画钱来付酒家"，由此看曹雪芹和佛也有某种程度的因缘。周汝昌先生《万安山访古刹》一文，讲到老舍先生的一首七律，在一条小注中云："老舍先生听村民说，曹雪芹曾在法海寺出过家，当过和尚。"至今佛寺依然存在，对"无"层次的信仰是建立在很高道德要求上的认知，尊重信仰的自由是宪法规定的。我们应尊重《红楼梦》原著，对《遁》世出家入空门的宗教应充分予以理解，不要用无神论的立场对《红楼梦》小说作者苛求。清代《红楼梦》评批家、大梅山民姚燮首回回评："卷首士隐出家，卷末宝玉出家，却是全部书底面盖，前后对照。"《遁》卦对于中国长期封建社会，尤显特殊的意义。《水浒传》中的鲁智深、武松都要遁入空门避祸，那是相对宽松的一个环境。《礼记·表记》云："事君难进而易退，则位有序；易进而难退，则乱也。故君子三揖而进，一辞而退，以远乱也。"《论语·宪问》云："贤者避世。"甄士隐，名费，费而隐。费，谐音通"废"；甄，谐音通"真"。甄费即真废，是真则废，当为封建社会一大缺陷。这正是：

2. 甄士隐演一《遁》

七　律

称名据典性当真　　宿慧柔肠助近邻
祸起寻人难靠友　　劫连失火必投亲
炎凉世态能收眼　　荣辱心扉促遁身
点化重来觉迷渡　　逍遥已过急流津

3. 贾府在哪儿？在都中！
天圆地方，道在中央

贾府在哪？这是《红楼梦》读者关心的问题。《红楼梦》的品位和层次，决定贾府必在皇城国都。贾雨村"一上"从姑苏赴京赶考，"中了进士"的"大比"之殿试必然在首都。

《红楼梦》第二回，贾雨村做官被贬（一下），在维扬（扬州）巧遇"都中"做贸易的冷子兴，这里首提"都中"。故人相逢，便到酒肆叙旧。贾雨村问冷子兴："近日都中可有新闻没有？"所问再提"都中"！此回有多处提到"都中"。第三回，贾雨村借助"都中奏准起复旧员之信"，依靠林如海"转向都中去央烦贾政"，由贾政举荐，始得复官。显见贾府在"都中"的首都。都中之"中"，不仅是地理位置，且是政治、经济、文化的中心。由于"中"的大品位，显见这"都"之重要。但"中"又使"都"的方位很不明确，"都中"又在哪儿？不妨索隐是书透露出有关"都中"的信息，自然就得知贾府在哪儿！

贾雨村未发迹时，落魄栖身在葫芦庙，这是他赴京赶考的出发地，葫芦庙在哪儿？第一回书中明告："东南有个姑苏城，城中阊门，最是红尘中一二等富贵风流之地。这阊门外有个十里街，街内有个仁清巷，巷内有个古庙，因地方窄狭，人皆呼作葫芦庙。"显而易见，葫芦庙在姑苏。姑苏即现实确有的苏州，苏州城确实有阊门，出这西门便可到唐代诗人张继《枫桥夜泊》提到的"姑苏城外寒山寺"；这阊门外亦有十里街，今称之三塘街，街中是否有仁清巷，时事变迁已不得而知。甄士隐、黛玉、妙玉都是苏州同乡。考察贾雨村赴京赶考的踪迹，有助于推断"神京"的方位，因为中国有史以来的首都不过集中在有限的几个大城市。

上海古籍出版社 1988 年出版的《三家评本〈红楼梦〉》第一回云："兄（指雨村）可即买舟北上。"买舟。意味着走水路花钱乘船；"北上"，

3. 贾府在哪儿？在都中！天圆地方，道在中央

意味着"神京"在苏州之"北"，乘船走水路京杭大运河可达神京。水陆之终点就是北京，可见"都中"、"神京"即北京。从1403年起，北平改名为北京，为元、明、清三朝古都，不愧为贾雨村称之的神京。《红楼梦》诞生在清代，北京留有《红楼梦》作者曹雪芹的一些历史遗迹。《红楼梦》中的一些地名，带有儿语的京腔，北京有贾府所在的地理背景。胡适在《考证〈红楼梦〉的新材料》一文中说："曹家几代住南京，故书中女子多是江南人，'凡例'中明明说'此书又名曰《金陵十二钗》，审其名则必系金陵十二女子也。'我因此疑心雪芹本意要写金陵，但他北归已久，虽然'秦淮残梦忆繁华'（《敦敏赠雪芹诗》），却已模糊记不清了，故不能不用北京作背景。"又说："我的答案是：雪芹写的是北京，而他心里要写的是金陵；金陵是事实所在，而北京只是文学的背景。"这"北上"之"北"，为神京、都中的北京定位，当然也为都中的贾府定位。

按照胡适的说法，神京、都中涉及金陵，尽管有曹雪芹好友敦敏《赠曹雪芹》诗句"秦淮残梦忆繁华"的显迹，且金陵有着龙盘虎踞帝王居的根基，但它的地理位置却不"中"，又与贾雨村所言"神京路远，非赖卖字撰文那能到得"不符。苏州到南京不过200公里，即使徒步，数日可达，何谈路远？第六回，《脂批甲戌本》在谈"护官符"中明告："（贾府）八房在京外，现原籍住着十二房。"这原籍即金陵。可见贾府乃至四大家族均有京居、外埠老宅之分。第二回，贾雨村亦讲："去岁我到金陵，因欲游览六朝遗迹，那日进了石头城，从他老宅门前经过。街东是宁国府，街西是荣国府。"第四十六回，凤姐有"（鸳鸯）爹的名字叫金彩，两口子都在南京看房子，不大上来"之语，老宅、京居都在金陵岂不矛盾？又何必有"北上"、"西上"之谈？《明斋主人总评》云："白门为六朝佳丽地，系雪芹先生旧游处，而全无一二点染，知非金陵之事。且凤姐临终时，声声要到金陵去，宝玉谓他去做甚；又于二十五回云跳神，五十七回云鼓楼西，八十三回云胡同，八十七回云南边北边。明辨以晰，益知非金陵之事。"南朝宋都建康（即金陵，今南京）城西门，西方金，金气白，故曰白门，后遂用白门代称南京。

尽管曹雪芹生活、创作《红楼梦》在北京，但先有其家"曹頫获罪抄

没"、戴罪归京的前状。在城中，仅在崇文门外蒜市口有十来间房暂居；在城外，当在西山黄叶村借居，"举家食粥酒常赊"（敦诚诗句），哪有昔日的繁华？不可能有曹府。若有曹府，岂能建在崇外？宣外（今大观园）？保定建有贾府，保定何时有过都中的神京之称？这都是今人所为，不过以假生假之事。

其实，贾府的所在地不仅涉及金陵、北京的迷惑，脂批庚辰本《红楼梦》、妙复轩评石头记、赠评补图石头记等版本，第一回，（甄士隐）云："兄（指雨村）可即买舟西上。"和三家评本《红楼梦》不同的是：同一句话，其中非"北"而"西"，"西上"，意味着"神京"在苏州之西，乘船走水路转路可达。可见"神京"、"都中"即西安。长安为秦、汉、晋、唐的首都，亦不愧为贾雨村的神京之称。从地理位置上看，西安确为中国版图之"中"。《红楼梦》屡屡提及西安。第六回，刘姥姥和其女婿狗儿商议生计，刘姥姥就说过"这长安城中遍地皆是钱，只可惜没人会去拿罢了。"刘姥姥住其女婿狗儿家，狗儿祖上做过"一个京官"，狗儿家离贾府"千里之外"也好，"离城住着，终是天子脚下"也罢，可见这城即神京、都中，即西安，刘姥姥就住在"天子脚下"的西安城外。第三十九回，刘姥姥二进荣国府，送完东西，忙着要回家，怕城门关了"出不得城"，亦表明神京、都中即西安。贾府住在市内，刘姥姥住在城外。第十七回，谈到妙玉，"本是苏州人氏……因听说长安都中有观音遗迹并贝叶遗文，去年随了师父上来，现在西门外牟尼院住着。"贝叶，棕榈树叶，佛家用以记经文。昔日长安西门外可有牟尼院不得而知，想必大雁塔所在地的慈恩寺、卧龙寺等大寺庙当有贝叶遗文。这里明言"长安都中"！第五十六回，贾宝玉入梦，梦中遇甄宝玉，甄宝玉说："我听见老太太说，长安都中也有个（贾）宝玉。"诸如此处，显见都中即西安，西安即都中！脂批甲戌本的《凡例》讲："书中凡写长安，在文人笔墨之间，则从古之称。"何谓"从古之称"？即沿袭长安神京、都中之称谓也。《脂评甲戌本》第一回有夹批："伏长安大都。"胡适《〈红楼梦〉考证（改定稿）》亦讲："贾家几代在江南做官，故《红楼梦》里的贾家虽在'长安'，而甄家始终在江南。"胡适将"长安"、"北京"两地都说到了。

3. 贾府在哪儿？在都中！天圆地方，道在中央

但细读《红楼梦》原著，西安又非神京、都中。第十五回，为秦可卿出殡，凤姐下榻馒头庵，该庵老尼净虚有事托凤姐说："只因当日我先在长安县善才庵内"，"有个施主姓张，是大财主。他有个女儿，小名金哥，那年都往我庙里来进香，不想遇见了长安府太爷的小舅子李衙内，一心看上，要娶金哥，打发人来求亲。不想金哥已受了原任长安守备的聘定"，张家想退婚约，守备家不依，两家打起官司。"（张）家急了，只得着人上京来寻门路。"由上述这段话，可知官司发生在西安，要干预这场官司便"上京"寻门路，显见神京、都中并非西安！凤姐受老尼之托，便交待旺儿去办，书中讲："旺儿心中俱已明白，急忙进城找着主文的相公，假托贾琏所嘱，修书一封，连夜往长安县来，不过百里之遥，两日去来，俱以妥协。"从上述描写，显见神京和西安是两地，不过两地仅为"百里之遥"。这"百里之遥"和第六回的"千里之外"似有矛盾，但无论远近，说明神京并非西安，神京和西安是两地。这神京不可能是遥远的北京，是否又涉及不太远的古都洛阳？洛阳的天下第一寺的白马寺当有贝叶遗文。由于贾雨村"西上"，书中又屡屡提及西安，神京、都中之地不能不涉及古城西安。

尽管书中屡现长安之名，似其矛盾的地理位置叙述显见神京、都中并非西安，估计雪芹先生未去过西安。贾雨村"北上"和"西上"的不同行进路线，造成难定神京方位！难怪俞平伯和顾颉刚先生讲："说了半天还和没有说一样，我们究竟不知道《红楼梦》是在南或是在北。"《〈红楼梦〉辨》还应加上"也不知是在东在西。"贾府涉及影身越多，说明贾府真实存在的几率越小。金陵、北京、西安，甚至洛阳等景点，都可能留给贾府一些影像，但贾府又绝非存在于其中任何一地。小说是现实生活的抽象，言贾府在"都中"是极妙的，这是《红楼梦》的高明之处，它既明确了贾府在首都，又不着边际，留给读者自由遐想的空间。脂批甲戌本卷首的"凡例"说得清楚而深刻："凡愚夫妇儿女子家常口角，则曰'中京'，是不欲着迹于方向也。盖天子之邦，亦当以中为尊，特避其'东南西北'四字样也。"南京（金陵），北京，一南一北；西京（长安）、洛阳（东京），一西一东，说一隅便不中，禅宗讲"说是一物便不中"，统辖者唯

15

"中"也。《淮南子·天文》篇云："天圆地方，道在中央。"《红楼梦》首回明告："朝代年纪，失落无考。""第一件无朝代年纪可考"。既如此，又何能有相应具体时代之国都？如君刨根问底："贾府到底在哪儿？"余奉曹公之托再告："在都中！"三问则三告："知中则知都也！""天下之理得，而成位乎其中矣。"（《易·系辞上传》）

《易》多讲中行，大道行于中，因此这都当是大道之都、中正之都。由于现时并非理论，这现实之都，往往既不中行，又非神圣，一切因人而行。由于京都官宦之家的凤姐插手，致使地方上的金哥、守备之子两人屈死，葬送了一桩美满姻缘；像贾雨村这样的一个大恶人、被平儿骂之的野杂种，平步青云，竟能成为京兆尹、大司马，名列三公的显官，大搞冤狱夺财的倒行逆施，这"都"又有何"中"？《红楼梦》明言有真假，这"都中"亦有真假，这是《红楼梦》传递出的跨越时代意义的大信息。

神京者，神为虚，虚有之都也。神京、都中、贾府皆为《红楼梦》小说虚构。清代红评家太平闲人讲："是书原有许多事迹在引而不发之间，然究是空中楼阁，作者以之故意眩惑人耳。乃欲刻舟求剑，定指某家，定指某处者，何其愚？"（三家评本第十六回夹批）这正是：

七律绝

神京方位本朦胧　　南北东西便觅空
贾宅寻踪须巨眼　　曹公明告在都中

4. 名者，自命也

一 为什么叫贾宝玉？

《红楼梦》第二回，通过冷子兴之口而知：贾府王夫人"次年又生了一位公子，说来更奇，一落胞胎，嘴里便衔下一块五彩晶莹的玉来，还有许多字迹"，故"小名就叫宝玉"。（第三回）

第五十六回，贾家"世交"、"老亲"的甄家到京都的四个女人说："因（甄家）老太太（把甄宝玉）当作宝贝一样，他又生的白，老太太便叫做宝玉。"《脂评戚序本》第三回回前评："其性质内阳外阴，其形体光白温润，天生有眼可穿，故名曰宝玉，将欲得者尽皆宝爱此玉之意也。""内阳外阴"为《泰》，故为宝；白在五行为金，故贵。其实宝玉的称名有深意。

孔子相信阴阳五行学说。《孔子家语·五帝》讲："孔子曰：昔丘也闻诸老聃曰：'天有五行，水火金木土，分时化育，以成万物，其神谓之五帝。'"显见，儒家遵从道家阴阳五行观。宝玉称名之根据，首先由阴阳五行为宝玉定位为土，土在位为中，在数为五，作用主运化。石为土之核，玉为石之精，玉、石本性同属中土，贾宝玉一身二任兼有玉、石之土性。从《河图》、《洛书》可知，中央土和四方都密切相关：土，一性两象，由土变石，和东方之木林有木石前盟；石化玉，和西方之金钗有金玉良缘，这是《红楼梦》大结构决定的。首先为宝玉定位、定性。其名必不以"木"、"火"、"金""水"为偏旁，取名为石、为玉，便是土性。

《红楼梦》中贾宝玉的称名符合儒理《孔子家语·问玉》、《礼记·聘义》之论。贾宝玉之名取象玉之贵，又以玉喻理。

贾宝玉衔玉而生，有天人合一之象。宝玉者，名也，物也，天也。玉为宝、为贵。中国自古就贵玉，新石器时代出土的良渚文化的玉璜，红山文化的玉璃，大汶口文化的玉璇玑，河姆渡文化的玉玦，……从上古就显示出先人对玉的重视。在轩辕、神农时，还有"玉兵时代"的提法。不晚于周代的《诗经》，对玉已有了赞美的诗篇。《诗经·国风·魏·汾沮洳》有句"美如玉，美如玉，殊异乎公族。"《诗经·国风·秦·小戎》有句"言念君子，温其如玉。"第十五回，秦可卿出殡，宝玉见到北静王，北静王明言："名不虚传，果然如宝似玉。"

第二十二回，正文：

黛玉先笑道："宝玉，我问你，至贵者'宝'，至坚者'玉'，尔有何贵，尔有何坚？"宝玉竟不能答。

孔圣人早有贵玉之言，宝玉不会不知，所以未答，不宜自赞守谦也。《孔子家语·问玉》、《礼记·聘义》有同样的孔子赞玉记载：

子贡问于孔子曰："敢问君子贵玉而贱珉，何也？为玉之寡而珉之多与？"孔子曰："非为珉之多，故贱之也；玉之寡，故贵之也。夫昔者君子比德于玉焉；温润而泽，仁也；缜密以栗，智也；廉而不刿，义也；垂之如坠，礼也；叩之其声清越以长，其终诎然，乐也；瑕不掩瑜，瑜不掩瑕，忠也；孚尹旁达，信也；气如白虹，天也；精神见于山川，地也；圭璋特达，德也；天下莫不贵者，道也。《诗》云：'言念君子，温其如玉。'故君子贵之也。"

汉代许慎《说文解字》释"玉"："石之美者，有五德。"孔子解释玉之贵，为汉代许慎《说文解字》提供根据。珉者，象玉之石，为贱之物。正是由于比德于玉而贵，《礼记·玉藻》云："古之君子必佩玉。"贾宝玉必佩玉。《礼记·曲礼下》、《礼记·玉藻》云："君子无故，玉不去身。"故贾宝玉丢玉，则病、则痴、则疯，均形容玉之重要。

宝玉之贵，在于衔玉，玉为先天之贵；玉上有字，这字是后天之贵，字是文化的载体，是传承的根据，汉字是最伟大的发明，因此这宝玉乃贵中之贵。第八回，特地借宝钗想看宝玉展现上面的字：《通灵宝玉》正面是"莫失莫忘，仙寿恒昌"；反面是"一除邪祟，二疗冤灾，三知福祸"。太平闲人夹批："两'莫'字何等叮咛，尚说此书不演性理乎？'仙寿恒昌'，则完足上句效验而已。作者运用儒学，乃引而不发之意，……反面三语乃心之用，而唯'莫失莫忘'者能之。"所以宝玉之称名先由五行定位，次由孔子贵玉为据，三为玉上有汉字篆文为宝。

玉为乾，乾为天。贾宝玉佩玉显示其有天性的一面，是至贵之人。《红楼梦》第二十三回，特题"玉皇庙"，实则赞玉为皇。石之美者，而有五德者才称得上玉，这样，玉之贵和石之贱就相对应。玉之贵由"理"字以"玉"为偏旁部首亦可见。《说文解字》释"理"："理，治玉也。"为什么理字以"玉"为偏旁部首？《易经人生哲理·绪论》云："'理'乃穷宇宙之本源。物之最坚刚而有条理可分并最难分者，莫过于玉。万事万物亦都有条理，亦最难分辨分解。'理'字所以从玉，有如治玉之难。"故"理"字取"玉"为偏旁之象形。《红楼梦》第六十五回，兴儿道："就是俗语说的'三人抬不过一个理字去'了。"可见理字之重。现"理"字偏旁为"王"，失其字义。宝玉如此之贵，却为世俗所不容，首先"政老爷便不喜欢（他）"（第二回），再者为社会所不容，后人作《西江月》讽刺他"似傻如狂"、"行为偏僻性乖张，那管世人诽谤！"（第三回）《红楼梦》第一回，贾雨村不得志，高吟一联出句为"玉在椟中求善价"，《论语·子罕》有句："有美玉於斯，韫椟而藏诸，求善贾而沽诸。"美玉要求待善价而沽，是演识玉或不识玉。

姓贾，人也。贾宝玉姓贾，便假，宝玉有真假。《红楼梦》中有两块假宝玉：一块为北静王按真宝玉式样仿制，并赠给贾宝玉；另一块为民间仿冒送来的假宝玉，此块假宝玉由送假玉之人携去。由于玉喻理，玉有真假，所以理有真假。

贾宝玉姓贾，便假。《吕氏春秋·离俗览·举难》讲："尺之木必有节目，寸之玉必有瑕璃。"假玉比喻人，人无完人，人有缺陷。贾宝玉不仅有情欲，亦有色欲，不仅仅是"意淫"。因为他有石之贱的一面。第十五回形容北静王"面如美玉，目如朗星"；形容宝玉"面若春花，目如点漆"，太平闲人夹批："北静为通灵未失之心，故面如美玉，目如朗星，昭质无亏，虚灵不昧也。宝玉为通灵既失之心，故面如春花，目如点漆，花为怡红，漆为黛色，旧染之污也。"《红楼梦》第二十五回，宝玉中邪，癞头和尚对贾政道:"那宝玉原是灵的,只因为声色货利所迷,故此不灵了。"宝玉反面篆文有"除邪祟、疗冤灾"之咒语,正因"粉渍脂痕污宝光"而不灵。第六回,护花主人有"可见宝玉一生淫乱"之回评,第三十四回,薛蟠且说宝玉:"在外头招风惹草"。宝玉即贾宝玉,物即人,人即物,把宝玉的品行贬低或拔高,说什么"是近代史上第一个革命家"(《胡风〈石头记〉交响曲》)或相反,都是不可取的,贾宝玉最恨"混供神、混盖庙"的神话,这是不知玉有瑕瑜的两面性,是不识玉之贵。现实的问题是:对宝玉的真正缺点社会并无反应,或说反应不大,而宝玉的优点社会偏偏看不惯。

鲁迅讲:"和从前的小说叙好人完全是好,坏人完全是坏的,大不相同,所以(《红楼梦》)其中所叙的人物,都是真的人物。"这真不是说小说人物在历史现实中的真,不是毫无意义的牵强附会的"切入"找前身寻真,而是哲理之真、人性之真,一个人全好全坏便是假,有好有坏才是真,"贾宝玉"三个字向读者传递的是人的消息,既不是鬼,更不是神。第七十四回,惜春讲:"可知你们这些人,都是世俗之见,那里眼里识得真假,心里分得出好歹来?你们要看真人,总在最初一步的心上想起,才能明白呢!"

赤飞《红楼梦姓名谈》提到第三回、十六回都讲到宝玉为小名;"贾宝玉"三字名与玉字辈两字名不协;第二十二回,脂评庚辰本有畸笏叟"贾玉"之眉批,由此有人为贾宝玉起大名贾玑(第三回有联"座上玑珠昭日月",珠,贾珠)、贾瑛(第一回,神瑛侍者)。赤飞为宝玉起大名贾珏,突出以"玉"为偏旁的两"玉"合一珏,显系有道理的高一层落墨。但余以为,"贾宝玉"既是小名,又是正名,第一百十九回,皇上批阅考卷,"见第七名贾宝玉金陵籍贯"就是证明。说明既不能少"玉",更不能少"宝"。尽管贾宝玉三字名与此辈两字名不协,这是突出主人公之需要,表明贾宝玉不入贾珍、贾琏、贾环一类俗流,突出宝玉天性的一面,突出作者对玉为宝的称赞。贾珏虽好,似过分了玉之假。自古无字、无号者甚多。偏旁木、火、土、金、水入名字也不少。

《曹雪芹纪念馆应是曹雪芹故居》一文讲:"樱桃沟的宝玉石、河滩上的黛石，引发了曹公创作《红楼梦》的构思"，署名乡人著文评批："这也把曹雪芹的创造能力贬得太低了吧"，这是很对的，曹雪芹是传统文化博知的大师，中国传统文化的理念才是他构筑《红楼梦》深层次的底蕴，因为只有这样，才有小说人物的哲理定位和变易而又不易的情理关系。

二 简谈张如圭的"圭"

《红楼梦》第二回尾、第三回始，描写贾雨村、冷子兴方欲离开酒肆，忽听得后面有人叫道："雨村兄，恭喜了！特来报个喜信的。"雨村回头看时，不是别人，乃是当日同僚、同案被参革的张如圭，他"打听得都中奏准起复旧员之信"，忽遇见雨村，"故忙道喜"、"便将此信告知雨村"，而雨村正是当日因贪酷被参革的官员，雨村听到能再度当官的消息自然是欢喜若狂。

"圭"，两土也。"土"为五行之一。在五德"仁、义、礼、智、信"中，"土"主信。《说文解字》解"圭"："瑞玉也。"有"侯执信圭"之言，故"圭"为信。张如圭此来就是传达"起复旧员"的信息；"土"在人身五窍"耳、舌、目、鼻、口"中，"土"主口，故张如圭是传达口信。书中形容他讲话爱用"喜"："恭喜、喜讯、道喜、欢喜"！"喜"为五情之一，归类五行为火，而火生土，土仗火而生，火为土之母，所以因"火"而有土。张如圭因"喜"而"思"，因"思"而"言"，而设其人也。"土"在五脏"肾、心、肝、肺、脾"之中，"土"主脾，在六腑主胃，脾、胃主饮食，因此张如圭与雨村会面地点必在饭馆、酒肆之内。"土"在五脏神"志、神、魂、魄、意"中，土主意，意为意念，为思想信息流动的方向和专注的程度，即今天讲的意识流，张如圭、贾雨村的意念就是走仕途之路的升官发财。

"圭"为两土，"圭"为何是两个"土"呢？从天干而论，万物皆有阴阳之分，"土"分阴阳，戊为阳土，己为阴土。"圭"很重要，明代尹真人弟子撰写修炼之作《性命圭旨》一书，书名中就以"圭"为旨，"圭旨"谐音又为"归指"，言性命修炼中的关键性的指归！清初文学家、为

《性命圭旨》作序的尤侗云："盖人身真意，是为真土，动极而静，此意属阴，是为己土；静极而动，此意属阳，是为戊土。炼己土者，得离日之汞；炼戊土者，得坎月之铅，铅汞既归，金丹自结。戊己者，重土之象也，斯其有取于圭旨乎。"《性命圭旨》中《日鸟月兔说》言其修炼为"抽坎填离"，全依靠一意念。张如圭完全背离"圭旨"，因和雨村"同案"被参革便是证明。他听到"起复旧员"的消息，"他便四下里寻情找门路"，说明他根本没有从被参革一案寻找原因，满脑子权势利禄的观念。"圭"谐音同"归"，他归什么？复官也。然而成语"宾至如归"这官终究是宾也。《诗经·大雅·生民·卷阿》有诗："如圭如璋，令闻令望。岂弟君子，四方为纲。"张如圭，取意《诗经》句，如圭，形容纯洁。但张很不纯洁，由其与贾雨村因贪酷一案同被参革可见，所以他没有瑞玉的品格。

"圭"加"卜"则为"卦"。"圭"谐音通"龟"，古人即以龟为"卜"，所以取字"圭"即是演卦。"起复旧员"之复，即是《复》卦，而一阳来《复》（☷）之复来自《坤》（☷），而《坤》即是"土"，太平闲人张新之夹批："二'土'成'圭'，乃来复之主，故报复职之信。故名'如圭'，而戊己真信在其中矣。"由《坤》进一阳当为假，由《乾》进一阴才是真，"起复旧员之信"对张如圭、雨村未必是喜讯。这正是：

七律绝

感戴复官流涕歔　小人得势自淫威
空悬明镜公堂上　贪酷重来拨是非

三　夏金桂的名实

汉代许慎《说文解字》云："名者，自命也。"名和命连，说明古人对起名的重视。

关于取名的问题，第二十一回，当宝玉听丫头名叫蕙香，说道："正经该叫晦气罢咧，什么蕙香呢！""明日就叫四儿，不必什么蕙香蘭气的，哪一个配比这些花，没的玷辱了好名好姓的。"第二十三回，正文追述：

4. 名者，自命也

袭人一名就是宝玉据典起的，名字既雅又切合人物，起得很好。

阅读《红楼梦》第七十九、八十回，有一位薛蟠新娶的妻夏金桂，给人的印象很深、很特殊，用北京话讲："这个人很各色！"若从形象而论，书中形容她，"出落得花朵似的""十分俊俏""颇有姿色"。在外人眼里，用宝玉的话讲："一般是鲜花嫩柳，与众姐妹不差上下。"可以想象，薛蟠这个"呆霸王"，选择的夏金桂必是个像虞姬那样的美人！但阅其事迹，不仅不觉她形象美，反觉其人十分可怕。

论夏金桂的出身，香菱给宝玉做了介绍："（夏家）和我们是同在户部挂名行商，也是数一数二的大门户。""合京城里，上至王侯，下至买卖人，都称她家是'桂花夏家'。"户部，用今天的话说，相当财政部，借助官府势力行商，夏金桂出身当是大官商家，故香菱说夏家"非常的富贵（金桂）"。

夏家仅夏金桂一女，受家庭环境影响，父母"娇养溺爱"酿成她"盗跖❶的情性，自己尊若菩萨，他人秽如粪土，外具花柳之姿，内秉风雷之性。在家中和丫鬟们使性赌气，轻骂重打的。""若论心中的丘壑泾渭，颇步熙凤的后尘。"若用今天的话讲，夏金桂个性怪厉，个人利益第一。她嫁到薛家，薛家亦不是书香门第、君子之家，所以她的个性更是恶性发展。

书中讲：她"生平最喜嚼骨头，每日务要杀鸡鸭，将肉赏人吃，只单是油炸的焦骨头下酒。吃得不耐烦，便肆行侮骂。"这"焦骨头下酒"的饮食嗜好，便是恶习，清红学评批家张新之夹批："明演兽行，照诸兽行。明演妖象，照诸妖象。"

夏金桂有文化，香菱向宝玉介绍她："在家里也读书写字"；宝玉亦耳闻夏家小姐"也略通文翰"；书中写她："亦颇识得几个字"，这"也"、"亦颇"、"几个字"的形容，便是对她文化程度贬义的概括，说明她的文化水平不高、知识有限，但夏金桂本人却无自知之明，偏爱在人前卖弄！

夏金桂很介意自己的名讳，在家时，他不许人口中带出"金"、"桂"

---

❶ 盗跖，见《庄子》杂篇《盗跖》。

两字，违者，她便要重罚。她想起广寒宫里有月桂、又有嫦娥，因此她将"桂花"改名为"嫦娥花"，以"嫦娥"自寓，此举幼稚可笑，广寒宫里还有玉兔、蟾，何不称桂花为"玉兔花"、"蟾花"？取名不用，要名何用？

夏金桂闲聊无事，她在香菱面前背后讥笑宝钗，说宝钗为香菱起的名字不好，她讲："人人都说姑娘通，只这一个名字就不通。"她冷笑道："菱角花开，谁见香来？若是菱角香了，正经那些香花放在那里？可是不通之极！"香菱给她解释了菱之"清"香，但夏金桂不听解释，强词夺理、固执己见。"香"亦有层次、有品位，夏金桂乃粗知文墨的俗人，骨头里充满了铜臭味，故不知"清"的境界。《三家评本〈红楼梦〉》原版姚燮眉批："对金桂讲此语，真是对牛弹琴。"夏金桂爱显示，她粗通文墨，便贬低被探春称之为"通人"的宝钗"不通"，偏要将宝钗起名的"香菱"改为"秋菱"。《礼记·乡饮酒义》云："秋之为言愁也。"秋性肃杀，秋至则草卉凋，对"菱"亦是桎梏之象。清红学评论家王希廉回评："香菱改秋菱，'秋'字远不如'香'字。可见夏金桂之不通。且一改'秋'字，香菱便遭屈棒，亦是秋老菱枯之兆。"（第八十回）秋菱者，谐音"丘陵"，丘，乃坟；陵，乃墓。谐音关合坟墓，不祥也。

我们不妨看看"夏金桂"之名传递了什么信息。

夏为火，金亦金，桂为木，兼双土。此名含火、金、木、土。由五行而论，唯少水，为五行不全。宝玉强调"女儿是水做的骨肉"，夏金桂的骨肉无水，便无水性，无水克火，脾气暴躁。故她充斥"风雷之性"、"盗跖的情性"。少女子坤柔之温和性，女子无阴柔能成女子？

夏为火，火主礼，但妒火过旺，则越礼。她未入薛家时，香菱盼她早过门，"又添了一个作诗的人了"。但夏金桂绝不是作诗的料，诗为雅言，岂是不知礼的"搅家精"的泼妇所为？香菱的文化水平不如夏金桂，但能为诗社增色。夏金桂被排斥于诗社之外，说明"诗礼"不可分，山东曲阜，就有纪念孔子讲学的"诗礼堂"。第四回就有"近因今上崇尚'诗礼'"之言。

夏为火，火克金，金为薛，所以夏嫁薛家，专为制薛而来。夏金桂到薛家，"持戈试马"、"一步紧似一步"、"越长威风"；相形之下，呆霸王

"矮了半截"、"出入唉声叹气"、最后"出门躲着"、"唯悔恨不该娶这搅家精"。清红学评批家太平闲人张新之回批:"薛娶夏乃循环报复。"

夏金桂名中无水,暗示命中缺水。水在五行之五性中主智,无水便无智,故夏金桂的言行皆无智之象。水生木,无水无从助木;金生水,无水又无从泄金,成重金克弱木。木主仁,夏金桂本性少仁。书中讲她"在家中和丫鬟们使性赌气,轻骂重打的",可见少仁之象。无水无从克火,火主礼,夏金桂必是越礼之象。书中讲"薛姨妈听说,气得身战气咽道:'这是谁家的规矩?婆婆在这里说话,媳妇隔着窗子拌嘴!'"这是越礼之象。《中国神秘术大观》讲:"(水)不及,则人物矮小,行事反复,性情无常,胆小而乏谋略。"此论多少有些符合无水的夏金桂。曹公为夏金桂取名,在考虑其人事迹时,已确定了人性和天性的统一。

《孟子·梁惠王上》云:"仲尼曰,始作俑者其无后乎?"这充分显示孔子仁心对始作俑者的憎恶,香菱说夏家:"可惜他一门尽绝了后!"表明曹公对官商夏家的厌恶。用"无后"作为缺德的恶报。第十六、七十二回设一夏太监,太监绝后也。作为妻的夏金桂无后,而作为妾的香菱则有后,用绝后作为缺德的恶报。其实,缺德并不一定绝后,绝后更不一定缺德;一个是道德观念,一个是生理现象,并无直接关系,故宝玉对香菱讲:"咱们也别管他绝后不绝后。"夏太监敲诈钱财到凤姐头上,亦是夏火克金之报应。

夏金桂一事,告诉人们形象美和心灵美是两回事,既可能统一,又可能不统一;夏金桂的性格固有自身的主因,亦和家庭环境有关;她对薛蟠的报复,有她人性缺陷的一面,亦和丈夫薛蟠的不称职有关。她出于妒心,对善良的香菱无端迫害,则是可恶的。

《礼记·曲礼上》"名子者不以国,不以日月,不以隐疾,不以山川。"可见古人对起名的重视。《红楼梦》第二回,雨村道:"更妙在甄家风俗,女儿之名,亦皆从男子之名命取,不似别家另外用这些春、红、香、玉等艳字。何得贾府亦落此俗套?"子兴道:"不然,只因现今大小姐是正月初一所生,故名元春,余者方从了'春'字。上一排的却也是从弟兄而来的。"实质元春、迎春、探春、惜春不仅是人名,同时又是取象天时之名,并借名序和时序以演人事兴衰之《易》变。第三回，宝玉对黛玉笑道："我送妹妹一字，莫若'颦颦'二字极妙。""《古今人物通考》上说：'西方有石名黛，可代画眉之墨。'况这妹妹，眉尖若蹙，用取这两个字，岂不甚美？"第八回，宝钗说黛玉"真真这个颦丫头的一张嘴"，就用了"颦"字。第二十三回，贾政便问道："谁叫袭人？"袭人之名，就字义言，既有花香袭人之隐意，又有趁人不备突袭之征；就发音而言，与"昔人"之同音，似有作古之意；就书写而言，"袭"字笔画太繁，而"人"又太简，两者反差大，不协。这个名，就《红楼梦》一书而言，是个好名。就现实而言，则不甚理想，此名不如晴雯之名。故贾政说"是谁起这样刁钻的名字？"第四十二回，就有刘姥姥为大姐儿取名"巧姐"之事，此名取义很好。观世俗，取名偏爱用金、银、财、富、贵、福、禄、寿、祥、瑞、大、发、兴、旺等俗字，《红楼梦》中便有李贵、吴贵、时福（第一百一回）、俞禄（第六十七回）、李祥（第八十六回）、赖大、焦大、来陞、张财、兴儿、旺儿等俗名，用字虽富贵，但均为奴才、小厮；今者，2007.5.7《法制晚报》载，25个起名用烂的字为：红、洪、宏、虹、军、兰、涛、华、国、杰、洁、珍、英、刚、明、新、欣、胜、盛、平、苹、萍、建、健、俊。多则滥，滥则俗。"夏金桂"俗不可耐一俗名。这正是：

七律绝

徒具花姿禀兽行　进门盗跖搅家精

逞威任妒无宁日　染气铜商贯俗名

5. 彰往而察来，变易、交易

一 严老爷来干什么？

《红楼梦》第一回，描写甄士隐在遭遇家庭横祸前，曾在家招待近邻、楼于葫芦庙内落魄的穷儒贾雨村，书中写到：

（甄士隐和贾雨村）方谈得三五句话，忽家人飞报'严老爷来拜'。士隐慌的忙起身谢道："恕诳驾之罪，且请略坐，弟即来奉陪。"雨村亦起身让道："老先生请便，晚生乃常造之客，稍候何妨？"说着，士隐已出前厅去了。

三家评本《红楼梦》姚燮眉批："'严老爷'不知何许人？观'家人飞报'，想不是低三下四者，至今令我思之。"由此可见，严老爷让人惦记。《易·系辞下传》云："夫易，彰往而察来，而微显阐幽，开而当名，辨物正言，断辞则备矣。"据此精神，从书中显露出来的蛛丝马迹，彰往而察来，显微阐幽，探求严老爷的庐山真面目。

为什么在士隐待客雨村闲谈之时，横生严老爷来拜一情节？严老爷在全书中仅此一现，造访似是突兀。其实不然，因为没有严老爷来拜，便没有甄士隐外出接待、奉陪，便没有贾雨村"行去几回眸"的见到甄家婢女娇杏，便没有雨村到大如州当县太爷复见外出买线的娇杏并收做二房，便没有雨村明知恩人甄士隐女儿英莲落难见死不救诸情节！总之，严老爷一来，为小说充分生发、展开上述诸情节做了铺垫。但是这一切均是表象，而实质是奠定贾雨村人品。所以严老爷此来，绝非突然造访，而是有目的而来。

这严老爷也非等闲之辈。甄士隐是当地乡宦，结交走动的也非同一般。甄士隐家女婢娇杏见到贾雨村时就想"我家并无这样贫窘亲友"，可见甄家在当地门槛之高。甄士隐让贾雨村"略坐",雨村想的说的亦是'稍候',但事实是甄士隐"留饭"招待严老爷,显见来客之尊。来者都是客,却要此客让彼客,雨村只得"从夹道中自便门出去",这"夹道"、"便门"便相形雨村的寒酸。家奴最势利眼,家人"飞报",说明家人知道来人地位,不敢慢待。而甄士隐亦呈现"慌"、"忙"迎接之状,足见严老爷的身份。

百家之姓,何姓不可,为何来客老爷偏偏姓严?严老爷又为何而来?本人曾在拙著《诗评易注红楼梦》中讲:"甄士隐,演一《遁》卦。"雨村、严老爷和甄士隐交往,也就是和《遁》交往,雨村、严老爷必和《遁》卦有关,寻踪觅迹,观《遁》卦,《遁》卦象辞云:"君子以远小人,不恶而严。"原来严老爷之"严",由《遁》卦象辞而来。所以"严",君子以远小人而自严。君子不怒而威,不恶而严,故为老爷。"严"亦有师道之品位,师道尊严。师为教,故严老爷为施教而来。"严"谐音通"言"。严老爷此来专为言教。教什么?《尚书》云:"知人则哲。"严老爷此来可谓教导知人的哲学。告诫甄士隐远离小人,要严肃对待小人、划清界限,而小人就是甄士隐家先来之客——贾雨村。

想必严老爷过去听到甄士隐谈过此人或者见过此人,听到世人对雨村的反映,严老爷对雨村是有认识的,比如认为雨村有言过其实(贾化即假话)之毛病,严老爷此来谈话必然涉及雨村,"留饭"长谈至使甄士隐对雨村的态度有所变化:甄士隐没有让雨村"略坐",没有"即来奉陪",而是"留饭"陪同严老爷,把雨村晾在一边。而士隐待客既散,知雨村已去,按常理甄士隐应当到隔壁葫芦庙表示歉意,再邀雨村,但士隐的态度是"便也不去再邀"。尽管后来中秋之时,甄士隐招待雨村完全出于至诚,但劝他"作速入都"难免有尽快"疏远"之嫌。曹公擅长引而不发,使我们不能不有如此设想。

贾雨村和严老爷先后至甄家为客,有缘晤面而未晤面,究其因,对于趋炎附势的贾雨村,这当然是攀高枝"时飞"(字时飞)之机,但他并不认得严老爷,心气高而处境窘迫,只能回避;对于士隐而言,嘴上不说却心如明镜,两客身份之悬殊,不便撮合相见;而严老爷对当时落魄的穷儒

5. 彰往而察来，变易、交易

雨村当不屑一顾。严老爷此来恰恰又专为进言（严）而来，背后之言岂能让雨村听之当面？

雨村到甄家是受邀，悄然离去不辞而别。清代张新之夹批："去来写得苟且。"何为苟且？廉隅为品行方正、节操坚确之谓，《辞源》云："行无廉隅，不存德义谓之苟且。"无廉隅、不存德义可谓心术不正。

清代张新之夹批："严老爷便来了，写得怕人。"严老爷可怕在哪？在于识人也。《尚书》云"知人则哲"，哲是判定真假之理，哲人是判定真假人之人，所以严老爷可敬可畏。严老爷是识人之哲人。

严老爷对雨村的认识是不错的。甄士隐家庭遇难，发生变故，贾雨村却由于甄士隐的资助而升官。随着雨村地位的变化，他固有不实的毛病便发展，由穷儒而成酷吏。初次上任，便得"贪酷"、"性情狡猾"、"暗结虎狼之势"等恶名。他在任时，有机会使恩人甄士隐的女儿英莲脱离苦海，使甄士隐一家重新团聚，但他却阿谀奉承贾府、王家、薛家，置恩人女儿死活于不顾，枉结冤案，明现小人当道。这以后他有上便有下，但他不知吸取教训。上任时倒行逆施不断，如利用权势敲诈石呆子的奇扇，致使石呆子人死财空。显见他"有权不用、过期作废"的权势观念。当贾府被查抄时，雨村为了脱干系，保全自己、划清界限，"他便狠很的踢了（贾府）一脚"。他的作为，连贾府奴才都气愤不过。包勇骂他："没良心的男女！"（第一百七回）。平儿骂他："都是那什么贾雨村，半路途中那里来的饿不死的野杂种！"（第四十八回）。"没良心"的"野杂种"当上"大司马"（第五十三回），百姓岂有好？但这种野杂种，用李宗吾的《厚黑学》分析，不仅心黑，且脸皮厚，对人间咒骂，偏偏充耳不闻。而当今圣上却偏爱这种人。贾雨村当官，人呼贾老爷。这个贾，便是假，不是真老爷，而是假老爷，是拨恶于民的坏老爷。

《红楼梦》用词造句四通八达，"严"又预示灾难将临。《甲戌》、《戚序》、《甲辰》本均有相同的脂批："（严）炎也。炎既来，火将至矣。"严老爷造访之后，甄家先是丢失女儿英莲而祸起（霍启），祸不单行，接着是大火焚家，这两把恶火（丢孩子为着急之心火），为一"炎"字。一阴火、一阳火也。更重要的是，贾雨村当官登场，严酷之恶官来也。

清代洪秋蕃回评："雨村湖州人，拜士隐之客为严姓，谓文虽胡诌而笔律甚严。"《红楼梦》乃落笔严肃之书也。这正是：

七律绝

两客登临门第分　舍前陪后判寒暄

长谈留饭交情厚　关系知人议雨村

二　王老爷何许人也？

《红楼梦》书中与严老爷同样偶然一现的还有一位王老爷。

第四回，贾雨村借都中"起复旧官"之机，加之贾政推荐，复官到应天府任县太爷。上任伊始，便遇到了金陵一霸的薛蟠打死人的命案。县太爷升堂，正要发签抓捕凶手，受到做门子的暗示阻拦，雨村会意便退堂。在私室，曾是故人的门子给雨村点拨仕途迷津，正在两人密商时，书中写道：

雨村尚未看完（一张抄的护身符），忽闻传点，报王老爷来拜。雨村忙具衣冠出去迎接，有顿饭功夫，方回来。

"王老爷来拜"起笔突兀，王老爷在全书又是仅此一现。但是曹公绝不会虚设一事、一人、一姓，第一回，太平闲人夹批："此书凡人名、地名，皆有借音，有寓意，从无信手拈来者。"王老爷早不来晚不来，恰恰在县太爷办案升堂之时而来，此来必和薛蟠命案有关。这"忽闻"，显现来得突然，不用事先打招呼；这"传点"，有召集之意，雨村不能不接待；"忙具衣冠"，"忙"显出有点紧张；"具衣冠"是整肃风纪，不失礼貌仪容；而"迎接"似有以下迎上、以下接上之态，显然这王老爷是有身份之人，有居高临下的来势，王老爷的官阶显然高于雨村。这"有顿饭功夫，方回来"一语，由于是"顿饭功夫"，才有"方"，说明王老爷拜会的时间不短。雨村此前并不认识王老爷，加之薛蟠案情严重，交谈之言必多，因此，王老爷拜会的时间不会太短；但由于王老爷的身份、代表的权势，以及对雨村复官所起的作用的推测，拜会的时间也不会太长。对"何其明决"的雨村，来人的关系昔日对雨村的恩惠，王老爷点到即可，多言的必

5. 彰往而察来，变易、交易

是薛蟠命案。俗语言"无事不登三宝殿"，因此来人必因事，因事才来人。肇事人犯在职卑的现官手中，肇事人位显的现官亲属，也无暇顾及官阶的尊卑、只有上门相求了。世态炎凉，人情冷暖如此。

门子小沙弥向雨村点拨的仕途的窍门——明言"护官符"的作用。金陵四大家族是一张权势关系网，"这四家，皆连络有亲，一损俱损，一荣俱荣，扶持遮饰，皆有照应"，秉公办案，若不慎触动了这张网，"不但官爵，只怕连性命也难保呢！"门子是把做官的诀窍说透了。对于迷恋仕途，一心往上爬的雨村不会不考虑他这个官是如何复的，门子小沙弥明点他"小的闻得老爷补升此任，系贾府、王府之力。此薛蟠既贾府之亲，老爷何不顺水行舟，作个人情，将此案了结，日后也好去见贾、王二公的。"

"护官符"讲的是地方官要了解辖区京都大员亲属的情况，当然大员在外阜的亲属也必然知道地方官的来历。薛蟠出命案时，薛父早已亡故，父系权势不好依靠，薛蟠之母薛姨妈便写信给都中贾府的王夫人，王夫人是其亲姐，因此才有王夫人、凤姐拆"金陵来的书信"事。这当然不是一般问候的家书，而是有求贾府解救薛蟠的求助信，而王夫人的丈夫恰是贾府的二老爷贾政，它是雨村复官的举荐人，薛姨妈算是找对了门路。薛姨妈也给其兄、任京营节度使的王子腾写了求助信，王子腾接薛姨妈的信可能比王夫人接信还早些，第三回尾书中讲：

正值王夫人与熙凤在一处拆金陵来的书信，又有王夫人之兄嫂处遣来的两个媳妇儿来说话的。……如今母舅王子腾得了信，遣人来告诉这边。意欲唤取进京之意。

由王子腾任职"京营节度使"之"京营"，以及"意欲唤取（薛家母子）进京"等文字看，显然王子腾也居都中。脂评甲戌本侧批明告："都中现住者十房。"正因此，都中的王府才遣人传信到贾府来。

门子的指点是解决贾雨村断案的观念问题，而四大家族必然有实际解救薛蟠的运作。三家评本《红楼梦》中，清代红评家姚燮眉批："王老爷不知何许人？"余以为王老爷姓王，与金陵王家之姓王绝非巧合，这王老爷显然是王家人，这王老爷正是京营节度使王子腾！

居住都中的王子腾可有时机去拜见贾雨村？

第四回书中明言，当薛家母子到都中时，这时"王子腾升了九省统制，奉旨出都查边。"宋代设统制之官阶，元明不置，清代为镇统，相当于军区司令吧！薛家母子在京并未见到薛蟠的母舅王子腾。"九省统制"是何等大的活动范围？又是"奉旨出都查边"，完全有公私兼顾的经营（京营）办事之嫌！

薛蟠犯命案是将来都中时，说明犯案时间不太久；而门子讲"他这件官司，并无难断之处，从前的官府都因碍着情分脸面，所以如此。"门子之言，显系薛蟠一案又拖的时间较长，余认为前者合理些。此乃真假相参，痛陈官场徇私枉法。

贾雨村复官，借助贾政之力，早已认得贾政，但不认得王子腾，由于"王老爷来拜"，雨村和王子腾相识，所以当雨村"胡乱判断了"薛蟠命案后，书中写到：

雨村便急忙修书二封与贾政并京营节度使王子腾。不过说"令甥之事已完，不必过虑"之言寄去。

如雨村不认得王子腾，如何能去信？

《红楼梦》演此，是演官场腐败。王老爷之"王"谐音通"亡"，太平闲人夹批："见此四家终亦必亡（王）而已。而四家之亡不过顿饭功夫。"

第十六回，书中讲：

方知贾雨村亦进京引见，皆由王子腾累上荐本，此来候补京缺。

显而易见，由于雨村解决薛蟠命案效力，雨村二上的提升是由王子腾举荐的，这是王老爷即是王子腾又一证明。由于雨村解决薛蟠命案的效力，便得到"九省统制"王子腾的赏识，王子腾举荐贾雨村候补京缺。一个"累"字，便表明王子腾急于回报的心态。贾雨村"二上"复官是借贾政之力，但由地方官变成京官却是借力王子腾。第五十三回写道：

王子腾升了九省都检点，贾雨村补授了大司马，协理军机，参赞朝政。

王子腾、贾雨村都因徇私枉法而发迹，余深信王老爷就是王子腾！他做了"京营节度使"，又何知"节度"？升至"九省都检点"又何知检点？

5. 彰往而察来，变易、交易

"王老爷来拜"正是演绎官场交易，这场交易以贾雨村、王子腾的双赢、损害冯渊而告终，官场腐败是体制缺陷的必然。

一日夜静，余双盘坐于陋室，垂帘调息，似守非守恍兮惚兮，神交于曹公，拜问："余参悟王老爷是否？"曹公笑而不答。再问，有倾，曹公启齿曰："王者，亡也，高鹗先生不是说子腾第九十六回'在路上没了'吗？死了，死了，死即了，何知真假是非哉？知交易已不易也。"《易经》之易，变易是现象，简易是方法，不易是法则。余听能知"不易"甚感欣慰。这正是：

七律绝三首

（一）

造访匆匆系大来　徇私隐者任君猜

位居赫赫终成限　夭折归途一族哀

（二）

低姿来往一高宾　隐姓瞒名何许人

莫道徇私人不晓　求真读者愿劳神

（三）

官场交易显微征　彰往察来王子腾

任重权倾失检点　游魂抱愧赴金陵

6. 宝玉以水设象赞女儿有道理

《红楼梦》第二回，借冷子兴的口转述宝玉的话："女儿是水做的骨肉，男人是泥做的骨肉。我见了女儿便清爽，见了男子便觉臭浊逼人！"第二十回，宝玉"便料定天地灵淑之气，只锺于女子，男儿们不过是些渣滓浊沫而已。"

真（甄）假（贾）递嬗，互为补充。第二回说金陵的甄宝玉，"必得两个女儿伴着我读书，我方能认得字，心上也明白。不然，我心里自己糊涂。"水，五行主智，与智伴，自然明白。甄宝玉又常对着跟他的小厮们说："这'女儿'两个字，极尊贵极清净的，比那瑞兽珍禽、奇花异草更觉稀罕尊贵呢。你们这种浊口臭舌，万万不可唐突了这两个字。要紧，要紧！但凡要说的时候，必用净水香茶漱了口方可，设若说错，便要凿牙穿眼的。"水似德，故尊贵。

第六十六回，尤三姐说："那日正是和尚们进来绕棺，咱们都在那里站着，他只站在头里挡着人。人说他不知礼，又没眼色。过后，他没悄悄的告诉咱们说：'姐姐们不知道，我并不是没眼色。想和尚们的那样腌臜，只恐怕气味薰了姐姐们。'接着他吃茶，姐姐又要茶，那个老婆子就拿了他的碗去倒。他赶忙说：'我吃腌臜了的，另洗了再斟来。'"和尚设象为西，五行西味主腥臭，故怕和尚腌臜臭味薰了，宝玉后来亦为和尚也。

设象喻理是《易》理一大特征。《易·系辞上传》云："圣人有以见天下之赜，而拟诸其形容，象其物宜，是故谓之象。"这里的象，是形象之象，是象征之象，是比喻之象。设象的目的是阐明《易》理。圣人设象以尽其意，宝玉为女儿以水设象是尽意淫之至情。宝玉把女儿比做水，是《红楼梦》中最大的设象，也是最重要、最基本的设象。水又为八卦中《坎》、《泽》之象。壬、癸、亥、子皆为水象。

那么为什么以水设象女儿呢？

6. 宝玉以水设象赞女儿有道理

首先，从衍化而论，太极生两仪，两仪即天地。地之五行起于水，《河图》：天一生水，五行起于水。水为生命的摇篮，贾府的第一代宁国公、荣国公其名必以"氵"为偏旁；女性为人类繁衍的摇篮，原始的母系社会即以尊重女性为社会之始，因此，以水为女儿设象，是对女性的重视，是对常俗的男尊女卑观念的一种颠倒。母爱体现了最大的人性，贾府的最高权威史太君必为女性。

其次，水又象征德。自古以来，中国传统文化儒、道、释都赞水。

儒家重水。《孔子家语·三恕》云："孔子观于东流之水，子贡问曰：'君子所见大水必观焉，何也？'孔子对曰：'以其不息，且遍与诸生而不为也，夫水似乎德；其流也，则卑下倨邑必循其理，似义；浩浩乎无屈尽之期，此似道；流行赴百仞之溪而不惧，此似勇；至量必平之，此似法；盛而不求概，此似正；绰约微达，此似察；发源必东，此似志；以出以入，万物就以化洁，此似善化也。水之德有若此，是故君子见必观焉。'"

道家重水。《道德经》云："上善若水。水善利万物而不争，处众人之所恶，故几于道：居善地，心善渊，与善人，言善信，政善治，事善能，动善时。""天下莫柔弱于水，而攻坚强者莫之能先，以其无以易之也。"

释家重水。佛家认为佛法能够洗涤众生心中烦恼尘垢，像水洗涤尘垢一样，称水为"法水"。

与土的混浊相反，女儿以水设象，象征着女儿的纯净，正因此，《红楼梦》中屡现水之纯净的描述。如第四十一回，妙玉在众人参观栊翠庵之后，便要用清水洗地。精神的除尘也离不开水，第一百三回，甄士隐为贾雨村指点迷津，必然在急流津、觉迷渡，这"流、津、渡"皆水也。

"女儿是水做的骨肉"，那么是否所有的女儿都可以以水设象？对这个问题，《红楼梦》第一回，曹公明言"忽念及当日所有之女子"，这里明确指出是"所有之女子"！不仅金陵十二钗是水做的骨肉，尤二姐、尤三姐、平儿、鸳鸯、晴雯、袭人、紫鹃、芳官、多姑娘，以及贾家亲戚宝琴、岫烟、李纹、李绮、香菱、宝蟾等都是水做的骨肉。这是作者民主的、平等的、人性化的一种观念。绝不可因为某一女儿有某种缺陷，就否定了她们水性的特征。"质本洁来还洁去"的黛玉是水做的女儿，善良但失检点的尤二姐、醜态可掬的多姑娘亦是水做的女儿；豪爽的史湘雲是水做的女儿，歌妓雲儿亦是水做的女儿。难道我们可以根据社会的地位、等级就否定讽骂王善保家的侍书、护主的绣橘、可爱的翠缕为水做的品性吗？以斗争为刚的人总爱人为划线，脸谱式的定性，从一个极端走到另一个极端，否定女儿以水设象的普遍性，从而使红学研究陷入简单化、庸俗化、形式化的泥坑，这是令人愤慨和痛心的。

甄宝玉讲要说"女儿"两字当用"净水香茶"漱口，这"净水"说明水有清浊之别，人自当有情性的差异、不同的优缺点，这种情况恰是与该书演天地有缺、人无完人相一致的。第三十六回，宝玉说宝钗"好好的一个清净洁白女子，也学的钓名沽誉，入了国贼禄蠹之流。" "清"、"净"、"洁"三字均从"氵"，是水的设象；"国贼禄蠹"之"流"是浊水的象征，浊水是受世俗污染之水，这污染之水和天然纯净水是无法比拟的，因此，虽然宝、黛均为水，但她们的社会观念却不同。黛玉虽然洁净，但有其他方面缺点，人无完人。

在宝玉眼中，似乎女儿以水为象有年龄及气质上的判定。"女儿是水做的骨肉"，标明"水做骨肉"的仅是"女儿"！《红楼梦》第五十九回，春燕讲："怨不得宝玉说：'女孩儿未出嫁，是颗无价的宝珠；出了嫁，不知怎么就变出许多的不好的毛病儿来；再老了，更不是珠子，竟是鱼眼睛了'。"女子变化所显露的俗征用春燕的话讲："如今越老了，越把钱看得真了。"因此，对于俗不可耐的婆子，早已脱离了女儿之身，是不能以水做比拟的。第五十八回，宝玉喝"火腿鲜笋汤"，汤烫，要吹凉，芳官便可以吹；何妈要吹，便被撑了出来。不仅芳官可以吹，晴雯、芳官还可以尝。这就是女儿与婆子能否以水设象的明示的区别。婆子、妇人都不是女儿，这固然有年龄上的差异，似乎还和婚姻与否、变化后的气质有关。第七十七回，在宝玉看到司棋被遣，脂评庚辰本中有如下描写：

（宝玉）方指着（婆子）恨道："奇怪，奇怪！怎么这些人只一嫁了汉子，染了男人的气味，就这样混帐起来，比男人更可杀了！"守园门的婆子听了，也不禁好笑起来，因问道："这样说，凡女儿个个是好的了，女人个个是坏的了？"宝玉点头道："不错，不错！"

6. 宝玉以水设象赞女儿有道理

显然这里是讲女儿由于嫁,"染了男人的气味"发生了变化,而《三家评批本》却写到:"(婆子)因问道:'凡女儿个个是好的,男人个个是坏的了。'"脂评《庚辰本》中的"女人"变成了"男人",这里的"男"似乎不妥,因为男女的区别在宝玉的眼里早在第二回就有了极为明确的比较,这里是谈"女"进一步变化的问题。

什么事物都是相对的,都有两重性。水亦如此,水有有利的一面,亦有有害的一面:水过多,"共"加水,则为"洪";水太少,"少"加水,则为"沙"。洪涝、沙漠对人类都有害。"淫"亦为水,为不正之欲念,是道家、释家五戒之一。宝玉为意淫,便是情,以和"淫"区别。世上只有一种水,便如同世上只有一个人,便错。圣人赞水,是称赞水的德性一面,故孔子云:"水似乎德",而加"似乎";老子云"上善若水",而加"若",这"似乎"和"若",皆是取水德性的一面。

佛祖释尊拈花示意,这拈花即设象,因为言有不尽意之难。《红楼梦》中宝玉为女儿以水设象,是有《易》理为根据的,这是鲜明的设象,形象的设象,最精彩的设象。这正是:

七律绝

女儿水象演心清　　内蕴纯情贯五行
莫道闲人胡杜撰❶　　人生命运须淑贞

---

❶ 第三十七回,宝钗送宝玉诗号"富贵闲人"。

7. 阴阳五行中的宝玉、黛玉、宝钗

王国维先生讲："《红楼梦》，哲学的也、宇宙的也、文学的也。"《红楼梦》是有着大量格律诗词的小说，文学特点极为突出，"文学的也"自不必说，何谈《红楼梦》哲学的也？宇宙的也？

阴阳五行学说是中国传统文化的哲理之一，人法天地，天人合一，《红楼梦》贯穿着宇宙的阴阳五行哲观。清代红评家、护花主人王希廉《红楼梦总评》讲："《石头记》虽是说贾府盛衰情事，其实专为宝玉、黛玉、宝钗三人而作。"因此，这三人是《红楼梦》小说中的一根主线，三人的阴阳五行哲理定位、定性，不仅决定了他们的关系、情事安排，而且确定了《红楼梦》小说的品位。

一、宝玉、黛玉、宝钗三人阴阳五行的定位根据

第五回《红楼梦·终身误》（宝钗曲）已明确说明："都道是金玉良缘，俺只念木石前盟。"

第十九回，有如下描写：

黛玉点头笑叹道："蠢才，蠢才！你有玉，人家就有金来配你；人家有冷香，你就没有暖香？"

宝玉编"香芋"典故，说"扬州有一座黛山，山上有个林子洞"，山为石，林为木，故太平闲人夹批："木石因缘。"

第二十八回：

（黛玉）说道："……比不得宝姑娘，什么金什么玉的，我们不过是个草木之人罢了。"宝玉听他提出"金玉"二字来，不觉心动疑猜，便说道："除了别人说什么金什么玉，我心里要有这个想头，天诛地灭，万世不得人身！"……宝钗因往日母亲对王夫人等曾提过金锁是和尚给的，等日后

7. 阴阳五行中的宝玉、黛玉、宝钗

有玉的结为婚姻等话。

自此"金玉"之说屡见。如第三十四回，薛蟠为了拿话堵宝钗的口，便揭妹妹"金玉"心中之讳。第三十六回，宝玉在梦中喊骂道："什么是金玉姻缘，我偏说是木石姻缘！"第七十八回，宝玉在祭赞晴雯的《芙蓉女儿诔》中，有句"其为质则金玉不足喻其贵"。书中"金玉"一词数为多，"木石"一词数为少，正显示世俗对"金玉"的重视。

《诗经·大雅·文王·棫朴》有句"追琢其章，金玉其相。"古人对金玉的认识是出于道德的层次，这是和后人从经济财宝角度重视金玉所不同的。

上述"金玉"、"木石"之说，仅仅是例举。清代红评家太平闲人首回夹批："一草一石为书之主，一金一玉为书之宾。千头万绪，不外乎此。"由此可见，《红楼梦》为宝玉定位为玉、为石，五行属性为土；为黛玉五行定位为木；为宝钗五行定位为金。

二、宝玉的土象、黛玉的木象、宝钗的金象

宝玉为土，石、玉在五行归属于土。石为土之核，玉为石之精。《红楼梦》第一回告知读者，宝玉是"女娲氏炼石补天""剩下一块"被弃于大荒山无稽崖青埂峰下未用的"顽石"。这石头"经锻炼之后，灵性已通，自去自来，可大可小"，"缩成扇坠一般"而成"鲜莹明洁"的一块玉，这玉就是贾宝玉落生时衔在嘴里的那块玉。这是玉、石之来历，石即玉，玉即石，玉、石两象本性均为土。所以宝玉自言"黄土陇中"（第七十九回）；屡言"男人是泥做的骨肉"；见秦钟自思"我竟成了泥猪癞狗"，猪为泥做；狗为戌，戌为土；"美酒羊羔也只不过填了我这粪窟泥沟"，粪，米、田而共，无非土；沟为泥填，无非水土。羊为未，未为土。所以"黄土陇中"、泥猪、戌狗、未羊、粪、泥沟皆为土象（第七回）。第三十八回，宝玉作《种菊》诗，"种"不离土，且有诗句"泉溉泥封勤护惜"，这诸多的泥、土，正是宝玉自报身份。宝玉为土，故识土，便知"汗滴禾下土"。第十五回为秦可卿出殡、逗留农家，宝玉点头道："怪道古人诗上

说'谁知盘中餐，粒粒皆辛苦。'"

黛玉为木，第一回明言黛玉的前身是灵河岸上、三生石畔的一株绛珠草，这棵草"后来既受天地精华，復得甘露滋养，遂脱了草木之胎，得换人形，仅仅修成女体"。黛玉为木，便对木情有独钟。第二十三回，黛玉说："我爱那几竿竹子。"便选了潇湘馆居住。第三十七回，探春讲："如今他住的是潇湘馆，他又爱哭，将来他那竹子，想来也是要变成斑竹的。"竹为木，黛玉为木无疑。第二十八回，黛玉自言："我们不过是个草木之人罢了。"黛玉前身为天上的一株绛珠草，草为木，脂批"草胎卉质"。黛玉姓林，林为双木。第五回"薄命司"正册，黛玉之判词为"玉带林中挂"，"玉带林"反念即林黛玉，这"林"即是黛玉为木之象征。水生木，林起于水，故黛父名海，表字如海，海，水也。言海，为叙木之源。木应时为春，黛玉生于二月十二日（第六十二回），二月为卯，仲春之时。二月十二为花朝，花为木。黛玉重建桃花社，立社其时为"三月初二"，三月为季春之时，用湘云的话讲"却好万物逢春"。木，应人身为肝，故贾母初见黛玉搂入怀中"心肝儿肉"叫着；木应五液为泪，故黛玉爱哭，还泪以报神瑛侍者的灌溉之恩。黛玉爱兰，兰为草，黛为木无疑也。黛之木象不少，这里仅例举。

宝钗为金，宝钗姓薛，第四回，"护官符"言薛家"丰年好大雪，珍珠如土金如铁"。闲人夹批："金为宝钗"；第五回"薄命司"正册，薛宝钗之判词为"金簪雪里埋"，明演薛即雪、即金。宝钗有金锁，更是兆象为金，第八回，对此金锁作了专门介绍。虽言这锁为"珠宝晶莹、黄金灿烂"之"璎珞"，但恐怕是含金的玉器，因为宝钗侍女莺儿讲："（这锁）是个癞头和尚送的，他说（上面字）必须錾在金器上。"这宝钗、金簪、金锁皆是金。第三十四回，薛蟠讲"从前妈妈和我说你（宝钗）这金要捡有玉的才可配"，证明宝钗为金。金应人身为肺，宝钗有旧疾发病，他讲："也不觉什么，只不过喘嗽些。"（第七回）太平闲人夹批："又六经（三阴经、三阳经）喘嗽不离于肺，肺，金病也。"金在时为秋，他作《咏白海棠》有诗句"胭脂洗出秋阶影"，《忆菊》有诗句"空篱旧圃秋无跡"，《画菊》有诗句"跳脱秋生腕底香"，《咏蟹》有诗句"皮里春秋空黑黄"，四诗四句皆有"秋"。金应色为白,白帝主秋时,《咏白海棠》有诗句"欲偿白帝宜清洁",《忆菊》有诗句"蓼红苇白断肠时"。薛为雪、为霜,《咏白海棠》有诗句"冰雪招来露砌魂",《忆菊》有诗句"冷月清霜梦有知",《画菊》有诗句"攒花染出几痕霜"。特别显眼的是:《忆菊》有诗句"慰语重阳会有期",《画菊》有诗句"粘屏聊以慰重阳",《咏蟹》有诗句"长安涎口盼重阳",三诗三句三用"重阳"一词,曹雪芹是诗词大家,绝不会用词贫乏、这里三用"重阳",正是兆宝钗"五行"金秋之象。

三、三人阴阳五行的生克关系

五行为炁,为中国传统文化的哲观,所谓五行之木、火、土、金、水,即五炁借其象而喻其作用。唐代吕洞宾在《钟吕传道集》中云:"五行本于阴阳一气。"宋代大儒周敦颐在《周濂溪集》中云:"五行一阴阳。"明代尹真人在《性命圭指》中云:"两仪定位,而分五常。"显而易见,五行来源于阴阳,是阴阳关系深化、哲理化的一种认识,但它又贯穿着阴阳观。

中国早在公元前一千多年就形成了取象比喻的阴阳五行观。(图1)

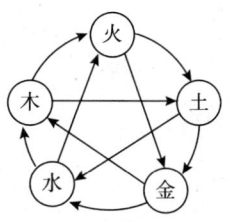

图1 五行生克图

木、火、土、金、水,谓之五行,这五行是指气,并非指实物,取五物实为借象寓理。它的关系是:相生的为母子关系、相克的为夫妻关系。如图(外圆圈箭头表示相生关系;五星箭头表示相克关系)。

相生母子关系:

木生火;火生土;土生金;金生水;水生木;

木为火母，火为木子；火为土母，土为火子；土为金母，金为土子；金为水母，水为金子；水为木母，木为水子。

相克夫妻关系：

木克土；土克水；水克火；火克金；金克木；

木为夫，土为妻；土为夫，水为妻；水为夫，火为妻；火为夫，金为妻；金为夫，木为妻。

宝玉为男、为土；黛玉为女、为木；宝钗为女、为金。因此三人关系如下：从木克土的夫妻关系而论，木为夫，土为妻。而木之黛玉为女，土之宝玉为男。木克土，形成黛为"夫"、宝玉为"妻"，这与书中的现实不符。若婚姻有成，从五行而论，这是一种相辱的反克关系。宝玉和黛玉关系密切，但总又不协调。黛玉为女，但占"夫"位，起克的作用，宝玉为男，却居"妻"位，受克限制。故每次生隙争怄，总以宝玉向黛玉赔不是作结。第五回，黛玉来贾府不久，书中讲"他二人言语有些不合起来"，宝玉"前去俯就，那黛玉方渐渐回转来。""不是冤家不聚头"正是这种"木克土"关系的显现。从五行而论，宝玉、黛玉是不具备成姻的。除此之外，从社会学而论，第二十回有如下描写：

（宝玉）说道："……头一件，咱们是姑舅姐妹，宝姐姐是两姨姐妹，论亲戚他比你疏。"

这恰恰说明近亲不宜结婚。俗话云：姑舅亲，辈辈亲，砸断了骨头连着筋。姑舅亲不宜成婚！清代红评家二知道人《红楼梦说梦》云："按律文：两姨结亲者，笞四十。"姑舅亲者当笞百乎？

从土生金的母子关系而论，宝玉之"土"和宝钗之"金"是相生母子关系。宝玉和宝钗亦无夫妻关系，但母子是和谐关系。《红楼梦》前八十回，没有提到宝玉和宝钗成婚的情节。续部第九十七回，宝玉和宝钗才成大礼。有的红评家认定第三十六回为宝玉和宝钗有合的绛芸轩案，我不知真假，即使有，也是偶合的云雨，并非婚姻。从五行生克而论，宝玉和宝钗即使完婚，也是终将离散的，"有合"是短暂的，因为他俩没有五行夫妻关系的示象。

宝玉为土，土克水，土为夫，水为妻，故宝玉应和"水"做的女儿有

7. 阴阳五行中的宝玉、黛玉、宝钗

夫妻关系，湘云名中带水，史家地位、关系非同寻常，湘云才学非同一般，性格豪爽，做宝玉的妻子，从五行看，有这种可能。宝玉有女儿象，湘云有男儿象，这又是一种夫妻互补象。

宝钗为金，金克木，木为黛，宝钗之金不利于木黛。清代解盦居士《石头记说》："怡红梦中云：'什么金玉姻缘，我偏说木石姻缘。'岂料木为金克乎！"宝钗为女当为妻，火为金夫，《红楼梦》中未涉此，宝钗之金的火夫是谁不得而知，因为宝钗进京本是"待选"、做为"陪侍"公主、郡主的读书而来的（第四回）。

宝玉和黛玉虽为相克的关系，但又是平等平行的关系；宝玉和宝钗是相生的关系，虽和谐但是是衍生的关系。从俗常观念而论，"金玉"高于"木石"，但从五行而论，曹公扶黛木，抑钗金，将钗金压低一辈。

宝玉、黛玉、宝钗三人，是《红楼梦》中的一条主线，三人演出一场惊天地、泣鬼神的情事，这个故事之所以能够家喻户晓、万世流传，就在于它有着深厚的哲理基础，而这个基础就是他们各有五行定位而不肤浅，这不是主观臆测，而是《红楼梦》原著传达出的信息。

第十八回"皇恩重元妃省父母"，元妃题名："东面飞楼曰缀锦阁，西面飞楼曰含芳阁。"太平闲人夹批："'锦'字从金，而在东，金刑木，见宝钗之强。'芳'字从草，而在西，草入秋，见黛玉之弱。一部大观，演此而已。"第八十二回，黛玉道："不是东风压了西风，就是西风压了东风。"太平闲人夹批："西风为金，东风为木。究竟东不能压西，而西压东也。"西为金，东为木，金克木，"五行"如此。宝玉和宝钗金玉良缘有成，宝玉和黛玉木石前盟无望，有很多人道原因，但五行生克是最基本的天道根据。五行生克是天道循环、兴衰成败、稳定平衡的法则。

从阴阳五行而论，土主运化，故称"四季土"。土性的宝玉和木性的黛玉、金性的宝钗都有关，从而形成"木石"说、"金玉"说。第五回，宝钗《终身误》的红楼曲首提"都道是金玉良缘，俺只念木石前盟"关系说，不仅明确宝玉、黛玉、宝钗的五行定位、定性，也明确了三人关系。

宝玉虽然坚持木石前盟的姻缘，但只能是口头的、梦中的"偏说"，

这"说"既为"偏",就难以抵制封建势力之大。在元春倾向性的暗示下,续部演贾母、王夫人在宝玉的婚姻上,最终选择了宝钗,放弃了黛玉,加之凤姐"雪下抽柴"的暗箱操作,金玉姻缘终胜木石前盟。清代红评家《明斋主人总评》:"木石之与金玉,岂可同日而语哉!"世俗之势力终占上风。第七十一回,贾母八旬大庆,"礼部奉旨,钦赐金玉如意一柄,彩缎四端,金玉杯各四件,帑银五百两。"四样赏赐,二样涉及金玉,就是世俗重视金玉而非木石的证据。

从贾府角度讲,宝玉和黛玉相比,宝玉的婚姻才是重要的!第九十六回,凤姐献策,王夫人、贾母同意,为宝玉择偶选定宝钗,但袭人深知,宝玉心里有的是黛玉,便有"那不是一害三个人"之忧,当袭人把这种顾虑告诉王夫人、贾母后,书中讲:"贾母听了,半日没言语,王夫人和凤姐也都不再说了。只见贾母叹道:'别的事都好说。林丫头倒没有什么,若宝玉真是这样,这可叫人做了难了。'"第九十八回,贾母知黛玉已死,更是直言袒露:"只为有个亲疏。你是我的外孙女儿,是亲的了;若与宝玉比起来,可是宝玉比你更亲些。倘宝玉有些不好,我怎么见他父亲呢?"贾母最为疼爱三女儿贾敏,更加疼爱丧女之女的黛玉,不然不会"遣了男女船只来接"黛玉的"必欲其往"(第三回)。但是若是将黛玉和宝玉相比,贾母明言,宝玉比黛玉"更亲"、"林丫头倒没有什么"。人世冷暖如此。

《太平闲人〈石头记〉读法》云:"或问:是书姻缘,何必内木石而外金玉?答曰:玉石演人心也。心宜向善,不宜向恶,故《易》道贵阳而贱阴,圣人抑阴而扶阳。木行东方主春生,金行西方主秋杀。林生于海,海处东南,阳也。金生于薛,薛犹云雪,锢冷积寒,阴也。此为林为薛,为木为金所由取义也。"显而易见,清代红评家,注意到曹公为《红楼梦》主人公的设象,但未深入解象。更重要的是设象的目的,它寓意着哲理的关系。

四、天干是阴阳五行的深化，由天干看宝玉、黛玉、宝钗的冲合关系

十天干可谓五行的扩展，或谓之五行而分阴阳：

五行 天干 阴阳	木	火	土	金	水
阳	甲	丙	戊	庚	壬
阴	乙	丁	己	辛	癸

土有阴阳，戊土为阳，己土为阴。宝玉为男、为阳土，即为戊土。戊土为霞土，故宝玉"五彩晶莹"。戊与癸合，戊癸化火。癸为阴水，这样就霞、水相应。所以宝玉的婚姻，戊土的设象，似和涉水旁的湘云有关。据清代甫塘逸士《续阅微草堂笔记》云："戴君诚甫，曾见一旧时真本"，讲到贾府衰败后的宝玉和史湘云的结合。

木有阴阳，甲木为阳，乙木为阴。黛玉为女、为阴木。黛为绛珠草、为兰草，草为乙木，所以黛为乙木无疑。黛玉为乙木，乙木和谁有关？从天干化合而知乙庚化金。而庚为阳金，金为薛，也就是讲乙木黛玉从姻缘论当和薛家有关，庚为阳金，具体讲薛而阳金只有薛蟠，薛蟠把"唐寅"错念为"庚黄"，更突出庚金的作用。

第五十回，宝钗作一首谜底"松塔"的谜诗，太平闲人夹批："此是松塔，松为木公，金母之配，金玉姻缘也。"实质上，这里显示木为乙，为阴；公为庚，为阳，夫妻之道也。所以黛玉之乙木，似应和庚金的薛家有关。以五行的哲理探讨，书中还恰恰有为乙庚设象的情节。第五十七回，书中写道：

黛玉笑道："姨妈既这么说，我明日就认姨妈做娘。姨妈若是弃嫌，便是假意疼我。"薛姨妈道："你不厌我，就认了。"宝钗忙道："认不得的。"黛玉道："怎么认不得？"宝钗笑道："我且问你：我哥哥还没定亲

事，为什么反将邢妹妹先说与我兄弟了？是什么道理？"黛玉道："他不在家，或是属相生日不对，所以先说与兄弟了。"宝钗笑道："不是这样。我哥哥已经相准了，只等来家就放定，也不必提出人来。我说你认不得，让你细想去！"说着，便和他母亲挤眼儿发笑。

黛玉听了，便一头伏在薛姨妈身上，说道："姨妈不打她，我不依！"薛姨妈搂着他笑道："你别信你姐姐的话。他是和你顽呢。"宝钗笑道："真个妈妈明日和老太太求了，聘作媳妇，岂不比外头寻的好？"

薛蟠是个酒色之徒，对黛玉这个美女，当然是倾心的，而且薛蟠见过黛玉，并有非分之想。第二十五回，宝玉中邪，在照顾宝玉康复的过程中，给薛蟠提供见到黛玉的机会。脂批庚辰本有载："独有薛蟠更比诸人忙到十分去，……忽一眼瞥见林黛玉风流婉转，已酥倒在那里。"

当然，曹公绝对不会让清洁干净的黛玉嫁给呆霸王薛蟠，但是上面的情节，体现了"乙庚化金"之象，乙为黛，庚为薛蟠，曹公的情节设计，是有阴阳五行为根据的。

金有阴阳，庚金为阳，为斧钺之金；辛金为阴，为首饰之金。金钗、金簪、金锁皆首饰。宝钗为女，为首饰之金，故为辛金。丙与辛合，丙辛化水，丙为夫，辛为妻。丙为阳火，故宝钗当和设象阳火的姻缘有关，并非薛姨妈一相情愿要宝钗"等日后有玉的结为婚姻"。玉为土，金和土无夫妻关系，只是衍生关系。何人为丙火不得而知。

若从五行分阴阳而论十天干，黛玉为花草之乙木，宝钗为首饰之辛金，两人又同为女性，因此同为阴阴相斥；木东金西，方向相对；金又克木，此三项原因形成天干乙辛对冲，冲即冲激，这乙辛对冲，对乙木之黛是很不利的。第五回正文讲："不想如今忽然来了一个薛宝钗，……因此黛玉心中便有些不忿之意。"这是人事背后的阴金克阴木之情状。这正是：

七律绝六首

宝　玉

（一）

人才天性两相兼　游梦尘缘一揖还
玉石中行归属土　寻情追记大荒山

7. 阴阳五行中的宝玉、黛玉、宝钗

（二）
纯阴是鬼纯阳神　冲气为和始作人
造鬼造神均乱侃　玉哥最恨假充真

黛　玉
（一）
乙木先天一草株　脱形还泪至情枯
寄人篱下忧诗女　造化前盟客梦孤

（二）
草木天生命不期　移身投靠此行疑
善良何晓判亲属　应谶哀心焚馈遗

宝　钗
（一）
金陵金锁贵称金　积健为雄大度心
才貌冠群人望厚　应时合世韵资深

（二）
玉立婷婷显大方　博知拔萃冠群芳
莫信评家批贬语　事理人情赞冷香

本题小结三首
七律绝
（一）
阴阳大道起形名　合一天人贯五行
莫说红楼繁琐事　博知哲理演高情

（二）
五行气象覆芳园　啼笑姻缘展大观
品悟深藏哲家味　笔端情感汇辛酸

（三）
读梦悲心系正情　感怀结社颂诗声
兴衰自败谁能止　可叹含章任火烹

8.《曲径通幽》联想曲

第十七回，贾政带领一干人验收大观园，顺便试才宝玉，为大观园景点题额对进行美化，宝玉认为"编新不如述旧，刻古终胜雕今"，故他在入门的一块"镜面白石"上，首先据典直书"曲径通幽"四字。这题额切景抒情："曲径"生动形象，"通幽"含蓄深邃，可谓文彩纷呈。曹公巨作，往往引而不发，尤其是诗词用典，在精练达意的同时，草蛇灰线，又为后文埋下伏笔。因此读者以《红楼梦》中的引典为线索，深究细察，这对加深理解《红楼梦》是很有意义的。

宝玉所题"曲径通幽"四字取自唐代著名诗人常建《破山寺后禅院》五律的颔联"曲径通幽处，禅房花木深"。常建的这首诗，《唐诗三百首》、《千家诗》均作收录，并有简单的注释，对于诗词爱好者当不生疏，但对《红楼梦》的广大读者，读到此处，原著流畅的文笔和生动的情节，很易使读者滑过，只会想到宝玉之题切景，不一定反映到宝玉用典的深意。实际上这用典很重要，它关系到宝玉的命运前途。

清红评家、太平闲人张新之夹批："（曲径通幽处）的下文乃'禅房花木深'，第一题已伏宝玉终局，真能正喻兼到，八面玲珑。"有着警策作用见称的这一颔联，对仗虽不工整，但有"流水对"的特点，对句作为出句的补充使达意完整。因此"曲径通幽"之"径"，是通向禅房之径，是宝玉出家由公子成为僧人之径。宝玉这一题额，已经关照到第一百二十回宝玉出家的尾声，这是文豪曹公独具的匠心。唐代诗人常建《破山寺禅院》五律如下：

　　清晨入古寺　初日照高林
　　曲径通幽处　禅房花木深
　　山光悦鸟性　潭影空人心
　　万籁此俱❶寂　唯闻钟磬音

---

❶ 注：第七句之"俱"，在《唐诗三百首》中作"皆"。"俱"、"皆"均为平声。

8.《曲径通幽》联想曲

诗有极强的概括性，同类的事物便有相同的共性。而借诗取象以达意这是曹公著述《红楼梦》的一大发明。尽管这首唐诗创作于前，清代《石头记》著作于后，但是一以贯之的易道、万法归一的禅理，既可以用禅诗来概括、提高《石头记》的意境，又可用《石头记》的情节注释这首禅诗。把两者互相参照，我们不得不佩服传统文化今古相通、一脉传承的深邃和曹公取典的巧妙。为此不妨作一篇《曲径通幽》联想曲：

佛门净地，古刹钟声，那是"槛外人"的境界。它神秘而令人敬畏。寺院禅房是人间普渡天境的法船。晨钟开始了一天的慈航。芸芸众生，觉悟不同，佛法初日的光辉首先沐浴那些善男信女。林黛玉有慧根，称她为"高林"是不为过的，高品、高心、高性、高风、高节……这种种的"高"，便是她本性的清白！当她吟出"无立足境，方是干净"之时，她已登上起航的法船，开始了新的慈航。所以她比宝玉参禅深刻，也比宝玉早日解脱。

《说卦》云："艮为山，为径路，为小石"。宝玉为顽石，石为径，所以宝玉即"径"。世上并无平坦的直路，"曲径"本来是社会人生中的现实。不仅路径为曲，《尚书》云："木曰曲直"，所以"木"也是曲的，黛玉之木更是坎坷曲折。宝玉和黛玉来自天境，质朴天真，道法自然，很难适应凡尘的俗鄙，因此更突显人生的曲折。语云："木秀于林，风必摧之；堆出于岸，流必湍之；行高于人，众必非之。其势然也。"这"林"就是黛，这"堆"就是石。木石行高于人，世俗不容。

玉为乾，乾为天，所以宝玉有天性。他讨厌那些清客言不由衷的阿谀奉承，对他们提出"小终南"的题额不屑一顾，因为"终南捷径"是他最为厌恶的经济仕途。宝玉在经历了人生的曲折之后，选择的是"通幽"之径。何谓幽？幽者，隐也。故宝玉命运结局是步甄士隐的后尘，由假（贾）而真也遁入空门。《遁》卦云："君子好遁。"宝玉便由君子遁化成幽人。《覆》卦云："幽人贞吉。"这"贞吉"是讲幽人良好的《遁》效，所以宝玉的结局并非那样惨。何谓禅？内见自性不动，名为禅。在寺院禅房，他参禅悟道之外，便振迅天真地挥毫；或脍炙人口地吟咏。不过这时他的诗风，由近体的格律变成骈文式的骚体、像屈原那样的古诗；而书道则由"斗方字"的欧体楷书变成怀素那样的狂草。有的时候,他文思汹涌,把在凡尘看到的真假颠倒,用十年的时间,谱写成数百万言的诗意小说,定名《石头记》。

　　脂批有琪官、袭人夫妇"供奉玉兄、宝卿,得同终始"的批语,令人有所怀疑,难道袭人"靠得住"吗?难道讲究经济仕途的宝钗能够和宝玉同甘共苦吗?难道有着天命的宝玉,竟是如此的结局?有的清评家云见过另一"真本",说宝玉"沦为击柝之流",靠打更为生,这恐怕并非曹公真梦!当然今人编造的宝玉后来"下狱"、"上街乞讨"更是"连影儿也没有了"。曹公对这些杜撰很不满意,他认为高鹗编得还未离谱,至于文笔他不好说什么。要知道任何人都是续不好的。至于贾宝玉的真身,早就回归大荒山了,因为他这石,本来就是大荒山的一部分,那里才是它真正的故乡。宝玉是不会像世人那样"反认它乡是故乡"的!宋代诗僧性空大师《遗世偈》有诗句"汝归沧海我归山",即是很形象的比喻。

　　禅房是修行的清静之地,他隐身在花木的深处,由于花木繁茂之"深",这禅境才更幽。这"沁芳"的花木是黛玉的灵气所化,幽人和草木是有前缘的,它是"木石前盟"在人间神情的延续,大道无情却有情!

　　艮为山,为少男,所以这"山光"既是宝玉"五彩晶莹"之光!山光悦性之"鸟",就是黛玉关爱的那只鹦哥,这鹦哥和黛玉的心灵是相通的,只有它才能发出黛玉内心的嗟叹。当着宝玉、黛玉都回归大自然之时,这鹦哥的嗟叹变成在山光沐浴下欢悦的鸣叫。南朝诗人王籍《入若耶溪》有句"鸟鸣山更幽"。青山,绿水,幽人,鸟鸣……这是一幅何等优美的画面,这"画"正是宝玉心中的理想中的"天然图画"。

　　女儿为水,这潭水便是女儿,它是"真、善、美"的化身,是"无立足境"之境。潭水清,成影真;人心空,道心现。不要小看这"影",它是宇宙本源的"空",世人不解,把假的"色"当成真,而把真的"空"当成假。跛道人吟唱的《好了歌》是醒世之歌,它是人间唯一应获奖之歌,遗憾的是,这歌和宝玉的诗作一样,每次评比,结局自然是落第。

　　为了警示人类的不自觉,这万籁皆寂唯闻人籁的钟磬之音,是那样的清晰而深沉,警钟长鸣,这钟声是对无知人类的警示,它又是唤醒人类希

8.《曲径通幽》联想曲

望之声。

　　大观园入口的那块"镜面白石",即太虚幻境中女娲炼石补天剩下的那块顽石。清红评家、太平闲人张新之夹批:"便是《石头记》之石。"空空道人见石上"字迹分明,编述历历。""字迹分明"是远视石上"曲径通幽"四字;"编述历历"是近阅的一部《石头记》。唐代诗僧寒山诗云:"千年石上古人踪,万丈岩前一点空。""石上古人踪"即是《石头记》,说明《石头记》来历悠久。然而这石在大荒山,唯空空道人得见。"万丈岩前一点空",恐怕正是《石头记》传述的宇宙大信息,王国维先生说《红楼梦》"宇宙的也"是不为过的。

悼雪芹
（夜深吟）

天知广兮地知微,	我以我情吟心扉。
我惊曹门遭抄没,	炎凉世态何所依？
我怜曹舍借篱下,	僻村野巷人迹稀；
我叹曹子早夭折,	孤魂渺漠散无归；
我忧曹家少柴米,	食粥赊酒陷馁饥；
我赞曹公有傲骨,	大笑高谈扫阴霾；
我慕曹笔贯生气,	才学横溢显神威。
我爱曹食谱,	我笑曹筝飞。
我赏红楼曲,	我沐石头晖。
兴衰转瞬变,	人间多是非。
著述西山下,	深情寄凄欷。
涕泪化书稿,	半梦万载巍！

9. "泻玉"与"沁芳"

第十七回，有宝玉、贾政、众清客一行人游览大观园，为一亭题名事。

为迎接元妃省亲，要验收建成的大观园，并要为大观园各景点题额对，进行美化，提高意境，也借此考试宝玉才学。众人先到一亭，众清客道："当日欧阳公《醉翁亭记》云：'有亭翼然。'就名'翼然'罢。"

欧阳修《醉翁亭记》云："环滁皆山也。其西南诸峰，林壑尤美，望之蔚然而深秀者，琅琊也。山行六七里，渐闻水声潺潺而泻出于两峰之间者，酿泉也。峰回路转，有亭翼然临于泉上者，醉翁亭也。作亭者谁？山之僧智仙也。名之者谁？太守自谓也。"

然而"翼然"是指醉翁亭的形状，描绘醉翁亭四角飞檐凌空，若翼翔飞。至于大观园中的这个亭，并未有形状的描述，只是知道该亭在桥上临水而建。生搬硬套取典"翼然"就不妥了，故贾政笑道："'翼然'虽佳，但此亭压水而成，还须偏于水题为称。依我拙裁，欧阳公句'泻（出）于两峰之间'，竟用他这一个'泻'字。"众清客是贾家豢养的文奴，有眼力见儿，会奉迎，善拍马，有一清客为贾政捧场道："是极，是极。竟是'泻玉'二字妙。"

显而易见，贾政据典题了一个"泻"字，一清客补充了一个"玉"字，这"泻玉"是贾政和一清客合拟之名，当然两字重点在"泻"字。他们所题是切景的，因为书中正文就有"俯而视之，则青溪泻玉"景致的描绘，"泻"从水，又符合此亭临水的特征，这说明贾政是通文墨的，并非白丁，独创题名虽做不到，墨守陈规地借用典籍还在行。尽管如此，"泻"形容水妥，形容亭则不妥。

清客所题"翼然"不妥，贾政和清客合拟的"泻玉"也并非美妙。书中写道，听了众清客吹捧，贾政"拈须寻思"，显然对这个合作之题也不

9."泻玉"与"沁芳"

十分满意,他"叫宝玉也拟一个来",宝玉道:"老爷方才所说已是,但如今追究了去,似乎欧阳公题酿泉用一'泻'字则妥,今日此泉也用'泻'字,似乎不妥。"宝玉敬重父亲留有情面,故用"似乎"不肯定语,其实他已鲜明地表态,对"泻玉"之亭名持否定态度。

凡涉及学问,宝玉总是有理有据,他讲:"此处既为省亲别墅,亦当依应制之体,用此等字,亦似粗俗不雅。求再拟蕴藉含蓄者。"宝玉又用"似"字,发表题额对的原则之见很是客气,其实这"泻"字就是粗俗不雅!少庄重而又显露,绝非好名。唐宋人之诗题多有"应制"之语,如《唐诗三百首》中,有王维《奉和圣制从蓬莱向兴庆阁道中留春雨中春望之作应制》七律;《千家诗》中,有蔡襄《上元应制》、王琪《上元应制》七律等。这是应诏或奉和皇上之诗作,元春虽不是皇上,但也是涉及皇权之大事,因此宝玉指出大观园的额对,应具有严肃性是很对的。贾政本当以"正"为宗旨,所题之"泻"有悖"应制"的庄重。宝玉这一正大议论,恰恰说到贾政最忌讳处,贾政是无法回答的。问题的关键是:这玉即是宝玉,宝玉应教而不可泻!太平闲人张新之夹批:"酒可泻,玉不可泻。"泻是放任自流的状态,宝玉之失教,主责恰恰就是贾政之"泻"!这是家教的失责;次责在清客,他们补充了一个"玉"字,是明确了失教的对象,这是环境教育的影响,是社会教育的失责。太平闲人张新之夹批:"有此玉而泻之,是讥政之不善教也。"泻,谐音通"亵"。这玉是不可亵的,宝玉也是反对亵的,曹公更是深恶痛绝亵玉!玉为宝,玉为贵,怎能亵之?第二十五回"通灵玉蒙蔽遇双真"中,宝玉经渺渺真人的持诵摩弄,那个世外高人的和尚就对贾政讲:"此物(宝玉)已灵,不可亵渎。"这里的亵,即泻!

那么这个亭应起何名呢?

宝玉道:"不若'沁芳'二字,岂不新雅?"书中描写"贾政拈髯点头不语",这里的"点头"是对宝玉文才的默认,因为"沁芳"远远胜过"泻玉"。"沁"字偏旁取"氵"(水),完全符合此亭临水的特点,采纳了贾政"还须偏于水题为称"的意见。《醉翁亭记》有句"醉翁之意不在酒,在乎山水之间也。山水之乐,得之心而寓之酒也。"这句中的主旨为

53

"得之心"之"心"。而"氵"加"心"合则为"沁"。何为"沁"？气味渗入惑透出。芳者，香、美好，香草也。苏轼《蝶恋花》有句"天涯何处无芳草"，芳草即香草，即黛玉前身的绛珠草。而"芳草"又为怀人之典，故此亭题"沁芳亭"三字，最合适不过。太平闲人张新之夹批："出心字，是为沁芳，心乎草也。"宝玉之心完全浸透在芬芳的绛珠草上。

对于宝玉所题"沁芳"，"贾政拈髯点头不语"。"点头"表明贾政可以肯定宝玉否定他所题"泻"字！"不语"表明他心里绝对不同意"沁芳"两字，因为他对宝玉从小有"酒色之徒"的先见。在大观园水流的源头，宝玉道："此乃沁芳源之正流，即名'沁芳闸'。"贾政道："胡说，偏不用'沁芳'二字。"明明源流相应，贾政偏说宝玉"胡说"、"偏不用'沁芳'二字。"这是贾政是非不辨、顽固不化之心态，何其假（贾）？何其不正？难怪叫贾政（假正）！张新之夹批："所谓违心。"偌大的大观园，贾政题不出一匾一联，唯一题一不能用的"泻"字，他自谓才学"平平"，不为过也。

通过为大观园一亭起名的描述，我们看到为题一亭名，要经过多少人的参与，要经过多少人的思维劳动。仅仅为了区区的两个字，作者要付出多少心劳？《说文解字》："名，自命也。从口，从夕。夕者，冥也。冥不相见，故以口自名。"这说明古人对起名的重视。

欧阳修，字永叔，自号醉翁。宋代人，进士，江西永丰县人。会诗能文。第六十四回，宝钗称赞他《明妃曲·再和王介甫》"耳目所见尚如此，万里安能制夷狄"的诗句，"能各出己见，不与人同"的独创。欧阳修诗好，散文似更出色。这正是：

七律绝

意境神情绘不同　心扉观念欠沟通
拟联题额需文采　临阵方知造化功

10. 绿珠·石崇·《金谷诗序》

《红楼梦》第十八回，众姐妹奉元妃旨咏大观园，黛玉作《世外仙源》五律，其中颈联"香融金谷酒，花媚玉堂人。"诗句优雅华美，充满喜庆，对仗工整，格律鲜明。既是对大观园的称赞，又是对元妃的颂扬，十分得体，难怪元妃评其诗："终是薛、林二妹之作与众不同，非愚姐妹所及！"

第六十四回，黛玉怀古作《五美吟》，其中咏绿珠诗云：

　　瓦砾明珠一例抛　　何曾石尉重妖娆

　　都缘祸福前生造　　更有同归慰寂寥

第七十二回，凤姐对贾琏讲："我们看着你家什么石崇、邓通？把我王家地缝子扫一扫，就够你们一辈子过的了。"

绿珠为石崇爱妾，孙秀求之，崇不许，秀矫诏收监崇、杀崇，绿珠跳楼自尽，跳楼之地即金谷园。这是发生在晋惠帝时的一段史实。

人们对"五美"中的西施、虞姬、昭君（明妃）都很熟悉，这三人不仅美，且命运关系国家兴衰、帝王事业的成败，因此影响也大。但对绿珠，知道她的事迹的人就少多了，其实绿珠遭际曲折，最后殉主而亡，不偷生、不畏死、也很壮烈。历代诗词戏曲以她为题材之作也不少。

干宝《晋纪》云：

石崇有妓人绿珠，美而工笛，孙秀使人求之，（石）崇（有）别馆北邙下，方登凉观（《晋书·石崇传》"观"作"台"），临清水。使者以告，崇出其婢妾数十人以示之，曰："任所以（选）择。"使者曰："本受命者，指绿珠也。未识孰（谁）是？"崇勃然（怒）曰："绿珠吾所爱，不可得也！"使者曰："君侯博古知今，察远照迩，愿加三思！"崇不（以为）然，使者已出，又反（回），崇竟（然）不（允）许。

《世说新语·仇隙第三十六》云：

孙秀既恨石崇不与绿珠，又憾（恨）潘岳昔遇之不以礼。后秀为中书令，岳省内见之，因唤曰："孙令，忆畴（报）昔周旋不？"秀曰："中心藏之，何日忘之！"岳于是始知必不免。后（秀）收（监）石崇、欧阳坚石，同日收岳。石（被）先送（东）市（杀场），亦不相知。潘后至，石谓潘曰："安仁（潘岳字），卿亦復尔邪（耶）？"潘曰："可谓'白首同所归！'"潘《金谷集诗》云："投分寄石友，白首同所归。"乃成（应验）其谶（预言）。

潘岳是何人？为什么遭孙秀怀恨？潘岳（247～300）晋代人，字安仁，河南人，少年时被乡里称为"奇童"，诗人。今本《古诗选读》就取选了他的《悼亡诗》一首。他自负其才，郁郁不得志，性情浮躁轻薄，趋附势利，其母曾讥之。王隐《晋书》云：

岳（之）父文德为琅邪太守，孙秀为小吏，给使（在左右给使令者），岳数蹴（踢）蹋秀，而不以人（礼）遇之也。

由于潘岳恃势不以礼待人，得罪小人而获孙秀怀恨。石崇何人？晋之富豪也。他富到什么程度？《续文章志》云：

石崇，字季伦。他资产累巨万金。宅室舆马，僭拟王者。庖膳必穷水陆之珍。后房百数，皆曳纨绣，珥金翠，而丝竹之艺，尽一世之选。筑榭开沼，殚极人巧。与贵戚羊琇、王恺之徒竞相高以侈靡，而崇为居最之首，琇等每愧羡以为不及也。

《红楼梦》第四十一回，提到王恺："又见妙玉另拿出两只杯来，一个傍边有一耳，杯上镌着'㼁瓟斝'三个隶字，后有一行小真字，是'王恺珍玩'，又有'宋元丰五年四月眉山苏轼见于秘府'一行小字，妙玉斟了一斝递与宝钗。"太平闲人夹批："王恺，石崇之对。"晋武帝司马炎乃王恺之外甥，王恺乃晋武帝之舅，当为皇亲，得晋武帝之助，故富有，但仍不敌石崇，可见石崇之富。

石崇奢侈，《世说新语·汰侈第三十》举例：

石崇与王恺争豪，并穷绮丽以饰舆服。武帝，恺之甥也，每助恺。尝以一珊瑚树高二尺许赐恺，枝柯扶疏，世罕其比。恺以示崇，崇视讫，以铁如意击之，应手而碎。恺既惋惜，又以为疾（忌）己之宝，声色甚厉。崇曰："不足恨，今还卿。"乃命左右悉取珊瑚树，有三尺、四尺，条干绝世，光彩溢目者六七枚，如恺许比甚众。恺惘然自失。

　　石崇每要客燕集，常令美人行酒；客饮酒不尽者，使黄门交斩美人。王丞相与大将军尝共诣崇，丞相素不能饮，辄自勉疆（强），至于沈（沉）醉。每至大将军，固不饮以观其变，已斩三人，颜色如故，尚不肯饮。丞相让之，大将军曰："自杀伊家人，何预卿事！"

　　这一伙以人命为儿戏的权贵是何等凶残！石崇与潘岳俱附事贾后、贾谧，交结权贵。后来司马伦（赵王）杀贾后，废贾谧，自称相国，专擅朝政，石崇与潘岳等劝司马允（淮南王）、司马冏（齐王）以图伦，谋未发，事泄，司马伦及嬖臣孙秀与潘岳有前仇，加之孙秀求绿珠石崇不许，孙力劝伦杀石崇及其家属十五口。石崇爱妾绿珠跳楼自杀。孙秀小人耳，其妻骂秀为"貉子"，禽兽也。石崇聚财，亦非好来。《晋书》云：

　　石崇为荆州刺史，劫夺杀人，以致巨富。

　　尤其石崇赌酒杀人可恶之极，属该杀类！绿珠为恶人相争的牺牲品。潘岳不听母劝"止足之道"，有"负阿母"之悔言。"财"为惹祸之根苗，《晋书》云：

　　车载（石崇）东市，（崇）始叹曰："奴辈（欲）利吾家之财。"收崇人曰："知财为害，何不蚤（早）散！"崇不能答。

　　石崇只心痛己财之去，不言其财之来。结果是《好了歌》所云："世人都晓神仙好，只有金银忘不了。终身只恨聚无多，及到多时眼闭了。"《红楼梦》第百七回，贾母有"分散馀资"之德，当借鉴晋·石崇事之教训。今人以权聚财不知止，当以石崇为鉴。

　　涉及金谷园诗事活动，《世说新语·品藻第九》云：谢公云："金谷中苏绍最胜。"

　　石崇《金谷诗序》云：

　　（石崇）有别庐在河南县界金谷涧中，或高或下，有清泉茂林，众果、竹柏、药草之属，莫不毕备。又有水碓、鱼池、土窟，其为娱目欢心之物备矣。时征西大将军祭酒王诩当还长安，余与众贤共送往涧中，昼夜游宴，屡迁其坐，或登高临下，或列坐水滨。时琴瑟笙筑，合载车中，道路并作；及往，令与鼓吹递奏。遂各赋诗以叙中怀，或不能者，罚酒三斗。

感性命之不永，惧凋落之无期，故具列时人官号，姓名、年纪，又写诗著后。后之好事者，其览之哉！凡三十人，吴王师，议郎关中侯，始平武功苏绍，字世嗣，年五十，为首。

"苏绍"为石崇亲戚，聚会中的优秀者。显见，此序为石崇在金谷园饮酒作诗记事之序文，开始了不能作诗者罚酒之规，故有"金谷酒数"一词。更重要的是其序文体为晋代王羲之书《兰亭序》之先例。《世说新语·企羡第十六》云：

王右军得（"得"当为"等"）人以《兰亭集序》方（"方"当为"仿"）《金谷诗序》，又以己敌石崇，甚有欣色。

晋代石崇、绿珠及金谷园人事，为历史、文学一大典籍。这个典籍包含很多社会人生教训，故常作为诗材。唐代诗人刘希夷作《白头翁》就以此为典。唐代刘肃《大唐新语》云：

（刘希夷）尝为《白头翁咏》云："今年花落颜色改，明年花开復谁在？"既而自悔曰，"我此诗似谶；与石崇'白首同所归'何异也？"乃更作一句曰："年年岁岁花相似，岁岁年年人不同。"既而又叹曰："此句復似向谶矣！然死生有命，岂復由此。"乃两存之。

当我们了解了绿珠、石崇及金谷园的典籍，我们复读黛玉诗句"香融金谷酒，花媚玉堂人"，就感到诗句表面华丽背后的沉重。这"金谷"是绿珠坠楼之所，这"玉"是坠楼之绿珠；"花媚"固然好，但花之用即可庆生，又可祭死，黛玉葬花就是祭死，我们已感到人生之凄凉，"金"、"玉"不过瞬息而逝，又何能良缘长久？至于石崇，黛玉咏绿珠诗句说的不错"何曾石尉重妖娆"？多少无辜美女做了他赌酒的牺牲品，所以绿珠为他殉葬"同归"很不值得。

《唐诗三百首》中，诗佛王维《洛阳女儿行》有句"意气骄奢剧季伦"，石崇，字季伦。剧，戏弄，意谓可轻视石崇。

唐代诗人周乔以《绿珠》为题有诗三首。

（一）

石家金谷重新声　明珠十斛买娉婷
此日可怜偏自许　此时歌舞得人情

（二）

　　君家闺阁不曾观　　好将歌舞借人看
　　意气雄豪非分理　　骄矜势力横相干

（三）

　　辞君去君终不忍　　徒伤掩袂伤铅粉
　　百年离恨在高楼　　一代容颜为君尽

唐代大诗人杜牧亦有诗：

题桃花夫人

　　细腰宫里露桃新　　脉脉无言度几春
　　究竟息亡缘底事　　可怜金谷坠楼人

金谷园

　　繁华室散逐香尘　　流水无情草自春
　　日暮东风怨啼鸟　　落花犹似坠楼人

清人富察明义《题红楼梦》七绝二十首，第二十首"馔玉"如下：

　　馔玉炊金未几春　　王孙瘦损骨嶙峋
　　清娥红粉归何处　　惭愧当年石季伦

《红楼梦》重史，借黛玉《五美吟·绿珠》、黛玉《咏大观园·世外仙源》"香融金谷酒"的诗句、妙玉茶具署名王恺等，把《红楼梦》重史具体化，印证贾雨村"成则王侯败则贼"之史论。司马伦、孙秀杀石崇、潘岳是公元300年的事；但第二年，即公元301年，自称帝的司马伦、孙秀就被齐王司马冏所杀；公元302年，长沙王杀齐王；公元303年，东海王又杀长沙王；……八王之乱的政权一年一变，金谷酒的背后，流淌着历史的血。晋代是权势、财色引发人事变迁的历史阶段，有着丰富的经验教训，《红楼梦》借此显示了重史的意义。晋代又出了行书"兰亭集序"的大书法家王羲之，这是使人不能忘记的。这正是：

七律绝

　　佳人雅句美诗篇　　金谷玉堂系好联
　　引典悲情说今古　　天怜艳丽化尘烟

11.《红楼梦》中的清客

《红楼梦》中描写了一类特殊人群：詹光、单聘仁、卜固修、程日兴等——清客，对这个群体的描写相当精彩。

清客由何而来？这个群体的形成至少不晚于春秋时期。春秋时赵国的平原君、魏国的信陵君、楚国的春申君、齐国的孟尝君，被称为春秋四君。他们都是皇亲贵戚，家境富有，皆各养门客数千人。这些食客，各具才能与绝技，一旦有事，往往大显身手回报主人。孟尝君入秦，初被招为秦相，后来秦昭王欲杀他，他便借门客的鸡鸣狗盗之技，得以逃命脱身。平原君门客毛遂、信陵君门客朱亥、春申君门客朱英、孟尝君门客冯驩，皆有名之士，《史记》皆有载，这些门客的才技本事可谓五花八门。

到了清代，清客是封建官宦家庭豢养的文人。《红楼梦》中的贾府，就有各种专才的清客。为了帮助惜春绘画大观园，第四十二回，宝玉就介绍了清客的才能："詹子亮（詹光）（画）的工细楼台就极好，程日兴（画）的美人是绝技。"第八十四回有位擅大棋（围棋）的王尔调、第八十六回有位擅琴的嵇好古。当然更多的清客是擅长文才。曰"清"，这"清"既有清高、清白的文化底蕴，又有清贫、清苦之征，不然何至居他家屋、食他家饭？贾府中的清客，并非贾家佣人，故曰客。他们既吃贾家饭，当然就要为贾家服务。由于他们有才学，故他们的地位比贾府雇佣人员当高，他们直接和贾府主人打交道，第九回，宝玉上学来给贾政请安以告外出，当时贾政"正在书房中与相公清客们闲话"。清客交往层次可见。他们受到贾府中客人的礼遇。享有超乎贾府雇佣一类人员思想、人身自由的灵活性，"此处不养爷，自有养爷处！"清客，可谓稳定中的流动之人口。

清客的存在，说明这类人有价值、有作用。那么，清客有什么作用呢？首先是帮闲，所谓帮闲，就是运用他们的文才服务贾府的文化精神生活。第九回，贾政与清客正是在"闲话"！俗言云"余事做诗人"，吟诗作画、抚琴弈棋等，是解决了吃饭问题以后的闲事，但它又是不可缺少的闲事。文化是雅兴，作为精神、素质、品位的象征，作为思维的一种层次、境界，对于贾府是绝对需要的。《易·革》讲"大人虎变"、"君子豹变，小人革面"。是很形象的形容。因此，精神需要也好，门面装饰也好，教育需求也好，客观需要的帮闲，为清客的存在创造了前提。第十七回，为大观园各景点题额对，正是贾政带领一批清客帮闲的例证，这个活，贾府的雇佣人员是完成不了的。其次是帮忙。偌大的一个贾府，总会有事，有些是要依靠清客来帮忙。第十六回，贾府为元春省亲修建大观园，原文云："（贾琏）便往宁国府中来，合同老管事人等，并几位世交门下清客相公，审查两府地方，绘画省亲殿宇，一面参度办理人丁。"修建大观园少不了"清客相公"。又云："贾政不惯于俗务，只凭贾赦、贾珍、贾琏、赖大、来升、林之孝、吴新登、詹光、程日兴等几人，安插摆布……"其中詹光、程日兴就是清客，他们当从事景点策划、美化、装饰之类的工作，因为他们有艺术的细胞，文化的修养。贾蔷"下姑苏聘教司"、"置办乐器"，所带南行之人，又有"单聘仁"、"卜固修"两个清客相公一同前往。可见清客对音乐在行。而这方面的造诣，贾赦之流、赖大之辈，恐怕是办不到的，所以兴建大观园有清客的功劳。第三是帮凶。诸如官司、诉讼之类，往往有清客的身影。第十五回，王凤姐弄权馒头庵，凤姐受贿，帮助老尼净虚插手一场官司，正文云："凤姐便命悄悄将昨日老尼之事说与来旺儿，旺儿心中俱已明白，急忙进城，找着主文的相公，假托贾琏所嘱，修书一封，连夜往长安县来。"这"主文的相公"就是清客，第九回、第十六回等，都有"清客相公"之句，"主文"是清客的擅长。显而易见，清客的作用是不小的。

一般而论，清客的文采不及中举为官当宰的进士阶层，不然何必有科举的比试选拔？因此，在验收大观园、为大观园增色题额对时，贾政便首先想到贾雨村，雨村是进士的学阶。他对众清客讲，"（我们）只管题了，若妥便用"，"若不妥再将雨村请来令他再拟"。在贾政的眼中，贾雨村的才学高于清客，额对的取舍最后要由雨村来定夺拍板，对此清客自然不好说什么，只是说："老爷今日一拟定佳，何必又待雨村？"清客此言既是对老爷贾政的吹捧，也发泄一些对雨村的文采未必服气。话只能说到此步，总不能指斥说："别瞧不起人，我们怎么不如雨村？"既吃人家饭，锐气就减了三分，所以清客们当时的心态、回答必是如此，《红楼梦》之好，就在于每个人都讲他应讲的话，而不是胡说八道！清客之所思不是没有根据的，进士最佼者是状元，根据杨东平《有多少状元能够成才》一文介绍："自有科举的1300年间，有名姓的状元共计599人（也有552、649、674人之说），但真正留名青史的，区区数人而已。有人称知名者仅2人，武状元为唐代的郭子仪，文状元为明代的文天祥。"状元尚且如此，何况进士？所以以"官本位"判定才学也是靠不住的，清客由于各种原因不能入第，难道能因此抹杀其才能？贾雨村未入第前，不也是一个栖于破庙、靠卖字为生的穷儒？他第一次被罢官，在林家做"西宾"，教过黛玉，实质身份和清客差不多。《红楼梦》的作者曹雪芹，生前又有哪一顶头衔？穷得连吃饭都成问题！所以有的清客的文才是很高的。

第十七回，在大观园的进园处，有一块"镜面白石"，这是为题额所设，清客题"叠翠"、"锦嶂"、"小终南"、"赛香炉"种种，翠而叠，便是青山；嶂而锦，便是山秀；小终南，便是终南山（秦岭）之缩影，诗佛王维的《终南山》有句"太乙近天都"；唐代诗人祖咏《终南望余雪》亦有句"终南阴岭秀"之赞。"终南捷径"隐含仕途之路，似都可以为额。关于"赛香炉"，太平闲人夹批："不是商周隐人。"李白《庐山谣寄卢侍御虚舟》有句"香炉瀑布遥相望，回崖沓嶂凌苍苍。"香炉，是指香炉峰（北京西山的香山，亦有香炉峰之称），该峰在庐山北。白居易有文云："匡庐奇秀甲天下，山北峰曰香炉峰。峰北寺曰遗爱寺，介峰寺间，其境胜绝，又甲庐山。"因此清客所题"赛香炉"，当为清客盛赞大观园此处山林秀美，有如香炉峰。宝玉依"编新不如述旧，刻古终胜雕今"之则，题"曲径通幽"，十分得体、大方、形象而又含蓄。宝玉之题，取唐代诗人常建《破山寺后禅院》之句"曲径通幽处"。清客所题竟不如宝玉所题。

后来至一桥亭，清客题"翼然"；贾政题一"泻"，一清客补一"玉"，合题为"泻玉"，"泻"字取典欧阳公《醉翁亭记》。此处景致之形容,正文就有"青溪泻玉",所题是不错的,贾政以"还需偏于水题为称"否定"翼然"之题,宝玉则以"亦当依应制之体"的严肃、正规,而否定所题"泻玉",改题"沁芳",此题既文雅,又切景,清客所题不及宝玉所题,凡此种种不一一列举。这样看来似乎清客的文才竟不高,其实不然,书中明告:"原来众客心中,早知贾政要试宝玉的才,故此只将些俗套来敷衍。"清客之高,就在于学识的把握。他们在表现文才时,表现太高,便压抑了宝玉的文才;表现太低,便会被主人看不起。这种文才的施展在不高不低之间,而又略低于宝玉,给宝玉展才留有余地的掌控是何等的难度?这"才"表现为学识之知博,而这"能"则恰恰是对知识之驾驭!这种"能"既要看到自己哪些不如别人,又能看到别人哪些不如自己,这种能力方是高一层的才,清客就有这种才能,他们自己有才,又深知宝玉之才,因此其才运用起来,恰到好处。清客要起帮衬的作用,今称之为"托"。托到位很不易。清客捧场做戏的心态,使他们的才不能充分展现,这是令人遗憾的,但又是可以理解的。因为他们首先要吃饭,他们的奴性限制了他们的文才。

但是只要时机许可,清客们便展才。每当宝玉的才华得到贾政的肯定或宝玉说得头头是道时,这时清客展才的机会就来了。宝玉在"蘅芜院"题一联:"吟成豆蔻诗犹艳,睡足酴醿梦也香。"贾政以老子自居说:"这是套的'书成蕉叶文犹绿'(对句为'吟到梅花句亦香'。名联,佚名),不足为奇。"清客马上说:"李太白凤凰台之作,全套《黄鹤楼》,只要套得妙,如今细评起来,方才这一联,竟比'书成蕉叶'尤觉优雅活动。"清客之言,既给宝玉所作之价值找到依据,又展现李白《登金陵凤凰台》、崔颢《黄鹤楼》之作,以及李白对崔颢《黄鹤楼》一诗之评,乃至计有功、方回、纪昀之评判,全然在清客心中,这哪里是夸宝玉,实际是显才夸自己!至于清客对贾政意见之否定,是不必担心的,贾政自己虽不能做诗,但未必不知清客所言之事,只是不便从自己口中说出,他能说:"儿子,你真棒,比太白套得还好!"显然是不能这样讲的。不仅不能这样讲,还要反讲,即显露自己不是一无所知,又显示严厉要求儿子之责,何乐而不为?贾政这里又讲了他应该讲的话!贾政训斥宝玉对清客讲:"他未曾做，先要议论人家的好歹，可见就是个轻薄人。"清客马上为宝玉辩解："议论的极是，其奈他何？"清客之辩，是为贾政的儿子所辩，其实是为贾政所辩！所以贾政心里是舒服的，也是欣然接受的，正因此，贾政对宝玉讲："今日任你狂为乱道，先说出议论来，方许你做。"贾政表面的严厉完全是作秀，清客则是清醒之逢场作戏，他们是何等有心机。第七十八回，贾政提议咏抗贼之林四娘，贾兰做一首七绝，贾环作一首五律，宝玉作前先发表议论，他说："这个题目，似不称近体，须得古体，或歌或行，长篇一首，方能恳切。"宝玉刚说完，书中形容清客："众人听了，都立起身来，点头拍手道：'我说他立意不同，每一题到手，必先度其体格宜与不宜，这便是老手妙法。这题目名曰《姽婳词》，且既有了序，此必是长篇歌行，方合体式。或拟温八叉《击瓯歌》，或拟李长吉《会稽歌》，或拟白乐天《长恨歌》，或拟咏古词，半叙半咏，流利飘逸，始能尽妙。'"清客之极大议论，显示全唐诗尽在胸中。此时清客已无法掩饰求虚荣的心态，毕竟才学是他们吃饭的本钱，这时胸中的经纬已不是李白、崔颢之作，而是全唐诗了。但是他们如此多知，宝玉不讲，他们便一声不吭，清客又是如此能忍，这便是清客必备的又一心态，如果不能忍，可能早就改换门庭了。老子云："知者不辩，辩者不知。"清客正是如此。

　　清客又是极为机敏的，这是仰人鼻息而生造就的一种心态。第十七回，在稻香村，贾政说："非范石湖田家之咏不足以尽其妙。"清客立即随声附和提出"杏花村"之处名。宝玉以古诗"红杏梢头挂酒旗"之诗句，引典题额"杏帘在望"，清客以为他们所题有"杏"字，宝玉题额也有"杏"字，似乎宝玉所题同意了他们此处命题为"杏花村"之名，谁知宝玉说："村名若用'杏花'二字，则俗陋不堪了。又有唐人诗云'柴门临水稻花香'，何不用'稻香村'的妙？"听了宝玉之议，书中形容："众人听了，越发同声拍手道妙。"宝玉之议固然很好，但清客在毫无思想准备的情况下，能如此机敏地改变态度，如此之灵活，不能不让人感叹！俗云"通权达变"、"随机应变"，恐怕清客又做到了。

　　清客是寄生虫之食客，既要吃人家的饭、看主人的脸色，就必须以一定的心力揣摩主人的心态，以行奉迎拍马之能事。第十七回，贾政比较了

11.《红楼梦》中的清客

大观园中的两处景点，心中是重稻香村而轻潇湘馆，此时清客是了解贾政心态的，书中描写："众人见问，都忙悄悄的推宝玉，教他说（稻香村）好。"清客想通过宝玉的议论，满足贾政心理上的需要，以达到他们讨好的心态，谁知宝玉实话实说，直言："不及'有凤来仪'多矣。"并大发"天然图画"之议论，宝玉之所见，尽管头头是道，然而不合乎贾政所思，又出清客之所愿，书中云："众人见宝玉牛心，都怪他呆痴不改。"清客逢时而动，知道"真"不合时，"假"却合势，他们宁肯不讲学问之真！看来才学虽重要，但投机取巧的心性更重要。不相机而动便是"蠢才"，看人脸色的饭是不好吃的。

《红楼梦》中表现清客吹拍的描写是十分精彩的。第八回，宝玉去看宝钗的半路上遇到贾府两位清客詹光、单聘仁，书中形容："二人走来，一见了宝玉，便都赶上来笑着，一个抱住腰，一个携着手，都道：'我的菩萨哥儿，我说做了好梦呢，好容易遇见了你。'说着请了安，又问好，唠叨了半日才走开。"宝玉不过是个小孩子，何有"菩萨"之定语？清客奉承的丑态毕现。第十七回，清客对宝玉说："是极！妙极！二世兄天分高，才情远，不似我们读腐了书的。"清客称宝玉为"世兄"，真是好笑！清客为了讨好主子，（庚辰本）甚至说："视'书成'之句，竟似套此（宝玉拟句）而来。"完全颠倒了古今传承的顺序，以致贾政笑说："岂有此理！"特别是第七十八回，宝玉咏林四娘作《姽嫿词》，当做到"叱咤时闻口舌香，霸矛雪剑娇难举"句时，书中形容清客："众人听了，更拍手笑道：'越发（刻）画出来了！当日敢是宝公也在座，见其娇而闻其香？不然，何体贴至此？'"一个十五六岁的小孩，这时已由"世兄"晋升为"宝公"！吹拍肉麻可谓至极。对于这样的吹拍，以致连贾政都觉得过分，说："不可过奖他。""休如此纵了他"（第十七回）"休谬加奖誉"（第七十八回）。

清客现象反映的是一个社会问题，清客的品质是客观环境造成的。由焚书坑儒到大兴文字狱，形势使然。如果清客的品行完全，也就没有清客了。时势造英雄而不是英雄造时势，至少基本如此。清客就是今天的文人，由于产生这类人的土壤并未消失，清客品质的文人也不会消失。

中国需要梁漱溟、俞平伯这样的纯文人，他们是中国文人的榜样和骄傲；冯友兰先生是令人遗憾的，尽管是形势误导所至，但毕竟有自己的内因；还有那位自以为是的杨荣国，学术出偏中邪，既助纣为虐害别人，也害了自己，他们当是中国文人的警鉴；中国不需要张春桥、姚文元这类的"文人"，当他们猖獗之日，正是灭亡之时，他们将永远被钉在历史的耻辱柱上。

《孔子家语·六本》云："良药苦于口而利于病，忠言逆于耳而利于行。"子路人告之有过则喜，禹闻善言则拜。这对于喜欢听好话，打击、压制不同意见已成为惯性的现实风尚，当是一种警鉴。

人们希望看到正义的文人，希望先有一个百花齐放、思想言论自由的环境。这正是：

七律绝

社会人才独一群　　随时倚势走高门
雇佣造就低身位　　掌控提心葬笔魂

12. 贾瑞病理探源

《红楼梦》第十一回、十二回，设一贾瑞，他从宁府为贾敬庆寿的家宴上逃席，在会芳园拦截、挑逗凤姐，凤姐先是一惊，镇定后虚情假意应付，贾瑞信以为真，陷入凤姐设计的相思局：二次受诓、受辱、受凉、受惊，被逼写欠款条；又受爷爷贾代儒的严惩：挨打、长跪、罚作业、不许吃饭，终于支持不住得了大病，但他不止邪念，置道士救命的忠告于不顾，正照《风月宝鉴》，终于因色丧命。

《好了歌》有警句："世人都晓神仙好，只有娇妻忘不了。君生日日说恩情，君死又随人去了！"这首歌的这段歌词是讲情色的虚空，夫妻乃合法之情色，尚有如此之常象。贾瑞邪情淫色，本来即水中月、梦中人、镜中影，当然带来的只能是恶果。

道家讲金、木、水、火、土之五行，儒家讲五德，释家讲五戒，把世上人事按五种属性分类列表，称之为《五行阵》，这是中国特有的五行系统认识论，它也是中医学的基本理论。在五行认识论的基础上，结合发展的八卦理论，不仅有助于贾瑞的病理探源，更有助于认识中国传统文化的性命学说。

贾瑞的行为疾病，病理探源涉及五行中的"三行"：

一、起于木。木主生发，木在人身为开窍之目，因木而视，因视而有色欲，因色欲而牵魂，因动魂而易怒，因怒而伤肝。

二、旺于火。木生火，火在人身为开窍之舌，因舌而能言；因舌而有味。因言而喜，因喜而忘礼，因无礼而邪思妄动。邪思伤神，妄动则伤心。

三、终于水。水在人身为开窍之耳，因耳能听，因听而欲声，因欲声而无智，无智则丧志，丧志妄动则惊恐，惊恐走火入魔则伤肾，而肾为先天、后天性命之本。

分析贾瑞行为病因，其病理完全符合这"三行"因果变化：

一、木象如下：第十一回，凤姐在会芳园，讲她"猛然一见"贾瑞；贾瑞讲"不想就遇见嫂子"，本文讲贾瑞"一面拿眼睛不住地观看凤姐"，"一面回过头来看"，这里的"一见"、"遇见"、"观看"、"回过头来看"，皆是目视之木象。

二、火象如下：因舌能言，故贾瑞见到凤姐，先言道："请嫂子安"。"请安"即是礼之火象，当然这"礼"是借口，是假象。本文又云：

贾瑞道："我要到嫂子家里去请安，又怕嫂子年轻，不肯轻易见人。"凤姐又假笑道："一家骨肉，说什么年轻不年轻的话。"贾瑞听了这话，心中暗喜。

这"心中暗喜"，就是"喜生心"之火象。本文讲贾瑞"那情景越发难看了"，这是无礼之火象。这些描述，仅是贾瑞首次见到凤姐的火象。

事物不是孤立的，因此在木象发生之时，就伴随着火象的感官作用。不过此时木象居多。木象也不因为事态的发展而消失。比如贾瑞拜望凤姐，本文云"贾瑞见凤姐如此打扮，越发酥倒"，这是目视、色欲继续之木象。贾瑞笑道："别是路上有人绊住了（贾琏的）脚，舍不得回来了。"这是贾瑞为贾琏设木象挑逗凤姐：脚为足，足为《震》木，是色欲之木象；"舍不得回来"，是牵魂之木象。凤姐同样以话挑逗贾瑞，本文云：

凤姐道："可知男人家见一个爱一个也是有的。"贾瑞笑道："嫂子，这话错了，我就不是这样。"凤姐笑道："像你这样的人能有几个呢？十个里头也挑不出一个来。"贾瑞听了，喜的抓耳挠腮。

凤姐借责怪贾蓉、贾蔷挑逗贾瑞说："……谁知竟是两个糊涂东西，一点不知人心。"贾瑞听了这话，越发撞在心坎儿上。

这"言"、"喜"、"笑"、"心"皆是继续之火象。贾瑞得寸进尺，要看凤姐的荷包，凤姐悄悄地道："放尊重些，别叫丫头们看见了。"这"荷包"是木之色欲与火礼混合之象。贾瑞拜见凤姐，木象减少，火象增加。诸如"贾瑞听了，喜之不尽，忙忙的告辞而去，心内以为得手。"这"喜"、"告辞"、"心"亦是火象。

三、水象如下：贾瑞拜见凤姐，凤姐讥讽贾瑞"十个里头也挑不出一个"之"一",即水象;贾瑞起誓赌咒"我怎么不来?死了也情愿!"这是明"志"之水象;他两次受诓、被关锁,内心"急的也不敢则声"、"心中害怕"、"魂不附体"等是惊"恐"之水象;外境"朔风凛凛,侵肌裂骨,一夜几乎不曾冻死"、"又冻一夜不成?"、"浑身冰冷打颤"等是冬月之水象;贾瑞两次受骗说明无智,"智"为水象。

由于内外夹攻,贾瑞得了重病,本文云:"如此诸症,不上一年,都添全了。""心内发膨胀,口内无滋味",这"心"、"味"为火象;"脚下如绵,眼中似醋",这"绵"、"醋"为暗示亡木象;"黑夜作烧,白日常倦",这"烧"、"倦"为火象;"下溺遗精,咳痰带血"、"恐怖异常",这"遗精"、"恐"为水象。贾瑞诸症"都添全了",但关键亡命之症是耗精而亡,用今天的话讲,当属肾衰竭致死。肾为先天、后天生命之本源,所以贾瑞亡命于肾水之象。

五行之木,在卦为《震》,震木在人身为足,贾瑞在会芳园见到凤姐,有可能早动淫心,但毕竟是意外之遇。他登门拜见凤姐,是主动"足动"之象。第一次他受骗,已明知"凤姐顽他",还要"足动"再次赴约受骗,说明他被色欲所驱,至死不悟。后来他"不敢往荣府去了",仅是表面上"止足",实质淫心邪念未断,以至于凤姐在《风月宝鉴》中"点头叫他",他仍然照去而不知止!

五行之火,在卦为《离》。离火在人身为目,在脏为心;五行之水,在卦为《坎》,坎水在人身为耳,在脏为肾。耳目不止则心肾不交、水火不济,这就是贾瑞病理。心主性,肾主命,性、命离决,生命乃绝,贾瑞在劫难逃。跛足道人让贾瑞"只照它(风月宝鉴)的背面",便是以收目止心作为救命的入手功夫。气功养生方法要求"收视反听",即是从目木、耳水两方面入手,以达心肾交泰,因此"抽坎添离"的卦象正是重视心、肾的性命修炼方法。

告子曰:"食色,性也。"(《孟子·告子》)贾瑞有爱欲,这是他的权利,同样凤姐有拒绝的权利。贾瑞忘礼(理)之爱便成淫,用今天的话讲,有了性骚扰,凤姐不以正情而止,又不以法律手段护权,而以色相设计,最终使贾瑞"不得好死",未免过分,狠毒可见,凤姐实际是触法的。

"瑞"、"天祥"皆吉利之好字，然姓贾，"瑞"、"祥"皆假，不瑞、不祥也。但贾又非假，贾瑞之事则是真，故借用《风月宝鉴》之宝镜以演空虚而以警示。贾瑞的社会地位当属纨绔之流，"瑞"、"祥"是兆象权势者。脂批云："此书不敢干涉朝廷"，"盖实不敢以儿女之笔墨唐突朝廷"，"因毫不干涉时世"，这种"此地无银"之自白，恰是本文"指奸责佞贬恶诛邪"之写照。《红楼梦》的伟大在于它千载流传跨时代之意义，只要社会没有达到大同，恐怕"风雅王孙"就免不了腐败，免不了由"王"向"孙"的转化。

贾瑞是个纨绔子弟，但属于知识阶层，因此他能在学堂代课，他的社会地位并不高，这由他"助着薛蟠图些银钱酒肉"（第九回）、平儿骂他"癞蛤蟆想吃天鹅肉"（第十回）等可见。从道德层次而论，帮助凤姐实施美人计的贾蓉、贾蔷之流才是《风月宝鉴》更应惩罚的对象，但他们却以假正经而得势，这是不能不让人深思的。《风月宝鉴》似应发挥更大的作用。对于贾瑞之死，脂评己卯本夹批"可怜！"似有同情。这正是：

七律绝

邪思妄动贾天祥　走火入魔愚蠢狂
莫怨美人施局巧　只缘色念赴黄粱

13. 由"卜世仁"谈"人"字结构

《红楼梦》第五十六回，探春说宝钗"你这样一个通人"。何谓通人？《论衡》云："博览古今者为通人。"曹雪芹博知，写了《红楼梦》中的四百多人物，是一位真正的大通人。为了隐晦，在《红楼梦》中，四大家族中为主的家族便设一贾家。这一假，便使《红楼梦》一书的意境无限升华。曹公早已仙逝，哪些是真（甄），哪些是假（贾），无从辨别。为了隐晦的假，他从汉字的谐音、兼义、造型乃至用典、借象、设谜等诸多方法，围绕主题，使小说故事情节真假盘根交错、四通八达。

第二十四回，贾芸行贿，需用冰片、麝香等名贵药材作礼品，找到开香铺的亲舅舅卜世仁赊东西，遭卜拒绝，东西未赊到，自讨没趣反生一肚子气，凭空受到卜世仁一顿数落。《三家评批本》原版姚燮眉批："不肯赊便罢，还要排揎一场。""偏有此等牛牵狗绷的话头，写出市井人恶习。"卜世仁，谐音即"不是人"。原版眉批："卜世仁者，不是人也。"由卜世仁的不是人，又为凤姐兄弟王仁的不是人埋下伏笔。太平闲人张新之夹批："为王仁设一影子。"王仁，亡仁也。仁者，人也。王仁者，亡人也，所以王仁也不是人。卜世仁是贾芸亲舅，王仁是巧姐亲舅，可谓两个不是人的舅舅。由这两个舅舅的不是人，又可看到黛玉舅舅的不是人。醉金刚倪二听了贾芸的遭遇，大怒道："要不是二爷的亲戚，我便骂出来，真正气死我！"这"二爷的亲戚"不仅是卜世仁，也包括贾家、王家，故太平闲人夹批："写得好，而气死我，气芸舅实气黛舅也。"黛玉舅也多不是人。那个邢夫人胞弟邢德全、被人称做傻大舅的，更不是人了，看来做舅舅的，要当心"不是人"的警告了。与之相反，不是人的正义，人当为人。故太平闲人张新之夹批："犹曰不是人，而三字正义打通（《红楼梦》）全部。"第一回，甄士隐住在"仁清巷"，这巷之"仁"，便是儒家核心思想。张新之夹批："仁，人也。"孔子云："里仁为美。"（《论语·

里仁》）君子择邻而居，居则处仁。第六十二回，宝玉过生日，玩"射覆"的游戏，探春和宝钗做了对，探春便覆了一个"人"字，宝钗笑道："这个'人'字泛得很。"所以这"人"是极其重要的。

1999年12月12日，《北京日报》转载《羊城晚报》文章《"人"字结构新理论》，报导北京师范大学郑日昌有关"人"字研究的新理论（见附文），这种探讨是有益的，因为这有助于对传统文化的认识。

中国传统文化的现象，完全融汇中国先哲《易》道的理念，我们不妨从中国文化的源头探索隐含在"人"字背后的哲学。

"人"字，汉代许慎《说文解字》云："天地之性最贵者也，此籀文象臂胫之形。""人"字之象，象者像人也。据康殷著的《说文部首诠释》对"人"字形体发展变化考证，甲骨文做"𠆢"形，金文做"𠂉"形，此时"臂胫之形"明显，像一侧立、臂稍前举之人。文字的发展，现今"人"做"人"形，其形状像是分足（分胫）正立之人，此时臂之形已消失，两臂似乎垂于体侧。

许慎说"人"为"天地之性最贵者"当不误，天地造人，人便合天地之象，头圆而足方；"人"又合天地运转之机。"人"字结构，也能充分体现这些特点，"人"字上部形为"丨"竖，"一"即太极，道立于一，道起于一，人起于一，这一竖即"吾道一以贯之"之一。只有人顶天立地。人为主观能动者，人为三才之一。这"丨"体现了人身的直立、两腿的支撑，手臂的彻底解放，这是人有别于其他动物最明显的标志。"丨"在人为头，高高在上，俯仰一切。人有精神，有道德，有感情，有智慧，有创造。头为阳，为神之所，除天、地外，只有人的精神可谓之"一"，这"天地之性最贵者"的作用，在"人"字结构造型中得到充分的体现。

"人"字下部一分为二，像人分腿支撑，这便是《易》道的"两支"，"两支"在人字表现为一撇一捺。太极一判而有阴阳，这一撇一捺便显示了一阴一阳之谓道：阴无阳不生，阳无阴不长，无阴阳便无人。这阴阳体现在"人"字上，便是性和命。这一撇便是性，性为阳，为精神；这一捺便是命，命为阴，为机体。性而心也，命而身也。性之造化系乎心，命之造化系乎身。这里的"心"不是指肉团的心脏，而是指精神。"人"字中一撇一捺相连，说明性、命不可分。性无命不存，命无性不立，性命浑然一者也。"心"、"身"不过是打了折（"∧"）的"一"。以阴阳而论，左为上、为阳；右为下、为阴，两相比较，心重于身。但左撇无右捺的支撑，左撇便会倾倒，心寄于身也。中国的道德原于《易》理，《易·说卦》云："立人之道，曰仁与义。"专从精神的道德而论，这一撇一捺又可看成仁义的品德，不讲仁义不足为人。

人为三才之一。人在天地之间，故"人"字有三才之象，其"人"字可画成"人"形符号，这符号就是最简练、最概括、最形象、最生动的三才造形。人之三才可概括为德、智、体三个方面，所以"人"字也可准确地体现着三个方面：一撇一捺交点的上方为道德（包括情感），交点的左下为智慧，交点的右下为体能。

这"人"字有重心，这重心即一撇一捺的交点。这一点也可体现为太极一点，一点是太极之静，"一"为太极之动。有这一点的重心，"人"字才能稳定。这一点的上部为"｜"，为德，最为重要，故教育首先是德育。《红楼梦》中的不是人，就是"人"字上部之"｜"出了问题。《红楼梦》第三回，太平闲人张新之夹批："人心道心，天人理欲，全书演义，从此一'人'字出。"

现今发现最早的甲骨文出现在殷商时期，传说为黄帝史官仓颉所创。而中华文明始祖、画八卦的伏羲要较之早得多，因此汉字的创始和演变，必然受《易》理的影响。如果说"—"一阳、"- -"一阴是远古人类记事的符号，那么八卦符号则是汉文字的祖宗，这是肯定的。《易纬乾凿度》认定：'☰'为古天字，'☴'为古风字，'☵'为古水字，'☶'为古山字，'☷'为古地字，'☳'为古雷字，'☲'为古火字，'☱'为古泽字。所以文字的形成是离不开《易》理影响的。正因此，"人"字兼三才而二支。这正是：

五律绝

有难能靠友　　家败莫投亲

外甥求亲舅　　偏逢不是人

❶《石头记》指归

[附文]:《"人"字结构新理论》

著名心理学家郑日昌提出
人字结构新理论
重新剖析应试教育弊端

北京师范大学心理系郑日昌教授介绍了他的一个新理论——人字结构理论。

郑教授说,就像"人"是一撇一捺组成的。人也可大致分为有形和无形两部分:物质载体和上层建筑,或者说硬件和软件。育人就要从这两大方面着手。

有形的部分主要指身体,即体形、体态和体能。人无形的那一部分,或者说是软件,包括智能、性情和道德。

智能可以分为实能和潜能,我们的教育在忽略了一部分实能的同时,更加忽略的是潜能。表面上我们很重视知识的学习,实际上只注重认知能力中的低层次部分。应试教育"试"出来的学生是这部分能力强的人,而分析、综合、评价等内容,不考不学也不教。

国外的教育就不重视记忆的东西。我到美国,看见小学生在做乘法题,要是中国小孩儿早算出来了,九九乘法表一二年级就学了。问美国老师为什么不教?美国老师说,为什么要让儿童在最好的时光里去死记硬背这些东西呢?人脑是要做更重要、更复杂、创造性的工作。那些死记硬背的知识,只能使大脑的局部细胞得到兴奋,其他部分都没有开发出来呀。玩,才是他们这个年龄段最重要的事,在玩的过程中,他们的智能逐渐开发出来。

另一个被忽略的重要内容就是道德。一个没有信仰的人,一个没有信仰的民族,都是很危险的。

(摘自《羊城晚报》)

14. 漫谈麒麟

第三十一回，在大观园，史湘云和丫头翠缕去怡红院找袭人的路上，书中写道：

正说着，只见蔷薇架下金晃晃的一件东西，湘云指着问道："你看，那是什么？"翠缕听了，忙赶去拾起来，看着笑道："这可分出阴阳来了！"……翠缕将手一撒，笑道："姑娘请看。"湘云举目一验，却是文彩辉煌的一个金麒麟，比自己佩的又大，又有文彩。

湘云、翠缕拾到的这个金麒麟，恰是清虚观张法官搜罗众道士之器物中的一件，由贾母挑了出来，宝玉收起准备送给湘云的（第二十九回）。后来宝玉不慎丢了，被湘云、翠缕拾到，还给了宝玉，宝玉又复给了湘云。湘云道："明日倘或把印也丢了，难道也就罢了不成？"宝玉笑道："倒是丢了印平常，若丢了这个，我就该死了。"清代《红》评家张新之夹批："人爵无关紧要，天爵生死系之。麟趾、麟角、麟定岂可丢者？是又从《周易》、《国风》著眼。"

麒麟，阴阳也。一阴一阳之谓道，演麒麟即演《易》道也。

《诗经·国风·周南·麟之趾》云：

原文：

麟之趾　振振公子　于嗟麟兮

朱熹解释：

兴也。麟，麇身、牛尾、马蹄。毛虫之长也。趾，足也。麟之足，不践生草，不履生虫。振振，仁厚貌。于嗟，叹辞。文王后妃，德修于身，而子孙宗族皆化于善，故诗人以麟之趾，兴公之子，言麟性仁厚，故其趾亦仁厚。文王后妃仁厚，故其子亦仁厚。

原文：

麟之定　振振公姓　于嗟麟兮

朱熹解释：

兴也。定，额也。麟之额未闻，或曰有额而不以抵也。公姓，公孙也。姓之为言生也。

原文：

麟之角 振振公族 于嗟麟兮

朱熹解释：

兴也。麟一角。角端有肉。公族，公同高祖，祖庙未毁。有服之亲。

由《诗经·国风·周南·麟之趾》三章，经朱熹解释可知，麟为麇身、牛尾、马蹄、独角的仁兽，借此以赞文王之德。

《辞源》云："麒麟"为"传说中的仁兽"，很多书都否定它曾存在。如《周易与华夏文明》"绪论"中云："在现存的水族动物中，并无人真正看到过龙，犹如鸟类中并无凤凰和兽类中并无麒麟一样。"

说"兽类中并无麒麟"，或云麒麟为"传说"过于武断。

《孔子家语·好生》篇云："孔子曰：'舜之为君也，其政好生而恶杀，其任授贤而替不肖，德若天地而静虚，化若四时而变物。是以四海承风，畅于异类，凤翔麟至，鸟兽驯德。无他也，好生故也。'"由此可见，在舜之时，"凤翔麟至"，确有麒麟，甚至到春秋时期，仍能偶见。由于少，常人不识，但孔子能知。《孔子家语·辨物》篇有记载："叔孙氏之车士曰子钮商，采薪于大野，获麟焉，折其前左足，载以归。叔孙以为不祥，弃之于郭外。使人告孔子曰：'有麇而角者，何也？'孔子往观之，曰'麟也，胡为来哉？'反袂拭面，涕泣沾襟。叔孙闻之，然后取之。子贡问曰：'夫子何泣尔？'孔子曰：'麟之至，为明王也。出非其时而见害，吾是以伤哉。'"此事《春秋》有载："（哀公）十四年春西狩获麟，春秋终矣。"《公羊传》载："西狩获麟，孔子曰：'吾道穷矣。'"唐玄宗《经鲁祭孔子而叹之》有句"叹凤嗟身否，伤麟怨道穷。"由上述史载，在山东巨野县北的大野泽，又名巨野泽中，显见孔子见到"折其前左足"受伤的麟，仁兽受伤，世道不正，孔子无限悲痛，谴责伤害仁兽之行为"胡为"！在今山东嘉祥县现有地名"获麟堆"。孔子大智，识水物萍实（《孔子家语·致思》）；辨大鸟商羊（《孔子家语·辨政》）；知土怪羵羊（《孔子家语·辨物》)。对于有盛誉的仁兽麟,自然不会认错,这是麒麟过去存在于世的确实根据。周衰世乱,仁兽不见,《孔子家语·困誓》云:"丘闻之,刳胎杀夭,则麒麟不至其郊;竭泽而渔,则蛟龙不处其渊;覆巢破卵,则凤凰不翔其邑。何则?君子违伤其类者也。鸟兽之于不义尚知避之,况于人乎?"政治仁义,降于山川,德化禽兽,麟亡,则春秋终。

《礼记·礼运》篇云:"凤凰麒麟,皆在郊椒。"注云:"椒,聚草也。"《释文》注:"椒,泽也。"可见麒麟栖于郊野沼泽。《礼记·礼运》篇又云:"何谓四灵?麟凤龟龙。"麒麟为兽之长。《史记·七·司马相如传·上村赋》云:"雄为麒,雌为麟,其状麇身,牛尾,狼蹄,一角。"此种形状,在京北明十三陵神道两侧,有其像矣。兽可有独角?今之犀牛一独角。《公羊传》解"麒麟":"何以书?记异也。何异尔?非中国兽也。"天地造化是神奇的,但有一方之共性,中国的事物显示对称的特点,此兽独角,故为异,说"非中国之兽"有道理。

麟为瑞兽,自古又称祥麟。《玉海》:"兴国九年十月癸巳,岚州献牝兽一角,角端有肉,诏群臣参验,徐铉等以为祥麟。有司作祥麟曲。"

徐铉,南唐广陵人,官至吏部尚书。随李后主归宋,为太子率更令,精小学,著《说文解字》,篆韵谱,与弟徐锴同名于江左。李后主,名煜,字重光,为中主李璟第六子。公元975年,即宋太祖开宝八年,宋将曹彬灭了南唐。兴国,全称为太平兴国,为宋太宗年号。岚州,后魏所置,属山西冀宁道。此事发生在宋初,可见一千年前还能偶见麒麟。

自宋始,疑古之风日起:凡今之不见,则古之不存。原产中国的"四不像",属麋类,牛蹄、鹿角、驴尾、骆颈。百年来故国未见,日久怀疑其存在。幸好从英国引种回归,始知确有"四不像"。所以古代有麒麟。晋代著名学者葛洪《抱朴子·内篇·论仙》讲:"俗人未尝见龙麟鸾凤,乃谓天下无有此物,以为古人虚设瑞应,欲令人主自勉不息,冀致斯珍也。……悲夫!"葛洪可谓大医家、化学家、养生家、著名道家,他显然相信古代确实存在麟凤。

史湘云有小的麒麟,宝玉有大的麒麟,小大可谓母公之差异,这一物证的出现,翠缕便言:"这可分出阴阳来了。"解决了翠缕对人有没有阴阳的认识问题，本回目"因麒麟伏白首双星"，已暗示在宝玉和湘云间当有无限的情事。曹公未及言此，程高未言此，故不妄言。

　　我是确信麒麟在历史上曾经生存过，岂止是麒麟，凤亦是！即使是当今有关有无野人之争，我亦相信野人生活至今，不过他们避世很深，我祈愿世俗不去干扰他们，使他们平安地生存下去。

　　《吕氏春秋·仲春·功名》讲："水泉深则鱼鳖归之，林木盛则飞鸟归之，庶草茂则禽兽归之，人主贤则豪杰归之。故圣王不务归之者，而务其所以归。"《孔子家语·五言解》："近者悦之，远者来附，政之致也。"人之来往即人心向背，曹操《短歌行》"天下归心"是不错的。这正是：

七律绝

　　最忌人生入异端　执情易惑必狂偏
　　休言权势均知理　才学无疑起圣贤

15. 黛玉评李商隐的诗，兼论"残"与"枯"

《红楼梦》第四十回，刘姥姥在贾母陪同下，来到大观园的荇叶渚，贾母、王夫人、薛姨妈、刘姥姥等上了一只船；迎春、宝玉、黛玉、宝钗等登上了另一只船，乘船游玩。书中讲，宝玉道："这些破荷叶可恨，怎么还不叫人来拔去？"林黛玉道："我最不喜欢李义山的诗，只喜他这一句：'留得残荷听雨声'。偏你们又不留着残荷了。"宝玉道："果然好句！以后偺们别叫拔去了。"太平闲人张新之夹批："独喜此句，重留字也。是从黛玉边点睛。"

黛玉喜欢的这句诗，出自李商隐（字义山）的一首七绝。《李商隐选集》中其诗《宿骆氏寄怀崔雍崔衮》如下：

竹坞无尘水槛清　相思迢递隔重城

秋阴不散霜飞晚　留得枯荷听雨声

和黛玉引句比较，唯黛玉将诗句"枯"改成"残"。

作诗要求炼字，用字要推敲。清代俞陛云："诗到真切动人处，一字不可移易也。"（《诗境浅说续编》）清代沈德潜亦云："诗到真处，一字不可移易。"所谓"移"，指字的位置变换；"易"，指用字替换。因此李商隐对"留得枯荷听雨声"这七个字，必定都是经过认真的推敲，对他来讲，这七个字不可移易。

但黛玉在引李的这句诗时，偏偏将句中的"枯"改为"残"，硬是易字！但细品之，"残"胜于"枯"。为什么呢？因为秋杀虽使荷"残"，但荷仍未死，"残"显示了荷的顽强生命力。刘姥姥二进荣国府，贾母陪同畅游大观园，当为九月之秋，荷当"残"而不至于"枯"！这"残"是真情实景，而"枯"则与小说情景不合。"枯"是死的象征，故"枯死"连用。另外"残"雅而"枯"俗；"残"含蓄而"枯"直白，黛玉这一改是很恰当的，起码符合小说中的情景。是否应将"残"改回原诗的"枯"字呢？

虽系一字之易，到底是应对原诗的李义山负责，还是对《红楼梦》曹雪芹负责？俞平伯先生认为："《红楼梦》上却无须用古诗原文来硬改，这样蛮干对于《红楼梦》怕没有什么好处的。"（俞平伯《陆游诗与范成大诗》）也就是说，俞先生认为这一字之改动是可行的，不必强求与古诗的一致，不过要加注释。虽然这是俞先生对《陆游诗与范成大诗》而谈，但是对类似问题也是适用的。

诗句的重要"字"称之为字眼，"留得残荷听雨声"的字眼是"听"字，但对于《红楼梦》故事而言，这句的字眼则是"留"字。《红楼梦》第五回，《红楼梦》十四曲（加首尾）巧姐之曲为《留余庆》，其曲重在"留"，就是言"留"之重要。留，留有余地。"留余"才有"庆"。黛玉不知"留"，晴雯不知"留"，司棋不知"留"，凤姐也不知"留"……今古不知"留"者多矣。张新之夹批："（黛玉）独喜此句，重留字也。"并非黛知"留"，实为曹公提醒黛应重"留"字。刘姥姥知"留"，故张新之评："刘，留也。"（《太平闲人〈石头记〉读法》）

黛玉只喜欢李义山的这句诗的确很好，故宝玉说："果然好句"。此首诗在李诗深僻、隐晦、费解总体倾向的诗风中，这句诗形象鲜明富于画意，舒展流畅余意不尽，读起来轻松自然，回味无穷。《辑评》引何焯评："（全诗）下二句暗藏永夜不寐，相思可以意得也。"《李商隐选集·前言（三）〈笔补造化〉〈选春梦〉》云："这首诗结合（作者）自己的心情，希望秋阴不散，能够下雨，要留得枯叶来听雨声……是对盛开荷花的赞赏的一种补充。"宝玉作《芙蓉女儿诔》，这"芙蓉"又暗示荷、黛，所以留荷即是留黛。这首诗的意境重于相思，"留得残荷听雨声"恰恰是相思和留恋，其诗的意境和黛玉的情志是吻合的。黛玉怜悯花木，为落蕊也要送葬，怜悯残荷也就不足为奇了。这种心境，自然是期望荷为"残"而非"枯"！

李商隐（813~858），字义山，怀州河内（今河南沁阳人），进士，但卷入党争漩涡，在低职禄的幕僚生活中而终。他以骈俪文为诗，加以精纯，成为晚唐一大家，有"小李"之称，以和大李（白）有别。宋·叶梦德《石林诗话》称："唐人学老杜，惟商隐一人而已，虽未尽造其妙，然

15. 黛玉评李商隐的诗，兼论"残"与"枯"

精密华丽亦自得其仿佛。"商隐的诗托意幽远，清新倚艳，情意缠绵，挺拔凝练。他犹善比喻，喜用典，有笔补造化之功。这是前人的一种评价。

他的诗作有被清代纪昀称赞为高唱的《夜雨寄北》。好句如《登乐游原》"夕阳无限好，只是近黄昏"；《无题》"相见时难别亦难"、"春蚕到死丝方尽，蜡炬成灰泪始干"；《韩冬郎即席为诗相送》"雏凤清于老凤声"；《无题》"心有灵犀一点通"；《无题》"一寸相思一寸灰"；等等。清代周春《红楼梦约评》云："'最不喜欢李义山诗。'这句是颦卿假话。不然，义山佳句，岂止'留得残荷听雨声'一句哉？"《唐诗三百首》收其诗23首，《全唐诗》收其诗132首。

那么为什么黛玉偏言"我最不喜欢李义山的诗"呢？果然像周春所言"这句是颦卿假话"吗？

首先，不管李商隐的主观意愿如何，李商隐的诗陷入西昆、香奁体，以专咏艳情出名，其诗如《燕台诗四首》、《柳枝五首》、《和友人戏赠二首》、《水天闲话旧事》、《代应》等，都以写艳情为证。正因此，刘坡公《学诗百法》云："西昆、香奁体，以专咏艳情，（清·沈德潜）《唐诗别裁》（对李商隐之诗）屏而不录，惩其亵耳。"对于黛玉这样"质本洁来还洁去"的纯洁干净之女子，恐怕就要秉其雪芹为其设计的远离淫滥、艳情的本性行事了，当然对李诗，黛就"最不喜欢"。

其次，诗有概括、含蓄的特点，但"含蓄"过分，以无主题的《无题》吟咏，不管什么原因，都会使读者费解，使注家如破谜。在《唐诗三百首》中李商隐《无题》诗最多。有的虽有题，如《锦瑟》也最难解。张中行《诗词读写丛话·三·写作和吟味》云："一首公认为最难解的诗，李商隐《锦瑟》。古今解此诗者不少于几十家吧，其结果自然就成为众说纷纭，莫衷一是。"而恰是这首诗，从宋至今，都是李义山开集之作，而以如此费解之诗开集，对读者犹如当头一棒，颇影响往下阅读。作诗之含蓄、隐晦的倾向则成了李诗的主流诗风，《红楼梦》第四十九回，正文就有史湘云之评"李义山之隐僻"。难怪黛玉"最不喜欢"他的诗，也更显出"留得残荷听雨声"句义鲜明之可贵。

第三，李商隐的诗用典过多。作诗用典自然是博知的体现，但过多，从诗风看便过于拘泥，影响欣赏，求解费思。尤其是李诗咏史一类，句句用典，注释上千字成篇，读起来很费心力。诗固有记史作用，但它毕竟不是历史。诗是文学中的文学，是文学中的精华，是文学艺术。用典繁、偏，给读者造成的是紧张。儿童背诵唐诗，从未听过背诵《锦瑟》篇。李杜诗篇，大气磅礴，自然流畅，商隐之诗学老杜"未尽造其妙"，差距恐怕就在此！这可能是黛玉"最不喜欢"李诗的又一理由吧！

第四，在李诗中多用比喻，比喻是作诗的修辞方法，但过多甚至不当，不仅使人费解，而且成为意境的局限。比如李诗《玉山》有句"珠容百斛龙休睡，桐拂千寻凤要棲"，这两句诗是李商隐求帮的诗句，他把得势的令狐绹比"龙"，把自己比"凤"，希望令狐绹在仕途上推荐自己。诗意乞求中显露傲气，吹捧别人中带有自我标榜，读起来很不舒服。"龙"、"凤"比喻帝王、皇娘，把自己比"凤"很不妥，诗风确实折射人品。李氏人生追求仕途的思想是很突出的，而这恰恰是宝玉、黛玉所厌恶的。

由于黛玉"最不喜欢"李商隐之诗，故第四十八回，黛玉教香菱作诗，首先推荐唐代三大家王维、杜甫、李白之作，"然后把陶渊明、应、刘、谢、阮、庾、鲍等人的看一看"，这里就无李商隐之名。李与杜牧齐名，但余以为，李与杜牧相比相差许多。

周振甫编辑的《李商隐选集》对李"专注淫情"诗"别掀一莫须有之狱"作了平反，批驳了所谓"商隐入宫与宫女有私、与女道士宋华阳姐妹有私说"当可信，尽管如此，造成黛玉"最不喜欢"李商隐的诗是和其诗风有关的，余亦不喜欢李义山之诗。但看问题不能绝对化。"最不喜欢"中"只喜一句"本身就是对全盘否定的观点一种否定。第十五回，为秦可卿出殡，宝玉见到北静王，北静王在贾政面前夸赞宝玉："令郎真乃龙驹凤雏，非小王在老世翁前唐突，将来'雏凤清于老凤声'，未可量也。"已见北静王引用李商隐的诗句。第六十二回，香菱又引用了一句李商隐的诗"宝钗无日不生尘"！这正是：

七律绝

隐晦吟哦尽掩遮　无题诗作李君多
仕途难处招非议　佳句流情感慨歌

16. 评妙玉论诗

妙玉很狂,《红楼梦》第四十一回,她因黛玉品不出沏茶用的是旧年的雨水还是陈年梅花上的雪水,竟说黛玉是个"大俗人"。纯净水无色、无味、无嗅,何人能品出"无"味之差别?所以妙玉对黛玉的评价是苛求。黛玉厌恶利禄仕途,能诗会琴,若为俗人,天下无雅人也。妙玉之"妙",天下"少"有之"女"也。

第六十三回,宝玉生日收到妙玉的贺寿帖,他为回帖落款犯愁,岫烟对他讲。"他(妙玉)常说:古人中,自汉、晋、五代、唐、宋以来,皆无好诗,只是两句好,说道:'纵有千年铁门槛,终须一个土馒头。'所以他自称'槛外人'……故你如今只下'槛内人',便合他的心了。"宝玉听了,如醍醐灌顶,嗳哟了一声,方笑道:"怪道我们家庙说是铁槛寺呢,原来有这一说。"

《增评补图石头记》、《八家评批本红楼梦》、《脂评庚辰本石头记》中,此处均为"槛",但光绪年间石印《金玉缘》便把诗句中的"槛"又改回成"限",八十年代上海古籍出版社出版的《三家评本〈红楼梦〉》此处诗句亦为"限",到底是"槛"还是"限"呢?

妙玉称赞的这两句诗出自宋代范成大(字石湖)的《石湖诗集》卷二十八,原诗《重九日行营寿藏之地》如下:

　　　　家山随处可行楸　　荷锸携壶似醉刘
　　　　纵有千年铁门限　　终须一个土馒头
　　　　三轮世界犹灰劫　　四大形骸强首丘
　　　　蝼蚁乌鸢何厚薄　　临风拊掌菊花秋

从诗中不难看出范成大原诗为"铁门限",并非"铁门槛",尽管"限"字义就是"槛","门槛"就是"门限",但义同而字不同。范成大的这两句诗也并非他的独创,亦有遵循。唐初著名诗僧王梵志就有两首五

83

言诗，内容类似：

（一）

城外土馒头　馅食在城里
一人吃一个　莫嫌无滋味

（二）

世无百世人　强作千年调
打铁作门限　鬼见拍手笑

宋代范成大的《重九日行营寿藏之地》实为唐代王梵志这两首诗的缩写。而王梵志第二首诗中亦作"铁门限"，而非"铁门槛"。

宋代苏轼《赠写御客妙善师》亦有诗句"都人踏破铁门限，黄金白壁空堆床。"诗句亦作"铁门限"。

又有典籍，唐代李绰《尚书故事》载：王羲之后裔智永禅诗，"居吴兴永欣寺，积年学书，秃笔头十瓮，每瓮皆数石。人来觅书，并请题头者如市，所居门限为之穿穴，乃用铁叶裹之，人谓'铁门限'"。又见《宣和书谱》、《法书要录》，在此亦为'铁门限'。

由此看来，唐代王梵志的诗，宋代苏轼的诗、范成大的原诗，以及典籍，均用'门限'，而非'门槛'。把'门限'改为'门槛"当为曹公所为，这种改动，使之和第十五回"铁槛寺"之"槛"、第六十三回中妙玉的落款"槛外人"之"槛"相一致，但这一改动，却和宋代范成大原诗不一致了。

对这种不一致，红学家俞平伯先生认为："《红楼梦》把'门限'改为'门槛'，一字的差别，即活用了古诗，把它相当白话地融会入小说中，正是点石成金的妙手。依我揣想，大概是作者（曹雪芹）有意如此改写，并非错忆和笔误。在这里，我们该专对范石湖来负责呢，还是该对曹雪芹来负责？这必须首先考虑的。"❶

俞先生认为："小说摹写人情，以能够意趣生动引人入胜为贵，其中

---

❶ 引自《俞平伯全集·第六卷·八〈陆游诗与范成大诗〉》。

16. 评妙玉论诗

引用书卷不过是陪衬而已，文字每每跟原来稍有出入是无妨的。"❶ 按照俞先生的认识，最早《石头记》版本曹公将"限"改为"槛"一字之改动是丰富了小说，是对的；而后继版本将曹公之改动改回，忠实于范成大的原诗，是"把本书血脉相通、神情一贯的好处打了个折扣"❷。"名为依证改字，殊失（《红楼梦》）作者之意，不止大杀风景之已"❸。

《辞源》对于"门限"和"门槛"的注释是一样的，"门限"即"门槛"！古诗"门限"用于前，《红楼梦》中引典改动"限"为"槛"出现于后。为什么曹公用"槛"而不直接用"限"保持和原诗一致呢，比如叫"铁限寺"、"限外人"？余以为，诗为雅言，必用"门限"入诗；而《红楼梦》为小说，为了通俗生动而用白话、京话、俚语，故用"门槛"。读"铁限寺"、"限外人"是很别扭的。不求一致，虽然对后作者表现出尊重，但对原作似失尊重；如求一致，完全用"限"小说则失去通俗生动、失去前呼后应的协调；用"槛"而不加说明，则与原诗不符。解决的办法，唯有按俞先生所讲："若说对付这样问题原很容易的。注解附原文之后，引了原曲原句，其是非得失读者一览自明，何须谬改前文，成为蛇足呢。"❹其实这是没有办法的办法，因为这种改用"槛"的办法，对小说倒是完满统一了，前后呼应了，但对原诗作是改动，小说本文又明说是引宋诗，对原诗作者是不敬的。

至于妙玉论诗，过于偏执，这种偏执心态和她的洁癖心态是一致的。她评论宋代范成大的《重九日行营寿藏之地》中的两句好，其实不过是唐代诗僧王梵志二首五言绝句的翻版。王梵志的生平事迹在史书上没有记载，其诗歌在相当长的一段时间内也不为世人所知。唐代诗佛王维曾写《与胡居士皆病寄此诗兼示学人二首》，自注是"梵志体"，可见王梵志诗的新奇风格在其身后不久曾引起诗坛的注意。范成大《重九日行营寿藏之地》颔联那两句，就承袭王诗而来。北宋以后，由于其诗集失传，人们大

---

❶ 引自《俞平伯全集·第六卷·八〈陆游诗与范成大诗〉》。
❷ 引自《俞平伯全集·第六卷·八〈陆游诗与范成大诗〉》。
❸ 引自《俞平伯全集·第六卷·八〈陆游诗与范成大诗〉》。
❹ 引自《俞平伯全集·第六卷·八〈陆游诗与范成大诗〉》。

概只能读到零星篇目了。到了清代编纂《全唐诗》，更是一篇未收，以至于一般人对王梵志越来越陌生，至清末，在敦煌才发现其诗作，可见真金难掩其光芒。想必曹公未见到王梵志的那两首五言绝句，如果见到，妙玉可能会讲："自汉、晋以来，皆无好诗，只有王梵志的两首五言绝句是好诗。"这正是：

七　律

诗关气数一言通　补韵续貂融慧聪
兼爱珍藏绿玉斗　独嫌废弃成窑蛊
心收落雪团团白　情化赠梅朵朵红
清涤烟尘返笼翠　随缘意守入凡空

17. 读黛玉论陆游诗句有感

第四十八回，黛玉教香菱作诗，香菱笑道："我只爱陆放翁诗'重帘不卷留香久，古砚微凹聚墨多'说得真切有趣。"黛玉道："断不可看这样的诗。你们因不知诗，所以见了这浅近的就爱；一入了这个格局，再学不出来的。"黛玉让香菱学习盛唐三大诗人王维、杜甫、李白，以及陶渊明等人的诗作。

香菱引用宋代陆游的这两句诗，出自陆游（字放翁）《书室明暖，终日婆娑其间，倦则扶杖至小园，戏作长句二首》之二，是一首七律：

　　美睡宜人胜按摩　　江南十月气犹和
　　重帘不卷留香久　　古砚微凹聚墨多
　　月上忽看梅影出　　风高时送雁声过
　　一杯太淡君休笑　　牛背吾方扣角歌

《宋诗全集》收录了诗人陆游七十岁所作的这首诗，全诗气氛祥和，但颈联对句"风高""送雁"给人肃秋清凄之感。这首七律用下平声五歌韵。颈联对句用韵之"过"，发平声 guō，而不是发仄声 guò。颔联"重帘不卷留香久，古砚微凹聚墨多"，对仗工整，通俗形象，难怪初学诗的香菱喜爱，认为"真切有趣"。但是黛玉却说："断不可看这样的诗"，原因是"浅近"，学诗若"入了这个格局，再学不出来的"。

黛玉对放翁这两句诗的评价，史湘云有不同的见解，第七十六回：

黛玉见他这般劝慰，也不肯负他的豪兴，因笑道，"你看这里这等人声嘈杂，有何诗兴！"湘云笑道，"这山上赏月虽好，总不及近水赏月更妙。你知道这山坡底下就是池沼，山凹里近水一个所在就是凹晶馆。可知当日盖这园子就有学问。这山之高处就叫凸碧，山之低洼近水处就叫凹晶。这'凸'、'凹'二字，历来用的人最少，如今直用着轩馆之名，更觉新鲜，不落窠臼。可知这两处一上一下，一明一暗，一高一矮，一山一水,竟是特因玩月而设此处。有爱那山高月小的,便往这里来;有爱那皓月清波的,便往那里去。只是这两个字俗念作'窪''拱'二音,便说俗了,诗文中不大见用。只陆放翁用了一个'凹'字,'古砚微凹聚墨多'还有人批他俗,岂不可笑?"黛玉道:"也不止放翁才用,古人中用者太多。如江淹《青苔赋》,东方朔《神异经》,以致《画记》上云'张僧繇画一乘寺'的故事,不可胜举。只是今人不知,误作俗字用了。实和你说罢,这两个字还是我拟的呢。因那年试宝玉,宝玉拟了未妥,我们拟写出来送与大姐姐瞧了,他又带出来,命给与了舅舅瞧过,所以都用了。如今咱们就往凹晶馆去。"

那么,对陆放翁这两句诗,是黛玉意见对还是湘云的意见对?这个问题涉及两大层面。

首先,黛玉之论涉及对诗的评价。

诗必盛唐,这是前人对唐诗客观公正的评价,这不仅表现格律诗的模式在盛唐的完善,且盛唐造就了诗佛王维、诗圣杜甫、诗仙李白三大顶尖诗人,以及一大批著名诗家。甚至在唐时形成司空图《诗品》的评诗理论。后人评唐诗,工整大气,雄浑自然,这是后代难以超越的!宋诗虽题材广泛,轻巧灵活,但每一题目的普遍性格却不大,感染力有限,自然比唐诗略逊一筹。因此,黛玉让香菱学习唐人三大家诗作是完全正确的。以唐诗为教材,拜黛玉为老师,学习效果可想而知。所以黛玉对陆放翁诗的评价,首先是立足于唐、宋诗作的代差而言的。宋代以词出名,出现了苏轼、李清照、李后主、秦观、黄庭坚、辛弃疾、陆游等一大批词人,诗名则次于词名。

即使以宋诗而论,与陆放翁不相上下的诗人当有苏轼、王安石、范成大、刘克庄、王琪、司马光、朱熹、雷震、程颢、黄庭坚等一大批诗人,陆放翁诗作绝非凤毛麟角。

就陆放翁本人诗作而言,作品也有自然形成的层次,不能说凡是诗人的诗作首首皆好。由于作诗时感受程度、情绪凝聚的不同,尽管诗家本人都力求精彩,但客观差异却是事实。就香菱喜爱的陆放翁这两句诗而言,虽有对仗工整等优点,但此联多显雕琢,而雕琢则是做诗之大忌。历代诗

17. 读黛玉论陆游诗句有感

评家,均把自然纯朴看作诗品的最高意境。因为文字的雕琢,就陷入黛玉所讲的"浅近"格局,诗的意境就差了。孟子云:"故说诗者,不以文害辞,不以辞害志。"(《孟子·万章上》)黛玉亦讲:"不以辞害意。"(第四十八回)就是讲不以修辞的对仗、平仄而损害意境。香菱引用陆游的这首诗,就不如收入《千家诗》中他的其他诗作,如七绝《秋夜将晓出篱门迎凉有感》、《十一月四日风雨大作》、《梅花绝句》、《示儿》等;七律《临安春雨初霁》、《游山西村》、《书愤》等。我们应该感谢诗词编选者,是他们筛选的劳动,才提供给读者精品的享受。从上面就诗而论,黛玉的意见无疑是正确的。香菱是初学作诗,清红学家姚燮夹批:"在香菱意中,固以为深远而非浅近也。"姚燮原版眉批:"凡初学人莫不爱此等句,又莫不为此等所误。""学诗者须请教林姑娘。"

其次,《红楼梦》中的引评,以诗作服务于小说故事情节为妙义。黛玉对诗作的观点,必然符合她自身的情状。

"重帘不卷留香久",其句义重点在"香之留"!这"香"就是黛,何以见得?第十九回,明告黛玉袖中散发出幽香,明告黛玉为"香玉"!第三十七回,黛玉《咏白海棠》有句"半卷湘帘半掩门",句义在"香之半放",自然陆放翁诗句不合黛玉之情思;"古砚微凹聚墨多",其句义重点在"墨之聚"!墨为黛色,墨即黛,而黛玉"天性喜散不喜聚,他想得也有一个道理。他说:'人有聚,就有散,聚时喜欢,到散时岂不冷清?既冷清,则生感伤,所以不如倒是不聚的好。'"(第三十一回)墨为黑土,又映宝玉,水加黑土为墨,黛言此句"不可看",是不见水土之聚也。太平闲人张新之夹批:"若看此书,止从其留聚之处。"黛玉有口舌之缺,正是不知留、聚的重要。

这'凹''凸'两字在古人诗句中,用的还是少的,比较俗气而不堪入诗,黛玉取名"凹晶"、"凸碧"已为巧用,但她不知凹之"晶",只知凸之"碧"。'凹凸',即一阴一阳之谓道,黛玉评陆放翁这两句诗的观点是对的,但在行为品行上却只知显而不知隐,有所偏执。

第二十三回,宝玉起袭人之名亦取放翁《春居书喜》"花气袭人知昼暖,鹊声穿竹识新晴"诗句为据。陆游不拘礼,人讥其放,自号放翁。著

《剑南诗稿》,留世诗作 9000 首,可见其多。清代沈德潜《说诗晬语》评论:"放翁七言律,对仗工整,使事熨贴,当时无与比埒,然朱竹垞摘其雷同之句,多至四十余联。缘放翁年八十余,'六十年间万首诗'后,又添四千余首,诗篇太多,不暇持择也。初不以此遂轻放翁,然亦足为贪多者镜矣。"这正是:

七律绝

剑南诗稿逞文雄　万首流传归放翁
显露工联雕琢气　文风最忌有雷同

18. 香菱三引王维诗句"落日"之隐义

《红楼梦》第四十八回,香菱拜黛玉为师,学习诗作,黛玉让她先看《王摩诘全集》:"你且把他的五言律一百首细心揣摩透熟了。"香菱看后,送还了书(余按:有借有还,再借不难。一借一还为《易》)香菱有了"领略",黛玉讲:"正要讲究讨论,方能长进。"书中云:

香菱笑道:"据我看来,诗的好处,有口里说不出来的意思,想去却是逼真的;有似乎无理的,想去竟是有理有情的。"黛玉笑道:"这话有了些意思,但不知你从何处见得?"香菱笑道:"我看他《塞上》一首,内一联云:'大漠孤烟直,长河落日圆'。(张评:落日一)想来烟如何直?日自然是圆的。这'直'字似无理,'圆'字似太俗。合上书一想,倒像是见了这景的。若说再找两个字换这两个,竟再找不出两个字来。再还有'日落江湖白(张评:日落二),潮来天地青',这'白'、'青'两个字也似无理。想来,必得这两个字才形容的尽,念在嘴里,倒像有几千斤重的一个橄榄似的。还有'渡头余落日(张评:落日三),墟里上孤烟',这'余'字和'上'字,难为他怎么想来!我们那年上京来,那日下晚便挽住船,岸上又没有人,只有几棵树,远远的几家人家作晚饭,那个烟竟是青碧连云。谁知我昨儿晚上看了这两句,倒像我又到了那个地方了。"

诗佛王维,字摩诘,唐诗三大家之一,能诗善绘,其诗作尤以山水、田园为题材的五言律擅长,诗作形象特点突出,充分体现了唐代诗评家司空图《诗品》"形容"之境界。宋代诗人苏轼云:"味摩诘之诗,诗中有画;观摩诘之画,画中有诗。"当是对王诗最恰当的评价。清人代远山有联:"诗堪入画方称妙,官到能贫乃是清"。清官难能看到,但入画的王维诗作确实看到了。王维诗风雄浑大气,生动玄妙,飘逸旷达,难怪黛玉向香菱推荐诗作,首先提到他。

作诗不易，评诗亦难，难在评家是通过作品和作者交流，评诗要切中关键、一语中的。香菱"领略""诗的好处，有口里说不出来的意思"，这是诗之含蓄概括特点所至；"逼真的"，这是诗之"自然"、"实境"、"形象"品格所至；"有理有情的"，这是作者情理感染所至；"竟再找不出两个字来""换这两个"，这是作诗"炼"字修辞的不可移易所至……这诸多作诗要求，王维的诗有充分体现。作诗要"神余言外"，"要留意无穷"，香菱看王维的诗，就联想到来京时路途上的情景，可见王诗之魅力。黛玉说香菱"极聪明伶俐"，香菱是通诗的，因此他对王维诗作做了"言尽其意、状难显之情"的评论，用宝玉的话讲，"可知'三味'你已得了。"

香菱仅是摘录王维三首五言律中的三联，曹公擅长引而不发，因此展现王维三诗之全貌，对于领会《红楼梦》的伟大品格、探讨它的文化源头将是有益的。王维三诗全貌如下。

使至塞上

单车欲问边　属国过居延
征蓬出汉塞　归雁入胡天
大漠孤烟直　长河落日圆
萧关逢候骑　都护在燕然

送邢桂州

铙吹喧京口　风波下洞庭
赭圻将赤岸　击汰复扬舲
日落江湖白　潮来天地青
明珠归合浦　应逐使臣星

辋川闲居赠裴秀才迪

寒山转苍翠　秋水日潺湲
倚杖柴门外　临风听暮蝉
渡头馀落日　墟里上孤烟
复值接舆醉　狂歌五柳前

王维这三首五律，第一首写的是出汉入胡的塞上风光，伴随"大漠孤烟直，长河落日圆"的空旷，引发强烈的故土留恋；第二首写的是送友到

18. 香菱三引王维诗句"落日"之隐义

京口下洞庭时景色,伴随"日落江湖白,潮来天地青"的冷清,触动无限的伤感;第三首写的是作者隐居时的环境,伴随着"渡头余落日,墟里上孤烟"的凄凉,感受的是难言的孤寂。这留恋、伤感、孤寂的心境,何尝不是从小被拐、被卖的香菱挥之不去的伤心,也是黛玉压抑的心境。曹公引诗服务于小说人物是很巧妙的,如果说借象喻理是《易》道的一大特征,那么,曹公设计小说人物借诗抒情当是《红楼梦》一大发明。

然而最重要的是,香菱引王维三诗三联中,均有"落日"或"日落"一词,清代红学家张新之评论,"落日三,香菱三引诗,三'落日',岂别无所念,而只念此三联乎?"曹公博学多知,引王诗取三"落日"诗句绝非偶然;太平闲人读书仔细,观察入微亦让人敬佩。

"日"为纯阳,这"日落"或"落日",是"日"运行的一种趋势,是圆道循行中的一阶段过程。日升为由《坤》至《乾》,为阳进阴退之"息";日落为由《乾》至《坤》,为阴进阳退之"消";两者合之,恰恰就是《十二消息卦》。(见图)

十二消息卦表

月	正	二	三	四	五	六	七	八	九	十	十一	十二
卦名	泰	大壮	夬	乾	姤	遁	否	观	剥	坤	复	临
卦形	䷊	䷡	䷪	䷀	䷫	䷠	䷋	䷓	䷖	䷁	䷗	䷒
地支	寅	卯	辰	巳	午	未	申	酉	戌	亥	子	丑
消息	三阳息阴	四阳息阴	五阳息阴	六阳息阴	一阴消阳	二阴消阳	三阴消阳	四阴消阳	五阴消阳	六阴消阳	一阳息阴	二阳息阴

由上图不难看出,"日落"或"落日"的阶段是由《乾》至《坤》的阶段,亦阴进阳退的阶段,也恰是贾府由兴而衰的阶段,这正是《红楼梦》以悲剧作结局的易理根据。香菱是贾府的局外人,又是贾府的亲戚,对这种趋势,旁观者清。她可能是无意的三引"落日"或"日落",但曹公是清楚的,他为香菱安排诗句有三"日"之"落",

表2 十二辟卦循环消息图

93

是暗示贾府由兴而衰的趋势，以《易》变警醒世人。

　　太平闲人张新之夹批："三阳下断，在卦为《否》，演破败之势无疑。"张君用《易》解释的原则和结论都对，余以为运用《易》象不确切，日落或落日为阴，不是"三阳下断"的问题。《否》还有三阳在上，《否》是阴阳不交的天象。而"落日"或"日落"是演乾至坤的趋势或纯阴之象。这正是：

五律绝

引诗三落日　　天意出无心
兆象阴衰至　　村言可酌斟

七律绝

坎坷悲伤一痣凝　　清芬情性禀莲菱
三评承袭书香气　　携得新诗会雅朋

19. 失教的贾政

清代红学家王希廉《护花主人总评》讲："《石头记》一书，全部最要关键是'真假'二字。"但甄非真，真事隐去假则现，故四大家族为首的就是贾家，小说的重点就是演绎贾府，这京都的贾府，西荣东宁；荣国府为主，宁国府为宾，所以贾府中的重点又是荣国府。

荣国公早已去世，其长子代善也故去了，代善妻太夫人尚在，即史太君（贾母），她生了二男三女，长男为贾赦，贾母常说他："如今上了年纪，做什么左一个小老婆，右一个小老婆放在屋里，耽误了人家？放着身子不保养，官儿也不好生做去，成日和小老婆喝酒。"（第四十六回）由于贾赦"不管理家务"（第二回）不务正业，所以齐家的重担理应落在次子贾政的身上。贾母还生了三个女儿，"老姐妹三个"（第二回）最小的女儿贾敏便是黛玉之母，远嫁苏州做盐政的林如海，她在黛玉来京之前已病逝，贾敏的两个姐姐，文中说"长一辈的姐妹一个也没了"，（第二回）当远嫁在外已逝。所以荣国府的掌门人便是贾政。

贾政之政，取自《论语·为政》"道之以政"之"政"，并非贬字。孔子自解"政"："政者，正也。"（《论语·颜渊》）但姓贾，便假，有不正之嫌。

借助常用的吓人词汇，贾政的"要害"是什么？当然他属于"被打倒的地主封建统治阶级"！但与今日受到赞扬"勤政"的雍正、"可爱"的曹操、"伟大"的秦始皇相比，贾政"员外郎"的地位太低了。首恶不办，胁从当免，贾政的"问题"没有极左思潮无限上纲的那么严重。

贾政，字存周。存周即政，孔子观周，喟然曰："吾乃今知周公之圣，与周之所以王也。"孔子倡导"克己复礼"，就是回归周礼，礼即理，周能延续八百年，说明"礼"的作用。林如海称赞贾政"谦恭厚道，大有祖父遗风"，"谦恭厚道"即礼，"遗风"即"存周"，所以曹公为贾政取名且定性。"名"、"字"虽好,但姓贾,便假,有不正、不周之嫌。

第二回,借冷子兴之口而知,贾政被"额外赐了一个主事之职",为"入部学习"的"员外郎";第三回,林如海说他是"工部员外郎";第三十七回,皇上见他"虽非科第出身,却是书香世代,因特将他点了学差"。工部,官制六部之一,掌管营造之事,但皇上让他出"学差",可见他这"额外赐"的工部"主事"并不主事,不过是挂名。出"学差"当属教育调研之类的学术工作。

第二回,说贾政"自幼酷喜读书",这显示他受"书香世代"的熏陶,因此他对宝玉上学是重视的。第九回,宝玉上学,贾政让宝玉跟班的李贵带话给学堂的老师代儒:"只是先把《四书》一齐讲明背熟是最要紧的!"清红学家张新之夹批:"'政'字在《四书》原未说坏,故他尚能知《四书》要紧。"这"要紧"两字,《红楼梦》中有两次在关键处出现:一次是第二回,甄宝玉形容"女儿"重要,强调"要紧,要紧!"另一次是第十二回,跛足道人形容《风月宝鉴》反面的重要,强调"要紧,要紧!"所以贾政两次说《四书》的"最要紧",当是真,并不是假。贾政绝不会拿儿子的受教育、有关前途的大事开玩笑。贾政知道《四书》是"最要紧"的教材,直到今天这个认识也不错,现在全世界祭孔,实践已经检验真理。

贾政虽出身书香,又酷喜读书,但他"非科第出身",已显示他的学识水平并不太高,作诗是科举应试科目,但他并无此才能。他承认:"我自幼于花鸟山水题咏上就平平……不免迂腐古板……"(第十七回)诗词是文才的重要表现,作诗是需要灵气的,只有"学"而无"才"是不行的。第十七回,咏大观园,他作不出一诗一联一额,只在宝玉题"沁芳亭"时先题一个不能用的"泻"字,由另一清客补了一个"玉"字,合成"泻玉"(亭),其题字着实可笑。清红学评批家张新之夹批:"有此玉而泻之,是讥贾政之不善教也。"由于贾政学无方,教必无方,这正是贾政的问题所在。

贾政的不善教育,首先出于对宝玉的偏见。第二回,当宝玉周岁时,政老爷要试宝玉将来的志向,"谁知他一概不取,伸手只把些脂粉钗环抓

19. 失教的贾政

来玩弄,那政老爷便不喜欢。"宝玉爱玩不喜读书,"愚顽怕读文章",特别不喜欢"仕途经济"的世俗,这更加深了贾政偏见的固执。第三十二回,雨村要见宝玉,宝玉"心中好不自在"。湘云来看宝玉,劝他"也该常会会这些为官作宰的,谈谈讲讲那些仕途经济的学问"。宝玉听了道:"姑娘请别的姐妹屋里坐坐,我这里仔细腌臜了你知经济学问的人!"宝玉称"经济仕途"为混账话!"并不愿同这些人往来"。第三十六回,宝玉"素日本就懒与士大夫诸男人接谈,又最厌峨冠礼服、贺吊往还等事"。宝钗辈有时见机劝导,他反生起气来,说"好好的一个清静洁白女子,也学得钓名沽誉,入了国贼禄蠹之流"。"除《四书》外,宝玉竟将别的书焚了。"宝玉并不反对《四书》,这和他爱玩不爱学,以及学习的好坏是两回事,这是和政老爷重视《四书》没有矛盾的,这一点,政老爷无错,宝玉也无错。但"仕途经济"则是贾政看重的,也是他认为读《四书》的唯一作用,即走"学而优则仕"的仕途之路。宝玉则厌恶"仕途经济"、八股文章,他读《四书》仅仅是获取知识,并非为当官。这是宝玉和贾政在受教育的目的性上根本分歧。

由于贾政"官本位"观念的作祟,所以贾政肝火盛旺,对宝玉便没好气。《论语·为政》讲"道之以政",《论语正义》解释"道通导",贾政的家教便是误导。第九回,宝玉去学堂前,先来告辞父亲,本来这正是予以鼓励之机,但贾政讲:"你如果再提'上学'两个字,连我也羞死了!依我的话,你竟玩你的去是正经,仔细站脏了我这地,靠脏了我这门!"这是满脑子"仕途经济"的贾政必然说的话,但这种讽刺挖苦,对受教育者便是伤害。贾政的教育手段还善打,而且是毒打。第三十三回,贾政施家法教训宝玉时叫嚷:"拿大棍,拿绳捆上!把门都关上,有人传信到里面去,立刻打死!""我免不得做个罪人"、"堵起嘴来,着实打死!"政老爷确实动怒了,这是由宝玉引起的死金钏、隐戏子事件导致贾政固有偏见总爆发!如果你出身在往日的大家庭,你就会知道这一切都是真的,贾政不是演戏、作秀!这是封建社会"仕途"教育制度的必然。

贾政的不善家教还表现在对宝玉的全盘否定。第十七回,大观园建成题对额,这无疑是对宝玉才学的检验,因此正确的评价是重要的。在贾政询问宝玉对稻香村的印象时，宝玉实话实说："不及'有凤来仪'多矣！"贾政听了，便申斥宝玉："无知的蠢物！你只知朱楼画栋、恶赖富丽为佳，哪里知道这清幽气象？终是不读书之过！"宝玉牛心，不听人劝，发表了"天然图画"的园林观，说得头头是道，但贾政不等宝玉讲完，就生气地喝命："扠出去！"明明是贾政征询宝玉的意见，宝玉发表了很正确的高论，贾政本来应遵循"临文不讳"的态度予以肯定，然而他反其道而行，有理三扁担，无理扁担三，老子天下第一，实质是贾政才学不如宝玉的护面子，这种盛气凌人的学霸作风，什么事只能按照领导的认识水平办事，就免不了冤假错案。

贾政不善导的家教还表现在不知因材施教、发展专长。宝玉擅长诗词格律，在大观园建成试才时已显露才藻，至作《姽婳词》、《芙蓉女儿诔》时展示无遗，受到众清客的阿谀奉承肯定，以致贾政也甘心情愿作宝玉吟诗时的书记员。贾政不得不承认，他讲："宝玉读书不及你两个（环、兰），论题联和诗，这种聪明，你们皆不及他。"（第七十七回）诗词格律是文学艺术高层次的模式，是文学艺术的精华，历史上出现了李白、杜甫、王维，以及唐宋一批诗人，继承这样的高雅文化有什么不好？贾政偏偏把作诗和读书对立起来。第八十一回，贾政说什么："我可嘱咐你：自今日起，再不许作诗作对的了。单要学习八股文章。"而八股文是官试的文体，规范而死板，宝玉最不喜欢。宝玉又擅长书法，第八回、二十三回、二十六回、二十九回，都有称赞宝玉书法的描述，发展宝玉的书法也可"立身成名"（贾政八十一回语），贾政偏让宝玉走"仕途经济"、"功名利禄"之道，实在是埋没人才。贾政的偏见还表现在他把《五经》和《四书》对立，第九回，他讲："那怕再念三十本《诗经》，也都是掩耳盗铃，哄人而已。你（指李贵）去请学里太爷的安，就道我说的，什么《诗经》、古文，一概不用虚应故事，只是先把《四书》一起讲明背熟是最要紧的！"《四书》中的《大学》、《中庸》就取自《礼》经，太平闲人夹批："《诗经》即是古文，政老爷实废《关雎》矣！"《四书》、《五经》是一贯而完整的，怎能割裂中国传统文化的一脉传承？

贾政的不善导教，甚至到了是非不分的地步。第七十五回，宁府贾珍

19. 失教的贾政

无聊,想出了"破闷"以习射为名、实开赌场的歪点子,贾政不察,反而说:"这才是正理,文既误了,武也当习。"反命宝玉等去参加,助长腐败之风,贻误后人。

由于贾政家教的不善导,"政"便不"正",教育效果当然不好。宝玉害怕贾政,第八回,他去看宝钗便要绕道,当清客告诉他老爷歇中觉,他才放心。第二十三回,贾政召见他,宝玉"脸上转了色,便拉着贾母扭的扭股儿糖似的,死也不敢去。""一步挪不了三寸"。贾政出"学差"之"差",一字两音,出学差,发音 chāi;又发音 chà,不好。贾政所学"差"(chà),所教必差(chà)。

贾政之不正,体现在教育上。《太平闲人〈石头记〉读法》讲"《石头记》一百二十回,一言以蔽之,左氏曰'讥失教也'。"又回评:"贾政上不能悟亲,下不能教子,说'私欲愁闷'而不察所从来,说'弑父弑君'而不思所自弭,一打了事,何其愚哉!"(第三十三回)贾政管宝玉是软硬兼施的两手:软的一手是平时渐进的放纵不管,这可能和他惧内有关,贾府过中秋他讲笑话,主题恰恰就是怕老婆;而硬的一手是突发的严打。这两手都错,不过是两个极端,违背教育的中庸之道。自古以来,在教育上的偏差比比皆是。这是可以理解的。

《三家评批本》云"现在房长乃是贾珍"(《脂批庚辰本》云贾珍为族长),贾政理应担负齐家之责,但他放任不管贾家事,把齐家的重任放手于贾琏、凤姐,放任自流,以至酿成抄家大祸。

贾政之"政",亦有正。他不同意贾珍为亡可卿用棺木越礼的行为,他也不同意害了迎春一生的婚嫁。他重人才,但不识人。他打了嫡出的宝玉,但他从未打过庶出的贾环。他确实不知道凤姐放债的胡为,但他勇于承认放手不理家的过错。他出差洒泪而别见亲情,归家便感到全家团聚的庆幸。他一脸严肃,但他猜谜见不祥之征便有悲戚之状。他迂腐古板,但他也会讲让人捧腹的笑话。他为承欢贾母,猜谜中还耍点小聪明。总之,在他严肃、迂腐、古板面容的背后,也充满着人情味。我每读《红楼梦》中的贾政,便自然而然地想到我的父亲,他和贾政竟有如此多的相似之处,我对他的严厉早已理解、淡忘,更多的是无限怀念,他养育了众多的儿女，尽了做父亲的职责，但他却未得到儿女丝毫的回报，留给后人的只是歉疚。《红楼梦》一书的感染力足以显示作者感受社会生活、人情之深刻。

政即为正，这"正"是极其重要的大字眼、大概念。老子《道德经》云"以正治国"；"爱民治国"。爱民是正的出发点，又是正的归宿。正必爱民，爱民必正。其他治国口号，均未说到根本。《孔子家语·致思》云："正其国以正天下，伐无道，刑有罪，一动而天下正，其事成矣。"《论语·子路》云："其身正，不令而行；其身不正，虽令不从。"所以一切歹人由于邪，故皆畏惧正，也不敢提正。儒道之所以强调正，因为"正"来源于《易》经："大亨以正。"《易·无妄》"养正则吉。"《易·颐》"中正以观。"《易·观》"中正有庆。"《易·益》"中正以通。"《易·节》"正大，而天地之情可见矣。"《易·大壮》仅有"大"而无"正"做保证是不行的，故故宫乾清宫匾额为"正大光明"，首先提"正"。

这正是：

七　律

报效感恩忠职司　齐家失责教嫌迟
无端放纵存偏见　有事盘查悔晚知
假手权财任儿女　临头灾难靠伊谁
人亡势败难偿过　无奈神情化愧词

20. 也谈赵姨娘——何有曹公"败笔之说"

《红楼梦》问世以来,有的评家认为曹公"一反常态",把赵姨娘写得一无是处,陷入"好人全是好、坏人全是坏"的偏执,是败笔,对此莫名其妙。在这种认识下,还要寻究曹公深恶痛绝赵姨娘的原因,从曹公的身世背景做出种种猜测。赵姨娘的毛病确实不少,她要面子,偏丢面子;她怕人看不起,却专做让人看不起的事;她不顾身份,竟和下层的优伶戏子扭打在一起(第六十回)。最让人厌恶的是,见了宝钗送来薛蟠外出经商带回的土仪,便到王夫人面前夸赞宝钗,因为他清楚宝钗是王夫人的外甥女,想献媚讨好,谁知王夫人态度冷淡,碰了一鼻子灰,只能讪讪地回来。(第六十七回)她愚昧、贪婪、自私,甚至和马道婆设计陷害凤姐、宝玉,显露狠毒。这种种行为,便应了探春说她"不自尊重"、"失了体统"、"不叫人敬服"(第六十回),续部安排了她恶报的结局。清红学评批家大梅山民姚燮回评:"天下之最呆、最恶、最无能、最不懂者,无过赵氏。"(第二十五回)清红学评家涂瀛《读花人论赞·赵姨娘论赞》评:"今将赵姨娘合水火五味而烹炮之,不徒臭虫、疮痂也,直狗粪而已矣。"我们不难从中看出清代《红》评批家对赵姨娘人品的厌恶。

然而对赵姨娘,"贾政且大嚼之有余味焉。岂所赏在德耶?然粪秽卒产灵芝,鸥鹣能卵雏凤,其下体可采也",(涂瀛《读花人论赞·赵姨娘论赞》)言"下体可采"虽是低笔浑词,但恰是这耻于言谈的"下体可采"便导致赵姨娘生下一双"天悬地隔"(凤姐语)的儿女!连凤姐都嫉妒"我想到那里就不服"!(第五十五回)王夫人骂赵姨娘"养出这样黑心种子(贾环)来!"(第二十五回)难道探春这样的"种子"不是赵姨娘养的?凤姐说探春:"不知那个有造化的不挑庶出的得了(她)去。"(第五十五回)邢夫人讲迎春的母亲和赵姨娘的出身地位一样,迎春的母亲比赵姨娘"强十分",但迎春反"不及他(探春)的一半"(第七十三回),这便是"粪秽卒产灵芝，鸱鹗能卵雏凤"造化的怪事，便是赵姨娘为贾府立下的一大功。凤姐生病，凤姐算来算去唯有"咱家正人"的探春有能力助理荣国府，对贾府的贡献难道不应嘉奖生育探春的赵姨娘吗？大谋山民姚燮回评："不意政老与之生环儿，更不意先能生探春。"（第二十五回）

曹公笔下的赵姨娘并非一无是处。第六十二回，彩云在"赵姨娘再三央告"下，偷了玫瑰露，后来彩云勇敢认脏，宝玉又代彩云揽过，这件窃案被平儿"大事化为小事，小事化为无事"了结。但事后，贾环对彩云无端猜忌，并且恶狠狠地说："我索性去告诉二嫂子，就说你偷来给我，我不敢要。"显露贾环颠倒是非的无赖像，这伤透了彩云的心。对于彩云的委屈和儿子的下流，急得赵姨娘骂道："没造化的种子，这是怎么说！"赵姨娘百般安慰彩云："好孩子，他辜负了你的心，我横竖看得真。"当然赵姨娘有掩过的心态，不愿意事情闹大，但她毕竟是主子，加之事情又已了结，她所言当是真情真理。她对贾环、彩云间是非情感是看得真切的，她也深知自己的过错，所以她并不呆。

第七十二回，来旺妇求凤姐，要求把彩霞（霞即云）配其儿，这件事说动了凤姐、贾琏，后来管家林之孝背地对贾琏说："依我说，二爷竟别管这件事。旺儿的那小子虽然年轻，在外吃酒赌钱，无所不至……"贾琏听了有反悔之意，但有碍于凤姐，凤姐早已向彩霞的父母说通了此事。彩霞已知来旺的儿子"酗酒赌博，而且容颜丑陋"，故"不能如意"。在这要毁了彩霞一生、而又难于挽回的关头，书中云：

是晚得空，（赵姨娘）先求了贾政。贾政道："且忙什么！等他们再念一二年书，再放人不迟。"

若无赵姨娘的枕边风，借助政老爷的阻力，彩霞将"终身不遂"，立遭不幸的婚姻！不管是把彩霞许配给来旺的儿子，或是许配给贾环，由于有了贾政"再（过一二年）放人不迟"的发话，至少赵姨娘使彩霞的不幸得以拖延。

对于凤姐，第二十五回，赵姨娘讲："大人偏疼他（宝玉）些儿也还罢了，我只不伏这个主儿。"看来，她早把凤姐看透了。《尚书》云："知人则哲。"赵姨娘没有看错人，她还有些识人的哲理呢！

20. 也谈赵姨娘——何有曹公"败笔之说"

那么，赵姨娘又为何有许多不好的毛病呢？这固然有其本身的主因，但亦和社会环境有关。除了出身地位形成的偏见之外，这"偏房"的赵姨娘便被人看不起，月例的待遇和袭人一样。为凤姐攒金庆寿，体谅姨娘困难的尤氏，便将他们出的份钱退回（第四十三回），尤氏称她们为"苦瓠子"。由于姨娘的地位低，姨娘房中的丫头的月例"旧年议定减半"，跟着他们的丫头也倒霉。如果这种歧视出自其他人也易理解，就连赵姨娘亲生的女儿探春也讲："我只管认得老爷、太太两个人，别人我一概不管。"（第二十七回）这"一概不管"的"别人"当然也包括探春的母亲赵姨娘。探春对亲生母亲也称"姨娘"，和别人对赵姨娘的称谓没有区别，已经看不到什么可贵的亲情！这怎能不让赵姨娘伤心？赵姨娘称谓探春为"姑娘"，客气中夹着生疏。探春助理荣国府，其亲舅赵国基死了，她按旧例发放丧葬费，绝对铁面无私，这倒无可非议，但她讲："谁是我舅舅？我舅舅年下才升了九省检点，那里又跑出一个舅舅来？"（第五十五回）在她眼里只有有权有势的王子腾舅舅，那有亲舅舅赵国基？她给亲舅舅赵国基的丧葬费二十两，比常例的二十四两还少四两。刘姥姥一进荣国府，凤姐就给了刘姥姥二十两，二进荣国府，单王夫人就给了一百两，刘姥姥是王夫人"远族"，而赵姨娘的弟弟当为近亲！而且赵国基是人生仅一次的死丧用钱。相形见绌，探春的"循规蹈矩"颇有假认真之嫌。我们不妨听听赵姨娘的抱怨："正经兄弟鞋踢拉袜踢拉的没人看得见"（第二十七回）、"姑娘现踹我，我诉谁去？""这会子连袭人都不如。""你只顾讨太太的疼，就把我们忘了。""没有长翎毛儿，就忘了根本。"（第五十五回），等等。难怪太平闲人张新之评探春有句"无忠厚处"（第二十七回）。在"孝"道上，探春有大缺！第二十五回，贾环装作失手用蜡油烫伤宝玉，招致王夫人一骂，这骂岂止是对赵姨娘，也捎上探春，兼带贾政，这种扩大化的漫骂，探春听到了，但无动于衷！由此看来，不全是赵姨娘的不是。

赵姨娘出身低微，在崇尚权势的环境中，史太君骂她，王夫人也骂她，比他辈分低的凤姐也骂她，甚至戏班的优伶丫头也敢和她动手。低微的出身和社会偏见造成她心理上的不平衡和神经质，当芳官说她"梅香拜把子,都是奴才"(宋代华岳诗《呈古州老人》有句"珠帘更倩梅香挂,要放银蟾入座来。"此后梅香为丫头的代称。)时(第六十回),这话戳到了赵姨娘的最疼处,她便不顾一切地大打出手。赵姨娘把她的希望寄托在环儿身上,这是她生存的依赖,很多对她的非议由环儿引发。赵姨娘对环儿无疑是偏爱,凤姐说过:"比不得环儿,实在令人难疼,要依我的性子,早撵出去了。"(第五十五回)赵姨娘袒护儿子,实可理解。贾母对王夫人是偏爱,薛姨妈讲:"老太太偏心,多疼小儿子媳妇,也是有的。"(第四十六回)贾母、王夫人对宝玉也是偏爱,王夫人承认:"所以就纵坏了他。"(第三十四回)所以不必单单责怪赵姨娘的偏爱。

赵姨娘和凤姐水火不容,但赵姨娘并非完全孤立,前有马道婆相助,后和芳官动手,众多婆子便"趁愿"!第三十七回,麝月说:"赵姨娘一伙",说明她是有市场的,她是贾府中的在野派。天命时运难定,曹公著半,赵姨娘的结局不得而知,也许不一定那么惨,即使是坏人,也不一定恶报、现报,现实如此。

我不喜欢赵姨娘的人品,但曹公刻画的赵姨娘却十分出色,探春说她:"必要过两三个月,寻出由头来彻底来翻腾一阵"(第五十五回)可见有"由头"可寻。而赵姨娘"彻底翻腾"之时,都是曹公大展生花妙笔之处。赵姨娘说话语无伦次,杂七杂八,有时平和,有时哭闹,有时放泼,有时收敛,有时不顾一切,有时背后捣鬼。说她愚呆,又很会算计;说她无能,却做了姨娘;看她可恨,又很可怜。纵观赵姨娘,在愚昧中有简单轻信的直率,贪婪中夹杂着报复反抗,自私中源于不公平。在她那浑浊的眼神中,隐含不幸的辛酸和不平的愤怒。曹公把她写得栩栩如生,何有败笔之说?

先定性,后找材料,不看原著,不顾事实,这是评论中很不好的现象,结果空话、废话、假话充斥,甚至一讲可以好几年。《红楼梦》之好,就在于从中找不到主观臆测的东西,《红楼梦》和简单化、庸俗化、形式化、概念化无缘。以极左思潮打倒《红楼梦》中的某一人易,树立一个英雄则难,因为《红楼梦》中无完人。这正是:

20. 也谈赵姨娘——何有曹公"败笔之说"

七律绝二首

（一）

冷待偏房积恨深　　执情失态起邪阴
用符驱鬼闲生事　　贪欲亦可变杀心

（二）

贪妒愚盲一赵姨　　戳心忌讳出身卑
爱憎禀性合情理　　失孝儿愚自护持

21. 贾元春为虚构人物

一 命理八字与现实不符

1. 问题的提起

《红楼梦》第一回，那癞头僧对抱着小女英莲的甄士隐，大哭而言："施主，你把这有命无运，累及爹娘之物抱在怀内作甚？"首提"有命无运"；第二回，讲到娇杏，再提"谁知他命运两济"，明言命和运各有不同含义；第五回，警幻仙姑转述荣、宁二公先灵嘱托中有贾府"奈运终数尽"、"运数合终"之语；第十六回，都判官说宝玉"运旺时盛"；第二十二回，迎春制谜诗亦有句"有功无运也难逢"；第四十三回，尤氏说（凤姐）"你这阿物儿！也忒行了大运了"；第六十七回，赵姨娘讲："连我们这样没时运的，他（宝钗）都想到了。"书中再三提到"命"和"运"的问题。既有命运，就必然有相应的算命问题。第三十一回，翠缕有句"算命的管着月亮叫什么太阴星，就是这个理了"。第四十七回，凤姐笑了一声，向探春道："你们知书识字的，倒不学算命？"探春道："这又奇了，这会子你不打点精神赢老太太几个钱，又想算命？"第五十回，正文就有："贾母因又说及宝琴雪下折梅比画儿上还好，又细问他的年庚八字并家内情况。"这里首提八字命相问题。第八十回，夏金桂为诬陷香菱，书中讲："忽又从金桂枕头内抖出个纸人来，上面写着金桂的年庚八字，有五根针钉在心窝并胁肢骨缝等处。"此处再次提到"年庚八字"。第八十六回，有贾母命星命家为元春算命事。云外头传说"娘娘病重"、"贾妃薨了"，以及贾母梦中见元妃独来、有所嘱托等事，一时贾府人心惶惶，唯恐元妃有事，后来证实是周贵妃薨了，贾元春安然无

21. 贾元春为虚构人物

恙。书中写到：

宝钗道："不但是外头的讹言舛错，便在家里的，一听见'娘娘'两个字，也就都忙了，过后才明白。这两天那府里这些丫头婆子来说，他们早知道不是咱们家的娘娘。我说：'你们那里拿得定呢？'他说道：'前几年正月，外省荐了一个算命的，说得很准。那老太太叫人将元妃八字，夹在丫头们八字里头，送出去叫他推算。他独说：'这正月初一生日的那位姑娘，只怕时辰错了，不然真是个贵人，也不能在这府中。'老爷和众人说：'不管他错不错，照八字算去。'那先生便说：'甲申年，正月丙寅，这四个字内，有"伤官"、"败财"，惟"申"字内有"正官"、"禄马"，这就是家里养不住的，也不见得什么好。这日子是乙卯，初春木旺，虽是"比肩"，哪里知道愈"比"愈好，就像那个好木料，愈经斫削，才成大器。'独喜得时上什么辛金为贵，什么巳中'正官'、'禄马'独旺，这叫作'飞天禄马格'。又说什么：'日禄归时，贵重得很。"天月二德"做本命，贵受椒房之宠。这位姑娘，若是时辰准了，定是一位主子娘娘。'这不是算准了么？我们还记得（他）说：'可惜荣华不久，只怕遇着寅年卯月，这就是"比"而又"比"，"劫"而又"劫"，譬如好木，太要做玲珑剔透，木质就不坚了。'"

从上述这段文字，我们不难看出这位算命先生从众多丫头生辰八字中，独说元春八字，并断言"只怕时辰错了，不然真是个贵人，也不能在这府中"，"若是时辰准了，定是一位主子娘娘"。可见这位算命先生慧眼独具，算命很准。看懂《红楼梦》这回很难，太平闲人张新之夹批："闲人不善星学，考之（命）书，与本文亦相合。"俞平伯这样评价高鹗："我们尽可以推许高鹗'红学'甚深。"洪丕谟、姜玉珍在《中国古代算命术》一书中云："作者（高鹗）这里用了一定量的篇幅，借宝钗的口转述了算命先生对命理的一番分析，说明他对命书有过兴趣，有过研究，则是肯定无疑的……又是十分在行的呢。那么，高鹗为什么在续作中对命理文化，要借着算命先生的口，做一番如此发挥呢？这自然和原作者曹雪芹对天命的看法有关。"

命理是《红楼梦》中的一部分，曹公在第二回设计元春"大年初一"

所生，就埋下星命术的根子，但他有所疏漏。屡屡提及八字，但并未实演八字。而续部不能不涉及八字星命术，星命术涉及中国传统文化的认识论。余以为星命术无所谓封建迷信问题，仅仅是对这种认识论是否认可，现代科学无非也是认识论，也不是认识的终结。

2. 贾元春八字的命理基础

《红楼梦》第八十六回提供了元春生辰八字的详细信息，其四柱八字为：年柱甲申，月柱丙寅，日柱乙卯，时柱辛巳。列表如下：

贾元春四柱八字表

	天　干			地　支
年柱	劫财：+木	甲	申	庚金 + 正官 戊土 + 正财 壬水 + 正印
月柱	伤官：+火	丙	寅	甲木 + 劫财 丙火 + 伤官 戊土 + 正财
日柱	日主：-木	乙	卯	乙木 + 比肩
时柱	七煞：-金	辛	巳	丙火 + 伤官 戊土 + 正财 庚金 + 正官

注：+为阳；-为阴。

何谓四柱？年、月、日、时的四项干支即为四柱。每一时柱由一天干、一地支组成，故四时柱八个字。星命术遵循天人合一的法则，认为人从初生的一刻就有固定的命运，故可根据生辰八字着手推算。而星命术的理论基础是阴阳五行的认识论。

《易·系辞上传》云："一阴一阳之谓道。"阴阳论是中国传统文化最基础的世界观。五行分阴阳，天干、地支亦分阴阳。十天干为：甲、乙、丙、丁、戊、己、庚、辛、壬、癸。十二地支为：子、丑、寅、卯、辰、巳、午、未、申、酉、戌、亥。天干、地支分阴阳（见下表）。

21. 贾元春为虚构人物

天干、地支阴阳性质分类

干支 属性	天干	地支
阳	甲丙戊庚壬	子寅辰午申戌
阴	乙丁己辛癸	丑卯巳未酉亥

五行学说亦是中国传统文化最基础的认识论。所谓五行，即木、火、土、金、水。它们之间的生克体现着世上万物协调平衡的关系。相生：木生火，火生土，土生金，金生水，水生木。相克：木克土，土克水，水克火，火克金，金克木。阴阳五行是指气，并非具体物质，是物质属性的抽象，是物质功用的抽象。

八字命理首先要将天干、地支归属五行。（见下表）

干支归属五行表

干支 五行	天干	地支
木	甲乙	寅卯
火	丙丁	巳午
土	戊己	辰戌丑未
金	庚辛	申酉
水	壬癸	亥子

地支十二，归属五行必有辰、戌、丑、未四支（四库）属土为过渡，所以很合理。在地支分配四季时，寅卯为春（木），巳午为夏（火），申酉为秋（金），亥子为冬（水）。辰戌丑未为长夏或称四季土，做为四象的过渡。

地支归属五行虽然具有独立性，但它不能不受天干的影响，这样它必定有本气和兼气之分，兼气中又相对地有主次之分。地支本气的分量约占归属五行的70%，兼气约占归属五行的30%。兼气中主要成分占20%，次之成分约占10%。（见下表）

地支本气、兼气归属五行表

地支 气	子	丑	寅	卯	辰	巳	午	未	申	酉	戌	亥
本气 70%	癸水	己土	甲木	乙木	戊土	丙火	丁火	己土	庚金	辛金	戊土	壬水
兼气 主20%		癸水	丙火		乙木	戊土	己土	丁火	戊土		辛金	甲木
兼气 次10%		辛金	戊土		癸水	庚金		乙木	壬水		丁火	

根据上面三表，元春年干甲为阳木，月干丙为阳火，日干乙为阴木，时干辛为阴金。年支申本气为庚阳金，兼气主要成分是戊阳土，次之成分为壬阳水；月支寅本气甲阳木，兼气主要成分是丙阳火，次之成分为戊阳土；日支卯只有本气乙阴木；时支巳本气为丙阳火，兼气主要成分是戊阳土，次之成分为庚阳金。

第八十六回提到"伤官"、"败财"、"正官"等是什么意思呢？这是以日干（亦称日主）为主与年、月、时的干支，以及日支按五行生克、阴阳关系对比的称谓。从五行之生克关系：生我、我生、同我、我克、克我，以及阴阳相互比对确定出相应关系的神名，所以神名为特定关系的一种符号。按天干十位，这种对比关系分为：比肩、劫财、食神、伤官、偏财、正财、七煞（偏官）、正官、偏印、正印十种。《六神歌诀》云："生我者为正印、偏印，克我者为正官、七煞，同我者为劫财、比肩，我生者为伤官、食神，我克者为正财、偏财。"每一类皆是两种。那么，用日干比对其他干支是两种中的哪一种呢？命书规定："阳见阴、阴见阳为正印、正官、劫财、伤官、正财；阳见阳、阴见阴为偏印、七煞、比肩、食神、偏财。"

这样，就不难理解《元春四柱八字表》。举例，元春日干乙阴木与年干甲阳木比对，同为木，"同我者为比肩、劫财"，但阴见阳，故确定神名为劫财；又如，日干乙阴木与月干丙阳火比对，木生火，为我生关系，"我生者为伤官、食神"，但阴见阳，确定神名为伤官。按此，将元春八字中以日干为主的比对关系列出神名。八字以五行平衡为佳，以确定吉神、凶神。实际上，不仅仅是以日干和其他干支做比对，其他干支都要比对，这样一来，吉神不少，凶神也不少，这正体现了人事的复杂关系。

有了这样的《元春四柱八字表》，才有助于分析元春的命理，有助于读懂《红楼梦》，有助于加深对传统文化的认识。

3. 从命书验看书中贾元春八字命理

第八十六回中，算命先生说元春"甲申年、正月丙寅，这四个字，内有'伤官'、'败财'。"看元春《四柱八字表》，果然年柱、月柱中有两个"伤官"、两个"劫财"。《红》书中云"败财"，两者何异？从五行关系而论，同我者称之比劫，比为比肩；劫为劫财。细分这"劫"又分为劫财和败财。败财：日主为乙阴木与年干甲阳木，阳见阴谓之败财；反之，若日主为甲阳木与年干乙阴木，阴见阳谓之劫财。《红》书中写败财是准确的，是对"劫"的阴阳排列的进一步分析。一般而论，败财即劫财。

《红》书中说："惟'申'字内有'正官'、'禄马'，这就是家里养不住的。"看《元春四柱八字表》，果然年支"申"中，庚金为"正官"。按命书"申子辰，马在寅"，元春年支申，月支为寅，故月支寅为驿马。而寅、申对冲，且又皆为阳性，同性相斥。寅为初春之木，为元春，这就是为什么《红》书说元春"家里养不住的。"年柱主1～16岁，所以元春很早就入宫了。

元春日柱为乙卯。日干为乙阴木，日支卯又为乙阴木，同为木、同为阴，故为比肩。这比肩有助于日主，形同有姐妹的帮助，故《红》书说："虽是比肩，哪里知道愈比愈好。"

由于元春八字中木过旺，所以喜金，金克木，金为克木之官煞，官煞是元春八字中的喜神。时干辛金、年支申中庚金，时支巳庚金，共同对日主乙木起克制的平衡作用。按命书"官煞时上一位为贵"，所以《红》书中说，"独喜得时上什么辛金为贵"。乙为阴木，庚为阳金，金克木，金为夫，木为妻，阴阳和合，乙庚化金，庚本身为金，元春嫁皇上，富贵可知。

元春月干为丙火，月支寅中有丙火，时支巳中亦有丙火。元春木旺需火耗，火亦为元春八字中的喜神。丙火是乙木的食伤，食伤生财戊土，财生庚金为官，是良性循环。年支、月支、时支中均有戊土，土对日主乙木起泄的作用，亦为日主乙木的喜神。

《红楼梦》书中说元春"天月二德坐本命"，即元春八字中有二德神。按命书，寅月遇丙，即是有月德，而元春恰为寅月生遇月干丙。另外，月干丙遇时干辛，为有"月德合"之德，这就是《红楼梦》书中所云"天月二德"。《红楼梦》书第十六回，特意描写元春晋升为"贤德妃"，正是相映其八字中二德坐本命。上述所言是对《红楼梦》书中元春生辰八字中有关命理的名词概念做些解释。

常说的命运，实为"命"和"运"两个概念，"命"指本命，是指人生贵贱祸福、穷通寿夭固有之数；"运"是指生命各阶段随着时间的推移，天地干支对人身本命的影响。续部中高鹗正是从这两方面对元春的八字进行构思的，余依据命书，验证了高鹗为元春设计命理的构思。

元春何命？元春日主为乙木，命主为乙木。从《纳音五行》"甲申乙酉泉中水"而论，当为水命。元春八字中唯缺水，但无妨，因为日主木旺，若水多生木反而有害。元春八字中，有两个甲阳木、两个乙阴木，木为生旺。元春日干乙木又生于正月，正月为寅，寅为木，可谓生逢其时而得时令，故《红楼梦》书中说元春"初春木旺"。

按《日干五行与月支对照十二宫表》，元春日干为乙木，月支为寅，恰好处于十二宫的帝旺位置；又日主乙木坐日支卯上，处于十二宫的临官位置，帝旺、临官都是良好状态，帝旺为人气兴旺，所以元春官财一身，谓之得气。

元春日干乙木，八字中有一个比肩，两个劫财相助，故为得势。

元春日干乙木，月支为寅，处于帝旺状态，谓之羊刃。刃为兵器。时干辛为七煞，煞为权柄，刃无煞不显，煞无刃不威，有刃有煞为有生杀大权，有此权力者必然在高位，这正是元春娘娘地位的象征。但七煞又称为偏官，所以元春不可能是正宫娘娘。

元春八字中，日干乙遇年支申，按命书为天乙贵人照临，故《红楼梦》书中称元春为贵妃娘娘。日柱乙卯，木旺反火熄，又日柱乙卯命相无子嗣，故《红楼梦》书说："元妃并无所出。"（第九十五回）

21. 贾元春为虚构人物

日干五行与月支对照十二宫表

地支 十二宫	天干五行 月	五阳干顺行				五阴干逆行			
		甲木	丙火	戊土	庚金	壬水	乙木	丁火	己土	辛金	癸水
长生		亥	寅	寅	巳	申	午	酉	酉	子	卯
沐浴		子	卯	卯	午	酉	巳	申	申	亥	寅
冠带		丑	辰	辰	未	戌	辰	未	未	戌	丑
临官		寅	巳	巳	申	亥	卯	午	午	酉	子
帝旺		卯	午	午	酉	子	寅	巳	巳	申	亥
衰		辰	未	未	戌	丑	丑	辰	辰	未	戌
病		巳	申	申	亥	寅	子	卯	卯	午	酉
死		午	酉	酉	子	卯	亥	寅	寅	巳	申
墓		未	戌	戌	丑	辰	戌	丑	丑	辰	未
绝		申	亥	亥	寅	巳	酉	子	子	卯	午
胎		酉	子	子	卯	午	申	亥	亥	寅	巳
养		戌	丑	丑	辰	未	未	戌	戌	丑	辰

命书云："日主属木，木处旺（当令者）、相（我生者）之时，则此人有博爱恻隐之心，有慈祥恺悌的意气，能济物利人，抚恤孤寡，品格直朴清高，慷慨大度，体貌丰满秀丽，身材骨骼修长，手足纤腻，口尖发美，面色清白，语音洪亮，气宇轩昂。这是木盛多仁的意味。"因此元春必定是美女，且有高贵品性。木本仁，这由元春省亲时的情态、嘱咐多种树、反对奢华等事可见其心性。若把元春搬上舞台，应按命书命理为依据选择演员。

元春本命虽不错，但运却不佳，而"运"似乎比命更重要。元春年支申属猴，月之寅与申相冲，生肖虎猴相冲，帝王属虎乎？伴君如伴虎也。元春八字中多木，故最忌流年大运中再遇木，遇木为凶。故《红楼梦》书中说："可惜荣华不久，只怕遇着寅年卯月，这就是'比'而又'比'，'劫'而又'劫'，譬如好木，太要做玲珑剔透，木质就不坚了。"寅、卯

113

为春、为木，过犹不及，故元春逢木为凶。

第九十五回，说元春死于甲寅。书中说："是年甲寅十二月十八日立春，元春薨日，是十二月十九日，已交卯年寅月。"十八日立春，十九日死，得一日春，这是元春之义。由上文看出这年立春在春节之前，"已交卯年寅月"是以"节"定年。清代红学家张新之夹批："而生于此，即死于此也。"这回讲元春死于卯年寅月，第八十六回云，"只怕遇着寅年卯月"，其实两者均是讲遇木不祥，但寅年卯月和卯年寅月是不同的，因"寅"年后即是"卯"年，"寅"月后即是"卯"月，对元春的享年当有近一年之差。

阴阳五行的平衡是保持事物稳定状态的重要条件，亦是八字星命术判断命运的依据。因此不能从八字所提供的"财"、"官"字面的意义去定吉凶祸福，而是从维持生命稳定和谐判定吉凶。我们不是在研究星命术，我们是为了读懂《红楼梦》，是为了知悉中国的传统文化。

4. 贾元春八字命理与现实不符

贾元春的生辰八字和生日"大年初一"与现实的干支不符，说明元春为虚构人物。

《红楼梦》第二回"冷子兴演说荣国府"，两次表明元春生于"大年初一"。第八十六回，元春生辰八字明言：甲申年、丙寅月、乙卯日、辛巳时。

如果我们查一下《中华五千年长历》会发现：

2004 年（甲申）、丙寅月、初一为庚子；

1944 年（甲申）、丙寅月、初一为戊子；

1884 年（甲申）、丙寅月、初一为丁丑；

1824 年（甲申）、丙寅月、初一为乙丑；

<u>1764 年（甲申）、丙寅月、初一为癸丑</u>；初二为甲寅、初三为乙卯

<u>1704 年（甲申）、丙寅月、初一为辛丑</u>；

1644 年（甲申）、丙寅月、初一为庚寅；

1584 年（甲申）、丙寅月、初一为己卯；

21. 贾元春为虚构人物

1524年（甲申）、丙寅月、初一为丙寅；

1464年（甲申）、丙寅月、初一为甲寅。

再往前推，有无甲申年、丙寅月、初一干支为乙卯的，余以为是没有的。何以见得？较曹公创作《石头记》稍晚的清代红学家、太平闲人张新之在第八十六回夹批："正月初三方有辛巳时，以云初一则不对。"只有乙卯日方有辛巳时。他说的"正月初三方有辛巳时"的这年，据查，为1764年，即曹公生前最近的甲申年，而这年曹公已去世，这证明后部确实为续写。显见中国从殷代开始至今（特别是十八世纪）还未出现过甲申年、丙寅月、乙卯日在大年初一的组合，即无这年、这月、初一的乙卯日，当然也不会有这日的辛巳时。也就是讲元春的年柱、月柱四字为实，而日柱、时柱四字为虚。

有趣的是曹公的生卒年恰恰在1704至1764年、六十年一甲子的两个甲申年之间，当然1764年及以后的大年初一的干支意义并不大，因为曹公不可能在将死或死后写这年大年初一的干支。若高鹗如实续写这年大年初一的干支，读者中的慧眼会立即知悉《红楼梦》前后部出自两人手笔。关键是这样的实际干支，并非娘娘的命运。1704年大年初一干支意义较大，因为它会加重《红楼梦》带有"一点自传性质"的倾向，会加强《红楼梦》的真假混淆的成分，但估计曹公在设计元春这个人物时，仅仅考虑了生在"大年初一"之奇，而未及考虑元春八字的设计。

高鹗续写，必须展现元春初一生日之"奇"，而"奇"最好的表现就是元春有娘娘的命运，这是贾府兴旺的根基。这样必须确立元春八字，因为生辰是否重要要看生辰的八字，只有八字才决定元春的命运。但是由此带来的问题是：高鹗确立是娘娘命的元春八字，但日之干支并非大年初一；而现实甲寅年、丙寅月"大年初一"又不是为元春设计的乙卯。高鹗显然看到了这点，他是为难和无奈的，当然他最终选择了他设计的元春八字，至于现实中"大年初一"的干支就无法顾及，若用现实中真实存在的"大年初一"的干支，其八字又非娘娘的命，这种矛盾是无法克服的，续部和前部的矛盾只好丢在一边了。高鹗是努力续貂的，但终究难圆其梦。

由于元春没有真实的、现实的生时，故无法推知元春起运的时间，无法确排元春的流年大运。但有一点是可以肯定的，这就是流年中的干支甲、乙、寅、卯都是对元春生命不利的，这就是那位算命先生所言"遇着寅年卯月"（或卯年寅月），而这个时刻恰是高鹗安排元春薨的时间。尽管曹公在第一回一再强调"亲见亲闻的这几个女子"、"俱是按迹循踪，不敢稍加穿凿，至失其真"，但是这真毕竟是假，因为甲申年、丙寅月初一为乙卯日是没有的。当然从现实历史的长河而论，有可能排列上甲申年、丙寅月、初一为乙卯日、辛巳时的组合，但不知何年何日，也不知是哪位贵人在此刻而诞生。

胡适先生在《重印乾隆壬子本〈红楼梦〉序》中说："我曾考清朝的后妃，深信康熙、雍正、乾隆三朝没有姓曹的妃子。大概贾元妃是虚构的人物。"这是胡适1927年11月写的，胡先生用了"大概"两字还不肯定。1928年2月，胡先生在《考证〈红楼梦〉的新材料》中说："贾妃本无其人，省亲也无其事。"胡先生已做肯定语。八十年后，仍有人认为元春为真有其人，忘了曹公早讲"假做真时真亦假，无为有处有还无了"。余对元春命理索隐可再证元春为虚构人物。

《水浒传》第六十一回，梁山一伙要赚北京大名府的卢俊义上山落草，军师吴用自告奋勇去当说客，化装成算命先生，书里提到卢俊义自言："在下今年三十二岁。甲子年，乙丑月，丙寅日，丁卯时。"这个八字编得不对：按命书，推断月支的口诀为："甲己之年丙作首"，正月的寅月，当是以丙配寅，即丙寅为始，因此丑月天干当为丁，即丁丑，而非乙丑；命书推断时支的口诀为"丙辛从戊起"，当是以戊配子，即戊子为始，因此卯时天干为辛，即辛卯而非丁卯。这是因为八字并非全排列，由此可见，《红楼梦》续部作者比《水浒传》作者更了解命理。

余认为，概括言之，"八字"是传统文化认识的生命密码。至于对待算命术的态度，第九十六回，书中自有如下描写：

贾母（对贾政）道："我昨日叫赖升媳妇出去叫人给宝玉算算命，这先生算得好灵，说要娶了金命的人帮扶他，必要冲冲喜才好。不然，只怕保不住。我知道你不信那些话，所以叫你来商量。"

由此可见，贾母信算命术，贾政则不信算命术，这恰是高鹗续部的贡献。其实贾母未必全信，贾政未必全不信。算命术的设计、推理极为严密，先人的智慧令人叫绝。乱扣帽子、乱定性反映了极左思潮的肤浅和无知，无论信与不信，算命术和风水一样，它是一种传统文化，大树特树万岁的神话、一贯正确的吹嘘才是封建迷信的垃圾。

极左思潮把《易》作为封建迷信算命的书籍。不错，《易·系辞上传》中，涉及由大衍之数引发的占卜，即便如此，如果不带偏见的认真一读，你会被它巧妙的数、理设计而惊叹！当然你完全可以不相信他的预测！即使是现代科学，也不是绝对真理。科学尚不能预测地震、海啸、风灾及报准天气，并未因此而否定科学，何不以同样的态度待《易》？占卜只是《易》内容中极小的一部分。《易·系辞上传》云："君子居则观其象而玩其辞，动则观其变而玩其占。"说得很清楚，在于一玩。荀子《大略篇》曰："善为《易》者不占。"这说明《易》不仅仅是占，而学易、学习哲理、学习传统文化才是重要的。《红楼梦》秉承《易》道，首回亦云："把此一玩，不但洗了旧套，换新眼目。"这"一玩"是何等潇洒！这正是：

七律绝

易者善为知不占　深思逐理早登攀
贞观象数验凶吉　养气修心只一顽

（本文曾向《易》学家李加麟先生求教、探索）

二　生卒年设计有误

《三家评本〈红楼梦〉》第二回云："（王夫人）第二胎生了一位小姐，生在大年初一，就奇了，不想次年又生了一位公子，说来更奇，一落胞胎，嘴里便衔下一块五彩晶莹的玉来……"这位大年初一所生的小姐就是后来做了娘娘的贾元春，次年衔玉而生的公子就是贾宝玉，这"次年"表明元春比宝玉仅年长一岁。

第十八回，正文云："那宝玉未入学之先，三四岁时，已得贾妃口传授受，教了几本书，识了数千字在腹中，虽为姐弟，有如母子。"

元春长宝玉一岁，宝玉三四岁，元春当四五岁，入学前四五岁的姐姐怎能对小一岁的弟弟"口传授受"、"教了几本书"，使宝玉"识了数千字在腹中"？这姐弟皆神童也。仅差一岁的姐弟如同"母子"，比喻似更为失实。前八十回为曹公所著，胡适说："曹雪芹先说她比宝玉大一岁，后来越造越不像了，就不知不觉地把元妃的年纪加长了。"（《重印乾隆壬子本（红楼梦）序》）发现最早的《脂评甲戌本》就讲宝玉在元春次年而生，高鹗的《程甲本》忠实原著不敢改动，保持《脂评甲戌本》的原貌，这说明高鹗是忠于曹公原意的。俞平伯先生讲："他（高鹗）补书底毛病，不在不顾作者原意，是太拘泥了原意。"（《俞平伯致顾颉刚的信》1921.05.21）这一矛盾描写在前八十回，因此是不能责怪高鹗的。

曹公这一忽略是明显的，曹公原著本未写完，更无暇统通全书、消除矛盾之处。待到高鹗续部的《程乙本》，高鹗看不过，便将曹公原著第二回此处改成：

（王夫人）第二胎生了一位小姐，生在大年初一，就奇了，不想隔了十几年，又生了一位公子。

但这一改动虽出于补救的好意，也难自圆其说。同是高鹗续的第九十五回，正文云："（元妃）存年四十三岁。"贾政云："才养他（宝玉）的时候，满街的谣言，隔了十九年，略好了些。"这说明元妃死时宝玉十九岁，宝玉比元春小二十四岁。高鹗将"次年"改成"隔了十几年"仍然不妥，因为姐弟隔了二十多年！宝玉此时十九岁，还未成婚，直到第九十七回，宝玉才结婚，看来已无法再给宝玉加岁数，十九岁加到头了。中国古代结婚早，难道让宝玉二十多岁晚婚晚恋不成？高鹗大胆作了修改，顾此失彼，仍有矛盾，可见续部之难！当然这一改动之误就是高鹗的不是了。

第八十六回，正文表明元春生于甲申年，第九十五回说元春"存年四十三岁"，按此计当死于丙寅年，而非甲寅年；第九十五回，说"贾妃娘娘薨逝年是甲寅年"，若"存年四十三岁"，按此计当生于壬申年，而非甲

21. 贾元春为虚构人物

申年。两者只能占其一。元春生卒年可参看下面《六十甲子表》：

甲子	乙丑	丙寅	丁卯	戊辰	己巳	庚午	辛未	壬申	癸酉
甲戌	乙亥	丙子	丁丑	戊寅	己卯	庚辰	辛巳	壬午	癸未
甲申	乙酉	丙戌	丁亥	戊子	己丑	庚寅	辛卯	壬辰	癸巳
甲午	乙未	丙申	丁酉	戊戌	己亥	庚子	辛丑	壬寅	癸卯
甲辰	乙巳	丙午	丁未	戊申	己酉	庚戌	辛亥	壬子	癸丑
甲寅	乙卯	丙辰	丁巳	戊午	己未	庚申	辛酉	壬戌	癸亥

清代红学家太平闲人已经指出这一矛盾，第八十六回，张新之夹批："云元妃薨于甲寅，得年四十三，则当生于壬申。云生甲申，得年四十三，则当死于丙寅，确非甲寅矣！"第九十五回，太平闲人张新之再次作同样的夹批。

续部说元妃存年四十三岁显然是不妥的。清红学家大梅山民姚燮《读红楼梦纲领·纠疑》也讲："元妃之薨，辨其为三十一岁，而以四十四（当为四十三）岁为误者，一则年近四十，安能复蒙宠进；一则王夫人是年为五十三岁，岂王夫人八岁便能生妃耶？"《增评补图石头记》第九十五回姚燮眉批："按前八十六回云'元妃生于甲申年正月丙寅'，至甲寅年乃三十一岁耳。本年王夫人系五十二岁，则王夫人生元妃时方二十二岁。是则元妃之存年当以三十一岁为准。原刻作四十三岁，大误，今改正。"这样一改元妃存活时间，元妃长宝玉十二岁，这与《程乙本》之改动"不想隔了十几年"是吻合的。

如按第八十六回，取元春生于甲申；按第九十五回，取元春死于甲寅，元春就不是活了四十三岁，而是活了三十一岁。第九十五回，一向认真的太平闲人张新之夹批："梦话应如此说，气数应如此灭，道理应如此复。"当然梦话可不究，但写出的气、数、理必须统一方好。

第八十六回，通过一场担心宫中元妃病逝的虚惊后，丫头婆子说："他们把这些话都忘记了，只管瞎忙，我（们）才想起来，告诉我们大奶奶，今年哪里是寅年卯月呢。"这里标明算命先生预测元妃有凶"只怕遇着寅年卯月"；而第九十五回，原文讲：稍刻小太监传谕出来说"贾娘娘薨世"，是年甲寅年十二月十八日立春，元妃薨日是十二月十九日，已交

"卯年寅月"。这里表明的是"卯年寅月"。到底是"寅年卯月",还是"卯年寅月"?"寅年卯月"是寅年的二月;"卯年寅月"是次年的一月,两者相差近一年,这对元春的存时是不同的。"寅年卯月"是算命先生的预测;"卯年寅月"是高鹗先生为元春得"一日春"的需要而设计的,但高鹗设计似多余,难道"寅年卯月"不得春吗?按"寅年卯月"元妃而薨与第八十六回更接榫,也就是说元妃多活了十一个月的设计有些多余。其实,无论是"寅年卯月",或是"卯年寅月",其命理的本质都是一样的:甲年为木,乙年亦为木;寅月为木,卯月亦为木,这外来过多之"木"对元春都是凶。元春本命为乙木,木已过旺,过犹不及,所以对元春逢木当是在劫难逃的流年。

元妃死于何病?第九十五回讲,元妃患"痰厥"、"痰疾"、"痰气壅塞",起因"偶沾寒气,勾起旧病",显见原来有病。太平闲人夹批:"痰乃有形之火,元死于痰,死于火也。""痰"字为部首"疒"加"炎",为炎症,由"火"而成,且为二火,即阳火和阴火,阳火可致痰火扰心;阴火可致痰迷心窍。看来元妃可能兼而有之。余以为此病亦和肝、肾有关。肝为心母,肝气郁结,气郁化火,火性炎上,肝阳上亢于心,由情志抑郁导致肝气不舒。元春省亲总是哭泣正是郁闷情志的表现。此病亦和肾有关,"火"(《离》)在上;"水"(《坎》)在下,肾虚而水火"不济"。按曹公设计,元春之病,起于肝肾而终于心,发于寅年初而亡于卯月底,也就是一个来月,是符合元春"忽得暴病"而亡的描述。第五回,元春判词有句"虎兔相逢大梦归",寅为虎,卯为兔,恰恰是寅年卯月,而不是卯年寅月,即不是兔年虎月。如果是兔年虎月,尽管亦是逢木有灾,但和"虎兔相逢"的顺序不符。由于元妃生时无脉象病历,死后无尸检报告,确切诊断不得而知。

针对《脂评甲戌本》第二回"次年"的不足,《脂评戚序本》做如下改动:

(王夫人)第二胎生了一位小姐,生在大年初一,就奇了,不想后来又生了一位公子。

谁又知道"后来""后"到什么时候?宝玉肯定生于元春之后,这

21. 贾元春为虚构人物

"后"有肯定成分；"后"到何时又不得而知，这"后"又有模糊成分，这就可以了，这是给曹公此处不足补台。至于高鹗的续部，要将"四十三"的元春存年改成"三十一"就成了，元春生于甲申，死于甲寅。

元春是富贵的，又是短命不幸的，这正是天地有缺、人无完人的象征。由元春生卒年的矛盾，看出元春是小说虚构之人，由其非完人，又看出她是"真"的人，是不必牵强附会在历史人物中找古人为依据的，确实如胡适所言："我曾考清朝的后妃，深信康熙、雍正、乾隆三朝没有姓曹的妃子。""贾妃本无其人。""（附会）白白的浪费心力"！这正是：

七律绝

场面恢宏一省亲　笔中虚构假元春

后妃清室无曹姓　徵实书生枉认真

22. 迎春谜诗错韵,"错"合其人

《红楼梦》第二十二回,元春省亲后,宫中送出元妃所制谜诗让众姐妹猜谜,有猜对的,也有猜错的,气氛喜悦。贾母见元春这般有兴,自己越发喜乐,便让众姐妹各制作一个,写出粘在新制的围屏灯上。贾政朝罢,也来承欢取乐,贾母便让他猜晚辈所作的诗谜。迎春的谜诗是:

天运人功理不穷　有功无运也难逢

因何镇日纷纷乱　只为阴阳数不同

贾政看后猜道:"是算盘。"迎春笑道:"是。"

算盘是中国祖先巧妙的发明,这便是迎春诗中所说"人功";即使在计算机普及的今天,算盘仍能显示快捷、简便的运算功能,其对智力的开发作用更不可轻视,这便是"天运"。通过打算盘使阴阳数的沟通、复杂的计算,显示了算盘的无穷妙理。这就是迎春谜诗的意境。

迎春的谜诗也是自身命运的写照。迎春的姻缘是命运,但更是人功。"有功无运也难逢",这里的"无运",恰恰是贾赦的有运、运作;"有功"恰恰是贾赦的有过、作孽、积恶。阴阳兆象男女,贾赦包办迎春之"逢",把迎春送入"子系中山狼"的狼口,被孙绍祖虐待而死,造成了人间的悲剧。所以"有功无运也难逢",诗句表面轻松愉悦的背后,隐藏的将是迎春的感叹、哀伤。这里的"逢",是全诗的关键字。无"逢"便无"镇日纷纷乱"。这"逢"是迎春的苦难,对迎春确实是无运、厄运,而造成"逢"的罪魁祸首是贾赦。

迎春是一位心地善良的姑娘,如此悲惨的结局,以"善有善报"的理念看,甚是不解。清代涂赢《读花人论赞·迎春赞》讲:"若迎春者,非其人耶?何所遇之惨也。说者以为非贾赦遗孽不至此。"此论可能对造成迎春命运的苦因做了些解释。这里之"遇",恰是"逢"。

迎春的这首谜诗很有趣,但落韵,这在《红楼梦》中的近体格律诗中

22. 迎春谜诗错韵，"错"合其人

是少见的。难道"落韵"是曹雪芹作诗的水平？

这首仄起的七绝，第二句的韵脚为"逢"，"逢"为上平声二冬韵，由此为该绝句定韵为"二冬"。

《三家评批本〈红楼梦〉》第四句韵脚是"同"。

《脂评庚辰本〈石头记〉》第四句韵脚是"通"。

无论"同"或"通"，皆属落韵，因为这两个字同属"一东"韵，一东和二冬是平声的两个韵部，今天声韵相同，但中古的平水韵是分开的，因此，迎春这首谜诗落韵，也就是讲曹雪芹这首诗作落韵。就落韵的"同"和"通"比较，阴数、阳数是明显的不同，而非不通，故用"同"比"通"好。为什么曹雪芹给迎春设计的谜诗会落韵呢？

《红楼梦》是小说，文如其人，什么样的人便做什么样的诗，因此，我们要考察迎春其人。迎春懒于作诗，但会作诗。第十八回，众姐妹奉元春娘娘的命，咏大观园，迎春作七绝《旷性怡情》：

　　园成景物特精奇　奉命羞题额旷怡
　　谁信世间有此境　游来宁不畅神思

迎春天性懦弱，诗风亦懦弱。曰奇，既是由景物独特引起的惊异，亦含感受稚气、少见世面的微意；曰奉命，既有对元春娘娘的尊重，又杂有无主见之呆气；曰羞，既是神情含蓄文雅，又兼些木讷拘束；"神思"是七情之外最弱的情感状态，故太平闲人夹批："诗稚弱，肖迎春。"

前面说，对元春作的谜诗"也有猜错的"，这猜错的正是迎春。第二十二回，元春制谜诗，太监传谕："惟二小姐与三爷猜的不是。"这二小姐就是迎春。猜错无奖，书中讲："迎春自以为玩笑小事，并不介意。"迎春显然很大气。

第三十七回，诗社成立，李纨讲："拘定了我们三个（李、迎、惜）不做"，书中讲："迎春、惜春本性懒于诗词，又有薛、林在前，听了这话，便深合己意。"迎春不擅长作诗，也懒于作诗，自然对用韵不讲究。

第四十四回，在大观园行令，凤姐、鸳鸯故意安排迎春说错了韵受罚，以便引出刘姥姥行令出笑话，这个说错韵受罚的角色，只能安排大气的迎春承担。能安排小心眼的黛玉吗？能安排不苟言笑的宝钗吗？能安排

博知的湘云吗？显然都不成。

　　第七十一回，贾母八旬大寿，南安太妃来庆贺，他要见贾府的姑娘，贾母便让湘云、宝钗、宝琴、黛玉、探春五位姑娘出见，且受了赏赐。此次出见没有迎春，事后，邢夫人因"贾母又单另探春出来，自己心内早已怨忿。"贾母未叫迎春出见，不知贾母作何想，但他肯定有想法。邢夫人对此有意见，但他却对迎春也有看法，他当面说迎春："你是大老爷跟前的人养的，这里探丫头是二老爷跟前人养的，出身一样，你娘比赵姨娘强十分，你也该比探丫头强才是。怎么你反不及他一半？"（第七十三回）邢夫人看到迎春的不足，但又偏心不承认姐妹间能力上的"差距"，便显现矛盾的心态。迎春人品无可非议，探春讲"二姐姐好性儿"（第七十三回），岫烟讲"二姐姐是个老实人"（第五十七回），但"好性儿"、"老实"过了点头，便显呆、木之缺，故小厮兴儿叫他"混名儿，叫二木头"（第六十五回）。回题称他"懦小姐"（第七十三回）即懦，能力也懦，作诗填词的能力不如出见南安太妃的五位姑娘，对迎春来讲，她既有不如的差距，也有作诗用韵学问上不计较的随便。

　　第七十三回，有迎春看《太上感应篇》、"懦小姐不问累金凤"的描写。凡此种种，使世人知道迎春是一位天性善良、心胸开阔的好姑娘，她超脱，宽厚，不计名利，不小肚鸡肠，不小家子气，所以错韵出在她身上，或说曹雪芹把错韵安排在他身上，是"错"合其人。这是《红楼梦》中的诗词服务小说突出的例证。这"错"合身份，合水平，合情感。

　　至于迎春的命运如此，我是很为她鸣不平的，她自己也不甘心，第八十回书中，迎春哭道："我不信我的命就这么苦？"但是我们只能无奈地面对现实。

　　迎春既是独立、丰满的个人，又是起铺垫作用的一个难得的配角。至于迎春的错韵，今人已很难分清"一东"和"二冬"韵的声韵区别，诗词的意境是高于格律层次的。迎春之作，错得恰到好处。她的《算盘》谜诗，形象有趣，是一首好谜诗，由此可见曹雪芹的匠心安排。曹雪芹是诗词大家，是不会轻易错韵的。

23.《红楼梦》中的同性恋

　　五十年前，余幼读家存书《增评补图石头记》，便有很多不解的问题，涉及的诸如《易》理、儒理以及诗词歌赋等，就是一些故事情节，也懵懵懂懂。比如第四回，被薛蟠打死的那个小乡绅冯渊，书中介绍他："酷爱男风，不甚好女色。这也是前生冤孽，可巧遇见这拐子卖丫头，他便一眼看上这丫头（香菱），立意买来做妾，设意不近男色。"怎么这位冯公子和常人相反，男女不亲而男男相亲呢？真是怪事。

　　又如第九回"嗔顽童茗烟闹书房"，知道宝玉、秦钟不好好上学，结果在课堂上，以秦锺、宝玉为一方，以金荣为另一方的双方发生群殴，宝玉的小厮茗烟受贾蔷的挑拨，为护主参战，结果双方大打出手。仅宝玉一方就有十多人卷入，可见武斗之热闹场面。使余记住了"飞砚"场景之形容；也知道人恼了，礼貌也就没了，茗烟口中的"姓金的！"一叫，这便是武斗开始的信号。后来在大街上吵架的人群中常听到这样的称呼，可能是从茗烟那儿学来的。至于茗烟口中一些脏话，虽不懂，也猜到必是骂人的坏话，但究竟为什么发生武斗就说不清楚了。书中讲"学中广有青年子弟"，可见贾族义学都是男生。书中说"比当日更坏了十倍"（第四回）的薛蟠，"也假说了来上学"，他"偶动了龙阳之兴"，"被他哄上手的，也不消多记"，这是何意？两个女气名字的香怜、玉爱和秦锺、宝玉"八目勾留"；秦锺和香怜"弄眉挤眼"，这又是干什么？秦锺和香怜"假出小恭"，随后赶来的金荣说："拿住了！还赖什么？"秦、香二人反问："你拿住什么了？"若没"拿住"，二人又何必"急得飞红的脸"？金荣又说："先让我抽个头儿，咱们一声儿不言语，不然大家就翻起来。"怎么抽个头儿？金荣还说："贴得好烧饼！你们都不买一个吃去？"第六十五回，喜儿又说道："咱们今儿可要公公道道贴一炉子烧饼了。"又是贴烧饼！烧饼是早点，这和早点有什么关系？由于不懂，自然也说不清。当时的印象是香仨臭俩的各为一群的一场毫无是非的乱闹。

第十五回，贾府为秦可卿出殡，凤姐、宝玉、秦锺住宿馒头庵，是夜，秦锺趁黑夜无人，便强暴小尼智能，恰被宝玉抓住，秦锺告饶说："你要怎样，我都依你。"宝玉道："这会子也不用说，等一会睡下，再细细的算账。"书中接着写到："宝玉不知与秦锺算何账目，未见真切，此系疑案，不敢纂创。"秦锺是秦可卿的弟弟，是男的，两个男的睡下算什么账？秦锺所言的"依"指什么？由于秦锺第九回有前科，即便书中不言，也不能消除读者心中宝玉和秦锺关系的疑问。

第二十一回，贾琏和凤姐夫妇之女大姐儿出水痘，凤姐和贾琏隔房，书中云："贾琏只得搬出外书房来安歇，凤姐与平儿都随王夫人日日供奉娘娘。那贾琏只离了凤姐便要寻事。独寝了两夜，十分难熬，只得暂将小厮内清俊的选来出火。"这里的"出火"不像"发火"发脾气，何为"出火"？小厮为男仆，男主和男仆又干什么？又云："贾琏在外煎熬，往日也见过这媳妇（多姑娘），垂涎久了，只是内惧娇妻，外惧娈童，不曾下得手"。何为娈童？

第三十三回，由于宝玉"引逗"（贾政语）戏子琪官，致使忠顺王府的长史官找上贾府之门，索要琪官，琪官是王爷明言"断断少不得"的人。贾政派人找来宝玉，宝玉矢口否认，长史官冷笑道："这一城内，十停人倒有八停人都说他近日和衔玉的那位令郎相与甚厚。"宝玉仍不认账，长史官冷笑道："既说不知此人，那红汗巾怎得到了公子腰里？"原来琪官就是蒋玉函。第二十八回"蒋玉函情赠茜香罗"，宝玉在冯紫英家结识蒋玉函，宝玉赠蒋玉函玉玦扇坠，蒋玉函回赠宝玉一条茜香罗大红汗巾。面对长史官的揭发，宝玉无法抵赖，他寻思"不如打发他去了，免得再说出别的事来"，宝玉无奈，只得说出蒋玉函的住处。蒋玉函是男的，不然后来何以与袭人成婚？宝玉担心长史官"再说出别的事来"，可见宝玉和蒋玉函还有别的事。

第四十七回，由于赖嬷嬷的孙子赖尚荣做了县官，赖家在花园摆席，薛蟠便认得了柳湘莲。这柳湘莲，"年纪轻，又生得美，不知他身份的人，都误认作优伶一类"。薛蟠见了柳湘莲，仗着自己的财势，书中云："独薛蟠又犯了旧病。"便对柳湘莲出语不堪,柳湘莲心里虽恨,但表面上将计就计,把薛蟠骗出城外,在人烟稀少处,痛打薛蟠。薛蟠开始还嘴硬,说什么:"原来是两家情愿,你不依,只管好说。"后来挨打不过,则叫饶,说:"饶了我这没眼睛的瞎子罢!"薛蟠"又犯了旧病"指什么病?"依"什么?"情愿"什么?柳湘莲是个男人,不然后来不会和尤三姐订婚,那么两个男人到"人烟稀少处"又干什么?

上述事都是男人间的事。第五十八回,则有女人间的事。第五十八回,贾府戏班优伶藕官在大观园中烧纸钱,被宝玉询问,也被管园子的婆子发现,婆子汇报了,要把藕官带走问罪,幸亏宝玉多方编造袒护,此事才罢休。后来宝玉通过房中的芳官得知:"他(藕官)是小生,药官是小旦,往常时他们扮作两口儿,每日唱戏的时候,都装着那么亲热,一来二去,两个人就装糊涂了,倒象真的一样儿。后来两个竟是你疼我我爱你。药官儿一死,他就哭得死去活来的,到如今不忘,所以每节烧纸。"怎么两个女的也成了夫妻、相爱至深?

像其他问题不知可以问,但上述这些懵懵懂懂的事,就无法问。如"嗔顽童闹书房"之事,就无法问,当然贾琏拿小厮"出火"之事更不好问。学问学问,不学不问又何能知?之所以不好问,有好多原因,就社会大环境、家庭背景而言,那时除学校的功课外,《红楼梦》、《西厢记》这些书都属于闲篇,用宝钗的话讲是"杂书",看这些"杂书"最容易"移了性情",所以学校、家长都不让孩子看这些书,以免耽误了正常的学习。第二十三回,茗烟为了给宝玉解闷,便找来了这些杂书给宝玉看,茗烟嘱咐:"不可拿进园去,若叫人知道了,我就吃不了兜着走呢。"那些正常恋爱的书籍尚属如此,更不要说属于同性间的闲书产生的问题了。这是当时的社会氛围!

就社会环境而论,男女分校的良好学校体制,有助于造就学习的氛围;就自身而论,那时青年发育成熟的晚,没有肯德基吃,食品中无激素,青春的懵懂期长,学习都忙不过来,顾不上分心其他。另外,那时人知羞,不像现在解放,更难于启齿这类问题。第四十回,黛玉行令,不自觉带出读过《牡丹亭》、《西厢记》的痕迹,便遭到宝钗的"审问",黛玉方知"失于检点",从而"羞脸飞红"(第四十二回)。因此,本人也是存疑至今。但有趣的是,恰如宝钗所言,偏偏大家庭里又都有这些书,看来大人们看过,不然哪儿来的这些书?直到三十多岁,阶级斗争为纲的年代使人更不能提问这些问题了。但随着年龄渐大,用《红楼梦》第六回形容袭人的话讲"也渐省人事"、"渐知风月",故也悟出这些事无非三个字"同性恋"!

那么,对于"同性恋"的现象,《红楼梦》中社会的反应是什么态度呢?

对于义学的闹书房,金荣虽以赔礼了事,但他不服,越想越气,心想:"他(秦锺)因仗着宝玉同他相好,就目中无人。既是这样,就该行些正经事。"秦锺的姐姐秦可卿在病中听到这些事,"气的是为他兄弟不学好,不上心读书,以至如此学里吵闹。他为了这事,索性连早饭还没吃"。(第十回)对于宝玉和蒋玉函的事,贾政便因宝玉"在外流荡优伶"、"气得面如金纸"!对宝玉"干的勾当",叫嚷要"着实打死!"(第三十三回)至于薛蟠,柳湘莲"恨不得一拳打死"他!薛蟠在柳湘莲的威势下,承认柳是正经人。薛蟠被打后,十分狼狈,如"泥母猪一般",见到找他的贾蓉,"羞的没地缝儿钻进去"。"贾蓉还要抬(他)往赖家去赴席,薛蟠百般苦求,央及他不用告诉人",后来他回家,"推病不见(人)"(第四十七回)。由此可见,作为当事人,冯渊怪,金荣愤,薛蟠羞,藕官悲;作为亲朋,贾政怒,柳湘莲恨;作为旁观者的贾蓉取笑薛蟠:"薛大叔天天调情,今日调到苇子坑里,必定是龙王爷也爱上你风流,你就碰到龙犄角上了。"显见是讽刺、挖苦。对藕官,宝玉是同情的。总之,对于"同性恋",社会舆论是否定的,被看成"不正经"的事。但是"同性恋"不犯法,中国古代、外国如此。

我们从《红楼梦》中的"同性恋"可以总结出一些特征:

(1)薛蟠最淫。第四回,冯渊一方的原告明说薛家为"金陵一霸"。他霸占香菱是图女色。在男色上,第九回讲,"被他哄上手的,也不消多记";"今日爱东,明日爱西,近来有了新朋友,把香、玉二人丢开一边。就连金荣也是当日的好友"。所以柳湘莲痛打这样一个色魔绝非偶然。薛家因是皇商而致富，有势有财则使他萌生色欲、淫乱的胡为。

（2）宝玉是情种，宝玉不仅在女色上，亦是男色的主角，他和秦锺、蒋玉函都是超乎男子正常关系的同性恋，因此无限上纲、拔高宝玉的人品是不妥的。第三十四回，薛蟠尚说："你（宝钗）怎么不怨宝玉在外头招风惹草的呢？"第六回护花主人回评"宝玉一生淫乱"，即是如实写照。中学课本把"嗔顽童茗烟闹书房"一节当读物，余不知如何解释这场闹剧的起因。诸如"贾宝玉是近代史上第一个大革命家"❶之论可以休矣！在阶级斗争为纲的"纯洁"社会，贾宝玉早就按坏分子被批斗了。谈《红楼梦》，要把其中人物当成人来谈，不要拔高。既不要造鬼，更不要造神。

（3）从社会现实看，上至王爷，下至小厮，"同性恋"涉及各色各样的人群，在这一点上，已无门第、地位、职业之分。

（4）同性恋在优伶一类人中较多，在介绍柳湘莲时，正文就有"不知他身份的人，都误认作优伶一类"一句，把优伶、戏子归于社会下九流。这一类的存在及被歧视有其自身和社会的两方面原因。

《易·系辞上传》讲："一阴一阳之谓道。"有阴有阳才有生有长，才有延续。这里的"一"很重要，二阳、二阴都不合道，因此两男、两女的结合都不合道理。五行生克哲理显示同性相斥，异性相吸，因此"正经事"是合乎《易》道的，是合乎正情的；"不正经"的事是背离《易》道的，当是偏情。《易经》六十四卦中有一卦为《家人》，可见"家"的重要，一阴一阳、一男一女方有家，二阴、二阳何有家？一阴二阳或二阴一阳也不成，今称之为第三者插足，其结果必然是使原来的家庭解体，都会破坏一阴一阳之家庭的平衡稳定。《家人·象》曰："男女正，天地之大义也。"没有成家前，要男女正；成家后，亦要正。离下巽上为《家人》卦，离为火，火象征明德；巽为风，风指教化，可见明德与教化是多么重要！这是《易》理告诉我们的。国家的基础是家，这是社会的细胞，因此"家"极为重要。《孟子·离娄上》讲"国之本在家"，而家的前提是婚姻。《易·乾》云："四德"为元、亨、利、贞。《易·坤》云"四德"为

---

❶ 胡风《〈石头记〉交响曲》。

元、亨、利、牝马之贞。均有贞，可见贞之重要。贞为事情之主干，不是枝节，贞即正，贞为贞干。因此，婚姻是人生之大事，婚礼既不能草率、又不能铺张俗气，在性关系上采取随便放任的态度，不注重婚姻的必要礼仪，实际是对男女双方人生的不负责任。这是《易》理、儒理在男女情爱、婚姻问题上对今人的提示。

一阴一阳之谓道，异性相吸，故男女有情爱、有婚姻。老子《道德经》讲"四大"：道大、天大、地大、人亦大。《孔子家语·大婚解》讲："大婚为大。""大婚"是形容婚姻是人生的大事，"大婚为大"是强调婚姻之重要。《礼记·婚义》讲："婚礼者，礼之本也。"儒理提醒世人"以敬慎重正婚礼也"。敬为礼仪，慎为谨慎，重为重视，正为贞操。由此我们知道什么事物可以称大，"大"显然是个大字眼！

曹雪芹下重笔在这一问题上大做文章不是无目的的，任何现象都是社会现象，也是政治现象，又是哲学现象，《红楼梦》演由兴而衰，伴有同性恋的现象，这种现象是现实的存在，在中国古代虽不犯法，但毕竟不是社会健康的现象，有些同性恋伴随着腐败现象。同性恋涉及社会的道德观念和风气教化、经济水平，建立健康的社会，同性恋的现象就会减少。

同性恋是不正常的情爱，是违背《易》道的情爱，自然不会有好的结果。《红楼梦》从反面演绎情爱、婚姻：秦锺情爱的草率、儿戏；贾瑞淫欲的放纵、执迷；秦可卿失礼的荒诞、乱伦；尤二姐的轻信为妾，都导致了亡命的代价，这是情爱失正、失贞留给后人特别是未婚青年男女惨痛的教训。情爱和婚姻是人生的大事，用《红楼梦》警世的语言：要紧！要紧！这正是：

七律绝

大事婚姻必认真　　配男聘女择纯心
夫妻相伴非容易　　亲爱专情便可钦

24. 晴雯和袭人

《红楼梦》中的晴雯和袭人，给读者留下深刻印象，这两位丫头中的佼佼者，名气之大，甚至可以超过金陵十二钗中的若干人，她俩的身份地位一样，都是奴婢。就性格而论，晴雯显露无遗；袭人坚忍能藏。第三十一回，因晴雯跌折扇骨事，她和袭人吵嘴，性情之差异显而易见。就外表形象而论，晴雯更美，第七十四回，凤姐说过："若论这些丫头，共总比起来，都没晴雯生的好。"王夫人且说："好个美人儿！真像个'病西施'了。"美而招妒，露而遭怨，王夫人便说："只有袭人、麝月，这两个夯夯的倒好。"

晴雯的名气出在她悲惨的结局上，从而给人留下刻骨铭心的印象。第七十七回写到："晴雯四五日水米不曾沾牙，如今现从炕上拉了下来，蓬头垢面，两个女人架起来去了。"显见，晴雯是在卧病的状态下，被两个无情的女人拖走的。晴雯回到家的境遇更加凄惨，她除了一个"无能"、"胆小老实"的姑舅哥哥和一个不正经的嫂子外，再无亲人。晴雯被逐归家，又受哥嫂歹话，使她"病上加病"。宝玉去探望她，见到的是"（晴雯）一人在外间屋内爬着"，"睡在一领芦席上"。当宝玉叫醒她时，她让宝玉倒碗剩茶给她喝。书中形容这碗和剩茶：

宝玉看时，虽有个黑煤乌嘴的吊子，也不像个茶壶。只得桌上去拿一个碗，未到手内，先闻得油膻之气。宝玉只得拿了来，先拿些水洗了两次，复用自己的绢子拭了，闻了闻还有些气味，没奈何提起壶来斟了半碗。看时，绛红的，也不大像茶。晴雯扶枕道："快给我喝一口罢！这就是茶了。那里比得咱们的茶呢！"宝玉听说，先自己尝了一尝，并无茶味，咸涩不堪，只得递与晴雯。只见晴雯如得了甘露一般，一气都灌下去了。宝玉看着，眼中泪直流下来。

这是晴雯和宝玉的最后一面，晴雯悲愤地对宝玉讲到她"死也不甘心"受到的冤枉，她和宝玉匆匆交换了信物，显示了亲密无间的关系。事后，一个小丫头告诉宝玉，晴雯临终前"一夜叫的是娘"，世上除了痴心的爹娘外，又有谁会如此真情地关心自己的儿女？

出于政治的需要，便把人性化的晴雯变成"阶级斗争"化的晴雯。当时我在体育报社工作，上级下发的学习参考资料一篇文章孙文光《坚持用阶级观研究〈红楼梦〉》（原载1973年《红旗》杂志第十一期）该文写到：

哪里有压迫，哪里就有反抗。大观园里的奴隶们不止有饮泣吞声的怨愤，而且有着不屈不挠的抗争。晴雯就是其中实出的一例。这个自幼孤苦伶仃、连姓什么也不知道的奴隶，浑身迸发着反封建压迫的锋芒，即使在生命奄奄的时候，也没有向封建统治者低头屈服。

不知作者如何得出晴雯"浑身迸发着反封建压迫的锋芒"？宝玉当不是贫下中农，晴雯病危时和宝玉交换信物、真情流露，显然是"阵线不清"！晴雯临终前"一夜叫的是娘"，并没有高呼"打倒"、"进行到底"之类的豪言壮语，那么"没有向封建统治者低头屈服"的表现不知在哪？这种主观臆测的"晴雯"、脱离《红楼梦》原著的文风是很不好的！曹公绝对不会想到，他写的晴雯会变成"阶级斗争"的"教材"，晴雯会被拔高到反封建"实出的一例"！《红旗》改《求是》很好，实事求是才好。

晴雯的受陷、被逐乃至死，和袭人的出名密切相关，袭人的事迹留给人最深的，是第三十四回，宝玉因金钏和琪官（蒋玉函）两事遭受贾政暴打，王夫人让跟宝玉的丫头去一人以了解情况，结果袭人去了，书中写到：

王夫人见房内无人，便问到："我恍惚听见宝玉今日捱打，是环儿在老爷跟前说了什么话。你可有听见这个话没有？你要听见，告诉我，我也不吵出来叫人知道是你说的。"……袭人道："别的原故实在不知道了。我今日大胆在太太跟前说句不知好歹的话。论理……"说了半截，忙又咽住。王夫人道："你只管说。"袭人道："太太别生气，我就说了。"王夫人道："我有什么生气的，你只管说来。"袭人道："论理，我们二爷也得老爷教训教训。若老爷再不管，不知将来做出什么事来呢！"王夫人一闻此

24. 晴雯和袭人

言，便合掌念声"阿弥陀佛"，由不得赶着袭人叫了一声："我的儿，亏了你也明白……"

（袭人）又道："哪一日哪一时我不劝二爷？只是再劝不醒。偏生那些人又肯亲近他，也怨不得他这样，总是我们劝的倒不好了。今日太太提起这话来，我还记挂着一件事，每要来回太太，讨太太个主意。只是我怕太太疑心，不但我的话白说了，且连葬身之地都没了！"

王夫人听了这话内中有因，忙问道："我的儿，你只管说。……你有什么，只管说什么，只别叫别人知道就是了。"袭人道："……我只想着讨太太一个示下，怎么变个法儿，以后竟还叫二爷搬出园外来住就好了。"……袭人连忙回道："……如今二爷也大了，里头姑娘们也大了，况且林姑娘、宝姑娘又是两姨姑表姐妹，虽说是姐妹们，到底是男女之分，日夜一处，起坐不方便，由不得叫人悬心。便是外人看着，也不像大家子的体统。……"（王夫人）忙笑道："我的儿！……真真我竟不知道你这样好。……只是还有一句话，你今既说了这样的话，我就把他叫交给你了，好歹留心，……我自然不辜负你。"

为了忠实于原著，我们引录了这一大段原文，从中可得出这样的结论，第一，"房内无人"便是密谈，王夫人两次讲"（不）叫人知道是你说的"、"只别叫别人知道"，这是订立、规范保密制度；第二，密谈的内容重点是袭人讲的"男女之分"的风尚问题，这是王夫人对宝玉最关心的问题；第三，被涉嫌的"偏肯亲近"宝玉的人，不仅是晴雯众丫头，就连林姑娘、宝姑娘也成了"叫人悬心"的对象，并且先提林姑娘；第四，王夫人三次脱口而称袭人为"我的儿"，表现了王夫人对袭人的特殊重用与信任，袭人成了王夫人在怡红院中的兼职"线人"；第五，王夫人让袭人"好歹留心"就是搞监视、监听，并及时记录；第六，此次王、袭会谈虽是巧合，但袭人自语"每要来回太太"，便是蓄谋投靠已久，因此袭人是主动出卖灵魂；第七，王夫人许诺对袭人回报好处。

作为王、袭密谈的效果，王夫人不食前言，第三十五回，"从来没有的事"是袭人对宝玉所讲，"刚才太太打发人替我送了两碗菜来"，"指名给我来"，这种特殊的关怀，袭人受宠若惊，以致袭人讲："倒叫我不好意

133

思的。"王夫人对凤姐讲："以后凡事有赵姨娘、周姨娘的，也有袭人的。"（第三十六回）用今天的话讲，袭人投靠有功，月例钱和姨娘一样，可见袭人出卖情报获取了活动经费。

王夫人获取的情报可谓"快、狠、准"，对此，宝玉曾怀疑："谁这样犯舌？况这里事也无人知道，如何就都说着了？"第七十七回，王夫人在怡红院对众人讲："打谅我隔得远，都不知道呢。可知我身子虽不大来，我的心耳神意，时时都在这里。"这便是王夫人"别叫别人知道"的让人知道！可见怡红院内有"线人"，宝玉对袭人生疑，故光明正大地质问她："怎么人人的不是，太太都知道了，单不挑你和麝月、秋纹来？"对此，节中写到："袭人听了这话，心内一动，低头半日，无可回答。"这便是袭人对"线人"身份的默认，我们不能搞逼供信，不能冤枉袭人，袭人的"特务"身份当无疑。

这"特务"两字就让人畏惧和厌恶，人若失去情理，就是工具了。故在怡红院，晴雯、小红、佳蕙等称袭人为"西洋花点子哈巴儿"。（第三十七回）李嬷嬷骂袭人是"毛丫头、小娼妇、狐媚子、狐狸"。袭人告密的后果是严重的，检抄大观园后，第七十七回，王夫人在怡红院一处，就驱逐了晴雯、芳官、四儿三人，并下令："上年凡有姑娘分的唱戏的女孩子，一概不许留在园里，都令其各人干娘带去，自行聘嫁"。清红学评论家太平闲人张新之夹批："偃旗息鼓，攻人于不及觉，曰'袭'也。"（第三回）

晴雯被逐至死是袭人告密的必然结果，但这种结果却让人深思。明明晴雯清白，却偏偏被诬为勾引宝玉的"妖精"、"狐狸精"！明明和宝玉已试云雨情有染的是袭人，偏偏由她提醒王夫人要注意"男女之分"，以防"将来做出什么事来呢"。明明王夫人真假不辨，她偏偏自以为是，以为什么都知道，把害她儿子的人当成"我的儿"！天下事如此，假做真来真亦假，世上事往往真假混淆、是非颠倒！

当我们同情晴雯的时候，在看到她诸如彻夜补裘辛劳的同时，又不能忘记她平时气高忘谦的事实，第三十一回，有麝月说晴雯"少作些孽"的撕扇事；第五十二回，有晴雯疾恶如仇、对偷东西的小丫头坠儿施暴事；

第七十四回，王夫人就见过晴雯"正在那里骂小丫头"、"心里就看不上她那种样子"。晴雯招怨有其自因，被逐应了她"也撵我出去"（第五十二回）的自我谶言。

老子对孔子云："聪明深察而近于死者，好讥议人者也；博辨闳达而危其身，好发人之恶者也。"（《孔子家语·观周》）晴雯恰恰是应其言者。晴雯显露无遗而忘谦，埋下祸根而不察，她只知王善保的陷害，而不识袭人的偷袭，表面"聪明过顶"，实被"聪明"所误；袭人"笨笨的"，实则笨里藏奸，相反相成也。

王夫人不辨是非，曹公最辨是非，天下巨眼评家明辨是非，故第五回，"金陵十二钗又副册"中，晴雯排于袭人之前，几乎所有评家，多褒晴而贬袭。

《红楼梦》中有两个人被认为最好终身不见之人，第六十五回，兴儿向尤二姐说："一辈子别见他才好。"这里的"他"指凤姐；第五十二回，原版姚燮眉批："此等姑娘虽生标致，吾愿终身不见。"这个评家不愿见的姑娘就是晴雯。晴雯以人至清而令人畏，袭人以偷袭陷人使人畏，袭之动机在于诒也。袭人之"益"建立在对别人之"损"上，清代《红》评家涂瀛《读花人论赞·袭人赞》云："袭人者，奸之近人情者也。以近人情者制人，人忘其制，人忘其逸。约计平生，死黛玉，死晴雯，逐芳官、惠香（还有茜雪，从第十九回李嬷嬷的话中可知）间秋纹、麝月，其虐肆矣。"曹公笔下的袭人是生动的，但若现实中有此人，不见为好。这是第三个不宜见的人。

在现时生活中，还有少数的告密文人，他们是文人中的异类，他们是没有灵魂、人品的工具，"文化"只是他们身份的掩护，他们的品行与袭人有类似之处。这正是：

七律绝

（一）袭人

同落婢身情理分　亲疏爱恨各成群
是非难判平常事　得失关头认识君

（二）晴雯

人品宅心难议非　补裘彻夜影相依
无藏欠忍遭猜妒　被逐蒙冤恨谤诽

25. 秋桐属相之误

第六十九回，有身孕的尤二姐，受凤姐、秋桐等人的折磨，又被胡庸医误诊、乱用药打下胎儿，血行不止，昏迷过去。凤姐假充好人，烧香礼拜，为尤二姐再怀胎"通诚"祷告。她又做汤做水的着人送与二姐，又叫人出去算命打卦。偏算命的回来又说："系属兔的阴人冲犯了。"大家算将起来，只有秋桐一人属兔，说她冲的。秋桐听见，便气得哭骂道："……我和她'井水不犯河水'，怎么就冲了他！好个'爱八哥儿'！在外头什么人不见？偏来了就冲了！"此回中，一连用了五个"冲"字，所谓"冲"，在命术中有特定的概念。第十一回，凤姐（对尤氏）有话"给他（可卿）料理料理，冲一冲也好。"第九十六回，贾母说："我昨日叫赖升媳妇出去叫人给宝玉算算命，这先生算得好灵，说要娶了金命的人帮扶他，必要冲冲喜才好。"《红楼梦》多次提到冲字。在十二地支中，每隔六位就彼此冲激，形成六对相冲，故叫六冲。举例说，从五行论，子代表水，午代表火；从属相论，子代表鼠，午代表马，由于子午相冲，故鼠马相冲。

六冲的具体情况是（图1）：

图1　地支六冲图

① 子午相冲；② 丑未相冲；
③ 寅申相冲；④ 卯酉相冲；
⑤ 辰戌相冲；⑥ 巳亥相冲。

从图中还可看出"六冲"在方位上的对应。

我们从上图中不难发现，对应的地支，从方位来说，六冲中每组的方向相对的；从五行来说，都是相克的；从阴阳来说，都是同性的（表1），比如同是阳，或同是阴。这"冲"与"合"是对立的，"一冲一合"即一阴一阳之谓道，使事物保持稳定平衡。

	地　支					
阳	子	寅	辰	午	申	戌
阴	丑	卯	巳	未	酉	亥

按第六十九回所讲，说尤二姐被"属兔的阴人冲犯"，"只有秋桐一人属兔"，秋桐当为兔，兔为卯，而"六冲"中卯酉相冲，酉为鸡，故尤二姐当属鸡。尤二姐、秋桐同为女人，卯为阴，酉亦为阴，同性相斥。

但酉为金，卯为木，金克木。秋桐若属兔，秋桐则为木；尤二姐若属鸡，尤二姐则为金，引申则兔克鸡，成木克金的反克，即尤二姐克秋桐，这是和小说演秋桐迫害尤二姐的事实是不相符合的。因此第六十九回讲，尤二姐被属兔的冲犯是不妥的，应是被属鸡的阴人冲犯

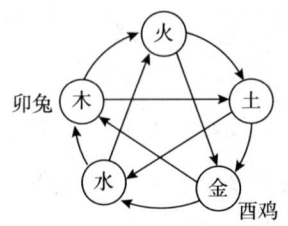

图 2　五行生克图

（图2），也就是讲，此回中把秋桐和尤二姐的属相搞颠倒了。

对此不妥，程高版的《三家评批本》原版姚燮眉批已指出：

上文云秋桐十七岁，是年癸丑❶，则秋桐当是丁酉年生，宜作属鸡方合。原刻作属兔于理不合，今改正。

所以说秋桐属兔不合命"理"，即不合五行生克之理，因为秋桐属兔，

---

❶ 癸丑：清《红》评家大梅山民姚燮在五十三回回评："此回自壬子腊底，入癸丑年正月时事。上自第十八回入壬子正月十五日起，至此回壬子冬止。共计书三十五回。"从第五十四回至六十九回，每回后，皆有姚燮有关梦境时间的回批："此回为癸丑年事语"，计癸丑年事至第六十九回，共计十六回；从第七十回至第八十回，每回后，皆有姚燮回批："此回为甲寅年事语"（八十回后，余未加引证）。姚燮对《红楼梦》中计算时间的细账的回评，余不知确否。《红楼梦》篇幅很长，按大梅山民推算，年限不过六、七年。（见下表）

大梅山民姚燮计算《红楼梦》前八十回历时表

	计	干支
3 回～8 回	6 回	己酉
9 回～11 回	3 回	庚戌
12 回～17 回	6 回	辛亥
18 回～53 回	36 回	壬子
54 回～69 回	16 回	癸丑
70 回～80 回	11 回	甲寅

25. 秋桐属相之误

尤二姐属鸡，卯兔克酉鸡，五行相克的关系被颠倒了，和小说故事情节不合，所以原著应改成尤二姐被属鸡的阴人冲犯，秋桐当属鸡，而尤二姐当属兔。前八十回为曹公所著，曹公此处有所疏忽，清红评家姚燮原版眉批所谈是正确的。只是由于眉批简练，不及解释。

概括之：

① 卯酉相冲，卯为兔，酉为鸡。

② 酉为金，卯为木。金克木，酉克卯。

③ 酉为阴，卯为阴，同性相斥。

④ 秋桐属鸡，尤二姐属兔。酉克卯，故秋桐之"秋"杀"木"，这木恰为卯兔的尤二姐。

⑤ 秋桐不仅是女人，且是浑浊阴坏之女人，故为实实在在的一"阴人"。

如果按《红楼梦》书，非要秋桐属卯兔，那么尤二姐当为属土的龙。地支卯辰相害，生肖兔龙相害。但卯兔虽克辰龙，但有克无冲，不符合红书中反复强调的秋桐"冲"犯尤二姐，所以从"冲"的概念出发，秋桐只能属鸡，尤二姐只能属兔。

前面所讲是地支相冲。《中国神秘术大观》一书讲："冲有天干地支相冲两类。天干有甲庚、乙辛、壬丙、癸丁四对对冲关系。从图3可以看出，东方甲乙与西方庚辛，北方壬癸与南方丙丁方向两两相对，阴阴、阳阳同性相斥，故彼此冲突。至于南方丙、丁与西方庚、辛，虽然有着相克关系，但方向不相对立，

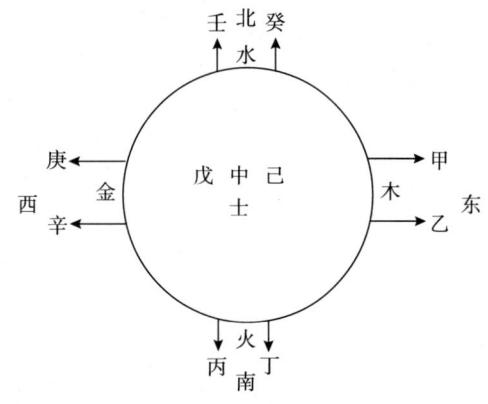

图3 天干对冲图

故有克无冲。戊己居中，没有方向上的对立，所以也没有对冲。"按常规认识，先天八卦为体，后天八卦为用，后天八卦配五行、天干、地支如图4。

冲，是中国哲理的大字眼，老子《道德经》讲："道冲，而用之又弗

《石头记》指归

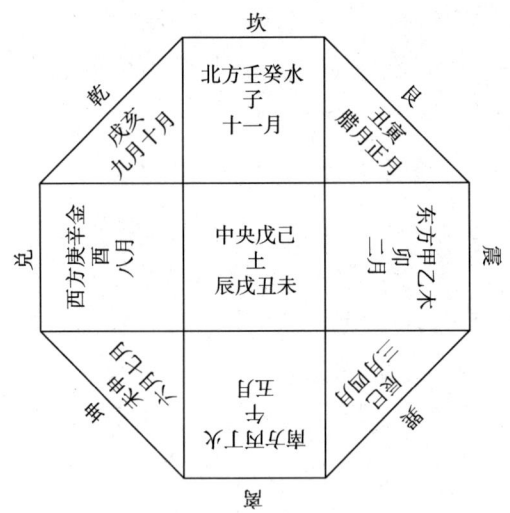

图 4　后天八卦配五行、天干、地支图

盈也。""道生一，一生二，二生三，三生万物。万物负阴而抱阳，冲气以为和。""大盈若冲。"这里的冲，又有其他的含义了。这正是：

七律绝

　　丫头来势便纷争　凌弱倚强最可憎
　　成妾愚狂不谙世　岂知荣辱似消冰

26. 评宝玉论"忠臣良将"

第三十六回，宝玉道：

"那些须眉浊物，只知道文死谏、武死战，这二死是大丈夫死名死节，究竟何如不死的好！必定有昏君，他方谏，他只顾他邀名，猛拼一死，将来置君于何地？必定有刀兵，他方战，猛拼一死，他只顾图汗马之名，将来弃国于何地？所以这皆非正死。"袭人道："忠臣良将，皆出于不得已他才死。"宝玉道："那武将不过伏血气之勇，疏谋少略，他自己无能，送了性命，这难道也是不得已？那文官更不比武官了。他念两句书，记在心里，若朝廷少有瑕疵，他就胡弹乱谏，只顾他逞猛烈之名，浊气一涌，即时拼死，这难道也是不得已？还要知道那朝廷是受命于天，他非圣人，那天也断断不把这万几重任与他了。可知那些死的都是沽名，并不知大义。"

宝玉之论可谓奇也。

对于宝玉的观点，古往今来，便有两种截然对立的认识。褒者，太平闲人张新之夹批："自是高一层落墨，语近蒙庄，亦平正，亦离奇。"《增评补图〈石头记〉》姚燮眉批："是偏论，实是的论，谁谓其呆者。""抉尽千古殉难者之心。""极大议论。"贬者，护花主人王希廉回评："宝玉议论忠臣良将皆非正死，又说到自己即死于此时，一派呆话，总因通灵为情欲蒙蔽之故。"宝玉呆与聪、所议是与非很让人费思。曹公一席话，评家得出两种截然相反的认识，这便是作者的高明。

宝玉论"朝廷是受命于天"，是值得商榷的。自有皇权以来，帝王皆以"奉天承运"自诩，真不知这"天"是如何受命于朝廷的！明明是人为操作，偏偏打着"替天行道"的幌子，这朝廷不是最大的诈骗犯吗？

宝玉又论"他非圣人，那天也断断不把这万几重任与他了。"也就是讲得天下的是圣人，这更不是事实了。伏羲、神农、黄帝、尧舜虽是人事，但不愧承天立极的圣人。自周衰则圣贤之君不作，至孔子亦不得君位，自此后，哪个帝王与"圣"字沾边？至于"天"将"天下"与"他"更荒谬了，除尧舜禅让外，中国哪一个政权更迭不是武力或阴谋夺取？继之而来的无一不是地地道道的家天下？换汤不换药！从此形成政权更迭的模式。第二回，借冷子兴、贾雨村之口，表明这政权无非"成者王侯败则贼"，所以"政权"谈不上什么"天"的作用，如果说这"天"就是民，那么这"天"是否代表"民"意更是值得商榷的问题了。打天下且坐天下，这是封建社会的必然，打天下而不坐天下的未曾有也，所以中国社会离民主体制甚远。

宝玉为"忠臣良将"定性的前提是"有昏君"！因此不是忠臣良将将君置于"何地"的问题，首先是君自己将自己置于何地！对于文臣武将来讲，有一个服务对象问题，晏子云："仕必择君。"孔子闻之曰："晏子之言，君子哉。"《孔子家语·六本》孔子曰："君使臣以礼，臣事君以忠。"所以"忠"是有前提的，这个前提是君明而知礼，如果君对进谏的大臣大开杀戒，臣回报以忠，至死还大呼万岁，何其愚！臣不愚而与昏君决裂，没有什么不对。昏君面前称臣，"伴君如伴虎"。孔子讲："天下有道则见，无道则隐"（《论语·泰伯》），作为"忠臣良将"服务于昏君，本身便错，至于死，莫如宝玉所言"究竟何如不死得好！"孔子又讲："代无道，刑有罪，一动而天下正"，这样的昏君被打倒又有什么不好？像孟子这样倡导仁政、反对"嗜杀人"的大仁人，认为武王伐纣是"诛一夫纣"，而"未闻弑君也。"（《孟子·梁惠王上》）显而易见，诛恶即是扬善。天下为公，有德者居之！古人云"凤择木而栖"，"鸟随鸾凤飞腾远，人伴贤良品格高"，就是这个道理！自古以来，国民仕途官本位的思想最严重，即使是昏君当道，无道则隐的人也是少见的，耻食周粟的伯夷、叔齐屈指可数。

宝玉之奇论并非突兀而起。宝玉所论，文法模式承袭《孔子家语·六本》所载孝子曾参误陷不孝之哲理模式：

曾子耘瓜，误斩其根。曾皙怒，建大杖以击其背。曾子仆地而不知人，久之。有顷，乃苏，欣然而起，进于曾皙曰："向也，参得罪于大人，大人用力教参，得无疾乎？"退而就房，援琴而歌，欲令曾皙而闻之，知其体康也。孔子闻之而怒，告门弟子曰："参来，勿内。"曾参自以为无

26. 评宝玉论"忠臣良将"

罪，使人请于孔子。子曰："汝不闻乎，昔瞽瞍有子曰舜。舜之事瞽瞍，欲使之，未尝不在于侧；索而杀之，未尝可得。小棰则待过，大杖则逃走。故瞽瞍不犯不父之罪，而舜不失蒸蒸之孝。今参事父，委身以待暴怒，殪而不避。既身死而陷父于不义，其不孝孰大焉？汝非天子之民也，杀天子之民，其罪奚若？"曾参闻之，曰："参罪大矣。"遂造孔子而谢过。

这段话的大意是：孔子弟子曾参在瓜地除草，误断瓜根，遭其父曾皙怒而用大杖击背，倒地昏厥，久不知人事。好一会儿，才苏醒。他很欣然地向其父认错，并询问其父用力教训自己，没有出毛病吧？并退回房，抚琴而歌，以示未被打坏。孔子听到这件事，很生气，告诉守门弟子："曾参来了，不要让他入内。"曾参自以为无错，使人请教孔子，孔子对来人说："过去舜服侍其父瞽瞍，不离左右；但其父要杀他，就找不到他了。舜对于小杖则接受，要是大杖击打，他就逃走了。这样做，瞽瞍就不会犯下不该父亲犯下的罪过，而舜也不失孝道。而曾参服侍父亲，以身等待其父暴怒重杖，死而不避，使其父陷于不义，不是很不孝吗？你是天子之民，杀天子之民，其罪如何？"曾参听到了，心服口服，随后到孔子处，登门认错，说："我罪大了。"

孔子、宝玉之论共同处是为对方考虑，不能谓之错。曾参以身任父杖至死以尽孝，实为不孝，使父陷于不仁，何孝之有？在宝玉看来，文谏死、武战死为"义"，使君王陷于不仁，文臣武将"忠良"何有？故宝玉讲这二死"皆非正死"。但"昏王"是大前提，对臣之忠、将之良则有商榷之处。圣人立论是很严密的！余以为从儒家思想而论，文谏死、武战死不能谓错，因为他们表现出某种程度与昏君之决裂，有更多的公心，不然为何世代祭祀屈原、岳飞？

就思维观念而论，宝玉的性灵中，更多的是秉承道家思想，他的议论滥觞于《庄子·至乐》：

"烈士为天下见善矣，未足以活身。吾未知善之诚善邪，诚不善邪？若以为善矣，不足活身；以为不善矣，足以活人。故曰：'忠谏不听，蹲循勿争。'故夫子胥争以残其形，不争，名亦不成。诚有善无有哉？"

李双《庄子白话今译》解释这段话："烈士被天下人歌颂，却没有保住自己的性命。我不知道这种美好的行为是真的美好呢，还是真的不美好。如果认为这是美好的，却保不住自己的性命；如果认为这种行为不好，但却可以保全性命。所以说'忠诚的谏诤如果不被接受，就退下去不再去努力进谏。'所以伍子胥因为谏诤而遭刑戮；如果他不努力进谏，也就不会成名，这么看来有没有真正的完善呢?"从道家的观点而论，庄子当然反对为进谏送命而有名，宝玉所论，正是和庄子的认识观相同。这正是：

七古绝

大言炎炎起纠纷　　　何为忠良难区分
莫谴人众随时势　　　归因从来稀贤君

27. 湘云、翠缕主仆妙论阴阳

　　第三十一回后半部分，用小半回演史湘云和翠缕主仆妙论阴阳、巧拾麒麟之事。阴阳是理，麒麟是象，这是《红楼梦》演绎传统文化理念最明显的证据，由此显示索隐《红楼梦》文化源头的必要性。阴阳学说是构成《易》理最重要的内容，而《易》理最深刻地阐发了阴阳学说。《红楼梦》把阴阳学说小说化，用生动的故事演绎大道哲理，这是《红楼梦》传承传统文化的伟大功绩。

　　史湘云和翠缕妙论阴阳是由贾府中的花木"楼子花"引起的。所谓"楼"，《辞源》云："凡有上层者，皆谓之楼。"史湘云和翠缕先见到贾府池中的荷，书中云：

　　翠缕道："这荷花怎么还不开？"史湘云道："时候还没到呢。"翠缕道："这也和咱们家池子里的一样，也是楼子花。"湘云道："他们这个还不如咱们的。"

　　湘云和翠缕所见的荷，当属"楼子花"。书中接着写道：

　　翠缕道："他们那边有棵石榴，接连四五枝，真是楼子上起楼子，这也难为他长。"史湘云道："花草也是同人一样，气脉充足，长的就好。"翠缕把脸一扭，说道："我不信这话！若说同人一样，我怎么不见头上又长出一个头来的人？"

　　湘云听了，由不得一笑，说道："我说你不用说话，你偏好说。这叫人怎么好答言？天地间都赋阴阳二气所生，或正或邪，或奇或怪，千变万化，都是阴阳顺逆。就是一生出来人人罕见的，究竟道理还是一样。"

　　显而易见，湘云和翠缕所见的荷、石榴皆是"楼子花"。这"楼子"的石榴，用翠缕的话形容"接连四五枝，真是楼子上起楼子。"既是"接连四五枝"的"楼子上起楼子"，似乎是讲"枝"之"楼"，这当常见，若是花上叠花，也就是双层、多瓣的荷花、石榴花恐怕有而少见。湘云言,"花草也是同人一样,气脉充足,长的就好。"可爱的翠缕痴认真,以不见"头上长头"反驳,由于驳得绝倒,故湘云说"这叫人怎么好答言?"对于主仆二人的辩论,可以概括如下要点:

一、楼子花是否由气脉充足所致?

二、人和花草是否"一样"?

三、气脉充足,人为什么不能头上长头?

首先,"楼子"的形态涉及花草的品种问题。这楼子的荷、石榴,本身就是荷和石榴的一种特殊品种。如果不具备"楼子"品性的内因,一般单层的荷和石榴,外因诸如营养再充足,也不会长出起层的楼子花。但是楼子花虽然具有形成"楼子"的内因,但外因不具备,如养分不足也形不成"楼子",或只能形成单层的花。这两者的区别是:一个根本不能形成"楼";一个是外因不具备不能形成"楼"。翠缕所谈依据前者,湘云所谈依据后者。用现代话语讲,内因是变化的根据,外因是变化的条件。这外因、内因,即一阴、一阳,阴无阳不生,阳无阴不长。翠缕先讲这荷、石榴为楼子花木,这是讲内因根据,湘云接讲"气脉充足",这是讲外因条件,楼子花之"楼",必须阴阳皆备才能盛开。

其次,湘云讲"花草也是同人一样,气脉充足,长的就好"。这句话并不错,但达意不很准确,缺陷出在"一样"两字,因为道理一样,但效果或称谓表现形式并不一样,如果"一样"翠缕的反驳就应成立。

第三个问题,湘云讲的"气脉充足,长的就好",这是不错的,因为好可以有多种多样的表现,不妥之处在于"一样",翠缕理解成"气脉充足"产生的效果形式都"一样",从而得出人也"头上长头"的机械推理,从文学而言这是比拟不当,从逻辑学而言这是推理不当。正是由于人不可能头上长头,所以翠缕又得出"楼子"和"气脉充足"无关的结论,所以她讲:"我不信这话!"这样她就把湘云所谈合理成分也都否定了。

在复杂的客观现实中,确有偶现两个头或多肢怪胎之情状。第二回,贾雨村高谈阔论天地阴阳、正邪两气造人事情,那是就情性而言,若就形体而论,阴阳平衡造化则正,阴阳失衡造化则为邪,人若头上长头则为邪。

27. 湘云、翠缕主仆妙论阴阳

阴阳学说是中国传统哲理的大观念,《红楼梦》一书处处演绎阴阳大道。世上事阴阳无处不在,这是事物的根本属性,故翠缕讲:"这么说起来,从古至今,开天辟地,都是些阴阳了。"这话太直白、抽象,并不错,说到了事物的本质属性。湘云讲:"糊涂东西,越说越放屁!什么'都是些阴阳'!"翠缕所说不仅不是放屁,且是谈阴阳哲理的普遍性。阴阳是二元层次的道,且是最为重要的道,《庄子·知北游》对于道的普遍性有充分的描写。

湘云道:"这阴阳不过是个气罢了。器物赋了,才成形质。"这是言阴阳的本质,无非阴阳二气,由气而成形质。

湘云道:"譬如天是阳,地就是阴;水是阴,火就是阳;日是阳,月就是阴。"这是言阴阳的对立性,以及阴阳的互为依存。翠缕问麒麟的"公"、"母",并未问错,公为阳,母为阴。湘云说她"胡说",是有意回避"男"、"女"字眼以掩羞涩。《易·系辞下传》讲:"男女构精,万物化生。"就红书而言,麒麟之公母,正是为后来的"伏白首双星"伏笔铺垫。清代红评家洪秋蕃回评:"湘云阴阳之论无非为金麒麟渲染,日后湘云与此物定有关合,因系旁文不传。至宝玉遗之于野,湘云拾而偶之,不过野合之缘,于婚姻无涉。"当然到底是何因缘,终不得而知。至于翠缕由"主子为阳,奴才为阴",而得出结论"姑娘是阳,我就是阴。"也不错,清红评家张新之夹批:"地道也,妻道也,臣道也,何尝不是大道理?"这是从社会学的角度更高一层的落墨,说明可以从各种角度而判阴阳,并非阴阳仅仅是男女、公母生殖观的一种解释!

湘云言"阳尽了就成阴,阴尽了就成阳",这是言阴阳的转化,以表明阳中有阴、阴中有阳。《红楼梦》中这种哲理的描述很多,比如宝玉为男、为阳,偏爱脂粉钗鬟,就连其卧室,刘姥姥都以为"是那个小姐的绣房";而黛玉住的潇湘馆,刘姥姥却以为"是那位哥儿的书房了";史湘云为女、为阴,却偏爱着男装。第五十一回,胡庸医诊脉不知男女,诸如此都是演《易》道之变易、互易的大道理,现代科学克隆单性繁殖,不仅不违背阴阳学说,而且恰恰证明了阴阳学说的正确。

《红楼梦》把复杂、抽象的概念甚至是枯燥的阴阳哲理大道,用故事情节生动地表述阐发，这是何等的不易。夏曾佑《小说原理》云，"叙实事易，叙议论难"，所以《红楼梦》通过人物对话，阐述大道哲理是很不易的。就《红楼梦》这回的文笔情感而论，有直白又有比喻；有形象又有抽象；有聪明又有糊涂；有反驳又有解释；有好奇又有沉思；有指斥又有关爱；有坦诚又有狡狯；有羞涩又有掩饰；有将就又有认真……真是难得的生动妙文。清代红评家太平闲人张新之夹批："不惟有声气，直若见嘴脸。我阅此回，每笑失声。作者演如此大道理，而以如此笔墨出之，真是怪物。"湘云说翠缕"我说你不用说话，你偏好说"，其实他自己最爱说话，第三十一回，迎春说他："淘气也罢了，我就嫌她爱说话。"用凤姐的话讲"真是有其主必有其仆"。这段主仆对话的描写是何等生动。清代周春评："翠缕和湘云论阴论阳，一派都不像女孩儿语。"可谓不懂阴阳之未领悟。

首回中，即有"更可厌者，之乎者也，非理即文，大不近情，自相矛盾。"这里之"矛盾"字义显而易明，但"矛盾"无非一般之比喻。今人有用"矛盾"代替"阴阳"者，殊不知"阴阳"立足于"无"，"矛盾"立足于"有"，而"无"高于"有"，"有"不可涵盖"无"，"无"可涵盖"有"！"阴阳"为抽象之概念，"矛盾"为具体之物称。"阴阳"者其大无外，其小无内，"矛盾"者有其局限。可言"天为阳、地为阴"，不可言"天为矛、地为盾"；"孤阴不生，孤阳不长"，不可言"孤盾不生，孤矛不长"；可言"阳转成阴、阴转成阳"，不可言"矛转为盾、盾转为矛"！可言"阴中有阳、阳中有阴"，不可言"矛中有盾、盾中有矛"，阴阳学说是祖国几千年来形成的哲学理念，不是随意可以用词取代的。从哲理讲，"阴阳"与"矛盾"相比，孰优孰劣，不言自明。尽管阴阳是极为重要的哲学概念，但是它却不能完全取代"矛盾"一词，说"自相矛盾"通，却没有人讲"自相阴阳"，这说明各个词汇有各自的含义、运用场合，既不要夸大也不要缩小其意，否则为达意不确切，《红楼梦》一书用词达意是很准确的。

阴阳学说是祖国传统文化的哲理大道，翠缕最后说："我今日可明白了。"太平闲人张新之夹批："羲、文、周、孔而外，能有几人明白？所谓

27. 湘云、翠缕主仆妙论阴阳

'百姓日用而不知'。""百姓"句出自《易·系辞上传》。这"百姓"不仅是民众，也包括帝王将相、权威专家，因为在博大精深的传统文化面前，其余都是渺小的，所以迷信不得！

王国维先生《红楼梦评论》云："《红楼梦》，哲学的也，宇宙的也，文学的也。"这正是：

七律绝

气和主婢自相欢　　阔论阴阳演哲观
争辩麒麟皆据理　　说清大道也真难

七　律·有感湘云

爽气豪情入韵深　　直肠笑语汇天真
抢联喘喘争词巧　　香梦沉沉醉吆新
宝玉宅心存物厚　　太妃独识慰言频
良缘夫好身时短　　交运孤单苦命人

28. "恒舒"兆象薛蝌、岫烟姻缘完满

第五十七回,"薛姨妈看见邢岫烟生的端雅稳重,且家道贫寒,是个荆钗裙布的女儿,便欲说与薛蝌为妻",他和凤姐商量,由凤姐出面告知贾母,贾母认为这是"极好的好事",这样由贾母坐保山,尤氏做主亲,便定下了薛蝌和岫烟的婚事,岫烟成了薛家未过门的媳妇。

这门婚姻亲事怎样呢?

岫烟和薛蝌是有缘分的。第五十七回云:"那薛蝌、岫烟二人,前次途中曾有一面之遇,大约二人心中皆如意。"这"前次",是指第四十九回,贾家的邢、李、王三家亲戚同行到都中的贾府,薛蝌和岫烟在半路上见过面,彼此倾心,并非薛姨妈不顾个人意愿的"包办婚姻"。再者薛姨妈并非薛蝌的母亲,乃是婶母,所以承办侄子的婚姻的身份、掌握亲情的分寸是恰当的。薛姨妈旁观者清,做月下老人撮合了一对美好姻缘。可见往昔婚姻并非全部黑暗,"包办"未必都是悲剧,"自主"也并非全部和谐美满、白头到老。婚姻有自主能言之羞,"知羞"便不能不借助外力,所以"包办"中不少有自主的成分。清代红评家太平闲人张新之夹批:"《红楼梦》乃大不如意之书,而独写二人如意。"所以薛蝌、岫烟二人的婚姻是如意的,婚事所以如意,归咎于二人的人品"如意"。

薛蝌是薛蟠的从弟,"生的又好"(第五十七回),"秉性忠厚"(第九十回)。书中借晴雯的口介绍薛蝌:"你们还不快着看去!谁知宝姐姐的亲哥哥是那个样子,他这叔伯兄弟形容举止另是个样子,倒像是宝姐姐同胞的兄弟似的。"(第四十九回)这是借薛蟠反衬薛蝌。所谓"一龙九种,种种各别。"(第九回)看来薛蝌完全不同于薛蟠。薛蝌料理薛蟠打死张三事,显见能承担家庭重任;对金桂、宝蟾色情之挑逗,毫无邪念,足见薛蝌的人品修养,当然这些都是后话。

岫烟是邢夫人之兄邢忠之女,出身"家道贫寒",是个荆钗裙布的女

28."恒舒"兆象薛蝌、岫烟姻缘完满

儿(《第五十七回》)。她孝亲,将每月月例二两的银子,省一两给爹妈;她朴素,在芦雪庭聚会时,面对姐妹花团锦簇的穿着,"仍是家常旧衣",以儒素自安;她不忮不求,宁愿典当受寒,不愿多占用迎春的生活日用品;她讲面子,在花销极困难的情况下,还要"拿些钱出来,给他们(丫头、婆子)打酒买点心";她和妙玉是"贫贱之交",有"半师之份",讲礼貌、学文化、不忘旧情。总之,岫烟是个出身寒门要强的好女儿。岫烟人际关系也很好,薛姨妈说她"端雅稳重",宝玉说她"姐姐不是我们一流俗人"。史湘云甚至要为她打抱不平。岫烟虽贫寒,但得道多助,"宝钗倒暗中每相体贴接济",就连尖刻的凤姐,"反怜他家贫命苦,比别的姐妹多疼他些"。"除邢岫烟家去住的日期不算,若是大观园住到一个月上,凤姐儿亦照迎春份例送一份与岫烟。""是个极温厚可疼的人。"(第四十九回)。

薛姨妈明知邢岫烟家境贫寒,却做成这门亲事,说明"根基不错"、"现今大富"的薛家并没有讲究婚姻的"门当户对"!贾母为宝玉择亲时亦讲"不管他根基富贵"(第二十九回)正说明昔日的富贵者不一定讲究贫富条件而看重人品;相反的是,世俗市井者往往看重经济的条件,这是由教育素质决定的。绝对化的观念是从《红楼梦》中找不到任何支持歪理邪说做根据。

薛姨妈讲:"看他二人恰是一对天生地设的夫妻。"这回薛姨妈看准了。清代红评家太平闲人张新之夹批:"知岫烟、薛蝌为好夫妻,此薛姨之明。"清代红评家姚燮《读〈红楼梦〉纲领》:"男子如薛蝌,女子如岫烟,皆书中所罕有,真是一对好夫妻。"这"好"是评家对薛蝌、岫烟之赞,在红评中亦可谓罕见。金陵女子并非都薄命!

岫烟和薛蝌先定亲,后有岫烟典当棉衣之事,而典当铺子的东家恰恰是薛家,也就是讲,岫烟的衣服典当到未婚夫家了,衣服主妻子,宝钗讲:"这闹在一家去了。伙计们倘或知道了,好说人没过来,衣裳先到了。"这典当之"象",是做实薛蝌、岫烟订婚而无变故,不像后来的柳湘莲与尤三姐先订婚后退婚。质贷曰典,出物质钱曰当,清代红评家太平闲人张新之回评:"当票有无相济,交易变通,正是《易》理。"又夹批:

"不如意中尚有如意，正是《剥》必有《复》，交《易》之道。"岫烟寄人篱下，清贫自觉，不尽如意，但巧有帮助，这是如意。由不如意到如意，这就是由《剥》（☷☶）到《复》（☷☳）之易变，所以等待时机变换之"忍"是很重要的。

岫烟典当衣服的当铺票号叫"恒舒"，是薛家的东家，此名就为岫烟、薛蝌的婚姻兆象。

《恒》为卦，《恒》（☴☳），巽下震上。《恒》卦辞云：

《恒》，亨。无咎。利贞。利有攸往。

《彖》曰：《恒》，久也。刚上而柔下。雷风相与。巽而动，刚柔皆应，《恒》。《恒》"亨无咎利贞"，久于其道也。天地之道恒久而不已也。"利有攸往"，终则有始也。日月得天而能久照，四时变化而能久成。圣人久于其道而天下化成。观其所恒，而天地万物之情可见矣。

《象》曰：雷风，《恒》。君子以立不易方。

《恒》卦，风下雷上。风为巽，巽为长女，未闻岫烟有兄弟姐妹，这长女即岫烟；雷为震，震为长男，薛蝌有一胞妹薛宝琴，恰为长男。刚上柔下，夫上妇下，正一阴一阳之谓道。雷动风应，夫唱妇随，协和也。风顺雷而动，妇顺夫而动，婚事乃可长久。男为阳、为天、为夫；女为阴、为地、为妻。《恒》云"天地之道恒久"，薛姨妈讲他二人为"天生地设的夫妻"。《恒》为久，薛蝌、岫烟姻缘天长地久。

《恒》卦卦辞曰"亨"，亨者嘉之会，为美的集合，故薛、岫人品，婚姻美满，正是贾母所讲"这是极好的好事"。

"舒"有伸展、徐缓、安祥义。"舒"乃"舍"与"予"合。"予"为我，"舍予"有"舍己从人"之意。舒舍予即笔名的老舍，是我国已逝的现代文学家，《骆驼祥子》、《四世同堂》等都是他的名作。他的名字很巧妙、不一般，名字"舍"、"予"乃姓之拆开。此大名之作家，可惜在"文革"中殒命，连尸骨也不知在何处，他可以躲过这难那难，却躲不过"文革"。"舒"亦兆象薛蝌、岫烟婚姻美满。

概括而言之，薛蝌、岫烟人品是正派的，婚姻是美满长久的，作为亲家在此事上彼此是重视人品的，婚姻是在当事人彼此满意的基础上订婚的。

28."恒舒"兆象薛蚪、岫烟姻缘完满

《红楼梦》用词四通八达,"恒舒"字义是很好的。但"舒"谐音同"输",如果长久的"输"那就不好了,这个当铺就要关门了。但这和薛、岫婚姻兆象无关。这正是:

七律绝

路途结识两情依　　同气相求比翼飞
未必红颜皆薄命　　和衷共济白头归

29. "两难"体现在教学成才之不易

第七十五回,荣府庆中秋,在大观园凸碧山庄赏月,阖家团聚,贾母命玩击鼓停花的游戏。屏后击鼓,鼓停桂花停留在谁手谁便要受罚。这次桂花恰巧停留在贾环手,书中讲:

贾环近日读书稍进,亦好外务,今见宝玉作诗受奖,他便技痒,当着贾政不便造次,如今可巧花在手中,便也索纸笔来,立就一绝,呈与贾政。贾政看了,亦觉罕异,只词句中终带着不乐读书之意,遂不悦道:"可见是弟兄了,发言吐意,总然邪派。古人中有'二难',你两个也可以称"二难"了,就只不是那一个"难"字,却是做"难以教训""难"字讲才好。

这里的"难以教训"之"难",发音与"二难"之"难"同。发平声nán,"二难"指"难兄难弟"之典故。《世说新语·德行第一》篇云:

兄陈元方(纪)子长文(群),有英才,与弟陈季方(谌)子孝先(忠),各论其父功德,争不能决,咨于太丘(陈实),太丘曰:"元方难为兄,季方难为弟。"

东汉陈实,字仲弓,恒帝时,为太丘长,以平正闻名乡里,他有两个儿子,长子元方(纪),次子季方(谌),都有高名。元方儿子长文(群)和季方儿子孝先(忠),各争夸其父,不能决,孙子求任太丘长的爷爷陈实断定谁先,陈实云:"元方难为兄,季方难为弟。"也就是讲两人具佳,难分上下。这就是"二难"——"难兄难弟"词语的由来。陈实、陈元方、陈季方三人世号"三君",事迹见于《世说新语·德行第一》篇,被世人传颂,可见《大学》"齐家"的重要。借贾政口说出"二难"是正演《大学》。贾政对宝玉的文才、贾环的进步,内心是高兴的,但表面上又苛求,所言"难以教训",不是儿子,恰恰是父亲!

宋代许月卿《先六集赠·黄藻诗》有句:"难兄难弟夸京邑,莫负当

29."两难"体现在教学成才之不易

年梦惠连。"前句即赞陈家兄弟美名,后句言南朝谢惠连能文,被族兄诗人谢灵运赏识,后来诗文中便以惠连作为从弟的代称。唐代著名诗人杨巨源《题贾巡官林亭》亦有七律称赞陈实齐家的诗:

> 百鸟闲棲庭树枝　　绿樽仍对菊花篱
> 许询本爱交禅侣　　陈实人传有好儿
> 明月出云秋馆思　　远泉经雨夜窗知
> 门前长有无虚辙　　一片寒光动水池

该诗第四句"陈实人传有好儿"就是称赞陈实的两个儿子:兄陈元方、弟陈季方。"人传"体现了社会舆论的赞扬。《诗经·小雅·鹿鸣·常棣》云:"凡今之人,莫如兄弟。"《诗经·小雅·白华·蓼萧》云:"宜兄宜弟,令德寿岂。"都是称赞兄弟亲密关系的诗篇。《大学》右传第九章讲到齐家的兄弟关系:"上老老而民兴孝,上长长而民兴弟,上恤孤而民不倍(背),是以君子有洁矩之道也。"《礼记·礼运》云:"兄良,弟悌。""长惠,幼顺。"《易·家人》卦辞云:"父父、子子、兄兄、弟弟、夫夫、妇妇,而家道正。正家而天下定矣。"我们不难发现,每个范畴各有其责,并无谁为谁纲之问题,谁为谁纲是后人的发明。极左思潮斗争论的罪恶正是从破坏社会的细胞——家庭的道德传统观念开始的。

此回游戏中,宝玉、贾环以诗代罚的诗作不得而知,但知贾政看出贾环诗作中"不乐读书之意""发言吐意,总然邪派"。《论语·为政》云:"子曰:诗三百,一言以蔽之,曰:思无邪。"不愿读书,思则易邪。读书并非易事,故学有"难"。而学之难在于教之难。《礼记·学记》云:"凡学之道,严师为难。师严,然后道尊,然后民知敬学。"清代红评家张新之《太平闲人〈石头记〉读法》:"《石头记》一百二十回,一言以蔽之,左氏曰'讥失教也'。"

难为不易,而"不易"恰恰是《易》之三义(变易、简易、不易)精神之一,不易体现在《乾》卦"自强不息"之"健",亦体现在《恒》卦"立不易方"之"久"。无论教、学双方都要体现《易》理之精神,《礼记·学记》云:"是故学然后知不足,教然后知困。知不足,然后能自反也;知困,然后能自强也。故曰'教学相长'也。"教、学相长,才能成材。贾政失教,难脱子不教、父之过之责。如果宝玉兄弟不知自立上进,贾代儒再失教,"难兄难弟"之"难"(nán)恐怕就要变成"难兄难弟"之"难"(nàn)了。这正是:

七律绝

陈实人传有好儿　　留存成语颂扬诗

批儒批孝天伦乱　　史笔无疑记劫危

30.《红楼梦》中的拐卖人口

《红楼梦》屡屡介绍拐卖人口。

开篇第一回,"倏忽又是元宵佳节",甄士隐的女儿英莲,被家人霍启抱着去看社火花灯,因霍启要小解,暂将英莲放在一家门槛上坐着。等他回来,早不见了英莲踪影。霍启闯了祸,也逃走了。甄士隐是个乡宦家庭,"虽不甚富贵,然本地也推他为望族",转瞬间,这样一个好端端的人家就人失家毁。丢失女儿所造成的家人痛苦是可想而知的,书中描写:"夫妇二人,半世只生此女,一旦失去,何等烦恼!因此昼夜啼哭,几乎不顾性命。"就因拐子的罪恶,不仅毁了一个家,也葬送了英莲的一生。第四回,通过葫芦僧的口而知,英莲五岁被拐,"他说是被拐子打怕了的,万不敢说",可见英莲被拐后处境之悲惨。原文就有"英莲受了拐子这几年折磨"之语。《三家评本〈红楼梦〉》中,原文讲:"拐子醉了,英莲自叹道:'我今日罪孽可满了!'"她何罪之有?完全是拐子一手造的孽!《脂批庚辰本〈石头记〉》中,此话为拐子所讲,这是合乎逻辑的。后来拐子先把英莲卖给了冯公子"兑了银子",第二天拐子"又偷卖与了薛家",一个大活人被卖来卖去。后来虽说有葫芦僧所言"其祸皆由拐子而起,除将拐子按法处治外"之语,但又逢当官不为民做主的赃官贾雨村徇情枉法,眼见恩人女儿落难不救,所以英莲一生的命运已无从改观。他成了金陵一霸薛蟠的妾,又饱尝虐待。

第十六回,为了元春省亲,修建"省亲别墅"之大观园,除了园林建筑外,还要派贾蔷"下姑苏请聘教习,采买女孩子"(第十六回),第十七回云,"原来贾蔷已从姑苏采买了十二个女孩子",他们就是贾府的优伶戏班。除此之外,原文讲:"又有林之孝家来回:'采访聘买得十二个小尼姑、小道姑,都到了'。"仅此一算,就买了三十六人。贾府把买人口看成买东西,说得何等轻松!穷苦人家的儿女被当成商品,把人家骨肉分离的痛苦根本不当回事。贾府在京都，这些被卖孩子的家在江南，可谓天各一方，难得重见，这是人间怎样的血泪悲剧？第五回，《红楼梦》曲有《分骨肉》暗示探春远嫁之薄命，这三十六人哪一个不是分骨肉？她们的委屈又该谱写多少平民分骨肉之曲？

　　第十九回，茗烟要带宝玉出去逛逛，茗烟道："这会子没人知道，我悄悄的引二爷往城外逛去，一会儿再往这里来，他们就不知道了。"宝玉道："不好，仔细花子拐去了，且是他们知道了，又闹大了。"宝玉说的"花子拐去"，就是俗说的"拍花子"的拐子，这类人专门拐骗小孩。在清代，人贩子的手段非常狡猾，已开始使用迷药拐人，"拍花子"已成为一种有技巧的社会犯罪现象。

　　第四十六回，贾赦看上了贾母的侍女鸳鸯，邢夫人对鸳鸯讲，本来"心里再要买一个"，又有种种不好，"又怕那些牙子家出来的不干不净"，"不知道毛病儿"，都不如鸳鸯"可靠"、"齐全"，要把鸳鸯"收在屋里"、"做姨娘"，结果此事在贾府引起了轩然大波，贾赦的无耻之行，遭到了舆论的谴责，连贾母都"气得浑身打战"，训斥贾赦是凤姐"没脸的公公"。第四十七回，贾母对邢夫人放言："我正要打发人和你老爷说去，他要什么人，我这里有钱，叫他只管一万八千的买去就是！"书中又讲："贾赦无法，又且含愧，自此便告了病。且不敢见贾母，只打发邢夫人及贾琏每日过去请安。只得又各处遣人购求寻觅，终久费了八百两银子，买了一个十七岁女孩子来，名唤嫣红，收在屋里，不在话下。"贾府进行的又是人口买卖！贾母有气，也非完全出于同情鸳鸯，一是为了大老爷"放着身子不保养"，又为鸳鸯"可靠"好使，不然何至放言大价钱买人？这正是梁惠王"以羊易牛"的慈善心。从抓住耗子就是好猫的客观效果而论，贾母之论起到了保护鸳鸯的作用，但从买卖人口的人性而论，贾母与其子贾赦并没有差别。

　　第七十四回"惑奸谗抄检大观园"，为了查出"十锦春意香袋"是谁的，兴师动众的展开全园大搜检。在惜春处，从侍女丫头入画的箱里搜出一些东西，后来尤氏证明这些东西是贾珍给入画哥哥的，入画哥哥存放在入画处。此事一经解释也就清楚了，并无什么不清的来历或有伤风化，但

30.《红楼梦》中的拐卖人口

惜春觉得"独我的丫头没脸,我如何去见人?"她对尤氏讲:"今日嫂子来的恰好,快带了他去,或打或杀或卖,我一概不管。"惜春又提到卖人!她对入画"跪地哀求"于不理,对尤氏说情"看他从小儿伏侍一场"也不顾,反说"嫂子,别饶他",这是何等的冷酷之心肠?按《红楼梦》曲《虚花悟》之暗示,惜春当以"不听菱歌听佛经"出家而终,出家的宿慧和觉悟在于本心的善良,余怀疑惜春出世之心能有善果!

第八十回,由于薛家迎娶了门当户对出身官商家庭的夏金桂,自此薛家便无宁日,明明是夏金桂欺负香菱,薛姨妈却颠倒是非,书中云:"(薛姨妈)讲:'去快叫个人牙子来,多少卖几两银子,拔去肉中刺、眼中钉,大家过太平日子'。""(薛姨妈)只命人来卖香菱,宝钗笑道:'咱们家只知买人,并不知卖人之说。'"在这样是非颠倒的环境,何处去讲理?人口的买卖是最不讲理、最不讲人性的社会现象。

第一百十八回,贾府衰败,凤姐已死,贾环"要趁贾琏不在家,要摆布巧姐出气",他和贾芸商量卖巧姐发财。贾环激贾芸讲"放着弄银子的事又不敢办",他道:"不是前儿有人说是外藩要买个偏房,你们何不和王大舅商量把巧姐说给他呢?"贾府造就的是这样一种人性,连亲骨肉也要卖,对贾府的一些人讲,钱财是最重的,哪里谈得上人性?贾府由人口买卖的买家到人口买卖的卖家,正是由兴而衰的象征。

那么,对于拐卖人口,除了那些热衷的参与者外,《红楼梦》中表现的是什么态度呢?

第三十六回,被买来的优伶龄官对贾蔷讲:"你们家把好好的人弄了来,关在这牢坑里,学这个劳什子还不算,你这会子又弄个雀儿来,也偏生会干这个,你分明弄了他来打趣形容我们,还问我好不好!""那雀儿虽不如人,他也有个老雀儿在窝里,你拿了他来弄这个劳什子,也忍得?"龄官之冷笑、讽斥,哪里是对贾蔷一人说的,简直是对贾府、对封建体制残酷的人口买卖的控诉!这个社会是无人性的!龄官用"弄"字,而不说"买"字,人口的买卖,对于被卖者,这"卖"是多么难以抚平的伤痕!

第五十八回,因为老太妃薨,敕谕要求:"凡养优伶男女者,一概蠲免遣发。"王夫人对尤氏讲:"这学戏的倒比不得使唤的,他们也是好人家的女儿，因无能，卖了做这事，装醜弄鬼的几年……咱们如今损阴坏德，而且还小器。"王夫人从道德层次承认人口买卖的养优伶"损阴坏德"，也属不易。《红楼梦》一书表明：官宦家养优伶是损阴坏德的腐败之事！

早在奴隶时代，就有俘获奴隶进行人口的买卖，甚至有杀害奴隶做祭祀、做陪葬之恶习，孔子对此深恶痛绝。《孟子·梁惠王》云："仲尼曰：始作俑者，其无后乎。"对作俑尚如此，对祭祀用活人的不人道更不用说。拐卖人口是社会最阴暗、最丑陋的现象。拐骗妇女、儿童是为了卖，这样就有了人口之买卖。封建社会的建立，文明的进化，从汉代到清代，拐卖人口已属非法，将拐卖人口的人称为略买人，《红楼梦》中称为拐子，贩卖人口的人称为人牙子，在市民中称为人贩子。历朝历代皆颁布法令，禁止人口买卖。凡从事此类事者，都要受到重刑。但是直到今天社会主义的初级阶段，拐卖妇女儿童的现象依然不绝，每年被拐卖妇女、儿童有上万之多，这种恶劣性质的犯罪，毁了无数家庭，使社会风气受到严重的污染。

"国家"一词，就说明"家"是多么重要，家是国之细胞，无家何有国？无国又何有家？所以圣人特别重视"家"，《孟子·离娄上》有句"国之本在家"。六十四卦中就有《家人》一卦。拐卖人口的罪犯不仅在危害别人，实际也在危害自己；在危害别人家庭的同时，也在危害自己的家庭。拐卖人口是危害社会的大罪，自古就被执以重刑，在今天更是维系社会安定、维护人权之需要。《论语·为政》云："子曰：'道之以政，齐之以刑，民免而无耻。'"从古代执政之"导"，就伴随刑之以"齐"。

有犯罪就有刑罚。《易》理从人道、人性、人格、家庭进行全方位的正面教育，同时又指出明法慎刑之重要。《易·旅·象辞》云："君子以明慎用刑而不留狱。"不留狱有两方面的含义：一为不发生冤狱；一为审理案件不滞留、不拖延。《易·中孚·象辞》云："君子以议狱缓死。"明确表示即使是死罪，也应暂缓执行。这是和所谓"从快从重"的刑法是根本不同的。办案要抓紧，但处理一定要慎重。特别是政治问题，判定善恶的标准就有问题，如果"明慎用刑"而"议狱缓死"，张志新、遇罗克、林昭等等也就不会成为千古冤案。要依法办案，何有轻、重之随便？《易·

豫·象辞》云："圣人以顺动，则刑罚清而民服。"中国之《易》是多么博大精深，是明法慎刑两方面之政策。这正是：

七律绝

人间丑恶几时休　　史泪斑斑汇恨愁
祈愿大同能降世　　欢声笑语唱红楼

31. 由鲁迅《言论自由的界限》 一文也谈焦大

鲁迅的《言论自由的界限》一文云：

看《红楼梦》，觉得贾府上是言论颇不自由的地方。焦大以奴才的身份，仗着酒醉，从主子骂起，直到别的一切奴才，说只有两个石狮子干净。结果怎样呢？结果是主子深恶，奴才痛嫉，给他塞了一嘴马粪。

鲁迅先生的这段话，与《红楼梦》原著相比较，有多处引证不确切。第六十六回："你们东府里，除了那两个石头狮子干净罢了！"这是柳湘莲的话，误加在焦大的身上了。如果您看过第七回原著，就会知道，焦大之骂，并不是"从主子骂起，直到别的一切奴才"，而是"先骂"宁府大总管赖二，再骂让小厮捆他的贾蓉，最后"益发连贾珍都说了出来"。这是焦大"由低而高"渐进升级合情合理的一骂。此外，焦大此次也没有骂"别的一切奴才"。柳湘莲的原话是"石头狮子"，鲁迅则言"石狮子"，简去了"头"，这里显然不是引用原话，但作为专用词组还是一字不差为好，可说"石头记"，简化成"石记"则不妥。忠实于原著，认真引证材料，这是评论的基础。

《言论自由的界限》又云：

其实是，焦大的骂，并非要打倒贾府，倒是要贾府好，不过说主奴如此，贾府就要弄不下去罢了。然而得到的报酬是马粪。所以这焦大，实在是贾府的屈原，假使他能做文章，我想，恐怕也会有一篇《离骚》之类。

鲁迅先生这里指明了焦大一骂的出发点，或曰骂人的动机，说得很准确、很求是！即"并非要打倒贾府，倒是要贾府好"。也就是讲，焦大是帮忙整风，而非恶意拆台。焦大乱嚷乱叫："说要往祠堂里哭太爷去"（第七回），就是焦大"要贾府好"真情实意的流露。对于焦大自由言论的出发点或曰动机，宁府的主子心里是很理解的。

31. 由鲁迅《言论自由的界限》一文也谈焦大

由于鲁迅先生没有明确判定言论自由的"界限",因此"贾府上是言论颇不自由的地方",这个结论值得商榷。对焦大的言论,贾府给不给自由呢?原著表明,宁府对焦大是宽容的,是享有话语权的,是享有极大的自由的,这是因为焦大的身份特殊,他有骂人的资本。第七回交代得清楚:

因他从小儿跟着老太爷出过三四回兵,从死人堆里把太爷背了出来,得了命;自己挨着饿,却偷了东西给主子吃;两日没水,得了半碗水,给主子吃,他自己喝马溺。不过仗着这些功劳情分,有祖宗时都另眼相待,如今谁肯难为他?

焦大有这样的光荣史,才会有如此的骂;别的奴才没有这样的光荣史,也不会有如此的骂。对焦大的骂,众小厮听到焦大的骂,便"唬得魂飞魄散"便是明证。同样的骂,若出自别的奴才,恐怕后果就不一样!看来,这言论环境是否自由,有因人而异的不定性。

焦大无疑是一忠仆,他的功劳是巨大的,可谓宁府的"开府"功臣!难怪焦大敢对大总管赖二放狂:"焦大太爷跷起一只腿,比你的头还高些!"他敢冒犯让捆他的贾蓉:"蓉哥儿,你别在焦大跟前使主子性儿!别说你这样儿的,就是你爹、你爷爷,也不敢和焦大挺腰子呢!不是焦大一个人,你们能够做官儿,享荣华受富贵?"

祖宗宁国公是清醒的,知恩的,也是回报的,因此对焦大"另眼相待"。祖宗的榜样作用便立下"规矩",使后代"谁肯难为他"!宁府对焦大的宽容成了习惯,平日焦大"一味的好酒,喝醉了无人不骂",对这种无礼,"连老爷(贾敬)都不理他的,你珍大哥也不理他","只当他是个死的就完了"。此次,赖二派他出车送凤姐、宝玉,贾蓉实在听不下去他发牢骚的醉骂,让人把他"捆起来"、"等明日酒醒了问他,还寻死不寻死!"贾蓉并没有说什么过头的话,说待他"酒醒了"、"问他",显然很客气,但是招致焦大的是"白刀子进去红刀子出来"的恐怖语言,两相比较,宁府对焦大的宽容可见。焦大骂贾敬、贾珍"爬灰的爬灰,养小叔的养小叔",很难听,宝玉听不懂,询问凤姐何意,凤姐讲,"你是什么样的人,不说不听见,还倒细问!"对焦大的醉骂,贾府主子采取"不理"、

"都装作听不见"厚脸皮的态度,难道这不是妥协的宽容?宁府对焦大醉骂"恶"而不"深"!

对于焦大的醉骂,书中云众小厮害怕得"魂飞魄丧",而非"痛嫉",他们没有"痛嫉",也无须"痛嫉"!"揪翻捆倒,拖往马圈里去。""用土和马粪满满的填了他一嘴。"这是众小厮所为,并非宁府主子的指使!小厮们的目的是为了堵焦大的嘴,怕他骂出更难听的话,怕主子难堪下不了台,怕牵涉不利自己。并非要焦大的命,他们也无权要他的命!其效果甚至是对焦大的某种程度的保护。对焦大"自由言论"的处理议论是:再"不要派他的差事",最严重的是凤姐所言:"何不远远的打发他到庄子上去就完了。"所以贾府对焦大是给出路的政策,没有侵犯焦大的生存权,更没有因言论判刑之类,"诽谤"当局而获罪是独裁体制的专利。以"生存权就是人权"而论,贾府当是焦大的言论自由的地方。贾府若是真要制裁年老的焦大,难道不是易如反掌?

焦大一骂起因于宁府大总管赖二的派活。尤氏、秦氏埋怨为何偏派焦大生事端,焦大自己也认为派活不公,此时恰逢他醉了,趁着酒兴,他先骂大总管赖二:"有好差使派了别人,这样黑更半夜送人,就派我。没良心的忘八羔子!瞎充管家!"这之后由于贾蓉让人捆他,他才骂贾蓉,最后"益发连贾珍都说了出来"。焦大骂人的逻辑顺序说明焦大绝非无理取闹。他这骂是事出有因引发久藏"看不惯"的情感发泄!也是曹公的笔墨艺术。鲁迅讲"从主子骂起"是不符合《红楼梦》原著的,也不合乎焦大口吻身份及事理人情。宁府大总管赖二派焦大的差也未必不对,焦大是经历过世面的人,也是有能力应付突发事件的人,送人的主要目的是为了安全,这对焦大当不在话下。对派活的是非各有不同的理解吧!

这里说的是贾府内对焦大的言论自由的界限问题,言论自由的范围和对象都是明确的。类似的情况:第四十八回,贾琏对其父贾赦夺人玩物有看法,说了几句公道话,由于顶撞了贾赦而遭毒打,同样是涉及贾府内对贾琏有无言论自由的问题,余以为并不能因为贾赦打了贾琏就得出贾府是贾琏"言论颇不自由的地方"的结论,贾琏是荣府的主子,且是实际当家的主管,如果他都没有言论自由,那不是很奇怪吗?第六十九回,凤姐派

31. 由鲁迅《言论自由的界限》一文也谈焦大

旺儿杀张华,杀人灭口风,这是言论不自由的例证,但这是贾府之外的事情,和贾府内不能相提并论。实际的情况是,贾府对焦大是宽容的,同时焦大的"骂"也是留有余地不满的发泄。焦大倚功卖老,借酒揭短,"又恃贾珍不在家",这"骂"的本身就体现了克制。更何况他是为了贾家好,这"宽容"和"克制"的本身都是"界限",有了双方的妥协才维持了多年的和平共处,对焦大言论而言,也就"自由"了。

言论有自由就无界限,有界限言论就无自由。若以人权的界限而论,尽管焦大的自由言论未受到政治迫害,且有生存权,但贾蓉让人捆焦大、众小厮把焦大"拖往马圈",已涉嫌触犯"非法拘禁"罪;众小厮用马粪堵口已涉嫌触犯"侮辱"罪,但不如此又如何制止他的骂?也是不得已而为之。上纲上线论罪,客观效果是矛盾的激化,对双方都不利。绝对自由的法制恐怕是没有的,凤姐说:"就告我们家谋反也没事的!"(第六十八回)这种"自由言论"不过是吹牛。

阶级斗争论为了树立《红楼梦》中反封建英雄形象,只提焦大一骂,不提焦大的光荣史,这"骂"便成了无因之果,因为如果一提焦大的历史,焦大无疑成了维护封建地主阶级的"走狗"!另外,也同样不提焦大一骂的动机,因为这骂,如果出于"要贾府好"的目的,便成了小骂大帮忙的维护地主封建阶级的统治。极左思潮的阶级斗争论需要的是推翻贾府的骂!是"划清阶级界限"、"反戈一击"之骂!但焦大不是这样的骂!他的骂并没有"反映大观园内外的尖锐阶级斗争"。其实焦大不过是一骂,这"骂"属于道德范畴的舆论,但不要小看这种舆论的作用,因为维系中国几千年封建社会运转的正是社会的道德舆论。总之,既不要拔高焦大"自由言论"反封建之效,也不要贬低焦大"自由言论"的监督之作用。

周海婴《再说几句——假如鲁迅还活着》、黄宗英《我聆听罗稷南与毛泽东对话》、陈焜《我的伯父罗稷南》几文,对毛泽东所言"以我估计,(鲁迅)要么是关在牢里还是要写,要么他识大体,不做声"之谈作了披露,这是毛泽东真实的心声。《南方周末》载夏榆文章《王元化与鲁迅家人》,其中学者丁东对此评述说:"毛、罗关于鲁迅命运的对话实际上意义很大,看起来只是一件具体的事情,但是毛泽东对鲁迅命运的态度实际上显示出执政党和知识分子的关系,毛泽东不能容忍鲁迅,也就是不能容忍知识分子的独立性和批判性。"对于周海婴、黄宗英、陈焜、王元化、夏榆等人有如此勇气不昧良心以证历史,余由衷地敬佩!周海婴不愧为鲁迅之子。

　　1933 年,鲁迅先生写的《言论自由的界限》一文,其主题无非是借《红楼梦》中的焦大,阐明言论自由的重要,他在为民主人权而呐喊。我们摘录此文的最后部分以纪念他:

　　要知道现在虽比先前光明,但也比先前厉害,一说开去,是连性命都要送掉的。即使有了言论自由的明令,也千万大意不得。这我是亲眼见过好几回的,非"卖老"也,不自觉其做奴才之君子,幸想一想而垂鉴焉。

悼鲁迅

七律绝

　　流年大运免邪侵　　冥晓谗言积虑深
　　当信先生无媚骨　　始终谏笔写民心

32.《易》涉史，《红楼梦》重史

清代著名学者章学诚（字实斋），《文史通义》云："《易》、《书》、《诗》、《礼》、《乐》、《春秋》六经，皆史也。""六经皆史，而易为之源。"一语指出"六经"的实质，说明史之重要。《易》首先是史，但又不仅仅是史，《易·系辞下传》云："《易》之为书也，广大悉备。"所以《易》更体现出博大精深的哲学内涵，这样《易》之史，是规律之史，是经验教训之史，是哲学之史，是文化之史。

民国胡朴安著《周易古史观》一书，以史解《易》，他把"六经皆史"之《易》为史落于实处，概括其观点：

《乾》、《坤》两卦是绪论，《既济》、《未济》两卦是余论。自《屯》卦至《离》卦为草昧时代至殷末之史。自《咸》卦至《小过》卦为周初文、武、成时代之史。

胡朴安从文字训诂学解释《易》之卦辞、爻辞、彖辞、象辞，为《易》哲立于史做出考证，这对充实完善中华民族上下五千年文明的历史、弥补断代史，无疑做出贡献。章太炎《历史之重要》亦云："周易者，历史之结晶也。"

《红楼梦》虽是小说，但深邃的内涵却是演绎历史的重要。那么，《红楼梦》演绎的是哪段国史呢？《红楼梦》首回，就以立足于历史的高度展示《红楼梦》的历史价值。《红楼梦》的传人、空空道人质询石兄："据我看来，（石头记）第一件无朝代年纪可考……"石兄解释说："我想历来野史的朝代，无非假借汉、唐的名色。"这无疑明告《石头记》不受时代的局限，上可演绎汉、唐，下可演绎明、清，《红楼梦》原著的时代背景本来就不鲜明，看看《红楼梦》问世后，其插图人物的着装，并非清代服饰，可见读者对其时代模糊的认识。

但是《红楼梦》首回，石兄又云："竟不如我半世亲见亲闻的这几个女子，虽不敢说强似前代书中所有之人，但观其事迹原委，亦可消愁破闷。"《红楼梦》作者曹雪芹是满清正白旗人，《红楼梦》问世于清代，"强似前代"当是明代，"亲见亲闻"的"见闻"最多的只能是本代，这样《红楼梦》的历史背景当为清代。从《红楼梦》问世，索隐派就在清代的现实人物中寻找小说人物的原型，当然胡适的考证红学指出这种"索隐"是"牵强附会"。最能显示《红楼梦》以清代为时代背景的当是脂批，但对脂批又有诸多疑问，又似乎不能作为依据。《易》史观是揭示历史的重要，《红楼梦》同样是揭示历史的重要，它是以文学小说的形式演绎历史的经验和教训。

《红楼梦》小说演绎的四大家族为首的是贾家，但贾家至尊至贵者却是史太君。史太君之太，大也，极也；君，道清德极谓之君，君子也。故史为太，为君。孔子曰："所谓君子者，言必忠信而心不怨，仁义在身而色不伐，思虑通明而辞不专。笃行信道，自强不息，油然若将可越而终不可及者，此君子也。"（《孔子家语·五仪》）王希廉《护花主人总评》云："福、寿、才、德四字，人生最难完全。宁、荣二府，只有贾母一人，其福其寿，固为稀有。其少年理家事迹，虽不能知，然听其临终遗言说'心实吃亏'四字，仁厚诚实，德可概见。观其严查赌博，洞悉弊端，分散余赀，井井有条，才亦可见一斑，可称四字兼全。"史太君涉时贾府五代，历经由兴而衰，既有经验，又有教训，演史太君，就是演历史的重要。史太君自然重史：第三十九回，刘姥姥二进大观园，史太君说："我正想（找）个积古的老人家说话儿"，这"积古"就是史！第四十回，史太君说凤姐："你能活了多大？见过几样东西"，这阅历之"活"又是史！太极是自然之源头，史太君为贾府之源头，可见史之重要。按照第四回"护官符"的排列顺序，史家是四大家族的第二家，其实主宰贾家的史家，才是真实的第一大家族。"护官符"口诀云"阿房宫，三百里，住不下金陵一个史。"阿房宫是一段历史，而太史是涉及源头之时变；三百里是形容宫之空度，史又是最具广度的时度。史是时空，当然"三百里""住"不下！清红评家太平闲人张新之夹批："史字姓得最妙，请观二十三史中，善恶贞淫，何所不有，正是太君生平。又作者以太史自负。"（第二回）清红评家诸联《明斋主人总评》云:"若贾母之姓史,则作者以野史自命也。"

重史由称名亦可见。贾母之侄、史湘云之伯为忠靖侯史鼎,史为鼎。鼎,国家社稷之重器,故有"鼎盛"、"鼎力"之形容词。鼎存则国存,夺权称问鼎。《鼎》又为六十四卦之一,其卦辞云:"鼎,元亨。"元为大、为始;亨者,嘉之会也,为美的集合,可见鼎之重要。

《红楼梦》中四大家族涌现的出类拔萃的人物,贾家为贾元春、贾宝玉、贾探春,半个贾家的为林黛玉,王家的是王熙凤,薛家的是薛宝钗,其实耀眼的一星是史家的史湘云。第五回,宝玉神游太虚幻境,在薄命司看到的金陵十二钗"判词",听到的《红楼梦》曲中,史湘云均排于第五位,除薛、林外,前面还有元春、探春,其实就其人品才能,应排于黛玉、宝钗之后,实当置第三位。清红评家涂瀛《读花人论赞》将史湘云排于《红楼梦》群英谱的第四,因为在黛、钗前面还有一个宝玉,史湘云恰恰排于"金陵十二钗"的第三位。湘云争联、醉眠芍药茵都是《红楼梦》中精彩的画面,《读花人论赞·史湘云赞》云:"湘云出而颦儿(黛玉)失其辨、宝姐(宝钗)失其妍,非韵胜人,气爽人也。"重史,自有史家人显示夺目之光辉。

《红楼梦》第二回"冷子兴演说荣国府",就是借都中的古董商冷子兴之口,演说贾家的家族史,这个家族史和社会的王朝史密切相关。贾姓先祖,太远的不讲,清晰可考的,用贾雨村的话"自东汉贾复以来",这"东汉贾复",《后汉》书有传,其为辅佐东汉的刘秀推翻王莽篡位的武将,乃东汉开国之功臣。可见贾族先祖不是小门小户,而是有功业、历史地位显赫之家族。贾家有如此荣耀的历史根基,不仅显示贾家历史繁衍的真实性,也增强了贾府现实存在的权威性。贾复之复,《复》又为《易》六十四卦之一,一阳来复,正兆荣国一支的生发之象。贾复为史,《复》为时空,为社会兴衰之一象,《复》卦为《易》,亦为史、为哲,由此可见曹公构思之巧妙。

历史由近而远,小说则由远而近。"若论荣国一支",论字排辈,贾家的"代"、"文"、"玉"、"草"四代同堂,这"代"字的上辈为"水"字辈,为宁、荣一支先人的宁国公贾演、荣国公贾源,两人均有战功于本朝，故享受世袭之荣耀和恩惠。两公合名为"演源"，演源就是逐本，本即源，源即本，故曰"源源本本"。这个"本"是历史之源本，民族之源本，文化之源本。不忘本就是不忘这个根本，常说传统之"统"，即本，所以讲传统，正是讲根本。不能把支流、邪流当本。第二十四回，李嬷嬷骂袭人"忘了本的小娼妇！"这里的"本"，不过是小恩小惠的计较，是利益之回报，这是俗人看"本"！源为《易》，演源就要演《易》！《红楼梦》中，曹公安排贾家一支先祖为"演"、为"源"，"演源"正说明对历史的重视，"演源"取水为偏旁，五行起于水，水为源，又现对自然史的重视。宝玉为女儿以水设象，历史起于母系社会，正是重史之象。

《红楼梦》中的重大人事，无不涉史。元春象征气数之天，才选凤藻宫，加封贤德妃作了娘娘，但她"因贤孝才德，选入宫作女史"而起势（第二回）；书中主人公林黛玉的父亲林如海，自然非同一般，是"前科的探花"、"已升了兰台寺大夫"、"今钦定为巡盐御史"（第二回）。诗事活动是《红楼梦》情事一大生发，成立诗社是诗事活动的组织保证。为保证活动经费，必然要请不会作诗但给诗社做司库的凤姐做"监社御史"。这"女史"、"巡盐御史"、"监社御史"、"长史"都是史，什么事也离不开史！

重史就要重文，史以文传，"文"是历史的载体。史太君嫁于贾家的"代"字辈，其代传下，必为"文"字辈，故贾家的贾敬、贾赦、贾政、贾敏等取名都以"文"做偏旁。贾府解散的戏班，除文官、龄官之名不从"草"，其他皆从"草"，"贾母便留下文官自使"（第五十八回）。太平闲人夹批："文即史，史即文。"文史本不可分割。《红楼梦》是文学，是诗史。第十七回"大观园试才显才藻"，宝玉大显文才，他题对额的主导思想是"编新不如述旧，刻古终胜雕今"，宝玉重视"述旧"、"刻古"正是重视文化的传统，正是遵循"教民反古复始，不忘其所由生也"（《礼记·祭义》）的教诲而重史。第六十三回，宝玉过生日，玩抽花名签的游戏，参与者抽得的八个签中，八句签词全系唐人诗句，这正是与第一回"假借汉、唐"之呼应，引用唐诗亦是重史的史笔。《红楼梦》中的诗，咏史的主题很多，黛玉作五首"五美吟"是咏史，宝琴作十首《怀古谜诗》也是

32.《易》涉史,《红楼梦》重史

咏史。黛玉谈论唐人李义山的诗,宝钗谈论唐人韩翃的诗,妙玉评论宋人范石湖的诗,都是谈史,故有"诗史"之说。《红楼梦》是诗的文学、诗的小说、诗史的小说。连刘姥姥那样的庄稼人也会行令,而且说得非常好。所以好,刘姥姥讲"我们庄稼人不过是现成的本色",众人赞扬说:"还说你的本色。"这里的"本色",是讲出身、经历,恰是史。凤姐、薛蟠各作一句诗,曹公不欲其无知,使其知一句史也。

重史必然重视祭礼,第四十三回,恰逢凤姐过生日,偏偏这天又是金钏祭日,宝玉逃席去城外祭祀金钏,祭祀礼仪虽简单,却不失诚敬之心,以赎内心对金钏的歉疚。第五十三回"宁府除夕祭宗祠",礼仪十分隆重,连不过自己的生日、修炼的贾敬,都作了主祭,但礼仪虽重,诚敬不足,故称贾敬,即假敬,实则对史的不诚不敬。正因为宁府子孙之大不敬,才有第七十五回"开夜宴异兆发悲音",清清楚楚地听到先灵的长叹!人死作古,古就是史,做为重史的祭祀是应该重视的。宁府祠堂正殿匾额为御笔亲题"慎终追远",此句出《论语·学而》,这"终"、"远"即是史。《红楼梦》中,真正知道历史重要的,不忘史的是宁府焦大,面对宁府子孙的不肖,除了一骂外,屡言要到"祠堂里哭太爷去",实为哭史。第五十回"芦雪庭争联即景诗",李纹、李绮两姐妹以"欲志今朝乐,凭诗祝舜尧"收尾,分量很重,太平闲人夹批:"以颂扬作结得体。"颂扬民族的祖先,正是重视历史的表现。

《红楼梦》中,处处可以见到对史的阐述。第二回,贾雨村"成则王侯败则贼"的高论、应劫应运而生之奇谈,就是概括地评史。第十九回,宝玉给黛玉讲他编的"香芋"(谐音"香玉")故事,偏说"忽然想起这个故典来",黛玉笑道:"饶骂了人,还说是故典呢!"这"故典"即典故,即史。《红楼梦》第十一、十八、十九、二十二、二十四等回,皆有戏曲演出,戏目《还魂》、《弹词》、《山门》、《妆疯》等等都是演史。第五十四回"史太君破陈腐旧套",两个唱鼓书的女艺人,演说残唐新书《凤求鸾》,男主人公也叫王熙凤,不仅是演史,暗示今天就是明天的史。史太君评论:"编的连影儿也没有了",凤姐赞扬史太君是《辨谎记》,便是辨史、评史、记史。所以要辨史,因为史有真假、有正野。荣府庆元宵，凤姐讲了"收东西"两个笑话；第七十五回，贾政讲了"怕老婆"的笑话；贾赦讲了"针灸"的笑话，其实都是在讲历史的经验教训，是在讲史。不过由于这些笑话生动有趣，人们往往一笑了之，忽略了它们的历史意义。《红楼梦》中的格言俗语很多，其实都是历史的经验，有些是曹公创造的趣句，也变成了格言俗语，成为史句。如果对中国词语注意一下，格言、警句、妙论等多为圣贤所创，他们有高品位的思维，所以有高品位的语言。现在人们用词越来越少，这种简单化的趋向，是思维简单化的一种表现，也是历史简单化的表现，这种状况令人担忧。

　　《红楼梦》中的"风月宝鉴"，一面为今一面为古；正面美人是今，反面骷髅是古，人死称为作古。但是反面是警戒，能治病，这就是以史为鉴的作用，这就是为什么要重视历史。

　　《红楼梦》以宝玉、黛玉的爱情故事为一条主线，表达了他们对自主婚姻的追求，这个姻缘是以"木石前盟"为基础的，第三十六回，宝玉在梦中喊骂："和尚、道士的话如何信得！什么是金玉姻缘！我偏说是木石姻缘！"这里所谈"姻缘"是现实，甚至是将来，而"前盟"则是历史，宝玉对"前盟"的历史是何等的坚持。

　　《红楼梦》有五名，除《金陵十二钗》外，《情僧录》之"录"、《风月宝鉴》之"鉴"，都是言史！特别是两个主名：《石头记》之"记"、《红楼梦》之"梦"，更是突出史的地位。梦，是过去的记忆，至今科学也说不清，从理念讲，梦境有时是荒谬的；但从情欲讲，情感却是真实的，是下意识的，它的真实性在于它以历史背景的真实为依据。《红楼梦》是一部伟大的梦，是历史的梦！说"同一个世界，同一个梦想"不科学，有"同床异梦"之成语，但无"异床同梦"之现象。

　　《红楼梦》首回中，就有空空道人"从头至尾（将《石头记》）抄写回来，问世传奇"之语，"后因曹雪芹于悼红轩中，披阅十载，增删五次"而成书。书即史！故第一百二十回，续部亦有"不知过了几世几劫，果然有个悼红轩，见那曹雪芹先生正在那里翻阅历来的古史"之语，空空道人随即"掷下（《石头记》）抄本，飘然而去。"曹雪芹先生"翻阅历来的古史"的语句，表现出曹雪芹先生对历史的重视，也说明高鹗是努力在续部

32.《易》涉史,《红楼梦》重史

中传承曹公思想的。

历史不能戏说,戏说的历史反映的是现代文艺编剧的贫乏,不得不借助历史的显赫吸引观众,戏说的历史造成历史知识的错觉,增加社会的浮躁;历史不能掩盖,掩盖的历史必然是错误,反映拒不认错和畏惧的心态,其结果是威信丧失;历史不能编造,编造的历史必然是吹嘘、神化,不过是泡沫的空虚,其结果是以骗人始、以害己终。又有一种"咬人的历史",除了农民起义的领袖,什么圣贤、名人,都可以拿来乱批、乱咬,不过是哗众取宠、为了成名获利,反映的是学术的腐败。这五花八门的对待历史的态度,必将又载入历史。《孟子·滕文公下》:"孟子曰,世衰道微,邪说暴行有作,臣弑其君者有之,子弑其父者有之。孔子惧,作《春秋》。《春秋》天下之事也,是故孔子曰:'知我者惟《春秋》乎!罪我者惟《春秋》乎!'""孔子成《春秋》而乱臣贼子惧。"当权者作恶杀民而不惧,却惧文载史,这为"批孔"找到性理的原因,我们不能不为圣人的前瞻而折服。

历史是人记述的,自古以来,就设有史官,公正客观地记述历史,是史官最为重要的品德。翻开春秋时的历史,《左传》中有关史官品质的描写如下:

齐庄公爱棠姜之色,被棠姜丈夫、齐相崔杼设计,命其子崔成、崔疆杀了,并命太史伯以疟疾书庄公之死,太史不从,书于简:"夏五月乙亥,崔杼弑其君光。"崔杼大怒,杀太史。太史有弟三人,曰仲、叔、季,仲复书如前,杼又杀之;叔亦如之,杼复杀之;季又书,杼执其简谓季曰:"汝三兄皆死,汝独不爱性命乎?若更其语,当免汝。"季对曰:"据事直书,史氏之职也。失职而生,不如死!"崔杼则不敢再杀季。季捧简而出,遇南史氏来,季问其故,南史氏曰:"闻汝兄弟俱死,恐遂没夏五月乙亥之事,吾是以执简而来也。"季以所书简示之,南史氏乃辞去。

历史上这些史官,为了"据事直书"历史以尽职,前赴后继,不惜性命,令人敬佩。《孔子家语·正论解》:"夫良史者,记君之过,扬君之善。"

难得的是,上述史载表明春秋史官体制的独立性,它似乎以家族的世袭作保证,"据事直书"的信条伴随家庭的繁衍而得到传承,史官体制的独立性是史官人品独立性的基础。它从一个侧面反映了春秋时期百家争鸣、学术繁荣的原因。自春秋后,集权专制的体制破坏了史学体制的独立性,由此开始,历史留下大量的迷案、疑案、悬案,造成野史的发展,也造成当朝当代不能修史的现象,总之即《红楼梦》提出的真假问题,故莫将野史视等闲。现代西方发达国家分权、牵制的体制,客观符合、印证了中国的历史经验,从而减少腐败,尽可能避免冤假错案,保证了国家按正途的发展,充分发挥了《风月宝鉴》以史为鉴的作用。

续书是谁也写不好的,不信就试试。维纳斯的断臂,至今无人能续接,因为它是历史,真假是不能混淆的,也是不能衔接的!

33.《红楼梦》与易哲

《尚书·虞书·皋陶谟》云:"知人则哲","能哲而惠"。皋陶,虞舜时之狱官长;谟,计谋策略。"知人则哲"、"能哲而惠"两句出于圣人舜之口,为其与皋陶讨论问题时所言;哲,智慧也,可见圣人对"哲"的重视。

王国维《红楼梦评论》云:"《红楼梦》,哲学的也,宇宙的也,文学的也。"他没有详细解释所言,但是脱离中国传统文化的理念,何谈《红楼梦》之哲?而这个理念正是《红楼梦》所秉之根,这个理念之根就是《易》哲!《易》是讲变化的哲学。宇宙万物,一阴一阳之谓道,生生不息,这就是变易;阴极变阳,阳极变阴,其中有不变之法则,这就是不易;由繁而简,万变不离阴阳,这就是简易;阴中有阳,阳中有阴,这就是互易。变易是现象,不易是法则,简易是方法,互易是原因。哲理者,事物之共性。《易》为六经之首,就在于它是认识宇宙的恒理,是哲学,《易·系辞上传》云:"《易》与天地准。"《易》是等同天地的道理,可见它的价值。《红楼梦》产生于中国的土地,它必然秉承中国传统文化《易》理之精髓,这是它"哲学的也"的原因所在。

一、《红楼梦》中咏《太极图》体现了"天人合一"的世界观

纵观大千世界,无非"无形"和"有形"两大范畴,这"无形"便是儒家所称之"道",道家所称之"无",释家所称之"空";这"有形"便是儒家所称之"器",道家所称之"有",释家所称之"色"。这两者什么关系?诸家认为:无形为体,有形为用。老子《道德经》讲得明白:"有生于无。"《红楼梦》作者博知,必从演"无"开始,这"无"就是太

极,《红楼梦》第一回演"太虚幻境",就是演太极。

宋代学者蔡清云:"'极'字所从来,本是指屋极,故'极'字从木。今以理之至极而借此以名之。犹'道'本是道路之义,今亦以此理为人之所当行而借名之耳。'太'字是大字加一点,盖大之有加焉者也。既曰极矣,而又加以太,盖以此理,至广至大,至精至微,至中至正,一'极'字犹未足以尽之,故加'太'字于'极'字之上,则至矣,尽矣,不可复加矣。"(《太极图详解·序言》)顾名思义,《太极图》就是阐述天地变化、至大至极的道理之图。

《古太极图》如图1。明代《易》学大师来之德云:"此图乃伏羲氏所作也。"《易·系辞上传》云:"《易》有太极。"来氏云:"尝读《易·系辞》首章,若与此图相发明,《说卦》天地定位数章,即阐明此图者也。何也?总图即太极也,黑白即阴阳两仪,天地、卑高、贵贱、动静、刚柔之定位也。黑白多寡,即阴阳之消长,太阴、太阳、少阴、少阳,群分

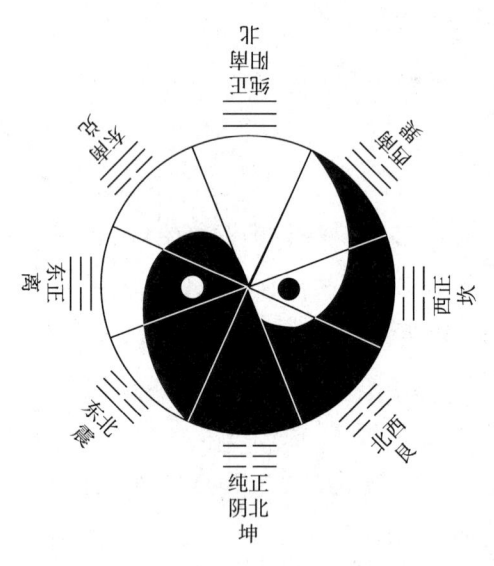

图1 古太极图

类聚,成象成形,寒暑往来,《乾》男《坤》女,悉于此乎见也。以卦象观之,《乾》、《坤》定位上下,《坎》、《离》并列东西,《震》、《巽》、《艮》、《兑》随阴阳之升降,而布于四隅,八卦不其毕具矣乎?"(《易经指南·泰极图解第一》)太极为《易》之始,极为重要,自古人们以敬畏的态度来祭祀自然之源头。

《红楼梦》第五十二回,有咏《太极图》的描写:

宝钗因笑道:"下次我邀一社,四个诗题,四个词题,每人四首诗,四阕词。头一个诗题,《咏太极图》,限'一先'的韵,五言排律,要把'一先'的韵都用尽了,一个不许剩。"宝琴笑道:"这一说,可知是姐姐

33.《红楼梦》与易哲

不是真心起社了。这分明是难人。若论起来,也强扭的出来,不过颠来倒去,弄些《易》经上的话生填,究竟有何趣味?"

太极为"头",太极为"一",所以诗词之咏必以太极为"头一个诗题";太极为最"先",所以要"限(用)'一先'的韵";太平闲人夹批"先即尽",所以"要把'一先'的韵都用尽了";词为诗余,唐诗宋词,所以"头一个(是)诗题",而不是词题。今人张中行《诗词读写丛话》讲:"诗与词比,诗门第高。""五言排律"之五,阳,土,运化也;五言,即五字,五行也;排律,格律、韵律也。卦形无非"非覆即变",八卦是三爻卦,除《乾》、《坤》、《坎》、《离》四卦(对卦,其象为变)外,另外的四卦《巽》与《兑》、《震》与《艮》(覆卦,其象为覆)颠倒而成;六十四卦是六爻卦,除《乾》、《坤》、《坎》、《离》、《颐》、《大过》、《中孚》、《小过》八个卦(对卦)以外,另外的五十六卦(覆卦)是二十八卦颠倒而成,即宝琴所说"不过颠来倒去"。这里宝琴所言并非和宝钗有不同意见,太平闲人夹批:"宝琴一段话,是反抉此书括一部《易》理,与钗语互相发明,非驳语也。看官莫被他瞒过。"《易》理博大精深,"百姓日用而不知",以《易》之"太极"为咏题,又确实是"难人"、"生填",《红楼梦》作者在此向读者叫板了。何人敢言《红楼梦》为"小"说?

太极为万象之源,人何能独处其外?明代《易》学大师来之德云:"人(乃)一小天地,而天地人统同一太极也。""太极"对人生有极大的启示,来氏云:"故圣人示之,欲人于此观象有默契焉,而先天有可睹也。然则先天之学奈何?曰其在人也,为未发之中,世之人荡于耳目思虑之发而不知反也,久矣。也必敛耳目之华,而省于志;洗神知之原,而藏于密;研未形之机,而及其深;庶其虑凝气静,渊然存未发之中;浩浩肫肫,天下之大本立矣,此之谓机先之吉。夫强阳非用也,妄动非常也,天地日月四时且不能远,而况于人乎?是以君子战战兢兢,戒慎恐惧,必先之乎大本《易》焉。呜呼!图所示之意深矣。"(《周易集注·古太极图说》)来氏也提"知反",正是《风月宝鉴》"反面"的作用。

《红楼梦》演缺限之人,若凤姐多观太极图,行明代《易》学大师来之德所教,收视反听,寡欲无为,知白守黑,载一抱素,则远避后来之祸矣，无奈世人和凤姐一样，多不识太极图之重要也。韩国人识之，不然何以早在十九世纪（1882年）就以太极图为国旗标志至今？

二、《红楼梦》演绎《易》"－阴－阳"之道

阴阳为气，古字为"炁"，为哲学概念。阴阳观是中国传统文化最重要、最基本的哲观，可谓《易》的灵魂。阴阳是建立在"无"的层次上的观念，故"炁"字上部为无，是无形的，但它又是客观存在的物质属性。由于"无"生"有"，因此"炁"可涵盖"有"。"炁"的下部为"灬"，为火，火为能量，所以"炁"是无形而客观存在的能量。太极图实为黑白鱼的阴阳图。

阴阳如何而来？《性命圭旨》说："阴阳判分，是为太极，是谓一生二也。""一气初判，而列二仪。"何为判？《辞源》明告：判既分也，半也。一分而有一半。《红楼梦》用"半"字演绎阴阳，用半象演绎阴阳，用情事演绎阴阳。

（一）《红楼梦》用"半"字演绎阴阳

第一回，书中写到：士隐大叫一声，定睛看时，但见烈日炎炎，芭蕉冉冉，梦中之事，便忘了一半。

太平闲人夹批："忘了一半最妙，写出梦，笔特简劲。"《红楼梦》是梦，"忘了一半"不仅是简易，且是半梦。就在此回，书中就有半梦之暗示：

那僧（茫茫大士对渺渺真人）道："如今有一半落尘，犹未全集。"

此句的本意是说绛珠草已下凡，宝玉还未下界，两人前盟还未了结，犹未聚集。然而"集"，既有动词聚合之意，又有名词成书的簿册之征，这"落尘"就是流传人间；"未全集"之"未全"则是"半"，正是明言的"一半"，岂不是半本书？又如

第五十八回，书中写到：将十二个女孩子叫上当面细问，倒有一半不愿意回家的。

太平闲人夹批,"十二钗终局,书只见半。"

第六回,书中写到:袭人本是聪明女子,年纪又比宝玉大两岁,近年也渐省人事,今见宝玉如此光景,心中便觉察一半。

太平闲人夹批:"妙是一半。"理论和实践,主观和客观,知与觉,真与假……各为一半,所之这半,是阴阳大道之半。

第四十二回,原书写到:宝钗道:"依我看来,(绘尽大观园)竟难的很。如今一年的假也太多,一月的假也太少,竟给她(惜春)半年的假。"

太平闲人夹批:"是书乃演缺陷之书,一年一月则圆满也。故皆不许,而许半年,无非半也。六月也,在卦为《遁》。《红楼梦》一书故事情节紧扣是书主旨。

第六十二回,书中写到:宝钗笑道:"射覆从古有的,如今失了传,这是后纂的,比一切的令都难。这里头倒是有一半是不会的。"

太平闲人夹批:"一半,(风月宝鉴)反面也。一半不会,叹世人只解正面也。"老子讲:"反者道之动",只知正;不知反;只知假、不知真,认知顶多是半知,这真知、全知何其难也。

这"半"字不仅在小说故事情节中,而且直接用在《红楼梦》的诗作中,第三十七回,成立诗社咏《白海棠》,黛玉起句"半卷湘帘半掩门",这两个"半"字用得很精彩。

《红楼梦》前八十四回,有七十多处应用"半"字,这里只是举例,但是已充分显示"半"字的重要,所以重要,因为《红楼梦》中的"半"字,精彩演绎了阴阳大道的哲理。

(二)《红楼梦》中的半象演绎阴阳

《红楼梦》首回就讲"女娲氏炼石补天"、"地陷东南",可见天缺地陷,太平闲人夹批:"以天缺起,以地陷承。天地一大缺陷,何况人事?是为阐缺陷之书。"第二十七回,凤姐说林之孝夫妇"一个天聋、一个地哑",即是天缺地陷之征。癞头僧头上有癞,跛足道人脚下有疾,亦兆象天缺地陷。书未完,惜春绘画亦未完,太平闲人夹批:"书是缺陷,画亦缺陷。"(第四十五回)集是半集,书便不全,半集中的人事,又何尝不多是半象？

《红楼梦》中的诗词是这部文学巨著的精华，不妨先透过诗词看看《红楼梦》传递的半象信息。

第十八回，元春省亲，她题"大观园"绝句一首，绝句即律诗之"半"；她说必补撰《大观园记》、《省亲颂》，然而终未见作，所言是"半"！

宝玉奉元妃旨，以"潇湘馆"、"蘅芜院"、"怡红院"、"稻香村"为题，要作四首五律，其中一首"怡红院"之作是在"一字师"宝钗的提示下完成，而"稻香村"为黛玉代作。四首诗，宝玉实际作了二首半。

第七十回，咏柳絮，湘云作《如梦令》单调。太平闲人夹批："词止一半，梦方一半，也是明缺陷，而留春之意深矣。"探春只作小令《南柯子》半首，宝玉为其补全，两人各半首。太平闲人夹批："《如梦令》半，《南柯子》亦半，同一不全之梦，是为可叹。"

第七十六回，中秋咏《月》，乃黛玉、湘云、妙玉三人合作，作者"色"、"空"一半；"色"中黛、湘又各作一半。

第七十八回，宝玉作《芙蓉女儿诔》，形式是半序半歌，"序"、"歌"各为一半。

再举《红楼梦》中几件大事看半象：

第三十九回，刘姥姥二进荣国府，讲"若玉"故事，刚讲到天寒若玉抽柴，贾府南院马棚就着火了，故事只讲了一半被打断，使宝玉心里总记挂着，刘姥姥只得编了下文告诉他，他便信以为真，还派培茗去找若玉庙。

第五十回，湘云制谜，谜底是猴，唯有宝玉猜到，湘云讲："哪一个耍的猴儿，不是剁了尾巴去的？"太平闲人评："书中人事，多无尾巴，许多续部，乃要硬插尾巴。"

第七十回，众姐妹放风筝，最后剪断线，风筝不知去向，众人讲有趣，太平闲人夹批："不知所终，是以有趣。而看官必要寻风筝以求续部，亦可谓无趣甚矣。"

第七十四回，搜检大观园，何等气势，偏偏探春以下抗上不许搜，一家子便有许搜不许搜的，这是"搜"之"半"；探春许搜她自己，却不许搜下人，这是不许搜之许搜，又是"半"搜。凤姐讲："薛大姑娘屋里，断乎抄检不得的。"王善宝家的笑道："这个自然，岂有抄检亲戚家来的。"太平闲人夹批："黛玉非亲戚乎？"所以亲戚也有搜得和搜不得之分。

第七十八回，太平闲人夹批："书中无非不了语，不了账。"

"半"字的运用和半象的演绎，说明"半"是哲学的"半"，是事实的"半"，也是文学的"半"。世上人事不全乃真，并不因此而无终，不全也得终；人事求全乃假，实际世上事多是半象，哪有"一贯"和"永远"的正确？哪有尽善尽美？跛足道人唱的《好了歌》唱得最明白！《红楼梦》中的"风月宝鉴"正反面各为一半，警世最为明显！

曹雪芹是善演缺陷"知人"的大哲人！

（三）《红楼梦》中的情节演绎阴阳

《红楼梦》第三十一回，有史湘云、翠缕主仆论阴阳，其篇幅几乎近半回的描写。第七回，太平闲人夹批："一部《周易》不过阴阳而已，不过冷热而已，是演说荣府时便已是演说《易》理也。"

《红楼梦》用序演绎阴阳。《大学》讲："物有本末，事有终始，知所先后，则近道矣。"先后即序，先后即阴阳，按孔子所言，先后是认识近道的大哲理。

《红楼梦》演兴衰，贾府乃至四大家族是先兴后衰，这样的悲剧收尾，便是书大结耕之序。清代三家评批本《红楼梦》书前的《明斋主人总评》讲："小说家结耕，大抵由悲而欢，由离而合。是书则由欢而悲，由合而离，遂觉壁垒一新。"此评为一切补撰红楼圆梦者，当可一鉴。

《红楼梦》处处演序，实质是演绎阴阳，这是大道哲理。围绕着由兴而衰的策划，必然是先聚后散，先福后劫，先富后贫，先得后失，出生入死。在辟卦则是由泰而否。一切安排，井然有序；谁先谁后，有根有据；巧妙错序，隐义深遂。例如，必然是林姑娘第三回先到贾府，然后是宝姑娘第四回后到贾府。由此，才有第二十回宝玉宽慰黛玉"咱们是姑舅姐妹，宝姐姐是两姨姐妹，论亲戚她比你疏。第二件，你先来，她是才来的"之谈，宝玉的劝解合情合理，自然感人。这种先来后到，既是为故事情节的发展作铺垫，又显示《红楼梦》二位女主人公的主次之分；林姑娘到贾府，着重描写她首先拜望外祖母史太君，这"着重"、"首先"，体现了贾母在贾府的至尊地位，也体现了黛玉知礼尊亲的教化；史姑娘的不平凡首先在于史太君是她的姑奶奶，这种先天的出身，为她奠定了雄厚的家庭背景；岫烟、宝琴、李纹、李绮进京到贾府的排序，是根据大太太刑夫人、二太太王夫人、大奶奶李纨在贾府的地位差异，而差异就是阴阳；贾母疼黛玉，但她更疼宝玉，第九十八回，贾母明言："只是有个亲疏。你（黛玉）是我的外孙女儿，是亲的了；若与宝玉比起来，可是宝玉比你更亲些。"这种令人生畏的直白，无疑看出黛玉、宝玉在贾母心中的亲疏，亲疏是差异，亲疏有先后。差异、先后即是阴阳；刘姥姥一进荣国府，刘姥姥竟然对凤姐讲："我今日带了你侄儿（板儿）"如何如何，就刘姥姥而言，此语不过是拉关系、套近乎，以至事后引见的周瑞家的对刘姥姥讲"我的娘，你怎么见了她倒不会说了？开口就是你侄儿。我说句不怕你恼的话，便是亲侄儿也要和软些，那蓉大爷才是她侄儿呢，她怎么又跑出这样侄儿来了？"周瑞家的话是赞凤姐之尊贵，贬刘姥姥之卑贱。但问题的实质是，按辈分刘姥姥和凤姐同辈，板儿是刘姥姥外孙，若把板儿说成凤姐的侄儿，便是将凤姐压低一辈！由此可见，作者心中凤姐、刘姥姥谁尊谁卑，褒贬分明，这种错序的描写是何等的匠心！

总之，合序就合礼、合理，违序就失礼、失理，序是阴阳大道，而违序恰恰是造成贾府衰败的原因之一。

《红楼梦》处处演绎阴阳相对的《易》理。例如，以物象而论：天上有一顽石，又有一株相伴而生的绛珠草；有佛家的茫茫大士，又有道家的渺渺真人；有天上下凡的真宝玉，又有北静王、民间仿制的假宝玉；有京都现居的贾府，又有金陵留守的老宅；有贾府（假），又有甄府（真）；京都有东边的宁国府，又有西边的荣国府；贾府有正房，又有偏房；有大观园，又有大观楼；大观园有凸碧堂，又有凹晶馆；有沁芳亭，又有沁芳闸；有冷香丸，又有暖香坞；有怡红院，必有后来的悼红轩；有金玉良缘的金和玉，又有木石前盟的木和石。就人而论：有居长的宁国公贾演，当然便有居幼的荣国公贾源；宁国公长子代化生了两个儿子，荣国公长子代善也生了两个儿子；有贾府的贾宝玉，又有甄府的甄宝玉；贾府有史太君、王夫人、三位姑娘，甄府亦有老太太、夫人、三位姑娘；有薄命女，就有薄命郎；有尴尬夫，自然有尴尬妻；有传言传出的小说中主事的女强人王熙凤，又有唱曲唱出的历史上做官的男人王熙凤；有姐姐白金钏，又有妹妹白玉钏；有女的傻大姐，又有男的傻大舅；有雷厉风行的妹妹尤三姐，又有优柔寡断的姐姐尤二姐；有天樑，又有天栋；有槛内人，自然有槛外人。若以事情为例：有气数之天的元妃省亲畅游大观园，又有道理之地的刘姥姥见世面畅游大观园；有宝玉题额，自然有题对；有红楼梦，又有红楼曲；有凤姐协理宁国府，又有探春助理荣国府；有宝玉的擅书，又有惜春善绘；有呆霸王的打人，就有呆霸王挨打；有宝玉办错事、说错话的挨贾政的打，亦有贾琏说公道话挨贾赦的打；有宝玉在怡红院的怡乐，自然有曹公在悼红轩的哀伤；有曹公十年五次的增，就有十年五次的删。就是一个取名，也往往包括阴阳两重含义：风月宝鉴中的风和月；色空长老的色与空；"好了歌"的好和了；水月庵的水和月；鸳鸯剑的鸳和鸯；金麒麟的麒和麟；"云雨情"的云和雨，诸如此类不少。《红楼梦》中有诗就有词，诗多为今体诗，又有古体；格律诗诗中有对仗，而对仗恰恰又是一阴一阳之道的突出体现。

演缺陷、演"半"、"半象"即是演阴阳，"半"、"半象"可以看成是"阴阳"的效果，"阴阳"是"半"、"半象"的原因。阴阳是一大哲观。以此哲观演人，人无完人，金无足赤，《孔子家语·入官》云："水至清则无鱼，人至察则无徒。"薛蟠虽恶，也有知孝之心，他"弄性尚气"，无知无识，粗俗不堪，却偏偏对出"洞房花烛朝慵起"一句雅诗；湘云博学多知，说"宝玉"二字并无出处，香菱便以唐诗为例考住了她，只得饮酒受罚；晴雯人品心术无可非议，却对犯错的坠儿施暴，有落井下石之大缺；探春大气非凡，却有不识亲舅、只知王舅显露附势之世俗；贾政虽正，但有失教之责……凡此说明：现实中人非京剧舞台上的戏曲人物，能从脸谱而分善恶性格。阴阳为二，《红楼梦》演《易》之阴阳，就是讲要二点论，任何绝对、偏执都是只知其一，不知其二。对续部的高鹗要一分为二，他续书对保存《红楼梦》有功；对前部八十回的《红楼梦》也要一分为二，

《红楼梦》虽是好书，清红评家王希廉撰有《护花主人摘误》一篇，附于百二十回三家评批本之前。

由于"阴"往往又代表消极、晦暗之象，圣人扶阳而抑阴，隐恶而扬善，好生而恶杀，《红楼梦》便演此象，贾雨村贫困之时，寄宿葫芦庙，衣食无着，但仍不失一读书人的品性，从而便得到紧邻甄士隐的关心和帮助，实获曹公之同情；一俟当官，为保官则走门路、拉关系，卖身投靠，颠倒黑白断案，变换成贪官污吏，平儿骂他"没天理的"、"饿不死的野杂种！"包勇骂他"没良心的男女！"对他这样的一个恶人，曹公必写其"下"，但世俗偏让他"上"，所以贾雨村三上三下，终归是罢官获罪而"下"！但他三上三下乃知悔，这比三上三下仍不知悔为强！薛蟠虽恶，高鹗仍允许他有子传宗；凤姐虽恶，但鉴于她怜贫惜老，《增评补图石头记》姚燮眉批云："有万恶之首救之百行之先，所以一生结局不至现世十分。"（第五十四回）宝玉的结局是出家，回归清静。曹公的历史观、哲观是明确的，不应以成败论英雄，但无论成败都有善恶之分。除大仁、大恶者外，人生之道无非有君子和小人之分，弘扬君子之正而贬小人之邪，这是《红楼梦》给人的启示。曹雪芹是善良的，对人生失误者绝不是不给出路！我们从《红楼梦》一书中，可以看到曹公的仁义。

三、大中之道与《红楼梦》

《易·復》云："中行独復，以从道也。"《易·泰》云："得尚于中行，以光大也。"《易·系辞上传》云："天下之理得，而成位乎其中矣。"《中庸》云："中也者天下之大本也。"《礼记·玉藻》云："周还中规，折还中矩。"汉代刘向等著的《淮南子·天文》云："天圆地方，道在中央。"宋代程子解"中"："不偏谓之中。"朱子云："中者，不偏不倚，无过不及之名。"由于"中"的重要，故有"大中之道"之说，也称中道，中道即正道，中正，这是《易》理之哲观。

《红楼梦》演偏以反衬"中正"之重要。第五十八回，老太妃薨，偏偏棺柩置于"大偏宫"，"二十一日后，方请灵入先陵，地名孝慈县。"可见老太妃生前有偏，太平闲人夹批："孝慈二字乃正训，偏之为害，不孝不慈也，故必待三七阳复。此等明白指点，看官何竟略过？"第四十六回，薛姨妈对贾母讲："老太太偏心，多疼小儿子媳妇，也是有的。"第七十五回贾赦讲笑话，其主题就是医治偏心，引起贾母疑心，说："我也得这婆子针一针就好了。"太平闲人夹批："是则偏之为害，正贾母罪状。"其实人皆偏心，何人心居正中？所以都应该这婆子针一针！"中正"是中国《易》理一大哲观。

李纨父为国子监祭酒李守中，六宫都太监为夏秉中，脂评《庚辰本》作夏守中，守中、秉中，从称名可见"中"的重要。

四、圆道循环与《红楼梦》

《易·泰》云："无平不陂，无往不复。"《大学章句集注·序》云："天运循环，无往不复。"汉代《锺吕传道集》云："天道成规，地道成矩。"所谓规即圆，大至天体运行，小至电子运动，不外圆形运动，这圆形运动，是自然一大法则。月有圆缺，日有昼夜，人有生死，皆循环之象。第十三回，秦氏（托梦凤姐）冷笑道："婶婶好痴也，否极泰来，荣辱自古周而复始，岂人力所能常保的？"此即言圆道循环。

民国时期钱基博《周易题解及其读法》："孔子系《泰》之九三曰：'无平不陂，无往不复。'象复见天地之心，而作《序卦》以序六十四卦相次之义，《泰》之受以《否》也，《剥》之穷以《复》也，《损》而不已必《益》，《升》而不已必《困》，如此之类，原始要终，罔不根极于《复》，所以深明《易》道之周也。"钱基博乃国学大师、《围城》作者钱钟书之父。

《红楼梦》演金陵十二钗，贾府四春皆地支循环之象；元春之"元"亦循环之象；贾瑞、秦钟以色始，则以色终；晴雯以逐坠儿为傲，而以自己被逐见悲；贾雨村以当官而上，而以获刑而下；贾雨村、甄士隐为虚设始终之人，香菱、刘姥姥为实设始终之人；诗事以中秋咏月始，以中秋咏月终……诸如此类无不是人生循环之象。贾府由兴而衰，可否再复？第一百二十回，有贾雨村请教甄士隐"那荣、宁两府，尚可如前否？"一问，《红楼梦》中贾家设一贾兰，历史之朝代尚有"中兴"，何况一家族？《易》道如此！当然这復，是变化了的復！

由称名亦可看到是书对圆道循环的重视：贾家先祖为东汉贾復，一阳来复，往復循环；周瑞、周姨娘、周琼，周而复始；贾环，天道循环等。

《易·坤·文言》云："积善之家必有余庆，积不善之家必有余殃。"《易·系辞下传》云："善不积不足以成名，恶不积不足以灭身。"《红楼梦》岂演一家一事？《红楼梦》演《易》道之扬善之意明矣。

《易·坤·文言》云："臣弑其君，子弑其父，非一朝一夕之故，其所由来者渐矣。"《太平闲人〈石头记〉读法》云："《易》曰：'臣弑其君，子弑其父，非一朝一夕之故，其所由来者渐矣。'故仅'履霜'之戒。一部'《石头记》'一渐字。"《易·系辞下传》提醒人们："小人以小善为无益而弗为也，以小恶为无伤而弗去也。"老子《道德经》讲："天下难事，必作于易；天下大事，必作于细。"积小而大，积少而多，事物在不断起变化，《易》理是不讲突变的，重一渐字；佛家畏因，俗家畏果，不种恶因，岂有恶果？

《红楼梦》一书多处演"巧"，如第三回，林如海道："天缘凑巧"；第八回，黛玉道："我来的不巧了！"第四十二回，刘姥姥为凤姐女儿大姐儿取"巧姐"为名；第六十二回，探春笑道："倒有些意思。一年十二个月，月月有几个生日。人多了，便这等巧。"说明"巧"字的重要，"巧"为偶然性，但又寓必然性之理。现实中没有"如果"，而更多的是巧合。历史是没有如果的！人往往有后悔，孔子云："不慎其初，而悔其后。"这"巧"恰恰就是从因果关系出发对人生的警示。

《易》是大哲。《易》经讲次序，《乾》、《坤》为《易》之门，一分为二推演而成八卦，进而成六十四卦，其方卦图、圆卦图都是有次序之排列，圣人特作《序卦》一文。先天八卦、后天八卦、《河图》、《洛书》，每一符号、每一数字不可移易，都有严格的顺序。那种以为"中国是摆事实，次序没关系"❶是对《易》以及自古至今一千多种有关《易》著的乏知。《红楼梦》第三十一回，史湘云和翠缕主仆论阴阳，经一番辩论，翠缕云："是了，是了，我今日可明白了。"太平闲人夹批："羲、文、周、孔而外，能有几人明白？所谓'百姓日用而不知'（《易·系辞上传》），形容痴丫头声口逼肖。"可见传统文化的博大精深！我们要弘扬传统文化，统者，本也，不要忘本，就是不要忘记民族文化之根本，因为只有民族的，才是世界的。

---

❶ 见2004年9月5日《信报》：杨振宁《〈易经〉归纳法阻碍推演法》。

34.《红楼梦》与《易》象

《易经人生哲理》一书讲:"无'象'易经无法成立。""'象'在动物中形体最大,故取其明显而又具体之意,故以象而'象'之。"《易·系辞下传》讲:"象也者,像也。"第四十回,刘姥姥二进荣国府,重笔描写刘姥姥,唯刘姥姥使用的是"象牙镶金的筷子",这"象牙"之"象",就是明告为刘姥姥设象。《红楼梦》秉承《易》理,生动、精彩、创造性地运用"象",为《红楼梦》一书增添风采。

孔子《论语·卫灵公》有句:"民之于仁也,甚于水火。"孔子把"仁"的重要比喻为水火。又如《论语·子张》有句:"君子之过也,如日月之食焉。过也,人皆见之;更也,人皆仰之。"孔子把君子犯错误比喻为日食、月食,人人都看得见,不能掩盖,只有改过才能得到敬仰。再如《论语·为政》有句:"为政以德,譬如北辰,居其所,而众星共之。"孔子把德比喻为北斗星。《孟子·离娄上》:"民之归仁也,犹水之就下,兽之走圹也。"孟子比喻归仁如水从上流下、兽走圹(野外)。老子《道德经》有句:"常德不离,复归于婴儿。"老子用婴儿比喻德的纯朴。《道德经》又有句:"治大国,若烹小鲜。"老子把治国之道比喻为烹小鱼,不能乱搅动无常。《庄子·山木》有句:"君子之交淡若水,小人之交甘若醴。"这里的水、醴都是交往态度的比喻。佛祖拈花示意,这"拈花"也是设象。上述这些举例都是圣人为了说明道理所做的很精彩的设象比喻。

用文学艺术修辞的语言表达"象",就是比喻和比拟。《红楼梦》中有比拟,第一回,女娲氏炼石补天所剩的那块顽石,经锻炼之后,灵性已通,遇路过的一僧一道,便能"口吐人言"(靖藏本),最早的《脂评甲戌本》有它本遗漏的450字,为"石头"与一僧一道的精彩对白,石头能言便是人格化的比拟!由于《红楼梦》中比喻运用更多,因此着重谈《红楼梦》象征的比喻设象,比喻就是打比方,这个象和《易》理的数象、卦象密切相关。①

一、《红楼梦》中精彩的设象举例

第二回，说来又奇，（宝玉）如今长了七八岁，虽然淘气异常，但聪明乖觉，百个不及他一个。说起孩子话来也奇怪，他说："女儿是水做的骨肉，男人是泥做的骨肉，我见了女儿便清爽，见了男子便觉臭浊逼人。"

第六回，（刘姥姥）喜得眉开眼笑道："我们也知艰难的。但俗语道：'瘦死的骆驼比马还大些。'凭他么样，你老（凤姐）拔一根寒毛比我们的腰还壮呢。"

第十一回，平儿说道："癞蛤蟆想吃天鹅肉，没人伦的混帐东西！"

第十三回，秦氏（托梦）道："常言'月满则亏，水满则溢'，又道是'登高必跌重'。如今我们家赫赫扬扬，已将百载，一日乐极生悲，若应了那句'树倒猢狲散'的俗语，岂不虚称了一世诗书旧族了？"

第十九回，宝玉给黛玉讲自编的"香芋"典故，谐音寓意"香玉"的黛玉。

第二十三回，忽见丫鬟来说："老爷叫宝玉。"宝玉（听了）呆了半晌，登时扫了兴，脸上转了色，便拉着贾母扭的扭股儿糖似的，死也不敢去。

第二十五回，（凤姐）一面说道："老三（贾环）还是这样毛脚鸡似的，我说你上不得台盘……"

又，（贾母）骂道："都是你们素日调唆着逼他（宝玉）念书写字，把胆子吓破了，见了他老子就像个避猫鼠儿一样。"

第三十回，宝玉听说，自己由不得脸上没意思，只得又搭讪笑道："怪不得他们拿姐姐比杨贵妃，原也体胖怯热。"

又，金钏儿睁开眼，将宝玉一推，笑道："你忙什么？'金簪儿掉在井里头，有你的只是有你的'。连这句俗语，难道也不明白？"

第三十七回，众人听了，都笑道："骂的巧！可不是给了那西洋花点子哈巴儿了。"袭人笑道："你们这起烂了嘴的！得了空，就拿我取笑打牙

《石头记》指归

儿，一个个不知怎么死呢！"

第四十回，（刘姥姥）高声说道："老刘，老刘，食量大如牛，吃个老母猪不抬头！"

又，凤姐和鸳鸯商议定了，单拿了一双老年四棱象牙镶金的筷子与刘姥姥，刘姥姥见了说道："这叉巴子比我那里铁锹还沉，那里拿的动他！"

第四十一回，当下刘姥姥听见这般音乐，且又有了酒，越发喜的手舞足蹈起来。宝玉因下席过来，向黛玉笑道："你瞧刘姥姥的样子。"黛玉笑道："当日圣乐一奏，百兽率舞，如今才一牛耳。"

又，（妙玉）笑道："岂不闻一杯为品，二杯即是解渴的蠢物，三杯便是饮驴了。"

第四十六回，凤姐对（婆婆邢氏）忙道："这会子回避还恐回避不及，反倒拿草棍儿戳老虎的鼻子眼儿去了。"

又，鸳鸯道："家生女儿怎么样？牛不喝水强按头？我不愿意，难道杀我的老子娘不成！"

第四十九回，（晴雯）回来带笑向袭人说道："你快瞧瞧去。大太太一个侄女儿，宝姑娘一个妹妹，大奶奶两个妹妹，倒像一把子四根水葱儿。"

第五十九回，春燕笑道："怨不得宝玉说：'女孩儿未出嫁，是颗无价宝珠；出了嫁，不知怎么就变出许多不好的毛病儿来；再老了，更不是珠子，竟是鱼眼睛了。'分明一个人，怎么变出三样来？"

第六十五回，（尤三姐）指着贾琏冷笑道："你不用和我花马吊嘴的！咱们'清水下杂面，你吃我看'；'提着影戏人子上场儿，好歹别戳破这层纸。'"

又，兴儿又说"如今连他正经婆婆太太都嫌了他（凤姐），说他'雀儿拣着旺处飞'，'黑母鸡一窝儿，自家的事不管，倒替人家去瞎张罗'。若不是老太太在头里，早叫过他去了。"

又，兴儿拍手笑道："二姑娘（迎春）诨名儿叫二木头，三姑娘（探春）诨名儿叫玫瑰花儿，又红又香，无人不爱，只是有刺扎手。"

第六十六回，宝玉道："他是珍大嫂子的继母带来的两位妹子，我在那里和他们混了一个月，怎么不知？真真一对尤物，他又姓尤。"湘莲听

34.《红楼梦》与《易》象

了跌脚道："这事不好，断乎做不得。你们<u>东府里，除了那两个石头狮子干净罢了</u>。"

第六十八回，（凤姐）哭着搬着尤氏的脸，问道："……你（尤氏）又没才干，又没口齿，<u>锯了嘴子的葫芦</u>，只就会一味瞎小心，应贤良的名儿！"

第七十五回，探春冷笑道："咱们倒是一家子亲骨肉呢，<u>一个个不像乌眼鸡似的，恨不得你吃了我，我吃了你</u>！"

又，贾政道："<u>哥哥是公然温飞卿自居，如今兄弟又自为曹唐再世了</u>。"

第八十六回，（丫头婆子）说："我们还记得（他）说：'……<u>譬如好木，太要做玲珑剔透，本质就不坚了</u>'。"

设象，可以为人以物设象，如为贾宝玉设物象石、玉；为林黛玉设物象绛珠草、兰花、林木；为宝钗设物象金簪、金锁、金钗；也可以为物以人设象，如第一回，女娲氏补天所剩下的那块顽石，能"口吐人言"；第三十六回，龄官把小雀儿人格化；也可以为物以物设象，如第四十回行令，鸳鸯说出句，说出牌的花样，刘姥姥说对句，说出萝卜、蒜、大倭瓜的比喻。当然也可以为人以人设象。

《红楼梦》中的设象情形不少，这里大致举些实例。有些设象实际是曹公创造的"象"，得以流传问世，可见其设象的艺术魅力。

二、《红楼梦》设象的特点和作用

（一）《红楼梦》的设象贯理，以阴阳五行设象奠定小说的根基

第四回，以葫芦、痣设太极之象；第三十一回，以麒麟设阴阳之象。书中一切对立观念，如金玉、木石都是设阴阳之象。

《红楼梦》秉《易》道之精髓，为女儿以"水"设象，这是一大哲观的设象，此象至大、至极、至理，老子、孔子、佛家皆赞水，把"水"比喻为德的象征。以"水"为女儿设象，就是象征女儿为德之象征，这是设

象的最高境界！古今小说、文艺作品绝无此设象！

又，第六十五回，旺儿对尤二姐说凤姐："如今连他正经婆婆太太（邢夫人）都闲了他，说他'雀儿拣着旺处飞'，'黑母鸡一窝儿，自家的事不管，倒替人家瞎张罗'。"显然，这里把凤姐比喻为黑母鸡，鸡为酉，酉为金，凤姐亦为五行之金。第三回，林黛玉到都中的贾府，贾母介绍凤姐，太平闲人夹批："熙凤、西风音相通。""是戏语，是庄言，辣辛味而甚，西金之味也，乃西风注脚。"

为宝玉、黛玉、宝钗三人以"五行"之土、木、金设象，又是至大、至极、至理之设象，以此演情理，实以五行生克的稳定平衡为基。人有生死，事有成败，业有兴衰，但天长地久。古今小说岂见三人情理以"五行"设象？

自然无非"道、器"；"无、有"；"色、空"；"无形"如何能设象？曹公偏能为"无形"设"一僧一道"、"茫茫渺渺"之象，这"道"即形而上之"道"、道理之道，又是一人道，他往来于"无"、"有"之间，在"无"为茫茫大士、渺渺真人；在"有"为给宝钗送"海上方"的秃头和尚、给黛玉看病并说谶言的癞头和尚，唱"好了歌"的跛足道人，这是何等至大、至极、至精、至微、至中、至正之象？其实设此象不外警世度人、阐明道理。其他小说可有如此设象？

（二）《红楼梦》以《易》数设象，形成哲理的抽象

根据数之阴阳、生成、《河图》、《洛书》，以"数"设象是《红楼梦》一大特色。正人君子，多用阳之奇数，元春为女，却以阳极之数象征天；演女人、演阴乃至恶人小人多用阴之偶数。如三上三下的恶人贾雨村，雨村为男，却以阴数象征其恶，太平闲人明言："弃九用六，背阳用阴，明写一恶人。"与"五行生克"、"河"、"洛"相匹配，宝玉多用中土之五、十为象；黛玉多用东木之三、八为象；宝钗多用西金之四、九为象。北水为一、六之象；南火为二、七之象。

《红楼梦》还多用数之"奇"、"偶"演一阴一阳之道。第二回，贾雨村在酒肆遇见冷子兴，冷子兴说："奇遇，奇遇！"雨村说："偶遇"。奇，

34.《红楼梦》与《易》象

一字两音，一读 qí，奇则非正；又读 jī，奇则非偶，故太平闲人夹批："一说奇遇，一说偶遇，奇偶相参，一阴一阳，便是《易》道六十四卦所从出。"第五十回，芦雪庭即景联诗，第七十六回，黛、湘、妙咏《月》联诗，皆为三十五韵、七十句，三十五为奇，七十为偶，正是演一阴一阳之道，巧合《河图》、《洛书》"三五"的数理，演天地循环、周而复始之象。故第三十九回"村姥姥信口开河"，河，《河图》。

《红楼梦》中取名王一贴、赖二、张三、四儿、五儿，借名温八叉、王十朋等等都是数象。

数为象，《红楼梦》的数象是何等鲜明！

(三)《红楼梦》以汉字的形、声、义为象

汉字起源于象形，是世界保存至今少有的古文字，它是形、声、义统一的文字载体，《红楼梦》发扬这一特征，用汉字为象演绎《红楼梦》。

以形为象：《红楼梦》中涉及"湘"字，两人为史湘云、柳湘莲；有一住处潇湘馆，这"湘"，中为木，两旁合为"泪"，第四十七回，太平闲人夹批："湘字一水一目，合之为泪，中加木字，分明木泪，黛玉之案也。"一个"湘"字，四通八达。又如第二十一回"俏平儿软语救贾琏"，俏平儿之"俏"字，太平闲人夹批："小人而肖人也。"（第五十二回）小人恶，肖人善，善恶兼之，故"平"儿也。薛子，孽也；妙玉，少有女子也。

以声为象：主要是利用谐音，如霍启，祸起也；贾赦，假赦也；贾敬，假敬也；单聘仁，善骗人也；詹光，沾光也；卜世仁，不是人也；政，正也；贾，假也；甄，真也；探，叹也；笑，孝也；千红一窟，千红一哭；万艳同杯，万艳同悲等。

以义为象：贾赦，即假赦，有罪不赦也；史太君，太史君也；元春，孟春、梦春；迎春，仲春；探春，季春等等。

诸如此类很多，用此字，便有此字的象征。《太平闲人〈石头记〉读法》云："《石头记》无一句闲文。"第四十二回，闲人回评："是书不惟无闲话，并无闲字。"第四十八回，闲人夹批："是书无闲字，视为闲文，便错。"

(四)《红楼梦》以《易》卦设象,为小说空前绝后的表现手法

《易》卦是《易》经的核心内容,《红楼梦》以《易》卦设象,这是《红楼梦》深邃之所在,这在其他小说绝无仅有。

贾府四春演四卦。清《红》评家太平闲人张新之《太平闲人〈石头记〉读法》云:"书中借《易》象演义者,元、迎、探、惜为最显,而又最晦。元春为《泰》☷,正月之卦,故行大。迎春为《大壮》☰,二月之卦,故行二。探春为《夬》☱,三月之卦,故行三。惜春为《乾》☰,四月之卦,故行四。然悉女体,阳皆为阴,则元春《泰》转为《否》☷,迎春《大壮》转为《观》☷,探春《夬》转为《剥》☷,惜春《乾》转为《坤》☷,乃书中大消息也。"这是有关红学最精彩、最深邃的评批。详情可见余著《诗评易注红楼梦》一书中《贾府四春演天人合一之〈易〉变》一文。

太平闲人又指归:

《红楼梦》中刘姥姥演一《坤》。

《红楼梦》第四十四回,贾琏、鲍二妇演一《姤》。

余判定:

《红楼梦》中甄士隐演一《遁》。

《红楼梦》"风月宝鉴"、大观园演一《观》、一《涣》。

诸如此类,在此不多赘述。《红楼梦》用卦象演绎小说,若隐若现,太平闲人用三年时间分析出刘姥姥演一《坤》之象,可谓精彩纷呈,这是太平闲人评批一大贡献!古今小说,何能望《红楼梦》之项背?

(五)《红楼梦》以诗歌设象,为文学艺术表现手法一大发明

《红楼梦》第六十三回,在怡红院为宝玉庆生日,众人玩掷骰子抽签占花名的游戏,每签上有一句唐人诗句,这些诗句都是抽签者的象征。《红楼梦》中的诗词、对、额,都不是随便制作,而是为小说服务的诗"象"。

《太平闲人〈石头记〉读法》云:"书中诗词,各有隐意,若谜语然,口说这里，眼看那里，其优劣都是各随本人，按头制帽，故不揣摩大家高唱。"第十八回，太平闲人夹批："此书凡有诗词，皆就个人才情设之。""每一诗词必顾书旨，必隐寓意，必按本人，有许多束缚，亦不易也。"像《红楼梦》这样大量的以格律诗设象，古今小说未见。诗词是文学的精华，以格律诗设象是《红楼梦》"文学的也"得以充分展现的原因，也是它的艺术水准之所在，为小说设象的一大发明。

三、有关《红楼梦》设象类比

《易·系辞上传》云："方以类聚，物以群分。"三国·魏·注《易》的王弼说："触类可为其象，合意可为其征。"《易》可以触类旁通，"类"是共性的事物的集聚，把不同范畴的事物按五行分成五类，后人称为五行阵。因此可任取一范畴为对象，象征另一范畴相应的事物。

以"鬼"为范畴论《红楼梦》中人物之象，清红评家诸联《明斋主人总评》云：

贾赦色中之厉鬼，贾珍色中之灵鬼，贾琏色中之饿鬼，宝玉色中之精细鬼，贾环色中之偷生鬼，贾蓉色中之刁钻鬼，贾瑞色中之馋痨鬼，薛蟠色中之冒失鬼。吾谓秦锺色中之倒运鬼，湘莲色中之强鬼，贾蔷色中之倒塌鬼，培茗色中之小鬼。

以"花"为范畴论《红楼梦》中人物之象，清红评家诸联《明斋主人总评》云：

园中诸女，皆有如花之貌，即以花论：黛玉如兰，宝钗如牡丹，李纨如古梅，熙凤如海棠，湘云如水仙，迎春如梨，探春如杏，惜春如菊，岫烟如荷，宝琴如芍药，李纹、李绮如素馨，可卿如含笑，巧姐如酴醿，妙玉如蔷薇，平儿如桂，香菱如玉兰，鸳鸯如凌霄，紫鹃如腊梅，莺儿如山茶，晴雯如芙蓉，袭人如桃花，尤二姐如杨花，三姐如刺桐梅。而如蝴蝶之栩栩然遊于其中者，则怡红公子也。

余著《诗评易注红楼梦》中，以"诗"论象：

黛玉为诗仙，宝钗为诗圣，宝玉当为诗佛，湘云为诗豪，妙玉为诗灵，宝琴为诗精，刘姥姥为诗宗，元妃为诗皇，探春为诗王，迎春为诗懒，惜春为诗惰，李纨为诗评，凤姐为诗盲，香菱为诗呆，岫烟、李纹、李绮为诗客，西洋女为诗通，贾政为诗迂，贾赦为诗商，贾环为诗无常，薛蟠为诗痞，贾雨村为诗贼。而总括造就诗事活动者，乃第一诗人雪芹也。

"象"是个大字眼，它是《易》理中的重要内容。它是归属于"有"的层次的现象，但它又兼"无"的层次特点，是"有"的层次中高层次的现象，它既可成形成器以象，又可纯为"在天成象"的一种现象，《红楼梦》通过小说故事的万象，展现给读者、留有记忆的将是以人物为主的一种生动的形象、触类旁通的化象、恒定概念的抽象。

附文：

释"象之义"

"象"是表达《易》理的一种方式。"象"在《易》中有两种方法、两种含义：

一、做名词，指形象、表象。《易·系辞上传》云："在天成象，在地成形。""见乃谓之象，形乃谓之器。"《红楼梦》中有众多人物形象、物象之描写，这属于文学艺术的范畴，这种情况在此不多谈。

二、做动词，意思是象征。《易·系辞上传》云："圣人有以见天下之赜，而拟诸其形容象其物宜，是故谓之象。"《易·系辞下传》云："是故易者，象也；象也者，像也。"象征是《易》经最基本、最主要的思维方式和表达方式

《易》以符号设象而为卦，符号既是象，它又形成卦之抽象。卦象又叫卦体，卦体由一"—"阳爻和一"--"阴爻的符号组成。除符号外，为说明卦、爻的含义，卦又以物为象，并随着卦的次序以及爻位的层次变化，取象也随之丰富。中国传世的经典都有"经"、"纬"之说，解释经者为纬，《易》经有十翼作纬，其一为《象》传，可见象之重要。

《易》卦名与其象如下：

太极：符号取象为"—"，取物象为天，为一气。

两仪：太阳符号取象为"—"，取物象为天，为日；太阴符号取象为

34.《红楼梦》与《易》象

"--",取物象为地,为月。

四象:老阳符号取象为"⚌",取物象为夏,为南;

老阴符号取象为"⚏",取物象为冬,为北;

少阳符号取象为"⚎",取物象为春,为东;

少阴符号取象为"⚍",取物象为秋,为西。

八卦:八卦是《易》卦中最重要的基本卦,称为小成卦,又称单卦、经卦,由三爻(三才)而成卦。

为了便于记忆,有八卦取象歌:乾三连　坤六断　震仰盂　艮覆盌 离中缺　坎中满　兑上缺　巽下断

这个口诀是根据八卦各卦的卦形而来,所谓乾三连,即三爻由三阳爻相连而成;所谓坤六断,即三爻由三阴爻中断而成,据此而得出其他六卦卦形之象形。八卦实际也是八象。

八卦取象在于显示该卦的性质,物象即卦性之象征,卦象就是挂起来,以示其意于人,达到"立象尽义"、"挂象明义"之目的。八卦各有其性,《说卦传》云:"乾,健也。坤,顺也。震,动也。巽,入也。坎,陷也。离,丽也。艮,止也。兑,说(悦)也。"

八卦取象一览表

卦名	乾	坤	震	巽	坎	离	艮	兑
卦形取象	☰	☷	☳	☴	☵	☲	☶	☱
象征物	天	地	雷	风	水	火	山	泽
象征性质	健	顺	动	入	陷	丽	止	悦

上述表中八卦取象仅是例举,实际取象很广,如以家庭而论,乾为父,坤为母,震为长男,巽为长女,坎为中男,离为中女,艮为少男,兑为少女。不再例举。

至于六十四卦,这是由八卦重叠而成,由六位的六爻而成卦。六十四卦,称为大成卦,又称复卦、别卦。六十四卦分别预示六十四种事物、现象。六十四卦各有卦象、爻象,解释卦象而取物象的即《大象传》;解释爻象而取物象的即《小象传》。有的卦名也是象,如《井》、《鼎》等。

《易》卦取象极为丰富,天文地理,动植物都成为取象的对象,这是《易》经的特点之一。

35.《红楼梦》与《易》数

《红楼梦》第十七回,说妙玉的师傅"精演先天神数",太平闲人张新之评批:"是书有先天神数。"什么是先天神数?《河图》、《洛书》是也。从《易》的内容看,卦、象、数、理是构成《易》经内容的重要组成部分。伏羲画卦得自《河图》、《洛书》的启示,《易·系辞上传》云:"河出图,洛出书,圣人则之。"宋代大儒朱熹编著的《周易本义》把《河图》、《洛书》放置在卷首。一至十每个数都有各自的含义。一、三、五、七、九为奇数,《易》以奇数为阳;二、四、六、八、十为偶数,《易》以偶数为阴。一、二、三、四、五为生数;六、七、八、九、十为成数。一至十10个数组成伏羲发现的《河图》;一至九9个数组成大禹发明的《洛书》;所以一般称《河图》为10数图;称《洛书》为9数图。由于"图"、"书"与"先天八卦"、"后天八卦"相搭配,故《易》数具有天时地位的道理,《易》数即是象,即是理。

一、一至十10个数的一般概念

《钟吕传道集》云:"收真一,察二仪,列三才,分四象,别五运,定六气,聚七宝,序八卦,行九州。"因此每个数各有不同的概念。

由一至二直到十,寓意自然衍变分化的概念,也是贯彻哲理的数论,这个数论在《红楼梦》中有充分的体现,这是任何其他小说无法比拟、高不可攀的。

一,为气、为理、为太极,"0"为太极之静;"一"为太极之动。"伏羲一画开天"之开,即太极之一动,由于太极与"一"密切相关,太极又叫太一。《庄子·天下》:"至大无外,谓之大一;至小无内,谓之小一。"太极为形而上,《易·系辞上传》云:"形而上者谓之道。"所以太极又曰

35.《红楼梦》与《易》数

道。太极在道家谓之无,在释家谓之空。《红楼梦》首回,演大荒山、无稽崖、青埂峰,便是演太虚幻境,太虚幻境即太极。《红楼梦》首回云:

此开卷第一回也。作者自云,曾历过一番梦幻之后,故将真事隐去,而借通灵说此《石头记》一书也。

"此开卷第一回"之"开",即"一画开天"之"开";"梦幻"即"太虚幻境";"第一"之"一",即"道立于一"、"道起于一"之"一"。"一番"乃"一贯",即"一"而贯之;《石头记》一书",一即一切;一切入一,万法归一之一书。开篇三个"一"便融道、释、儒三家对"一"的重视,《红楼梦》开篇说女娲氏炼石补天剩下一块石头,实际就是演"一"。第十七回"抬头忽见山上有镜面白石一块";稻香村"忽见篱外有一石",都是演石之"一"。《石头记》的传人是空空道人,空兼道,道兼空,此人可谓太一之真人。茫茫大士、渺渺真人下凡度人,便是演太极之动,且此"一"动贯穿全书,无此动便无《石头记》,所以"一"太重要了,如果仅仅理解"一"为"一个"之数,便未悟"一"之真谛。

第四回,说英莲(后来的香菱),"他眉心中原有米粒大的一点胭脂痣,从胎里带来的",曰胎,一团真气,便是言人的源头之征;一点,太极起于一点,故太平闲人夹批:"太极一点,大道寓焉!"香菱是贯穿《红楼梦》始终人物,这"从胎里带来的""一点胭脂痣",兆象太极"一而贯之"之作用。

第六十二回,宝玉生日,受赠之物,"或有一扇的,或有一字的,或有一画的,或有一诗的。"太平闲人夹批:"一扇,一善也,为《大学》之明德;一字为《春秋》之褒贬;一画为大《易》之奇偶;一诗为《国风》之正变。"这四个"一",都是中国文化源头之一隅。老子《道德经》云:"昔之得一者:天得一以清,地得一以宁,神得一以灵,万物得一以生,侯王得一以为天下正。"所以"一"是个大字眼,是带有源头哲理之大数。有的取名,往往直取用"一",第八十回,那个名气很大,竟能够开出妇女《疗妒汤》"药方"的老王道士,诨名"王一帖","一帖"显现其所制膏药之灵。太平闲人夹批:"膏药象太极,合乾坤为一体。"所以流传"一帖"就灵。

《礼记》是《礼经》的重要篇章，《礼记·礼运》云："是故夫礼，必本于大一。"由此便表明了《礼记》的层次。

二，为气、为阴阳。《易·系辞上传》云："易有太极，是生两仪。"又云："分而为二以象两。"老子《道德经》云"一生二"，所以"二"由一分而形成。《庄子·天下》提到："一尺之棰，日取其半，万世不竭。"《朱子语类》云："一分为二，节节如此，以至于无穷。"宋代大易家邵雍《黄极经世观物外篇》云："一分为二，二分为四，四分为八，八分为十六，十六而三十二，三十二而六十四。故曰分阴分阳，迭用柔刚。"很显然，邵雍之谈，正是依据《伏羲六十四卦次序图》所演绎出的数论。二十世纪六十年代曾批判杨献珍的"合二为一"论，提出"一分为二"观，其实并非新哲观，乃是祖国传统文化最基本的认识论。

太极一判而分阴阳。《易·系辞上传》云："一阴一阳之谓道。"阴阳极为重要，太极图就是阴阳图。《红楼梦》演阴阳的概念比比皆是，在此只列举直接用"二"的事例。

第二回，贾雨村在酒肆遇见冷子兴，冷子兴说"奇遇，奇遇！"雨村说"偶遇"，这"偶"便是"二"。太平闲人夹批："一说奇遇，一说偶遇，奇偶相参，一阴一阳，便是《易》道六十四卦所从出。"运用奇偶，便是判用阴阳，便是一分为二，这就是"二"的哲理概念。

第七回，宁府焦大"先骂总管赖二"，这赖二，依赖其二也，二为阴阳，阴阳乃大总管也。赖者，不敢负责谓之赖，这里的阴阳乃情理也，无情无理，必遭焦大一骂"瞎充管家！"

第十五回，宁府为可卿出殡丧，路过一农家，见一农家会纺纱的姑娘二丫头，太平闲人夹批："借此纺车设轮回之象，为二丫头，钗、黛视此矣。"《红楼梦》中有二个主要丫头，一黛一钗，一主一宾，一木一金。

第二十四回，有个醉金刚轻财尚义侠倪二。倪，谐音通泥，太平闲人夹批："倪即是泥，泥之为物，一土一水，故云倪二。有土有水，则木生矣。此正抑金扶木，为黛玉叫不平作用也。"

第四十四回，演一鲍二妇和琏二爷之婚外恋。二者，阴阳也，男女也。二妇者，二男之妇。此节演一《姤》卦，演鲍二妇以"二妇"报复凤姐。

35.《红楼梦》与《易》数

除此之外，诸如第二十五回"通灵玉蒙蔽遇双真"，双真，一僧一道，一祖一天。第三十一回"因麒麟伏白首双星"，湘云和翠缕大论阴阳，便是演双星，便是论"二"。"二"为阴阳，但是是何样阴阳，要具体分析，不然陷入机械唯物论。

三，三才；八卦第三爻也。生发之象，故老子《道德经》云"三生万物"。第一回云"三生石畔"，即云此石具天、地、人三才之生气。又用典故，此石在浙江杭县下天竺寺后山，涉唐代李源与圆泽事，见唐代袁郊《甘泽谣》。

四，四象。第四回"护官符"云四大家族，演"连络有亲，一损俱损，一荣俱荣，扶持遮饰，皆有照应"的有顺逆而无生克之象。

五，五行，即五类气之功用。五行有生克。《红楼梦》中主要人物，各有五行定位，以演成败兴衰。

六，十二地支相互关系，有合、冲、刑几大类别的组合。六为老阴，故《易》卦用六，以示爻之阴也。

七，少阳之数，又为巧数。凤姐女儿大姐儿生于七月初七，故刘姥姥为之取名"巧姐"。世上事没有"如果"，偏偏有巧合。刘姥姥取其名甚好。

八，八卦；八为少阴之数。《红楼梦》一书多次提到"温八叉"，太平闲人夹批："温飞卿八叉也，一部《易》卦无非八叉。"（第七十五回）

九，九宫、九畴，老阳之数，故《易》卦用九，以示爻之阳也。

十，天干，五行之阴阳。彼此亦有合化、相冲、相刑种种情形的组合。十有完足之意，《红楼梦》演天缺地陷、人无完人，哪有十全？

二、十之外几个重要数的一般概念

十二，代表周，年有十二个月；日有十二辰。"十二"又是地支之数，根据五行生克，故地支有六合、六刑、六冲种种组合，这正是《红楼梦》屡屡提及"命运"一词的依据。"十二"又是"辟卦"之数，所以"十二"是中国传统文化"天人合一"观念的一个很重要的数。《红楼梦》屡演"十二":女娲氏补天之顽石,长、宽、高各十二丈;《红楼梦》五个书名中,《金陵十二钗》为其中之一,金陵之钗者,正册十二人。此外有《红楼梦》十二曲(除序曲、尾声)、十二个仙女、十二个戏子、十二个女尼、十二个女道,十二个小沙弥,十二个小道士,杂色缎十二疋,各色纱十二疋,宫绸十二疋,王一贴"共药一百二十味"等。冷香丸的成分也是皆取十二,诗社咏《菊》也是十二首。第八回,贾母送给秦钟一个金魁星,太平闲人夹批:"魁为十二鬼,十二钗鬼而已。"

十五,《易纬·乾凿度》云:"十五之谓道。"十五是《河图》、《洛书》之恒数。

五十,《易·系辞上传》称之为"大衍之数五十。"

三、《红楼梦》演《河图》,以《河图》为根据

第三十九回"村姥姥是信口开河",太平闲人回批:"曰'信口开河',《河图》也。"什么是《河图》?按惯例,《河图》为10数图。据传伏羲氏王天下,龙马负图出于黄河,遂则其文以画八卦,见图1。

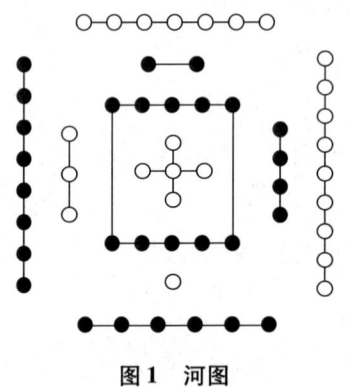

图1 河图

《河图》其数一六居下,二七居上,三八居左,四九居右,五十居中。按照五行学说,10个数的《河图》包容天时地位之涵义,从而形成重要的数字模式图。

《易·系辞上传》云:"天一,地二,天三,地四,天五,地六,天

202

35.《红楼梦》与《易》数

七，地八，天九，地十。天数五，地数五，五位相得而各有合。天数二十有五，地数三十，凡天地之数，五十有五，此所以成变化而行鬼神也。""大衍之数五十。"《河图》与天时地位密切相关：三、八居东为木、为春；二、七居南为火、为夏；四、九居西、为秋；一、六居北为水、为冬；五、十居中为土、为长夏（四季土）。《红楼梦》既秉《易》道，当然其内涵结构便符合《易》数。

大衍之数是五十，五、十又是中、土的信息，太平闲人夹批："五行四象全归土也。"（第六十六回）中土主运化，石为土之核，玉为石之精，宝玉讲"男人是泥做的骨肉"，这泥即土，刘姥姥、贾母、宝玉均为五、十之数。太平闲人夹批："按《河图》三变生木，四化生金，五为衍母，十为衍子，子母相生，生息无穷。又五变生土，十化成之。"（第三十九回）贾母、宝玉、刘姥姥都是书中主宰、主运化的人物，特别是贾宝玉祭晴雯，自言"黄土陇中"（第七十九回）这"黄土"即宝玉，这"土"一身两任，既为土核之石，又为石精之玉，在数为五、十，故《红楼梦》屡言五、十：

1. 第十二回，"他俩做好做歹，只写了五十两银子。"太平闲人夹批："书中许多一五一十，其数皆起于此。"

2. 第二十六回，"小红总替她一五一十的数了收起。"太平闲人夹批："一五一十，中央成数，土也。"

3. 第六十九回，"凤姐将尤氏那边所编之话，一五一十，细细的说了一遍。"太平闲人夹批："一五一十，书中要旨。"

4. 第一百十九回，"（平儿）便一五一十的告诉了，把个刘姥姥也吓怔了。"太平闲人夹批："千变万化，其道无穷，不过一五一十而已。"

上面所举"一五一十"之4例，表明作者对"五、十"中土运化的重视、对"五德"之"诚信"的重视！贾宝玉即为中土，书中自然有其"五、十"的描述：

第八回，贾宝玉探望病愈的宝钗，宝钗见贾宝玉身上"系着五色蝴蝶鸳绦"，宝钗借机要看贾宝玉佩戴的宝玉，书中形容这块宝玉"莹润如酥，五色花纹缠护着"，明告是五色；第二十五回，贾母为宝玉消灾除邪，听了马道婆的话，欲点海灯供奉西方大光明菩萨，马道婆说出一天用油"四十八觔"、"二十觔"、"十觔"、"八觔"、"三觔五觔"不等之数，并说太多也不好，"大则七觔，小则五觔也就是了。"贾母道："既是这样说，便一日五觔，每月打总儿来关了去。"这里的"觔"其数明明是"五"。就连马道婆用符咒驱魔害宝玉，也要用"五个青面鬼"其数是五对五；青为木，木克土，这"五个青面鬼"着实把贾宝玉害得够呛！

《红楼梦》为"石头"所记，《脂评甲戌残本》首卷《凡例》有句"是自譬石头所记之事也。"石头在数为"五"，故《红楼梦》一书有五名：《石头记》、《红楼梦》、《风月宝鉴》、《情僧录》、《金陵十二钗》。书名为书的门面，大观园的大门为芳园的门面，书名有五，故大观园大门门面也是五间，进了中五生数大门才能大观。"石头"所"记"之梦，必然"披阅十载，增删五次"，增删即阴阳，"五次"即中五运作，"十载"乃十年成之。

中土五和东方木关系：先天《河图》，天三生木，黛玉下凡前本为天上"三生石畔"一株绛珠草，这是林的先天之象。天三生木，加中土五的甘露灌溉，地八成之。东方木，林也。太平闲人夹批："五成土，八成木，黛得所归矣。"（第六十三回）三、八为东方木数，为黛生、成气数。《红楼梦》言黛多用三、八之数。如第七十六回，黛玉和湘云咏《月》联诗，起句"三五中秋夕"，"三、五"者，即"木石前盟"的气数。

中土五和西方金关系：先天《河图》，地四生金，然而生金为地，故宝钗前身在天无象。地四生金，加中土五的"亲候"，天九成之。西方金，钗也。四、九为西方金数，为钗生、成气数。第三十八回，宝钗作《忆菊》、《画菊》、《咏蟹》三诗，三次用"重阳"一词，"重阳"九九之数也。曹公博学多知，何必三诗三用"重阳"一词？以"重阳"示数象也。第五十二回，宝钗因笑道："下次我邀一社，四个诗题，四个词题，每人四首诗，四阕词。"宝钗均未离西方金之"四"。"四、五"即金玉良缘之气数。

从《河图》不难看出："天三"高于"地四"，在天黛玉有象，宝钗无象；在地经众多相关的中土五的运作，宝钗天九成之，而黛地八成之，

"天九"高于"地八",金玉良缘胜于木石前盟之气数。

《河图》10 数图,为数定位、定性、定生克、定生成,以示圆道循环的兴衰规律。

四、《红楼梦》演《洛书》,以《洛书》为根据

什么是《洛书》?按惯例,《洛书》当为 9 数图。据传大禹治水,神龟背负其文出于洛水,有数至九,禹遂因而第之,以成九畴。《周易正义》云:"其文载九履一,左三右七,二四为肩,六八为足,而五居中。"见图 2。

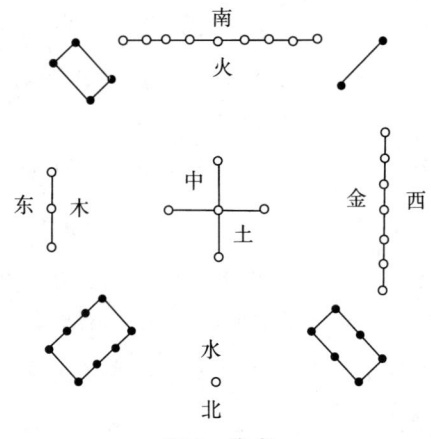

图 2 洛书

《洛书》9 数图是世界上出现最早、一至九 9 个数只用一次组成用数最少的幻方。《洛书》非常重要。《易·系辞上传》云:"参五以变,错综其数。通其变,遂成天下之文;极其数,遂定天下之象。"此言即指《洛书》。"三五"含义博大,《礼记·礼运》、《孔子家语·礼运》云:"是以三五而盈,三五而缺。五行之动,迭相竭也。""三五"者有月中十五之含义。古人又解"三五"为《河图》之数者,《黄庭外景经·涵虚》篇注:"东三南二,一五也;北一配(西)四,二五也;戊己本五,三五也。此三五方全两家之体,圣人即曰三五,可谓慈而明矣。"但"三五"更寓《洛书》的特点,即纵、横、斜三个数之和都是 15。《洛书》总和 45,是

由三个 15 组成，45 是 15 的三倍，恰是圆周长和直径之比，可知《洛书》体现圆道循环之象。《周易启蒙》云："河图，……数之体也。洛书，……数之用也。"

《红楼梦》必言"三五"。第一回，贾雨村咏《月》第一句便是"时逢三五便团圞"；第七十六回，黛玉联诗起句是"三五中秋夕"。《红楼梦》一书前八十回一首一尾两诗都离不开"三五"。"三五"言变化，太平闲人夹批："所括三五，通部《易》道。"（第一回）"是俗语，是《易》道。"（第七十六回）

"三五"之重，还可见证两回诗社活动：第五十回"芦雪庭争联即景诗"、第七十六回"凹晶馆联诗悲寂寞"，此两次即景联诗皆三十五韵、七十句。三十五韵，当为奇；七十句，又为偶，奇偶相参，阴阳交易。太平闲人评："芦雪庭联句亦三十五韵，此（凹晶馆联诗）即彼（芦雪庭联诗）之复本，一部缺陷一部《易》道，统括'三十五'三字中。""三十五"，即三个十五，即"三五"，此乃《洛书》、《河图》之数。

《易纬·乾凿度》云："阳以七、阴以八为象，易一阴一阳，合而为十五之谓道。阳变七之九，阴变八之六，亦合之十五，则象变之数若一也。阳动而进，变七之九，象其气之息也。阴动而退，变八为六，象其气之消也。故太一取其数以行九宫，四维四正皆合于十五。"九为阳，象其气之息，九，钗也；八为阴，象其气之消，八，黛也。九为老阳，九为天；八为少阴，八为地，而地法天，天高于地，故黛不敌钗，清红评家诸联《明斋主人总评》："宝玉于黛玉，木石缘也。其于宝钗，金玉缘也。木石之与金玉，岂可同日语哉！"

五、数分阴阳，《红楼梦》以数示象

从《河图》、《洛书》可知，《易》以奇数为阳，以偶数为阴。第二十二回，迎春制谜诗有句"只为阴阳数不同"，《红楼梦》一书，以数示象有充分的展示。

第一回，女娲氏炼石补天三万六千五百零一块，此数便是奇数。单单

35.《红楼梦》与《易》数

剩下一块未用,这剩下一块便是宝玉,亦是奇数。太平闲人评:"一者,奇也。"天为阳,补天当然得用奇数石去补。实补为偶,未补全,恰为天缺。又比如,元春象征气数之天,故他"大年初一所生";元春省亲定在"明年正月十五";她为大观园正殿题额"九州万国被恩荣";元春死于"是年甲寅年十二月十八日立春,元春薨日,是十二月十九日",亡日"已交卯年寅月而得一日春。"这"大年初一"、"正月十五"、"九州"、"十九日"、"一日春"皆为奇数日,元春为气数之天,用数故为奇,而且是至极之阳数象。第一回书中云"生在大年初一,就奇了。"奇,一字两音,一读音为 qí,又一读音为 jī,奇则非偶,为阳数也。

刘姥姥演一坤,坤为阴,在数当偶,故一进荣国府求助,得凤姐赠银二十两;二进荣国府得凤姐赠银八两,王夫人赠银一百两。这二十两、八两、一百两皆是偶数,正是一坤之象。别人用的是"乌木三镶银箸",唯刘姥姥用的是"老年四楞象牙镶金的筷子"。贾府众人赠给刘姥姥"两个茧绸"、"两匹绸子"、"两斗御田粳米"、"两件袄儿和两条裙子"、"四块包头"等等都是偶数坤象。刘姥姥为巧姐送祟,"用五色纸钱四十张,向东南方向四十步送之",亦是偶数坤象。第四十回,鸳鸯三宣牙牌令,为刘姥姥出上句皆未离"四"之偶数阴象,如鸳鸯讲:"左边大四是个人",刘姥姥对句"是个庄稼人罢"!庄稼人以土为生,纯坤之象;"四"亦为偶数阴象,游戏象数与其本色身份完全吻合。刘姥姥表达心意"已念了几千佛了"、"千恩万谢",又是偶数之坤象。

"阴"又往往代表消极的、晦暗的象,所以偶数往往反映这样的象。例如,像贾雨村这样的人,本来男为阳、又当官,在数当为奇,但偏偏曹公以偶数示其象,第一回,甄士隐资助贾雨村,说"十九日是黄道之期",可"买舟北上"京都"求取功名",但贾雨村留言"读书人不在黄道黑道","他于十六日便起身赴京",太平闲人评此:"弃九用六,背阳用阴,明写一恶人。"(第二回)又如,第二回,冷子兴演说荣国府,说:"这位珍爷也倒生了一个儿子,今年才十六岁,名叫贾蓉。"太平闲人评:"无所容于天地之间也。十六乃二八,重阴之数。"古人扶阳抑阴,我们从人物的用数上,不难看出作者对书中人物的褒贬。

第四十回，凤姐儿便拉过刘姥姥来，笑道："让我打扮你。"说着，把一盘子花，横三竖四的插了（刘姥姥）一头。太平闲人夹批："横三竖四，阴阳纵横。"

我们对《红楼梦》前八十回中很多人物的结局不得而知，但我们是否可以通过数字进行一些推测。第七十回，表明探春的生日是"三月初三"，其生日巧合王母娘娘生日，是否兆象探春将来亦为娘娘？第二十六回，表明薛蟠的生日是"五月初三"，而五月初一至初五为毒日，薛蟠恰生于五月初三，可谓中毒之深。以毒日起，必以毒日而终，薛蟠结局当以恶报而终。

当然，作为数，有其计算多少的数词原理，这在《红楼梦》中是不言而喻的，数词的运用是为故事情节服务的。如第十三回，王凤姐协理宁国府，由其稳坐中军帐分派众多人事的数象，便看出"男人万不及一"的凤姐才干；第十八回，由接待元春种种数象的描写，便显示出荣国府的奢华和礼仪的隆重；第二十五回，贾宝玉受马道婆之巫术而中邪，多亏世外高人施救，癞头和尚持颂摩弄了贾宝玉佩戴的那块宝玉，显灵"除邪祟"。第二十六回讲"话说宝玉过了三十三天之后"痊愈。佛家有三十三天之说，即忉利天，乃得助之象；第二十八回，由娘娘元妃赐物数象的差异，看出元妃对钗、黛态度的厚薄，这直接影响到宝玉的婚姻；第四十二回，宝钗开出详尽的绘画大观园的用料单，不仅看出宝钗是行家里手，也暗示书亦半、画亦半的结局。太平闲人回评："凡有之物，及一切数目，悉有实际可指，非随意填写者。"第五十三回，乌进孝为宁府送来收取庄园账目数象，显示出官宦苛捐杂税何等严重，贾府中贾家人并不多，消耗却如此之大，而且入不敷出，如何不衰败？

显而易见，《红楼梦》巨著早已进入数字化的王国了。

六、《红楼梦》中诗词用数之艺术

这里讲的数是哲理之数，即《易》理之数，因此，其数在《红楼梦》中起着大结构的作用，这些《易》数，是一种数理的抽象，它又配合相应的卦，阐述的是形而上下、阴阳五行、天人合一的大道哲理。这种《易》数的运用，不仅仅贯穿在是书的小说故事中，而且巧妙地应用在《红楼梦》的诗词中，大显其文学艺术性的品格，而且是高雅的文学艺术性的品格。王国维先生讲《红楼梦》"文学的也"。

第五十回，凤姐为芦雪庭联诗开了一句头"一夜北风紧"，太平闲人评："曰紧，曰一夜，则速而且急，其阴寒尚可御乎！"这里的"一"，已不是简单"一夜"的计数，北风来势不仅凶猛、强烈，而且毫不停止，已有包一切、扫一切的收藏之象，有始则有终，有生发则有收藏，这是何等严峻的数理规律。

《红楼梦》中诗词的数字，是文学的数字，又是哲理的数字，很精彩。比如第一回"一把辛酸泪"、"未卜三生愿"、"频添一段愁"、"时逢三五便团圞"、"天上一轮才捧出"、"人间万姓把头看"等等。此外，如黛玉作的"一畦春韭绿，十里稻花香"、"偷来黎蕊三分白，借得梅花一缕魂"；宝玉作的"软衬三春草，柔拖一缕香"、"绕堤柳岸三篙翠，隔岸花分一脉香"；探春作的"隔座香分三径露，抛书人对一枝秋"；等，这些含数字的诗句，使我们久久不能忘怀。

《红楼梦》极为重视诗词格律，诗词格律是文学中的精华，是最高层次的文学形式，如果用数字概括"格律"，当是一韵（太极之和）；二平仄、对仗（阴阳）；三当为奇之五言、七言。诗词格律的应用，特别是格律诗中数字对仗的应用，为《红楼梦》陡增风采。

七、《红楼梦》中的《易》道：用九、用六

《易》卦形容六阳爻在卦中位置为初九、九二、九三、九四、九五、上九；形容六阴爻在卦中位置为初六、六二、六三、六四、六五、上六。用九、用六是判定爻位的阴阳。《红楼梦》第六十三回，可看成巧妙将九、六用于掷骰点数，九、六点居多。其掷骰数的设计有对有错，余已改正其错，发扬光大用九、用六的数理，详情可见附后《诗评易注红楼梦》中的《漫谈抽花名签座次位置，及掷点骰数》。

附文：
漫谈抽花名签次位置，及掷骰点数

在怡红院为宝玉庆生日，宝玉提出占花名玩，获得同意，又请来诸姐妹，在炕上又并了一张桌子，大家围坐一圈。太平闲人张新之夹批（以下简写为闲人批）："圆桌不可并，并的自然是方桌，易圆为方，易阳为阴矣。"桌为方，人外围圆，天圆地方之象。闲人曾夹批："一方一圆，统赅《易》道。"（第九十二回）《易·系辞上传》："蓍之德圆而神，挂之德方以知。"占而得花名签，占即卜，签即蓍，通过签以知占卜者的命运，此游戏已含《易》道。晴雯拿了一个竹雕的签筒，里面装着签子。掷骰，按骰子显示的点数点人，点中者抽花名签，按签中所注示的要求或奖或罚，然后再掷骰，往复循环进行，这就是占花名签游戏的玩法。

抽签取决于掷骰，掷骰显示的点数，便含《易》数之理，符合人物的身份。晴雯首掷六点至宝钗，闲人批："摇签摇骰必用晴雯，黛为主也。六点偶数，黛当偶也。而偶而不偶，乃至宝钗。"宝钗掷十六点而至探春，闲人批："此席计十六人，故必掷十六点，所谓冠也。而十为成数，六为偶数，乃成金玉姻缘。"探春掷十九点而至李纨，十为成数，九为阳极，兆日后探春也为王妃之象。闲人批："十有九则缺一，总一缺陷而已，故到李氏。"李氏未掷下家掷，下家黛掷十八点而至湘云，闲人批："十为成数，八又李之成数。"（《河图》：天三生木，地八成之。李为木，为东，为春。地八，为西，为秋，故成之。）湘云掷九点而至麝月，闲人批："九为老阳，阳极阴生。月，阴象也。"麝月掷十点而至香菱，闲人批："十为成数，风月鉴完，故到他。"是书女子，首起香菱（第一回），终结香菱（第一百二十回）。香菱掷六点又至黛，闲人批："偶数到黛，与晴雯（掷）同点。"作者胸中为黛不平，坚持黛当偶。黛玉掷二十点而至袭人，闲人批："十为成数，二十则双成矣。隐再嫁，故到袭人。"

此席多少人？闲人批已明告："此席计十六人。"怡红院里为宝玉过生日，袭人讲："我们八个人，单替你过生日。"这八个人是袭人、晴雯、麝月、秋纹、芳官、碧痕、春燕、四儿，加之宝玉共九人。后又邀请加入李纨、黛玉、宝钗、探春、湘云、宝琴、香菱七人，所以合计十六人。我们

35.《红楼梦》与《易》数

不妨看看是如何围坐的,即十六人的坐次位置。

掷骰点数和坐次位置是什么关系?实际的游戏是先有坐次位置,后有掷骰点数,故掷骰点数和坐次位置无关;我们现在不知坐次位置,必须按书中每人掷骰点数所传递的信息,推算出每人坐次位置,这样每人掷骰点数和每人坐次位置就密切相关,由掷骰点数就可以确定坐次位置。一旦坐次位置确定,掷骰点数又和坐次位置无关了,因为不可能再变换坐次位置。

一个骰子六个面,从一至六每个面一个骰点数,《红楼梦》一书中显示出最小的骰点数为六,最大的数为二十,所以估计晴雯盛在盒内的骰子至少为四枚,因为若为三枚,最大数面之和仅为十八,不够二十;但也不会为七枚,因为若为七枚,最少数面之和为七,超过掷骰点数六。一般玩者为五枚。

在推算坐次位置时,应明确计点数的起始算法,如以自身的下家起计,因为有人(如宝钗)掷出十六点,数点计数一周恰恰十六数到自身,而在书中明文告之并非如此,"宝钗又掷了一个十六点,数到探春",所以计数的起始必以自身为"一"。探春必然靠着宝钗,为宝钗的上家。

可以任选一个位置为晴雯始掷位置,这个位置就确定为1号位。是顺时针还是逆时针计数均可,只须确定其一。现在我们确定逆时针计数,推算十六位游戏参加者的坐次位置。

把书中提供的掷骰人姓名、掷骰点数的信息归纳如下:

晴雯掷六点至钗;

钗掷十六点至探;

探掷十九点至李;

(李未掷,下家黛掷)

黛掷十八点至湘;

湘掷九点至麝月;

麝掷十点至香菱;

香掷六点掷黛玉;

黛掷二十点至袭人。

从晴雯起掷到湘云,便得到图

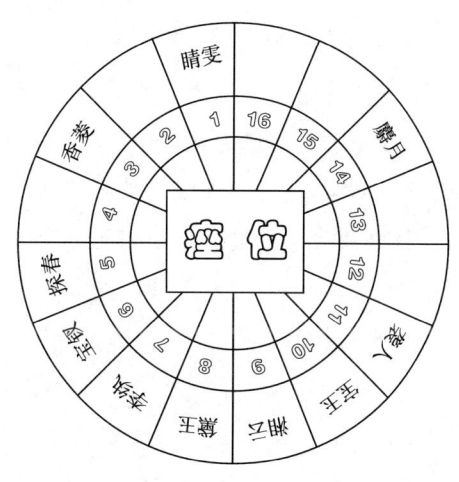

占花名签坐次位置图

211

中七人的坐次位置：即晴雯1号位、宝钗6号位、探春5号位、李纨7号位、黛玉8号位、湘云9号位、宝玉10号位，计七人坐次位置。其中宝玉位置由湘云得签中注云"只令上下两家各饮一杯"而知；黛玉为湘云上家，宝玉为湘云下家。但从湘云掷骰起，似有误：湘云"一掷个九点，数去该麝月"，但这个置位（1号位），已被晴雯所据，因此只能是湘云掷骰点数策划有误。由于黛玉两次掷骰，第一次掷骰时已知其在8号位，根据"香菱便又掷了个六点，该黛玉"的信息，由黛玉位置顺时针上推六位知香菱3号位置；根据"（黛玉）便掷了个二十点，该着袭人"的信息，逆时针下推二十位而知袭人在11号位置，袭人恰在宝玉身边，名副其实的贴身丫头，从而得出香菱、袭人二人的位置。

湘云掷骰点数到麝月，麝月可在2、4、12、13、14、15、16七个位置任选其一，但无论哪一位置（包括假设被晴雯已占据的位置），原《红楼梦》书中从麝月起的掷骰点数及点到的人都和前面已确立的坐次位置不相吻合，因此说明湘云掷点数策划有误。为湘云设计掷骰点数，实质上是设计如何从湘云通过麝月而掷到3号位的香菱。从湘云到香菱跨11个位置区，由于中间要通过麝月，多一计算自身起始1数的区位，故有12位数区。考虑到骰子的枚数，如果是四枚，12以内最合理的两次骰点数分配为：4、8或8、4；5、7或7、5；6、6五种。如果是五枚，12以内最合理的两次骰点数分配为：5、7或7、5；6、6三种。如果是六枚，12以内两次骰点数分配只能为：6、6一种。实际上无论四枚、五枚或六枚骰子，两次掷骰点数的分配还有多种组合，因为四枚骰子最高点数是24，五枚骰子最高点数是30，六枚骰子最高点数是36，任何一个最少的基本数加16或16的倍数，均圆道循环回到原位置，当然这个数不能超过几枚骰子最大点数之和。本人推荐两次掷骰点数分配采取的基本数为6、6式，之所以如此，一是无论四枚、五枚或六枚骰子，都有6、6式，再者六为顺，为阴，为坤，为月，为女，为婢，符合麝月、香菱的身份（第七十九回，闲人回批："其间枢纽，在一香菱，是月、是镜、是葫芦、是书。"）就是说从湘云掷六点到14号位的麝月，闲人已评："月，阴象也。"六为老阴，恰合；考虑到变化，麝月可掷二十二点（16+6）而至香菱。骰子四枚、五枚、六枚均可，可选一种，建议用五枚。五为中土运化之数。这样，下面的掷骰数完全符合书中所设计：即香菱掷六点至黛玉，黛玉掷二十点至袭人，因为香菱、袭人的位置本来就是通过黛玉推算出来的。

安排好麝月，还剩下六个位置，当为秋纹、芳官、碧痕、春燕、四儿、宝琴六人所据，由于《红楼梦》一书没有涉及此六人掷骰的信息，便不知这六人的具体坐次位置，这六人可在这六个空位上随便坐，不为失礼（数理）。至此，有十人有明确的坐次位置，六人不知具体坐次位置，此席计十六人整。闲人批："坐次分明。"

上述坐次位置是无可挑剔的，也是严密而合情理的，仅仅改动了原书中湘云掷九点为六点至麝月。九为老阳，故闲人夹批："阳极阴生。"但是麝月之"月"为阴，不知闲人是否发现作者这里有误；六为老阴，直指其性，完全符合月象；将原书中麝月掷十点改为二十二点至香菱，命书云"22"之数："如秋草逢霜，虽有优越才智，然遇事不如意，常遇困苦。"除这两处改动掷点数外，其余无错。这一改动，使《红楼梦》的这一情节更为完满，并且完全符合原著中的坐次位置要求：

宝玉和黛玉中间夹坐着湘云，即原著中讲湘云抽签的注云"只令上下两家各饮一杯"，而"恰好黛玉是上家，宝玉是下家"。正如闲人批："看文乃知（宝、黛）中间尚夹有湘云。"

李纨的下家是黛。概而言之，占花名有八人掷骰，前四人对，改动湘云、麝月掷骰点数，后两人香菱、黛玉原来的掷骰点数可不变。

更改后的掷骰人姓名、掷骰点数的信息如下：

晴雯掷六点至钗；

钗掷十六点至探；

探掷十九点至李；（李未掷，下家黛掷）

黛掷十八点至湘；

湘掷六点至麝月；

麝掷二十二点至香菱；

香掷六点至黛玉；

黛掷二十点至袭人。

213

◉《石头记》指归

　　按《石头记》原文占花名签掷骰点数统计，八次掷骰中，有二次"十"的整点；一次"十八"点；三次涉及"六"点；二次涉及"九"点。由此可见，用九、用六最多，特别是纠偏设计湘云又掷"六"点，更增加了用"六"的数量，而用九、用六正是《易》之数理。九为老阳，六为老阴，寓含着乾、坤大消息。

36.《红楼梦》与《易》卦

人们讲弘扬传统文化，何谓传统？《辞源》云："世代相继为传；统者，本始也。"中国经典文化重视本。《礼记·檀弓下》："礼，不忘其本。"《礼记·礼器》："礼也者，反本修古。不忘其初者也。"《论语·学而》："君子务本，本立而道生。"《礼记·大学》："修身为本。""本乱而末治者，否矣。""要知本。"何为本？《辞源》云："凡事之根源曰本。"《红楼梦》是演绎、传承中国传统文化的小说，因此它是末，是流，经典的《四书五经》才是本是源。太平闲人张新之回批："是书（《红楼梦》）无非隐演《四书》《五经》。"（第二回）《礼记·大学》："物有本末，事有终始，知所先后，则近道矣。"指归《红楼梦》的文化源头、正本清源，加深理解《红楼梦》深邃的思想性，这是涉及理序的红学大是大非。

从"打倒孔家店"到"文革"极左思潮的泛滥，反传统成为一种时尚，那些忘本的小人动辄对传统文化大加挞伐，"批孔"使孔子经受了中华民族最大的冤假错案。终归邪不压正，传统文化不但打不倒，而且全世界祭孔，传播孔孟之道的孔子学院遍布于世界，这应了一句真话：实践是检验真理的唯一标准。这个实践已是世界性范畴的检验。

唐代大诗人孟浩然《与诸子登岘山》有诗句"人事有代谢，往来成古今"。无古哪有今，无传哪有承？《红楼梦》问世后，太平闲人张新之评批的《妙复轩评石头记》，深受读者欢迎，他提出贾府的元、迎、探、惜"四春"演四辟卦的观点；贾琏、鲍二妇演一《姤》的说明；刘姥姥演一《坤》的分析，开创了以《易》理评批《红楼梦》的先河，这是红学中最精彩的索隐，也是最有深度的评批。下载前三文对他的评批作了全部的引证，这就是传承。这三篇文章刊载在余拙作《诗评易注红楼梦》中，此文以原题重载，又作了补充发挥，对张新之评贾琏亦演《姤》之二爻作了更正。后九文是由五行扩展到八卦，显示宝玉之《艮》、黛玉之《巽》、宝钗

《石头记》指归

之《兑》，及一些人事的卦理根据。红学研究需要读者去纠偏、索隐、考证、评批。先要传承，然后是发展。

《易·系辞上传》："《易》与天地准。"《易·系辞下传》："《易》之为书也，广大悉备。"秦始皇焚书坑儒都不曾伤害它，难道两千年后的今人还不如秦始皇的认识？在极左思潮下，学《易》、知《易》的人越来越少，以《易》分析、评批《红楼梦》的著作更少，这是百年以来中国文化的巨大损失。清代红评家太平闲人张新之以《易》为《红楼梦》作指归，在今天显得尤为可贵。

八卦、十二辟卦、六十四卦，分别预示八种、十二种、六十四种事物、现象的特定消息，显然是对客观事物不同层次的概括分类，面对复杂的客观世界，在彰往察来时，除了看本卦，还要看反卦、变卦、互卦、内外卦以及相应的爻辞，这是扩大卦理来源的信息，以求得出正确的判断，因此卦兼人、人兼卦是很自然的。

随着思想解放、自由的大趋势，弘扬传统文化展现了更加广阔的愿景。年岁增长、知识加深，必然厌其浅浮、转喜深邃的哲理。有若干《易》占的记载，孔子晚年而喜《易》便是证明。唐代大医家孙思邈云："不知《易》，不足以言医。"足，充分也。"不足以言"，可以说，但是不能充分的说。借此套用可喻同理：不知《易》，不足以言《红楼梦》！忘本在于不知本，无知则易惑，无知则人云亦云。当你以修身为本、正襟危坐于静室，泡上一杯清茶，心平气和地品读太平闲人以《易》理评批《红楼梦》时，你一定会享受读好书、读好评的愉悦。

第十三回，秦可卿（临终托梦凤姐）冷笑道："婶婶好痴也。否极泰来，荣辱自古周而复始，岂人力所能常保的？"可卿大谈"否"、"泰"，恰恰是谈易卦，这是可卿托梦的易理根据。这"冷笑"是何其严峻？正因此，脂批："老朽因有魂托梦凤姐贾家后事两件，……其言其意，令人悲切感服，故赦之，因命芹溪删去'遗簪'、'更衣'诸文。"可卿涉卦之谈，不仅感动作者，亦震撼评家，以致影响到可卿结局的撰写。

36.《红楼梦》与《易》卦

一 贾府"四春"演天人合一之《易》变

《三家评批本〈红楼梦〉》卷首《明斋主人总评》讲："小说家结构，大抵由悲而欢，由离而合。是书则由欢而悲，由合而离，遂觉壁垒一新。"中国的正史，当朝是不能讲当朝不是的，孔子的弟子子路人告知有过则喜，禹闻善言则拜，真正能做到的君主也甚少，几乎没有。贾雨村叫贾化，他知道当今的毛病，便投其所好讲假话（贾化），说什么"今当祚永运隆之日，太平无为之世。"《红楼梦》演世道，就从假话开始，由小而大，由局部而整体，演由兴而衰。

是书卷首，《太平闲人〈石头记〉读法》云："书中借《易》象演义者，元、迎、探、惜为最显，而又最晦。元春为《泰》䷊，正月之卦，故行大。迎春为《大壮》䷡，二月之卦，故行二。探春为《夬》䷪，三月之卦，故行三。惜春为《乾》䷀，四月之卦，故行四。然悉女体，阳皆为阴，则元春《泰》转为《否》䷋，迎春《大壮》转为《观》䷓，探春《夬》转为《剥》䷖，惜春《乾》转为《坤》䷁，乃书中大消息也。"

"消息"一词，含阴阳消长的概念，"消"、"息"本身又是两类基本卦，"息"为太阳卦，"消"为太阴卦。消息带有音信之意，为此，我们不妨看看贾府"四春"的起名为我们带来了怎样阴阳消长的"大消息"。

在六十四卦中，凡"消""息"之卦共十二卦，称为十二辟卦，根据"以统天地"的精神，前人将十二消息卦分主十二个月，以《泰》、《大壮》、《夬》配春；以《乾》、《姤》、《遁》配夏；《否》、《观》、《剥》配秋；《坤》、《复》、《临》配冬。阴去阳来为息，自《复》至《乾》为息卦，计六卦；阳去阴来为消，自《姤》至《坤》为消卦，计六卦。《乾》、《坤》两卦为消息之母。（表1）

一年十二月辟卦消息平面表（表1）

月份	正	二	三	四	五	六	七	八	九	十	十一	十二
卦名	泰	大壮	夬	乾	姤	遁	否	观	剥	坤	复	临
卦形	䷊	䷡	䷪	䷀	䷫	䷠	䷋	䷓	䷖	䷁	䷗	䷒
地支	寅	卯	辰	巳	午	未	申	酉	戌	亥	子	丑
消息	三阳息阴	四阳息阴	五阳息阴	六阳息阴	一阴消阳	二阴消阳	三阴消阳	四阴消阳	五阴消阳	六阴消阳	一阳息阴	二阳息阴

《一年十二月辟卦消息平面表》是为了视觉清楚，实际它是循行的圆表如图1所示。

元为气、数之始，元月为正月。一年始于春，故为元春（孟春）。元春为正月的《泰》卦，故出生在正月，第二回两次提到元春正月初一所生，"现今大小姐是正月初一所生，故名元春"。元即始，故一年正月为元，一年始于春，称名便为元春。诗社成立咏白海棠，便首先要定"十三元"韵。正由于是正月之卦，元春之象多和正月有关：

图1　十二辟卦循环消息图

元春省亲在"正月十五上元之日"（第十八回）；元春制灯谜谜底是"炮竹"，只有大年三十、新年来临之际才"炮竹声中一岁除"（第二十二回）；元妃让"多多的种松柏树"（第二十三回），而植树于春；第七十六回，黛玉、湘云、妙玉联诗，黛玉起句"清游拟上元"，这里之"上元"有对元春省亲回忆之意；就连元春薨逝之时，也不脱元春之义。第九十五回，书中说："是年甲寅年十二月十八立春，元春薨日，是十二月十九日，已交卯年寅月。"闲人夹批："十八立春，十九死，得一日春，犹是元春之义。"正由于是正月之卦，算命的讲："若是时辰准了，定是一位主子娘娘。"（第八十六回）

元春兆象《泰》。元春由宫中女史晋封为凤藻宫尚书，加封贤德妃，本身已如秦可卿托梦凤姐时所言"又有一件非常喜事"。泰为通达、安宁之吉象，而造成泰象之原因在于"通"。《易·序卦》云："泰者，通也。"

36.《红楼梦》与《易》卦

天地交、万物通则泰。男女大婚，上下有通，男女有合，皆为泰象。元妃省亲，呈《泰》之大来之象。太上皇、皇太后深赞当今"至孝纯仁，体天格物"之归省，恰是"通"。嫔妃入宫，"抛离父母"、"不能一见"，是家庭之不通，当今体贴允许"归省"，归省为家"通"之象，这"通"是"大伤天和"之反动，通则天和。

但《泰》卦九三爻辞告之"无平不陂，无往不复"，物不可终通，通极则塞，泰极则否，所以秦可卿托梦凤姐要虑后。春光易逝，荣华不久，便"回首相看已化灰"了（元春制谜）。元春为正月之《泰》，为女体故转为《否》，由《泰》而《否》，当是英年早逝之象。续部写元春四十三岁去世；第二回写元春仅长宝玉一岁，若此也就是讲二十多岁就去世了，无论哪种说法，寿命均不长。这对元春本人乃至贾府，都是大衰之象。

迎春为二月（仲春）之《大壮》卦。二月为卯，卯为木。太平闲人夹批："迎春在卦为雷天《大壮》，震主木而在上，故（兴儿说迎春）'诨名儿，曰二木头'。"（第六十五回）正因为"木"，所以对同住的岫烟因贫寒典衣而熟视无睹（第五十七回）；对丢失累丝金凤首饰不闻不问（第七十三回）。《大壮》取象为羊，说媒人为朱大娘，所嫁之夫孙绍祖乃"子系中山狼"，闲人夹批："嫁孙家为羊入狼口，故媒必曰朱（猪）婆，猪羊同类也。否则何姓不可，而必曰朱？"（第七十二回）《大壮》转女体为《观》，《观》卦《象》辞有句："圣人以神道设教，而天下服矣。"故迎春看《太上感应篇》（第七十三回）。《增评补图石头记》卷首有诗赞："闲谱群芳数开落，此花最不耐东风。"迎春又取象于迎春花，卷首《大梅山民总评》："迎春花开于春先，春初已落，是为不耐东风。"《临》卦在十二月辟卦中配十二月，其卦辞有句"八月有凶"，而八月恰为《观》，而《观》正是《大壮》对应之女体。细察《临》、《观》互为反卦。迎春为二月《大壮》，变女体为《观》，由《观》而观其反卦，《临》卦卦辞已明示"有凶"，恰合八月之卦，迎春误嫁为仲秋，"恰好这是八月时节"，（第七十八回）宝玉吟诗证明其时"池塘一夜秋风冷"，竟如此巧合！大梅山民回评："此回仍是甲寅年秋时事。"

探春为三月（季春）之《夬》卦，探春的活动多和三月《夬》卦有关。探春的生日是"三月初三"(第七十回),其三月已明确了月时。凤姐病,她助理荣府,"时届季春"(第五十五回);第五回,探春判词"清明涕泣江边望";她做风筝的谜底,有诗句"清明妆点最堪宜"(第二十二回),季春、清明亦应三月《夬》卦。《夬》卦卦辞说"扬于王庭",贾府中唯探春敢"扬于王庭"!第四十六回,大老爷贾赦打鸳鸯的主意,遭到贾母的痛斥,贾母不但训斥了邢夫人,而且把王夫人也捎上了,众人皆不敢辩,唯探春敢言:"大伯子的事,小婶子如何知道?"一言点明贾母,至使贾母自责"可是我老糊涂了"。又如第七十四回,又是探春敢于对抗搜查大观园,她打了阿谀奉承的王善保家的一巴掌,闲人夹批:"一巴掌五阳也,以五阳决去一阴,正《夬》之象。"《周易全解》解释《夬》卦:"'扬于王庭'一句是主要的,它说明在决的时候,五阳去一阴,似乎并不难,但是实际很不简单,小人(指上爻)正在君侧用事,要把它决去是不容易的,必须认真对待,首先把小人的罪恶'扬于王庭',使小人无地自容,使君主和众人认识他的真面目。"这段话和探春的故事多么吻合!夬,即决,兼有果断决定之象,《夬》卦《象》辞"健而悦,决而和",完全符合探春的性格和言行。虽然她对凤姐"有一肚子气"(第五十五回),但她不以掌权为傲,仍能和养病的凤姐和悦共事,故有"敏探春兴利除宿弊"管理大观园的创新之举,沸沸扬扬的责任承包制,二百多年前就由探春首创了。《夬》卦卦辞又讲"不利即戎,利有攸往",我们从"戎"看到边疆外邦之意;不利"戎",又似有兵戎战争之意,利有攸往,看来探春只有和亲、做友邦之皇妃了。与王母娘娘生日同,后来亦为娘娘?《夬》卦辞:"利有攸往。"意思是讲往则有利,虽然是做王妃去了,但骨肉分离终归是痛苦薄命的一种现象。《夬》转女体为《剥》,探春当为叹春,当真为《剥》,剥,即剥落,有才干的人剥落乃至离去,贾府如何不衰?闲人夹批:"探在卦为《夬》之《剥》,以'削'字隐演之。"(第三回)又批:"探春一去,一部大观止矣。"(第一百零二回)。

惜春为四月(孟夏)之《乾》卦,惜春判词"勘破三春景不长"(第五回),说明三春已"破",故为入夏之可惜,所以惜春实为夏季之第一卦,为女体转为《坤》。惜春绘大观园请假半年,画亦一半,画亦枉画,

36.《红楼梦》与《易》卦

难能入化（画），故以出家而终，无论《乾》或《坤》，始终浑沌或曰纯体。探春远嫁当叹，惜春少小出家可惜，故闲人夹批："人寿几何，而叹息（探惜）随之。"（第二回）

从系统论，我们不妨看看"元、迎、探、惜"向我们传达了什么"大消息"。元春为正月，迎春为二月，探春为三月，惜春为四月，"四春"已清楚地表明了时间衍变的顺序所显示的兴衰，如表2。

"四春"演《易》兴衰表（表2）

《易》变 名序 姓·性质	元春	→	迎春	→	探春	→	惜春
贾（假）	泰	→	大壮	→	夬	→	乾
男体为女	正月		二月		三月		四月
对应关系	↓		↓		↓		↓
甄（真）	否	→	观	→	剥	→	坤
女体为男	七月		八月		九月		十月

分析之：

贾府有四位姑娘，曰元、迎、探、惜，男体反为女，阴卦多阳，四春之名，包罗万象，演由《泰》而《乾》。圣人扶阳抑阴，进阳退阴，君子道长，小人道消。然而贾亦假，不是真。以阴从阳，明言告之是假，故姓贾。

甄府亦有三位姑娘，不知姓名，女体反为男，故"亦皆从男子之名命取"（第二回）以不落俗套。阳卦多阴，演由《否》而《坤》，阴长阳消，进阴退阳，小人道长，君子道消，衰败之象。以阳从阴反成真，甄亦真，甄不是假，甄府必定衰败，故甄府先传来抄没的大消息。（第七十五回）

贾府有四位姑娘，而甄府有三位姑娘，何以不等？惜春为四月卦，四月乃夏之首卦，春三月，过三春只有惜。故《红楼梦·虚花悟》曲"将那三春看破"，判词"勘破三春景不长"。元、迎、探为荣府三位姑娘，在卦为长女、中女、少女，惜春为贾珍胞妹（第二回），为宁府姑娘，实不在例。甄府只一府，只有三位姑娘，真假对应，贾甄吻合。

然而贾又不是假，甄又不是真；假中有真，真中有假，太虚幻境对联说得清楚:"假作真时真亦假,无为有处有还无。"真亦假,假亦真,贾即甄,甄即贾,故贾府随即也被抄没。甄宝玉之父叫"甄应嘉",太平闲人夹批:"犹言真应假,真假递嬗,相应无穷也。"(第一百一十四回)

概而言之:

1. 曹公以贾府"四春"配四个月,天人合一演《易》道,胸有成竹,巧妙设计,胸中先有《易》,后有《红楼梦》。

2. 曹公按《易》理,男体反为女,构思设计是对的,按《易》理而设计"长女、中女、少女",此三女必嫁。

3. 按真假对应原则,男体当变女体,女体当为甄家,甄府为贾府影子,甄府先抄没,随之贾府抄没,由兴而衰,两者完全合辙。

4. 贾府、甄府实为一家。太平闲人夹批:"真假一源,故事必一辙。"(第一百十四回)

5. 圣人扶阳抑阴,第一百三回,太平闲人夹批:"一书贵阳贱阴。"故贾府由元春至探春演卦阳进阴退,以阳息阴,然而姓贾,便假;对应之甄府演卦阴进阳退,以阴消阳则为真,甄便是真。贾府由兴而衰则为真。

6. 由贾(假)元春之"泰"转至甄(真)家大姑娘之"否";由贾(假)惜春之"乾"转至"坤",我们看到阴进阳退的衰变之象。

四季变化以和太阳关系为准绳,地球自转一周而有日的升降,太阳是形成卦象的重要依据。旁观者清,第四十八回,香菱和她的老师黛玉谈及学习唐代诗佛王维五言诗的心得体会,三引王维诗句"长河落日圆"(《使至塞上》)、"日落江湖白"(《送邢桂州》)、"渡头余落日"(《辋川闲居赠裴秀才迪》),三诗三提"落日",闲人夹批:"落日三,香菱三引诗,三'落日',岂别无所念,而只念此三联乎?则三阳下断,在卦为'否',演(贾府)破败之势无疑。"余以为日落或落日则为《坤》象。

《三家评本〈红楼梦〉》卷首有《护花主人总评》:"《石头记》专叙宁、荣二府盛衰情事。"中国传统文化的哲学观是"天人合一",因此,元春、迎春、探春、惜春不仅仅是人名,同时又是取象天时之名,并借名序和时序以演人事兴衰之《易》变。

二 贾琏与鲍二妇演由兴而衰必经途之《姤》[1]

第四十四回,凤姐生日,设宴庆寿,热闹非凡,然而于热闹之中,偏有贾琏离席外遇鲍二妇偷情,东窗事发,偏又被凤姐拿住,大打出手,搅乱盛宴而终。鲍二妇受辱不过,上吊自尽,为此埋下查抄贾府罪行一因,太平闲人夹批:"鲍言其臭,又音同报,而《易》道在焉。物极必反,此理之常。凤因才色杀人,直使两府无不颠倒错乱,是尚能不报乎?故于正盛正乐时便已安一鲍二,家败人亡基于此,乃演卦九二爻象。"这里所说的"演卦",即演《姤》卦,姤,即遘、遇,此事发端于贾琏与鲍二媳妇的一《姤》遇。

《姤》上卦为天,下卦为风,故名天风《姤》☰。《姤》卦辞曰:"《姤》,女壮,勿用取女。《象》曰《姤》,遇也,柔遇刚也。'勿用取女',不可与长也。"初六爻辞为:"初六,系于金柅,贞吉。有攸往,见凶。"《象》曰:"'系于金柅',柔道牵也。"《姤》九二爻辞为:"包有鱼,无咎,不利宾。《象》曰:'包有鱼',义不及'宾'也。"

贾琏外遇的是鲍二媳妇。《姤》卦九二爻辞为"包有鱼","鱼"与"包"合,九二阳爻,此妇丈夫必姓鲍;第二爻,故行二;做其妇,就是鲍二妇。

此妇在《姤》卦为初六一阴"- -"爻,初六一"阴"起于下,有排斥在上五阳之势,可见其强,故《彖》辞曰"女壮,勿用取女。""取"即"娶"。就鲍二与其妻鲍二妇比较而言,"妇"比"夫"强,鲍二本不该娶(取)此女,但既娶之,要想平安,初六爻辞讲:"系于金柅,贞吉。"也就是说,犹女系于男,只有鲍二妇专心于鲍二,"柔道牵"于丈

---

[1] 《姤》卦,☰(巽下乾上)。
《姤》:女壮,勿用取女。
《彖》曰:《姤》,遇也,柔遇刚也。"勿用取女",不可与长也。天地相遇,品物成章也。刚遇中正,天下大行也。《姤》之时义大矣哉!
《象》曰:天下有风,《姤》。后以施命诰四方。
(爻辞略)

夫，方可平安无事。初六爻为一阴，阴居阳位，位不当正，暗示此女作风不正，如车轮被柅止定则吉祥，如男不能管制其女，女有所往，因作风不正，可出现危险事。《象》说："系于金柅"，是喻象男牵着女的不叫她走作风不正之道。这正是《姤》初爻之解释，然而鲍二妇有悖于此，收贾琏贿赂即去幽会，不慎被凤姐发现，挨打受辱不过，上吊自尽。鲍二妇"攸往"，果见凶；鲍二夫妇，"不可与长"，凶兆验证。上吊自尽，亦要勇气，也见"女壮"。

鲍二妇自尽，"她娘家的亲戚要告"，而鲍二并未要告，贾琏答应"再挑个好媳妇给你"，并给了鲍二钱，那鲍二"便仍然奉承贾琏"。鲍二无知、无能，不如"女壮"之妻鲍二妇隐约可见。后来他娶了多姑娘，多姑娘出口就骂他，他"除赚钱吃酒之外，一概不管，一听他女人吩咐，百依百随，且吃够了便去睡觉"。（第六十五回）

太平闲人回评："不期而遇之谓姤，乃指二与初遇，其妻为初爻之阴，故与贾琏为不期之遇，琏亦二也。"（九）二爻当指鲍二，其妻故称鲍二妇；贾琏亦行二，人称琏二爷，他当为《姤》（九）四之男，连二即四也。《周易集解》引用《九家易》对此卦象的《易》理解释的很清楚："（初六）今即为（九）二所据，不可往应（九）四，往则有凶，故曰'有攸往，见凶也'。"九二不是指贾琏，贾琏之"二"与鲍二之"二"纯系巧合。琏二即连二，连二为四，故琏二爷为（九）四爻。

《姤》卦其《彖》曰："《姤》，遇也，柔遇刚也。"《易·序卦传》云："决必有遇，故受之以《姤》。《姤》者，遇也。"《说文》解："《姤》，偶也。"即异性之间求偶为姤。情如水之决，必有所遇，故受卦名为《姤》。《姤》就是男女相遇而爱慕之意。男大当婚，女大当嫁，是天下应行之大事，而《姤》则非如此，是突然相遇，甚至是由女作风不正派、主动地向男表示爱慕而发生姤遇。对此遇，太平闲人回评："看其来并无预为期会明文，但使小丫头叫来（鲍二妇）可见。"凤姐盘考放哨的小丫头，小丫头也讲："二爷也是才来，来了就开箱子……叫我悄悄的送与鲍二的老婆去，叫他进来。他收了东西，就往咱们家里来了。"想此之前，琏二爷必然突遇鲍二妇，鲍二妇必有传情之态，琏二爷才有匆忙送东西、相会之举。本回此事处处演不期而遇：凤姐酒醉离席，是"要往家去歇歇"，并非为捉奸，偏偏撞上贾琏偷情事；贾琏布置了两个放哨的小丫头，又何尝料到生日盛宴中的主角凤姐提早离席？第一个放哨的小丫头便"吓的魂飞魄散"，"不承望奶奶这会子就来"；第二个小丫头，"一见了凤姐，也缩头就跑"，可见仓促突然；最可笑的是平儿，凤姐离席并未叫她，而她偏偏"留心，也忙跟了来"，其留心是为照顾喝醉了酒的凤姐，并非与凤姐来捉奸，结果无端被卷进去而挨打，纯系不期而《姤》冤。按常理，凤姐生日设宴，其夫琏二爷必然应在场应酬，绝不会把偷情安排在此时，但琏二爷为何离席不得而知。琏二爷也误认为凤姐不可能离席，心想暂短离席偷情无妨，为防万一，又派小丫头放哨！岂知人算不如天算，凤姐偏偏中途离席而归。凤姐自言"我不是鬼"，鲍二妇偏叫他"阎王老婆"，称他"夜叉星"，均为鬼，鬼使神差，鲍二妇再强，但与鬼打交道，岂有好？

《姤》九二爻辞讲："包有鱼"，包即庖，厨房之意，即有鱼，鲍鱼腥臭，故贾母说贾琏："腥的臭的，都拉了你屋里去。"鱼腥臭招猫，故贾母讲："什么要紧的事！小孩子们年轻，馋嘴猫儿似的。"但此鱼吃不得，若以鲍家而论，鲍二妇当为鱼，贾琏则为馋嘴猫。此鱼是不利于待宾客贾琏，当时是以牛羊待客的；若从贾琏家而论，鲍二妇当为宾，故凤姐向贾母讲："我只当是有客来了。"由于鲍二妇攸往，大打出手，鲍二妇被打，"不利宾"、"义不及宾"。

太平闲人回评："夫鱼曰包，是在我犹有可制之权，故'义不及宾'。若可制不制，而使遇于众，则为害广矣！厥后抄没，多由鲍二生出，便是此理。"从鲍家而论，"不利宾"明显是不利于贾府。第六十四回，贾琏又重用鲍二，让其和后娶的多姑娘照顾尤二姐；第八十八回，贾琏、贾珍又鞭打了鲍二；第一百零五回，检举贾府的御史将"鲍二拿去"收集贾府罪状；第一百零六回，贾政讲："如今大老爷与珍大爷的事，说是咱们家人鲍二在外传播的。"到此时，《姤》遇于众，贾府已不可控制，鲍二了解贾府底细，又重提尤二姐等旧账，为查抄贾府提供了材料。太平闲人回评："正是鲍，正是报。"（第四十四回）鲍即报也。

太平闲人夹批："盖无《姤》不《复》，无《复》不《姤》也，定理也。而谨小慎微在人，则必不可委心任运。"（第一百零六回）我们知道，"四春"演一年之中四个月的时序，演贾府由兴而衰之《易》变，而《姤》恰是辟卦之一，为五月之卦，惜春为四月之《乾》卦，而《姤》正是由春至冬的过渡卦，由春而冬，由假而真，由兴而衰，必须经《姤》，演《姤》初六、九二、九四爻，实演贾府一腐败，从此意讲，《姤》可谓垢。

《姤·象》曰："天下有风，《姤》。后以施命诰四方。"其意为"天下男女不正之风，随处可遇，称卦名为《姤》。帝王发布命令通告四方，制止男女间不正之风。"用两千多年前之《易》，看今时，其《易》哲的社会性论证不是又被验证了吗？

第四十五回，宝玉外出祭祀金钏而误了诗社活动，社长李纨提出要罚误社的宝玉，监社御史凤姐出主意："没有别的法子，只叫他把你们各人屋子里的地，罚他扫一遍才好。"太平闲人夹批："罚得雅极。其实言心地必须拂拭，方能思无邪也。而又指明此段皆演《姤》卦，盖扫地乃去垢，各人屋子里皆女处也。垢去土加女，非姤字而何？"

天地之道，《否》、《泰》而已，泰极则否，其中加一《遁》，而这《遁》，恰恰在《姤》（第四十四回）后、《否》之前。《红楼梦》可演《遁》？当然！惜春绘大观园，请假半年，太平闲人夹批："半年，六月也，在卦为《遁》。"（第四十二回）此为初步隐伏。

第四十五、四十六回，赖尚荣外放出任县官，太平闲人夹批："自《姤》一阴，进至《否》之三阴，中间历《遁》之二阴而成，故设为主子放出以借演之，放出者，退，《遁》乃退也。"太平闲人回评："此两回详演《姤》之《否》象。"这是进一步演示《遁》。其实第一回甄士隐出家，"隐"即演《遁》，这《遁》卦有总体性的倾向，故书尾宝玉出家。世道艰辛，好人难适，故《遁》。

三 刘姥姥演－《坤》❶

太平闲人自言："（《红楼梦》问世）六十年后得太平闲人探讨于斯，寝食以之者三十年，仍未敢言全知也。而在作者已可无憾。"（第一百二十回夹批）；又言用"三年乃得之"，（演刘姥姥）"是《易》道也。是全书无非《易》道也。"（《太平闲人〈石头记〉读法》）太平闲人分析刘姥姥演《易》道可谓精彩纷呈，无须赘言，抄录如下：

"闲人幼读《石头记》，见写一刘姥姥，以为插科打诨如戏中之丑角，使全书不寂寞设也。继思作者既设科诨，则当时与燕笑。乃百二十回书中，仅记其六至荣府，末后三至，乃足完前三至，则但谓之三至也可，又若甚省而珍之者。而且第三至在丧乱中，更无所用科诨。因而疑。再详读《留余庆》曲文，乃见其为救巧姐重收怜贫之报也。似得之矣。但书方第六回，要紧人物未见者甚多，且于宝玉初试云雨之次，恰该放口谈情，而乃重顿特提，必在此人，又源源本本叙亲叙族，历及数代。因而疑转甚。于是分看合看，一字一句，细细玩味，及三年乃得之，曰：是《易》道也。是全书无非《易》道也。太平闲人《石头记》批评实始于此。试指出之：刘姥姥一纯《坤》也，老阴生少阳，故终'救巧姐'。巧姐生于七月七日，七少阳之数也。然阴不遽阴，从一阴始。一阴起于下，在卦为《姤》☰，以宝玉纯阳之体而初试云雨，则进初爻一阴而为《姤》矣，故紧接曰'刘姥姥一进荣国府'。一阴既进，驯至于《剥》☰，则姥姥之象已成，特余一阳在上而已。《剥》，九月之卦也，交十月即为《坤》☰。故其来为秋末冬初，乃大往小来至极之时，故入手寻头绪曰'小小一个人家'、'小小之家姓王'、'小小京官'，'小小'字凡三见，计六'小'字，

---

❶ 《坤》卦，☰（坤下坤上）。
《坤》：元亨。利牝马之贞。君子有攸往，先迷后得主。利西南得朋，东北丧朋。安贞吉。
《彖》曰：至哉坤"元"，万物资生，乃顺承天。坤厚载物，德合无疆。含弘光大，品物咸"亨"。"牝马"地类，行地无疆，柔顺"利贞"。"君子"攸行，"先迷"失道，"后"顺"得"常。"西南得朋"，乃与类行。"东北丧朋"，乃终有庆。"安贞"之"吉"，应地无疆。
《象》曰：地势坤。君子以厚德载物。
（爻辞略）

悉有妙义。《乾》三连即王字之三横，加一直破之则断而成《坤》。其断自下而上，初爻断为《巽》☴，巽为长女，故为母居女家。二爻断为《艮》☶，艮为狗，故婿名狗儿。三爻断为《坤》☷，坤臣道也，故做官。与王姓联宗，则因重之为六画之《坤》䷁。自《姤》䷫而《遁》䷠，而《否》䷋，而《观》䷓，而《剥》䷖，而《坤》䷁，悉自小小而进，其势甚利，不可制止，故联宗为势利。而荣府正当盛时，其极尚远，故为远族。狗儿之祖，但曰姓王，但曰本地人氏，而无名。本地人氏，《坤》为地也，地道无成而代有终，故不名，而名其子为成，亦相继身故也。狗儿一《艮》，王成亦即《艮》，《艮》东北之卦，万物之所成终而所成始，故曰成。东北为春冬之交，故生子名板儿。板文木反，水令退，木令反矣。又生一女为青儿，青乃木之色，由北生东，是即老阴生少阳也。《艮》在五行为土，故以务农为业。老寡妇无子息，阴不生也。久经世代者，贞元运会，万古如斯。而圣人作《易》，扶阳抑阴，及至无可如何，而此生生不息之真种，必谨谨保留之，是则所谓刘姥姥也。刘，留也。奈何世人身心性命之际，独不理会一刘姥姥，而且为王熙凤之所笑，悲夫！"（《太平闲人〈石头记〉读法》）

刘姥姥有土之象，故演一《坤》。

第六回书中讲：

因狗儿白日间又作些生计，刘氏又操井臼等事，青、板姐弟俩个无人看管，狗儿遂将岳母刘姥姥接来，一处过活。……如今女婿接了养活，岂不愿意？遂一心一计，帮着女儿、女婿过活起来。

太平闲人夹批："艮（狗）东北，坤西南，位相对，故云'一心一计'帮着过活。且王成与姥姥为对头亲家，凡详演《艮》象者，正从对面勘定坤位，惟恐众人不明刘姥姥之为《坤》，而全书隐参《易》道之旨也。"评中所讲"对头亲家"、"正从对面勘定坤位"，是指后天八卦中《艮》、《坤》相对。

刘姥姥是农村老妪，"只靠两亩薄田度日"，她自言"我们庄稼人不过是现成的本色"，庄稼人务农种地，以土为生，土为本，这正是刘姥姥最主要的《坤》土之象。刘姥姥二进荣国府，礼尚往来，带来枣瓜菜；大谈

36.《红楼梦》与《易》卦

林木之用皆兆象《坤》土。

《坤》卦辞云："利牝马之贞。"《彖》辞："'牝马'地类，行地无疆，柔顺'利贞'。"《周易集解》："干宝曰'行天者莫若龙，行地者莫若马'，故乾以龙繇，坤以马象也，坤，阴类，故称'利牝马之贞'矣。"刘姥姥一进荣国府，她比喻凤姐"瘦死的骆驼比马还大些"，显然骆驼比喻凤姐，马比喻自己，这马显然是牝马，正是《坤》象。刘姥姥又言"你老拔一根寒毛比我们的腰还壮呢"，显见凤姐为寒毛。五行见于身，肺见于内为皮，见于外为毛，而肺正是西金之象。凤姐恰为金象。刘姥姥明言"我们的腰"，腰为腹之外，故"腰腹"常连用，腹为坤，腰亦为坤，又兆象刘姥姥《坤》象。

第四十回，刘姥姥说："老刘，老刘，食量大如牛，吃个老母猪不抬头！"太平闲人夹批："坤为牛也。"牛为丑，丑为土，土为坤。又讲："猪为亥水，位在北方，先天八卦《坤》之所也。闲人评刘姥姥为《坤》，尚有未信者乎？"地支亥为猪、为冬、为水。又，刘姥姥笑道："我虽老了，年轻时也风流，爱个花粉儿的，今儿老风流才好。"闲人夹批："《坤》在年轻，则《巽》象也。《巽》为风，为花果，故云然。"第四十一回，写道："当下刘姥姥听见这般音乐，且又有了酒，越发喜的手舞足蹈起来。宝玉因下席过来，向黛玉笑道：'你瞧刘姥姥的样子。'黛玉笑道：'当日圣乐一奏，百兽率舞，如今才一牛耳'。"太平闲人夹批："诙谐敏妙绝伦，其实又为（刘姥姥）定一《坤》象。在姥姥自谓牛，黛亦以为牛，黛玉会也。"《尚书·舜典》、《尚书·益稷》有句"击石拊石，百兽率舞"。尚，上也，实赞刘也。第三十九回，贾母说刘姥姥："他是屯里人，老实。"刘姥姥亦讲"我们屯里"（第一百一十三回）。太平闲人夹批："《屯》卦中二三四爻成《坤》（处于初阳爻、九五阳爻之内），故曰屯里人。"《屯》卦中二、三、四爻组成经卦《坤》，这种互体之象，更加深了刘姥姥演一《坤》的易理根据。

余每读"刘姥姥"，总为她风趣之后的深邃道德而感动。

《坤·象》："地势坤，君子以厚德载物。"这"载物"即是厚德，载物为包容承载，刘姥姥有这样的品格，当刘姥姥一本正经地说"老刘，老刘……"引起达官显贵哄堂大笑之时，那是何等超脱世俗荣辱的大度量，这正是佛家所讲的高层次的施舍！如果以为刘姥姥不知凤姐、鸳鸯拿她取笑而呆愚，那就大错特错了。事后凤姐对刘姥姥讲："你可别多心，才刚不过大家取乐儿。"鸳鸯也讲："姥姥别恼，我给你老赔个不是。"可是刘姥姥讲："姑娘说那里话！咱们哄着老太太开个心儿，可有什么恼的？你先嘱咐我，我就明白了，不过大家取个笑儿。我要心里恼，也就不说了。"刘姥姥是何等智慧，又是何等的包容，刘姥姥的包容承载是建立在觉悟之上的，这是《坤》之厚德的表现。难怪大观园中人都喜欢她。

地中有山《谦》，六十四卦皆有弊，唯《谦》全亨，唯刘姥姥知谦，知理躬让；儒家讲廉耻，唯刘姥姥知羞，求人帮助"未语先飞红的脸"，这对于做了那么多错事、害死那么多人而不知羞的人，恰恰成鲜明对照；刘姥姥有侠风，偌大贾府出事了，唯有刘姥姥一人登门探望，设计救了巧姐，这在世态炎凉的现实，其品格是何等难得，这和雨村"狠狠的踢了一脚"落难的贾府，又是鲜明的对照！刘姥姥诙谐、风趣，这是她的人格魅力，这对于空话、瞎话、大话、废话、套话、鬼话满天飞的社会习气，刘姥姥是教人说话的一个榜样！刘姥姥不卑不亢，刘姥姥知礼不逾矩，刘姥姥颇有传统文化造诣，刘姥姥正大光明，刘姥姥不失本色，刘姥姥知恩图报，刘姥姥不势利眼，刘姥姥不贪财，刘姥姥会行令……姥姥真是一位厚德的大《坤》人！难怪诸多的红评家评批："我爱姥姥！"天缺地陷，何况人事：自古人难全，这样的好人，上苍偏偏让她受穷，所以姥姥知命，自言"穷心"！这"穷"既是贫穷，更是穷极之穷，穷何其大也。

《坤》为《易》之门，《坤》卦之《文言》讲到家庭："积善之家必有余庆，积不善之家必有余殃"，家庭是社会的细胞，《大学》讲齐家，正是秉《坤》卦、《家人》卦之道，由于贾家的帮助，刘姥姥家当逐步走出困境，而贾家却由兴而衰。第三十九回，刘姥姥二进荣国府讲："因为庄稼忙，好容易今年多打了两担粮食，瓜果菜蔬也丰盛，这是头一起摘下来的，并没敢卖呢，留的尖儿，孝敬姑奶奶、姑娘们尝尝……也算我们的穷心。"

至于《坤》对于做人的启示，《坤·初六》爻辞云："履霜，坚冰

36.《红楼梦》与《易》卦

至。"《诗经·小雅·小旻·小旻》云:"战战兢兢,如临深渊,如履薄冰。"孔子教导要"敏于事而慎于言",《坤》为人指出谨慎的处世态度,刘姥姥示谦,就是这样态度的表现。

第二回"冷子兴演说荣国府",贾雨村演源贾家先祖便提到东汉贾稜,但汉为刘氏天下,刘为君,贾为臣,所以刘姥姥根基甚厚,在《红楼梦》一书中出现也甚早,那么《红楼梦》重笔演一刘姥姥,目的何在呢?太平闲人夹批:"汉为刘氏,凡事当留。作者征故郑重如此,而刘姥姥已到。"《太平闲人〈石头记〉读法》:"刘,留也。"万事留有余地,这是很重要的,黛玉不知留,晴雯不知留,秦可卿临终托梦方知留,凤姐别处不知留,但对贾母、刘姥姥知留,有这点留,自有留的报应。《增评补图石头记》眉批:"有万恶之首,救之以百行之先,所以一生结局尚不至现世十分。"(第五十四回)《红楼梦》曲《留余庆》,是因"刘"给余庆,巧姐享受刘(留)之恩惠也。

商《易》首卦为《坤》(次为《乾》),象征"万物莫不归藏其中",故称《归藏》,可见远古商人对《坤》的重视。只有《坤》,德合无疆,说人"万寿无疆"岂不可笑!刘姥姥是归藏之人,绝不可慢待,要紧,要紧!

我爱姥姥!

四 宝玉之《艮》[❶]

玉石在五行属土,石为土之核,玉为石之精。五行扩展为八卦,土当为《坤》、《艮》两卦,然而坤为女,与宝玉性别不符;《艮》在人为少男,贾宝玉有一个早亡之兄贾珠,论序为少男,身份恰符。

---

❶ 《艮》卦,䷳(艮上艮下)。
《艮》:艮其背,不获其身,行其庭,不见其人,无咎。
《彖》曰:《艮》,止也。时止则止,时行则行,动静不失其时,其道光明。艮其止,止其所也。上下敌应,不相与也。是以不获其身,行其庭,不见其人,无咎也。
《象》曰:兼山,《艮》。君子以思不出其位。
解释:艮,以山为象。艮,就是停止,应停就停,应行便行。动静经常就合乎时宜,可得到光明的未来。

《易·说卦》:"艮为山,为径路,为小石,为门阙,为果蓏,为阍寺,为指,为狗,为鼠,为黔喙之属。"

艮为山,故宝玉的老家为"大荒山无稽崖",被弃于"青埂峰"下,这是宝玉为山之象;艮为径路,贾宝玉在"大观园试才题对额"时,首题便是"曲径通幽",这是为径路之象;艮为小石,宝玉本身就是一块顽石,自称"只不过一块顽石"(第一百一十五回),小到能放在嘴里,如扇坠一般,这是为小石之象;艮为门阙,第三十回,偏有宝玉踢门、袭人开门之象;艮为果蓏,第二十六回,有薛蟠请宝玉吃特大鲜藕、西瓜之事,薛蟠讲:"除我之外,唯你还配吃。"艮为阍寺,阍寺指阍人和寺人,贾宝玉便由阍人变为寺人;艮为指、为手,宝玉是位书法家,手书极好,这是为手之象;艮为狗,第七回,宝玉在宁府遇到秦锺,宝玉自言"我竟成了泥猪癞狗了。"第一百一十四回,贾政对甄应嘉讲:"这是弟二小犬,名叫宝玉。"当然称自己孩子为犬子是常用谦词,但巧就巧在全部《红楼梦》此称甚少。第三十三回,又是巧合,贾政讲:"不如趁今日结果了他的狗命,以绝将来之患!""犬子"、"狗命"正是宝玉为狗之象;艮为谷实,第十五回,宝玉引用唐代诗人李绅诗句"谁知盘中餐,粒粒皆辛苦",这是为谷实之象。

《艮》卦的性质是止,《艮·彖》:"《艮》,止也。时止则止,时行则行。"《礼记·大学》云,"知止而后定","止于至善"。"止"是有具体要求的,孔子《大学》:"为人君,止于仁;为人臣,止于敬;为人子,止于孝;为人父,止于慈;与国人交,止于信。"何为止?《辞源》:"心之所安谓之止。"这里的"止",实质讲道德情感落实在哪里。

那么,宝玉的"止"在何处?

清代红评家涂瀛《读花人论赞·宝玉赞》:"孟子曰:'伯夷圣之清者也,伊尹圣之任者也,柳下惠圣之和者也。'我故曰:宝玉圣之情者也。"又云:"宝玉之情,人情也。为天地古今男女共有之情,为天地古今男女所不能尽之情。"毫无疑问,宝玉当止于情。由于宝玉止于情,所以理服从于情。宝玉不是不讲理,而是有自识之理。世俗有男尊女卑的偏见,宝玉偏偏崇尚女儿;世俗以经济仕途为荣,宝玉斥之为混账话;世俗重视等级、阶级、门第、出身,有主仆、贫富、嫡庶之分,宝玉一视同仁;世俗

36.《红楼梦》与《易》卦

重视权利,宝玉"最不愿与为官做宰"的往来;世俗重视金钱,宝玉不认得戥子;宝玉有崇尚自然的园林观,有重情的爱物论,有超脱世俗的忠良观,有看人的易变论,还有独特的生死观,这种种的观念,皆是他止于至情的至理。宝玉止于情,是超越时代、民族、历史的大道真情,至善之情,是博爱之情。

作为人,宝玉也有色欲之情,第六回,正文明演宝玉与"袭人同领警幻所训云雨之事"。正因为有色欲,第三十四回,薛蟠说宝玉"招风惹草"。第二十五回,正文云,那僧道:"那宝玉原是灵的,只因为声色货利所迷,故此不灵了。"绝对的杜绝色欲,何有人种之传承?合法的婚姻和男女情事实质是一样的,这是宝玉的超脱世俗的观念,圣贤有后就是证明。宝玉受世俗的影响,当他听柳湘莲说"(东府)除了那两个石头狮子干净"时,宝玉"红了脸"。宝玉更主要的是意淫,这是警幻仙子所评,意淫已不完全是淫,不是色淫,而是至善之情。从古至今,宝玉的情理和社会世俗的情理是格格不入的,第三回,正文讲有人作《西江月》评宝玉"有时似傻如狂"、"潦倒不通庶物"、"行为偏僻性乖张,那管世人诽谤";第八回,有人曾有诗嘲"勘叹时乖玉不光",故第一回,贾雨村吟"玉在椟中求善价",表明世人不识玉。这些诗句正是描写宝玉与世俗的不适应。《易·艮》之"时止则止,时行则行",宝玉的"行止"和世俗的"行止"恰恰相反,其结局宝玉只能是遁世,遁世绝情恰恰是至情的另一极端,看似无情,而无情又恰恰是大道之有情。

《艮·象》:"君子以思不出其位。"孔子《论语·宪政》、《论语·泰伯》:"不在其位,不谋其政。"宝玉是真正的情本位。第二十一回,宝玉读《南华经》(《庄子》),随后参悟写偈和一词《寄生草》,已接受道家清静无为、佛家悟空思想,哪里还有世俗观念!在阶级斗争为纲的年月,提倡斗争,否定人间的博爱,把人情看成是资产阶级的"人情味",看成是阶级斗争的调和,把宝玉当成阶级斗争的工具,对宝玉的至情随意歪曲,从而造成人情事理的混乱,造成红学研究的极左思潮的泛滥。

五 黛玉之《巽》[1]

林为五行之木，在卦为《震》、《巽》，但《震》为长男，与黛玉女性不符，故只有《巽》和黛玉身份吻合。《巽》为长女。第二回正文云：

"今如海年已四十，只有一个三岁之子，又于去岁亡了。虽有几房姬妾，奈命中无子，亦无可如何之事。只嫡妻贾氏，生得一女，乳名黛玉。年方五岁，夫妻爱之如掌上明珠。"

由此可见，黛玉为姐，长于其弟一岁，确实为长女。

《巽》在后天八卦其位东南，故黛玉祖籍姑苏，随父居扬州；《巽》为风，故秉父命，随"担风袖月"之雨村投奔有祖父"遗风"之贾政；观黛玉"却有一段风流态度"、"行动疑弱柳扶风"；第二十二回，黛玉作灯谜诗，末句为"风雨阴晴任变迁"；第三十七回，咏白海棠，黛玉做一首七律，便有"倦倚西风夜已昏"的收尾句；第三十八回，黛玉做二首七律，其中一首有"千古高风说到今"的收尾句；第六十三回，黛玉占花名，得签中诗句是"莫怨东风当自嗟"；第七十回，黛重建桃花社，她做一首古风，首句便是"桃花廉外东风软"。黛玉填词，有句"说风流"、"嫁与东风春不管"；诗社主评李纨讲黛玉的诗作风格是"风流别致"（第三十七回）。第八十二回，黛玉道："不是东风压了西风，就是西风压了东风。"太平闲人夹批："东风为木。"这诸风，便是黛。黛玉又善诗，便是长于风。《巽》木应人身五脏为肝，故贾母见黛玉搂入怀中，"心肝儿肉"（第三回）叫着；《巽》木应五液为泪，故黛玉爱哭，还泪以报神瑛侍者灌溉之恩（第一回），《说卦》云"风以散之"，故木石前盟终不能成其姻缘而散之。

---

[1] 《巽》卦，䷸（巽下巽上）。
《巽》：小亨。利有攸往。利见大人。
《彖》曰：重巽以申命。刚巽乎中正而志行。柔皆顺乎刚，是以"小亨，利有攸往，利见大人。"
《象》曰：随风，《巽》。君子以申命行事。
解释：巽，象征风，风柔而进，故人宜谦虚，风柔而易入，人之不当则需大人的指点。

36.《红楼梦》与《易》卦

第三回黛玉自言当她三岁时,来了一个癞头和尚,说要化她出家,黛玉父母固是不从:

(和尚)又说:"既舍不得他,但只怕她的病一生也不能好的。若要好时,除非从此以后总不许见哭声,除父母之外,凡有外亲,一概不见,方可平安了此一生。"

事实是,黛玉之母先逝(第二回),贾母"必欲其(黛)往"(第三回),林如海为了"减我内顾之忧",便让黛玉投奔京都的贾府。黛玉的家庭变故,迫使黛玉违背了癞头和尚"不见外亲"的警示,黛玉只能如此。毕竟贾母是黛玉的姥姥,不是一般的外亲。在贾母的二儿三女中,贾母说:"我这些女儿,所疼者独有你母"(第三回),更何况贾敏先逝,贾母必更加关爱隔代之外孙女。柔弱孤独之黛玉投奔时运正旺之贾府是合乎逻辑的。《巽》卦辞云"小亨",是小通顺;"攸往"是前往;攸往虽利,毕竟是小亨、短时之亨。黛玉在贾府"平安了此一生"的大趋势已不存在,黛玉《巽》风漂泊之象已现,唯剩下"不许见哭声"的处世态度之道。《巽》就是逊、谦虚、退让,而正是在这个问题上,黛玉背道而驰。这是导致黛玉哭声的根源。黛玉出于嫉妒、多疑、赌气、孤傲、娇养等心态,尽管她善于遮藏掩饰、灵变含蓄、善解善辩,但她出言尖酸、嘲讽、奚落、挖苦、刻薄及至含沙射影、旁敲侧击等心态的不谨慎是显而易见的(第八回),甚至常和宝玉"言语有些不合起来"(第五回)。太平闲人夹批:"其言如刀,适足以杀其躯而已矣。"(第八回)《太平闲人〈石头记〉读法》:"黛玉处处口舌伤人,是极不善处世、极不自爱之一人,致蹈杀机而不觉。"第六十二回,姚燮眉批:"书中多少事故,都为嘴不好闹出来的。"对黛玉而言,能否与宝玉成婚是大事,但她言语伤人,已使贾府在选择黛、钗问题上,从上到下,天平已倾向宝钗一端,刘姥姥就是在这种情况下"二进"荣国府的。《巽》卦辞云"利见大人",黛玉是极需要大人来指点的,这个"大人"不是别人,恰恰是可爱的刘姥姥。第四十回,刘姥姥二进荣国府,固然有还礼、回报"枣菜瓜"之举,更重要的,正如太平闲人夹批:"姥姥专为黛来。"是为黛止哭而来。莫认为刘姥姥为一农村老妪就不合"大人"之条件,刘姥姥演一《坤》,是地地道道的大人。

可惜的是，对于刘姥姥的身教、言教，黛玉不识，她反蔑称刘姥姥为"母蝗虫"。

《巽·彖》："重巽以申命。刚巽乎中正而志行。"《巽·象》："君子以申命行事。"申命者，申明教命。对黛玉而言，贾敏、林如海之教皆是命，但黛玉之母贾敏先逝，她虽然情感难舍其父林如海，但只能奉命洒泪而别，这对于一个十来岁的孩子是何等无奈、残酷，由此也显示了刚巽志行的重要。黛玉人品无可指摘，尽管书中已明示就外貌而论"人谓黛玉所不及"宝钗（第五回），但世人同情黛玉，心灵美高于外貌美终是评品的尺度。黛玉显露的明直，但少谦虚则是有欠中正，人无完人可以理解，但是这一缺陷，导致黛玉一生的不平安。

第五回，巧姐之判词有句"势败休云贵，家亡莫论亲"，这是世俗人情事理之现实，黛玉依赖的顶级外亲贾母也是靠不住的，《巽》卦的性质是讲"入"，宝玉止于情，黛玉更是止于情，而且是完全的陷入，能入而不能出，看来癞头和尚要化她出家不是无道理的，起码癞头和尚警示世人，为活命，要能入，还要能出！这一出一入是涉及性命的大事。苏州留园伫云庵有联："儒者一出一入有大节；老僧不见不闻为上乘。"寿县报恩寺有联："藤杖一条，提的起才放得下；禅关两扇，看不破便打不开。"

六　宝钗之《兑》[1]

宝钗为金，《乾》、《兑》两卦皆为金，但《乾》为阳、为父，与宝钗女性身份不符。《说卦》云"《兑》为少女"，宝钗有一胞兄薛蟠，宝钗为妹，恰为少女。《说卦》云"兑以说之"，说即是悦，宝钗在人生及婚姻上，优于黛而悦之。

---

[1] 《兑》卦，☱（兑下兑上）。
《兑》：亨。利贞。
《彖》曰：《兑》，说也。刚中而柔外，说以"利贞"，是以顺乎天而应乎人。说以先民，民忘其劳。说以犯难，民忘其死。说之大，民劝矣哉。
《象》曰：丽泽，《兑》。君子以朋友讲习。
解释：兑在言为说，在心为悦。兑即悦。《兑》以泽、少女为象。《兑》在人身以口设象，口出言语，既可导致愉悦，又可生是非。朋友交流知识是很重要的。

36.《红楼梦》与《易》卦

第五回，有宝钗与黛玉形象之比较：

不想如今忽然来了一个薛宝钗，年纪虽大不多，然品格端方，容貌美丽，人谓黛玉所不及。

这是宝钗应《兑》之"丽泽"之象，泽而丽，钗亦丽也。

《兑》卦辞云"刚中而柔外"。第二十二回，贾母喜欢宝钗"稳重和平"，此即"外柔"之象。面对宝玉把宝钗比做杨贵妃体胖的奚落、黛玉得意的神色，宝钗回言讥讽，这是宝钗"刚中"之象。宝钗以儒理为根基，第四十二回，她就黛玉在行令时引用言情小说词句事，开导黛玉"拣那正经书看看"，少看"移了性情"的杂书，致使黛玉"羞脸飞红，满口央告"。这正是《兑》卦"说（悦）之大，民劝矣哉！"之象。宝钗不仅外貌美丽，外柔而内刚，且有处世《兑》卦所云"应乎人"之能（第五回）：

宝钗行为豁达，随分从时，不比黛玉孤高自许，目无下尘。故深得下人之心，便是那些小丫头们，亦多与宝钗顽笑。因此黛玉心中便有些不忿之意，宝钗却浑然不觉。

宝钗处世不仅"应乎人"，而且能"顺乎天"。在《红楼梦》中，元春象征气数之天，宝钗便有诸多"顺天"之象。第十八回，元春省亲，宝钗有颂扬天"修篁时待凤来仪"的赞美之辞；元春评批诗作："终是薛、林二妹之作，与众不同"，先提钗而后提黛；第二十二回，宝钗作灯谜诗，谜底是竹，元春作灯谜诗，谜底是爆竹，也是竹，太平闲人夹批"见其能和天运"；第二十三回，元春下谕，"命宝钗等在园中居住，不可封锢，命宝玉也随进去读书"。这道谕，未提黛玉，黛玉在"宝钗等"之"等"中；第二十八回，元妃赏赐的端午节节礼宝钗和宝玉的一样，黛玉则和二姑娘、三姑娘、四姑娘的一样，诸如此类，已兆木石关系只能是前盟，金玉才能成姻缘，这根源恰恰在于宝钗能"顺乎天"。

《兑·象》云："君子以朋友讲习。""讲习"意味着讲解知识，有知识才能"讲"。宝钗最大的优势在于有知识。宝钗有文才，第十八回，宝玉说宝钗"姐姐真可谓一字师了。"宝钗精通诗词，第三十七回，有宝钗发表诗题及用韵的高论。咏《白海棠》，宝钗以"含蓄浑厚"而夺魁。宝钗还懂画，第四十二回，有宝钗为惜春开例详细的绘料单，以及谈论画具、画技、画法，可知宝钗是绘画的行家里手。第五十六回，有宝钗帮助探春助理大观园、大讲学问一节，可知宝钗孔孟之道甚深。总之宝钗的知识是全面的，第二十二回，宝玉说宝钗"无书不知"；第三十回，黛玉说宝钗"姐姐通今博古"；第五十六回，探春说宝钗是"通人"。

《红楼梦》中，宝钗为难于评批之一人，自《红楼梦》问世，褒贬不一。但就卦象而论，《兑》是"亨，利贞"，《巽》仅是"小亨"，因此，宝钗应优于黛玉，似应褒多于贬。宝钗有知识，知书达理，上下关系好，很有处世之优势。《兑》为口，宝钗之口是谨慎的，第五十五回，凤姐就说她"拿定主意，不干己事不张口，一问摇头三不知"，恰符合周庙堂前金人"三缄其口"之状，因此，宝钗很似是未来的大家主妇。

《说卦》云："山泽通气。""山"为宝玉，"泽"为宝钗，两者通婚是可能的，尽管宝玉厌恶重视经济仕途之宝钗，对包办婚姻之世俗，宝玉当是无奈的。

七　王家演－《丰》[1]

《红楼梦》演四大家族，其中一家为有"百万之富"皇商的王家。谚俗口碑讲"东海缺少白玉床，龙王来请金陵王"，正是王家富有的写照。王家三男二女，三男者，第一百一回太平闲人夹批："王仁之父当居长，王子腾居二，王子胜居三。"大梅山民回评："王子腾当称二舅，子胜当三舅，以上有凤姐之父为大舅也。"王仁、凤姐是亲兄妹。二女者，三男之下的王夫人及胞妹薛姨妈。最为耀眼的女强人王熙凤是王夫人的内侄女、贾府贾琏之妻；薛姨妈有一女即鼎鼎大名的薛宝钗。

---

[1]《丰》卦，䷶（离下震上）。
《丰》：亨，王假之。勿忧，宜日中。
《彖》曰：《丰》，大也。明以动，故《丰》。"王假之"，尚大也。"勿忧宜日中"，宜照天下也。日中则昃，月盈则食，天地盈虚，与时消息，而况于人乎，况于鬼神乎？
《象》曰：雷电皆至，《丰》。君子以折狱致刑。
（爻辞略）

36.《红楼梦》与《易》卦

王家极为富有，第十六回，凤姐和贾琏的奶娘赵嬷嬷拉家常，说到昔日王家接驾的盛况，并表明国家外事接待由王家负责承办，凤姐炫耀说："凡有外国人来都是我们家养活，粤、闽、滇、浙所有的洋船货物，都是我们家的。"第七十二回，凤姐抱怨贾琏道："我们看着你家什么石崇、邓通？把我们王家地缝子扫一扫，就够你们一辈子过得了。"土生金，故扫地缝子而有金。《八卦化五行》歌告之，乾为金，乾为天；艮为土，土为地。王家地缝子不仅是丰，而且有天地之象。此类说正兆王家之"丰"。

太平闲人夹批："王为卦体。"（第二回）"王为易象"。（第四回）"姓王，一部《易》里在此矣。"（第六回）"王为《易》"，"王合《乾》、《坤》两象。"（第四十九回）"一《乾》、一《坤》，王家演义也。"（第七十回）所以，王兼《乾》、《坤》两象。《易》经口诀云："乾三连，坤六断。"王兼《乾》《坤》之象。

"王"字象形"丰"，"王"实演一"丰"。《丰·彖》讲："《丰》，大也。明以动，故《丰》。"王家富有，足见其丰。"丰"虽好，但"日中则昃，月盈则食"，"而况于人乎？"所以必须警惕。

《杂卦》讲："《丰》，多故也。"因丰必多事，第三回尾、第四回，就讲到薛蟠"倚财仗势，打死人（冯渊）命"案；第八十五回，薛蟠又打死张三，又系命案，正是《杂卦》所讲"多故"之象。

《序卦》讲："《丰》者，大也。穷大者必失其居，故受之以《旅》。"王家顶梁柱王子腾死后，薛蟠又因命案入狱，用宝钗的话讲："王家没有什么正经人了"、"城里有几处房子已经典去，还剩了一所在那里，（薛蝌和邢岫烟）打算搬去住。"正是兆《序卦》解《丰》"失其居"之象。

《丰》象讲："君子以折狱致刑"，折狱即断狱，致刑即执行，而薛蟠是入狱获刑之人，由此才有君子的断和执，《丰》卦是多么涵盖王家之象。由《丰》必《旅》，所以薛姨妈带宝钗进京实为《旅》，薛蟠被柳湘莲打，外出经商，亦是《旅》。薛家的口碑是"丰年好大雪，珍珠如土金如铁"，第一字就是丰。

八　大观园演－《观》[1]

《红楼梦》第十八回，元春娘娘省亲，亲题一绝：

衔山抱水建来精　　多少功夫筑始成

天上人间诸景备　　芳园应锡大观名

清代红评家太平闲人夹批："一诗落落大方，肖为天语，自不雕琢。'天上人间'四字，重明其书有如此。"锡者，赐也。"大观"之园名，恰合《易》经《观》之卦名。第十八回，太平闲人回评："一部大观，诸天谛听。"夹批："一部大观，演此而已。""因大观而更上一层。""元妃之命，大书特书，一部大观，乃从此始。"（第二十三回）"业镜高悬，大观普照。"（第二十四回）"其书好处正是一部大观。"（第九十二回）等等。

《易·观》象辞讲："大观在上，顺而巽，中正以观天下，《观》。"《红楼梦》天上人间诸景齐备，包罗万象。观《红楼梦》，即观察认识社会。不能童观、窥观，而要大观，必须以中正之心而观，以传统文化精髓而观，即释家讲的正见，正因此，才不悖《易》道之大观。

九　黑山村、血山崩演－《蹇》[2]

《红楼梦》演贾府由兴而衰，由《泰》而《否》，必经困难，恰兆象

---

[1]《观》卦，☷（坤下巽上）。

《观》：盥而不荐。有孚颙若。

《彖》曰：大观在上，顺而巽，中正以观天下，《观》。"盥而不荐，有孚颙若"，下观而化也，观天之神道，而四时不忒。圣人以神道设教，而天下服矣。

《象》曰：风行地上，《观》。先王以省方观民设教。

（爻辞略）

[2]《蹇》卦，☷（艮下坎上）。

《蹇》：利西南，不利东北。利见大人，贞吉。

《彖》曰：《蹇》，难也，险在前也。见险而能止，知矣哉！《蹇》，"利西南"，往得中也。"不利东北"，其道穷也。"利见大人"，往有功也。当位"贞吉"，以正邦也。《蹇》之时用大矣哉！

《象》曰：山上有水，《蹇》。君子以反身修德。

《序卦》、《杂卦》："《蹇》者，难也。"

（爻辞略）

36.《红楼梦》与《易》卦

《蹇》卦。第一回,就有"(贾雨村)又淹蹇住了"之语,这"蹇"便是卦。

第五十三回,宁府的庄头乌进孝,从黑山村来贾府,给宁府送来收取庄户的租银、年礼,看似祥和,实伏险机。

黑山村,黑,在位为北,五行为水,卦为《坎》,其性质为陷入;山在卦为《艮》,其性质为停止。艮下坎上为山水《蹇》,故太平闲人夹批:"黑色阴位,正北;山《艮》象,位东北。"故贾府的庄产在偏北的东北,由《红楼梦》下列内容可证:

乌进孝讲:"今年雪大,外头都是四五尺深的雪,路上竟难走得很。"东北方有如此大的雪。行程要"一个月零两日",很似吉黑省到北京的距离。

由进品年货种类看,活鹿、鹿肉、鹿筋、鹿舌、熊掌、鲟鳇鱼、各种炭等,都是东北特产;而大对虾、干虾、海参、各色杂鱼等,推测贾府庄产近海;黑山村言村在"山",所以黑山村在东北居山近海之处,故贾蓉说乌进孝"你们山坳海沿子上的人"。

由《蹇》卦"不利东北"卦辞而知,庄产有艰难,是"不利"的。乌进孝讲:"今年年成实在不好,从三月下雨,接连着直到八月,竟没有一连晴过五六日,九月一场碗来大的雹子,方近二三百里地方,连人带房,并牲口粮食,打伤了上千上万的,所以才这样。"从春末的涝灾到秋末的雹灾,正是兆《蹇》卦辞"不利东北"的写照,贾府庄产是贾府生存的根基,是经济基础,这正是大有大的难处,根基动摇,艰险已伏。

人由生到死,必经伤病。

第七十二回,凤姐身体不适,鸳鸯来探望凤姐,平儿从堂屋出来把鸳鸯让至东房,对鸳鸯讲:"(凤姐)这几日忙乱了几天,又受了些闲气……所以支不住,便露出马脚来了。"又讲:"(凤姐)只从上月行了经之后,这一个月竟沥沥渐渐的没有止住。这可是大病不是?"鸳鸯听了,忙答应道:"哎哟!依这么说,可不成了血山崩了吗?"

血山崩又应《蹇》卦。血在卦为《坎》;山为《艮》,艮下坎上为山水《蹇》。《彖》曰："《蹇》，难也，险在前也。"所以鸳鸯讲："先我姐姐不是害这病死了？"已示"险在前"之危险。《象》曰："山上有水，《蹇》。君子以反身修德。"第五十五回说"（凤姐）操劳太过，一时不及检点"，第七十一回讲："（凤姐）越想越气越愧"，说明凤姐争强好胜，利欲熏心，因此她的"下红"之症，已兆险象。《蹇》讲："君子以反身修德"，这对凤姐尤为重要。

十　《鼎》❶ 之重

《鼎》为六十四卦之一。贾母之侄、湘云之伯忠靖侯叫史鼎。第四十回，探春、宝钗房内的陈设都有鼎；第四十一回，宝玉房内陈设亦有鼎。第五十三回，贾氏宗祠，"月台上设着古铜鼎彝等器"。

第三十九回，李纨道："凤丫头就是个楚霸王，也得两只膀子，好举千斤鼎。他不是这丫头（平儿），他就得这么周到了？"李纨把平儿比作凤姐"举鼎"的得力助手。

《渐》之变 ❷

《太平闲人〈石头记〉读法》："《易》曰：'臣弑其君，子弑其父，非一朝一夕之故，其所由来者渐矣。'故谨'履霜'之戒。一部《石头记》一'渐'字。"第二、第十回，太平闲人复夹批此语。此语出《易·坤·文言》。第七十五回，正文有句"外人皆不知一字"，太平闲人夹批："一

---

❶ 《鼎》卦，䷱（巽下离上）。
《鼎》：元吉，亨。
《彖》曰：《鼎》，象也。以木巽火，亨饪也。圣人亨以享上帝，而大亨以养圣贤。巽而耳目聪明，柔进而上行，得中而应乎刚，是以"元亨"。
《象》曰：木上有火，《鼎》。君子以正位凝命。
❷ 《渐》卦，䷴（艮下巽上）。
《渐》：女归吉。利贞。
《彖》曰：《渐》之进也。"女归吉"也，进得位，往有功也。进以正，可以正邦也。其位刚得中也。止而巽，动不穷也。
《象》曰：山上有木，《渐》。君子以居贤德善俗。

字,'渐'字也,而人皆不知。请问谁是一眼读《红楼》,一眼读'履霜坚冰'之一爻者?"

十一 射覆 神以知来

现将《红楼梦》中第六十二回有关射覆的断落抄录如下:

宝玉便说:"雅坐无趣,需要行令才好。"众人中有的说行这个令好,又有那个说行那个令才好。黛玉道:"依我说,拿了笔砚,将各色令都写了,拈成阄儿,咱们抓出那个来,就是那个。"众人都道:"妙极。"即命拿了一副笔砚花签。香菱近日学了诗,又天天学写字,见了笔砚,便巴不得连忙起来,说:"我写。"众人想了一回,共得十来个,念着,香菱一一写了,挫成阄儿,掷在一个瓶中。探春便命平儿拈,平儿向内搅了一搅,用箸夹了一个出来,打开一看,上写"射覆"二字。宝钗笑道:"把个令祖宗拈出来了。射覆从古有的,如今失了传,这是后纂的,比一切的令都难。这里头倒有一半是不会的,不如毁了,另拈一个雅俗共赏的。"探春笑道:"即拈了出来,如何再毁?如今再拈一个,若是雅俗共赏的,便叫他们行去,咱们行这一个。"

探春道:"我吃一杯,我是令官,也不用宣,只听我分派。取了令骰令盆来,从琴妹妹掷起挨着掷下去,对了点的,二人射覆。"宝琴一掷是个"三",岫烟、宝玉等皆掷的不对,直到香菱方掷了个"三"。宝琴笑道:"只好室内生春,若说到外头去,可太没头绪了。"探春道:"自然。三次不中者罚一杯,你覆他射。"宝琴想了一想,说了个"老"字。香菱原生于这令,一时想不到,满室满席,都不见有与"老"字相连的成话。湘云先听了,便也乱看,忽见门斗上贴着"红香圃"三个字,便知宝琴覆的是"吾不如老圃"的"圃"字,见香菱射不着,众人一鼓又催,便悄悄的拉香菱,教他说"药"字。黛玉偏看见了,说:"快罚他,又在那里传递呢!"闹得众人都知道了,忙又罚了一杯。恨的湘云拿筷子敲黛玉的手。于是罚了香菱一杯。下则宝钗和探春对了点子,探春便覆了一"人"字,宝钗笑道:"这个'人'字泛得很。"探春笑道:"添一个字,两射一覆，也不泛了。"说着，便又说了一个"窗"字。宝钗一想，因见席上有鸡，便知他是用"鸡窗"、"鸡人"二典了，因覆了一个"埘"字。探春知他射着，用了"鸡栖于埘"的典，二人一笑，各饮一口门杯。

李纨和岫烟对了点子。李纨便覆了一个"瓢"字，岫烟便射了一个"绿"字，二人会意，各饮了一口。

底下宝玉可巧和宝钗对了点子，宝钗便覆了一个"宝"字，宝玉想了一想，便知是宝钗作戏，指着自己的通灵玉说的，便笑道："姐姐拿我作雅谑，我却射着了，说出来姐姐别恼，就是姐姐的讳"钗"字就是了。众人道："怎么解？"宝玉道："他说'宝'，底下自然是'玉'字了。我射'钗'字，旧诗曾有'敲断玉钗红烛冷'，岂不射着了?"湘云道："用时事使不得，两个人都该罚。"香菱道："不止时事，也有出处。"湘云道："'宝玉'二字并无出处，不过春联上或有，诗书记载并无。"香菱道："前日我读岑嘉州五言律，现有一句，说'此乡多宝玉'，怎么你倒忘了？后来又读李义山七言绝句，又有一句'宝钗无日不生尘'，我还笑说他两个名字，都原来在唐诗上呢。"众人笑说："这可问住了，快罚一杯。"湘云无话，只得饮了。

从书中我们知道如下二点：

一、宝钗说："射覆从古有的，如今失了传，这是后纂的。"因此《红楼梦》中的射覆不是古代的射覆；

二、宝钗说："（射覆）比一切的令都难。这里头倒有一半是不会的。"由此知道《红楼梦》中的射覆是行令的一种，此射覆也是很难的，当时在座的"有一半不会"可证。而古代的射覆更难。

《红楼梦》中后纂的的行令射覆方法归纳如下：

一、参与者由掷骰、取相同点数二人设对博弈；射中者为胜，射不中者受罚；

二、覆者所设之覆并不完全覆，而是明示一字，而射者则是由此字推测出所覆之字，以示猜中，所射之字应有文学的出处和依据；

三、要求覆者设题有一定的范围，这就是宝琴所说的："只好室内生春，若说到外面去，可太没头绪了。"

四、射覆内容是诗词歌赋，完全是文字范畴。因此文化修养要求高，故宝钗、探春、黛玉、宝琴、李纨、岫烟参与，香菱则有困难，书中说她："一时想不到。"

《辞源》对"射覆"有二解，其（二）解释为：酒令的一种。用相连字句隐物为谜而使人猜度，即《红楼梦》中的行令射覆。

《辞源》对"射覆"，其（一）解释为：猜测覆盖之物。即宝钗所说的已失了传的古代的射覆。

陈襄民、张文学《易经答问》有关古代射覆有如下载：

卦象常用于射覆。射覆是一种有趣的游戏。射，就是猜测；覆，覆盖的意思。射覆，就是将某种小物品暗中覆盖严密，通过占筮的方法让人猜出为何物。三国的管辂是射覆的能手，《三国志》曾载有他射覆的事例。《三国志·管辂传》所载，馆陶令诸葛原升任新兴太守时，管辂前往送行。诸葛原听说管辂善射覆，不大相信，于是暗中取燕卵、蜂窝、蜘蛛三物分别放在密闭的盒子里，让管辂占筮。卦成之后，管辂分别在三个盒子上各写四句话。其一：含气须变，依乎宇堂，雌雄以形，羽翼舒张——此燕卵也。其二：家室倒悬，门户众多，藏精育毒，得秋乃化——此蜂窠也。其三：觳觫长足，吐丝成罗，寻网求食，利在昏夜——此蜘蛛也。猜中后，自然是满座惊骇。

另一事是平原太守刘邠在办案中偶然得知管辂善卜，便将管辂请到府中，取印囊及山鸡毛藏在盒中，让他卜之。占筮结果得出，其一：内圆外方，五色成文，含宝守信，出则有章——此印囊也。其二：高岳岩岩，有鸟朱身，羽翼玄黄，鸣不失晨——此山鸡毛也。于是刘邠大惊，遂待为上宾。上述管辂射覆的事情《三国志》中虽有记载，但卦成之后，如何解卦，并没有记述。近代著名易学家尚秉和先生曾推出卦体并做出如下解释：

① 燕卵解：此为火雷噬嗑（䷔）。内卦为震，震为雷电，为鼓，为竹、苇，圆而中空，象蛋壳，所以说"含气须变"。噬嗑卦二至四爻相连组成互卦艮，艮为门阙，所以说"依乎宇堂"。三至五爻又组成互卦坎，坎为中男，外卦离为中女，所以说"雌雄以形"。三至五爻既为"雌雄以

形"，而阳爻两旁之阴爻有鸟张开翅膀的形象，所以说"羽翼舒张"。综合以上卦象的特征，故断为燕卵。

②蜂窝解：此为震卦（☳）。艮为门阙，而震卦的"倒象"为艮卦。（震卦）三至五爻组成互卦坎，坎为宫。二至四爻又组成互卦艮，艮又为门，所以说"家事倒悬，门户众多"。坎又为隐伏，为盗、为眚、为病，所以说"藏精育毒"。坎又为水，至秋金旺生水，所以说"得秋乃化"。既然门户众多而宫室倒悬，其中藏精育毒，至秋乃化为幼虫，这只能是蜂窝。

③蜘蛛解：此为归妹卦（☳）。上卦为震，震为动为足，所以说"觳觫长足"。二至四爻组成互卦离，离为网。下卦为兑，兑为口，所以说"吐丝成罗，寻网求食"。三至五爻组成互卦坎，坎为伏为盗，所以说"利在昏夜"。以这些卦象推断，它只能是蜘蛛。

④印囊解：此为地天泰卦（☷）。乾为天、坤为地，天圆而地方，天在内卦，地在外卦，所以说"内圆外方"。从颜色上看，乾为大赤，坤为黑为黄；泰卦二至四爻组成互卦兑，兑为白色；三至五爻组成互卦震，震为玄黄，所以说"五色成文"。乾为金为玉，坤为布为囊，所以说"含宝"；乾为直言，所以说"守信"。震为动，所以说"出则有章"。根据以上卦象作综合判断，只能是印囊。

⑤山鸡毛解：此卦为火山旅卦（☲）。内卦为艮，艮为山，所以说"高岳岩岩"。外卦为离，离为丽，为文采，配四灵之朱雀，所以说"有鸟朱身"。艮之倒象为震，震为玄黄，所以说"羽翼玄黄"。三至五爻组成互卦兑，兑为口舌，为鸡，所以说"鸣不失晨"。根据以上卦象，综合判断为山鸡毛。

《红楼梦》立足于高境界的知识觉悟层次。第八十六回，为元春算命是用八字，主要是断人；而三国时的射覆是断物；《左传》记载春秋时的占卜是断事。无论哪种方法，显示的是神以知来的预测。而其最终预测根据则是中国传统文化天人合一、阴阳五行的哲观。《红楼梦》中射覆是断字，这是需要文学修养的。

《易·系辞上传》讲："易与天地准，故能弥纶天地之道。"清人陈梦

36.《红楼梦》与《易》卦

雷《周易浅述》解释说："弥者弥缝，合万为一，使浑然而无欠；纶者丝纶，一中有万，使粲然而有条。弥而不纶，则空疏无物；纶而不弥，则判然不属。"弥、纶二字，准确地概括制卦成易和用易占卦两个方向相逆的过程。后人用易占卦是用易对具体事物进行分析，由抽象到具体、由一般到个别的演绎过程。圣人制易，这是中国祖先创立的最宝贵的文化遗产，是对预测学做出的最伟大的贡献，让我们对他们充满由衷的崇敬。《三国志》、《左传》不是小说、演义，而是史书。春秋时的占卜事迹，三国时的管辂、晋时郭璞，他们卓绝的善卜才能，缜密周严的推理令我们折服。

直到现今仍有一小撮人反传统为时尚，中国传统文化的巨大损失是无法估量的。如太极图被韩国所用，风水学被其申遗。春秋时的占卜涉及的都是国家大事，不像现今的脑筋急转弯仅仅是游戏。宝钗讲"射覆从古有的，如今失了传"。宝钗说行令射覆是"令祖宗"，古代的射覆可谓始祖了。"如今失了传"说忘祖不为过。至于后篡的行令射覆，在浮躁的社会环境下，有此才能者也少见，这是让人痛心的！

十二 《红楼梦》涉卦杂论

第二回，雨村道："自东汉贾复以来，……"

复，即《复》卦。贾府由兴而衰，第一百二十回，贾雨村求教甄士隐，问道："请教老仙翁，那荣、宁两府，尚可如前否？"士隐道："福善祸淫，古今定理。现今荣、宁两府，善者修德，恶者悔祸，将来兰桂齐芳，家道复初，也是自然的道理。"

第十回，张友士为秦可卿看病、开方后，贾蓉问："还要请教先生，这病与性命终久有妨无妨？"（张友士）先生笑道："大爷是最高明的人，病到这个地位，非一朝一夕的症候了。"

太平闲人夹批："'臣弑其君，子弑其父，非一朝一夕之故'，我评此书为演一'渐'字，看此一语岂不信然？"

《坤·文言》："臣弑其君，子弑其父，非一朝一夕之故，其所由来者渐矣，由辩之不早辩也。"

第十三回，秦氏冷笑道："婶婶好痴也。否极泰来，荣辱自古周而复始。"

秦氏所讲否、泰，即《否》卦、《泰》卦，否极泰来，周而复始。

第四十九回，黛玉笑道："这可是雲丫头闹的，我的卦再不错。"闲人夹批："'卦'字映合大旨。"

第五十回在芦雪庭，众人联句五言排律，岫烟有句"易掛疎枝柳"，闲人夹批："演出《易》卦，为春生卯木而已。"

第九十九回，凤姐笑道："姑妈（薛姨妈）反倒拿我打起卦来了。"闲人夹批："正要人人各知打卦。"

书中人事，很多可以找到《易》卦的根据，如第七十八回，作《姽嫿词》，故事里有两个人物，一个是林四娘，一个是恒王。林四娘，太平闲人夹批："姓林则明指黛玉，行四则先天八卦《震》居第四，为木也。请教看官，此评是否？"太平闲人夹批"恒王"："《易》上经首《乾》《坤》，是曰王；下经首《咸》《恒》，是曰恒王。恒，夫妇之道也，为宝、黛，奈宝玉之无恒心何！"《恒》，为六十四卦之一。书中原文："你我皆向蒙（受）王恩，戴天履地，不能报其万一。"戴天履地即戴九履一，为《洛书》。

书中屡屡提及唐代诗人温庭筠，字飞卿，才思敏悟，作诗八叉手而成，故人称温八叉，第七十五回，太平闲人夹批："温飞卿八叉也，一部《易》卦无非八叉，以八叉演一心。"

37.《红楼梦》与道家

一 宝玉与老庄

1. 宝玉看《庄子·胠箧》

《红楼梦》第二十一回,宝玉闷闷的,看了一回《南华经》(即《庄子》),至《外篇·胠箧》一则,其文曰:

绝圣弃智,大盗乃止;擿玉毁珠,小盗不起;焚符破玺,而民朴鄙;掊斗折衡,而民不争;殚残天下之圣法,而民始可与论议;擢乱六律,铄绝竽瑟,塞瞽旷之耳,而天下始人含其聪矣;灭文章,散五彩,膠离朱之目,而天下始人含其明矣;毁绝钩绳而弃规矩,攦工倕之指,而天下始人有其巧矣。

掊,音 póu,击、破;攦,音 lì,折、撕;含,保全之意。

李双《庄子白话今译》解此段:杜绝圣明抛弃智慧,大盗贼才会销声匿迹;毁弃珍珠宝玉,小偷才会绝迹;烧掉符破坏玺,人民群众才会朴实无知;折断秤杆砸破量斗,人民群众才会不争斗什么;将天下所有圣明的原则律令全破坏掉,人民才可以谈论事情;搅乱六律,毁掉各种乐器,塞住师旷的耳朵,天下的人才能保全他们自然的听觉;消除文饰,拆散五彩,黏住离朱的眼睛,天下的人才能保全他们自然的眼力;毁掉钩、绳并弃绝规、矩,折断工倕的手指,天下的人才会具有天然的技巧。

2.《庄子》承袭老子《道德经》

(1)《庄子》:"绝圣弃智,大道乃止。"

《道德经》:"智慧出,有大伪。"(第十八章)

《道德经》:"绝圣弃智,民利百倍。"(第十九章)

《道德经》:"故以智治国,国之贼;不以智治国,国之福。"(第六十五章)

(2)《庄子》:"擿玉毁珠,小盗不起。"

《道德经》:"不贵难得之货,使民不为盗。"(第三章)

《道德经》:"难得之货令人行妨。"(第十二章)

《道德经》:"绝巧弃利,盗贼无有。"(第十九章)

《道德经》:"不欲琭琭如玉,珞珞如石。"(第三十九章)

《道德经》:"我无欲而民自朴。"(第五十七章)

《道德经》:"是以圣人欲不欲,不贵难得之货。"(第六十四章)

(3)《庄子》:"焚符破玺,而民朴鄙。"

《道德经》:"不见可欲,使民心不乱。"(第三章)

《道德经》:"见素抱朴,少私寡欲。"(第十九章)

《道德经》:"复归于朴。朴散,则为器。"(第二十八章)

《道德经》:"化而欲作,我将镇之以无名之朴。"(第三十七章)

《道德经》:"人多伎巧,奇物滋起。"(第五十七章)

(4)《庄子》:"掊斗折衡,而民不争。"

《道德经》:"不尚贤,使民不争。"(第三章)

《道德经》:"绝学无忧。"(第二十章)

《道德经》:"为学者日进,为道者日损。"(第四十八章)

《道德经》:"人之道,为而不争。"(第八十一章)

(5)《庄子》:"殚残天下之圣法,而民始可与论议。"

《道德经》:"法令滋彰,盗贼多有。"(第五十七章)

《道德经》:"民之难治,以其上之有为,是以难治。"(第七十五章)

(6)《庄子》:"擢乱六律,铄绝竽瑟,塞瞽旷之耳,而天下始人含其聪矣。"

《道德经》:"五音令人耳聋。"(第十二章)

《道德经》:"听之不闻,名曰希。"(第十四章)

《道德经》:"听之不足闻。"(第三十五章)

《道德经》:"大音希声。"(第四十一章)

37.《红楼梦》与道家

(7)《庄子》:"灭文章,散五彩,胶离朱之目,而天下始人含其明矣。"

《道德经》:"五色令人目盲。"(第十二章)

《道德经》:"视之不见,名曰夷。"(第十四章)

《道德经》:"视之不足见。"(第三十五章)

(8)《庄子》:"毁绝钩绳而弃规矩,攦工倕之指,而天下始人有其巧矣。"

《道德经》:"使人复结绳而用之,甘其食,美其服,安其居,乐其俗,邻国相望,鸡犬之声相闻,民至老死,不相往来。"(第八十章)

3. 宝玉读《庄子·胠箧》,写续文谈体会

宝玉续文曰:

焚花散麝,而闺阁始人含其劝矣。戕宝钗之仙姿,灰黛玉之灵窍,丧灭情意,而闺阁之美恶始相类矣。彼含其劝,则无参商之虞矣。戕其仙姿,无恋爱之心矣;灰其灵窍,无才思之情矣。彼钗、玉、花、麝者,皆张其罗而穴其隧,所以迷眩缠陷天下者也。

戕:音qiāng,杀害;灰,灰烬。

焚花散麝,就其字面而言,当是烧花、散麝香。但下面提到"彼钗、玉、花、麝者",所以这里的花,当为花袭人;麝,当为麝月。从这一回的内容看,正是由于宝玉缠绵于姐妹之间,用袭人的话讲"也没有黑夜白日闹的",诸如让湘云为他梳头,引起袭人的妒忌,她不理宝玉,而"麝月与袭人亲厚",对宝玉也无好气,引起宝玉的不快,因此才有宝玉读《庄子·胠箧》解烦,模拟庄子思想写续文出气:把花袭人烧了,把麝月遣了,这闺阁中才可以保全劝阻,把宝钗的美貌毁坏了,把黛玉的灵窍灭尽了,闺阁中的美恶则相类似了。毁坏仙姿,则无恋爱之心;灰烬灵窍,则无才思之情。像宝钗、黛玉、花袭人、麝月,都是迷惑缠陷天下人而已。

4.《红楼梦》引用老庄思想的价值

老子《道德经》不过八十一篇(段)五千字;《庄子》共计三十三

篇。太史公司马迁认为《胠箧》篇出自庄子本人手笔，所以更能体现庄子的思想。宝玉读《胠箧》并写续文，直接把《红楼梦》的思想境界带入老庄思想殿堂，纳入儒、道、释的三大思想宝库，这就是为什么《红楼梦》成为文化经典的原因。

从哲学认知而论，事物由太极向二仪的二元乃至多元的复杂化发展，就社会的常识而言，这是进步；但是在道家看来，基于阴阳对立产生的分化，这是倒退。比如在儒家看来，"夫礼，必本大于一"。（《礼记·礼运》）也就是讲，"礼"是出于饮食而起的太极层次的观念。但是道家《道德经》认为："失道而后德，失德而后仁，失仁而后礼。夫礼者，忠信之薄，而乱之首也……处其实，不居其华。"《庄子·知北游》亦符合说："礼者，道之华而乱之首。"如果说孔子讲的"克己复礼"不过是复归于重礼的周，老子主张"复归于朴"、庄子讲的"求复其初"，则是复归到"使人复结绳而用""圣人抱一"的原始状态，《胠箧》篇赞扬了由容成氏到神农氏十二氏的社会，而对三皇五帝的统治则是否定的。在那以后，不要说邪恶、自私的一切，即使是社会的组织体制、人类文明、技术科学、财富经济，都是应该否定的，因为这些人为的有为，都是对自然之道的破坏。庄子在《胠箧》篇中用字的绝、弃、擿、毁、破、掊、攦等观念，宝玉续文中的用字焚、散、戕、灰等，都显示了复归于道的彻底性。老庄倡导的复，是人性的归复，这种归复涉及人和自然的和谐。

道家、儒家均重视"和"。《论语·学而》讲"和为贵"；《道德经》讲"冲气以为和"；《庄子·缮性》亦讲"夫德，和也"。人的"见素抱朴、少私寡欲"客观上起到与自然的和谐。《庄子·达生》讲："不开人之天，而开天之天。开天者德生，开人者贼生。"李双《庄子白话今译》解释："不要创造人为的局面，而要顺应自然的发展。顺应自然就使生命得到保护，人为改造自然使生命受到危害。"《庄子·知北游》亦讲："圣人处物不伤物，不伤物者，物亦不能伤也。"老庄反对人为的思想，主张道法自然的观念，无疑对环保、节能是极为有益的。以人定胜天的态度改造自然，无疑是对自然环境的破坏，现实频发的地震、海啸、山洪、雪灾、气候变暖、土地沙化、江河断流等自然现象，都可以找到背后的人为

37.《红楼梦》与道家

原因。

老子"有生于无"的哲观,主张"以正治国"、"爱民治国"的纲领,倡导"一曰慈,二曰俭"、"去奢,去泰"的朴素作风,处世"若冬涉川"的谨慎态度,遇事荣辱不惊的精神境界,无疑都是针对社会弊病而提出的有益教导。《红楼梦》中隐含着大量的道家思想:孔子有贵玉之说,但是庄子讲"擿玉毁珠",擿,掷。第一回,宝玉初见黛玉,因黛玉无玉,书中形容宝玉:"登时发作起狂来,摘下那玉狠命摔去。"世人重珠,宝玉先逝之兄就叫贾珠,但曹公却安排他早逝。第二十一回,湘云为宝玉梳头,就发现宝玉系辫的四颗大珠少了一颗,宝玉对明珠并不在意。孔子《论语》"学而"第一,但是老子讲"绝学无忧",第三回,书中讲宝玉"不喜读书",后人作《西江月》有句"愚顽怕读文章"讽他。庄子讲"掊斗折衡",第五十一回,写宝玉为晴雯看病付医费,宝玉讲:"又不做买卖,算这些做什么?"其实他根本不认得戥子,不懂又如何算账?庄子讲"灭文章",第八十二回,宝玉讲:"更可笑的,是八股文章。"黛玉讲:"不可一概抹倒。"宝玉听了"不堪入耳"。诸如此类,可见宝玉不反儒、不反孔,但他性灵上道家思想的倾向更多些。

宝玉由于烦恼,引发阅读《庄子·胠箧》而续文,续文的思想涉及处世的情感复归问题。儒家《中庸》讲:"喜怒哀乐之未发,谓之中,发而皆中谓之和。"显而易见,对于人之情,儒家主张既要不过,又不要不及的中情,故《礼记·檀公下》讲"节哀,顺便也。"老子《道德经》五千字,未涉及"情"字,但涉及与情有关的"孝"、"慈"、"亲"、"乐"、"厌"等字,老子讲:"六亲不和,有孝慈。"主张用"朴"镇"欲",似乎以朴治情,但老子亦讲"我有三宝""一曰慈"。《庄子·德充符》中,惠子谓庄子曰:"人故无情乎?"庄子曰:"然。"惠子曰:"人而无情,何以谓之人?"庄子曰:"道与之貌,天与之形,恶得不谓之人?"难道人仅有形貌而无精神(情感是精神的一部分),可以为健全的人?显见惠子发问有力,而庄子解答勉强。正因此,《庄子·至乐》讲,庄子妻子死,庄子非但不哀,反而"鼓盆而歌",引起惠子很不理解。当然庄子以视死如归、终始循环之理做了解释。但婚姻是阴阳的层次,庄子又何必结婚,保持独身赤子"未知牝牡"的太极状态不是更符合老子的思想吗？老子讲"大言希声"似乎无声比"鼓盆而歌"的层次为高，庄妻死，庄子应保持槁木无动于衷之态才是。

余愚，数十年来，对于老子倡导的"无欲"、"无为"的修炼界线的界定仍少理解。多有人解释"无为"为"无欲"，但老子已用"无欲"一词以和"无为"有别。《庄子·马蹄》倡导"织而衣，耕而食"自然原生态的生活，但这"织"、"耕"都是"为"，而"衣"、"食"则是欲，如果无此欲，也就可以达到无织无耕的无为，看来绝对的"无欲"是没有的，绝对的"无为"也是不存在的。儒家的告子讲："食、色，性也。"这是实话实说，基本如此。在道家看来，"无欲"、"无为"也是达到无忧的办法。《庄子·山木》中，鲁侯因负担国家而忧，市南先生（庄子）让他"去国捐俗"、到南越朴素的建德国去，以彻底解忧，鲁侯担心他一路上的吃饭问题，市南先生告诉他："涉于江而浮于海，望之而不见其崖，愈往而不知其所穷"，并讲，只要船上还有三人，就难免烦恼，鲁侯将要面对一人而生的境况，这时鲁侯"忧"没有了，恐怕命也没有了，这能算解忧的好办法吗？死而无忧的意义何在？当然南越朴素的建德国也是没有的，这不是调侃吗？李双讲："如果说老子是一位真诚的智者，那么庄子多了点玩世不恭。"宝玉在《庄子》中恐怕找不到解除烦恼的出路！余以为，道家思想比儒家思想脱离实际，当然在消极的倾向中有着积极的观念，但是对这种积极观念，统治者不适应，老百姓也难以适应，两千年来，中国社会尊孔倡儒是有道理的。

二　由迎春看《太上感应篇》漫谈感应

《红楼梦》第七十三回，原文描写："迎春劝不住，自拿了一本《太上感应篇》去看。"太平闲人夹批："太上贵德，其次施报（取自《礼记·曲礼上》）。乃全书来意，故特立迎春传以演之，而《大壮》之《观》，《易》象寓焉。"

《太上感应篇》是道家著作。所谓感应，感即因，应即果。其名解释

37.《红楼梦》与道家

为：人的善恶会感动太上老君，而太上老君会以福祸报应于人。故《太上感应篇》是劝导世人扬善抑恶之书。迎春在卦为《大壮》，对应的卦为《观》，故有迎春观书一节，所观者为何？提醒世人观察天下人事的因果关系。

迎春其人，有些木讷，但不失为一位善良大度的好姑娘，不幸的是她嫁与了"子系中山狼"的孙绍祖，受尽屈辱遭蹂躏而死。这种行善反遭恶报的现象，简直让人不解。为此我们不妨从《太上感应篇》来求解这种因果关系，因为曹公是不会虚设一事的。

《太上感应篇》开篇就告知人们："祸福无门，惟人自召；善恶之报，如影随形。"因此，善有善报，恶有恶报，这是总规律。问题不在于有无太上老君之灵、司过之鬼神，重要的在于报应的有无。其实有形的法律、公众的舆论、祖先的期盼、内心的良知等，已经构成报应的因。从善而论，《太上感应篇》讲报应："所谓善人，人皆敬之，天道佑之，福禄随之，众邪远之，神灵卫之，所作必成，神仙可冀。"从恶论之，《太上感应篇》讲报应："凡人有过，大则夺纪，小则夺算。"十二年为一纪，百日为算。人有罪过，必然损寿。故"算减则贫耗，多逢忧患，人皆恶之，刑祸随之，吉庆避之，算尽则死。"

然而迎春并未行恶，何遭恶报？

《太上感应篇》明告："死有余责，殃及子孙。"宋代道书《至总言·功过》讲："二百恶则后世无名；三百恶则后代道路乞活；四百恶则后代为奴婢；五百恶则后代贱夭；六百恶则后代不孝；七百恶则后代痴狂；八百恶则后代癫愚；九百恶则后代破家；一千恶则后代妖逆。"

迎春遭恶报，恰恰是其父贾赦所至，至少其恶为：迎春的婚姻是他一手包办的。通过迎春的口可知，孙绍祖所说"（贾赦）曾收着（他的）五千两银子，不该使了他的"有可能是真。也就是讲，由于贾赦欠账，迎春被典给了孙绍祖，这样的出嫁岂有好？难怪贾政是极力反对这桩婚姻的。正如清代红评家涂瀛《读花人论赞·迎春赞》所讲："若迎春者，非其人耶？何所遇之惨也。说者以为非贾赦遗孽不至此。由是言之，婚姻之故，虽曰天命，岂非人事哉？"

先人所为对后人影响是巨大的!《凤凰周刊》2009年第4期,刊载胡佳恒《江青墓现京郊》一文,该文讲其碑文:"一九一四——九九一,先母李云鹤之墓,女儿女婿外孙敬立,二零零二年三月。"立碑而不署立碑人姓名,天下墓地之稀有现象。

又有刊载:《同舟共济》2009年第5期,载叶永烈《漫步在姚文元墓前》一文,该文讲:"墓碑上并没有署姚文元的名字,只写着他妻子金英的名字。"有碑而无名,有名而不署,借妻名而葬,又为天下墓地之稀有现象!不署名当为后人所为,显见死者生前所为给后人带来多少忧虑的麻烦。

无神论者无所谓太上感应问题,但是封建主义的世袭现象,便使后世不能不面对前世的影响。王熙凤曾言"从来不信什么阴司地狱报应"(第四十二回),这是她我行我素的根据,但是她为巧姐的生日犯愁,使人们有理由对她的无神论提出质疑。重要的是,巧姐后来遇到的种种危难便是她种因之果。

《易·坤·文言》讲:"积善之家必有余庆,积不善之家必有余殃。"这是《易经》告知世人的恒理!认为善恶不报或善恶相报颠倒,这是误解。不是不报,时候未到;时候一到,一齐来报。《红楼梦》用小说为善恶相报做了演绎。迎春之命运,体现了贾赦罪有余而被殃及之报。如果关心儿女,似乎还是积善为好。

迎春看《太上感应篇》,传达的信息是:"诸恶莫作,众善奉行。"这两句正是《太上感应篇》里的内容。

38. 《红楼梦》与儒学

什么是儒？汉代许慎《说文解字》云："儒，柔也，术士之称也。"《辞源》云："儒，学者之称；言优也，和也；能安人、服人；宗孔之道也。"儒家者流，集大成于孔子。孔孟之道是跨越时空、博大精深的社会学，最能体现儒，因此往往以孔孟之道作为儒的代称。儒者，雅士。"君子尊德行而道问学。"唐代诗圣杜甫《咏怀古迹》五首之二有句"风流儒雅是吾师"，用"儒雅"称赞《楚辞》作家宋玉。儒者上尊孔孟之道，中贯学者之风，下显优和之效。儒学以记述孔子、孟子言行的《论语》、《孔子家语》、《礼记》、《孟子》等为经典，它是中国传统文化的核心内容。儒学包括儒理和儒行两大部分，儒理是指儒学的思想，儒行是指儒学的实践。儒理以孔子提倡的"仁"、孟子提倡的"义"为思想核心，以"己所不欲，勿施于人"从我做起的自律态度为修身理念，贯彻实施《大学》的教化。儒理又提出"中庸"的社会和谐的原则和伦理规范。儒行以"治国、平天下"的浩然之气，处处载仁义而行，抱德而处，寄望于实现"大同"的社会理想。儒行要以儒理为准则，儒理要以儒行为检验，所以儒学是世界观和方法论统一的学说。

《抱扑子·内篇·塞难》云："儒者，易中之难也……夫儒者所修，皆宪章成事，出处有则，语默随时，师则循比屋而可求，书则因解注以释疑，此儒者之易也。钩深致远，错综典坟，该河洛之籍籍，博百氏之云云，德行积于衡巷，忠贞尽于事君，仰驰神于垂象，俯运思于风云，一事不知，则所为不通。片言不正，则褒贬不分，举止为世人之所则，动唇为天下人所传，此儒家之难也，所谓易中之难矣。"由是而观，今世流俗，不读圣贤之书，易惑而不辨；盲目批判，悖道而行，实乃民族之大不幸！

与道家重平等、重自然、重自由、重无为相辅相成的是儒家的重秩序、重伦理、重教化、重和谐。儒的广义恰是儒、道、释等知识的总括。

儒者，组字从人、从需，就是讲人的需要就是儒，显然作为人的需要是知识。唐代大诗人刘禹锡《陋室铭》有句："谈笑有鸿儒，往来无白丁。"和谈吐不俗的有知者交往，当是人生的一大享受，故"友多闻"（《论语·季氏》）作为儒家交友的三种情况之一。

两千多年来，自汉武帝"罢黜百家，独尊儒术"始，历代统治者尊孔倡儒，从而显示出儒学的合理性和生命力，同时也展现了统治者自身的文化素养。曹雪芹是传统文化的巨匠，自然知道儒学的价值。社会的法则和自然的法则是一致的，都遵循"优胜劣汰"的检验，孔孟之道在经历了"文革"逆劫之后，巍然屹立，显示出真理的本性。孔孟之道是中国的国粹、文化的源头。

实践是检验真理的唯一标准。李双《庄子白话今译》序："'五四'时力倡'打倒孔家店'，现在不但没倒，香火还甚于从前。"打倒孔家店也好，批孔也罢，其效果都是和知识过不去，既害别人又害自己。蚍蜉撼树谈何易，孔孟之道现在正蓬勃地走向世界，文化输出受到世界人民的欢迎。

《红楼梦》处处闪烁着儒理的光辉。清代红评家太平闲人张新之一再夹批："吾谓此书实演儒理。"（第八十四回）"是书只一儒理而已。"（第一百六回）

一、贾宝玉对儒学的态度

贾宝玉"淘气憨顽"，不爱读书，《红楼梦》第九回，贾宝玉去上学，"出必告"先来给贾政请安，贾政道："你如果再提'上学'两个字，连我也羞死了！依我的话，你竟顽你的去是正经，仔细站脏了我这地，靠脏了我这门！"第三十七回，宝钗送给宝玉的诗号为"富贵闲人"，都是从侧面描写宝玉不喜读书，但是仅由此，乃至追求婚姻自由，就能得出宝玉反封建、反儒学的结论吗？为此我们必须尊重《红楼梦》的原著以求答案。

第三回，贾母因问黛玉念何书，黛玉道："刚念了《四书》。"

又，探春笑道："只恐又是杜撰。"宝玉笑道："除《四书》，杜撰的太多，偏是我杜撰不成？"

第十九回，袭人讲宝玉："凡读书上进的人，你就起个名字叫禄蠹，又说只除'明明德'外无书，都是前人自己不能解圣人之书，便另出己意，浑编纂出来的。"

太平闲人夹批："何尝不是，陈雨村以次，比比皆然。""包一切，扫一切，通灵宝玉实演《大学》一部。"

第二十二回，宝玉制谜诗"南面而坐，北面而朝。'象忧亦忧，象喜亦喜'。"

此四句出自《孟子·万章上》："舜曰：惟兹臣庶，汝其于予治，不识舜不知象之将杀己与。曰：奚而不知也。象忧亦忧，象喜亦喜。""舜南面而立，尧帅诸侯北面而朝之。"宝玉引经据典，阐明君臣礼仪。

第二十三回，宝玉听了，喜不自禁，笑道："待我放下书，帮你来收拾。"黛玉问："什么书？"宝玉见问慌的藏之不迭，便说道："不过是《中庸》、《大学》。"

太平闲人夹批："曰《中庸》、《大学》，作者之意可知矣。一部《红楼梦》不过是《中庸》、《大学》。"

第二十八回，宝玉发个新令，他道："如今要说悲、愁、喜、乐四字，却要说出女儿来，还要注明这四个原故……成古诗、旧对、《四书》、《五经》成语。"

太平闲人夹批："酒底有《四书》、《五经》，我说此书有个底子，乃是性理，乃是《四书》、《五经》，人信者少，其亦何勿从此等处着想耶！"

脂评《庚辰本》第三十六回，宝玉"除《四书》外，竟将别的书焚了。"宝玉求真去伪。

第五十一回，宝玉笑道："松柏不敢比，连孔夫子都说'岁寒然后知松柏之后凋'呢。可知这两件东西高雅，不害臊的才拿他浑比呢。"

太平闲人夹批："直提《四书》，并直提孔夫子，以收本回。"《论语·子罕》："子曰，岁寒，然后知松柏之后凋也。"《荀子·大略》："岁不寒，无以知松柏；事不难，无以知君子。"宝玉知害臊。

第五十六回，宝玉笑道："孔子、阳货虽同貌，却不同名。蔺与司马虽同名，而又不同貌。偏我和他就两样俱同不成？"

《石头记》指归

太平闲人夹批:"两路逼拶,乃逼孟子'性善'之旨。"余按:《论语·阳货》:"子曰:性相近也,习相远也。"《孟子·滕文公上》"孟子道性善,言必称尧舜。"

第五十八回,(宝玉)正想叹时,忽有一个雀儿飞来落于枝上乱啼。宝玉又发了呆性,心下想到:"这雀儿必定是杏花正开时他曾来过,今见无花空有了叶,故也乱啼。这声韵想是啼哭之声,可恨公冶长不在眼前,不能问他。"

公冶长,孔子弟子,以忍耻著称。《论语·公冶长》记载他屡获罪,孔子讲"非其罪也",即罪不在他。大儒朱熹解:"夫有罪无罪在我而已,岂以自外至者为荣辱哉。"孔子识人,并把女儿嫁给了他。宝玉实非呆想。

又,宝玉道:"以后断不可烧纸钱。这纸钱原是后人异端,不是孔子的遗训。"❶

第七十三回:"(宝玉)如今打算打算,肚子里现可背诵的,不过只有《学》、《庸》、二《论》是背得出来。至上本《孟子》,就有一半是夹生的,若凭空提一句,断不能(接)背的。至下《孟》就有大半生的。……更有时文八股一道,因平素深恶此道,原非圣贤之制撰,焉能阐发圣贤之奥,不过是后人饵名钓禄之阶。"

又,"(宝玉)如今若温习这个,又恐明日盘究那个;若温习那个,又恐盘驳这个。一夜之功,亦不能全然温习。"

余按:《孔子家语·儒行》"夙夜强学以待问"。

《红楼梦》前八十回,有关宝玉涉及儒学的段落上述几乎尽收了,任何尊重事实、尊重《红楼梦》原著的读者,绝对不会从上述的引证,得出贾宝玉反对儒学的认识,可以得出的认识是:

(1)宝玉明确分清圣贤和禄蠹的界限;

(2)宝玉贪玩,但肯定圣贤制撰的《四书》;

(3)宝玉厌恶八股时文,厌恶以八股时文作饵名钓禄之阶,不喜欢仕途经济;第八十二回,黛玉对八股文的态度是"不可一概抹倒。"

---

❶ 三家评本为"以后断不可烧纸"。

(4) 宝玉的《四书》学得还不错,已掌握了根本的《大学》、《中庸》、《论语》篇。

二、《红楼梦》中呈现的作者对儒学的态度

《红楼梦》是小说,必然以人物故事情节取胜,不可能多谈、直说孔孟之道。《红楼梦》问世的年代,恰在清代雍、乾大兴文字狱的高压之下,作者不可能过多地明言政治,但是,作为清代满族统治者,是推崇汉文化的,这和曹雪芹的崇尚儒理没有矛盾,曹雪芹是满州正白旗人也好,祖先是汉人也好,他把儒理观念和统治阶级是严格区分的,他是崇尚儒理观念的,不妨列举《红楼梦》里显露的意识观念:

第一回,正文:那疯跛道人听了,拍掌大笑道:"解得切!解得切!"士隐便说一声"走罢",将道人肩上褡裢抢了过来背上,竟不回家,同了疯道人飘飘而去。

余按:《论语·泰伯》"天下有道则见,无道则隐"。

第二回,雨村道:"天地生人,除大仁大恶,余者皆无大异。若大仁者,则应运而生;大恶者,则应劫而生。运生世治,劫生世危。尧、舜、禹、汤、文、武、周、召、孔、孟、董、晁、周、程、朱、张,皆应运而生者。蚩尤、共工、桀、纣、始皇、王莽、曹操、桓温、安禄山、秦桧等,皆应劫而生者。大仁者修治天下,大恶者扰乱天下。"

余按:《孟子·尽心下》"孟子曰,不仁而得国者有之矣,不仁而得天下,未之有也"。

上述所云,自孔子而下至张,皆为儒学大家,皆列入应运而生的大仁之例;自蚩尤而下至秦桧,皆为播乱之人,列入应劫而生的大恶之列。

第五回,宝玉神游太虚幻境,警幻仙女对宝玉有所警示:"……而今而后,万万解释,改悟前情,留意于孔孟之间,委身于经济之道。"

余按:《中庸》"道也者,不可须臾离也;可离非道也"。

第九回,贾政道:"只是先把《四书》一齐讲明背熟,是最要紧的。"

余按:贾政之名,取自《论语·为政》"道之以政"。孔子《论语·

颜渊》解:"政者,正也。"贾政知正,但又假正;某方面知正,某方面不正。

第四十八回,黛玉笑道:"圣人说:'诲人不倦'。他要来问我,我岂有不说的道理?"

余按:《论语·述而》"学而不厌,诲人不倦"。

第五十回,李纨道:"我就编了两个《四书》的。他两个(李纹、李绮)每人也编了两个。"众人听了,都笑道:"这倒该做的。先说了,我们猜猜。"李纨笑道:"'观音未有世家传',打《四书》一句。"湘云接着就说道:"在止于至善。"宝钗笑道:"你也想一想'世家传'三个字的意思再猜。"李纨笑道:"再想。"黛玉笑道:"我猜罢,可是'虽善无征'?"众人都笑道:"这句是了。"李纨又说:"一池青草草何名。"湘云又忙道:"这一定是'蒲芦也',再不是不成?"李纨笑道:"这难为你猜。"

余按:《中庸·右第二十八章》"上焉者,虽善无征,无征不信,不信民弗从"。《中庸·右第十九章》"人道敏政,地道敏树。夫政也者蒲卢也"。太平闲人夹批:"此句妙极。《中庸》转为他用矣。上句关合'敏'、'政'二字,'敏'乃黛母,'政'乃宝父,'敏树'关姓林,故云'难为你猜'。"

第五十二回,宝琴笑道:"……有人说,他(西洋女)通中国的诗书,会讲《五经》,能作诗填词。因此我父亲央烦了一位通官,烦他写了一张字,就写他做得诗。"

余按:《论语·为政》"子曰,诗三百,一言以蔽之,曰:思无邪"。

第五十三回,五间正殿前,悬一块闹龙填青匾,写道:慎终追远。

余按:《论语·学而》"曾子曰:慎终追远,民德归厚矣"。

第五十六回,宝钗道:"……你们也都念过书、识过字的,竟没有见过朱夫子有一篇《不自弃》的文吗?"探春笑道:"虽也看过,不过是勉人自励,虚比浮词,那里都真有的?"宝钗道:"朱子都有虚比浮词了,那句句都是有的!你才办了两天事,就利欲熏心,把朱子都看虚浮了。你再出去见了那些利弊大事,越发连孔子也都看虚了呢?"探春笑道:"你这样一个通人,竟没有看见《姬子书》?当日姬子有云:'登利禄之场,处运筹之界者,着尧舜之词,背孔孟之道'。"宝钗笑道:"底下一句呢?"探春笑道:"如今断章取义,念出底下一句,我自己骂我自己不成?"宝钗道:"天下没有不可用的东西,既可用,便值钱。难为你是个聪明人,这大节目正事竟没经历。"李纨笑道:"叫人家来了,又不说正事,你们且对讲学问!"宝钗道:"学问中便是正事,若不拿学问提着,便都流入市俗去了。"

余按:《礼记·中庸》"故君子尊德行而道问学"。太平闲人夹批:"闲人穷,藏书少,实未见《姬子书》,故底下一句无从注。"可能没有《姬子书》,但由探春之谈,可见他对孔孟之道的重视。

第六十四回,家家都上秋季的坟,林妹妹有感于心,所以在私室自己祭奠,取《礼记》"春秋荐其时食"之意。

余按:《礼记·中庸》"春秋修其祖庙,祭其宗器,设其裳衣,荐其时食"。

又,正文:是日(贾敬)丧仪焜耀,宾客如云,自铁槛寺至宁府,夹路看的何止数万人。内中有嗟叹的,也有羡慕的,又有一等半瓶醋的读书人,说是丧礼与其奢易,莫若俭戚的。

余按:《论语·八佾》"礼与其奢也宁俭,丧与其易也宁戚。"

《红楼梦》前八十回,所显露出作者对儒学的态度的段落上述几乎尽收了。任何尊重事实、尊重《红楼梦》原著的读者,都会肯定曹雪芹尊重儒学的态度。

三、《红楼梦》小说贯穿着儒学理念的精髓

儒学的思想精髓核心是"仁",从字面而论,无论正演、反演,《红楼梦》多处涉及"仁"。首回,甄士隐住在"姑苏城阊门内十里街仁清巷",这住处地名便取意儒理。这"十里街"之"里",即"里仁为美"之"里",即理;这"仁清巷"之"仁",即"里仁为美"之"仁";"仁清巷"之"清",是道家重视之字。这个街巷,当是和谐宁静有教养的人居住的好地方。《论语·里仁》云:"子曰,里仁为美,择不处仁,焉得知。"《孔子家语·六本》云:"夫君子居必择处。"老子《道德经》亦云:"居

善地。"甄士隐后来得道和居仁处的打基础有关。《红楼梦》是小说,"仁清巷"就是"人清巷",此巷无人便是没有此巷。甄士隐住姑苏城,姑苏,吴地,吴即无,城都没有,何有其巷?《红楼梦》第十七回,皇上准许嫔妃省亲,以体现孝道天和,此项仁政,得到太上皇、皇太后的深赞,为"至孝纯仁",但赞誉过了头,则有玩世不恭、大不敬之嫌。纯仁者,纯粹之人也,实乃不存不纯之人。明末清初早期启蒙思想家唐甄说:"自秦以来,凡帝王者皆贼也。"能有些"仁"就不错了,哪里会有"纯仁"?贾府清客单聘仁,实为善骗人;贾芸亲舅卜世仁,实为不是人;凤姐胞兄的王仁,实为忘仁、亡人,都是反演仁,都是演大缺陷之人。

俗语说:"为富不仁",为富不一定不仁,但为富不仁者多,古今如此。"仁"的反义为杀,故佛、道"五戒"之一均戒杀。不仁则杀人。《红楼梦》中,薛蟠杀人有命案,凤姐杀人有命案。王夫人、贾赦、贾珍涉命案,就是官吏贾雨村也涉命案,用今天的话讲,政府杀人。宁府焦大说起贾府先祖的出兵、乃至贾族发家发迹,恐怕都涉及杀人的不合法、不合理性。《论语·学而》云:"有子曰,其为人也,孝弟而好犯上者鲜矣,不好犯上而好作乱者,未之有也。"因此,以孔孟之高论衡量,以胜败论英雄就值得斟酌。《红楼梦》第二回,借冷子兴、贾雨村的口明告"成则王侯败则贼",是指权势之争有胜败,无对错,但无论胜败者,皆有善恶的人性问题。

《论语·学而》云:"君子务本,本立而道生,孝弟也者,其为仁之本与。"孝为仁的核心。因此作为"流"的《红楼梦》最重演绎孝道,举例如下:

第三回,贾母忙哄他道:"……一则全殉葬之礼,尽你妹妹之孝心;二则你姑妈之灵,亦可权作见了你妹妹之意。"

第十一回,秦氏拉着凤姐儿的手强笑道:"……我就有十分孝顺的心,如今也不能够了。"

第十六回,贾琏道:"如今当今体贴万人之心,世上至大莫如'孝'字,想来父母儿女之情,皆是一理,不在贵贱上分的。"

第五十四回,贾母听说点头道:"正好前儿鸳鸯的娘也死了,我想他老子娘都在南边，我也没叫他家去守孝。如今他两个都有孝，何不叫他二人一处做伴去？"

第五十八回，谁知上文所表的那位老太妃已薨，凡诰命等皆入朝随班，按爵守制，敕谕天下：凡有爵之家，一年内不得筵宴音乐、庶民皆三月不得婚姻……在大偏宫，二十一日后，方请灵入先陵，地名孝慈县。

太平闲人夹批："孝慈二字乃正训，偏之为害，不孝不慈也，故必待三七阳复。"

余按：《论语·为政》"孝慈则忠"。《道德经》"民复孝慈"。

第七十五回，一时佩凤来说："爷问奶奶今儿出门不出门，说咱们是孝家，十五过不得节，今儿晚上倒可以大家应个景儿呢。"

太平闲人夹批："'孝'字大书特书。"

"孝"道是中国传统文化中的道德观念最重要的内容，《红楼梦》最重孝道，并以"孝"、"笑"同谐音而演绎孝道，此种情况，《红楼梦》一书中比比皆是。第三回太平闲人夹批："《红楼梦》全部书一'孝'外，更无别论。"子曰："夫孝，德之本也。"《孝经》是儒家的重要经典。

"文革"秉承阶级斗争为纲的历史，以极左思潮的"血统论"、"成分论"大搞人身消灭，给中华民族造成了巨大灾难，这种歪理邪说彻底否定"孝道"，搞乱了人们的思想，从而对传统的道德观念造成了极大破坏，恢复到常态需要很长的时间，是提倡人间爱，还是鼓动恨，其经验教训已被历史作了检验。

四、《红楼梦》祖《大学》而宗《中庸》

《太平闲人〈石头记〉读法》明确指出："《石头记》乃演性理之书，祖《大学》而宗《中庸》，故借宝玉说'明明德外无书'。又曰不过《大学》、《中庸》。"这是对《红楼梦》思想性的终极指归！《四书》首篇是《大学》，就是讲教育。《红楼梦》先演贾府人之一聚：第三回黛玉自扬州抵都中的贾府，第四回，薛宝钗自金陵来至贾府，第六回，刘姥姥一进荣国府，在这些亲友来了之后，贾府的第一件正事就是宝玉进家学。第九回

"训劣子李贵承申饬",就是演宝玉受教育。教育的关键是教师,《礼记·学记》云:"凡学之道,严师为难。师严,然后道尊。道尊,然后民知敬学。""故师也者,所以学为君也,是故择师不可不慎也。"由于贾族义学择师不当,教育必出问题。

第八回,讲到贾族义学的教师为贾代儒,太平闲人夹批:"儒而曰代,则今之儒且又为贾(假)代,儒尚成其为儒乎?"代儒还不亲自授课,又让其孙贾瑞代课,这是儒再次被取代。而贾瑞"最是个图便宜没行止的人"、"勒索子弟们请他"、"又助着薛蟠图些银钱酒肉,一任薛蟠横行霸道",由于贾瑞偏袒金荣,不但不能制止秦锺、香怜等不正学风,而且引发"顽童茗烟闹书房"群殴,导致学堂秩序大乱。教育为钱所左右,这是学校失教的主要原因。第九回,太平闲人回批:"此回为'学'字一哭,为'钱'字一哭,点醒为父兄而思所以爱护成全安置子弟之处,极明极透,而俨然师儒同木偶者,自当汗下。是有功世道文字。"《红楼梦》演学校失教当是今日教育一面警示。教育改革的根本就是不要为钱所困,有教无类。

贾族义学失教群殴事件之起因,又可看到社会环境教育失教之弊端。学堂群殴事发前,秦锺对香怜讲:"家里的大人,可管你交朋友不管?"此一语反映出纨绔子弟的色情交往。早在第二十八回,就有冯紫英邀请宝玉、薛蟠等的家庭聚会,参加者有唱曲的,还有锦香院的妓女云儿,无非是淫乐,这是环境教育的失教。

由于环境教育的失教,交友的不当,第三十三回"不肖种种大受笞挞",描写宝玉勾引优伶琪官,致使忠顺王府派人到贾府登门找人,宝玉交往三教九流,遭到贾政毒打。贾府溺爱、娇纵于平日;暴打、严罚于一时,是演贾府家庭之失教。《红楼梦》演失教,恰恰是反证孔孟之道重视教育的正确。太平闲人回批:"此回畅发失教本旨。……是大有功世道的文字。"清红学评批家太平闲人张新之,被为《妙复轩评石头记》作序的清·鸳湖月痴子称为曹公的"千古第一知己"。今日哪位红学家可获如此的高赞?张的评批是清代以来红学最重要的三家之一,在他几十万字的评批中,仅有三次作出"有功世道的文字"评批,而其中两次(第九回、第

38.《红楼梦》与儒学

三十三回）是针对《石头记》中的教育情节，由此可见教育是何等重要。《四书》的首篇是《大学》，中国古人可谓明理至极，知其国家的根本。《太平闲人〈石头记〉读法》云："《石头记》一百二十回，一言以蔽之，左氏曰'讥失教也'。"

教育的目的在于明德。《大学》篇第一句："大学之道，在明明德，在亲民，在止于至善。"《红楼梦》中的贾府由兴而衰，其因在于由明德而转为失德。第五十八回，贾府遵旨而解散优伶戏班，王夫人就承认"咱们如今损阴坏德。"宁府更是道德败坏，荒淫乱伦，设赌敛财无所不为。第七十五回，以习射为名聚赌，写一傻大舅，他是邢夫人的胞弟，此人"吃酒赌钱，眠花宿柳为乐"，可谓腐败透顶。太平闲人夹批："五行生克，无非刑德；因射及赌，成即以败，是谓邢德全。一名概《易》理，一名概全书。""德"而受刑，即是缺德，所以傻大舅是个地地道道缺德之人。尤氏骂他："这一起没廉耻的小挨刀的！""这一起"，说明不仅傻大舅一人，还有贾珍等等一群人。《论语·为政》云："子曰，道之以政，齐之以刑，民免而无耻；道之以德，齐之以礼，有耻且格。"贾府悖德而行，不衰等何？

《中庸》讲"中"、讲"和"，七情未发、不偏不倚谓之中。《红楼梦》中，贾府由兴而衰必演不中。第四十六回，薛姨妈讲："老太太偏心，多疼小儿子媳妇，也是有的。"贾母道："不偏心！"第七十五回，荣府庆中秋，贾赦讲了一个"偏心"的笑话，着实可笑，说者无心，听者有意，贾母讲："我也得这婆子针一针就好了。"贾赦听说，自知冒撞，实为大实话。太平闲人夹批："是则偏之为害，正贾母罪状。"《红楼梦》中演不中之偏的事有若干，第五十八回，那个薨了的老太妃要先停灵"大偏宫"，二十一日后方请灵入先陵，地名孝慈县，可能生前也不正有偏。《中庸》讲"和"，七情发而皆中节谓之和，《红楼梦》演发情不正故不能和。第七十五回，探春说："咱们倒是一家子亲骨肉呢，一个个不像乌眼鸡似的，恨不得你吃了我，我吃了你！"贾府由兴而衰，必是不和的结果。"君子和而不同，小人同而不和"，贾府中小人或小人心态者多矣。太平闲人说《红楼梦》祖《大学》而宗《中庸》是不错的。

五、运用儒理评批《红楼梦》再举例

二十世纪后五十年，无一部新评批本《红楼梦》，究其原因，似乎不是不能评批，问题是以什么样的理论去评批。"打倒孔家店"，传统国学被否定，其他理论又浅薄偏执，因此都无法面对"包罗万象、囊括无遗"的《红楼梦》巨著。《红楼梦》是中国传统文化的结晶，因此逐本寻源，以中国传统文化的经典评批《红楼梦》才是索隐评批的方向。清代红评家在此方面已卓有成效，为此，以儒理评批再举一些例子。

第二回，雨村岸然厉色，忙止道："非也。可惜你们不知道这人（宝玉）来历，大约政老前辈也错以淫魔色鬼看待了。若非多读书识字，加以致知格物之功；悟道参玄之力者，不能知也。"

余按：极大议论。《论语·卫灵公》"子曰，君子不以言举人，不以人废言"。雨村虽为恶人，其言不错。"致知格物"乃《大学》之语句。

第二十回，（凤姐）便连忙赶过来，拉了李嬷嬷笑道："嬷嬷别生气，大节下老太太刚喜欢了一日，你是老人家，别人吵嚷还要你管他们才是，难道你反不知规矩，在这里嚷起来，叫老太太生气不成？"

余按：《孟子·离娄上》"不以规矩，不能成方圆"；《孔子家语·论礼》"行中规，旋中矩，銮和中采齐"；《论语·为政》"七十而从心所欲不逾矩"。

第三十九回，袭人又叫住，问道："这个月的月钱，连老太太、太太还没放呢，是为什么？"平儿见问，忙转身至袭人跟前，又见左近无人，悄悄说道："你快别问，横竖再迟两天就放了。"袭人笑道："这是为什么，吓得你这个样儿？"平儿悄声告诉他道："这个月的月钱，我们奶奶早已支了，放给人使呢。等别处利钱收了来，凑齐了才放呢。"

余按：《论语·里仁》"放于利而行多怨"。

第四十回，刘姥姥道："我们庄稼闲了，也常会几个人弄这个，但不如这么说得好听。少不得我也试一试。"众人都笑道："容易说的，你只管说，不相干。"鸳鸯笑道："左边大四是个人。"刘姥姥听了，想了半日，

38.《红楼梦》与儒学

说道:"是个庄稼人罢?"众人哄堂笑了。贾母笑道:"说得好,就是这样说。"刘姥姥也笑道:"我们庄稼人不过是现成的本色,众位姑娘姐姐别笑。"鸳鸯道:"中间三四绿配红。"刘姥姥道:"大火烧了毛毛虫。"众人笑道:"这是有的,还说你的本色。"鸳鸯笑道:"右边幺四真好看。"刘姥姥道:"一个萝卜一头蒜。"众人又笑了。鸳鸯笑道:"凑成便是一枝花。"刘姥姥两只手比着,就说道:"花儿落了结个大倭瓜。"众人又大笑起来。

余按:《论语·学而》"子贡曰,'贫而无谄,富而无骄,何如?'子曰,'可也,未若贫而乐,富而好礼者也'"。刘姥姥贫而乐,贾母富而好礼,皆"从心所欲不逾矩"。

第四十八回,黛玉道:"正是这个道理。词句究竟还是末事,第一是立意要紧。若意趣真了,连词句不用修饰,自是好的。这叫做不以词害意。"

余按:《孟子·万章上》"故说诗者,不以文害辞,不以辞害志"。

第五十回,李纹、李绮在争联中以"欲志今朝乐,凭诗祝舜尧"收尾,以歌颂先王圣贤作结。

余按:《孟子·滕文公上》"君哉,舜也。巍巍乎,有天下而不与焉。尧舜之治天下,岂无所用其心哉"。尧舜为儒理中称颂的君主。

第五十九回,春燕笑道:"……别人不知道,只说我妈和姨妈他老姐儿两个,如今越老了,越把钱看得真了。"

余按:《论语·季氏》"孔子曰,君子有三戒:……及其老也,血气即衰,戒之在得"。

第六十回,探春听了,虽知情弊,亦料定他们皆一党,本皆淘气异常,便只答应,也不肯据此为证。

余按:《论语·卫灵公》"子曰,君子矜而不争,群而不党";《论语·述而》"吾闻君子不党,君子亦党乎?"《论语·里仁》"子曰,人之过也,各于其党";《庄子·天下》"公而不党"。故有成语"结党营私"。

第七十四回,凤姐笑道:"……如今我也看破了,随他们闹去罢。横竖还有许多人呢!我白操一会子心,倒惹得万人咒骂,不如且自养养病。就是病好了,我也会做好好先生,得乐且乐,得笑且笑,一概是非,且都凭他们去罢。"

余按：《论语·阳货》"乡原，德之贼也"。

第七十八回，宝玉悼晴雯作《芙蓉女儿诔》。

余按：《礼记·曾子问》"贱不诔贵，幼不诔长，礼也"。

第八十二回，宝玉第二次进家学，课堂上讲解"后生可畏"、"吾未见好德如好色者也"。代儒笑道："你只管说，讲书是没有什么避忌的。《礼记》上说'临文不讳'，只管说，不要弄到什么？"

余按："后生可畏"语出《论语·子罕》；"吾未见好德如好色者也"，语出《论语·子罕》、《论语·卫灵公》；"临文不讳"语出《礼记·曲礼上》、《礼记·玉藻》。

第八十四回，宝玉第二次进家学，开笔写文章。回家后，贾政盘问其功课，原文讲：贾政道："（作文）是什么题目？"宝玉道："一个是'吾十有五而志于学'，一个是'人不知而不愠'，一个是'则归墨'三字。"

余按："吾十有五而志于学"语出《论语·为政》；"人不知而不愠"语出《论语·学而》；"则归墨"语出《孟子·滕文公下》。

又，贾政讲："前年我在任上时，还出过'惟士为能'这个题目。"

余按："惟士为能"句出自《孟子·梁惠王上》。

第九十三回，原文：（宝玉）因想着："《乐记》上说的是，'情动于中，故形于声，声成文，谓之音。'所以知声、知音、知乐，有许多讲究。"

太平闲人夹批："因戏而及《乐记》，则《六经》在其中。"余按：《礼记·乐记》："声音之道，与政通矣。"《礼记·经解》："广博易良，《乐》教也。"

清红评家太平闲人张新之、护花主人王希廉、大梅山民姚燮是最有影响的三位评批家，他们运用儒理作了大量评批注释，魏同贤在《三家评本〈红楼梦〉》的"前言"中讲："单就本书所辑评批而论，简直可以说是一座有待开采的宝贵矿藏。"清人已作了很多评批，我们应把这项工作进行下去。起曹公于九京，对此会欣慰的。

六、小　结

近一个世纪，从"打倒孔家店"始，激进的反传统成为一种时尚的思潮；近半个世纪，这种思潮更成为政治运动先导的舆论而演化成为"文化革命"。这种思潮否定历史的传承和文化的联系，简直堕落到忘记自己由来的地步。这种思潮表现在下面几个方面：一、明目张胆、大张旗鼓地大批孔孟之道，反对儒家、道家、释家一切传统文化的思想，以卑鄙、丑恶的心态污蔑圣贤；二、以反封建为名而反对《四书五经》，把传统文化和封建统治者相提并论；三、把国学与科学对立起来，混淆概念，煽动"打倒一切，否定一切"的极左思潮；四、为封建统治者最残暴者大搞翻案风，搞乱了是非、颠倒了善恶；五、搞文字狱，大搞舆论专制。以上这些造成社会道德的大倒退。

李双在《庄子白话今译》序中说："先秦诸子的时代，在我国历史上是读书人人格相对独立、思想最活跃、少束缚的时代，也是一个异彩纷呈、硕果累累、最为辉煌璀璨的时代。可以说，这个时代奠定了中国文化的基础。组成我们民族文化核心的儒、道、释三大思想宝库，就有两家半（因为佛教也中国化了）兴起于先秦。""既然'传'诸后代而成为'统'，那就有它的合理性和它的生命力，传统文化固然与具体的时代和政治有千丝万缕的联系，我们甚至无法弄清是它在规定政治，还是政治常常要利用它，但是，传统文化绝不等同于它们，它是更趋于永恒的东西（如果不是伪文化）。一个时代结束了，一种具体的政治体制被更进步的取代了，几千年生生不息的传统文化精神可以增添新鲜血液，可以芟除与生俱来或在时间长河中衍生的赘物，但绝对无法结束它和取代它！退后一步说吧，来不及了解对象就挞伐所结出的果子，一定也与来不及了解对象就歌颂同样苦涩。"

尽管统治者不能和圣贤相提并论、混为一谈，但他们拥有的权力却可以对传统文化的兴衰起作用，因此权势者的自身素质至关重要。据报载，"文革"中，四大学生领袖之一的谭厚兰临终向国人道歉忏悔的是破坏孔墓；那个以批孔著称的"教授"杨国荣，最终以"跳梁"名称盖棺论定。诸如此，批孔者可鉴。其实儒不仅仅是孔孟之道，而是传统文化学识的象征，尊重知识、尊重人才，首先就要热爱祖国的传统文化。孔圣人云："君子中庸，小人反中庸。"所谓"中庸"，从某种意义讲就是实事求是，要做君子，不要做小人，对小人避之而不及，何故偏偏要往小人、痞子圈里钻？

据报载，现在世界已建立了很多所"孔子学院"，孔子不仅属于中国，也属于世界。今后世界各地还应建立"老子学院"、《易》经学院，把中国的传统文化弘扬到世界各地。

39.《红楼梦》与《礼记》

《礼经》为五经之一,"四书"中的《大学》、《中庸》两篇就出于《礼经》中的《礼记》,由此可见《礼经》的重要。《诗经·国风·鄘·相鼠》云:"人而无仪,不死何为。""人而无礼,胡不遄死。"《孔子家语·论礼》:"无礼则手足无所措,耳目无所加,进退揖让无所制。"宋代大儒朱熹解"仪"为礼,可见礼之重要。《礼记·礼运》云:"是故夫礼,必本于大一。"大一者,太极也,可见礼之层次。中国是有着悠久文明史的礼仪之邦,继承传统文化就要知礼、重礼。

"礼"涉及社会生活的各个方面,特别是有关人生不同阶段明确家庭、社会职责的礼仪;有关人际关系的社会礼仪,有关祭祀不忘本、体现民族国格的礼仪;尊重自然、讲求人和环境和谐的礼仪,这些礼仪可谓是社会文化最重要的道理。《礼记·仲尼燕居》云:"子曰,礼也者,理也。"所以礼即理!礼的内容可概括为家庭伦理、社会伦理、政治伦理三大部分,《红楼梦》是超越时代的社会生活的百科全书,处处演礼,举例如下:

第二回,贾雨村道:"这样诗礼之家,岂有不善教育之理?"

第五回,有一个嬷嬷说道:"那里有个叔叔往姪儿媳妇房里睡觉的礼?"

第十七回,贾政道:"这匾对倒是一件难事,论礼该请贵妃赐题才是。"

又,众人都道:"虽然贵妃崇尚节俭,然今日之尊,礼仪如此,不为过也。"

第十八回,为迎接元妃省亲,太监检查准备工作,就有"何处受礼"之谈。

第二十一回,袭人道:"姐妹们和气也有个分寸礼节。"

第四十回,刘姥姥叹道:"别的罢了,我只爱你们家这行事。怪道说

'礼出大家'。"

第五十二回，麝月道："嫂子，你只管带了人（坠儿）出去，有话再说。这个地方，岂有你叫喊讲礼的？你见谁和我们讲过礼？"

第六十六回，尤三姐说："人说他（宝玉）不知礼，又没眼色。"

又，（尤三姐）真个竟非礼不动，非礼不言起来。

上述涉"礼"仅为部分引述，《礼经》和《红楼梦》两者密切相通：《礼经》是本，《红楼梦》演礼是末，这先后顺序很重要，它有助于对"礼"重要性加深认识，更有助于加深对《红楼梦》演礼的理解，所以《大学》讲："物有本末，事有终始，知所先后，则近道矣。"《红楼梦》金陵十二钗中有个李纨，字宫裁。第四回，清红评家张新之夹批："一书只于此人差无贬词。故姓曰李。李，理也，礼也。理以字传，故李独有字。"《大梅山民总评》云："宫裁得礼之正，故父名守中。"中者，大道也。《淮南子·天文》云："天圆地方，道在中央。"儒家讲"中庸"，大儒程颐云："中者，天下之正道。"《孔子家语·论礼》云："夫礼所以制中也。""礼"与"中"相联，又说明礼的重要。宝玉有个侍从小厮叫茗烟，烟为火先，火主礼，所以动手群殴的必先是茗烟。宝玉还有个跟班的叫李贵，谐音即"礼贵"，取义《论语·学而》篇"有子曰：'礼之用，和为贵'。"由于"礼贵"，第九回，"嗔顽童"制止书房殴斗的是李（礼）贵。《礼记·燕义》云："和宁，礼之用也。"这里的"宁"巧合不知礼为何事的宁府之"宁"，坏礼的作用正是宁之反用。宁府有个敢骂的焦大，"焦"为火之用，火主礼，"大"为一人，焦大是讲理的一人。把他看成骂骂咧咧的粗人、下人，是见礼而不知礼也。六宫都太监叫夏秉忠，脂评《庚辰本》称为夏守中；薛蟠妻叫夏金桂，夏为火，火主礼，都是演绎其人不知礼。夏秉中也好，夏守中也罢，恰恰不知忠，根本不知"礼尚往来"之戒。

《易·序卦传》云："有天地然后有万物，有万物然后有男女，有男女然后有夫妇，有夫妇然后有父子，有父子然后有君臣，有君臣然后有上下，有上下然后有礼仪所措。"《礼记·郊特牲》亦云："男女有别，然后父子亲，父子亲，然后义生，义生，然后礼作，礼作，然后万物安。"这

39.《红楼梦》与《礼记》

是"礼"客观形成的自然秩序,可以这样讲,人类社会从哪里开始,秩序就在哪里出现,这秩序就是规则。人类生活起始于自然,于是先有了自然的规则;有了社会,就有了社会的规则;文明的社会,必然有文明的规则。《诗·大雅·荡·烝民》云:"天生烝民,有物有则。民之秉彝,好是懿德。"《诗·大雅·文王·棫樸》云:"勉勉我王,纲纪四方。"诗中的"则"、"纲纪",就是规则。礼学就是有关礼制、礼仪,及其礼念规则的学说,它是儒学的重要组成部分,它涉及今天称之的宗教学、伦理学、法学、政治学,但作为有着普遍意义的、基础的,仍是属于道德范畴的观念和礼仪。如果说"礼"是社会文化规则的经典,那么,《红楼梦》则是以文学形式演绎礼经的小说。《红楼梦》中的情事无不贯穿着"礼"的作用。

一、《红楼梦》演礼的目的,在于发扬人性而远离兽性

讲"礼"的目的是什么?《礼记·郊特牲》云:"无别无义,禽兽之道也。"《孟子·滕文公上》云:"逸居而无教,则近于禽兽。"《礼记·大学》、《礼记·中庸》的思想,正是通过教化(教育)的明德,达到明道的人性化,脱离兽性、发扬人性。《礼记·礼运》云:"夫礼,先王以承天之道,以冶人之情。"又云:"故圣人之所以治人七情、修十义",这"十义"即人义,即礼、理也。人无教、无礼,就可能成为衣冠禽兽。

表面看来,自别于禽兽之性的要求并不高,其实并非如此。《礼记·曲礼上》云:"鹦鹉能言,不离飞鸟。猩猩能言,不离禽兽。今人而无礼,虽能言,不亦禽兽之心乎?夫惟禽兽无礼,故父子聚麀。"聚,共;麀,兽牝。聚麀是兽性的现象。

阅《东周列国志》,卫宣公先与父妾夷姜私通,后又纳子媳宣姜,髯翁以诗句"父妾如何与子通?聚麀传笑卫淫风。夷姜此日投缳晚,何似当初守节终"作讽;楚平王亦纳子媳孟嬴,潜渊咏史有诗句"卫宣作俑是新臺,蔡国奸淫长逆胎。堪恨楚平伦理尽,又召秦女入宫来"作讽。这是历史上衣冠禽兽的君王聚麀坏礼之事例。《红楼梦》第六十四回正文:

(贾琏)况知与贾珍、贾蓉等素昔有聚麀之诮,因而乘机百般撩拨,

眉目传情。那三姐儿却只是淡淡相对，只有二姐儿也十分有意，但只是眼目众多，无从下手。

古往今来，并非社会的地位与道德修养成正比，权势者败坏人伦、聚麀之事不绝。所以如此，孟子云"不仁而得国者有之矣"，初掌权者本来就出身低微，受教育程度差，道德层次不高；再者，有悖圣教，不知修身、齐家，而肆无忌惮地越矩。身不修、家不齐，何谈治国、平天下？《礼记·大学》云："所谓治国必先齐其家者，其家不可教而能教人者，无之。"所以看一看统治者的家庭情况，一切也就不言而喻了。中国人特别重视家族伦理，这是社会伦理、政治伦理的基础。《易·家人》云："正家而天下定矣。"古人特别重视"正"，老子《道德经》云："以正治国。"《孔子家语·致思》云："武王正其身以正其国，正其国以正天下。"《红楼梦》明白写出贾珍、贾蓉父子有悖人伦聚麀之事，是明白告诉世人宁府坏礼。贾珍和秦可卿私通，同样是聚麀坏礼，《红楼梦·好事终》曲有句"家事消亡首罪宁"，秦可卿判词有句"造衅开端实在宁"。第五回，在原文"贾蓉之妻秦氏"一句后，太平闲人夹批："秦，禽同音，转声为情。"秦可卿不过是坏礼的牺牲品，并非罪魁祸首。贾珍、贾蓉，甚至贾敬才是真凶。父子相比，贾敬、贾珍又是主凶。《读花人论赞》评贾珍："十恶之条，一曰内乱，犯此者，在家必丧，在国必亡。"

第五回，迎春判词有对孙绍祖的评价："子系（合之为'孙'）中山狼，得志便猖狂。"第八十回，书中正文说他"好色、好赌、酗酒，家中的媳妇丫头，将及淫遍"。是个毫无人性的色狼。第七十九回，正文"（孙）祖上系军官出身，乃当日宁、荣府中之门生"，太平闲人夹批："祖为宁、荣之门生，其门所生，大多禽兽。"贾赦是迎春之父，择婿孙绍祖，气味相投，贾赦当先为狼，孙绍祖是吃狼奶长大的后续之恶狼。聚麀是演"男女有别"之反，即男女无别，这"无别"即是坏礼的表现之一。这禽兽之性还表现在其他方面。第八十回，薛蟠后娶之妻夏金桂，其习性是"将肉赏人吃，只单是油炸的焦骨头下酒"，表面为人，实为禽兽的饮食习性，《红楼梦》演这些"禽兽"之性，就是提示人们要知礼，知道人类的进化与文明，自别于禽兽，发扬人性。

39.《红楼梦》与《礼记》

值得注意的事，人和禽兽的区别并无一条鲜明的界限，人失去了道德的约束、自律，人就成为衣冠禽兽。故儒家提倡"幽居而不淫"（《孔子家语·儒行解》）、"慎独"（《大学》）的自觉。

《红楼梦》第六回，刘姥姥对凤姐讲："瘦死的骆驼比马还大些。"太平闲人夹批："直当面以兽骂之。"板儿不揖凤姐，太平闲人夹批："非写乡里小儿（不知礼），正见凤姐当不得此板一揖也。"

第十一回，凤姐儿故意的把脚放迟了，见他（贾瑞）去远了，心里暗忖道："这才是'知人知面不知心'呢。哪里有这样禽兽的人？"太平闲人夹批："自注。"是讲凤姐也有禽兽之性。太平闲人的批注不为过，第六回，刘姥姥在场的情况下，贾蓉来借炕屏，书中描写：那凤姐只管慢慢的吃茶，出了半日神，方笑道："罢了，你且去罢，晚饭后你来再说罢。这会子有人，我也没精神了。"太平闲人夹批："现淫妇身，说淫妇法。"单就男女关系而论，凤姐和贾蓉有染，和贾蔷有染，和宝玉亦有染，凤姐之人性亦不多矣。

第四十九回，众人到芦雪庭，独不见湘云、宝玉，李婶娘对李纨讲："他两个在那里商议着要吃生肉呢。"李纨听了，找到他俩，宝玉矢口否认，但是太平闲人回批以"群情陷溺"而信之。而吃生肉正是禽兽的食性，由此说明，人有堕落成禽兽之危险。

是书很多人物、景色被描写为禽兽的用语，如：

"暗结虎狼之势"（第二回）

"子系中山狼"（第五回）

"家里也省好大的嚼用呢！"（第十回）

"哪里有这样禽兽的人？"（第十一回）

"别人也不敢呲牙儿的。"（第十六回）

"或如鬼怪，或似猛兽"、"金辉兽面"（第十七回）

"你们也不必妆狐媚子哄我"（第十九回）

"你只护着那起狐狸"（第二十回）

"只是宝玉身边一干人都是伶牙俐爪的"（第二十四回）

"只是太磨牙了"（第三十五回）

脂评庚辰本首回明言"亦非伤时骂世之旨"、"毫不干涉时世",但恐非真话,封建体制的腐败,曹雪芹笔下是不留情的。第十四回,为秦可卿出殡,来了众多的王公贵族,太平闲人夹批:"一段送殡诸人,王孙公子,历历写出,以形其盛。其名姓所称八公,各有取意,曰牛,曰彪,曰翼,曰马,曰侯(猴),曰珠(猪),或以姓,或以名,无非禽兽也,故为荣、宁同类。"

二、《红楼梦》演礼"毋不敬"心态的重要

"礼"的精神的出发点是什么?礼起源于宗教活动,这是人类出于对自然、神灵的敬畏。《礼记·曲礼上》开篇首云"毋不敬"三字,范氏注云:"经礼三百,曲礼三千,可以一言蔽之曰:毋不敬。"经礼即仪礼,曲礼即威仪。义为事之宜,办事只有敬业,才能行义,故"敬义"常连用。《易·坤·文言》云:"君子敬以直内,义以方外,敬义立而德不孤。"畏又是敬的前提,凡妄而不畏者,皆不敬。敬畏也显示对历史的态度,敬是对历史经验的尊重,畏是对历史教训的谨慎。《孔子家语·观周》云:"诗曰:'战战兢兢,如临深渊,如履薄冰。'行身如此,岂以口过患哉。"诗经的话语正是对"毋不敬"心态生动的写照。

《东周列国志》宋康王偃,荒淫暴虐,狂傲无知,正文:

偃遂称为宋王。自谓天下英雄,无与为比,欲速就霸王之业,每临朝,辄令群臣齐呼万岁,堂上一呼,堂下应之,门外侍卫亦俱应之,声闻数里。又以革囊盛牛血,悬于高竿,挽弓射之,弓强矢劲,射透革囊,血雨从空乱洒,使人传言于市曰:"我王射天得胜。"

宋康王偃有"桀宋"之恶名,"辄令""齐呼万岁"显其无知。"祝"既有祈福之意,又有诅咒之意。《辞源》解,(祝)或作咒,设誓也。君恶必暗受民之诅咒,岂能不死?"射天"显其狂妄,齐、楚、魏三国伐宋之檄文宣布桀宋"十恶不赦"之罪,其一为"革囊射天,得罪上帝",桀宋自然不会有好下场!

《红楼梦》第二回,言宁府之贾敬,太平闲人夹批:"'毋不敬'冠

39.《红楼梦》与《礼记》

《曲礼》。敬在贾,则假敬,写其生平大不敬也,是为罪首。"《礼记·乐记》云:"夫敬以和,何事不行?"但假敬,何事能行?第五回《红楼梦·好事终》有句"箕裘颓堕皆从敬",今人安意如《惜春记》分析聚麀者首先是贾敬,说惜春是可卿和贾敬的女儿,很有道理,贾敬是宁府罪首。贾敬修道不敬,便早早的升天了。凤姐亦不知敬,第十五回,正文:

> 凤姐对静虚道:"你是素日知道我的,从来不信什么阴司地狱报应的,凭说什么事,我说要行就行。"

凤姐本性狂妄,所以不知敬。偶尔也知"敬畏",但那是假。第十三回,正文:凤姐听了此(可卿托梦)话,心中不快,十分敬畏。

太平闲人夹批:"曰敬畏,夫凤姐岂能敬能畏者?"事实证明,凤姐把可卿的嘱咐当成耳旁风,所行不敬不畏。秦可卿托梦托错人也。

第六十八回,凤姐挑唆无赖张华诬告自己的丈夫贾琏"国孝、家孝的里头,背旨瞒亲"、"停妻再娶",有悖国法、家法,目的在于"借他一闹,大家没脸"。凤姐竟借公检法玩起打官司的游戏,她甚至狂妄地说:"就告我们家谋反也没事的!"凤姐藐视神权、王权成为法盲,说明他毫无敬畏的心态,实质在于否定礼的规范和约束,正因此,在他能干的背后,必然坏礼枉法。他敢于放债受贿,敢于杀人灭口。第十五回,凤姐在馒头庵弄权受贿之后,第十六回正文说他:"自此凤姐胆识愈壮,以后所作所为,诸如此类,不可胜数。"但是人又是矛盾的,绝对不敬畏是没有的,凤姐借张华大闹之后又后悔,第六十九回,凤姐想"日后再寻出这由头来翻案,自己原先不该如此,将刀靶付与外人去的。"这正是《孔子家语·六本》所讲:"不慎其初,而悔其后。"《太平闲人〈石头记〉读法》云:"《易》曰:'臣弑其君,子弑其父,非一朝一夕之故,其所由来者渐矣。'故谨'履霜'之戒。一部《石头记》一'渐'字。"因此,谨慎之敬畏是很重要的,无畏是建立在敬畏基础上的突破。

今人不知敬天,以所谓"人定胜天"之"无畏",对"天"无礼,诸如毁坏草原、拦河筑坝、砍伐森林、滥用资源……人类对大自然之大不敬,已遭到大自然的报应,地球升温,雪灾、风害、地震、海啸,一次就是几十万人的死亡,病毒、癌症、艾滋病……已严重威胁人类的生命。人类不知敬畏的盲目，最终导致对人类自身的惩罚。中国圣贤早在两千多年前就提出"天人合一"的理念，《礼记·月令》就提出逆天时而行的后果。举例，今天正当大建大坝之时，美国已对7.5万座大坝进行部分拆除，还大自然之生机。

三、《红楼梦》中的宗教崇拜为社会伦理；宗庙祭祀、丧殡礼仪为家族伦理；元春省亲为政治伦理

古人敬天地、祭鬼神，这是国家、民族对自然神的崇拜，是一种社会现象。古人要祭天，因此有天坛，要祭地，因此有地坛，祭日有日坛，祭月有月坛。这种祭，是敬畏天地的一种表现，《易·观》云："圣人以神道设教，而天下服矣。""服"就是敬畏，所以古人祭祀自然神、宗教之神。《红楼梦》中，说天，首回就有一僧，即是一佛，一道，即是一祖，宝玉有了灾难，要靠这两位天神搭救；说人，有南宗五祖弘忍、六祖慧能、跛道人、癞头僧、空空道人、张道士、老王道士、静虚老尼等，"金陵十二钗"中竟有一位带发修行的妙玉，有这些玄妙之人，自然有了崇拜的对象；说理，自然有《庄子》、《文昌帝君阴骘文》、《太上感应篇》等书名者；说事，有祭祀的场所，有"铁槛寺"、"智通寺"、"馒头庵"等，贾府大观园内还有一个"栊翠庵"。无论祭祀的是自然神或是宗教神，都体现了对自身之外境域之敬畏。这自身之外境域，就是儒家讲的形而上，道家讲的无，释家讲的空，这是被今人忽略的一大层次。

圣贤不仅是民族繁衍之起源，而且是开创中华民族文明礼仪的本源，因此作为民族、国家，必须重视对祖宗圣贤的祭祀。《礼记·檀弓上》云："礼，不忘其本。"《礼记·礼器》云："礼也者，反本修古，不忘其初也。"《礼记·祭义》云："君子反古复始，不忘其所由生也。"故两千年来，后圣称赞前圣，民众祭祀圣贤，树立祭祀礼仪之榜样。《孟子·滕文公上》"言必称尧舜"。从一画开天之伏羲，黄帝，尧，舜，禹，文，周公，孔，孟，老，庄等圣贤，两千多年来，始终受到中华民族的祭祀。《红楼梦》第二回，正文：

39.《红楼梦》与《礼记》

雨村道:"天地生人,除大仁大恶,余者皆无大异。若大仁者,则应运而生;大恶者,则应劫而生。运生世治;劫生世危。尧、舜、禹、汤、文、武、周、召、孔、孟、董、韩、周、程、朱、张,皆应运而生者。蚩尤、共工、桀、纣、始皇、王莽、曹操、桓温、安禄山、秦桧等,皆应劫而生者。大仁者修治天下,大恶者扰乱天下。"

孔子云:"君子不以言举人,不以人废言。"《论语·卫灵公》贾雨村虽是个三上三下的大恶人,但其言却是极大议论,是高谈,正是人民对历史上大人物做出善恶之判定,这是涉及对后人道德是非教育的大问题。上述人物之共性,皆谓之大,然大有正、邪之分。《易·大壮》云:"正大,而天地之情可见矣。"大仁者,正大光明;大恶者,十恶不赦。因此,对这些极端人物,不存在"几开分成"的问题。敬圣贤而诛邪恶,这是"礼"的最根本法则,也是讲礼的最基本效用。我们热爱《红楼梦》,就要相信《红楼梦》的判定。《红楼梦》首回从女娲氏炼石补天讲起,为何要补天?因为共工头撞不周山所至,所以共工被雨村列为第二大恶人。近半个世纪,赞暴虐,扬奸雄,诬好官,批圣贤,为世界、历史之少见,破坏了传统文化,造成了极大的思想混乱,这种正误颠倒和清除恶劣影响需要长时间的修复。至于善恶之荣辱柱,人民将为每一位大人物写出判词,填写在历史的阴阳柱上。

宗祠祭祀是执礼的重要内容,这是中国最传统而又有普遍意义的人文信仰。《礼记·中庸》云:"宗庙之礼,所以祀乎其先也。"宗者,祖;庙者,祠。宗庙是祭祀祖先的场所,宗庙祭祀是对祖先功德的认定。《红楼梦》第五十三回"宁国府除夕祭宗祠",宗祠里有一块闹龙填青匾,题额:慎终追远。此四字出自《论语·学而》:"曾子曰:慎终追远,民德归厚矣。"朱子注释:"慎终者,丧尽其礼;追远者,祭尽其诚。"《礼记·祭义》云:"天下之礼,致反始也……致反始,以厚其本也。"

《上元(江宁)县志》云:"织局繁剧,玺至,积弊一清。干略为上所重。丁巳、戊午两年陛见,陈江南吏治,备极详剀。赐蟒服,加正一品,御书'敬慎'匾额。甲子卒于署,祀名宦。子寅,字子清,号荔轩。"玺,即曹玺,雪芹曾祖;寅,即曹寅,雪芹祖父。御书之"敬",巧合宁府贾敬之"敬";"慎"巧合"慎终追远"之头一字之"慎"。看来红之故事，有曹学现实的一些背景。

第七十五回，宁府庆中秋，良宵之夜，"忽听那边墙下有人长叹之声"。这异声使众人"都毛发悚然"却"恍惚闻得祠堂内槅扇开阖之声"，众人都觉毛发倒竖。护花主人回评："贾珍夜宴，鬼为悲叹。"何为鬼？《礼记·祭法》云："人死曰鬼。"《礼记·祭义》云："子曰：气也者，神之盛也。魄也者，鬼之盛也。合鬼与神，教之至也。众生必死，死必归土，此之谓鬼。"宁府祭祀宗庙之先人，礼仪不谓不盛，但引起鬼灵的悲叹，宁府子孙不孝、不教，宗祠等于虚设。

对有功于民族、国家、家族先人执礼祭祀，表象是纪念前人，实际的理念是教育后人；与其说是对死人的重视，不如说是对活人的激勉。对人生死的尊重这就是对人权的尊重。美国至今仍在寻找对日战、朝战、越战中的国人遗骸，对人权之尊重可见。

《红楼梦》中，屡演丧殡礼仪，先有秦可卿之丧，又演老太妃之丧，再演贾敬之丧，大丧之中又有小丧，如贾瑞之丧、秦钟之丧、尤二姐之丧，又侧演赵姨娘兄弟之丧，袭人母、鸳鸯母之丧……这诸多的丧殡礼仪是告诫活人要知人有其死，不可执著"名利财色"的追求，用平儿的话讲："终久是回那边屋里去的。"（第六十一回）太平闲人夹批："人每忘了各有那边，百岁终须死也。"《红楼梦》中的丧事，是演礼，名不副实的礼。

如果说自然神崇拜、宗教崇拜是演社会伦理，宗庙祭祀及丧殡礼仪是演家族伦理的话，那么，《红楼梦》中元春省亲则演政治伦理，在公众场合，贾母得给元春下跪，这是国礼；到内室元春才给贾母、王夫人下跪，这是家礼。国礼和家礼要分清，这是分清公与私。公私不分便是不知礼。《红楼梦》演社会伦理、家族伦理的自然神之崇拜、宗教神之祭祀、宗庙祭祀、丧殡礼仪，实际上是对历史的重视；政治伦理是对现实的重视，前者是演"道"、"无"、"空"，后者是演"器"、"有"、"色"，一古一今，一玄一妙，一精神一物质，这就是全部生活，就是造化。

四、《红楼梦》演礼的等级制原则

礼是根据客观的现实、人类社会的需要而形成的规则和观念。事物的分类与差别,这是事物客观的属性。《易·系辞上传》云:"一阴一阳之谓道。"事物的分阴分阳,这是事物最基本的分类与差异,然后二分为四,四分为八……节节如此。这是礼的等级性原则的依据。《礼记·曲礼上》云:"夫礼者,所以定亲疏,决嫌疑,别同异,明是非也。"《礼记·哀公问》云:"非礼无以节事天地之神也,非礼无以辨君臣、上下、长幼之位也,非礼无以别男女、父子、兄弟之亲、婚姻疏数之交也。"因此,各有等级之位,执礼不偏不倚,无过亦无不及,这就是执礼的"中庸"之道。《礼记·礼器》云:"是故先王之制礼也,不可多也,不可寡也,唯其称也。"《礼记·仲尼燕居》云:"夫礼所以制中也。"如果执礼不中,便不能划分等级之正,所以制中是执礼等级制规则的关键。

丧殡之礼是家族伦理的重要内容,但有时涉及政治伦理。比如那位老太妃的丧礼。又如贾敬暴亡于玄真观,经天子特批,子孙扶柩可由北下门入都私第殡殓。秦可卿的丧殡,其排场之大、丧仪之隆重令人惊异。从"礼"的角度审视,秦氏丧殡之礼仪是和其身份不相吻合的。秦氏是其养父秦邦业从"养生堂"抱来的孤女,并没有什么显赫的出身。秦邦业任营缮郎之职,不过是六品以下的小官。秦可卿嫁于纨绔子弟贾蓉,不过是个"黉门监"的监生。监生不过是研究学问之人,相当于士的阶层,士之妻曰妇人。所以不过是个普通的妇人,地位不高。只是为了秦可卿出殡"风光",临时由贾珍花了一千两银子,为贾蓉捐了个五品"御前侍卫龙禁尉",但捐官的是贾蓉,并非其妻,回目用"秦可卿死封龙禁尉",似不妥,回目可否改用"秦可卿托梦天香楼"。清代陈其泰《红楼梦回目拟改》一文,凡拟改之题皆有见地,但对此原题达意的准确性却有疏忽。

从地位而论,考核"天子、诸侯、卿、大夫、士、庶人"之等级,秦氏实际上当为庶人。《礼记·曲礼下》云:"天子死曰崩,诸侯曰薨,大夫曰卒,士曰不禄,庶人曰死。"第十三回回目用"秦可卿死封龙禁尉",这

"死"恰恰判明了秦氏的庶人身份。但是这样一位庶人之死,装殓的棺木原为"义忠亲王老千岁"准备的,是潢海铁网山"所产"、"万年不坏"的"樯木"。《礼记·丧大记》云:"君松棺。大夫柏椁。士杂木椁。"据此身份不同则棺木用木有别,秦氏棺木当用杂木,其棺用材显然僭礼。对此,连贾政都看不过,云:"此物恐非常人可享,殓以上等杉木也罢了。"贾珍如何肯听,东府僭礼可以理解,因为贾珍和可卿有染。但问题是可卿之死,惊动大明宫掌宫内监戴权亲来吊唁;可卿出殡发丧,来了那么多的公子王孙。以上吊下,以男吊女,于礼不合,难道他们不知礼数?此情此景让人费解。清代陈其泰《红楼梦回评》:"卑末之丧,哀礼过当,不已甚乎。"曹公是知礼的,不然不会有贾政之言,既如此,曹公为何如此落笔?

　　《红楼梦》之伟大在于它具备超越时代、超越地域、超越政治的永恒品格,秦可卿丧殡僭礼是演礼的等级制的破坏,而且僭礼不是个别人的行为,这种体制性、观念性的僭礼现象是现实的,也是很可怕的。就像宝玉、黛玉的爱情悲剧那样,你是找不到事故责任人的,《红楼梦》的哲学性在僭礼的现象中得到很好的演绎,而僭礼体现的是体制性的腐败。

　　由夏桀、商纣、周幽之荒虐,导致把坏事根源归结于妹喜、妲己、褒姒的身上,所以历来美女都要担负一定的误国恶名,但这种观念未必正确与公平。秦可卿作为有夫之妇却和宝玉、贾珍、贾蔷甚至贾敬均有染,由此才有"秦可卿淫丧天香楼"的原回目。"淫"当然是坏礼,但如果以宝玉"女儿清爽"、"男子浊臭"的观点看,这些"浊臭逼人"的坏男子才是真正的罪魁祸首,是他们导致了秦可卿的殒命,导致了贾府的衰败。当这些坏男人醉生梦死、毫无觉悟之时,反倒是秦可卿临终知道为贾府虑后,托梦于凤姐提出两件善后措施,感服得脂砚"姑赦之,因命芹溪删去'(秦可卿淫丧)天香楼'一节",改写成病故。但这改写又是留有破绽的,这由其第五回的判词、《红楼梦·好事终》曲的内容可以看出,秦可卿是有自身责任的。如果说僭礼的等级制是可怕的,那么,等级划分的不合理性更可怕。曹雪芹把高规格的丧殡礼仪给了秦可卿,正是对女儿的惋惜、悼念,为之不平而鸣!礼制完备于周代,故有《周礼》,但"礼"针对的是周代八百年相对文明的官场，不然周能延续八百年？明末清初早期启蒙思想家唐甄说："自秦以来，凡帝王皆贼也。"把焦大骂之的"杂种"、"畜生"等王孙贵戚当成礼的代表、享受礼遇的规格，那么这种礼的公平性就受到质疑，进而对封建等级制提出质疑。秦可卿是庶人，为封建礼制而徇死，为什么不能享受高级别的丧殡之礼仪呢？礼教的规范和约束不应当只是针对庶人和女人，礼仪的享受权利也应有他们的份。这和贾珍出于厚葬的目的性是不同的。

《礼记·檀弓上》云："死而不吊者三，畏、厌、溺。"畏者，自杀之类。秦可卿上吊于天香楼，当属不祭之例，但《红楼梦》中，秦可卿的丧礼不仅祭，而且大祭，丧殡礼仪可谓盛大、隆重，这种情况可能寓意对秦可卿之死共同社会责任的追究。

五、《红楼梦》演礼的秩序性原则

客观事物的分类与差异是形成客观事物的秩序性的依据。《易·系辞上传》讲："是故君子所居而安者，易之序也。"《礼记·乐记》云："礼者，天地之序也。""孔子曰'礼之所以象五行也，其意四时也'。"《礼记·礼运》亦云："故圣人参于天地，并于鬼神，以治政也。处其所存，礼之序也。"《红楼梦》中演礼序或合或悖十分鲜明。

作者开卷第一回第一句"曾历过一番梦幻"；"却说那女娲氏炼石补天"。小说先说"梦幻"、"女娲氏炼石补天"，便是先言虚，先演太虚幻境，这是由太极起始的自然之序，是《易》理之序，当然也是礼之序。老子《道德经》云："有生于无。"《红楼梦》的大结构，完全遵从中国传统文化的认识论。今之小说，以批判"唯心论"为前提，少了一个"虚"的大层次，小说多实，胡编乱造，千头一面，陈腐可厌，正像贾母所云："这些书就是一套子。"（第五十四回）

教育至关重要。《礼记·大学》篇被宋儒抽出冠"四书"之首就是明证。《礼记·学记》云："建国君民，教学为先。"《红楼梦》中的贾府，开始演聚，然后演散，这聚散是演一阴一阳之谓道，聚散是序，且符合由兴而衰之序。在聚中，第三回黛玉由扬州来到京都的贾府，第四回宝钗由金陵来到京都的贾府，这"先后"之聚亦是序，不能颠倒，这是大序中的小序。第五回正文说："不想如今忽然来了一个薛宝钗"，"因此黛玉心中便有些不忿之意"，正因为有这"先来后到"之序，第二十回，宝玉安慰忧思的黛玉讲："……第二件，你先来，咱们两个一桌吃，一床睡，自小儿一处长大的，他（宝钗）是才来的，岂有个为他疏你的？"宝玉谈"先来"、"才来"，正是以礼序以示亲疏。第三回林黛玉至贾府，最先拜见的是贾母，这是贾府至高无上的权威，这是必须如此之礼序。继林、薛来至贾府后，第六回刘姥姥来了，这是非常重要之礼序，不如此，便不能展现王熙凤，不如此便不能展现大观园。第四十九回，贾府来了亲戚，诗社增加了新姐妹，晴雯向袭人道："你快瞧瞧去，大太太一个姪女儿，宝姑娘一个妹妹，大奶奶两个妹妹，倒象一把子四根水葱儿。"四位新来的姑娘岫烟、宝琴、李纹、李绮之排列，是按贾府大太太邢夫人、二太太王夫人、大奶奶李纨之序。为了避免文字死板，说宝琴不言"二太太一个外甥女儿"，而言"宝姑娘一个妹妹"。《红楼梦》中由贾母陪同畅游大观园的有两人：一是做了娘娘的贾元春；另一人就是知恩必报的刘姥姥。元春象征气数之天，刘姥姥象征道理之地，天高于地，必然贾元春先游大观园，大观园本来就是为元春省亲所建！这又是礼序！天地不可同，先后不可错。第五回，宝玉神游太虚幻境，在薄命司见到"又副册"、"副册"、"正册"，这是序。《易》之六爻自下而上。副册之首的香菱是《红楼梦》开篇之女子，必然副册置于正册前。为显示层次和活泼文字，前面又有又副册。薄命司"正册"十一首判词、《红楼梦》十四曲中金陵十二钗曲之安排亦是序，并且是非常重要之序。贾府东宁西荣亦是序，因为宁国公居长、荣国公居幼，万物起于东。元妃省亲，先行国礼后行家礼，这是序；先见本家人后见外亲亦是序。见外亲时，王夫人说："现有外亲薛王氏及宝钗、黛玉在外候旨。"王夫人先言宝钗、后言黛玉，但林家为贾家直亲，黛玉是史太君的外孙女；薛家与王家是两姨亲，从贾家而论，本当先言林、后言薛，王夫人颠倒亲疏先后秩序无疑是坏礼。金玉所以成姻缘、木石所以只能是前盟，

39.《红楼梦》与《礼记》

全在于元春有序的上谕：元春省亲时，夸赞姐妹诗作时云："终是薛、林二妹之作，与众不同。"元春先言薛后言林；元春下谕："命宝钗等在园中居住，不可封锢，命宝玉也随进去读书。"这谕一命宝钗、二命宝玉，而未提及黛；元春端午节赐节礼，宝玉和宝钗一样，而黛、迎、探、惜一样；这诸多的序影响了黛玉人生的命运。

第三十四回，袭人向王夫人打小报告，正文：

袭人连忙回道："太太别多心，并没有这话。这不过是我的小见识。如今二爷也大了，里头姑娘们也大了，况且林姑娘、宝姑娘又是两姨姑表姐妹，虽说是姐妹们，到底是男女之分，日夜一处，起坐不方便，由不得叫人悬心。"

太平闲人夹批："说好处则举薛，说不好处则林、薛并举，而林且在先。"袭人无疑背后给林、薛两人上了"眼药"，且防林胜于防薛，这是王夫人最为担心的事，这里又是序。贾府"四春"，即是名序，又是时序，而这种序恰是贾府由兴而衰、演卦由《泰》而《否》的一种暗示。香菱学诗，黛玉让她先看唐代三大家王维五言、杜甫七律、李白七绝的诗作，这是极为重要的学诗之序。第四十八回，黛玉让香菱作一首七律，作了三首才完成，这是诗作思维演化的序。第三十七回，诗社首次咏白海棠，确定用"十三元"韵，第一字用"门"，这是《易》理之序。《易·乾》云："大哉乾元，万物资始，乃统天。"元为始，元为天，颂天必用元韵。《易·系辞下传》云："乾坤，其易之门耶？"用元韵第一字必为门。大观园建成，首先描写大门；《红楼梦》开篇，必先讲书名，这是书之门面，这又是序。第十七回，脂评《庚辰本》清客说："视（前人）'书成'之句竟似套此（宝玉拟句）而来。"又是通过时序颠倒大显吹拍之风。《红楼梦》中涉及礼序的情节很多，它不仅体现文章的严谨，而且通过序体现礼的作用：合序的自然就合礼；不合序的就不合礼。而这礼，恰恰就是理。世上事无非情理二字，合情合理，自然兴旺发达；悖情坏礼，自然衰败灭亡。

六、礼注《红楼梦》列举十三则

（一）第三回，有黛玉初到贾府饮茶的描写

饭毕，各各有丫环用小茶盘捧上茶来。当日林家教女，以惜福养身，每饭后必过片时方吃茶，不伤脾胃。今黛玉见了这里许多规矩，不似家中，亦只得随和着些，接了茶。又有人捧过漱盂来，黛玉也漱了口，又洗手毕，然后又捧上茶来，这方是吃的茶。

余按：五方皆有性，千里不同风。《礼记·曲礼上》："入境而问禁，入国而问俗，入门而问讳。"问禁而尊其君也，问俗而敬其众也，问讳则有礼于主人也。《礼记·曲礼下》："君子行礼，不求变俗。"

（二）第八回，有宝玉遇贾府清客事

谁知到了穿堂，便向东转北绕厅后面去。偏顶头遇见了门下清客相公詹光、单聘仁，二人走来，一见了宝玉，便都赶上来笑着，一个抱住腰，一个携着手，都道："我的菩萨哥儿，我说做了好梦呢，好容易遇见了你。"说着请了安，又问好，唠叨了半日才走开。

余按：《礼记·曲礼上》"礼不妄悦人，不辞费"。悦人已迁处心之正，何况妄乎？"不妄悦人"则知礼也。躁人辞多，君子立词达意则止。辞费言者烦，听者则厌。

（三）第九回，有贾瑞当教师代课之事

可巧这日代儒有事要回家，只留下一句七言对联，令学生对了，明日再来上书。将学中之事，又命长孙贾瑞管理。……原来这贾瑞最是个图便宜没行止的人，每在学中，以公报私，勒索子弟们请他。后又助着薛蟠图些银两酒肉，一任薛蟠横行霸道，他不但不去管约，反助纣为虐讨好儿。

余按：《礼记·学记》"故师也者，所以学为君也，是故择师不可不慎也"。"凡学之道，严师为难。师严，然后道尊。道尊，然后民知敬学。"

39.《红楼梦》与《礼记》

(四) 第二十六回, 有薛蟠骗宝玉出来吃瓜藕事

转过大厅, 宝玉心中还自狐疑, 只听墙角边一阵呵呵大笑, 回头见薛蟠拍着手跳出来, 笑道: "要不说姨夫叫你, 你哪里肯出来的这么快!"焙茗也笑着跪下了。宝玉怔了半天, 方解过来是薛蟠哄他出来。薛蟠连忙打恭作揖赔不是, 又求"不要难为了小子, 都是我央他去的"。宝玉也无法了, 只好笑问道: "你哄我也罢了, 怎么说我父亲呢。我告诉姨娘去, 评评这个理, 可使得么?"薛蟠忙道: "好兄弟, 我原为求你早些出来, 就忘了忌讳这句话, 改日你也哄我, 也说我父亲就完了。"

余按:《礼记·曲礼上》"父召无诺"。《礼记·玉藻》: "父命乎, 唯而不诺。手执业则投之, 食在口则吐之, 走而不趋。"

(五) 第三十九回, 刘姥姥礼尚往来二进荣国府

刘姥姥因上次来过, 知道平儿的身份, 忙跳下地来, 问: "姑娘好?"又说: "家里都问好, 早要来请姑奶奶的安, 看姑娘来的, 因为庄稼忙, 好容易今年多打了两担粮食, 瓜果菜蔬也丰盛, 这是头一起摘下来的, 并没敢卖呢, 留的尖儿, 孝敬姑奶奶、姑娘们尝尝。姑娘们天天山珍海味的, 也吃腻了, 吃个野菜儿, 也算我们的穷心。"平儿忙道: "多谢费心。"

余按:《礼记·曲礼上》"太上贵德, 其次务施报。礼尚往来, 往而不来, 非礼也。来而不往, 亦非礼也"。《易·系辞下传》: "《易》穷则变, 变则通, 通则久。"

(六) 第四十三回, 宝玉回避凤姐生日宴去祭祀金钏

(贾母) 因笑着又向凤姐儿道: "你兄弟不知好歹, 就有要紧的事, 怎么也不说一声儿就私自跑了, 这还了得! 明儿再这样, 等你老子回家, 必告诉他打你。"凤姐儿笑着道: "行礼倒是小事, 宝兄弟明儿断不可不言语一声儿, 也不传人跟着就出去。街上车马多, 头一件叫人不放心。再, 也不像咱们这样人家出门的规矩。"

余按:《礼记·曲礼上》"夫为人子者, 出必告, 反必面"。

（七）第四十七回，贾母、王夫人、薛姨妈、凤姐、鸳鸯五人斗牌，凤姐的婆婆邢夫人因为为贾赦要纳鸳鸯一事遭贾母训斥罚站，儿媳的凤姐却坐着

余按：《礼记·曲礼上》"礼不踰节"；"礼从宜"。踰节则招辱。

（八）第五十二回，坠儿偷镯，病中的晴雯大骂坠儿，并用头上的"一丈青"簪子戳坠儿的手，疼得坠儿直叫。然后，晴雯叫来宋嬷嬷，撵走了坠儿，并说："你在老太太、太太跟前告我去，说我野，也撵出我去！"

余按：《礼记·曲礼上》"傲不可长，欲不可从，志不可满，乐不可极"。

（九）第五十八回，有贾府遣散戏班优伶事

又见各官宦家，凡养优伶男女者，一概蠲免遣发。……王夫人因说："……咱们如今损阴坏德，而且还小器。"

余按：《礼记·缁衣》"《太甲》曰，天作孽，可违也；自作孽，不可以逭"。逭，逃也。

（十）第六十四回，贾敬暴亡，出殡丧

是日丧仪焜耀，宾客如云，自铁槛寺至宁府，夹路看的何止数万人。内中有嗟叹的，也有羡慕的，又有一等半瓶醋的读书人，说是丧礼与其奢易，莫若俭戚的。

余按：《礼记·檀弓上》"丧礼，与其哀不足而礼有余也，不若礼不足而哀有余也。祭礼与其敬不足而礼有余也，不若礼不足而敬有余也"。《论语·八佾》："礼与其奢也宁俭，丧与其易也宁戚。"

（宝玉）心内细想道："……家家都上秋季的坟，林妹妹有感于心，所以在私室自己祭奠，取《礼记》'春秋荐其时食'之意，也未可定。"

余按：《礼记·中庸》"春秋修其祖庙，陈其宗器，设其裳衣，荐其时食"。四时之食，各有其物。

（十一）第六十六回，尤三姐死，尤老娘大骂湘莲，贾琏揪住湘莲，命人捆了送官

湘莲反不动身，拉下手绢拭泪道："我并不知是这等刚烈人，真真可敬！是我没福消受。"大哭一场，等买了棺木，眼看着入殓，又抚棺大哭一场，方告辞而去。

余按：《礼记·曲礼上》"临难毋苟免"。

（十二）第七十八回，宝玉悼晴雯作《芙蓉女儿诔》

余按：《礼记·曾子问》"贱不诔贵、幼不诔长，礼也"。

（十三）第八十二回，宝玉第二次进义学

（代儒）笑了一笑道："你只管说，讲书是没有什么避忌的。《礼记》上说'临文不讳'，只管说，不要弄到什么？"宝玉道："不要弄到老大无成。"

余按：《礼记·曲礼上》"临文不讳"。《礼记·玉藻》："教学临文不讳。"《礼记·学记》："是故学然后知不足，教然后知困。知不足，然后能自反也；知困，然后能自强也。故曰'教学相长'也。"

七、《红楼梦》对礼的全面肯定和少许质疑

《红楼梦》对传承中华传统文化是立了大功的，在肯定"礼"的产生、层次、目的性、指导思想、原则、特点、作用总体倾向的同时，对"礼"的规则的合理性及执礼的公平性也有所质疑。

从原始社会、奴隶制社会到漫长的封建社会；从禅让、世袭到用暴力夺取政权的更迭，从历史、人民的角度而论，我们至今不能确知文明社会将是什么样的文明规则，但是我们可以确实知道现实与文明的"礼"还相差甚远。《礼记·礼运》展现了孔圣人描述"大同"社会的愿景：

大道之行也，天下为公。选贤与能，讲信修睦。故人不独亲其亲，不独子其子；使老有所终，壮有所用，幼有所长，鳏寡、孤独、废疾者皆有所养；男有分，女有归。货，恶其弃于地也，不必藏于己；力，恶其不出

于身也，不必为己。是故谋闭而不兴，盗窃乱贼而不作。故外户而不闭，是谓大同。

当今世界民族、宗教、国家间的冲突，人类与环境的失调，民主与集权的斗争，贫富的悬殊，显示了大千世界的不安宁；官场的腐败、法制的黑暗、体制的私有化、教育的产业化、卫生医疗的金钱化，种种现象都体现了对人权的不尊重，体现了少数人对多数人的统治，这种社会的不公离孔子提倡的"大同"社会是何等遥远。早在1992年，经历了批孔运动的浩劫之后，费孝通先生提出"当今世界需要一个新的孔夫子"，当然孔夫子不可能新，据报载现在国外已经建立了很多所孔子学院，人们希望能建立更多的孔子学院、老子学院、《易经》学院，乃至红学研究院，这当是弘扬传统文化的正流。

《论语·阳货》云："子曰，唯女子与小人为难养也，近之则不孙，远之则怨。"把女人和小人并列，似乎不妥，曹公大赞女子为"水做的骨肉"就是证明。这是曹公以小说形式提出的质疑。

八、《红楼梦》演《礼记》之小结

（一）《礼记》是先秦社会文化规则的总经；《红楼梦》是社会生活的百科全书，两者密切相关：《礼记》是源，《红楼梦》是流；《礼记》是本，《红楼梦》是末。因此《红楼梦》具有深厚的文化底蕴。

（二）社会生活以礼为基础，"礼"基本属于道德的层次。《红楼梦》通过四大家族描写社会生活，因此《红楼梦》主要以家庭伦理和社会伦理演绎礼，兼及政治伦理。

（三）礼者，理也，礼属于"太极"、"一"的层次。

（四）礼与法密切相关，法当是礼的一个极端。悖礼不一定犯法，触法一定悖礼。《红楼梦》中宁荣二府由悖礼的总趋势始，以触法而衰。

（五）贾府的悖礼不过是朝廷悖礼的缩影。

（六）共同的悖礼可能是执礼的礼制体制本身有问题。

（七）在贾府中，有敬礼，亦有坏礼。坏礼的责任不一，就两府而论，宁府为主，荣府为宾；就宁府而论，贾敬、贾珍为主，贾蓉为宾；就荣府而论，贾赦为主，凤姐为宾；就小家而论，凤姐为主，贾琏为宾。

（八）"大同"社会需要文明的礼制，需要执礼的正人君子。

（九）执礼是民族素质的体现，礼在于教，故曰礼教。礼主要体现在道德的层次和范畴。因此它和贾府的兴衰密切相关：同步则兴；异步则衰。偌大的贾府，关键人物的言语失当都可导致劫祸，越是悖理，这种机率越大，违法当是悖理的一个极端。

（十）礼制要合情合理，要有执礼的统一性，任何人都要受到礼制的约束和监督。

（十一）《礼经》是中国传统文化的重要内容，其中的祭祀之礼，如祭祀民族之祖先、圣贤是非常重要的，忘祖就是忘记自己是中国人，批祖是中华民族的罪人，是十恶不赦的人。掘坟是不可取的，盗墓是犯罪。由于冠礼、婚礼都是以明确家庭、社会职责为目的的执礼，也应当重视。现实男女关系轻率是不足以提倡的。当然，这种重视不是讲究礼仪之奢，而是敬心基础之上的必要礼仪。

（十二）要重视礼仪的形式与内容的统一。

"礼"是有《易》理为根据的，《易·序卦》云："《履》者，礼也。"《说文解字》云："礼，履也。"《履》卦为兑下乾上，《周易浅述》云："天在上而泽居下，上下之分，尊卑之义，理之常也，礼之本也。"《履》之道，内和悦而外尊严，礼之象。

40.《红楼梦》与《诗经》

《红楼梦》重视诗歌,为此必须探讨诗歌的源头——《诗经》。

宋代大儒朱熹《周易本义·序》感叹地说:"至哉,易乎!其道至大而无不包,其用至神而无不存。"《易》无所不包,当然也包含文学、艺术,以及人们的审美观念和审美活动。

《易经》是中国最早的一部著作,中国最早的诗歌、五经之一的《诗经》也有《易经》为先导成分。《易经》的叠字和叠句乃至篇章的重复形式成为诗歌最早的滥觞,诗歌的韵律起源于《易经》的卦爻辞,而《诗经》的韵律与模式又是唐代近体诗韵律与模式的雏形。孔子对《诗经》非常重视。

一、《红楼梦》中演绎《诗经》

《红楼梦》第九回,宝玉上义学之前,先来给贾政请安告出:

贾政因问:"跟宝玉的是谁?"只听见外面答应了一声,早进来三四个大汉,打千儿请安。贾政看时,认得宝玉奶姆之子名唤李贵的,因向他道:"你们成日家跟他上学,他到底念了些什么书?倒念了些流言混语在肚子里,学了些精致的淘气。等我闲一闲,先揭了你的皮,再和那不长进的算账!"吓得李贵忙双膝跪下,摘了帽子碰头,连连答应是,又回说:"哥儿已念到第三本《诗经》,什么'呦呦鹿鸣,荷叶浮萍',小的不敢撒谎。"说的满座哄然大笑起来。贾政也掌不住笑了。因说到:"哪怕再念三十本《诗经》,也都是掩耳盗铃,哄人而已。你去请学里太爷的安,就道我说的,什么《诗经》、古文,一概不用虚应故事,只是先把《四书》一齐讲明背熟,是最要紧的!"

贾政和李贵这段精彩的对白,如同画面呈现在读者面前,老爷贾政严

40.《红楼梦》与《诗经》

肃刻板,气势夺人;奴才李贵紧张畏惧、穷于应付,画面栩栩如生。李贵说宝玉读《诗经》不是假,"小的不敢撒谎"是真,《诗经》显系是贾族义学的教材。李贵所言"呦呦鹿鸣"句出自《诗经·小雅·鹿鸣·鹿鸣》第一章,共八句:

呦呦鹿鸣, 食野之苹。 我有嘉宾, 鼓瑟吹笙。
吹笙鼓簧, 承筐是将。 人之好我, 示我周行。

宋代大儒朱熹解:"此燕(宴)飨宾客之诗也。盖君臣之分以严为主,朝廷之礼以敬为主。然一于严敬,则情或不通,而无以尽其忠告之益,故先王因其饮食聚会而制为燕飨之礼,以通上下之情,而其乐歌,又以鹿鸣起兴,而言其礼意之厚如此。"李贵将"食野之苹"说成"荷叶浮萍",引起哄堂大笑,暗示了宝玉如荷叶之莲、浮之萍而无定,最后出家的结局。李贵是奴才,无学习机会,念错诗句不为过,而恰合其身份。

第二十八回"蒋玉函情赠茜香罗",在冯紫英家聚会,行令取乐,歌伎云儿"席上生风"说"桃之夭夭"句,此句亦是《诗经·国风·周南·桃夭》的诗句,该诗共三章、每章四句:

桃之夭夭, 灼灼其华。 之子于归, 宜其室家。
桃之夭夭, 有蕡其实。 之子于归, 宜其家室。
桃之夭夭, 其叶蓁蓁。 之子于归, 宜其家人。

此诗言婚姻之正,然"桃之夭夭"谐音"逃之夭夭",宝玉终于逃婚也。其实,《红楼梦》有的章回情事暗含演绎《诗经》。

第三回,有对王夫人时常居坐宴息的"东边的三间耳房"的描述。太平闲人夹批:"鼎曰'文王鼎',瓠曰'汝窑美人瓠',有《周南》:《汝坟》、《关雎》雅化隐意,而贾、王仍不居此,其为衰世之政而失教也无疑。"

第七回,凤姐、宝玉去宁府游玩,"携手同行"、同乘一车而归;第十五回,为秦可卿出殡丧,凤姐对宝玉讲:"咱们姐儿俩个同车,岂不好么?"大梅山民眉批:"'惠而好我,携手同车',忘却'嫂叔不通问'。凤姐仅可明《诗》,未遑习《礼》。"此处"惠而好我"句,出自《诗经·国风·邶·北风》篇第一章、共六句:

北风其凉，雨雪其雱。惠而好我，携手同行。其虚其邪，既亟只且。

"叔嫂不通问"语出《礼记·曲礼上》。

第七回，就焦大一骂，大梅山民眉批："贾府中冓之事，观览者方在狐疑，竟被焦大醉中直喊出来。信墙茨之不可扫也。"

第十回，"张太医论病细穷源"，张太医只言左寸、左关、右寸、右关，表明心、肝、肺、脾四脏皆有病，但有病而不至于死；张太医偏不言左尺、右尺，而尺脉主两肾，肾命主下部，秦氏病悉坐此，肾乃性命之本。太平闲人夹批："今绝不提及，所谓'中冓之言，言之醜也。'"这里和第七回大梅山民眉批的"中冓"之言，出自《诗经·国风·鄘·墙有茨》第一章、共六句：

墙有茨，　不可埽也。　中冓之言，　不可道也。　所可道也，　言之醜也。

大梅山民、太平闲人所评甚是，这是他们精彩的评批之一。尺脉无病象，证明肾无病；无病而亡，乃上吊自缢。此评与第五回秦可卿判词所绘之图"一美人悬梁自尽"完全吻合。

第十七回，在潇湘馆，宝玉道："这太板了，莫若'有凤来仪'四字。"众人都哄然叫妙。太平闲人夹批："绝妙字面，关合颂扬，极为得体，而底里则宝玉求凰处也。仪，匹也。《诗》云：'实维我仪'。"《诗经·国风·鄘·柏舟》第一章，共七句：

泛彼柏舟，　在彼中河。　髧彼两髦，　实维我仪。　之死矢靡它，　母也天只，　不谅人只。

"有凤来仪"之"仪"，当为礼仪之"仪"；"实维我仪"之"仪"，当为匹也。一字数义，妙趣无穷。《书经·虞书·益稷》亦有句"凤凰来仪"。

在稻香村，宝玉题一联：

新涨绿添浣葛处　好雲香护采芹人

太平闲人夹批："《诗》咏《周南》，《颂》升《泮水》，吃紧教化在此，贾兰到矣。"《诗·国风·周南·葛覃》有句："葛之覃兮"、"薄浣我衣"之句；《诗·颂·鲁颂·泮水》有句："思乐泮水，薄采其芹。"

宝玉否定众人为"港洞"所题"秦人旧舍",他说:"莫若'蓼汀花溆'四字。"太平闲人评:"《诗·蓼莪》章,孝子之言也。"《诗经·小雅·小旻·蓼莪》前二章、各四句如下:

　　蓼蓼者莪,　匪莪伊蒿。　哀哀父母,　生我劬劳。
　　蓼蓼者莪,　匪莪伊蔚。　哀哀父母,　生我劳瘁。

第二十九回,清虚观的张法官搜罗众道士的器物赠给宝玉,贾母挑出一件赤金点翠的麒麟,宝玉听说湘云也有一个,便将这个麒麟收起,准备送给湘云,后来不慎丢了,恰被湘云、翠缕捡到还给了宝玉,湘云道:"明日倘或把印也丢了,难道也就罢了不成?"宝玉笑道:"倒是丢了印平常,若丢了这个,我就该死了。"太平闲人夹批:"人爵无紧要,天爵生死系之。麟趾、麟角、麟定岂可丢者?是又从《周易》、《国风》著眼。"《诗经·国风·周南·麟之趾》(此诗见《漫谈麒麟》一文)借仁兽颂扬文王之德。《红楼梦》演"麒麟"寓大道阴阳之重要,而借宝玉口告之权势平常。何为人爵、天爵?《孟子·告子章上》讲:"有天爵者,有人爵者。仁义忠信,乐善不倦,此天爵也;公卿大夫,此人爵也。古之人修其天爵,而人爵从之。今之人修其天爵,以要人爵;既得人爵,而弃其天爵,则惑之甚者也,终亦必亡而已矣。"

诸如此类,不再多举。限于篇幅,对《红楼梦》涉及《诗经》的内容,引证出处,未作过多解释,其所引,皆有寓义。

二、贾政之"假正"之一在于忽略《诗经》的重要性

《孔子家语·问玉》、《礼记·经解》均有同样的记述:

孔子曰:"入其国,其教可知也。其为人也,温柔敦厚,《诗》教也;疏通知远,《书》教也;广博易良,《乐》教也;洁静精微,《易》教也;恭俭庄敬,《礼》教也;属辞比事,《春秋》教也。故《诗》之失愚,《书》之失诬,《乐》之失奢,《易》之失贼,《礼》之失烦,《春秋》之失乱。其为人也,温柔敦厚而不愚,则深于《诗》者也;疏通知远而不诬,则深于《书》者也;广博易良而不奢,则深于《乐》者也;洁静精微而不

贱，则深于《易》者也；恭俭庄敬而不烦，则深于礼者也；属辞比事而不乱，则深于《春秋》者也。"

由孔子论述可知，《诗经》为思想教育之一隅，当为重要的教材，是影响智育（不愚）、性格（温柔敦厚）发展的重要教育因素。贾政说："那怕再念三十本《诗经》，也都是掩耳盗铃，哄人而已。你去请学里太爷的安，就道我说的，什么《诗经》、古文，一概不用虚应故事，只是先把《四书》一齐讲明背熟，是最要紧的！"贾政之论，完全是不正的一种偏见。

贾政把《诗经》和《四书》对立起来，《四书》也是古文，"四书"即《大学》、《中庸》、《论语》、《孟子》。"四书"引用《诗经》典籍极多，《大学》一篇短文就引用《诗经》典籍达十二处之多，显见《诗经》被引用之典，已成为《大学》中的一部分，难道学《大学》能不学其中的《诗经》？《诗经》决不是"虚应故事"，而是历史经验，把《诗经》看成"虚应故事"，是忘本而不知源也。

不学《诗经》的危害是显而易见的，《红楼梦》中，由于缺少《诗》教，贾政自然就少"温柔敦厚"的品性，贾政脾气暴躁，肝火旺盛，宝玉对其感受最为真切。第八回，宝玉去看养病的宝钗，正文讲："又恐遇他父亲，更为不妥，宁可绕远路而去。"第二十三回，宝玉听见贾政叫他，正文讲："宝玉呆了半晌，登时扫了兴，脸上转了色，便拉着贾母扭的扭股儿糖似的，死也不敢去。"用贾母的话形容："见了他老子就像个避猫鼠儿一样。"（第二十五回）第三十三回，贾政毒打宝玉，是凸显贾政缺少"温柔敦厚"品性之缺陷；他作不出一诗，似乎和愚而不智有关。最为严重的是，它不仅贻误自己，还贻害宝玉，难怪他下令义学不施《诗》教。

《诗经》是雅言，在《诗经》内容的"风、雅、颂"部分中，有两部分"大雅、小雅"以"雅"命名。《诗经》是文学诗歌的源头，也可以说是文学的源头。《诗经》显露诗歌韵律的特点，这是文学类别的最突出的表现。《诗经》文风朴素，韵律优美，其排比的写作方法为格律诗的对仗奠定了模式；而比兴的表达方法又为格律诗的意境奠定了基础。王国维讲：《红楼梦》"文学的也。"是不错的，突出格律诗词是《红楼梦》文学的特色。《红楼梦》以引用《诗经》典籍始,而以格律诗词贯穿其中,文采斑斓。贾政不重视《诗经》,自然不知文学的韵律,自言在"题咏上平平"、"纵拟了出来,不免迂腐古板",这已不是诗风的问题,而是人品素质上的问题,贾政,假正也,缺《诗》教而有偏也。尽管如此,贾政不失一个重儒的好人。

41.《红楼梦》中的近体格律诗与《易》理

　　《红楼梦》最突出的文学艺术特色是注重诗,在前八十回中,涉及诗作和诗事活动的篇章达二十二回,占前八十回的27.5%。《红楼梦》可谓诗境的小说,这在其他小说中绝无仅有。由于诗词是传统文学中的精华,故王国维说《红楼梦》"文学的也"。《红楼梦》中贯穿诗词,它是小说情节的升华,使《红楼梦》的艺术境界空前绝后。

　　就诗作的形式而论,《红楼梦》中的诗作形式多种多样,除韵律的共同要求外,无非格律和非格律之区别。就非格律而论,又有歌、曲、行、赋等多种形式。首回,跛道人吟唱醒世的《好了歌》当为歌;第五回,太虚幻境仙女演唱的《红楼梦》当为曲;第四十回,刘姥姥对韵句当是行令;第七十八回,宝玉悼林四娘作的《姽婳词》当是行;悼念晴雯作的《芙蓉女儿诔》,前序后歌当是赋。《红楼梦》中有这些非格律诗作与格律诗作相映生辉,变换文体形式,增强了小说的艺术特色,精彩绝伦。但是,《红楼梦》诗歌的主要形式是近体格律诗,这个艺术特点很鲜明。

一、《红楼梦》中的诗作绝大多数是近体格律诗

　　《红楼梦》的诗作以诗社活动的诗作为主,数量多、分量重。《咏白海棠》6首,《咏菊》12首,《咏蟹》3首,岫烟、李纹、宝琴、宝玉《咏红梅花》4首,宝钗、李纨《咏大观园》2首,黛玉《灯谜》1首,宝玉《四季诗》4首,都是七律;众人《芦雪庭即景联诗》,黛、湘、妙联句《咏月联诗》都是五言排律;黛玉《咏大观园》1首,宝玉咏《潇湘馆》、《蘅芜院》、《怡红院》、《稻香村》4首,西洋诗女《朱楼梦》1首均为五律;黛玉《旧帕题诗》3首,《五美吟》5首,宝琴《怀古诗谜》10首,元春、迎春、探春、惜春《咏大观园》4首,元春、宝钗、探春《灯谜

诗》3首，宝钗、宝玉、黛玉《谜诗》3首，皆为七绝。显而易见，这众多的诗作都是近体诗。除此而外，贾雨村、贾环、贾兰之作也都是格律诗，就连呆霸王薛蟠也有一句"洞房花烛朝慵起"的文雅律句。第六十三回，宝玉过生日，怡红院内大家玩掷骰抽花名签的游戏，所抽签中，皆有一句涉花名的唐诗律句，成为抽签人的花象。第十七回宝玉在大观园题对，也是标准精彩的格律之作。由上述可见，《红楼梦》前八十回，作者曹雪芹对近体格律诗的重视。七律是格律中最正规的格律，故最多；七绝次之，这是庄重中的活泼，故略少；五言排律和五律再次之，这是庄重活泼中的简练，联诗必以此为模式。由这些可看到作者曹雪芹著述的严肃态度。高鹗续部有功，但后四十回中，近体格律诗甚少，即使有，其水平与前部也相差甚远。脂评中也有不少格律诗，都无法与前八十回诗作相提并论，诗词格律是续书难以逾越的一关。

二、近体格律诗是符合《易》理的最高层次的文学艺术模式

《红楼梦》为什么这样重视近体格律诗呢？

因为格律是近体诗的基础，是硬件，而软件的意境要寄托在格律的形式之上，所以探讨格律与《易》理的关系，就显得尤为重要，这对于理解近体格律诗的模式结构，解惑《红楼梦》为何这样重视近体格律诗，以及欣赏《红楼梦》中的诗作都是有益的。

格律的"格"，是讲法式、标准、模式规格；格律的"律"，主要讲韵律、声律。近体诗正是在这两方面形成美的艺术模式规律，从而开创了唐诗宋词文学艺术的新篇章，这是两个时代造化的成就。没有规律的文学模式是肤浅的，是无规律的，也是缺乏艺术性的。李白、杜甫、王维盛名，创作了大量不朽的精彩诗篇，妇孺皆知，首先便和近体诗的文体有关。现代自由派诗作是文学艺术模式的倒退，宋词尚为诗余，虽然是长短句，仍讲平仄，讲用韵。现代自由派诗作形式是长短句，格律要求都不讲，模式是进化还是退化不言而喻，近代无著名诗作和真正著名诗人和无格律密切

相关。张中行先生讲："我不同意的只是口说百花齐放而实际一花独放，因为这就会，其浅者是另外九十九花事实上必致贬值。"(《诗词读写丛话》23页）这应当包括诗歌的形式，当今文学普遍的肤浅是显而易见的。

（一）《红楼梦》中近体格律诗用韵的特点

韵律是诗歌最基本、最重要的特点，也是诗歌最鲜明的文学艺术美学。诗词的文艺美包括音乐美学和文字声音美学。诗歌最早是配乐唱的，因此必然涉及音乐美学；但唱歌要有歌词，因此又必然涉及文字的声音美学，而且两者要配合协调。协调的基本条件，就是遵从"方以类聚，物以群分"的精神对声、音进行分类。《易·乾·文言》云："同声相应。"老子《道德经》云："音声相和。"这里圣人明确指明声音有"应和"的问题，这是《易》理有关声、音、乐协调的统一性问题。由于时代变迁，秦汉及至唐宋乐府诗词的配乐现在已无从确知，记谱的手段——尺工谱也几尽失传，存世极少的也难于辨认。《红楼梦》第八十六回"寄闲情淑女解琴音"，由于《红楼梦》不是工具书，到底如何记谱、如何识谱，也没有真正的"解"。这一部分恐怕是给当时懂音乐能识古乐谱的人看的，对于今天绝大多数的读者，理解将是困难的。这好比《红楼梦》中有关近体格律诗的选韵、用韵、格律等，对于喜爱格律诗者当不难，对少知格律诗者，也有理解上的困难。但是诗词是传承中可学的"少知"，而古乐是失传了难学的"不解"，《六经》中的《乐》经失传也是传统音乐文化失传的证明。由于音乐乐谱的失传，文字的"平仄"声音谱（韵书）成为隋唐以后文字声律、音律的依据，诗词的吟唱也渐变成阅读。

韵书是文字发音、发声分类的书籍。用韵是形成诗词最基本的条件。韵放在句尾，从而形成句与句间回旋的声音美，即俗称的合辙押韵。声音的"应和"涉及文字的拼音和发声，一般说文字的拼音韵母要相同或接近、发声要同声，这样才能"应和"；反之，韵母不同或不接近的拼音、不同声，就不能"应和"。隋代已有韵书，唐代的韵书已经非常规范，按照韵书用韵，这是格律诗创作的规矩，不要规矩何谈方圆？破不等于立，用韵不对是作诗词的大忌，被称为落韵、错韵。在流传甚广的《唐诗三百首》、《千家诗》中，仅有极个别的诗错韵，如唐代戴叔伦《江乡故人偶集客舍》为"一东"、"二冬"的混合韵五律；宋代大《易》家邵庸《插花吟》为"四支"、"五微"的混合韵七律。《红楼梦》中也有个别错韵的情形，如《三家评批本》第二十一回，黛玉作"无端"七绝，为"十二文"和"十一真"的混合韵；第二十六回，黛玉作"颦儿"七绝，脂评本为"八齐"和"五微"的混合韵，但均为个别，古代诗人用韵是非常严谨的！

有好韵才有好诗，我们不妨看看《红楼梦》中七律、五律及五言排律、七律绝的用韵。

格律诗用平声韵。韵分上、下二部，每部15韵。每韵包括多少不等的该韵目的字，如一东，即上平声 - 东韵，东为此韵的代表字；又如一先，即下平声 - 先韵，先为此韵的代表字。不一一例举。

七　律

《咏白海棠》6首：十三元6首

《咏菊》12首：四支3首；七阳2首；十一尤2首；十二侵2首；一东1首；十灰1首；八庚1首

《咏蟹》3首：七阳3首

《咏红梅花》4首：十灰2首；一东1首；六麻1首

《咏大观园》2首：十灰1首；四支1首

《灯谜诗》1首：一先1首

《四时诗》4首：十一真1首；六麻1首；七阳1首；八庚1首

《红楼梦》中七律32首，用韵统计如下：

韵目	七阳	十三元	四支	十灰	一东	六麻	八庚	十一尤	十二侵	十一真	一先
数量	6	6	4	4	2	2	2	2	2	1	1

五律及五言排律

《潇湘馆》1首：七阳1首

《蘅芜院》1首：七阳1首

《怡红院》1首：一先1首

《稻香村》1首：七阳1首

《朱楼梦》1首：十二侵1首

《咏大观园》1首：十一真1首

《芦雪亭即景联诗》1首：二萧1首

《咏月联诗》1首：十三元1首

《红楼梦》中五律及五言排律8首，用韵统计如下：

韵目	七阳	十一真	十三元	一先	二萧	十二侵
数量	3	1	1	1	1	1

七律绝

《旧帕题诗》3首：四支1首；七虞1首；十五删1首

《五美吟》5首：一东2首；七虞1首；二萧1首；六麻1首

《怀古谜诗》10首：七阳2首；十一尤2首；四支1首；八齐1首；十一真1首；一先1首；五歌1首；八庚1首

《咏大观园》4首：一东1首；四支1首；五微1首；八庚1首

《灯谜诗》3首：二冬1首；四支1首；十灰1首

《谜诗》3首：八庚2首；七阳1首

《红楼梦》中七律绝28首，用韵统计如下：

韵目	四支	八庚	一东	七阳	七虞	十一尤	二冬	五微	八齐	十灰	十一真	十五删	一先	二萧	五歌	六麻
数量	4	4	3	3	2	2	1	1	1	1	1	1	1	1	1	1

七律、五律及五言排律、七律绝共有诗作68首，用韵合计如下：

韵目	七阳	四支	十三元	八庚	一东	十灰	十一尤	一先	十一真	六麻	十二侵	七虞	二萧	二冬	五微	八齐	十五删	五歌
数量	12	8	7	6	5	5	4	3	3	3	3	2	2	1	1	1	1	1

上述诗作并非《红楼梦》中全部近体格律诗，还有若干作者评论的格律诗未包括，贾雨村、贾环、贾兰格律之作极少，也不包括其中，错韵的也未纳入，即便是主人公的不甚重要诗作也未纳入，因为这些主要的诗作已很明显说明用韵的情况。

41.《红楼梦》中的近体格律诗与《易》理

通过统计用韵，可以得出如下认识：

（1）近体格律诗用平声韵目为韵脚，在三十个平声韵目中，《红楼梦》用韵目十八个，韵目运用之多，说明表达意境之广。《红楼梦》的诗作是为小说人物服务的，人物众多，人才会聚，故诗作必然多、用韵多。

（2）运用最多的是七阳、四支两韵，分别为12次、8次；用庚韵6次、东韵5次、尤韵4次、先韵3次、真韵3次，上述七韵都是宽韵，张中行介绍的八个宽韵，《红楼梦》格律诗占了七项。虞韵也是宽韵，用得少，只有2次。十灰韵用了5次，六麻韵用了3次，这两韵为中等韵，也好用，这是根据人物的需要而形成的多用韵。王力讲："有些韵，如微韵、删韵、侵韵，字数虽不多，但是比较好用，诗人也喜欢用它们。"这三韵，运用次数分别为1次、1次、3次。窄韵有较少的字可用，如九青、十三覃、十四盐；险韵可用的字更少，即三江、九佳、三肴、十五咸四韵，王力讲："窄韵如江韵、佳韵、肴韵、覃韵、盐韵、咸韵等。窄韵的诗是少见的。"这些窄韵和险韵，《红楼梦》的格律诗中是没有的，显见《红楼梦》完全注重用韵之道。第三十七回，宝钗对湘云道："你看古人中，那里有那些刁钻古怪的题目和那些极险的韵？若题目过于新巧，韵过于险，再不得好诗，终是小家子气。"

（3）仅次于"七阳"、"四支"两个宽韵的，是"十三元"韵，用了7次，其中诗社成立竞诗《咏白海棠》用了6次，黛玉、湘云、妙玉《咏月联诗》用了1次，这是两次限韵的诗事活动。"十三元"为中韵，运用这个中韵是极为必要的。

大观园成立诗社，这是《红楼梦》中的重大事件。第三十七回，清代《红》评家太平闲人回批："此回开做诗之首，乃书中一大生发。""元"是个大字眼，最切合《易》理和诗社状况。元，兼"大"、"始"两意，"四春"就首起于"元春"。"元"字切合诗社初立、人才济济、诗情盎然、气数正旺的现状。十三乃十二加一，十二乃地支之数；一乃太极，道立于一、道起于一，故"十三"巧合地支循环复起之数。第三十七回，诗社初立《咏白海棠》，有一个倚门的丫头随口说出"门"而定"十三元"韵，其实这是《红楼梦》作者的匠心设计。太平闲人夹批："元统四德

（元、亨、利、贞），赅全《易》。"《咏白海棠》不但限韵，还限韵脚用字，除第一字为"门"外，书中讲"又命那小丫头随手（从十三元一屉）拿四块，那丫头便拿了'盆'、'魂'、'痕'、'昏'四块来"，所以不但限韵，还限字，并限用字顺序。第一韵要用"门"，太平闲人夹批："头一韵必要门，'乾坤，《易》之门'也。""可出可入。"又回评："书演《易》道，故曰门，乾坤一阖一闭，门之义也。"又批："是好门，是好书。"（第十七回）《红楼梦》中屡屡演"门"，实演《易》。诗社成立，必以"十三元"为第一韵，以"门"为咏的第一字。贾府由兴而衰，第六十四回，书中云："自古道：'欲令智昏'。"所以以"门"起而以"昏"结，第五韵字必为"昏"。从限韵及其限韵脚、用字顺序，可以看到《红楼梦》作者为用韵煞费苦心。

第四十八回，黛玉对香菱讲："昨夜的月最好。……你做一首来，'十四寒'的韵，由你爱用那几个字去。"这是限韵而不限韵中用字。"十四寒"为中韵，这是个适合咏月的韵，那么，为什么要以咏《月》为题呢？因为香菱前面三次提到王维"落日"诗句：《使至塞上》中"长河落日圆"，《辋川闲居赠裴秀才迪》中"渡头余落日"，《送邢桂州》中"日落江湖白"。有日不可无月，一日一月所谓"一阴一阳之谓道"，咏月用"十四寒"为韵就不为奇了。

（4）《红楼梦》教人作诗用韵。

第三十七回，宝钗讲："我生平最不喜限韵，分明有好诗，何苦为韵所缚？咱们别学那小家派，只出题，不限韵。"湘云道："这话很是。"第三十八回，宝玉也讲："我也最不喜限韵。"既然有选用韵的自由，我们就要选宽韵作诗，不用窄韵和险韵，然后根据吟咏主题的需要、模式特点、情感状态等选择用字，《红楼梦》中的诗作很好，无一个随便用韵，可作为作诗的参考借鉴。清代袁枚《隋园诗话》讲："欲作佳诗，先选好韵。"有好韵才有好诗。一经定韵，要严格用韵部中的字，合理地安排用字顺序，把分量最重的字放置在全篇最后的用句上。那种以为不限韵就是不要韵、随便用韵，这是对格律诗的误解。

（5）同韵为圆道循环提供诗证。

第三十七回，诗社成立《咏白海棠》用"十三元"韵，第七十六回《咏月联诗》亦用"十三元"韵，太平闲人夹批："天运一周，……直追'海棠社'也。"

（二）汉字声律的"平仄"符合《易》理

格律诗的句式是由声律"平仄"交替的文字而构成。"平仄"就是文字声律的阴阳。《易》强调"一阴一阳"的二元论，这个思想贯穿在诗词格律之中。文字声律的"平仄"就是文字声律的二元、两仪。

汉字的拼音有四声，四声可谓汉字的发声四象，四声为"平"、"上"、"去"、"入"，四声可归纳为两类，没有升降的声调就是"平"声，发"平"声的汉字就是平声字；"上"、"去"、"入"三声的声调有升降就是不平，即为"仄"声，发"仄"声的汉字就是仄声字。在《辞源》、《辞海》中，每个字属"平"或属"仄"都有清楚的注明，有些字，现在发平声，实际为仄声的"入"声字，千万不要弄错，这类字只能放在格律诗中的仄声位置，且不能成为格律诗的韵，因为凡格律诗要压平声韵。这里讲四声归纳为"平"、"仄"的两类，并不违背"两仪生四象"的顺序，中国地域广大，从文字的发展而论，当然是"两仪生四象"，由简而繁，且不止四象，《易》云："四象生八卦"，汉字声调确实不止四象，王力《诗词格律》云："在那些有入声的方言里，声调不止四个，不但平声分阴平、阳平，连上声、入声，往往也都分阴阳。"语言文字在先，诗词格律的文字模式创作在后，这样诗词创作规律要求由繁而简，"简则易从，易从则有功"，诗词的"平"、"仄"分声在格律诗的创作上是立了大功的，这是盛唐一个时代造就完善的一门文学艺术。

发声"平"、"仄"的汉字交替是"平平"和"仄仄"两字同声的交替，为什么它是两字一声节呢？

《易经》全书基本上是散文，但韵文占其三分之一，而韵文中叠字、叠句，《诗经》段落或篇章的重复，正是以后诗词的滥觞。叠字的抽象反映在声律上，正是"平平"或"仄仄"两字的同声节。两字一声节，是传承了《易经》的文风特点。

《石头记》指归

文字的声律要服从文字表义的特点，单字虽是表义最基本的元素，但真正的达意是通过词组来实现的，我们看一下词典会发现，两个字的词组最多，三字组词和四字成语都少于两字的组词。两字一声节是和两个字组词相匹配的。

连续的"平平"或"仄仄"，可使声律交替鲜明，加强声调变化特点，而"一平一仄"的发声交替，声律变换短促不清晰，影响声音的韵律美。

以四句而论，"一平一仄"交替的句式有很大的缺陷，如粘靠，无论平起或仄起，均形成"一平一仄"的混合韵：

```
    (1)              (2)
平仄平仄平         仄平仄平仄
仄平仄平仄         平仄平仄平
仄平仄平仄         平仄平仄平
平仄平仄平         仄平仄平仄
```

第一首第二句韵脚的"仄"和第四句韵脚的"平"；第二首第二句韵脚的"平"和第四句韵脚的"仄"，形成"平"、"仄"声的混合韵。如不粘靠，均形成两幅同样声律模式的对子：

```
    (1)              (2)
仄平仄平仄         平仄平仄平
平仄平仄平         仄平仄平仄
仄平仄平仄         平仄平仄平
平仄平仄平         仄平仄平仄
```

当然（2）模式是压仄声韵，属古体范畴，这里讲的是声律模式相同的对联。

以《红楼梦》第五回中三首五律绝为例分析：

```
   (1)          (2)          (3)
春梦随云散    欲洁何曾洁    势败休云贵
－｜－－｜    ｜｜－－｜    ｜｜－－｜
飞花逐水流    云空未必空    家亡莫论亲
－－｜｜－    －－｜｜－    －－｜｜－
```

寄言众儿女	可怜金玉质	偶因济刘氏
｜－｜－｜	－－－｜｜	｜－｜－｜
何必觅闲愁	终掉陷泥中	巧得遇恩人
－｜｜－－	－｜｜－－	｜｜｜－－

两字一声节的声律交替，由于粘靠，可以形成两幅不同声律模式的对子，这是"一平一仄"交替的句式无法比拟的。七言亦如此。三字一节的"平仄"交替，缺陷同"一平一仄"的交替，且一句五言还达不到一次交替。两字一声节的交替模式最好。

登鹳雀楼
王之焕

白日依山尽	仄仄平平仄
黄河入海流	平平仄仄平
欲穷千里目	平平平仄仄
更上一层楼	仄仄仄平平

□为可平可仄

上面五言绝句是两字一交替，可以形成声律模式不同的两副对子。

（三）五言七言反映了大中之道

为什么格律诗是五言、七言？"五"为大中之数，"七"为巧数。五言、七言皆有"中"位单字，而偶数的四言六言等句子无"中"位单字。"中"在《易》理上至关重要。《易·系辞上传》云："天下之理得，而成位乎其中矣。""美在其中。"这"中"是美的因素，有"中"才有对称美。从意境而论，从五律可以看到，字眼往往就在句"中"的第三字。七言是五言的扩充，所以字眼往往是第四、五字。五言、七言句式对称协调，美观大方，皆因有"中"。三言、九言也有中，三言太短，九言太长，三言九言之中的五言、七言最为适中。四言、六言、八言无中，给人感觉很不舒服。

（四）句式的平衡及用对的平衡

格律诗讲对仗，有出句、对句，两句为一联，这是"一阴一阳之谓道"在句式上的体现。一首诗篇,无论律诗或古诗,全篇成单句的极少,多为偶数句,这是全篇句数对称的稳重。《唐诗三百首》中,有一首李白的《梦游天姥吟留别》,数一下,竟是45句,这种情形很少见。律诗八句,可形成正格居中的、声律模式不同的两副对子,这是全篇用对对称的中道,所以七律、五律是格律中的格律。五绝、七绝由于四句,一般只能有一幅对子,两幅对子太板,没有对子太活,无法和五律、七律正规相比。但绝句运用灵活,最易表达一瞬即逝的意境,所以七绝最受人喜爱,诗人都在绝句,特别是七绝上下功夫。五律、七律、五绝、七绝,每句字数为奇,句数为偶,这一奇一偶,又是"一阴一阳之谓道"。正是在这样完美的格律模式上,唐代李白、杜甫、王维等一大批诗人才会创造出大量优美、感人肺腑的诗篇。千百年的时间已检验了真理,批判、否定传统文化,不能帮助我们创作新时代的"红楼梦",也没有李杜水准好的格律诗,"不提倡"的恶果显而易见,这是历史的教训。

(五)近体诗的格律,为《红楼梦》小说的生发提供了条件

(1)近体格律诗是高水平的文学艺术,因此凡作此类诗者,当是高水平的雅人。《红楼梦》中作格律诗者,用李纨的话讲:"你们四个却是要限定(必做)的。"这四人即黛玉、宝钗、湘云、宝玉。当然妙玉亦知、亦会做格律诗,且是精通者,黛玉、湘云对妙玉续貂之作"称赞不已"。(第七十六回)但她自称"槛外人",修行人哪里会过多地投身社会活动?近体格律诗也不可能是刘姥姥这个大凡人做的,更不可能是薛蟠这个大俗人做的。

贾雨村、清客会格律诗,后来贾兰、贾环也能作近体格律,但《红楼梦》中给这些浊臭男人作格律诗的机会甚少,《红楼梦》崇尚女儿,近体格律诗独属红楼女儿。

《红楼梦》中的近体格律诗和红楼女儿的身份完全协调。

(2)近体格律诗由于是规范的模式,且模式多样,因此选用相同的格律诗的模式,从侧面亦可反映出作诗者之间密切的关系。

第十八回,咏《大观园》,迎春、探春、惜春三人作的是七绝,李纨、宝钗作的是七律，唯独黛玉作的是五律，而宝玉作的也是五律，只有他俩格律诗作模式相同，太平闲人夹批："宝玉诗五律，黛亦五律，见匹偶固当在此也。"至于宝玉作五律，是奉娘娘旨"如今再各赋五言律一首"不过是托词的"假语村言"。由此可见，《红楼梦》不仅考虑诗作内容，连诗作的形式也考虑了，而"格律"的硬件，为作者匠心的运用提供了可能。

（3）相同近体诗的格律模式，为圆道循环提供诗证，使《红楼梦》的结构前后呼应。

第五十回芦雪庭争联即景诗是五言排律，第七十六回，黛玉、湘云、妙玉《咏月联诗》也是五言排律，都是三十五韵、七十句，这不是巧合，而是暗示天道循环必须如此。太平闲人夹批："芦雪庭联句亦三十五韵，此即彼之复本，一部缺陷一部《易》道，统括于'三十五'三字中。"

三、《红楼梦》教人作近体格律诗

清代《红》评家太平闲人张新之回批："香菱学诗，实费苦心苦功，是作者自言作诗工夫。（香菱作）《月》诗三首，及黛玉等讲究诸诗，是作者教人作诗法则。"（《第四十八回》）如何创作格律诗，《红楼梦》中借黛玉教香菱作诗，演示了命题、限韵、修改、评批及最后成诗的全过程，这在有关格律诗创作的工具书中都是很难看到的细致描述。我们看唐诗都是成品，初作如何？半成品如何？根本看不到。一步到位的诗作很少，出口成章的诗人也很少，这就是为什么诗词强调推敲。因此能知道创作过程，知道如何运用思维，《红楼梦》为读者传承传统文化做了演示，这是《红楼梦》的贡献。

四、《红楼梦》教人评价近体格律诗

第三十七回，大观园成立了诗社，就确定了李纨任社长兼主评。宝玉讲："稻香老农虽不善作，却善看，又最公道。你就评阅优劣，我们都服的。"大家都道："自然！"评诗是诗社活动的重要一环，它是促进格律诗发展的有效措施。

由于格律诗有共同的硬件基础，所以才有评选的共同依据。

第三十七回，《咏白海棠》，宝钗以"含蓄浑厚"得第一，黛玉以"风流别致"居第二，宝玉压尾。第三十八回，《咏菊》，李纨讲："《咏菊》第一，《问菊》第二，《菊梦》第三（这三首皆黛玉作），题目新，诗也新，立意更新了，只得推潇湘妃子为魁了。"对此，有人有不同意见，清代《红》评家大梅山民姚燮回评："诗应是《问菊》第一（黛作），《供菊》第二（湘作），《咏菊》第三（黛作），《忆菊》第四（钗作），《访菊》第五（宝玉作）。"余认为："《咏菊》第一（黛作）；《供菊》第二（湘作）；《问菊》第三（黛作）；《对菊》第四（湘作）；《簪菊》第五（探作）。"重要的是参与，您可认真品评《咏菊》十二首，得出您的评比意见。

顺便讲一句，体育可以竞赛，由输赢定排名，也可根据规则评比优劣，而艺术则不宜这样评比，两者的差别在于体育很少有意识形态的成分，而艺术的意识形态占主导地位，因此对意识形态很难评定，即使评定，也未必正确公平。

五、《红楼梦》中近体格律诗的变化

（一）从形式而论，《红楼梦》中，对联、七律、五律、五言排律、七绝、五绝应有尽有，形式多样，体现了《易》变的特点。

（二）绝大多数是单人作的，也有两次多人的排律联诗。

（三）绝大多数是诗社诗事活动之作，也有社外人员，如西洋诗女的五律之作。

（四）有高雅女之作，也有俗人薛蟠一句雅言格律之作。

（五）有黛玉近体诗之教，亦有香菱近体诗之学。

（六）有即景格律诗，也有怀古格律之作。

（七）有格律诗之作，亦有格律诗之评。

（八）绝大多数格律之作写出，亦有不明写的，如第七十五回，宝玉、

41.《红楼梦》中的近体格律诗与《易》理

贾兰、贾环三人之作就未刊出，这是文法变幻，但令人遗憾。

《红楼梦》的格律诗与古体诗、词等诗歌形成了诗歌的体系，生动有趣，令世人惊叹作者的文学修养。

《红楼梦》中的诗词如何？太平闲人夹批："众人之（诗）才，以林、薛为最，故设为其诗，必较优于众人，然特不过形容闺中笔墨而已，只作如此便得，非作者必不能揣摩陶、王、韦、孟，借此书为流传也。闻有人评《红楼梦》诗词惜平平者，请以此言告之。"（第十八回）《红楼梦》中的诗作，其难度是显而易见的，这些诗作不是曹公抒发自己的心意，而是根据众多的人物，逐一从身份、性格、知识水平、情节、命运等多方面的因素，设计诗思、运用诗才，而且是含蓄地、格律地表现，确实很不易。太平闲人夹批："此书凡有诗词，皆就各人才情设为之。""每一诗词必顾书旨，必隐寓意，必按本人，有许多束缚，亦不易也。"（第十八回）《太平闲人·石头记·读法》云："书中诗词，各有隐意，若谜语然，口说这里，眼看那里。其优劣都是各随本人，按头制帽，故不揣摩大家高唱。不比他小说，先有几首诗，然后以人硬嵌上的。"

儒家倡信，信则实，无实则妄；道家佛家戒妄，为五戒之一，作诗评诗亦应如此。清代赵翼《论诗》否定李杜可谓狂妄之，不值一驳；今人知格律诗者少，极个别狂人亦有对《红楼梦》诗作的不经之谈，既如此，何不代元春、刘姥姥、贾环、黛玉各作一诗，代凤姐、薛蟠各作一句以分上下？以供天下人之鉴赏？

42. 谜诗和版本[*]

《石头记》最早的流传形式是手抄本，由于作者、续作者的改动，评批者的参与，传阅者丢失，抄者的笔误与遗漏，造成《石头记》各抄本内容不完全一致，这是《红楼梦》小说特有的复杂性。今本的《红楼梦》是据不同的版本而出的，现实是，一般的读者，只是一般的阅读，因为据各版本所出的《红楼梦》，其内容基本相同，但是如果有的读者阅读了据不同版本所出的《红楼梦》，又很认真，那么就会发现内容文字上的差异，从而感到遗憾和惊异。而研究版本间的差异、先后和优劣，这是红学研究的任务之一，即胡适所言的对"本子"的考证。诗词是文学的源头，也是文学中的精华；《红楼梦》中的诗词是《红楼梦》小说中的精华。由于第二十二回结尾的破失，后来又有所增补和删削，结果不同的版本此回结尾就呈现了多样的状态。

最早发现的脂评甲戌本（1754年），是仅有十六回的残本，恰缺第二十二回，所以无从知悉谜诗情形。次之"四阅脂评"的脂评己卯本（1759年），亦是仅有四十回的残本，亦无第二十二回，也无从知悉谜诗情形。综合脂评甲戌本、脂评己卯本以后各版本的第二十二回谜诗情况，涉及四人四谜诗，即惜春、宝钗、黛玉、宝玉之作，大致可分三种情状。

第一种情状。止于惜春"前身"七绝、谜底"海灯"的谜诗，保持本回断尾的情状，有脂评庚辰本、脂评列藏本，以及后来按此版本所出的《红楼梦》，如1982年人民文学出版社出版的《红楼梦》。惜春谜诗如下：

---

[*] 本文以蔡义江先生《红楼梦诗词曲赋鉴赏》177页对二十二回收尾谜诗版本多样化分类为据。

42. 谜诗和版本

> 前身色相总无成❶　　不听菱歌听佛经❷
> 莫道此生沉黑海　　性中自有大光明❸

惜春作的这首七绝，谜底是"海灯"，也可以说"海灯"就是这首谜诗的主题。"海灯"是庙宇佛前点燃的长明灯。第五回，太虚幻境的薄命司贮存的正册所录的惜春判词云："勘破三春景不长，缁衣顿改昔年妆。可怜绣户侯门女，独卧青灯古佛旁。"这首判词中的"青灯"即海灯。第二十五回，有如下描写：

马道婆便说到："……再那经上还说，西方有位大光明普照菩萨，专管照耀阴暗邪祟，若有善男信女虔心供奉者，可以永保儿孙康宁，再无撞客邪祟之灾。"贾母道："倒不知怎么供奉这位菩萨？"马道婆说："也不值什么，不过除香烛供奉以外，一天多添几斤香油，点了个大海灯。这海灯便是菩萨现身法象，昼夜不敢息的。"

曹雪芹为惜春设计的这首"前身"谜诗，直译是：前生无所成就的海灯，不去照耀人间繁华的殿堂，享受菱歌莲曲的美乐，而是置身庙宇佛前，伴随着出家人的诵经声，度过孤寂清冷的年华。但是不要说海灯有如沉入海底而黯然失色，因为它觉悟自有的佛性具有无限的光明。

曹公的这首诗，采用诗词比兴的手法，在猜谜的游戏中，以海灯设象，以灯喻人，给人以觉悟的启迪：俗尘的繁华之色恰是无穷的黑暗，而回忆本性觉悟的空，便具有佛性的光明。谜诗之谜，即迷，迷而不觉；破谜则觉，觉而不迷。该诗也暗示了惜春最终遁入空门的结局。脂评《庚辰本》、脂评《戚序本》有脂批："此惜春为尼之谶也。公府千金至缁衣乞食，宁不悲夫！"

值得重视的是，据胡适《跋乾隆庚辰本〈脂砚斋重评石头记〉抄本》（即脂评庚辰本）载：又第三册二十二回只到惜春的谜诗为止，其下全阙。上有朱批云："此后破失，俟再补。"

---

❶ 前身：佛家语，即前生。唐·白居易《临水坐》有诗句"闲思往事似前身"。色相：佛家语，泛指世间一切有形质的事务，俗家常指女色容貌。
❷ 菱歌：采菱者所唱的歌。李白诗有句"菱歌清唱不胜春"。
❸ 性：精神世界。《六祖坛经·决疑品》："性在身心存，性去身心坏。"自有：身中固有，不假外求。《六祖坛经·决疑品》："佛向性中作，莫向身外求。自性迷即是众生，自性觉即是佛。"

其下空白一页，次页上有这些记录：

暂记宝钗制谜云：

朝罢谁携两袖烟　琴边衾里总无缘

晓筹不用鸡人报　五夜无烦侍女添

焦首朝朝还暮暮　煎心日日复年年

光阴荏苒须当惜　风雨阴晴任变迁

此回未成而芹逝矣。叹叹。

丁亥夏　畸笏叟

这首暂记谜诗第二句的"总"字，在《增评补图石头记》、三家评批本、八家评批本中均为"两"，而"两"和第一句的"两"犯重，不如用"总"字。

畸笏叟何许人也？其云"此回未成而芹逝"，那么，这首谜诗是他从雪芹处所记，还是他自己所作，已经不得而知了。

第二种状况。将上述"暂记"的宝钗"朝罢"七律、谜底"更香"的谜诗补入，而没有黛玉、宝玉的谜诗，有脂评蒙府本、脂评戚序本、己酉本诸本。

第三种情状。将上述"暂记"的宝钗"朝罢"七律、谜底"更香"的谜诗归属黛玉制；重新补入为宝钗新设计的"有眼"七绝、谜底"竹夫人"的谜诗；重新补入为宝玉新设计的"南面"四言、谜底"镜子"的谜诗；删去惜春"前身"七绝、谜底"海灯"的谜诗。这种情状的版本有梦稿、脂评甲辰本、程高系列的版本。

将"暂记"的宝钗谜诗归属黛玉是合适的，因为畸笏叟明言补入前是"暂记"，"暂"就是不确定。再者此诗内容也不符合宝钗身份。程高系列的《红楼梦》，明文"朝罢"为黛玉的制谜诗。清红评家太平闲人张新之夹批："犹绿蜡也，是还泪账。"此诗当为黛玉所创，第一句"朝罢谁携两袖烟"，当为黛携：第十九回，"（宝玉）只闻得一股幽香，却是从黛玉袖中发出，闻之令人醉魂酥骨，宝玉一把便将黛玉的衣袖拉住，要瞧笼着何物。""说着，便拉了（黛玉的）袖子，笼在面上闻个不住"。第二句"琴边衾里总无缘"，涉黛也有根据：第八十六回"寄闲情淑女解琴书"，说的

42. 谜诗和版本

是黛玉向宝玉解释琴谱事；第八十七回，有黛抚琴的描写，这是"琴边"涉黛的根据。第十九回，有宝玉、黛玉同榻而卧事；第五十一回，有晴雯和宝玉共衾之事，而晴雯为黛玉影身，这是"衾里"涉黛的根据。对"焦首朝朝还暮暮，煎心日日复年年"两句，《增评补图石头记》姚燮眉批："第三联二语直瞿儿自己写出。"为什么明明涉黛的谜诗先要"暂记"在宝钗名下？余以为设谜不一定是己之声，为对方设一谜也是猜谜中常有的现象。文法变换。

增加补入为宝钗所设计的"有眼"七绝、谜底"竹夫人"谜诗如下：

有眼无珠腹内空　荷花出水喜相逢
梧桐叶落分离别　恩爱夫妻不到冬

很显然，和宝玉未来称得上夫妻关系的当是宝钗。《增评补图石头记》姚燮眉批："竹夫人谜确系蘅芜君所做，移不到别人身上。"三家评批本太平闲人张新之夹批："此乃竹夫人也。元春谜语是竹，他也是竹，见其能合天运，其得为夫人在此矣。"《增评补图石头记》中，此谜诗的"夫妻"二字改成"虽浓"。"夫妻"直白，不如"虽浓"含蓄生动。

增加补入为宝玉所设计的"南面"四言、谜底"镜子"的谜诗如下：

南面而坐　北面而朝
象忧亦忧　象喜亦喜

宝玉所制"南面"四言谜诗，据典出自《孟子·万章上》："语云，盛德之士，君不得而臣，父不得而子。舜南面而立，尧帅诸侯北面而朝之，瞽瞍亦北面而朝之，舜见瞽瞍其容有蹙。"瞽瞍为舜之父。《孟子·万章上》："象忧亦忧，象喜亦喜。"象为人名，是舜的异母弟。象素憎舜，以杀舜为事，但舜宽大处之。程子曰："象忧亦忧，象喜亦喜，人情天理，舜亦不能已耳。"宝玉制谜诗，巧用典，借"象"设"镜子"的谜底，而喻"风月宝鉴"之作用。"象"一字双关，象又为史载名人，引典设谜而寓人际礼仪的大道理。此谜诗实赞舜，即五十回，李绮联诗收句"凭诗祝舜尧"。孔孟"言必称尧舜"。（《孟子·滕文公上》）太平闲人张新之夹批："人以为'风月宝鉴'一语便了。殊不知南面而坐为舜，北面而朝有瞽瞍，亦忧亦喜有兄弟，是乃君臣父子兄弟之伦，一镜中有如许大道理，问诸人识得否?"（第二十二回）宝玉制谜诗，改史典"南面而立"之"立"为"坐"。

在第三种情状的版本中，最大的缺陷是把惜春"前身"七绝、谜底"海灯"的谜诗删去了，这是毫无道理的。如果说，因迎春、惜春"本性懒于诗词"（第三十七回语）而删，但此回制作谜诗是奉贾母"命他们姐妹各自暗暗的做"，且迎春也作了谜底"算盘"的谜诗。为八十回戚序本作序的清代有正书局老板犹葆贤作眉批："惜春一谜是书中要皆，今本删去，谬极。"戚序本略晚于庚辰本，载有惜春谜诗，故特别夹评。所云"今本"，当是指第三种情状的诸本。

概括而言，脂评甲戌本（1754年）、脂评己卯本（1759年）皆是残本，第二十二回缺失，缺失原因不明，故不知谜诗情况。脂评庚辰本（1760年），第二十二回断尾，至惜春谜诗止，惜春谜诗当为曹公原作，因为曹公此时在世或将逝。此本此回单独附后有待补入的宝钗诗谜，注明"暂记"在宝钗名下，署名为丁亥夏"畸笏叟"，此诗从何处而记，作者是谁不详。脂评庚辰本以后的脂评蒙府本、脂评戚序本、己酉本都是补入宝钗谜诗的版本，但诸版本无宝玉、黛玉谜诗。再后的梦稿、脂评甲辰本、程高系列的《红楼梦》，均将宝钗谜诗改署名为黛玉，又增设宝钗、宝玉的谜诗，却删去惜春谜诗。就谜诗而言，没有一个版本是全的，而这四人，即惜春、宝钗、黛玉、宝玉参与制谜诗本是不可少的。

《红楼梦》中的诗是很珍贵的，为小说增色，为小说升华，是《红楼梦》文学中的文学，因此，第二十二回断尾再接，不仅令人惋惜，增补和删削还留下了难解的谜诗之谜。

有感诗谜
七律绝

红楼诗谜展风情　妙趣悬思费慧聪
我爱曹公素描笔　含宏勾画竞猜功

43. "比较"可知版本各有千秋

胡适《考证〈红楼梦〉的新材料》一文中,第六个小标题是"脂本的文字胜于各本",此题开始即讲:"在文字上,脂本有无数地方远胜于一切本子。"所谓脂本,本文开篇作者自注"这部脂砚斋重评本(以下称脂本)",所以脂本即发现最早的十六回脂评甲戌本。胡适"脂本的文字胜于各本"的结论,来源于他比较脂本与"一切本子"的"无数地方"优劣所得。但实际上,他在文中仅举五例作比较,但这五例与"无数地方"是巨大的差距。从五例比较看,脂本这五处文字确实胜于其他的版本;除此而外,脂本首回从"俄见一僧一道远远而来,生得骨骼不凡,丰神迥别"以下还有其他本没有的450字(胡适作420余字),而这段文字描写极为精彩,此处脂本确实又胜于其他本;又如第十三回回目"秦可卿淫丧天香楼,王熙凤协理宁国府",有如对仗的骈文,单从文字看是协调的,而改后之题"秦可卿死封龙禁尉"则与下句不协。尽管如此,也不能由此结论"脂本的文字胜于各本"。究其原因,"五处"与"无数地方"相差甚远,只有"全部"的比较方可有全面准确的结论,而这种比较至少至今未作,即使做比较,恐怕也难有统一的认识。

《红楼梦》(《石头记》)一书的版本复杂,但大致可分为手抄本的脂评系列,此系列版本的目录均为80回,由曹雪芹著,脂砚评。至今发现有十二种之多,其中有两种无脂评。发现最早的脂评甲戌本(1754年),仅存16回,为残本。胡适即以此本为据和他本"比较",但此本虽提供作者初创相思的信息,但内容缺失太多,亦有难以和他本全面"比较"的大缺;虽有较他本文字优胜之处,亦有初思结构的不严谨,因此不是代表脂评系列版本为凭,随后的脂评己卯本(1759年),存40回,亦是残本。脂评庚辰本(1760年),为78回本,借他本补2回成80回本。脂评庚辰本发现较早,内容基本齐全,故以此定本代表脂评系列版本和其他版本进行

"比较"是合适的选择;脂评系列版本以外的版本,当为印刷的,由程伟元、高鹗补足全目的 120 回本,在这个系列中,清人张新之、王希廉、姚燮的评批影响最大。这种评批,有三人分出的评批本,如张新之夹批的《妙复轩评〈石头记〉》,王希廉评《绣像红楼梦》,姚燮夹批的《增评补图〈石头记〉》等,亦有将三人评批合在一起的"三家评批本"。因此以三家评批本代表非脂评系列版本,选择是合适的,两种原著底本的相比较,将获得文字的优劣的认识。

一　几首诗作的比较

胡适所讲"无数地方",有为其结论造点声势的玄虚成分;"一切"未免绝对化,余不相信胡适将脂本与"一切本子"进行了比较,因此也不相信"脂本的文字胜于各本"的结论,以偏赅全的结论对读者是误导。下面将三家评批本与脂评庚辰本的同一回的同一主题的诗作进行比较。

1. 第十八回,黛玉作《世外仙源》,三家评批本首句为"宸游增悦豫",意思是帝王(娘娘)游幸增加了大观园的喜悦氛围,表意是准确和恰当的;脂评《庚辰本》作"名园筑何处"的发问句。连接的第二句"仙境别红尘",显系正面概括的回答当为建在天上,这种问答是不妥的,因为大观园明明是建在人间。三家评批本首联的连接是合理的。再者黛玉是雅人,不会做这样直白浅俗的发问,所以此处三家批评本优于脂评庚辰本。

2. 三家评批本第二十一回(脂评甲戌本少第二十一回),黛玉见宝玉参悟《庄子·胠箧》所写的续文,书中讲:(黛玉)不觉又气又笑,不禁也提笔续一绝云:

　　无端弄笔欲何云　剿袭《南华》庄子文
　　不悔自家无见识　却将丑语诋他人

该绝句第二句韵脚为"文",为上平声十二文韵,此"文"为该绝句定韵为十二文。第四句韵脚为"人",为上平声十一真韵,故落韵。"文"、"人"不谐。或改"人"为十二文韵;或就合人,改"文"为十一真韵。

43. "比较"可知版本各有千秋

总之必改其一。就落韵而论，三家评批本此诗用韵不如脂评庚辰本。且此诗"无端"的"无"和"无见识"的"无"犯重。

脂评庚辰本其诗如下：

　　　　无端弄笔是何人　　作践南华《庄子因》
　　　　不悔自己无见识　　却将丑语怪他人

该绝句第二句的韵脚为"因"，第四句的韵脚"人"同为上平声十一真韵，就用韵讲，此脂评庚辰本比三家评批本好。但此诗亦有缺陷，《庄子》又称《南华经》，却没有称《庄子因》的，这里显露出雕琢用韵之痕，显系为和韵而设，另外，第一句的"何人"与第四句的"他人"，两个"人"字犯重。该诗中"己"为上声四纸韵，此处应用平声。和《三家评批本》相同，第二句中的"庄"，为平声七阳韵，两诗此处均应用仄声。

诗词的韵律是基础，更高的要求在于意境的表达。因此比较两版本同一主题诗作的用词、达意，有助于判断两诗之优劣。三家评批本中"欲何云"，是在问"想说什么？"而脂评庚辰本的"是何人"，有明知故问之嫌，明明是黛玉在宝玉卧室见宝玉之作，明明是宝玉读《庄子》写续文，提出"是何人"之问，有如无话找话，大无必要。比较第二句，三家评批本用"剿袭"（抄袭），脂评庚辰本用"作践"，二者比较，用"抄袭"更达意些，宝玉并无"作践"庄子《南华经》之意，宝玉完全是读《庄子·胠箧》抄袭其精神而作续文。如果说宝玉活学活用作续文、没有达到原著水平为糟蹋、作践原著的话，那任何学习心得岂不都成了糟蹋、作践？所以用"抄袭"比"作践"达意。第三句，三家评批本为"自家"，脂评庚辰本作"自己"，用"自己"过于直白。家，一家之言；己，一己之利。宝玉续文是表达看法，用"家"更合适。且"家"为平声，而"己"为仄声。第四句，三家评批本为"诋"，含蓄、文雅；脂评庚辰本用"怪"，直白、显露。黛玉说宝玉"自家"、"诋"，用辞柔和，友爱中开玩笑，以黛玉的身份、学识，自然是运用雅词。脂评庚辰本的比诗，"无"亦犯重。

就此一诗而论，已见版本各有千秋。三家评批本此诗有落韵之病，有犯重，但用词达意准确；脂评庚辰本此诗无落韵，但用韵显雕琢之痕，有更多的犯重，用词不如三家评批本。综合两诗之优点，合并其诗如下：

无端弄笔欲何云　剿袭南华《庄子》因

不悔自家无见识　却将丑语诋他人

第二句的书名号，似应括在"庄子"二字上。因为庄子即书名。因，起因，以此似更好些。

又，宝玉读《庄子·胠箧》，三家评批本作"剖斗折衡"之"剖"、"俪工垂之指"之"俪"、"垂"，在脂评庚辰本作"掊"、"攦"、"倕"，显系脂评庚辰本此处优于三家评批本。

3. 第二十五回，三家评批本有癞头僧的形象诗：

鼻如悬胆两眉长　目似明星有宝光

破衲芒鞋无住迹　腌臜更有一头疮

而脂评庚辰本上，第二句"目似明星有宝光"中的"有，"则为"蓄"。用"蓄"符合诗词含蓄表达的艺术特征，也符合"蓄"精气神的修炼目的。且用"有"和第四句的"腌臜更有一头疮"中的"有"犯重。显而易见，脂评庚辰本此处此字优于三家评批本。

4. 第二十六回，有黛玉哭泣惊飞鸟一幕，三家评批本有如下一首诗：

颦儿才貌世应稀　独抱幽芳出绣闺

呜咽一声犹未了　落花满地鸟惊飞

而脂评庚辰本，此诗如下：

颦儿才貌世应稀　犹抱幽芳出绣闱

呜咽一声犹未了　落花满地鸟惊飞

显而易见，两诗有两字之差：即第二句的韵脚，程高系列的三家评批本做"闺"，"闺"为五微韵，和此诗的"稀"、"飞"是同韵。而脂评庚辰本此处韵脚为"闱"，"闱"、"闺"字义相同，但"闱"为八齐韵，如果以此定韵，第四句韵脚的"飞"字为落韵。此诗此处，三家评批本胜于脂评庚辰本。

但三家评批本中，第二句的"独抱"之"独"在脂评庚辰本做"犹"，由于此"犹"与第三句中的"犹未了"之"犹"犯重，显然不妥。此诗此处，用"独"优于"犹"。

5. 第五十回，芦雪庭联句，大梅山民回评云："宝玉四句，黛玉十一句"，如果细算一下，当为"宝玉五句，黛玉十句"。查其原因，原来芦雪庭联诗，其中"没寻山僧扫"一句，脂评庚辰本为黛玉作，三家评批本为宝玉作。可能大梅山民是按照脂评庚辰本统计，忘记三家评批本已将此句改为宝玉作，改为宝玉作是合理的，故太平闲人夹批"一片婆心，宝玉出家。"似此，可证脂评手抄本确系在前，三家评批本出版在后。此处不同，似三家评批本胜于脂评庚辰本。

6. 第五十一回"薛小妹新编怀古诗"，《交趾怀古》的首句，脂评庚辰本为"铜铸金镛"，优于三家评批本的"铜柱金城"，前人已有详评，不必赘述；《青冢怀古》的第三句，脂评庚辰本为"叹"，优于三家评批本的"笑"；《马嵬怀古》的首句，脂评庚辰本为"渍"，优于三家评批本的"积"；《浦东寺怀古》的第二句，三家评批本为"私期"，优于脂评庚辰本的"私携"。

天津古籍出版社出版的《脂砚斋重评石头记》，声明以"庚辰本为底本"。因版本不同造成第二十二回谜诗"破失"的不同收尾可以理解，但仍有诗作缺漏不知何因。如第一回《好了歌》，少了六句："君生日日说恩情，君死又随人去了。世人都晓神仙好，只有儿孙忘不了，痴心父母古来多，孝顺子孙谁见了。"第三十八回，枕霞旧友《菊影》第四句少"篱"字，成六言句；宝钗《咏蟹》少颈联"酒未涤腥还用菊，性防积冷定须姜"，成了六句诗。诸如此类，不知脂评《庚辰本》原著底本是否有缺。

《红楼梦》或曰《石头记》，版本复杂，只能一事、一段、一诗、一句、一词、一字的比较差异、优劣，如果仅凭一件就得出结论，必然陷入评批之偏颇。

一般而论，文章越改越好，不然为什么要修订？余以为，现今世人一般重视脂评，其实三家评批本的评批胜于脂评。

本子的比较，工程是庞大的，至今也未完成。即使完成，也未必正确，因为这种评批不能不掺杂评批者水平造成的偏见，看来倒是各持己见、百花齐放的为好。

《庄子·逍遥游》讲"举世而誉之而不加劝，举世而非之而不加沮"，是讲宋荣子能做到全社会都称赞他，他并不因此而振奋；全社会都毁谤他，他也不沮丧。独立见解是难得的，这在封建集权专制的社会简直是不可一见的现象，这固然是宋荣子个人品质的可贵，更可贵的当是保护少数人意见的氛围，而造就这种氛围才是更重要的。

二　十二处内文的比较

人们已知，十二种手抄本中有十种带脂评，此脂本与其他脂评本的差异处、此脂本与程高本系列的差异处，余相信这差异地方，会有曹公自己的修订，我也相信红学家在个别之处为《红楼梦》补台的智慧。

下面以程高版的三家评批本和手抄本的脂评庚辰本作比较。

1. 第四回，三家评批本原文：

那日冯公子相见了（英莲），兑了银子，因拐子醉了，英莲自叹道："我今日罪孽可满了！"

而脂评庚辰本原文：

那日冯公子相看了（英莲），兑了银子，拐子醉了，他自叹道："我今日罪孽可满了！"

很显然，这段话是拐子所言。拐子作了坏事，每天提心吊胆，自以为把英莲卖了，罪孽也就结束了，不过是自欺欺人罢了。英莲完全是受害者！英莲何罪之有？脂评："天下英雄，失足匪人，偶得机会，可以跳出者，与英莲同声一哭。"脂评庚辰本此处优于三家评批本。

2. 第六回，脂评庚辰本描述如下：

周瑞家的道："说那里话。俗语说的'与人方便，自己方便。'"

但三家评批本如是说：周瑞家的说："老老说那里话来，俗语说的'自己方便，与人方便。'"

太平闲人夹批："成语颠倒说来，恰是这种人口吻，而有至理存焉。"两相比较，三家评批本此处生动、用意深刻。

3. 第十四回，三家评批本称北静王名为"世荣"；脂评庚辰本称北静王名为"水溶"。从社会学讲，世荣，袭官爵自是世荣；从《后天八卦》、

《河图》而论，北为水，有容乃大，"溶"通"容"，故为"水溶"。水为姓，再加"氵"作偏旁之溶，取五行补水之意。三家评批本、脂评庚辰本各据其理，两者在此处不分上下。余以为可兼顾其理，为北静王起名"水荣"。

4. 第十七回，宝玉为蘅芜院题联："吟成豆蔻诗犹艳，睡足酴醾梦也香。"三家评批本原文：

贾政笑道："这是（宝玉）套的'书成蕉叶文犹绿'，不足为奇。"众人道："李太白凤凰台之作，全套《黄鹤楼》，只要套得妙，如今细评起来，方才（宝玉）这一联，竟比'书成蕉叶'尤觉幽雅活动。"贾政笑道："岂有此理。"

而脂评庚辰本，在众人说的"幽雅活动"之后还有说词："视'书成'之句，竟似套此而来。"清客这种肉麻的吹拍已到极致。完全颠倒了诗作的时序。显见脂评庚辰本此处优于三家评批本。

5. 第二十二回，元春娘娘让众姐妹、宝玉兄弟、贾兰各制一谜，送进宫中供元春猜，《增评补图石头记》、三家评批本的原文讲贾环所制之谜"娘娘也没猜着"，而脂评庚辰本原文为："娘娘也没猜"，少一个"着"字，由此语气句意完全不同，既然是娘娘下旨制谜，有何不猜之理？书中明言："小姐们作的（元春）也都猜着了。"显见此处《增评补图石头记》、三家评批本优于脂评庚辰本。

6. 第二十八回，冯紫英举行家庭聚会，众人行令游戏。三家评批本原文：

（宝玉）说道："如今要说悲、愁、喜、乐四字，却要说出女儿来，还要注明这四个原故。说完了饮门酒，酒面要唱一个新鲜时样曲子，酒底要席上生风一样东西，或古诗，旧对，《四书》《五经》成语。"

而脂评庚辰本，最后一句为"成古诗、旧对、《四书》、《五经》、成语。"两本书中一"或"一"成"，虽一字之差，"成"字显得要求严格，"或"字则放松要求。脂评庚辰本此处此字优于三家评批本。

7. 第三十六回，三家评批本原文：

（宝玉）说："好好的一个清静洁白的女子，也学得钓名沽誉，入了国贼禄蠹之流。这总是前人无故生事，立意造言，原为引导后世须眉浊物，不幸我生不幸，亦且琼闺绣阁亦染此风，真真有负天地钟灵毓秀之德！"众人见他如此疯癫，也都不向他说正经话了。

而脂评庚辰本，在"众人因见他如此疯癫"之前，有"因此祸延古人，除四书外，竟将别的书焚了"这段话，表明了宝玉对孔孟之道的态度，绝对应存在。脂评庚辰本此处优于三家评批本。

8. 第三十七回，三家评批本原文：

皇上见他（贾政）人品端方，风声清肃，虽非科第出身，却是书香世代，因特将他点了学差，也无非是选拔真才之意。这贾政只得奉了旨，择于八月二十日起身，是日拜别过宗祠及贾母，起身而去。

"起身而去"四字在脂评庚辰本作"宝玉诸弟子等送至洒泪亭"。

显见，脂评庚辰本此处优于三家评批本。

9. 第四十六回，三家评批本描写如下：

邢夫人对鸳鸯讲："过一年半载，生个一男一女，你就和我并肩了。"

脂评庚辰本作"生下个一男半女"，显然脂评庚辰本此处精彩。

10. 第五十八回，宝玉病好。三家评批本原文：

晴雯笑道："已经好了，还不给两样清淡菜吃，这稀饭咸菜，闹到多早晚？"一面摆好，一面又看那盒中，却有一碗火腿鲜笋汤，忙端了放在宝玉跟前。宝玉便就桌上喝了一口，说道："好汤！"众人都笑道："菩萨！能几日没见荤腥儿，馋得这样起来。"一面说，一面端起来轻轻用口吹。

在脂评庚辰本中作"好烫！"含有味好、心急之两意，而"好汤"只有味好一意。脂评庚辰本此处优于三家评批本。

11. 第五十八回，三家评批本原文：

（宝玉）拉着芳官嘱咐道："我有一句话嘱咐你，须得你告诉他（藕官），以后断不可烧纸，逢年按节，只备一炉香，一心虔诚，自能感应了。"

而脂评庚辰本在"以后断不可烧纸"后、"逢时按节"前有"钱，这纸钱原是后人异端，不是孔子遗训。"这句也是宜有的，可见脂评庚辰本此处优于三家评批本。

12. 第七十七回，脂评庚辰本原文：

宝玉有恐他们去告舌，恨得只瞪着他们，看（着司棋被人带走）已走远了，方指着恨道："奇怪，奇怪！怎么这些人，只一嫁了汉子，染了男人的气味，就这样混帐起来，比男人更可杀了。"守园门的婆子听了，也不禁好笑起来，因问道："这样说，凡女儿个个是好的，女人个个是坏的了。"

而三家评批本在婆子这段话里是"这样说，凡女儿个个是好的，男人个个是坏的了。"

很显然，守园门的婆子这里所讲的应当是"女人个个是坏的了"，因为婆子的话是诠释宝玉"（女儿）一嫁了汉子，染了男人的气味"就发生了变化。脂评庚辰本此处优于三家评批本。

由上述比较，可看出脂评庚辰本的底本优处较多，但三家评批本的底本也有它的优处；而三家评批本的三家评批胜于脂评，这些比较还待有识之士进一步挖掘，用魏同贤的话讲："简直可以说是一座有待开发的宝贵矿藏。"

44. 脂砚斋和刘铨福

如果承认手抄脂评甲戌本（《脂砚斋重评石头记》）是《红楼梦》最早的版本，同意胡适所说"脂本的文字胜于各本"，那么伴随《石头记》一同问世的脂评，就应受到注重，因为它涉及曹雪芹是否是《红楼梦》一书作者、《红楼梦》的创作和取材等问题，涉及后四十回续部作者是否也是曹雪芹、以及续部是否贯彻前八十回作者意图等问题，因为，脂评提供了曹雪芹的信息。

最早的手抄脂评甲戌本中首载红评家"脂砚斋"之名，由此发现的十二种手抄本中，带有脂评的有八种。从《石头记》问世就和评批相连。最早的评批者，当是自号的脂砚先生，"斋"为其住所之名。十种版本的脂批，有相同之处，亦有不同之处。有的评批，此有而彼无，各有缺误，因此涉及脂评，要以各本互为勘校，互为补充。天津南开大学出版社出版的朱一玄《红楼梦资料汇编》将各版本的脂评汇编一处，参照很方便，当然也有遗漏和差错，不过不多，这是难免的。

和《石头记》的作者曹雪芹一样，世人对脂砚先生知之甚少。但由脂评和藏书家的评注，我们获悉了"脂砚"的一些信息。

脂评甲戌本首回有脂砚眉批："雪芹旧有《风月宝鉴》之书，乃其弟棠村序也。今棠村已逝，余睹新怀旧，故仍因之。"又眉批："壬午除夕，书未成，芹为泪尽而逝。"脂评庚辰本第十三回脂砚眉批："'树倒猢狲散'之语，今犹在耳，屈指三十五年矣。哀哉伤哉，宁不痛杀？"脂评甲戌本脂砚眉批："三十年前事见书于三十年后，今余想恸血泪盈。"第十八回脂评庚辰本脂砚眉批："非经历过，如何写得出。壬午春。"等等。

由此不难看出，脂砚和曹雪芹是同时人，由脂砚评批可知脂砚和曹雪芹关系密切，这种密切甚至到了影响曹雪芹创作的地步。

脂评靖藏本第十三回回前，有脂砚批："'秦可卿淫丧天香楼'，作者用史笔也。老朽因有魂托凤姐贾家后事二件，岂是安富尊荣坐享人能想得到者？其言其意，令人悲切感服，姑赦之，因命芹溪删去'遗簪'、'更衣'诸文。"脂评甲戌本在回后亦有同样相近文字的回后评。

脂砚何许人也？

收藏脂评甲戌本的大兴刘铨福有一跋云："脂砚与雪芹同时人，目击种种事故，故批笔不从臆度。"

根据刘铨福的几条题跋乃至"因命芹溪删去"的脂评，胡适在《考证〈红楼梦〉的新材料》一文中云：

"我们看这几条可以知道脂砚斋同曹雪芹的关系了。脂砚斋是同雪芹很亲近的，同雪芹弟兄都很相熟。我并且疑心他是雪芹同族的亲属。

……

看此诸条，可见评者脂砚斋是曹雪芹很亲的族人，第十三回所记宁国府的事即是他家的事，他大概是雪芹的嫡堂弟兄或从堂弟兄，——也许是曹颙或曹頫的儿子。松斋似是他的表字，脂砚斋是他的别号。"

胡适《跋乾隆庚辰本〈脂砚斋重评石头记〉抄本》（即脂评庚辰本）一文云：

"我从前曾说脂砚斋是"同雪芹很亲近的，同雪芹弟兄都很相熟；我并且疑心他是雪芹同族的亲属"。我又说，"脂砚斋大概是雪芹的嫡堂弟兄或从堂弟兄，——也许是曹颙或曹頫的儿子。松斋似是他的表字，脂砚斋是他的别号。"现在我看了此本，我相信脂砚斋即是那位爱吃胭脂的宝玉，即是曹雪芹自己。

……

后人不知脂砚斋即是曹雪芹，……'脂砚'只是那块爱吃胭脂的顽石，其为作者托名，本无可疑。原本有作者自己的评语和注语，我在前几年已说过了。"

由于脂评甲戌本原书名为《脂砚斋重评石头记》，故当理解手抄本上的评批均为脂评。但实际情况是有的阅者亦在手抄本上进行评批，这类评批有的署名，有的并未署名，由此造成难以分清到底哪些是真正的脂评。

"脂评"出手似乎很杂，胡适认为："最初的评注至少有一部分是曹雪芹自己作的,其余或是他的亲信朋友如脂砚斋之流的。""原底本既有评注,是谁作的呢?作者自加评注本是小说家常事。""我因此疑心这些原有的评注之中,至少有一部分是作者自己作的。"上述这些看来有些重复、有些与前自我矛盾也可说是强调的话,出自1928年2月12~16日,胡适先生《考证〈红楼梦〉的新材料》一文。

五年后,1933年1月22日,胡适在《跋乾隆庚辰本〈脂砚斋重评石头记〉抄本》一文中,写道:"原本有作者自己的评语和注语,我在前几年已说过了。今见此本,更信原本有作者自加的评注。""此类注语甚多,明明是作者自加的注释。其时《红楼梦》刚写定,决不会已有红迷的读者肯费这么大气力去作此种详细的注释,所谓'脂砚斋评本'即是指那些原有作者评注的底本,不是指那些有丁亥、甲午评语的本子,因为《甲戌本》和《庚辰本》都已题作'脂砚斋重评'本了。""此本使我们知道脂砚即是雪芹,又使我们因此证明原底本有作者自加的评语,这些都是此本的贡献。"

1959年发现的脂评靖藏本第二十二回,有眉批:"前批知者聊聊(寥寥)。不数年,芹溪、脂砚、杏斋诸子皆相继别去。今丁亥夏只剩朽物一枚,宁不痛杀。"此条批者似为畸笏叟。因庚辰本此回回后有"此回未成而芹逝矣,叹叹!丁亥夏,畸笏叟。"(脂评靖藏本眉批"成"作"补成"。)

1962年2月去世的胡适,不可能看到发表于1974年八、九月号的南京师范学院《文教资料简报》上的这条脂批,这条脂批否定了胡适的脂砚即曹雪芹、贾宝玉就是曹雪芹之说,也否定了作者自加评批之说。当然,诸如"《红楼梦》是作者的自传,是写他亲自看见的家庭"(胡适《治学方法》),也不能成立。其实这个认识来源很简单,曹雪芹并未经历过"秦淮残梦"。

吴世昌认为"脂砚呼曹寅长女(书中"元春")为'先姐',而雪芹为曹寅之孙,则脂砚是雪芹的叔辈。"清室豫良亲王修龄的次子裕瑞《枣窗闲笔》中说:"本本有其叔脂砚斋之批语,引其当年事甚确。"如上述推论无误,"则脂砚斋是曹寅第四子,名硕,字竹磵,从小即会作诗"。但豫良亲王对曹雪芹毫无所知。孔祥贤《红楼梦的破译》认为脂砚斋就是《红楼梦》的作者,与胡适一样都认为《红楼梦》的作者和评者(脂砚)是同一人,不过胡适认为《红楼梦》的作者是曹雪芹,而孔祥贤认为《红楼梦》作者是曹頫。周汝昌认为"脂砚是一位女性,即曹雪芹的续弦夫人。"上述诸家,各有各自认知的根据。既然各据其理而结论不一,所以又可能各为偏理,唯"历史"知其真相。中国历史留有的悬案太多,这是专制体制的必然现象。

上述对脂砚斋的评论,皆是建立在脂砚确有其人的基础之上的认识,建立在脂评版本上的是以最早的《红楼梦》版本为前提的认识。正像《红楼梦》原著情事有"真"、"假"一样,对脂砚"真"、"伪"的质疑也必不可免。《红楼梦》是谈不完的话题,因此,有关脂砚斋恐怕也要再谈下去。

前些年,苏颂兴摘编一文《红楼梦的脂批是伪作》,全文如下:

春风文艺出版社出版的《脂砚斋言行质疑》和辽宁教育出版社出版的《古代小说与版本》两书,从不同角度提出了脂砚斋、脂批作伪说。《质疑》认为脂砚斋和曹雪芹不是同时代人,并着重揭露了脂砚斋的作伪手段:冒充曹雪芹作书时的目击者和助手,甚至掠夺部分著作权;冒充曹雪芹的近亲、变色龙般地扮演了五种角色,五者相互攻讦,矛盾中暴露了作伪者的本色。《版本》的作者从脂批甲戌抄本的来历、题署、年代、讳字、格式、文字六个方面对它作了鉴定,指出甲戌本非但不是原本,而且是依据程高本抄改、作批的。

从一般道理讲,手抄本的脂批应出现在前,以活字排版、石印、铅印的版本出现在后。如果说不带评批的程高本由于排版紧凑、无空隙作评批,或对别人的评批不满意,而需重新抄写排版作评批,其心理、情形可以理解,但如果脂砚一而再、再而三地反复抄写评批,工程浩大,且为屈屈少数人阅读流传,此种情况似无必要。

当今人对"脂砚"的认识莫衷一是的时候,对脂砚的认识不能不回到"脂评"本身认知层次上来,令人不解的是,即便脂评甲戌本是过录本,脂砚的评批也不应该错字连篇!在清代,汉字已十分规范,同时的"四库全书"的修订就是证明！在这样的环境下，何至脂评甲戌本、脂评开篇《凡例》中，一连四个"点睛"之"睛"，误写"晴"？而"凡例"且为工整的楷书，并非潦草之笔误，显系错记词组。除此之外，脂评的达意也不甚好。绝大部分脂评诗作虽有格律诗的外在模式，但词句多是打油体的表意，这和《红楼梦》中的诗作水平相差甚远。

评批的价值不是看评批者和作者的关系，而是看评批的知识层次，因为这样的判定是以《红楼梦》原著的价值决定的，评批的水平似乎应和原著的水平相匹配，脂砚不能从传统文化的源头进行评批《石头记》，其评批没有把《红楼梦》指归到高层次的境界，这是令人遗憾的！所以脂评其本身的真伪已无足重要了。当然，脂砚也有《易》理层次的评批，如脂评甲戌本开篇《凡例》中："曰中京，是不欲着迹于方向也，盖天子之邦，亦当以中为尊，特避其'东南西北'四字样也。"不过此类评批极其个别。

清末民国初的北京大兴的刘铨福，字子重，有"白云吟客"等名号，还有多种名号的刻印。他是收藏脂评甲戌本之人。胡适正是从他手中得到脂评《甲戌本》的。据胡适先生推测该本也是过录本，刘铨福得到此本时是同治癸亥年（1863年）。较其收藏之时，早其72年已有《程甲本》，早其12年已有《妙复轩评〈石头记〉》。发现手抄本均在程本问世很久之后，使人有些不解。

刘铨福在脂评甲戌本上以"云客又记"注一跋："近日又得妙复轩手批十二巨册。语虽近凿，而与《红楼梦》味之亦深矣。""丁卯夏（刘将《妙复轩评〈石头记〉》）借于绵州孙小峰太守"。《妙复轩评〈石头记〉》为太平闲人张新之所评批，这说明刘铨福对太平闲人张新之以《易》评《石头记》是充分肯定的。

据胡适载："第三回有墨笔眉批一条，字迹不像刘铨福，似是另一个人，跋末云：'同治丙寅（五年，1866）季冬月左绵痴道人记'。"值得注意的是为《妙复轩评石头记》作序的清代孙桐生在其序中记载："丙寅（1866年）寓都门，得友刘子重贻（赠）妙复轩《石头记》评本。"余以为孙桐生可能即绵州孙小峰，即左绵痴道人。不然时间不会如此巧合。

1928年，胡适《考证〈红楼梦〉新材料》提到，1927年，他收到刘铨福来信，说"有一部抄本《脂砚斋重评〈石头记〉》愿转让"，后来胡适出重价购得此书，由此脂评手抄甲戌残本才在红学中发挥了巨大的作用。可见刘铨福是识人之人，胡适是识"货"之人。他去世时，该书存放在美国康奈尔大学图书馆，对此国宝级文物外流，余心中不免苦涩，但是随即想到国内批判、诋毁经典，想到图书馆被水泡，博物馆被火烧等令人愤慨的厄运，文物暂且放在安全妥善保管的地方当是无奈中的庆幸。据2007年7月5日《深圳商报》载刘瑜《藏家的"红楼遗梦"》一文，有关脂评甲戌本的命运如下：前年（2005年）上海博物馆以90万美元重金从美国康乃尔大学购回，现作为上海图书馆的镇馆之宝。

45. 评胡适考证红学的儒风

在极左思潮泛滥的年代，虽然胡适先生远在海峡的另一边，也难逃戴顶政治大帽子的舆论中伤。近年，南京大学出版了《胡适文集》，这是从政治下解放学术的一种现象。团结出版社最近又出版了《胡适点评红楼梦》小册子，选文精悍，重要话语下有圈点，这对于读者探讨《红楼梦》无疑是大有帮助的。胡适没有接受过"百花齐放"文艺路线的教育，但是确知治学方法；没有参加过"批评与自我批评"的洗礼，但真正做到学术领域和风细雨的讨论，仅此一点，胡适的儒风就很值得学习。

一、平等民主的学风

胡适是新文化运动的首创者，是公认的新红学奠基人，他在批驳牵强附会索隐文风的同时，首先把红学"考证"的内容、范畴、方法作了清晰的说明。

我们只需根据可靠的版本与可靠的材料，考定这书的著者究竟是谁，著者的事迹家世，著书的时代，这书曾有何种不同的本子，这些本子的来历如何。这些问题乃是《红楼梦》考证的正当范围。

胡适　《〈红楼梦〉考证（改定稿)》

以上是我对于《红楼梦》的"著者"和"本子"两个问题的答案。我觉得我们做《红楼梦》的考证，只能在这两个问题上着手；只能运用我们力所能搜集的材料，参考互证，然后抽出一些比较的最近情理的结论。这是考证学的方法。我在这篇文章里，处处想撇开一切先入的成见；处处存一个搜求证据的目的；处处尊重证据，让证据做向导，引我到相当的结论上去。……我希望我这一点小贡献，能引起大家研究《红楼梦》的兴趣，能把将来的《红楼梦》研究引上正当的

45. 评胡适考证红学的儒风

轨道去,打破从前种种穿凿附会的"红学",创造科学方法的《红楼梦》研究!

胡适 《红楼梦》考证(改定稿)

胡适是非常谦虚的人,他自言的"这一点小贡献"实质指明了"考证"方向的大作为。可以设想,如果有一部空前绝后的文学巨著而不知其作者,这将是国人、子孙后代难以面对的一种尴尬。胡适"考证"认为《红楼梦》作者是曹雪芹,后来的今人孔祥贤认为《红楼梦》作者是石头,即曹頫,曹雪芹不过是编辑。其实观点自可坚持,而"处处尊重证据,让证据作向导",由此得出结论的研究方法才是更重要的。这恰恰是胡适的"一点小贡献"。至于对各种版本的考证、比较,以及脂评、其他评批的研究,不仅获悉文学的优劣,更重要的是会加深对作者的了解,以及提高对《红楼梦》文学艺术价值的认识。

《红楼梦》是小说,是文学艺术的创造,所以小说人物是不能考证的,《红楼梦》中的四百多人物也是无法从历史实际的某一特定时间、某一家族一一对号入座的,因为根本不存在这样的根据。八十年前,胡先生就指出,"(穿凿附会)的人都走错了道路。""我举这些例的用意是说明这种附会完全是主观的,任意的,最靠不住的,最无益的。"无疑,穿凿附会的"红学"把《红楼梦》的伟大品格导引到渺小的层次。

穿凿附会的"索隐"的误区是明显的。例如《红楼梦》中地位最高的人物是元春,八十年前,胡先生就指出:

> 我曾考清朝的后妃,深信康熙、雍正、乾隆三朝没有姓曹的妃子。大概贾元春是虚构的人物,故曹雪芹先说她比宝玉大一岁,后来越造越不像了,就不知不觉地把元春的年纪加长了。

胡适 《重印乾隆壬子本〈红楼梦〉序》

胡适《重印乾隆壬子本〈红楼梦〉序》是 1927 年 11 月 14 日在上海写的,到 1928 年 2 月 12~16 日写的《考证〈红楼梦〉的新材料》仅仅三个多月,前文对"贾元春是虚构"还用了"大概"这一不完全肯定语,而这时他写道:

> 贾妃本无其人,省亲也无其事,大观园也不过是雪芹的"秦淮残梦"

的一境而已。

胡适　《考证〈红楼梦〉的新材料》

既无元春其人，八十年后，偏有人谈"元春"陷害秦可卿！把小说人物升华到历史的所谓"解密"！胡适转引别人论点，不捏造，不断章取义，然后举史料，讲道理，对穿凿附会的"红学"予以否定。胡适加于对方最激烈的用词不过是"笨伯"、"笨谜"、"穿凿附会"、"这么多的心力都是白白的浪费了"，批驳的同时，还带有关切。他没有对不同的意见搞一言堂、唯我独尊、人身迫害，这和"批判"、"批臭"、"打倒"、"永世不得翻身"及阶级斗争为纲的搞学术"专政"形成了鲜明的对照。胡适的这种儒风，是和他主张的"学问是平等的"民主观念有关，这种民主的文风无疑应该提倡，他为红学带来了很好的学术气氛。胡适否定蔡元培的索隐，当然蔡先生也反驳胡先生，两人争论是激烈的，但情感是友好的，理念是清楚的，手法是光明磊落规范的。看来民主的学风，在民国时已具备，只是20世纪后半个世纪不存在了，阶级斗争的专政取代了民主。尽管学术有纷争，但蔡先生得到胡先生急需的《四松堂集》，立即送给胡先生。胡适写道：

我在四月十九日得着这部《四松堂集》的稿本。隔了两天，蔡子民先生又送来一部《四松堂集》的刻本，是他托人向晚晴簃诗社里借来的。……蔡先生对于此书的热心，是我很感谢的。最有趣的是蔡先生借得刻本之日，差不多正是我得着底本之日。我寻此书近一年多了，忽然三日之内两个本子一起到我手里！这真是"踏破铁鞋无觅处，得来全不费功夫"了。

胡适　《跋〈红楼梦〉考证》

我们从字里行间，不难感受到胡先生获书时的高兴心境，也看到他考证的认真态度和付出的辛劳。蔡元培是文化界泰斗，胡适是新文化运动的首创者，都是文坛大家，他们那种致力于学术，避免内耗人争的精神，应当是后人学习的。《论语·子路》云："君子和而不同"，蔡、胡的学术之争无疑体现了这种学术风范。

45. 评胡适考证红学的儒风

二、求实坦诚的文风

胡适的文章有权威的品位却无权威的霸气，正像《红楼梦》演天地有缺、人无完人的哲观一样，胡适在考证的同时也不断地剖析自己，如实地记载着他认识上的深化，比如对"著者"的考证：

曹寅究竟是曹雪芹的什么人呢？袁枚在《随园诗话》里说曹雪芹是曹寅的儿子。这一百多年以来，大家多相信这话，连我在这篇《考证》的初稿里也信了这话。现在我们知道曹雪芹不是曹寅的儿子，乃是他的孙子。最初改正这个大错的是杨钟羲先生。

胡适 《〈红楼梦〉考证（改定稿）》

又比如对百二十回的《程甲本〈红楼梦〉》、程伟元在序言中提到曹公原稿有一百二十回回目的问题，胡适讲：

我在《〈红楼梦〉考证》里曾说：程伟元的序里说，《红楼梦》当日虽只有八十回，但原本却有一百二十卷的目录。这话可惜无从考证（戚本目录并无后四十回）。我从前想当时各抄本中大概有些是有后四十回目录的，但我现在对于这一层很有点怀疑了。

胡适 《重印乾隆壬子本〈红楼梦〉序》

从现存发现的十二种脂批手抄本来看，均是八十回目，程伟元讲的"原本却有一百二十卷的目录"当无根据。又比如对曹雪芹卒年的探讨，胡先生最初根据《四松堂集》敦诚《挽曹雪芹》一诗下注"甲申"两字，论定曹雪芹死于乾隆甲申（1764 年），后来根据脂评《甲戌本》脂评："壬午除夕，书未成，芹为泪尽而逝。"重新论定曹雪芹死于乾隆壬午除夕（1762 年末），他讲：

雪芹死于壬午除夕，次日即是癸未，次年才是甲申。……我的《考证》与平伯的年表也都要改正了。

胡适 《考证〈红楼梦〉的新材料》

这就是胡适讲的处处尊重证据，让证据作向导"求实坦诚"的文风。胡先生有儒家的勇气，他声称：

337

我的许多结论也许有错误的，——自从我第一次发表这篇《考证》以来，我已经改正了无数大错误了，——也许有将来发见新证据后即须改正的。

胡适　《〈红楼梦〉考证（改定稿)》

胡适这种自知之明的境界，求实坦诚的文风，充分说明人的认识不可能一步到位。胡适在批驳穿凿附会的"红学"的同时，不断地修正自己，给人一种从容大度的中庸之感。相形之下，"文革"中"司令部"组织的写作文章，装腔作势，霸气十足。明明是绝对化的偏见，却装出一贯正确的"权威"，这些令人讨厌反感的文字垃圾，只能遗臭万年而令人耻笑。

三、尊重别人劳动的文风

《红楼梦》开篇就批评了文坛"千部一腔，千人一面"的"此套"。第五十四回，贾母又批评："编得连影儿也没有了"的"一套子"，这"一套子"是由抄袭、剽窃文风造成的表象，这固然有思想禁锢的根本原因，亦和作者本身品德素质有关。胡适是正人君子，所以他必然对别人的帮助、付出，对别人的劳动成果表现出尊重。比如有关《考证》与《索隐》之争，他讲：

这一派的代表是王梦阮先生的《〈红楼梦〉索隐》。这一派的根本错误已被孟莼荪先生的《董小宛考》（附在蔡子民先生的《石头记索隐》之后。页一三一以下）用精密的方法一一证明了。……我们若懂得孟先生与王梦阮先生两人用的方法的区别，便知道考证与附会的绝对不相同了。

胡适　《〈红楼梦〉考证（改定稿)》

在考证《红楼梦》中贾府的鼎盛繁华与曹族关系的背景时，他写道：

（4）颉刚又考得"康熙南巡，除第一次到南京驻跸将军署外，余五次均把织造署当行宫"。这五次之中，曹寅当了四次接驾的差。

胡适　《〈红楼梦〉考证（改定稿)》

为了查清《红楼梦》续部作者高鹗的身份，胡先生讲：

果然我的朋友顾颉刚先生替我在《进士题名录》上查出高鹗是镶黄旗

45. 评胡适考证红学的儒风

汉军人，乾隆六十年乙卯（1795年）科的进士，殿试第三甲第一名。

胡适 《〈红楼梦〉考证（改定稿)》

对于《红楼梦》前八十回和后四十回是否出自一手，胡适写道：

我的朋友俞平伯先生曾举出三个理由来证明后四十回的回目也是高鹗补作的。他的三个理由是：(1) 和第一回自叙的话都不合，(2) 史湘云的丢开，(3) 不合作文时的程度。

胡适 《〈红楼梦〉考证（改定稿)》

人们关心曹雪芹，自然关心他的后代。清代《寄蜗残赘》说嘉庆年间，因涉天理会谋反被处死的曹纶是曹雪芹之孙。胡先生说：

前天承陈筱庄先生（宝泉）借我一部《靖逆记》（兰簃外史纂，嘉庆庚辰刻)，此书记林清之变很详细。其第六卷《曹纶传》。……此可证《寄蜗残赘》之说完全是无稽之谈。

胡适 《〈红楼梦〉考证（改定稿)》附录《寄蜗残赘》

曹雪芹是无后代的，他的好友敦诚《挽曹雪芹》（甲申）有诗句："孤儿渺漠魂应逐，（前数月，伊子殇，因感伤成疾）新妇飘零目岂瞑?"《挽曹雪芹》诗句："肠回故垅孤儿泣，（前数月，伊子殇，因感伤成疾）泪迸荒天寡妇声。"当可证。

从以上诸多例子看到，胡适对别人的劳动是很尊重的，行文中交代得清清楚楚。哪怕别人借书给他的帮助，也都有明文纪录。儒家讲义，佛道戒偷盗，文坛上剽窃之风最为可耻，今天这种不正之风严重阻碍了文艺创新。

从"我的朋友俞平伯"七字而知，胡适明辨什么人可称为朋友；俞平伯也不失朋友，他不随波逐流的笔伐朋友，与贾雨村之流形成鲜明的对照。七个字充满了学友的关爱。胡适张口"我的朋友"云云，闭口"先生"重重，是何等亲切的人情味。

在此，我不由得联想到文坛上存在的一些抄袭剽切现象，显示了纠正这种不正之风是多么必要。

四、正确评价高鹗

胡适最先明辨《红楼梦》后四十回包括题目，均为高鹗"续书的铁证"，并指出续作诸多方面不及前作，尽管如此，他写道：

但我们平心而论，高鹗补的四十回，虽然比不上前八十回，也确然有不可埋没的好处。他写司棋之死，写鸳鸯之死，写妙玉遭劫，写凤姐的死，写袭人的嫁，都是很有精彩的小品文字。最可注意的是这些人都写作悲剧的下场。还有那最重要的"木石前盟"一件公案，高鹗居然忍心害理的教黛玉病死，教宝玉出家，作一个大悲剧的结束，打破中国小说的团圆迷信。这一点悲剧的眼光，不能不令人佩服。我们试看高鹗以后，那许多《续红楼梦》和《补红楼梦》的人，那一人不是想把黛玉、晴雯从棺材里扶出来，重新配给宝玉？哪一个不是想做一部"团圆"的《红楼梦》的？我们这样退一步想，就不能不佩服高鹗的补本了。我们不但佩服，还应该感谢他，因为他这部悲剧的补本，靠着那个"鼓担"的神话，居然打倒了后来无数的团圆《红楼梦》，居然替中国文学保了一部有悲剧下场的小说！

胡适 《〈红楼梦〉考证（改定稿）》

胡适对高鹗的评价是全面的、正确的！这是他悟读《红楼梦》、理解其真谛的结果，是学者的胸怀。我们对高鹗应该放弃"文革"中惯用的"阉割"、"篡改"、"蹂躏"、"扼杀"、"愚弄"等极端斗争性的用语，对高鹗不必有那么大的深仇大恨，事情过了头，让人有作秀之惑，就成了《红楼梦》中的贾化（假话）。如果有所气愤，极左思潮才是造成红学研究巨大破坏的根源，愤恨极左思潮才对！

我以为胡适"考证"学方向是对的，但路线较窄，因为"著者"和"本子"的研究毕竟是少数人的事情。当然受材料的局限，诸如胡适的"曹雪芹的自叙传""带一点自传性"说、"脂本的文字胜于各本"说等未必恰当，但这都是各抒己见。蔡元培讲：

"惟吾人与文学书，最密切之接触，本不在作者生平，而在其著作。

著作之内容，即胡先生所谓'情节'者，决非无考证之价值。"❶

　　蔡先生重视《红楼梦》原著的思想性是正确的，索隐的本身并无错误，问题是索隐什么。"情节"的索隐不应是穿凿附会的与现实对号入座。我以为《红楼梦》文化源头的索隐才是最重要的，因为这是对《红楼梦》伟大品位的指归，只有此，才能使红学成为真正"大家"的红学，学习传统文化的红学，又是有深度的红学。

　　1962年2月24日，蒋中正在胡适去世后，亲自送挽联：

　　　　新文化中旧道德的楷模

　　　　旧伦理中新思想的师表

　　蒋中正颁布褒扬令，赞誉他"忠于谋国，孝以事亲，恕以待人，严以律己，诚以治学，恺悌劳谦，贞坚不拔"，皆很确切，而他考证红学中的儒风，正是他人品写照的一个侧面。

---

❶ 蔡子民《〈石头记索隐〉第六版自序》

46. 曹雪芹"白傅"诗句和敦诚"李贺"、"刘伶"诗句

《红楼梦》引起世人的极大兴趣,由此红学,又引发出相应的曹学。孔子"述而不作"(《论语·述而》),老子留世不过五千言,禅宗"不立文字",圣人超凡脱俗的处世态度显然影响了曹雪芹。曹雪芹仿效圣贤,大著只留姓名,这使世人对曹雪芹这位文学巨擘知之甚少。就其遗作而言,除《红楼梦》外,确切知道的,恐怕只有"白傅诗灵应喜甚,定教蛮素鬼排场"两句,即使这两句,发现也非易事,胡适先生经历了一番周折。

据胡适先生 1922 年做的《〈红楼梦〉考证(改定稿)》载:

杨(钟羲)先生编有《八旗文经》六十卷,又著有《雪桥诗话》三编,是一个最熟悉八旗文献掌故的人。他在《雪桥诗话续集》卷六,页二三,说:敬亭(清宗室敦诚字敬亭)……尝为《琵琶亭传奇》一折,曹雪芹(霑)题句有云"白傅诗灵应喜甚,定教蛮素鬼排场。"

这里"尝为《琵琶亭传奇》一折"句意不甚明了,"为"似当"作"!胡适接着写到:

敦诚字敬亭,别号松堂,英王之裔。他的轶事也散见《雪桥诗话》初、二集中。他有《四松堂集》诗二卷,文二卷,《鹪鹩轩笔尘》一卷。他的哥哥名敦敏,字子明,有《懋斋诗钞》。我从此便到处访求这两个人的集子,不料到如今还不曾寻到手。我今年夏天到上海,写信去问杨钟羲先生,他回信说,曾有《四松堂集》,但辛亥乱后遗失了。

胡适先生继续寻找《四松堂集》,功夫不负苦心人,他在 1922 年做的《跋〈红楼梦〉考证》中写到:

我那时在各处搜求敦诚的《四松堂集》,因为我知道《四松堂集》里一定有关于曹雪芹的材料。我虽然承认杨钟羲先生(《雪桥诗话》)确是根据《四松堂集》的,但我总觉得《雪桥诗话》是"转手的证据",不是

46. 曹雪芹"白傅"诗句和敦诚"李贺"、"刘伶"诗句

"原手的证据"。不料上海北京两处大索的结果，竟使我大失望。到了今年，我对于《四松堂集》，已是绝望了……

今年四月十九日，我从大学回家，看见门房里桌子上摆着一部褪了色蓝布套的书，一张斑驳的旧书签上题着"四松堂集"四个字！我自己几乎不信我的眼力了，连忙拿来打开一看，原来真是一部《四松堂集》的写本！这部写本确是天地间唯一的孤本。因为这是当日付刻的底本，上有付刻时的校改，删削的记号。——我这时候的高兴，比我前年寻着吴敬梓的《文木山房集》时的高兴，还要加好几倍了！

卷首有永恚（也是清宗室里的诗人，有《神清室诗稿》），刘大观、纪昀的序，有敦诚的哥哥敦敏作的小传。全书六册，计诗两册，文两册，《鹪鹩庵笔尘》两册。《雪桥诗话》，《八旗文经》，《熙朝雅颂集》所采的诗文都是从这里面选出来的。

由此可见胡适先生考证的艰辛，正是由于这种艰辛，才发现有关曹雪芹的新资料，这说明胡适也是《曹》学的奠基人。据清代与曹雪芹关系密切的敦诚《鹪鹩庵杂志》载：

余昔为白香山《琵琶行》一〔拆〕（折），诸君题跋，不下诸十家。曹雪芹诗末云："白傅诗灵应喜甚，定教蛮素鬼排场。"亦新奇可诵。曹平生为诗，大类如此，竟坎坷以终。余挽诗有"牛鬼遗文悲李贺，鹿车荷锸葬刘伶"之句，亦驴鸣吊之意也。

显而易见，杨钟羲《雪桥诗话续集》中"尝为《琵琶亭传奇》一折"之句，恰由《鹪鹩庵杂志》"余昔为白香山《琵琶行》一〔拆〕（折）"而来，其完整句意似为："余（敦诚）昔为白香山《琵琶行》感发而作《琵琶亭传奇》一折。"另，"曹雪芹诗末云"，可见"末"前还有诗句，但可惜不得而知了。

《辞源》解释"排场"一词云："剧场舞台；剧中情节。"清代曹霑题敦诚《琵琶行》："白傅诗灵应喜甚，定教蛮素鬼排场。"见敦诚《鹪鹩轩笔尘》。

杨钟羲言曹雪芹为敦诚《琵琶亭传奇》所题二句诗，还是《辞源》言为敦诚《琵琶行》所题二句诗？由于本人未见《四松堂集》产生疑惑。看似曹雪芹为敦诚《琵琶亭传奇》所题为对。《辞源》云"琵琶亭"："唐代

白居易送客湓浦口，夜闻邻舟琵琶声，做琵琶行，后人因以名亭。"《唐诗三百首》就收有白居易所作七言古诗 612 字的《琵琶行》，此诗中有"此时无声胜有声""同是天涯沦落人，相逢何必曾相识""春江花朝秋月夜"等佳句。而敦诚《琵琶亭传奇》当在琵琶亭因白居易《琵琶行》而感发，《琵琶亭传奇》为诗作主题，此诗当收录在《鹪鹩轩笔尘》里，曹雪芹正是为此诗而题"白傅诗灵应喜甚，定教蛮素鬼排场"。

白傅，即白居易。唐代文宗开成初，白居易受同州刺史，白未拜受，改太子少傅。后来诗文中常称白居易为白傅。宋代范仲淹《范文正公集二和葛闳寺丞接花歌》有句"西都尚有名园处，我欲抽身希白傅。"

"蛮素"为白居易的两个侍女名字的简称，蛮为小蛮，素为樊素，白居易有诗句"樱桃樊素口，杨柳小蛮腰。"袁枚《随园诗话·卷四·二十》讲："白居易有诗'杨柳小蛮腰。'这是妓女的名字。后来他在《寄禹锡》的诗中写道：'携将小蛮去，招得老刘来。'自己作注说：'小蛮，是酒器。'竟然有两种解释。"诗中的小蛮是一女子无疑。这两句的意思是：作为诗灵的白居易非常高兴，一定会叫蛮、素排演鬼戏。白居易为什么会高兴呢？为什么会让蛮、素演鬼戏呢？当然这都是曹雪芹的设想，恐怕敦诚《琵琶亭传奇》写得很生动感人，也可能涉及平定了安史之乱后想必是白居易高兴心态的一种体会。总之曹雪芹对敦诚之作做了赞扬。胡适《〈红楼梦〉考证（改定稿）》评曹雪芹这两句诗："单看这两句，也就可以想见曹雪芹的诗大概是很聪明的，很深刻的。敦诚弟兄比他做李贺，大概很有点相像。"

敦诚《鹪鹩轩笔尘》里提到："余挽诗有'牛鬼遗文悲李贺，鹿车荷锸葬刘伶'"之句，胡适先生注明："杨钟羲先生从《笔尘》里引入《诗话》，杨先生也不曾见此诗全文。"敦诚"鸣吊"全诗如何？据悉《挽曹雪芹（甲申）》全诗如下：

挽曹雪芹（甲申）

四十年华付杳冥　　哀旌一片阿谁铭
孤儿渺漠魂应逐[1]　　新妇飘零目岂瞑

---

[1] 句后有（前数月，伊子殇，因感伤成疾）语。

46. 曹雪芹"白傅"诗句和敦诚"李贺"、"刘伶"诗句

牛鬼遗文悲李贺　　鹿车荷锸葬刘伶
故人惟有青衫泪　　絮酒生刍上旧坰❶

据胡适讲，这首诗在《四松堂集》写本上。后来胡适又得到蔡元培送来的《四松堂集》刻本。《四松堂集》底本、刻本至今还有吗？这些都是胡适收存的重要文献。胡适去台前留有120箱的文物，装箱未及带走。

李贺，字长吉。中唐独树一帜的诗人，深受韩愈赞赏，诗情浪漫，富于创造，善于运用神话传说，构思奇特，作品别具一格。"天若有情天亦老"诗句，就出自他作的《金铜仙人辞汉歌》。《红楼梦》第七十八回，众清客称赞宝玉作诗先考虑体式，就提到"或拟李长吉《会稽歌》"。李诗缺点是诗意晦涩，不易理解。

刘伶，字伯伦。晋代沛国人。与阮籍、嵇康、山涛、子期、阮咸、王戎，被时人称为竹林七贤。他纵酒放达，乘鹿车，携一壶酒，使人荷锸（拿铁锹）相随，说死便埋我。嗜酒，著《酒德颂》。自讲"唯酒是务，焉知其余"。后世以刘伶为蔑视礼法、纵情饮酒、逃避现实的典型。李贺《歌诗编·四·将进酒》有句："劝君终日酩酊醉，酒不到刘伶坟上土。"《晋书》、《世说新语·任诞》对其有载。《红楼梦》第二回，贾雨村讲，"残忍乖僻之气"和"灵秀之气"相遇，"使男女秉此气而生者"，必为"奇优名倡"中就提到刘伶。

敦诚以曹雪芹来比拟李贺、刘伶，这是《易》道以人比人的设象。嗜酒，无疑这是曹公和刘伶的共同爱好，均有据可证；至于诗作风格，对敦诚的比喻，胡适评价得很准确：在某些方面曹公"大概很有点像"李贺，如在"诗情浪漫、富于创作"上。但曹公诗作以服务小说为前提，创作难度更大，有适于广大读者的轻巧通俗，更具有艺术的优美。这正是

七律绝

敬亭拟句忆曹公　　比兴乐天全是情
奇气凝诗追李贺　　豪心嗜酒赛刘伶

---

❶ 刍：chú，繁体为芻，喂牲口的草。坰：jiōng，野外。

47. 涉及红学的"批评"与"评批"

近半个世纪,"批评"一词,由指出优点和缺点的两面含义向只言缺点、错误的一面含义转化,由褒贬兼顾转化到了只是贬。如,某某受到严肃的批评,某某作了深刻的自我批评。这里的"批评",只能是言"过",不能摆功,不然就是不老实。更有甚者,便是"以守为攻"的假检讨了。这种词义应用简单化的状况,从文字学角度讲,实际上是批评者不了解"批评"一词本身为中性词汇所至。《红楼梦》第十九回,宝玉编典故"香芋",先说"扬州有一座黛山,山上有个林子洞",黛玉听了不信,宝玉道:"天下山水多着呢,你那里知道这些不成?等我说完了,你再批评。"显而易见这里的"批评"即是中性的评论。

"批评"一词是"批"和"评"两字的组合词。从形式而论,"批",《辞源》云:"示也。"是指手书的指示性、判定是非点睛的文字,故偏旁从"手"。"批"示一般达意简练概括。"评",是口述的、判定是非的论述,故偏旁从"言"。"评"论的文字较多,达意充实完整。从内容而论,无论"批"或"评",都是褒贬好坏兼有,并非只是贬、只言坏的一面。"批评"作为注释文章的形式,出现的时间很久远。从中国文化源头的《四书五经》问世后,在"经"的字里行间加注释,至晚在宋元已成为时尚,这种注释的形式正是以后"评批"的滥觞。

《红楼梦》是文学艺术的巨著,其中包括对汉字楷模性的运用,从来没有什么著作像《红楼梦》那样,要根据不同版本逐字考究,选字造句达到作格律诗炼字的水平。从《石头记》问世的开始,就伴随着脂评。自程高版百二十回的《红楼梦》问世,招致更多的批评本。如《新增批评绣像红楼梦》、《批评新奇绣像红楼梦》等。显而易见,"批评"不仅为读者加深理解《红楼梦》起到了指示作用,同时也为形成红学奠定了学术基础。这种"批评"不仅不是贬,而且多为辅助性的解释、赞扬的褒。当然其中不乏巨眼为了原著的完善而"摘误"的找出差错。褒为主流，贬为支节。如果以今天对"批评"一词的理解，看待诸多带有"批评"的《红楼梦》书目，错误地认为是对《红楼梦》的大批判，是口诛笔伐，那就谬之千里了。由于"批评"本是"批"和"评"的组合词，为了突出"批"和"评"的各自字义、特点，还有若干带批评的《红楼梦》版本，索性将书题上"批评"分开，使"批"和"评"的特色更鲜明。如《增评加批金玉缘图说》、《评注加批红楼梦全传》等。分言"批"、"评"的重要还可见有关"批评"《红楼梦》的书目，有的版本书目只言"批"，如《绣像全图增批石头记》。有的只言"评"，如《妙复轩评石头记》、《增评补图石头记》、《脂砚斋重评石头记》等。"批"、"评"的实质都是不同形式的为原著作注释，有的《红楼梦》版本，直接把"注"加入书名，如《增评加注全图红楼梦》、《评注加批红楼梦全传》等。在此我们不仅对"批评"一词的词义作了解释，实际上也对带有批评的《红楼梦》版本书目作了一些介绍，因为批评本是红学宝贵财富的一部分。

"批评"一词由中性的词汇走向贬义，是阶级斗争为纲的观念反映在用语上的一种偏见。20世纪中叶以后，只能出版不带批评的《红楼梦》白话简本，趣味性大减。当偏激的观念被否定之后，人们应该追求用语的正确含义。

用词量的减少、词义运用的简单化不是一个好的趋势，它是思维情感简单化的象征，直接的恶果是文学艺术的衰落。《红楼梦》的绝后就是明证。恢复清代带有评批的《红楼梦》的再版，不仅对全面地、正确地理解"批评"一词有益，避免"批评"一词的偏用，更有利于当代读者吸收前人的思维成果，有利于传统文化的传承。鉴于长期偏颇理解"批评"一词的现实，"批评"又是"批"与"评"的组合词，在涉及《红楼梦》的批评领域，今人不妨颠倒"批评"一词为"评批"，突出它的评论词义，减低、消除极左思潮"斗"的成分，加强、增大学术讨论的成分，这对繁荣红学将是有益的。《红楼梦》是一部好书，对于好书的研究，就应用响亮、明确的现实词汇。

48. 诗评是红学带有文学艺术性的评批流派

诗评是指用诗词来评批《红楼梦》，即使是对《红楼梦》中的诗词，也是采用诗词的形式评批。

我国诸多历史小说名著，如《三国演义》、《西游记》、《水浒》、《东周列国志》等等，小至章回，大至全书，篇章的开端多有一首诗词冠首做批评，因为诗词有极强的概括性，这就是诗评。《红楼梦》亦如此，在发现最早的脂评《甲戌本》，开篇第一回回前的脂评《凡例》中，就有一首诗作书括评结：

　　　　浮生着甚苦奔忙　　盛席华筵终散场
　　　　悲喜千般同幻渺　　古今一梦尽荒唐
　　　　谩言红袖啼痕重　　更有情痴抱恨长
　　　　字字看来皆是血　　十年辛苦不寻常

由这首可能是脂砚斋所作的七律可以说明诗评从《石头记》问世的开始就相伴而生。这首七律冠《红楼梦》全书之首，尤见此诗评的显赫地位。评批在红学中的重要性不言而喻，而诗评是评批中的精华。诗评特点在红学中的表现更为突出，这种现象是和《红楼梦》原著重视诗词的倾向一致的。诗评是红学重要的组成部分和带有文学艺术性的评批流派，已成为独立的红学评批体系，但是过去并未称诗评为流派。

就诗评的范畴内容而论，红学的诗评大致可分为如下四大类：

一、脂评《石头记》手抄本诗评，可简称脂评本诗评

现存前八十回脂评《石头记》十二种手抄本，有十种有脂评。作为诗评的版本更少。除脂评己酉本前有舒元炜一首《沁园春》之外，汇集五种

48. 诗评是红学带有文学艺术性的评批流派

脂评本《石头记》四十七回的诗评总计 67 首。其中诗 47 首，词 20 首。这 67 首诗词除脂评己卯本第三十二回回前借明代汤显祖 1 首七绝知名，脂评戚序本第四十一回回前 1 首七绝的诗后有"立松轩"三字可当为此诗署名外，其余诗词作者皆不知名姓。但即为脂评本，这些诗当为脂砚斋的诗评。脂评庚辰本第二十一回回前有注"失其姓氏"的 1 首七律：

    自执金矛又执戈　自相戕戮自张罗
    茜纱公子情无限　脂砚先生恨几多
    是幻是真空历过　闲风闲月枉吟哦
    情机转得情天破　情不情兮奈我何

此诗后还有一段文字："凡是书题者不〔可〕（少），此为绝调。诗句警拔，且深知拟书底里，惜乎失〔石〕（名）矣。"这首诗特别注出"失其姓氏"，反证其余诸诗词恰知姓氏，即脂砚斋也。这首七律不但重要，也揭露出其他诗词的作者和作脂评的当为同一人。

脂评《戚序本》载评批诗词最多，多在原著回前回后。第四回回前有 1 首七律：

    阴阳交结变无伦　幻境生时即是真
    秋月春花谁不见　朝晴暮雨自何因
    心肝一点劳牵恋　可意偏长遇喜嗔
    我爱世缘随分定　至诚相感作痴人

脂评《戚序本》第十八回回前有一首七律：

    一物珍藏见至情　豪华每向闹中争
    黛林宝薛传佳句　《豪宴》《仙缘》留趣名
    为剪荷包绾两意　屈从优女结三生
    可怜转眼皆虚话　云自飘飘月自明

脂评甲戌本除开篇的那首七律外，第七回、第八回回前各有七绝 1 首。己卯本也有 3 首诗评：第六回、第十七回回前各有五绝 1 首，第三十二回回前有七绝 1 首。脂评庚辰本有 2 首诗评：第十三回回前有五绝 1 首，第二十一回回前有七律 1 首。脂评戚序本回前回后诗最多，共有 38 首。脂评列藏本载诗最少，只有第六十四回回前五古 1 首。

就诗类而论，七律共有 4 首：脂评甲戌本、脂评庚辰本各 1 首，脂评戚序本 2 首。七律字数最多，故多评全书、重要章回。七绝是诗中的精华，最宜做一事一人评，故七绝达 33 首。此外有五古 2 首、五绝 6 首。有趣的是脂评戚序本第二十九回、第三十回后，各有 1 首四言四句诗。关于脂评本诗评情况可见下文中各脂评本汇集诗评类型数量一览表。

至于"词"评 20 首全为脂评戚序本所载。采用最多的词牌是 6 首《西江月》：计有第三回（2 首）、第七回、第二十回、第二十二回、第七十九回回前的词。另有 2 首《浣溪纱》：第三十七回回后、第四十八回回前。另有 1 首《如梦令》：第四十五回回前。还有若干词查不到词牌或曰无词牌。词为诗余，词牌多达上千种，多为首作者而立，后作者为何不可创新？故将脂评戚序本评批带有词性的长短句亦可作词看。

二、曹雪芹、高鹗亲朋诗评

1. 先谈曹雪芹

这是指和曹雪芹关系极为密切亲朋诗作，主要是敦诚、敦敏兄弟及张宜泉的诗作，数量不及 20 首。此类诗评是获悉曹雪芹信息的重要资料。重要诗句如下：

敦　诚

残杯冷炙有德色　不如著书黄叶村

《寄怀曹雪芹（沾）》

满径蓬蒿老不华　举家食粥米常赊

《赠雪芹圃（即雪芹）》

曹子大笑称快哉　击石作歌声琅琅

《佩刀质酒歌》

孤儿渺漠魂应逐　新妇飘零目岂瞑
牛鬼遗文悲李贺　鹿车荷锸葬刘伶

《挽曹雪芹（甲申）》

48. 诗评是红学带有文学艺术性的评批流派

敦　　敏

秦淮旧梦人犹在　燕市悲歌酒易醨

（芹圃曹君（霑）别来已一载余矣。偶过明君（琳）养石轩，隔院闻高谈声，疑是曹君，急就相访，惊喜意外，因呼酒话旧事，感成长句）

醉余奋扫如椽笔　写出胸中块垒时

《题芹圃画石》

寻诗人去留僧舍　卖画钱来付酒家
燕市哭歌悲遇合　秦淮风月忆繁华

《赠芹圃》

诗才忆曹植　酒盏愧陈遵

《小诗代简记曹雪芹》

逝水不留诗客杳　登楼空忆酒徒非

《河干集饮题壁兼吊雪芹》

张　宜　泉

寂寞西郊人到罕　有谁曳杖过烟林

《和曹雪芹西郊信步憩废寺原韵》

羹调未羡青莲宠　苑召难忘本立羞

《题芹溪居士》

从这些诗句中，可感觉到曹雪芹是位喜酒、性格豪放、有骨气、有才华的诗人。他经历了家世由兴而衰的变迁，有过中年丧子的悲痛，他晚年贫困、孤寂，在京西黄叶村作画为生，写作《石头记》。敦诚、敦敏弟兄与曹雪芹关系密切，感情真挚，他们的诗作为后人了解曹雪芹提供了可贵的信息，这些诗作的真实性价值是后人诗作无法比拟酌。

2. 因《红楼梦》有续部，诗评必然涉及续作者高鹗

高鹗为清代乾隆六十年的进士，有诗才，著《兰墅诗抄》、《砚香词》等，由此，自然又有高鹗亲朋的诗评。如清代著有《船山诗草》的大诗家张问陶是高鹗的大舅子，但因其妹饮恨而终，张问陶很少和高鹗唱和。他的《冬日将谋乞假出齐化门哭四妹筠墓》七律 4 首从侧面提供了有关高鹗的信息。尽管如此，张问陶亦有《赠高兰墅（鹗）同年》七律 1 首，使我们确知后四十回《红楼梦》确系"俱兰墅所补"。除此之外，清代薛玉堂《兰墅文存题词》有五律 2 首等。这些诗评无疑是了解续作者高鹗的重要资料。正是由于诗词的存在，诗词的记史作用充分显示出诗评在红学中的重要地位。

三、百二十回批评本的诗评

百二十回《红楼梦》的问世，引发了脂评本以后诸多的批评本，这是红学的一大发展。在诸多的批评本中，既有配图（绣像）的题诗，往往卷首又有诸多集中的诗评。如《增评补图石头记》中，有《大观园影事十二咏》、《周绮题词》（七绝 10 首）。这些诗评是针对《红楼梦》小说中的人事而引发，是文学艺术性的升华。比较之，这类诗评艺术性较高，且更有欣赏性。

四、读者类诗评

《红楼梦》面对的是广大读者，因此读者不仅仅是《红楼梦》的欣赏者，也是参与者，读者的诗评不仅是大量的，其思想性、艺术性也有一定的水准。如清代永忠《因墨香得观红楼梦小说吊雪芹》七绝 3 首，清代富察明义《题红楼梦》七绝 20 首等。读者参与最为明显的表现是将《红楼梦》搬上舞台，成为戏曲，这台词往往是根据《红楼梦》原著再创作的台词。如陈仲麟《红楼梦传奇》内容皆为词作。在昆曲中，涉《红楼梦》剧目的台词生动优美，也可看成内容不同的诗评，因为尽管是忠实于原著的演出，也不能不带入再创作者的思维情感、文学艺术的新色彩。今人周汝昌为《清代孙温绘全本〈红楼梦〉》题画诗 230 首，余《诗评易注红楼梦》一书诗评 664 首，皆属此类。

百二十回批评本的诗评和读者的诗评虽然不及脂评本诗评、曹雪芹亲

48. 诗评是红学带有文学艺术性的评批流派

朋的诗评、高鹗亲朋的诗评显示出与作者密切的关系，但可随时生发，文学艺术性较高，因此有更多的文艺欣赏性。有关红学的诗评，具有诗词的一切作用和特性，是探讨红学思想性的艺术体现，因此是红学宝贵的文化遗产。遗憾的是，由于传统文化的破坏，传统文化的传承受到很大影响，不仅评批断代，诗评更是鲜见，这是令人痛心的。红学的发展，是离不开评批的，作为高层次的诗评也应是繁荣的。收集、整理、出版红学诗评，不仅是红学资料的收集，也是涉及红学文学、艺术、历史的一件大事，应该引起重视，也必将受到读者的欢迎！

附：

各脂评本汇集诗评类型数量一览表 （1）

序号	原著回	版本、诗类、数量	序号	原著回	版本、诗类、数量
1	一	甲戌回前：七律1首	25	二十八	戚序回后：词1首
2	二	戚序回后：七绝1首	26	二十九	戚序回后：诗1首（四言四句）
3	三	戚序回前：词2首 七绝1首	27	三十	戚序回后：诗1首 （四言四句）
4	四	戚序回前：七律1首 七绝1首	28	三十二	己卯回前：七绝1首 戚序回后：七绝1首
5	五	戚序回前：词1首 七绝1首	29	三十三	戚序回前：词1首 戚序回后：词1首
6	六	己卯回前：五绝1首 戚序回前：七绝1首	30	三十四	戚序回前：词1首
7	七	甲戌回前：七绝1首 戚序回前：词1首	31	三十五	戚序回前：七绝1首
8	八	甲戌回前：七绝1首 戚序回前：七绝1首	32	三十六	戚序回前：七绝1首

续表

序号	原著回	版本、诗类、数量	序号	原著回	版本、诗类、数量
9	十	戚序回前：七绝1首	33	三十七	戚序回前：五绝1首 戚序回后：词1首
10	十一	戚序回前：七绝1首	34	三十九	戚序回前：七绝1首
11	十二	戚序回前：七绝1首	35	四十	戚序回前：七绝1首
12	十三	庚辰回前：五绝1首 戚序回前：七绝1首	36	四十一	戚序回前：七绝1首
13	十五	戚序回前：七绝1首	37	四十二	戚序回前：七绝1首
14	十六	戚序回前：七绝1首	38	四十三	戚序回前：七绝1首
15	十七	己卯回前：五绝1首 戚序回后：七绝1首	39	四十四	戚序回前：词1首 戚序回后：七绝1首
16	十八	戚序回前：七律1首	40	四十五	戚序回前：词1首
17	十九	戚序回前：七绝1首	41	四十六	戚序回前：五古1首
18	二十	戚序回前：词1首	42	四十七	戚序回前：词1首
19	二十一	庚辰回前：七律1首 戚序回后：七绝1首	43	四十八	戚序回前：词1首
20	二十二	戚序回前：词1首	44	五十四	戚序回前：七绝1首
21	二十三	戚序回前：五绝1首	45	六十四	列藏回前：五古1首 戚序回后：七绝2首 词1首
22	二十五	戚序回前：词1首 戚序回后：七绝1首
23	二十六	戚序回前：词1首 戚序回后：词1首	46	七十	戚序回前：七绝1首
24	二十七	戚序回后：七绝1首 五绝1首	47	七十九	戚序回前：词1首

(2)

类型		版本					合计	总计
		甲戌	己卯	庚辰	戚序	列藏		
类型	诗	3	3	2	38	1	47	67
	词		20		20			

48. 诗评是红学带有文学艺术性的评批流派

（3）

诗类	七律	七绝		五古	五绝		四言四句诗	合计
数量	4	33		2	6		2	47
版本	甲戌1 庚辰1 戚序2	甲戌2 己卯1	戚序30	戚序1 列藏1	己卯2	庚辰1 戚序3	戚序2	

49. 首开《易》理评批先河的太平闲人张新之

清代太平闲人张新之，以《易》理为根据的《妙复轩评〈石头记〉》是清代最有影响的三位评批家——太平闲人张新之，护花主人王希廉，大梅山民姚燮——之一，他的评批本一经问世，风行海内外，影响很大。

据为该评本作序的清代五桂山人讲：

岁辛丑，客莆田，张新之至自京，落拓湖海，一穷人也。既察之，觉放旷不羁中，却恬退安定。其自号太平，有以夫！遂乐与谈，风晨月夕无不俱，十三经二十一史，滔滔然，渊渊然，互相考，所见大致不径庭，而其谐可喜，其憨可畏也。……

由此，我们可洞悉自号太平闲人张新之的点滴情况：辛丑年，即清道光二十一年、公历 1841 年，客居莆田的五桂山人，见到自京落拓而至的张新之，张是一穷人。觉察他的性格放旷不羁，但修养恬退安定，学识渊博，于是五桂山人喜欢与张交往，风晨月夕无不俱。两人谈经论史，滔滔不绝。观点相合，同气相求。且张和谐之情令人喜，憨直之性令人畏！对于《红楼梦》，五桂山人本不喜欢，觉其"淫靡烦芜"，从而"尤鄙之"，遇有大庭广众谈论《红楼梦》，则"洗耳退"！但是当张以其评批的前二十回《红楼梦》，多少带有点强迫性的"捉余（五桂山人）读"后，五桂山人观点大变，"遂因新之之所好而好之"，继而"转有甚惜其（新之）耽逸喜游，嗜酒多睡，评甫（才）廿余卷（回），其将何日（完）成？"由此可知五桂山人由厌《红楼梦》转而知其珍贵，尤其对张新之以《易》作评批深感兴趣。到了甲辰年，即清道光二十四年、公历 1844 年，在张新之返京时，已评批完五十卷（回）。张归京后，两人始终保持联系，"未尝不以《红楼》评（批）为勉勖"。又过四年，两人喜重逢，更喜的是张新之已评批完八十卷（回）。两人同游台湾期间，张新之边游览，边评批。在五桂山人的督促下，仅用一年终于"百二十回（评批完）竟脱稿"。这就

49. 首开《易》理评批先河的太平闲人张新之

是张新之以《易》理评批《石头记》的经过见表。

表 太平闲人张新之评批时间表

评批回数	时 间		历时	地点
1~20	戊子 道光八年 公历 1828 年	辛卯 道光十一年 公历 1831 年	3	黑龙江
1~20	辛卯 道光十一年 公历 1831 年	庚子 道光二十年 公历 1840 年	10	似在北京
21~50	辛丑 道光二十一年 公历 1841 年	甲辰 道光二十四年 公历 1844 年	3	福建莆田
51~80	甲辰 道光二十四年 公历 1844 年	戊申 道光二十八年 公历 1848 年	4	北京
81~120	戊申 道光二十八年 公历 1848 年	己酉 道光二十九年 公历 1849 年	1	台湾

张新之在《妙复轩评〈石头记〉自记》中说："闲人自幼喜读《石头记》。"从清代道光戊子（1828 年）至辛卯（1831 年）他客居黑龙江都护署，"心定神闲"评批《石头记》二十回。在辛卯春，他将评批稿借与铭东屏阅读三个月，"屡索未还"，"从此不知所终"。从辛卯至庚子（1840 年），张新之"阅八岁庚子"，"是书未尝一日离"，此时又重新评批《红楼梦》前二十回。庚子，张新之"作南游"，第二年辛丑（1841 年）到福建莆田，见到五桂山人，出示前二十回的评批稿，从此"评复起"。从辛丑（1841 年）至甲辰（1844 年），历时三年，在莆田三载评批了三十回；自莆田回京四年评批了三十回；又去在台湾一载，评批进展快速，亦评批四十回。至此，百二十回的《红楼梦》评批脱稿。耗时所加达十多年之久，五桂山人云：

"噫嘻！以数十年未成之书，而一旦（评批）成之，洗作者蒙不洁，而新读者之耳目,换读者之心思,于以破撮戏法者之包藏诀,举平日所为慕者、所为□者、所为喜者、所为怒者,不拍案叫绝而各为愉快者乎?"

序中云"嘻!"可见当时之喜悦,以及张新之以《易》理评批之艰辛可见一斑。

曹雪芹《石头记》的问世,深受世人喜爱。但《增评补图石头记》姚燮眉批云:"真能读此书者,天下无几人耳。""读此书者入者多,悟者少。"另一位为《妙复轩评〈石头记〉》作序的清代孙桐生亦云:"是书之作,六十年来,无真能读、真能解者。"严格而论,对于《红楼梦》的博大精深,诸言皆不为过。正因此,张新之首开《易》理评批《石头记》的先河,为读者加深理解《红楼梦》做出可贵的贡献。《红楼梦》难知,以《易》评批亦不易;《红楼梦》创作"披阅十载",以《易》评批亦十载有余。张新之在《妙复轩评〈石头记〉自记》亦云:"是时谈(《红楼梦》)者多,而与闲人谈者则寥寥,以所见之违众也。"显见曲高和寡。

唐代大诗人孟浩然有诗句"人事有代谢,往来成古今"。即使是文学巨著《石头记》也不是无根之木,无源之流。因此,索隐它的文化源头才是最重要的。易理,儒理,道理,佛理……融会贯穿在《红楼梦》中,因为《红楼梦》本身就是按照中国传统文化精髓写成的一部演绎小说。离开了传统文化精髓的索隐、考证可谓缘木求鱼、本末倒置。清代章学诚讲"六经皆史,《易》之为源"。正因为张新之从易理的高度评批《红楼梦》,所以张新之《妙复轩评〈石头记〉》一经问世,便大受欢迎,这是它的根基决定的。

张新之最精彩的评批有两处:一是在《太平闲人〈石头记〉读法》最后部分,明示元春、迎春、探春、惜春之卦象,揭示贾府四春之名排列顺序及时序演贾府由兴而衰的易变趋势;另一处是张新之三年苦思而悟出刘姥姥演一《坤》卦,揭示《坤》之重要。除此之外,诸如林黛玉之木、薛宝钗之金、宝玉之土的五行定位;贾琏、鲍二妇演一《姤》卦,赖嬷嬷演一《否》卦都是醒人耳目之谈。似此"发其聩,振其聋"的精彩评批,令人拍案叫绝,足以增加读者对中华文明的敬仰。

我们不妨看看前人有识者对太平闲人张新之的评价。为《妙复轩评

49. 首开《易》理评批先河的太平闲人张新之

〈石头记〉》作序的清代紫琅山人云：

作者（曹公）洋洋洒洒千万言，一往天下后世之知者愚者，口之耳之目之，而其隐寓于语言文字之中，以待默会于语言文字之外者，又逆料天下后世必有人焉，能得其指归之所在。

……

先生（新之）于此书，如梦游先天后天图中，细缊化生，一以贯之，头头是道。著之于书，俾见者闻者，恍然神山之上，巨石洞开，睹列仙真面目，向之所见为瓦砾泥沙，颠倒而玩弄之者，一变而为宝藏光气，竦然以敬，怡然以解，心目皆快，渣滓去，嗜欲清，明善复初，见天地之心，此其时乎！

另一为《妙复轩评〈石头记〉》作序的清代鸳湖月痴子云：

（新之）不啻亲造作者（曹公）之室，日接作者之席，（代）为作者宛转指授，而乃于评语中为之微言之，显揭之，罕譬曲喻之。似作者无心于《大学》，而（新之）毅然以一部《大学》为作者之指归；作者无心于《周易》，而（新之）隐然以一部《周易》为作者之印证。使天下后世直视《红楼梦》为有功名教之书，有禅学问之书，有关世道人心之书，而不敢以无稽小说薄之，即起（《红楼梦》）作者于九京而问之，不引为千古第一知己，吾不信也。

毫无疑问，太平闲人张新之是《红楼梦》最好的指归者、有识者，是《红楼梦》作者的"千古第一知己"。就其评论价值而论，清代鸳湖月痴子将张新之和清代小说评批家金圣叹作了比较：

（太平闲人张新之）经以《大学》，纬以《周易》，较之金氏圣叹评《三国》、《水浒》、《西厢记》，似圣叹尚为其易，而闲人独为其难。何也？圣叹之评，但评其文字绝妙而已；闲人之评，并能括出命意所在。

清同治年间大兴的刘铨福是提供胡适《甲戌本》的人，他既看过《脂评甲戌本》，也看过太平闲人《妙复轩评〈石头记〉》，他对张新之的以《易》评批《石头记》也是肯定的。《甲戌本》上有他以"云客又记"注一跋："近日又得妙复轩手批十二巨册。语虽近凿，而与《红楼梦》味之亦深矣。"

今人魏同贤是文史的通才，他在《三家评批本》的前言中说："单就本书所辑评批而论，简直可以说是一座有待开采的宝贵矿藏。"

遗憾的是，多数的探讨《红楼梦》的学者不知《易》，而少数《易》学家则不研究《红楼梦》，因此尤显张新之评批之可贵。令人痛心的是，以《易》理研究《红楼梦》自清代以后已断代。

近半个世纪以来，传统文化的传承受到了极大的破坏，不仅未见一部新的评批见诸于世，前人有真才实学、真知灼见的评批本《红楼梦》也销声匿迹。对《易》的错觉，更是阻断了《易》评《红楼梦》的途径。直到20世纪80年代末，由上海古籍出版社出版了《三家评批本》的《红楼梦》，读者才有机会重见张新之的《易》评。尽管如此，乱给古人定性、下结论的歪风不绝，例如，对张新之说什么"并不是一个真正的理论家，他根本没有一套自成体系的、逻辑严密的理论"，不错，张新之没有发现什么理论，但是他运用了中国传统文化理论！理论是圣人们创造的，易理即理论，即逻辑，除此之外，不知还有什么理论、逻辑！四书五经是传统文化的精髓，也是《红楼梦》的根，张新之作了了不起的指归，正因此，《妙复轩评〈石头记〉》才受到广大读者的欢迎。

有感红学易评家

七律绝

先生浩气作评批　　以易开篇亦大奇

注著方家相会巧　　《红》坛从此展根基

附　录

勘疑与随想

　　《石头记》一书，结构缜密，它以中国传统文化精髓的易理、儒理筑基，故有大道之深邃。然而天地尚有缺陷，何况人事？《石头记》又何能十全十美？凡小说类，多有虎头蛇尾之通病，《石头记》一书落尘唯半，神龙见首不见尾。《石头记》既为小说，并非实迹，又何必认真较劲以求全？然《石头记》开创一门红学，又衍生出"曹"学，既为学问，就有精进之必要。《石头记》以大道见长，故受大众之瞩目，其不足之处必显。余爱此书，不愿是书有丝毫微尘。《石头记》百二十回本问世，《三家评批本》就有《护花主人摘误》一节附于书前，显露了清代红学评批家的两点论。这既是全面评价《石头记》一书价值之佐证，又显露古今挚爱此书者的同一心境。红学大家俞平伯晚年云："现在的评论，把曹雪芹和《红楼梦》捧得太高，好像没有任何缺点，其实不然，你细读前八十回，就会发现有很多问题。"俞平伯之论是读《红楼梦》深刻的认识，又是对当今炒作偏执之提醒。举例而言，《石头记》作者既奉脂砚之命改写秦可卿为病死，何至其判词附图仍是"上有一美人悬梁自尽"之暗示！是忘改之，还是不遵命耶？胡适考证红学，举例元春年龄之误，此等处皆是《石头记》的硬伤。除先人红学评批家诸多摘误之外，余举例若干，非是责难曹公，不敢言摘误，实为存疑之查询。

　　★第一回，书名其一为《情僧录》。僧者，皈依佛门之人。书中又云："因有个空空道人，……方从头至尾抄写回来，问世传奇。"道人，奉道之士。传述《石头记》之人是僧耶？道耶？看来僧即道，道即僧也。推之妙玉，其描写用语亦僧亦道，故岫烟说妙玉"僧不僧"可证。不知曹公同意余之拙见否？

又，栖身于葫芦庙靠"卖字撰文"为生的穷儒贾雨村，在甄士隐的资助下能赴神京"大比"，似乎少一句其"科举"制下的身份描述，没有举人的身份何能参加在都中的会试、殿试？

★第二回"冷子兴演说荣国府"明示贾府以"字"之偏旁部首而论辈分。贾雨村与贾府同姓、同宗、同谱。第一回云贾雨村，姓贾名化，表字时飞，别号雨村。其名贾化，"化"取偏旁"亻"，按其辈分，当为贾姓"代"字辈。贾府宁国公长子贾代化，一代而化，则"贾"化，正是雨村辈分之旁证，然而第十六回，正文云贾雨村"与贾琏是同宗兄弟"，不知怎么论的辈分？

★第五回，薄命司以"省"判定"金陵十二钗"，自然十二钗皆应和金陵有关。然唯秦可卿出身于"养生堂"，不知籍贯，且不可能在金陵"养生堂"；京都养父秦邦业亦不知籍贯。若以可卿嫁夫贾蓉而定，贾府在京都，老宅在金陵，以秦可卿为金陵女，显系勉强！

★第六回，狗儿道："这周瑞先时曾和我父亲交过一椿事。"后文从周瑞家口中补足坐实此事，正文云："周瑞家的听了，心想'只因她丈夫（周瑞）昔年争买田地一事，多得狗儿之力。'"周瑞是得狗儿之力，还是得狗儿之父王成之力？

★第十三回回目为"秦可卿死封龙禁尉"，此题因脂砚"姑赦之"可卿而改，改题确切之意，当为"秦可卿死，其夫贾蓉捐官龙禁尉"，所以改题后与内容不切：并非秦可卿死封龙禁尉！原题为"秦可卿淫丧天香楼"，很生动，很切内容，达意准确。清红评家陈其泰《红楼梦回目拟改》一文有道理，但未涉及此回回目。既改原题，此回目确义当改为"秦可卿托梦天香楼"！

★第十五回，王凤姐收贿银，凤姐道："这三千两银子不过是给打发去说的小厮们做盘缠，使他们赚几个辛苦钱。我一个钱也不要。"然而后文中云："（旺儿）连夜往长安县来。不过百里之遥，两日去来，俱已妥协。"由京都到长安县如此之近，与凤姐索银三千两做路费似不谐！凤姐之敲诈不至于有如此之托辞，为贾蓉买五品官才花银一千两！

又，第十五回，明言水月庵（馒头庵），"离铁槛寺不远"、"族中诸人，皆权在铁槛寺下榻，独凤姐嫌不方便，因遣人来和馒头庵的姑子净虚说了，腾出两间房子来做下处。"水月庵即馒头庵，书中明言"离铁槛寺不远"，显然是两处，凤姐受贿弄权明明在水月庵，何至回目为"王凤姐弄权铁槛寺"？

★第十六回，正文："先令匠役拆宁府会芳园墙垣楼阁。"第七十五回云"天香楼下箭道内"，到底建"省亲别墅"拆了天香楼否？第十六回明言拆"楼阁"，天香楼为贾珍、可卿有染之淫秽之地，当早已拆。拆"会芳"之园，是拆与芳之"会"，"会"在楼，能不拆楼？

★第三十回，"椿龄画蔷痴及局外"，书中云："宝玉用眼随着（龄官）簪子的起落，一直到底，一画一点一勾的，看了去数。一数十八笔，自己又在手心里，用指头按着他方才的规矩写了，猜是个什么字。写成一想，原来就是个蔷薇花的'蔷'字。"'蔷'字草头为六划，下面为十三划，共计十九笔，非十八笔，《辞源》如此！笔画计算应如此。

★第六十三回，在怡红院为宝玉过生日，玩掷骰抽花名签的游戏，书中详细的描写，有先后的顺序和所掷骰子显示的数字，从而涉及参与者的座次位置。此席计十六人，开始时，晴雯、宝钗、探春、李纨、黛玉、湘云、宝玉，掷点所得点数和书中情节的交代，使这七个人位置很清楚。但自湘云掷九点，书中云："数去该麝月"有误，因为这个位置已被晴雯所占，显系策划湘云掷点数有误，由此后面也都错。余书《诗评易注红楼梦》中有《漫谈抽花名签座次位置，及掷骰点数》一文，对湘云、麝月掷点数进行重新策划，充分利用了原来策划的香菱、黛玉掷点数，使之完美合理。

★第六十四回，正文："家家都上秋季的坟，林妹妹有感于心，所以在私室自己祭奠，取《礼记》春秋荐其时食之意。"《礼记·中庸》原文："春秋修其祖庙，陈其宗器，设其裳衣，荐其时食。"显见引文，并非原句，其间文字有删节。

★错别字之类，勘校如下：

第一回，"乱烘烘你方唱罢我登场"，第十三回，"乱烘烘人来人往，里面哭声摇山振岳。"其中之"烘",似当为"哄"字。

第四回,有句"这薛公子的混名";第六十五回,有句"二姑娘混名儿叫二木头","三姑娘的混名儿叫玫瑰花儿",其中"混"脂评庚辰本做"浑",这"混""浑"似当为"诨"。

又,门子道:"这四家,皆连络有亲,……。"其中,"连"似当为"联"。

第九回,贾政也掌不住笑了。其中"掌",似当为"撑"。

第十三回,"只见秦业",似当为"秦邦业",少"邦"字。脂评庚辰本亦作"秦业"。

第二十回,晴雯道:"便得罪了他(李嬷嬷),就有本事承任。"其中"任",似当为"认"字。

又,"那骰子偏生转出么来","么"最好用"幺"字。

第二十三回,"命太监夏忠到荣府下一道谕"、"夏忠去后",此"夏忠"和第十六回"都太监"夏秉忠可是一人?若是,似少"秉"字。脂评庚辰本作"夏守忠"。

第三十一回,麝月道:"我不可造这样孽!"其中"不可",似当为"可不"。

第三十七回,宝钗道:"你(湘云)如今把诗社别提起,只管普统一请。"其中"统",似当为"通"字。

又,(晴雯)又笑道:"你们别和我妆神弄鬼的"、第五十八回,"妆丑弄鬼的几年"、第六十九回,(凤姐)"自从妆病"等之"妆",似当为"装"字。

第三十四回,袭人道:"已后竟还叫二爷搬出园外来住就好了。"第四十三回,贾母道:"已后再私自出门,……"第五十八回,宝玉向袭人道:"已后不如你收了过来照管他,岂不省事?"其中"已",似当为"以"字。

第四十七回,"终久费了八百两银子",其中"久",似当为"究"字。又,宝钗忙劝道:"酒后反脸常情";其中之"反",似当为"翻"。

第四十八回,(平儿对宝钗)悄悄道:"姑娘可听见我们的新文了?"

其中"文",似当"闻"字。

第五十二回,"晴雯便一张一张拿来醒鼻子。""醒"似当为"擤"。

第五十八回,宝玉便就桌上喝了一口,说道:"好汤!"其中"汤"似当"烫"字,因后面有"吹吹"之举。"烫"可以涵盖着急、口馋之两状;"好汤"两字只能是口馋之一状。脂评《庚辰本》为"烫"。

第六十二回,香菱道:"一个剪儿一个花儿,叫做兰;一个剪儿几个花儿,叫做蕙。"其中"剪",似当"箭"字。

第六十七回,黛玉听了宝玉的话"也不好推,也不好任",其中之"任",似当"认"。

无论哪一种版本,《金陵十二钗》为五个书名之一,按孔祥贤的观点,是书作者为曹頫,编辑者为曹雪芹。而作者对《石头记》、《红楼梦》、《风月宝鉴》、《情僧录》均无疑义,唯独脂评《甲戌本》的《凡例》对《金陵十二钗》其名提出质疑,故孔祥贤认为此名为雪芹所拟。金陵十二钗皆是书中重量级人物,举足轻重,非同一般。清代《红》评家涂瀛《或问》评巧姐:"巧姐初不肯长,后长得太快。"余以为,巧姐事迹太少,凡涉及处皆被动所为,不足以入选。考金陵十二钗女子之所出,有贾家、史家、王家、薛家,还有林家、李家。莫如补入邢家或尤家,邢岫烟或尤三姐的事迹比巧姐突出生动得多,当然判词、红楼曲都要作相应改动,这只是和曹公神交的一点意见。

曹雪芹以上疏漏,有的只需要多说一句话或改一字就可解决矛盾。尽管有此勘疑,但无须改动,包括错字,因为要尊重版本的原貌。其实清代《红》评批家有时亦有差错;如《三家评本》第三十一回,太平闲人夹批:"是书自赞,又是《孟子》'动心'章。"其中"动",似当为"尽"。

《红楼梦》的构思是一部庞大的系统工程,数百万言小说,加之传抄、修改,无差错几乎是不可能的。由《红楼梦》而产生红学,且不说观点,就是引典、引史文字也是差错不断。举例,胡风《〈石头记〉交响曲》小册子序言云:

《红楼梦》一书,我最早是在一九二一年上中学时寒假中匆匆地读过一遍,那是有金圣叹批语的旧版本。

这是胡风开篇的第一句话，此论让人大不解：金圣叹（1608—1661），在金圣叹死后五十多年才有曹雪芹（1715、1724—1763、1764）；死后九十多年才有最早的甲戌本（1754年），金圣叹死后还能读书、批书吗？为证明金氏不能死而复生读书、批书，可找几位清人证明此事，清代鸳湖月痴子《妙复轩评石头记·序》云：

然太平闲人乃正于此中得间，为一二拈出，经以《大学》，纬以《周易》，较之金氏圣叹评《三国》、《水浒》、《西厢记》，似圣叹尚为其易，而闲人独为其难。何也？圣叹之评，但评其文字之绝妙而已；闲人之评，并能括出命意所在。

显见，金圣叹未批过《红楼梦》！

清代邱炜蓤《菽园赘谈·金圣叹批小说说》云：

吾人所见小说，自以曹雪芹《红楼梦》位置为"第一才子书"为最的论。此书在（金）圣叹时尚未出世，故圣叹不得见之，否则，何有于《三国志演义》？彼《三国志演义》者，《西游记》其伯仲之间者也。

可见金氏未赶得上看《红楼梦》。胡适《考证〈红楼梦〉的新材料》一文，谈到他收藏的《脂批甲戌残本》上，有原藏书人刘铨福一跋云：

如《红楼梦》实出四大奇书之外，李贽、金圣叹皆未曾见也。戊辰秋记。

余可以肯定金圣叹未见过《石头记》，即《红楼梦》。近五十年来，红学经历了阶级斗争为纲的战场，随后又经历了市场经济的市场，形成各种各样的"红"风。胡风经受了最大的冤枉，阶级斗争为纲之残酷，对先生之精神、肉体之伤害是可以想象而知的，自由之后渴望写作也是可以理解的，尽管如此，写稿不能凭记忆、想象，何况又说得如此之肯定！严谨治学是很重要的。

后　记

当这部三十万字的书稿收笔时，我的感想很多。人到老年，如果有什么诸如写作的计划，就要争取时间，留有的时间有限，时不我待。人自出生以来，就开始走向死亡的历程。人的生老病死，这是客观规律；天灾人祸，这是难以意料的事情。幸好，我在有生之年，总算将《〈石头记〉指归》书稿画上了句号。文学巨擘曹雪芹，不知何因，巨著《石头记》只有半集问世传奇，这不仅是曹公未竟之事，而且是中国文学不可弥补的、留给历史的莫大遗憾。

《红楼梦》是一座跨越时空的桥，这座桥似乎就是大观园中、桥上有亭、宝玉题亭名"沁芳"的那座精美石桥。桥下则是水声潺潺、落花浮荡的一带清流。这个桥的一端来源于遥远的历史，而另一端通过现实走向无限的未来。假若我们有幸站在桥上回顾，由近及远，我们首先看到宋代李清照"人比黄花瘦"的《醉花阴》填词；第三十七回便有探春"竖词坛、开吟社"的"主意"。渐远看到唐代诗仙李白和诗圣杜甫"携手日同行"的奉和吟诗；第四十八回，黛玉让香菱学诗，"肚子里先有了这三个人（王维、杜甫、李白）做底子"。诗词，这是两个时代造化完善的文学艺术，也是《红楼梦》中文采的精华。再远些，看到春秋时的老子和孔子跪坐在那里，面对面地谈儒论道。道理，这是百家争鸣汇粹的思想，这是《红楼梦》中的主旨。最后看到的是文明始祖伏羲仰观天文、俯察地理的画卦作《易》。《易》经，这是中华民族凝炼出的大智慧，这是《红楼梦》中构思的哲学。当读者像宝玉"寻春问腊到蓬莱"追寻《红楼梦》的文化源头时，翻阅《四书》、《五经》、《道德经》、《南华经》、《心经》等经典，那优美的文词、深邃的哲理、知博的思想，让我们由衷地折服、敬佩而向圣贤顶礼。中国圣贤才是言行一贯，最具系统、最为博知、最有思想的真人。我们要反复学习、深刻领会的应是他们的教诲，因为最起码，我们要知道我们是从哪里来的。《红楼梦》中的跛道人对柳湘莲见问回答说："连我不知道此系何方，我系何人。"这是醒世的机言。圣贤不仅是我们的祖先，理应受到尊敬，而且有着无与伦比的智慧！

站在《红楼梦》桥上的是宁国公贾演、荣国公贾源兄弟，两名合之为"演源"。五行以水为源，《红楼梦》就要演水做的女儿，这是演人心、演人性；贾府以史（太君）为源。"六经皆史，《易》为之源。""演源"就是演史，就要演《易》！宁荣二公先灵对警幻仙姑之深情嘱托、脂评"老朽因有魂托凤姐贾家后事"、贾府宗祠匾额孔圣人"慎终追远"之警示种种，无不是演绎书名《风月宝鉴》历史的经验教训。

从这座精美的石桥以降二百多年，在拥挤的人行道一侧，民族风格的四合院早已不复存在，取而代之的是见缝插针的鸽子楼；另外一侧，永定河已裸露出卵石的河床，"河"已经五十多年不见水了。刘姥姥曾经赞扬过的"竟比那画儿还强十倍"的大观园风景又回到画上。科技可以进步，但伴随着大自然的破坏、环境的污染，我们的耳边，似乎从桥那边飘来元春微弱的"多多的种松柏树"的提醒。时代可以变更，但人类的七情六欲，今古一体；贫富的悬殊，依然如故，只不过换了人而已。当"一大二公"的办法不灵时，几经"摸着"比较，人们又想到探春首创的"责任承包制"；至于贾赦、贾雨村之流的贪官污吏，只不过换了姓名，"乱哄哄你方唱罢我登场"！腐败已经成了难以治愈的顽疾。时间的流逝去而不再，空间的循环之象却长存。《红楼梦》虽系小说，但它演绎的情事，突显历史惊人的相似。贾府衰败时经历了抄家，曹寅的儿子曹頫也经历了抄家，"文革"中又重演抄家；香菱被拐卖，至今拐卖妇女儿童事件不绝；教育为钱所左右，因钱施教；官场腐败现象，权金统治的历史经验教训有多少可以在《红楼梦》中找到借鉴啊！历史是过去的现实，是客观存在，不能忘记历史，历史不能戏说，不能回避，不能掩盖，不能篡改，更不能编造，只有以严肃的态度实事求是地对待历史，才有对现实负责的谨慎。

当人们在大道上向前赶路时，"道途不争险易之利"的儒风不见了，我们环顾左右，会看到人生的匆忙。人，不过是历史上来去匆匆的过客。我们也会看到前行的人有时跌倒了，这时会有像贾雨村那样的人上去"狠

后 记

狠的踢了一脚",因为你阻碍了他的路;也有人会看上一眼便扬长而去,因为你对他是无价值的。世态的炎凉、难以治愈的俗不可耐,这时会有了真实的感受。当然也会有人上去扶一把,不过这样的人极少,就像紫鹃讲的"知心一个也难求"。对我而言,也有过这样的经历,在这样的情况下,你想想《红楼梦》中的刘姥姥,他在大观园跌了一跤,是怎样做的!你想想曹雪芹吧!那是怎样的打击?老子讲:"自胜者强。"如果你有更高的境界,甚至可以像刘姥姥那样抱之一笑!本书也寄托了我对亡妻高铁玲的怀念。困难和挫折不仅仅是对当事人的考验,也是对亲朋人品超乎寻常的认知,这是对社会的认知。

把肤浅、错误当成真理,一方面提倡民众做"驯服工具",另一方面大树特树封建主义个人迷信,把人捧为"万岁"之神,把科学和国学对立,反对传统文化,以邪压正,这是现代的迷信,也是对无神论的唯物精神的讽刺,人类的思维观念是前进了,还是后退了?这种现代迷信是和圣贤的教诲完全背道而驰的,因此诋毁批判圣贤就不足为奇了。紫鹃讲:"三人抬不过一个理字去。"实践又一次检验了真理!于丹《〈论语〉心得》是某种程度的对"批孔"拨乱反正,是人心向善的一种反映,是现实演《易》变的又一生动印证。但是"心得"是建立在《论语》之上的,而《论语》却从未出现过热购!这又是一种小小的本末颠倒。新生事物是不能以时间的先后作判断的,那种以为凡是传统的就是落后的,是现代的无知。只有全面地、准确地弘扬传统文化时的社会才将是一大进步。《红楼梦》屡言"放心"一词,能够在浮躁的社会环境下,以"放心"的心态读《四书》、《五经》的原著很难。然而对个人而言,这恰恰是修养;对红学而言,则是有深度的红学。建立在传统文化源头之上的红学,是它的价值所在。《易·系辞下传》云:"《易》之为书也,广大悉备。"《护花主人总评》云:"(《红楼梦》)可谓包罗万象,囊括无遗。"把两者对照,这不仅是加深理解《红楼梦》的终极指归,也是自《红楼梦》问世以后,学习传统文化很有趣味的新途径。

从孔子提出"大同"社会,中国已走过二千多年,依然是不知何时才能实现的理想。当人们从现实瞻望未来时是朦胧的,君子忧国、忧民、忧天下。但是不管什么样的忧心，人们总是要前行。人生的各种包袱少一点好，"见素抱朴，少私寡欲。""砥砺廉隅"，这都是圣贤坚强性命的教诲，它不仅减少前进时的负担，在生命走到终点时，也会减少牵挂。《红楼梦》是清代产生的文学巨著，由此我想到了溥仪，我觉得他很不简单，由皇帝转化为平民百姓，能把最富有的包袱舍弃，这是何等的不易！当然这些包袱又由什么其他人主动扛起。我耳边似乎飘来了跛道人吟唱的《好了歌》！

司马迁《报任安书》中云："盖文王拘而演《周易》；仲尼厄而作《春秋》；屈原放逐，乃赋《离骚》；左丘失明，厥有《国语》；孙子膑脚，《兵法》修列；不韦迁蜀，世传《吕览》；韩非囚秦，《说难》、《孤愤》；《诗》三百篇，大抵圣贤发愤之所为作也。"这皆是逆境文化之大成。《红楼梦》是在清代有十恶之名雍正的大兴文字狱、曹雪芹一家深受迫害、苦难不堪的情况下所作的，这是逆境文化之大成又一例证。让我们学习圣贤在有限的人生中、在逆境中，有所作为，取得一种人生的慰藉和生命价值的平衡。

2007. 3. 5.
丁亥年正月